महेश आनन्द

नाट्य-समीक्षक तथा रंग-अध्येता महेश आनन्द का जन्म 6 फरवरी, 1947 को मानसेरा (वर्तमान पाकिस्तान) में हुआ। उन्होंने स्नातक से पी-एच.डी. तक की उपाधि दिल्ली विश्वविद्यालय से प्राप्त की। दिल्ली कॉलेज ऑफ ऑर्ट्स एंड कॉमर्स में लम्बे समय तक अध्यापन किया। समकालीन भारतीय रंगमंच से उनका गहरा और सक्रिय जुड़ाव रहा है। रंगमंच की शीर्ष पत्रिका 'नटरंग' में कई वर्षों तक संपादन-सहयोग। विभिन्न पत्र-पत्रिकाओं में समीक्षाएँ तथा लेख लगातार प्रकाशित हेाते रहे हैं।

उनकी प्रमुख रचनाएँ हैं—'कहानी का रंगमंच', 'जयशंकर प्रसाद : रंगदृष्टि—नाटक के लिए रंगमंच', 'रंग दस्तावेज़ : सौ साल' (दो खंड), 'रंगमंच के सिद्धान्त' (देवेन्द्र राज अंकुर के साथ संपादन)।

1988-89 में उन्हें हिन्दी अकादमी के 'विशिष्ट कृति सम्मान' से सम्मानित किया गया।

देवेन्द्र राज अंकुर

देवेन्द्र राज अंकुर का जन्म सन् 1948 में सिरसा, हरियाणा में हुआ। उन्होंने दिल्ली विश्वविद्यालय से हिन्दी साहित्य में एम.ए. किया। राष्ट्रीय नाट्य विद्यालय से निर्देशन में विशेषज्ञता के साथ नाट्य-कला में डिप्लोमा किया। वे राष्ट्रीय नाट्य विद्यालय रंगमंडल के सदस्य, भारतेन्दु नाट्य अकादमी, लखनऊ में नाट्य-साहित्य, रंग स्थापत्य और निर्देशन के अतिथि विशेषज्ञ व राष्ट्रीय नाट्य विद्यालय में भारतीय शास्त्रीय नाटक और सौन्दर्यशास्त्र के सहायक प्राध्यापक रहे। वे आधुनिक भारतीय रंगमंच में एक बिलकुल नई विधा 'कहानी का रंगमंच' के प्रणेता हैं। विभिन्न भारतीय व विदेशी भाषाओं में रंगकर्म का उनका विस्तृत अनुभव है। उन्होंने दूरदर्शन के लिए भी नाट्य-रूपान्तरण और निर्देशन किया है। हिन्दी की सभी प्रमुख पत्रिकाओं में रंगमंच पर उनके लेख और समीक्षाएँ प्रकाशित हैं। राष्ट्रीय नाट्य विद्यालय, क्षेत्रीय अनुसंधान व संसाधन केन्द्र, बंगलौर के निदेशक रहे। उनकी प्रमुख कृतियाँ हैं—'पहला रंग', 'रंग कोलाज', 'दर्शन-प्रदर्शन', 'अन्तरंग बहिरंग', 'रंगमंच का सौन्दर्यशास्त्र', 'पढ़ते सुनते देखते' आदि।

रंगमंच के सिद्धान्त

संपादन
महेश आनन्द
देवेन्द्र राज अंकुर

राजकमल पेपरबैक्स

पहला पुस्तकालय संस्करण
राजकमल प्रकाशन प्राइवेट लिमिटेड द्वारा
2008 में प्रकाशित

राजकमल पेपरबैक्स में
पहला संस्करण : 2023

राजकमल पेपरबैक्स : उत्कृष्ट साहित्य के जनसुलभ संस्करण

राजकमल प्रकाशन प्रा.लि.
1-बी, नेताजी सुभाष मार्ग, दरियागंज
नई दिल्ली-110 002
द्वारा प्रकाशित

शाखाएँ : अशोक राजपथ, साइंस कॉलेज के सामने, पटना-800 006
पहली मंजिल, दरबारी बिल्डिंग, महात्मा गांधी मार्ग, प्रयागराज-211 001

वेबसाइट : www.rajkamalprakashan.com
ई-मेल : info@rajkamalprakashan.com

बी.के. ऑफसेट
नवीन शाहदरा, दिल्ली-110 032
द्वारा मुद्रित

मूल्य : ₹299

RANGMANCH KE SIDDHANT
Edited by Mahesh Anand/Devendra Raj Ankur

ISBN : 978-93-95737-66-1

नेमिजी की स्मृति को

अपनी ओर से

पूर्वी और पश्चिमी नाट्यचिन्तन पर केन्द्रित इस पुस्तक में संकलित लेखों का उद्देश्य ऐसे बिन्दुओं को हिन्दी के जिज्ञासु रंगकर्मियों और अध्येताओं के सामने रखना है जिनसे वे उनकी आधारभूत प्रस्थापनाओं से परिचित हो सकें और जान सकें कि ये किन अर्थों में मौलिक और विशिष्ट हैं और साथ ही यह भी कि वे भारतीय सन्दर्भों में पश्चिमी चिन्तकों को परखते हुए उनके विषय में अपनी राय कायम कर सकें।

पश्चिमी चिन्तकों--अरस्तू से पीटर ब्रुक तक--की कलात्मक आस्थाओं और रंगविश्वासों की महत्ता केवल परम्पराओं को नकारकर कुछ नया पाने तक सीमित नहीं रही, बल्कि उनके सामने तूफ़ानी प्रयोगों की चुनौतियाँ रही हैं। उनमें से अधिकांश ने विरोधी सामाजिक-राजनीतिक परिस्थितियों के सामने डटे रहने का साहस भी दिखाया है। इन्हीं प्रयोगों के रास्ते वे रंगकर्म की सृजनशीलता को सम्पूर्णता के साथ अपने अदम्य चिन्तन से परिभाषित करना और उसे अनुभूत करवाना चाहते थे। इनकी संजटिल प्रक्रिया के भीतर से रंगकार्य के कई नए रूपाकार सामने आए। परन्तु यह मात्र रूपचिन्तन का ही नहीं, विचारधारात्मक और सृजनात्मक टकराहटों का परिणाम भी था। इस प्रक्रिया की परिणति विचारोत्तेजक चिन्तन में हुई।

भरत से लेकर बादल सरकार तक अनेक भारतीय चिन्तकों ने बड़े लगाव और गहराई से नाटक और रंगमंच की संश्लिष्ट व्याख्या करते हुए अनेक विवादास्पद प्रश्नों पर अपनी तीखी राय प्रकट की है। लेकिन अधिकांश आधुनिक चिन्तकों ने प्रयोग पक्ष अथवा व्यावहारिक खोजों की अपेक्षा सैद्धान्तिक विचार-विमर्श पर अधिक बल दिया है। लेकिन यह सच है कि ऐसे भारतीय चिन्तकों ने सामाजिक-राजनीतिक परिवेश के अनुरूप ही रंगमंचीय व्याकरण की परिवर्तनशीलता को रेखांकित किया है। यह भी सच है कि इस कोशिश में वे अकादमिक व्यवहार पद्धति से मुक्त हुए हैं। वस्तुतः, इनके चिन्तन का सरोकार रंगकर्मियों के साथ-साथ सामान्य दर्शकों-पाठकों से भी है। इसलिए ये सीधे संवाद की स्थिति बनाते हुए भारतीय रंगपरिवेश की जटिलताओं और अन्तर्विरोधों के वास्तविक रूप को समझाने की कोशिश करते प्रतीत होते हैं। शायद यही कारण है कि एक-दूसरे से काफ़ी दूर

होने के बावजूद इनकी स्थापनाएँ एक नए रंगमुहावरे की तलाश का छटपटाहट भरा प्रयास लगती हैं।

इन सभी चिन्तकों का अध्ययन हमें इस प्रश्न की ओर भी आकृष्ट करता है कि क्या रंगमंच के सिद्धान्त को किसी एक परिभाषा में बाँधा जा सकता है? आख़िर नाट्यसिद्धान्तों का अर्थ क्या है? क्या इब्सन जैसे नाटककारों को सिरे से खारिज किया जा सकता है, जिन्होंने कोई सिद्धान्त देने की कोशिश तक नहीं की और जिसे हम *इब्सनिज़्म* कहते हैं, उस पर सख़्त एतराज जताया। इसे क्या कहा जाए—रंगमंच का सिद्धान्त? मंच का सिद्धान्त अथवा नाटक का सिद्धान्त? क्या मंच को दोनों के मिलनस्थल के रूप में ग्रहण किया जा सकता है?

अरस्तू और भरत से लेकर अब तक देश, काल, परिस्थितियों और राजनीति आदि के कारण इसमें असंख्य परिवर्तन हुए हैं। समाज के विकासक्रम में पुराने सिद्धान्तों की उपादेयता पर प्रश्नचिह्न लगे और नई उपादेयता का प्रश्न खड़ा होता रहा। परन्तु, इसी में नए की तलाश और निश्चित विकास की प्रतिज्ञा निहित रही है। क्लासिक, अवां गार्द, यांत्रिक, शारीरिक, मनोशारीरिक, परिवेशमूलक, उन्मुक्त, महाकाव्यात्मक, सपाट और सरल तथा भव्य और जटिल आदि रूप इसी परिवर्तन और विकास के सूचक हैं। इन सबके बावजूद मंच, नाटक और रंगमंच के बीच एक सम्बन्ध हमेशा रहा है?

प्रश्न यह भी है कि क्या आधुनिक रंगमंच का सिद्धान्त निर्मित करना अनिवार्य है? क्या इसकी प्रक्रिया सरल है? सिद्धान्त केवल सामान्य नियमों का समूह है क्या? इनके विविध अर्थ हैं। इनमें स्वीकृत को अस्वीकार करने का भाव बना रहता है—यानी विद्रोह की स्थिति बनी रहती है। बेशक, असंख्य बिन्दु ऐसे भी होंगे जो *अंडरकरेंट* की तरह नाटक और रंगमंच में हमेशा विद्यमान रहते हैं। हम चाहे रंगमंच के प्रदर्शनात्मक रूप की चर्चा कर रहे हों, या नाटक के आलेख की, केन्द्र में अभिनयशैली को मानकर चल रहे हों या निर्देशकीय दृष्टिकोण को, भाषा का विश्लेषण कर रहे हों या प्रगीतात्मक तत्त्व का—*नाट्यशास्त्र* (पश्चिमी दृष्टिकोण से कहें तो 'पोएटिक्स') की अवस्थिति से इनकार नहीं किया जा सकता। वह अरस्तू और भरत से लेकर नए चिन्तकों तक सतत् रूप से मौजूद रहा है।

अपनी तमाम उपलब्धियों और सीमाओं के साथ सभी चिन्तकों ने रंगचिन्तन को किताबी बहसों से निकालकर, अपने देश और काल के मानवीय सच और वैचारिक पहलुओं से जुड़कर, रंगकर्म के नए रूपों को—नाटकलेखन, अभिनय और प्रदर्शन के स्तरों पर—पाने की प्रेरणा दी है। यहीं इनकी संकल्पनाएँ उनके कलाकार और विचारक को एकमेक कर देती हैं। स्पष्टतः इस सैद्धान्तिक विरासत में ऐसी मौलिक संकल्पनाएँ मिलेंगी जो रंगमंच कला की सामाजिक भूमिका को विस्तार देती प्रतीत होंगी। रंगकर्म में अभिनेता की विशिष्ट भूमिका,

उसकी सृजनात्मक खोज और उसके प्रशिक्षण का प्रश्न इसी सन्दर्भ में परखना चाहिए। इस पुस्तक की सामग्री से नई रंग-अवधारणाओं की एक संक्षिप्त रूपरेखा बनाई जा सकती है, इतना विश्वास हमें अवश्य है।

—महेश आनन्द

1967 से 1969 के बीच महेश आनन्द और मैं दिल्ली विश्वविद्यालय में एम. ए. हिन्दी करते हुए एक साथ आकर मिले। हमसे कुछ ही वर्ष पूर्व एम.ए. हिन्दी में नाटक और रंगमंच को भी एक वैकल्पिक विषय के रूप में शुरू किया गया था। संयोग से महेश आनन्द, दिनेश ठाकुर और मैंने नाटक और रंगमंच को ही वैकल्पिक विषय के रूप में चुना। इस पुस्तक को एक साथ लिखने-तैयार करने अथवा संपादित करने की योजना उन्हीं दिनों हमारी रोज़मर्रा की बातचीत में शामिल हो गई थी। दिल्ली विश्वविद्यालय के हिन्दी विभाग ने नाटक और रंगमंच पर विकल्प की शुरुआत तो कर दी थी, लेकिन उससे सम्बन्धित अध्ययन और सन्दर्भ सामग्री का बेहद अभाव था और शायद आज भी है, विशेष रूप से आधुनिक हिन्दी रंगमंच और उसके व्यावहारिक रूप को लेकर। इसमें कोई सन्देह नहीं कि रंगमंच के सैद्धान्तिक पक्ष पर उस समय भी बहुत-सी अच्छी पुस्तकें उपलब्ध थीं, लेकिन वे मुख्यतः अंग्रेजी में लिखी हुई थीं अथवा दूसरी भाषाओं से अंग्रेजी में अनूदित थीं। दूसरे यह भी था कि उन पुस्तकों में जो भी सामग्री थी वह मात्र सैद्धान्तिक और शास्त्रीयता के दायरे में सीमित थी। यदि मैं ठीक से याद करूँ तो उस वक़्त भी अंग्रेज़ी में एरिक बेंटले की *द थ्योरी ऑफ़ मॉडर्न स्टेज,* मार्टिन एस्लीन की *द एब्सर्ड ड्रामा,* रॉबर्ड ब्रूसटीन की *थिएटर ऑफ़ रिवोल्ट* और पीटर ब्रुक की *द एम्पटी स्पेस* शायद उन्हीं दिनों आईं या उन दिनों के आसपास हमारे सामने आईं।

ऐसी स्थिति में जहाँ एक नए विकल्प को चुनने और उसके अध्ययन-मनन का उत्साह और आनन्द शामिल था, वहीं उस पर हिन्दी भाषा में किसी ठोस सामग्री का अभाव भी सालता था। ऐसे में हम दोनों ने यह निश्चित किया था कि इस दिशा में एक संयुक्त पुस्तक के बहाने एक पहल ज़रूर करेंगे। तब से हम लगातार मिलते रहे। दूसरी नई पुस्तकें लिखी जाती रहीं और इस पुस्तक की योजना कहीं पीछे छूट गई। बीच में पुनः एक ऐसा अवसर आया जब हम लोगों ने इस भूली हुई अथवा पीछे छूट गई योजना को दुबारा से शुरू करने की कोशिश की। राष्ट्रीय नाट्य विद्यालय की पत्रिका *'रस प्रसंग'* का एक अंक भारतीय और पाश्चात्य रंग सिद्धान्तों पर निकालने का निर्णय किया गया। इसके लिए महेश आनन्द को अतिथि सम्पादक के रूप में आमन्त्रित किया गया। जितने भी लोगों से, जितने भी सिद्धान्तकारों, चिन्तकों पर लिखवाया जा सकता था उस दिशा में कोशिश की गई। उन आलेखों में से कुछ चुने हुए आलेख और कुछ नए लिखे हुए अथवा अनूदित किए हुए लेखों

का संकलन है *'रंगमंच के सिद्धान्त'*। ज़ाहिर है कि यदि कुछ आलेखों को हमें छोड़ना पड़ा है तो उसका एकमात्र कारण वर्तमान पुस्तक की स्थान सीमा है।

कोशिश यही रही है कि पिछले दो-ढाई हज़ार सालों के बीच रंग-चिन्तन को लेकर पूर्व और पश्चिम दोनों महाद्वीपों में जो भी महत्त्वपूर्ण अवधारणाएँ विकसित हुईं हैं उन पर कई-कई दृष्टियों से विचार किया जाए। यहाँ आग्रह उनके विचार या चिन्तन को हूबहू उनके शब्दों में प्रस्तुत करने पर बिलकुल नहीं है, वरन् उनके विचारों, अवधारणाओं और सिद्धान्तों की रंगमंचीय दृष्टि से जाँच, परख और पुनर्आलोचना पर है। अगर यह पुस्तक रंगचिन्तन के महत्त्वपूर्ण पड़ावों और आयामों को समझने की दिशा में थोड़ी-सी भी बेचैनी पैदा करती है तो यह लेखक मित्रों और हमारे परिश्रम की सार्थकता होगी।

--देवेन्द्र राज अंकुर

अनुक्रम

अरस्तू का समाधान

डेविड डायचेज़

प्लेटो ने नाटक की चर्चा करते हुए इसे 'दर्शन और काव्य के बीच प्राचीन युद्ध' की संज्ञा दी है। यह द्वन्द्व एक आधिभौतिकशास्त्री और व्यावहारिक नीतिज्ञ का है। इसलिए इस दुविधा का समाधान करने के लिए दोनों पक्षों पर विचार करने की आवश्यकता प्रतीत होती है। अरस्तू ने इसी प्रश्न का समाधान किया है।

वर्गीकरण में स्पष्टीकरण

अरस्तू यह प्रदर्शित करने के लिए कल्पनाशील साहित्य की प्रकृति और विशिष्ट गुणों की पड़ताल करता है कि वह सत्य, गम्भीर और उपयोगी है (जबकि प्लेटो ने उसे असत्य, हल्का और हानिकारक बताया था)। अरस्तू का तर्क उसकी निजी विशिष्ट पद्धति को अपनाते हुए साहित्य की विभिन्न विधाओं के भेदों को स्पष्ट करता है। इससे वह उनके समान बिन्दुओं को भी प्रदर्शित करता है और उनके बीच की असमानताओं को भी। इसी रास्ते से वह यूनानी साहित्य के विभिन्न रूपों की विस्तृत विवेचना करता है। परन्तु, यह हमारे विषय के लिए उतना महत्त्वपूर्ण नहीं है, जितनी कल्पनाशील साहित्य पर उसकी सामान्य टिप्पणियाँ अथवा कल्पनाशील साहित्य की प्रकृति, प्रकार्य और महत्त्व को दर्शानेवाली टिप्पणियाँ हैं। उसका वर्गीकरण स्वाभाविक रूप से साहित्य के उन रूपों पर आधारित है, जिनसे उसका परिचय था—अरस्तू की विधि अनिवार्यतः अवलोकित तथ्यों की इस दृष्टि से पड़ताल करने की है ताकि उनके गुणों और विशेषताओं को रेखांकित किया जा सके। उसका सरोकार तात्त्विक है, इससे वह यह देखना चाहता है कि आख़िर साहित्य है क्या; वह क्या होना चाहिए जैसे नियामक सरोकारों की ओर वह नहीं जाता। वह विवेचन करता है, नियम नहीं बनाता; फिर भी उसका विवेचन इतना व्यवस्थित है कि जब वह साहित्य की प्रकृति का आकलन करता है, तो उसमें साहित्य के प्रकार्य की बात निकलती है और इस प्रकार्य से उद्भासित होता है उसका महत्त्व।

यूनानी काव्य के परिचित रूपों—महाकाव्य, त्रासदी, कामदी और गीत (Dithyrambic) की गणना करते हुए अरस्तू कहता है कि इन सभी रूपों में अनुकरण, अनुकृति या प्रतिरूपण होता है। वास्तविक या काल्पनिक स्थितियों के विभिन्न पक्षों का प्रतिरूपण अनेक साधनों या माध्यमों में से किसी भी एक के प्रयोग से किया जा सकता है। जैसा कि हम पहले विवेचन कर चुके हैं, अरस्तू कविता के रूपों का प्रयोग सामान्य अर्थ में करते हैं—प्रतिरूपण के लिए प्रयुक्त माध्यम वास्तविक या कल्पित जीवन के पक्षों के प्रतिरूपण तथा प्रस्तुति (अथवा सम्प्रेषण, मूर्त्तन और भाषा के माध्यम से प्रस्तुति) के आधारों पर वर्गीकृत किए जा सकते हैं। उदाहरण के लिए चित्रकार और कवि के माध्यमों में अन्तर सुस्पष्ट है। चित्रकार रंगों और आकृतियों का प्रयोग करता है तथा कवि संकेतित, गुणार्थक, लयात्मक और संगीतात्मक पक्षों के साथ शब्दों का प्रयोग करता है। साहित्य के विभिन्न प्रकारों के लेखकों द्वारा प्रयुक्त भाषा के विभिन्न प्रकारों के बीच के अन्तर को भी चित्रित किया जा सकता है।

अरस्तू इस बात का संकेत करता है कि उसके समय में भाषा-प्रयोगों की सभी विधियों पर कोई एक संज्ञा लागू नहीं की जा सकती थी—आज 'साहित्य' (Literature) का जो अर्थ हम लेते हैं, उसके समकक्ष तो कोई संज्ञा उपलब्ध नहीं ही थी। यह स्थिति गद्य और पद्य (छन्द) दोनों में थी। यह स्पष्ट है कि छन्द काव्य की अकेली विभेदक विशेषता नहीं है। चिकित्साशास्त्र और विज्ञान के सिद्धान्त भी काव्य में लिखे गए हैं (यह प्रथा आज की अपेक्षा प्राचीन यूनान में अधिक प्रचलित थी)। हमारे पास कोई ऐसी सामान्य संज्ञा नहीं है जिसे हम एक ओर तो साफ्रोन और जिनार्कस के माइम एवं सुकरात के संवादों पर लागू कर सकें तथा दूसरी ओर लघु-गुरु चरण (Jambic) करुण या ऐसे ही किसी और छन्द पर लागू कर सकें। विद्वान अवश्य छन्द के नाम के साथ उसके 'रचयिता' या 'कवि' का नाम जोड़ देते हैं और 'एलेगाइक' या 'एपिक' (अर्थात् छहपदी या छप्पय) कवि की बात करते हैं, जैसे कवि अनुकरण से न बनकर छन्द-प्रयोग से बनते हों। जब चिकित्साशास्त्र या प्राकृतिक विज्ञान के किसी ग्रन्थ को छन्दोबद्ध किया जाता है, तो उसके लेखक को सामान्यतः कवि ही कहा जाता है। फिर भी होमर और एम्पेडोकल्स (पाँचवीं शताब्दी में हुआ दार्शनिक) जिसने अपने दार्शनिक और धार्मिक विचार (छहपदी (हेक्सामीटर) में व्यक्त किए थे) में छन्द के अतिरिक्त कोई समानता नहीं है। इसलिए एक को कवि कहना और दूसरे को कवि के बजाय भौतिकशास्त्री कहना ही उचित होगा।

यदि काव्य अनुकरण अथवा अनुकृति की कला है और अनुकरण के लक्ष्य 'कुछ कर्म कर रहे या अनुभव कर रहे व्यक्ति'—कार्यरत व्यक्ति—हैं, तो काव्य को उन व्यक्तियों के आधार पर वर्गीकृत किया जा सकता है, जिनकी वह अनुकृति कर रहा

है; वे लोग या तो उससे बेहतर होंगे, जैसे वे वास्तविक जीवन में हैं, या ख़राब होंगे या जस-के-तस होंगे। चरित्रों को विशाल या नाटकीय धरातल पर प्रस्तुत किया जा सकता है; या प्रकृतवाद का सहारा लिया जा सकता है अर्थात् न उन्हें बढ़ाचढ़ा कर प्रस्तुत किया जाए और न छोटा करके।

तीसरी बात। कवि आख्यान को आंशिक रूप से वर्णन शैली में और आंशिक रूप से चरित्रों के संवादों के रूप में प्रस्तुत कर सकता है (जैसा कि होमर ने किया), अथवा वह आख्यान को तृतीय पुरुष-वर्णन शैली में प्रस्तुत कर सकता है; आख्यान को नाटकीय शैली में भी प्रस्तुत किया जा सकता है, जिसमें तृतीय पुरुष-वर्णन का कोई स्थान नहीं होगा।

अरस्तू अपने सिद्धान्त-निरूपण के प्रारम्भ में ही अनुकृति कला के प्रकारों का इन तीन आधारों पर वर्गीकरण करता है--प्रयुक्त अनुकृति माध्यम, अनुकृत विषयों के प्रकारों और प्रदत्त माध्यम के प्रयोग की विधि के अनुरूप इनमें अन्तर हो सकता है; हम इन्हें माध्यम, विषयवस्तु और शैली की संज्ञा दे सकते हैं। इस दूसरे पहलू को देखते हुए कामदी और त्रासदी में अन्तर है : त्रासदी व्यक्ति को नायकीय धरातल से देखती है : उसमें व्यक्ति दैनिक जीवन से (सामान्य नैतिक अर्थ में अनिवार्यतः नहीं बल्कि प्रभाव और मर्यादा की दृष्टि से) 'बेहतर' होते हैं। इसके विपरीत कामदी मानव प्रकृति के अपेक्षाकृत हल्के-फुल्के पक्षों को लेकर चलती है; उसके चरित्र अपने वास्तविक जीवन से अधिक 'ख़राब' होते हैं। परन्तु इसके अंकन का आधार भी सामान्य नैतिकता नहीं है। महाकाव्य (एपिक) या नायकीय काव्य इस अर्थ में त्रासदी है (अन्तर अनुकृत चरित्रों के प्रकार का नहीं बल्कि शैली का है), जबकि व्यंग्य काव्य को कामदी कहा जा सकता है। अरस्तू ने अन्विति या अनुकृति (प्रतिनिधित्व) और उसके विकास के लिए मानव-संकाय को समझने में पर्याप्त ध्यान दिया है। इसके साथ ही उसने त्रासदी का विस्तार से विवेचन किया है। इस विवेचन से अपने कल्पनाशील साहित्य की समझ विकसित की है और इस समझ से ही उसने प्लेटो की दुविधा से निकलने का मार्ग भी ढूँढ़ निकाला है।

त्रासदी की प्रकृति

महाकाव्य और कामदी के विवेचन को स्थगित करते हुए अरस्तू ने पहले त्रासदी की प्रकृति की पड़ताल की है।[1]

त्रासदी किसी गम्भीर और महत्त्वपूर्ण एवं अपने आप में पूर्ण कार्य का अनुकरण है; भाषा में आनन्दप्रद उपांग होते हैं, इनमें से प्रत्येक रचना के अंशों में अलग से प्रस्तुत होते हैं; इसकी शैली नाटकीय होती है, आख्यानात्मक नहीं; इसमें करुणा और

भय उत्पन्न करनेवाली घटनाएँ होती हैं, जिनका उद्देश्य इन मनोविकारों का विरेचन होता है। इस सन्दर्भ में 'भाषा में आनन्दप्रद उपांगों' से मेरा तात्पर्य लय और संगति अथवा ऊपर से जोड़े गए गीत से है तथा 'प्रत्येक...अलग से प्रस्तुत' से मेरा तात्पर्य है कि कुछ अंश केवल मुक्त छन्द में होते हैं और कुछ गीत शैली में प्रस्तुत किए जाते हैं।

1. आख्यान का अभिनय करते समय सबसे पहले तो प्रदर्शन (अथवा मंच पर अभिनेताओं की उपस्थिति) का सम्पूर्ण का अनिवार्यतः कोई अंश होना चाहिए, और फिर होना चाहिए लय (Melody) और पदचयन (Diction); ये दोनों अनुकरण के साधन हैं। यहाँ 'पदचयन' (Diction) से मेरा तात्पर्य केवल मुक्त छन्दों की रचना से है, और लय (Melody) से तात्पर्य है, जो इतनी आसानी से समझ में आ जाए कि उसके लिए किसी व्याख्या की आवश्यकता न पड़े। विवेचन को आगे बढ़ाएँ, तो अनुकृत विषय भी कार्यव्यापार होता है; और कार्यव्यापार के लिए आवश्यकता होती है कर्त्ताओं की। कर्त्ताओं में चरित्र और विचार-वैभिन्य होना चाहिए क्योंकि इन्हीं के माध्यम से हम अनेक कार्यों में कतिपय गुणदोष देखते हैं। अतः प्रकृत रूप से उनके कार्यों तथा पारिणामिक सफलता या असफलता के दो कारण दिखाई देते हैं : चरित्र और विचार। अब नाटक में कार्य (जो हो चुका है) की अनुकृति गाथा या कथानक से होती है। गाथा के संप्रति हमारा तात्पर्य केवल कहानी की घटनाओं या कार्यों का संयोजन भर है; चरित्र हमें कर्त्ताओं में कतिपय नैतिक गुणों का समावेश करने का अवसर देता है; और किसी बिन्दु को सिद्ध करने का; किसी सामान्य सत्य को प्रतिपादित करने के लिए चरित्र जो कुछ कहते हैं, वह भी विचार की श्रेणी में आता है। प्रत्येक त्रासदी के ये छह अनुवर्ती अंग होते हैं, गाथा अथवा कथानक, चरित्र, पदचयन, विचार, प्रदर्शन और लय। इनमें से दो साधनों से उद्भूत हैं, एक शैली से, और तीन नाटकीय अनुकरण के विषयों से, इन छह के अतिरिक्त और कोई अंग नहीं है। ये त्रासदी की रचना के तत्त्व हैं और कहना न होगा कि प्रत्येक नाटककार ने इन्हीं तत्त्वों का प्रयोग किया है; प्रत्येक त्रासदी में प्रदर्शन, चरित्र, कथानक, पदचयन, लय और विचार का समोवश हुआ है।

2. इन छह तत्त्वों में से सबसे महत्त्वपूर्ण आख्यान की घटनाओं का संयोजन। त्रासदी व्यक्तियों का अनुकरण नहीं है, वस्तुतः वह जीवन और उसमें हो रहे क्रियाकलापों–सुखों और दुखों का अनुकरण है। मानवीय सुख और दुख क्रियाकलापों का रूप ग्रहण कर लेते हैं। यह ऐसा उद्देश्य है जिसके लिए हम विशेष प्रकार की गतिविधि में लिप्त रहते हैं, किसी गुण में नहीं। चरित्र हमें गुण प्रदान करते हैं, परन्तु हमारे क्रियाकलाप ही हमें सुख या दुख देते हैं। इनके अनुरूप नाटक में चरित्रों के चित्रण के लिए अभिनय नहीं किया जाता वरन् कार्यव्यापार के निमित्त चरित्रों का उसमें समावेश किया जाता है। इस प्रकार आख्यान अथवा कथानक का

कार्यव्यापार ही त्रासदी का लक्ष्य और उद्देश्य होता है। उद्देश्य ही सदा प्रमुख रहता है। इसके अतिरिक्त, कार्यव्यापार के बिना त्रासदी का अस्तित्व ही सम्भव नहीं है, जबकि चरित्र की अनुपस्थिति में वह सम्भव है। अधिकांश आधुनिकों की त्रासदियाँ चरित्र-विहीन हैं–यह दोष हर प्रकार के कवि में पाया जाता है। यदि हम कला के अन्य क्षेत्र-- चित्रकला का उदाहरण लें और ज़ियुज़िस के चित्रों की तुलना पोलिग्नोटस के चित्रों से करें, तो हम देखते हैं कि पोलिग्नोटस के यहाँ तो दृढ़ चरित्र हैं, लेकिन ज़ियुज़िस की रचनाओं में चरित्र अनुपस्थित हैं। पुनः यदि हम पदरचना और विचार की दृष्टि से परम परिष्कृत विशिष्ट संभाषणों को परस्पर जोड़ देते हैं तो भी हमें सच्चा त्रासद प्रभाव उत्पन्न करने में सफलता नहीं मिलती। इसके विपरीत इन गुणों की अनुपस्थिति में भी यदि कथानक और घटनाओं का संयोजन उसमें है तो हमें त्रासदी में कहीं अधिक सफलता मिलेगी और फिर त्रासदी के सर्वाधिक शक्तिशाली तत्त्व–भाग्य विपर्यय[2] और उद्घाटन (Perpaties and Discovery) कथानक के ही अंग हैं। इस तथ्य में इसका एक और प्रमाण मिलता है कि प्रारम्भिक नाटककारों को कथा की संरचना की अपेक्षा पदचयन और चरित्रों को लेकर त्रासदी में जल्दी सफलता मिली है और यह बात लगभग सभी प्रारम्भिक नाटककारों के बारे में कही जा सकती है। इसलिए हमारा मानना है कि त्रासदी की पहली अनिवार्यता कथानक है। कहा जाये, तो त्रासदी का जीव और आत्मा यही है। चरित्रों का क्रम इसके बाद आता है। चित्रकला में इसकी समान्तरता देखें तो हम पाएँगे कि बिना किसी व्यवस्था के बिखेरे गए रंग हमें इतना आनन्द नहीं देंगे, जितना कि श्वेत-श्याम पोर्ट्रेट देगा। हमारा यह मानना है कि त्रासदी प्रथमतः कार्यकलापों का अनुकरण है, और इसी कारण वह कर्त्ताओं का अनुकरण करती है। तीसरे स्थान पर आता है, विचार अर्थात् जो भी कहना है, उसे कहने तथा अवसर के अनुरूप उचित कथन की शक्ति। त्रासदी के संभाषण राजनीति और वाद-वैदग्ध्य की कला के अन्तर्गत आते हैं क्योंकि प्राचीन कवि अपने चरित्रों से राजनेताओं की भाँति संभाषण करवाते थे, और आधुनिक कवियों को वाग्वैदग्ध्य पसन्द आता है। लेकिन इसे चरित्र नहीं समझ लिया जाना चाहिए। नाटक में चरित्र कर्त्ता के अस्पष्ट नैतिक उद्देश्य को स्पष्ट करता है, अर्थात् उसे जो वह प्राप्त करना चाहता है या जिसे वह टालना चाहता है। अतः शुद्ध रूप से असम्बद्ध विषय पर चरित्र के सम्भाषण का कोई स्थान नहीं होता। दूसरी ओर, विचार किसी बिन्दु-विशेष को सिद्ध करने अथवा उसे अ-सिद्ध करने, अथवा किसी सार्वभौमिक समस्या के निरूपण में दिखाई देता है। चौथा साहित्यिक तत्त्व पात्रों का पदचयन है, अर्थात् जैसा कि पहले स्पष्ट किया जा चुका है, उनके विचारों की शब्दों में अभिव्यक्ति; मुक्त छन्द और गद्य दोनों में इसकी स्थिति एक जैसी होती है। जहाँ तक शेष दो अंशों का प्रश्न है, लय त्रासदी के उपांगों में सर्वाधिक आनन्दप्रद होती है। प्रदर्शन

आकर्षक होने के बावजूद सबसे कम कलात्मक होता है और काव्यकला के साथ उसका सबसे कम सम्बन्ध होता है। बिना सार्वजनिक प्रदर्शन और अभिनेताओं के त्रासद प्रभाव सम्भव है। और फिर प्रदर्शन की तैयारी/प्रबन्ध कवि की अपेक्षा वेशभूषाकार का काम है।

कथानक का महत्त्व

अरस्तू त्रासदी को एक साहित्यिक शैली के रूप में देखता है, न कि रंगमंचीय प्रस्तुति के रूप में, और इसीलिए वह 'प्रदर्शन' को नाटककार के माध्यम का अंगभूत हिस्सा नहीं मानता। 'बिना सार्वजनिक प्रदर्शन और अभिनेताओं के त्रासद प्रभाव सम्भव है।' मंच पर प्रस्तुति नाटक के प्रभाव को अतिशय रूप से बढ़ा सकती है। नाटक के कार्यव्यापार और भाषा के कतिपय पक्ष मंच के लिए ही लिखे जाते हैं। उनके औचित्य की सिद्धि और उन्हें पूरी तरह समझना तभी सम्भव होगा, जब हम उसके लिए मंच पर, अभिप्रेत प्रस्तुति पर ध्यान दें (जैसे कि ग्रानविल बार्कर ने अपने 'प्रीफेसेज़ टू शेक्सपीयर' में संकेतित किया है)। अरस्तू का सरोकार नाटक के अनिवार्य अर्थ और महत्त्व से है, न कि दर्शकों तक उस अर्थ और महत्त्व को पहुँचाने की तकनीकों से। उनके निकट सबसे महत्त्वपूर्ण बात कार्यव्यापार, घटनाओं का संयोजन है। इससे अरस्तू का तात्पर्य यह नहीं है कि घटनाओं का सार-संग्रह कर दिया जाए (यद्यपि कहीं-कहीं लगता है कि वह ऐसा करता है), बल्कि प्रत्येक बिन्दु पर कार्यव्यापार की प्रगति के तरीक़े से है। इस प्रकार शेक्सपीयर के किसी नाटक के 'कथानक' (अरस्तू की दृष्टि में) को स्रोत—होलिन्सशेड अथवा किसी इतालवी नोवेला अथवा किसी प्रारम्भिक नाटक में मिली कथा के साथ मिलाकर नहीं देखना चाहिए, भले ही संक्षेप्य कथानक लगभग एक जैसे क्यों न हो। यदि स्थिति ऐसी होती तो शेक्सपीयर को नाटककार के रूप में महान और इस अवधारणा को कि 'कथानक त्रासदी का जीव और आत्मा है' एक साथ स्वीकार नहीं किया जा सकता था। इसी प्रकार एस्चीलस और सोफोक्लीस के कथानक उन मिथकों जैसे नहीं हैं, जिन्हें उन्होंने अपनी त्रासदियों के लिए आधारस्वरूप ग्रहण किया है; यह स्थिति इस तथ्य के बावजूद है कि उन्होंने मिथकों में वर्णित कहानियों को यथातथ्य ग्रहण किया है। कथानक इससे कहीं पूर्ण और सूक्ष्म होता है। यह वह विधि है जिस पर कार्यव्यापार प्रगति करता है; यह सम्पूर्ण कारण—शृंखला है, जो अन्तिम निष्कर्ष तक ले जाती है।

इस अर्थ में कथानक को त्रासदी और कतिपय प्रकार के उपन्यासों की 'आत्मा' कहा जा सकता है। चरित्र भी महत्त्वपूर्ण है, परन्तु कथानक के एक नैमित्तिक तत्त्व के रूप में ही। ब्राउनिंग ने अपने एक नाटकीय एकालाप में चरित्र को अपने आप

में महत्त्वपूर्ण माना है, वस्तुतः ब्राउनिंग एक मनोवैज्ञानिक स्थिति पर प्रकाश डालता है; उसकी रुचि इस बात में नहीं है कि चरित्र कार्यव्यापार की बुनावट पर कैसा प्रभाव छोड़ता है; वह तो उसे जीवन के प्रति विशिष्ट दृष्टिकोण को प्रकट करनेवाले अनुभव के प्रति एक विशेष तरीक़े से प्रतिक्रिया करनेवाले तत्त्व के रूप में देखता है। उन्नीसवीं शताब्दी के अनभिनेय 'क्लोज़ेट नाटकों' में से अनेक नाटक नाटकीय एकालापों का संकलन हैं, सच्चे नाटक नहीं, जिनका आधार कार्यव्यापार होता है। परन्तु जेन ऑस्टेन के 'एम्मा' जैसा उपन्यास कार्यव्यापार की प्रगति के साथ-साथ अपने अर्थ का विकास भी कर लेता है। एम्मा के कार्य उसके चरित्र को स्थापित करते हैं; जिस प्रकार उसके कार्य दूसरे लोगों को प्रभावित करते हैं और दूसरे लोगों के कार्यों के साथ अन्तःक्रियाएँ करते हैं, वह न केवल उसके चरित्र को उद्घाटित करता है, वह उपन्यास का तत्त्व भी प्रदान करता है; विभिन्न चरित्रों की अन्तःक्रियाएँ कथानक के ऐसे ढाँचे में परिणत होती हैं, जिसमें सामाजिक परिदृश्य के प्रति जेन ऑस्टेन का विडम्बनात्मक चिन्तन झलकता है। कहना न होगा कि ऐसे उपन्यास को सोफोक्लीस के 'ईपिडस, द किंग' और शेक्सपीयर के 'हेमलेट' से कमतर नहीं आँका जा सकता। यदि 'एम्मा' के संवादों में लिप्त चरित्रों के आत्मोद्घाटन होते, कोई कथानक नहीं होता अथवा 'हेमलेट' केवल नायक के आत्मालापों का एक क्रम होता, जिसमें वह अपनी आत्मा का उद्घाटन करता, कोई घटना न घटती, और वह अपनी दुविधा का वर्णन करता, तो ये रचनाएँ निःसन्देह कुछ रुचिपूर्ण अवश्य बनी रहतीं, परन्तु किसी उपन्यास या नाटक को जितना महत्त्व मिलना चाहिए, उतना महत्त्व इन्हें न मिला होता। इसलिए अरस्तू ने त्रासदी के तत्त्वों को महत्त्व के अनुसार जो क्रम दिया—जिसमें उसने कथानक को पहले क्रम पर रखा, चरित्र को दूसरे और उसके बाद विचार[3] को और पदचयन के चौथे क्रम पर—वह पर्याप्त तार्किक लगता है।[4]

यहाँ तक अरस्तू त्रासदी के उन पक्षों पर विचार नहीं करता, जो उसे नाटक के अन्य प्रकारों से अलगाते हैं, और न ही लय और प्रदर्शन पर हल्की-फुल्की टिप्पणियों को छोड़कर उन पक्षों पर जो त्रासदी को महाकाव्य या आधुनिक उपन्यास जैसे वृत्तांतों से अलग करते हैं। इस बिन्दु तक उसने कोई ऐसी बात भी नहीं उठाई, जो प्लेटो द्वारा काव्य के विरुद्ध लगाए गए आरोपों के सन्दर्भ में प्रासंगिक हो। वह त्रासदी के कथानक की प्रकृति का विवेचन करने से पहले सामान्य रूप से कथानक की प्रकृति पर विस्तार से चर्चा करता है। इस विस्तृत चर्चा के बाद ही वह त्रासदी की प्रकृति और महत्त्व के विषय में निष्कर्ष देने में प्रवृत्त होता है। और यहाँ पहुँचकर भी वह बिना प्लेटो का नाम लिए या उसके तर्कों का हवाला दिए, उसके आरोपों का उत्तर देता है।

अंगों का प्रभेदन करने के पश्चात् अब हम गाथा अथवा कथानक की संरचना पर बात करें, क्योंकि त्रासदी में यह पहली और सबसे महत्त्वपूर्ण चीज़ है। हम यह स्पष्ट कर चुके हैं कि त्रासदी अपने आप में पूर्ण और पूर्ण के रूप में महत्त्वपूर्ण कार्यों का अनुसरण है। हो सकता है कोई पूर्ण ऐसा भी हो, जिसका कोई महत्त्व ही न हो। अब पूर्ण वह होता है जिसका प्रारम्भ, मध्य और अन्त होता है। प्रारम्भ अनिवार्यतः किसी और चीज़ के बाद नहीं होता, लेकिन स्वाभाविक रूप से उसके बाद कुछ अवश्य होता है, अन्त किसी और चीज़ के बाद ही होता है--उसकी अनिवार्य या आकस्मिक परिणति के रूप में या जिसके बाद और कुछ नहीं होता; और मध्य स्वाभाविक रूप से अपने से पहले और बाद में कुछ लिये रहता है। इसलिए सुगठित कथानक स्वेच्छया कहीं से भी शुरू नहीं किया जा सकता और न उसका अन्त स्वेच्छया किया जा सकता है। उसके प्रारम्भ और अन्त ऊपर कही गई विधि से ही होने चाहिए। फिर, सुन्दर दिखाई देने के लिए किसी भी जीव--और अंशों से निर्मित किसी भी पूर्ण में--अंगों के संयोजन में न केवल एक विशिष्ट व्यवस्था होनी चाहिए वरन् उसका एक निश्चित आकार भी होना चाहिए। सुन्दरता आकार और व्यवस्था सापेक्ष होती है, और इसलिए निम्न स्थितियों में उसकी अवस्थिति सम्भव नहीं होती : (1) अत्यन्त लघु आकार के जीव में क्योंकि जैसे ही वह तात्कालिकता तक पहुँचता है, हमारी दृष्टि से ओझल हो जाता है; अथवा (2) विशाल आकार के किसी जंतु में--जैसे, 1000 मील लम्बा--क्योंकि ऐसी स्थिति में वह एक साथ पूरा दिखाई ही नहीं देगा और उसकी सम्पूर्णता और एकत्व दर्शक की आँखों में समाएँगे ही नहीं। इसी प्रकार जैसे कि अंशों से निर्मित सुन्दर पूर्ण अथवा सुन्दर जीवित जन्तु का ऐसा आकार होना चाहिए जो आँखों में समा सके, वैसे ही किसी कथा या कथानक की इतनी ही लम्बाई होनी चाहिए कि वह स्मृति में रह सके। काव्य-सिद्धान्त पर लम्बाई की यह सीमा तब तक लागू नहीं होती, जब तक कि दर्शकों के सामने उसके सार्वजनिक प्रदर्शन न किए जाने हों। एक समय ऐसा भी होता था कि यदि कहीं एक सौ त्रासदियाँ खेली जानी होती थीं, तो जल-घड़ी से उनकी समय-सीमा तय होती थी। जहाँ तक सीमा का प्रश्न है, वह तो आन्तरिक माँग के अनुसार ही तय हो सकती है : कहानी कितनी भी लंबी क्यों न हो, यदि पूर्ण के साथ उसकी संगति है, तो महत्त्व की दृष्टि से वह बेहतर होगी। एक सामान्य और मोटे सिद्धान्त के अनुसार 'ऐसी लम्बाई जो नायक को सामान्य या अनिवार्य अवस्थाओं से गुज़ारकर दुर्भाग्य से प्रसन्नता अथवा प्रसन्नता से दुर्भाग्य तक ले जाने में सक्षम हो' कहानी की लम्बाई की सीमा कही जा सकती है।

कथानक की अन्विति का अर्थ यह नहीं है कि उसमें विषय के रूप में एक ही व्यक्ति हो, जैसा कि कुछ विद्वानों का मत है। उस एक व्यक्ति पर असंख्य विपदाएँ आ पड़ती हैं, जिनमें कुछ को अन्विति में परिणत करना असम्भव होता है; और

इसी प्रकार एक व्यक्ति अनेक कार्य करता है, जिसे एक कार्यव्यापार में नहीं बदला जा सकता। उदाहरण के लिए 'हेराक्लाइड' और 'थेसाइड' या ऐसा ही कोई अन्य काव्य लिखनेवाले कवियों की ग़लती को देखा जा सकता है; वे मान लेते हैं कि क्योंकि हेराक्लीस एक व्यक्ति था, इसलिए हेराक्लीस की कहानी भी एक ही होनी चाहिए। लेकिन होमर ने इस बिन्दु को स्पष्टतः समझ लिया था। चाहे इसके पीछे कला रही हो या सहज बुद्धि, लेकिन होमर ने इसमें भी वैसी ही सफलता पाई, जैसी अन्य सभी कार्यों में। 'ओडिसी' की रचना करते समय उसने अपने नायक के साथ घटित होनेवाली सभी घटनाओं को अपने काव्य में नहीं समेटा। उदाहरण के लिए पार्नासस में हेराक्लीस के घायल होने और सेना का बुलावा आने पर पागलपन का दिखावा करने की घटनाएँ हैं, जिनका परस्पर कोई सम्बन्ध नहीं जान पड़ता और न ही ऐसे किसी सम्बन्ध की कोई सम्भावना दिखाई पड़ती है। इन घटनाओं को उठाने के बजाय होमर एक ऐसे अन्वितिपूर्ण कार्य को सामने रखता है, जिसे हमने 'ओडिसी' और 'इलियड' का भी विषय कहा है। सच तो यह है कि अन्य सभी अनुकरण कलाओं की भाँति काव्य में भी अनुकरण की प्रकृति में कोई अन्तर नहीं होता; उसमें भी कार्य के अनुकरण के रूप में कथानक में एक ही कार्य अनुकृति होनी चाहिए--एक पूर्ण कार्य जिसकी अनेकानेक घटनाएँ इस प्रकार एक-दूसरे में गुँथी होनी चाहिए कि उनमें से एक का भी स्थान बदल देने या निकाल देने से पूर्ण ही अव्यवस्थित हो जाए। यदि किसी अंश की उपस्थिति या अनुपस्थिति से कोई प्रत्यक्ष अन्तर नहीं दिखाई पड़ता, तो वह पूर्ण का वास्तविक अंग नहीं कहला सकता।

हमारे कथन से यह स्पष्ट होता है कि कवि का कार्य घटित का वर्णन करना नहीं है, बल्कि उसका वर्णन करना है जो घटित हो सकता था अर्थात् उसका जिसके सम्भाव्य या अनिवार्य होने की सम्भावना है। इतिहासकार और कवि के बीच इतना ही अन्तर नहीं होता कि एक गद्य में लिखता है और दूसरा पद्य में--आप हेरोडोटस की रचना को काव्य में लिख दीजिए, रहेगी वह फिर भी इतिहास की श्रेणी में। अन्तर इस बात में है कि एक उसका वर्णन करता है, जो था, और दूसरा उसका, जो हो सकता था। इसीलिए काव्य में दार्शनिकता अधिक होती है और वह इतिहास की अपेक्षा अधिक महत्त्वपूर्ण होता है। इसका कारण यह है कि काव्य के वक्तव्य प्रकृतिपरक बल्कि सार्वभौमिक होते हैं, और इतिहास के वक्तव्य एकांगी। सार्वभौमिक वक्तव्य से मेरा तात्पर्य इस बात से है कि चरित्रों के नाम-विशेष होने के बावजूद अमुक व्यक्ति या अमुक प्रकार का व्यक्ति सम्भावित या अनिवार्य रूप से क्या करेगा, यही काव्य का लक्ष्य है। एकांगी वक्तव्य का उदाहरण इससे दिया

जा सकता है कि अल्सीबियादीस ने क्या किया या कि उसके साथ क्या हुआ। अब यह स्पष्ट है कि कामदी में नामों का आधार कथानक के संभावित घटनाओं से परिपूर्ण होने के बाद ही दिया जाता है। ये नाम इच्छानुसार रखे जाते हैं, न कि छन्द शास्त्र (लघु-गुरु चरण) का अनुसरण करनेवाले पुराने कवियों की तरह, जो विशेष नामों से ही चिपके रहते हैं। त्रासदी में अवश्य ऐतिहासिक नामों का अभी भी प्रयोग किया जाता है। इसका कारण है : जो आश्वस्त करता है, वह सम्भाव्य है; अब जो घटित नहीं हुआ उसकी सम्भावना के बारे में तो हम निश्चित नहीं हैं, लेकिन जो घटित हो चुका है, वह प्रत्यक्षतः सम्भव है, अन्यथा वह अब तक चला नहीं आता। फिर भी त्रासदियों में भी कई ऐसे नाटक हैं जिनमें एक-दो नामों को छोड़कर सभी नाम काल्पनिक हैं; और कुछ नाटक ऐसे भी हैं, जिनमें एक भी प्रसिद्ध नाम नहीं है, जैसे एगाथोन की कृति 'एंटह्यूस' जिसमें घटनाएँ और नाम—दोनों कवि-प्रसूत हैं; और वह किसी तरह से कम आनन्दप्रद नाटक नहीं है। इसलिए हमें इस बारे में लचीलेपन से काम लेना चाहिए कि त्रासदियों का आधार केवल पारम्परिक आख्यान ही होने चाहिए। वास्तव में ऐसा सोचना तर्कहीन होगा, क्योंकि सभी को आनन्द प्रदान करनेवाले होने पर भी प्रसिद्ध आख्यानों का ज्ञान कुछ ही लोगों को होता है।

इससे स्पष्ट है कि कवि को अपनी कथा या कथानक का कवि पहले होना चाहिए, न कि अपनी कविता का क्योंकि वह अपनी रचना में निहित अनुकरणात्मक तत्त्व की बदौलत कवि है और वह कार्यों का ही अनुकरण करता है। और यदि वह घटित इतिहास से भी विषय ग्रहण करता है, तो भी वह उसका ही कवि है, क्योंकि कुछ ऐतिहासिक घटनाएँ सम्भव या सम्भाव्य की सीमा में होती ही हैं, इसलिए वह उन घटनाओं के उन्हीं पक्षों का कवि होगा।

उपकथाओं वाले सरल कथानक और कार्यव्यापार सबसे बेकार होते हैं। उपकथात्मक कथानक मैं उस कथानक को कहता हूँ जिसके उपकथानकों के क्रम में न कोई सम्भाव्यता होती है और न अनिवार्यता। घटिया कवि स्वयं अपनी ग़लतियों से इस प्रकार के कार्यव्यापारों की रचना कर लेते हैं और अच्छे कवि पात्रों के कारण। रचना के सार्वजनिक प्रदर्शन के निमित्त होने के कारण अच्छा कवि भी अपने कथानक को क्षमता से अधिक खींच देता है और इस कारण उसे घटनाओं के क्रम को तोड़ना-मरोड़ना पड़ता है।

त्रासदी पूर्ण कार्यों का ही अनुकरण नहीं होती, वह उन घटनाओं का भी अनुकरण करती है, जो करुणा और भय उत्पन्न करती हैं। जब ऐसी घटनाएँ अचानक या किसी अन्य घटना के परिणामस्वरूप घटती हैं, तो मन पर उनका प्रभाव सर्वाधिक होता है; ऐसी स्थिति में उनमें आश्चर्य का भाव उस स्थिति की अपेक्षा अधिक होता है, जब वे अपने आप या संयोगवश घटित होती हैं। लेकिन

यदि संयोग में भी निश्चित उद्देश्य निहित हो, तो उस स्थिति में भी उसमें आश्चर्य का भाव सर्वाधिक होगा। इसका एक उदाहरण अर्गोस की माइटीस की मूर्ति से जुड़ी उस घटना से लिया जा सकता है, जिसमें 'माइटीस की मृत्यु' के लेखक की मृत्यु मूर्ति गिरने से उस समय होती है, जब वह सार्वजनिक प्रदर्शन में एक दर्शक की हैसियत से मौजूद होता है। हमारे विचार से ऐसी घटनाएँ अकारण नहीं होतीं। इसलिए, इस प्रकार का कथानक अन्य कथानकों की अपेक्षा अधिक मँजा हुआ होता है।

कथानक दो प्रकार के होते हैं—सरल और जटिल क्योंकि उनमें निहित कार्य भी इन्हीं दो श्रेणियों में परिगणित होते हैं। पहले हमने जिस प्रक्रिया का वर्णन किया है, उस पर चलनेवाला कार्यव्यापार अविरल-पूर्ण होता है। मैं उस कथानक को सरल मानता हूँ जिसमें नायक का सौभाग्य बिना किसी भाग्य-विपर्यय या उद्घाटन के बदल जाता है; तथा जटिल कथानक वह है, जिसमें कोई एक स्थिति या दोनों स्थितियाँ मौजूद हों। ये दोनों कथानक की संरचना से ही उद्भूत होने चाहिए, तभी ये पूर्व घटनाओं की पारिमाणिक, अनिवार्य या सम्भाव्य की सीमा में आएँगे। पूर्व घटित (propter hoc) तथा बाद में घटी (post hoc) घटनाओं में बहुत अधिक अन्तर होता है।[5]

भाग्य-विपर्यय नाटक के भीतर एक स्थिति का एकदम विरोधी स्थिति में परिवर्तन है, और वह भी, जैसा कि हम विवेचन कर रहे हैं, घटनाओं के सम्भाव्य या अनिवार्य क्रम के अनुरूप; उदाहरण के लिए जैसा कि 'ईडिपस' में है : इसमें स्थिति का विपर्यय संदेशवाहक प्रस्तुत करता है, जो ईडिपस की माँ के विषय में उसका भय दूर करता हुआ उसके जन्म का रहस्य खोलकर उसकी प्रसन्नता का कारण बनता है। 'लिन्सियस' में भी विपर्यय की ऐसी ही स्थिति है, जिसमें लिन्सियस को मृत्युदंड देने के लिए ले जाया जा रहा है; उमाउस उसके साथ है; वही उसका वध करनेवाला है; इससे पहले की घटनाओं के कारण लिन्सियस को बचा लिया जाता है और उमाउस का वध किया जाता है। उद्घाटन शब्द का निहितार्थ ही है अज्ञान से ज्ञान की ओर जाना और फिर इस प्रकार क्रमशः सौभाग्य और दुर्भाग्य के लिए तय पात्रों के प्रति प्रेम या घृणा प्रकट करना। सर्वश्रेष्ठ उद्घाटन की स्थिति भाग्य-विपर्यय के साथ जुड़ी होती है, जैसे कि 'ईडिपस' के उद्घाटन में है। निःसन्देह इसके अन्य प्रकार भी हैं; यह जड़ वस्तुओं में अत्यन्त महत्त्वहीन भी हो सकती है। यह पता लगाना भी सम्भव है कि अमुक व्यक्ति ने अमुक कार्य किया है या नहीं। परन्तु कथानक के साथ सीधे जुड़े रूप और कार्यव्यापार का सबसे पहले उल्लेख होता है। भाग्य-विपर्यय के साथ मिलकर यह करुणा या भय उत्पन्न करेगा—कार्यव्यापारों की प्रकृति अवश्यंभावी रूप से उसके साथ जुड़ी होगी, जिसकी अनुकृति त्रासदी कर रही होती है और यह सुखांत या दुखांत अन्त की ओर परिणति

की भूमिका भी निभाएगा क्योंकि उद्घाटन का सम्बन्ध व्यक्तियों के साथ होता है, इसलिए यह भी सम्भव है कि वह केवल एक पक्ष के सामने दूसरे पक्ष का उद्घाटन हो—ऐसी स्थिति में पहले पक्ष के बारे में जानकारी पहले से ही उपलब्ध होती है; यह भी हो सकता है कि दोनों पक्षों को एक-दूसरे के विषय में जानना हो। उदाहरण के लिए ओरेस्टीस को इफ़िगेनिया के विषय में जानकारी पत्र के माध्यम से मिलती है; इफ़िगेनिया को ओरेस्टीस की जानकारी देने के लिए एक और उद्घाटन की आवश्यकता पड़ती है।

यह तो बात हुई कथानक के दो अंगों—भाग्य-विपर्यय और उद्घाटन की। एक तीसरा अंग भी है—दुखभोग, जिसे हम विनाशक या वेदनामय प्रकृति का कार्यव्यापार कह सकते हैं। इनमें मंच पर हत्या करना, यातना देना, आघात करना जैसे कार्यव्यापार परिगणित किए जा सकते हैं। अन्य दो के विषय में हम पहले बात कर चुके हैं...

ऊपर जो हमने कहा है, उससे अगले बिन्दु इस प्रकार हैं : कवि का लक्ष्य क्या होना चाहिए; और फिर अपने कथानक की संरचना में किन बातों से बचना चाहिए; तथा (2) किन स्थितियों पर त्रासद प्रभाव निर्भर करता है?

हम मान लेते हैं कि त्रासदी के सर्वश्रेष्ठ रूप के लिए कथानक जटिल होना चाहिए, न कि सरल, हम यह भी मान लेते हैं कि उसमें करुणा और भय उत्पन्न करनेवाले कार्यों का अनुकरण होना चाहिए क्योंकि इस प्रकार के अनुकरण का यही विशिष्ट प्रकार्य है। इसलिए कथानक के तीन प्रकारों से बचना चाहिए। (1) कोई अच्छा व्यक्ति प्रसन्नता से विपत्ति में पड़ता नहीं दिखाना चाहिए, अथवा (2) कोई ख़राब व्यक्ति विपत्ति से प्रसन्नता की स्थिति में जाता भी नहीं दिखना चाहिए। पहली स्थिति हममें न करुणा उपजाएगी और न भय जगाएगी, वह हमारे निकट केवल निंदनीय होगी। दूसरी स्थिति नितान्त अ-त्रासद है; इसमें त्रासदी का कोई भी गुण नहीं है। ऐसी स्थिति न तो हमारी मानवीय भावनाओं को उद्वेलित करती है, न हमारे करुणा-भाव को जगाती है और न भय उत्पन्न करती है। दूसरी ओर (1) अव्वल दर्जे का कोई व्यक्ति भी प्रसन्नता से विपत्ति की ओर गिरता नहीं दिखाया जाना चाहिए। ऐसी स्थिति हमारे भीतर की मानवीय भावनाओं को तो छू सकती है, लेकिन करुणा अथवा भय का संचार करने में असफल रहेगी; करुणा तो अनर्जित दुर्भाग्य से पैदा होती है और भय हमारे अपने जैसे किसी व्यक्ति से उत्पन्न होता है, इसलिए ऐसी स्थिति न तो करुणा उत्पन्न कर पाएगी और न भय का संचार कर पाएगी। अब शेष रहते हैं मध्यवर्ती चरित्र, जो सदाचार और न्याय की दृष्टि से उत्कृष्ट नहीं होते, जिनके दुर्भाग्य का कारण उनका कोई पाप या

चरित्रहीनता नहीं होती; उसका कारण अनुमान की ग़लती होता है, अनेक ऐसे आदर-सम्मान के पात्र और समृद्धिशाली चरित्र इस कोटि में आते हैं। ईडिपस, थाइस्टीस और अनेक ऐसे परिवारों के पात्र इस बात के उदाहरण के रूप में रखे जा सकते हैं। इस दृष्टि से त्रुटिहीन कथानक में एक समस्या होनी चाहिए, दो नहीं (जैसा कि कुछ विद्वान कहते हैं); नायक के भाग्य में परिवर्तन प्रसन्नता से विपत्ति में नहीं होना चाहिए, बल्कि इसके विपरीत विपत्ति से प्रसन्नता में होना चाहिए। और इसका कारण भी चरित्रहीनता नहीं होना चाहिए, वरन् उसकी कोई भयानक भूल होनी चाहिए; मनुष्य या तो उस कोटि का होता है जिसका हमने अभी वर्णन किया, या वह बेहतर होता है; उससे ख़राब तो वह नहीं ही होता। वास्तविकता भी हमारे सिद्धान्त को सत्य सिद्ध करती है। प्रारम्भ में तो कवियों ने जो त्रासद कहानी हाथ लगी, उसी को अपना लिया, लेकिन इन दिनों सर्वश्रेष्ठ त्रासदियों का आधार हमेशा कुछ परिवारों की कथाओं पर आधारित होता है, जैसे आल्सेमेयोन, ईडिपस, ओरेस्टीस, मेल्यागीर, थिएस्टीस, टेलिफ़स या ऐसा ही कोई अन्य नायक किसी ग़लती का कर्ता अथवा उसके कारण कष्टभोगी के रूप में उसका अंग हो सकता है। इस प्रकार सैद्धान्तिक रूप से सर्वश्रेष्ठ त्रासदी का कथानक उसी प्रकार का होगा, जैसा कि हमने वर्णन किया है। इसलिए वे आलोचक ग़लती करते हैं, जो यूरीपिडीस को इस सिद्धान्त को मानने तथा अपनी अनेक त्रासदियों को दुखान्त के कारण दोष देते हैं। जैसा कि हमने कहा है, इसी सिद्धान्त पर चलना ठीक है। इसका सबसे अच्छा प्रमाण इस प्रकार है : ऐसे नाटक यदि भलीभाँति तैयार किए गए हों, तो दर्शक उन्हें मंच पर और सार्वजनिक प्रदर्शनों में सबसे सच्ची त्रासदियों के रूप में स्वीकार किए जाते हैं; और यूरीपिडीस—भले ही वह अन्य सभी पक्षों में दोषपूर्ण हो, अन्य सभी नाटककारों की अपेक्षा उसके नाटक सबसे ज़्यादा त्रासद होते हैं। इसके पश्चात् ओडिसी जैसी दोहरी कहानीवाले कथानक की संरचना का पक्ष आता है। ऐसे कथानक को कई विद्वान पहले क्रम पर रखते हैं। साथ ही इसके विपरीत एक प्रश्न है—अच्छे और बुरे चरित्रों का। इसे पहला क्रम दर्शकों की कमज़ोरी के कारण दिया जाता है। कवि केवल अपने दर्शकों का अनुसरण करते हुए उनकी इच्छानुसार रचना कर देते हैं परन्तु उसमें त्रासदी का आनन्द नहीं होता। यह तो कामदी का काम है, जिसमें घोर शत्रु (उदाहरण के लिए ओरेस्टीस और ऐगिस्थस) भी अन्त में अच्छे मित्रों के रूप में प्रस्थान करते हैं और कहीं कोई किसी की हत्या नहीं करता।

त्रासद भय और करुणा तो प्रदर्शन से भी उत्पन्न हो सकते हैं, लेकिन ये भाव नाटक के ढाँचे और घटनाओं से भी संचरित हो सकते हैं—यह बेहतर विधि है और बेहतर

कवि का प्रमाण भी। वस्तुतः कथानक इस प्रकार का होना चाहिए कि उसकी घटनाओं को साक्षात् भले न देखा जाए, उनके श्रवण से ही मन में करुणा और भय का संचार हो जाए। यही वह प्रभाव है, जो 'ईडिपस' की कथा के गायन मात्र से व्यक्ति पर पड़ेगा। प्रदर्शन के माध्यम से वही प्रभाव उत्पन्न करना अपेक्षाकृत कम कलात्मक है और इसके लिए बाह्य साधनों की आवश्यकता पड़ती है। परन्तु, जो हमारे सामने ऐसा प्रदर्शन प्रस्तुत करते हैं जो केवल विरूप है, जिससे कोई भय उत्पन्न नहीं होता, वे त्रासदी को कतई नहीं समझते; त्रासदी से हमें प्रत्येक प्रकार के आनन्द की अपेक्षा नहीं करनी चाहिए वरन् अपेक्षा केवल उसके अपने वास्तविक आनन्द की करनी चाहिए।

त्रासद आनन्द करुणा और भय से ही आता है, और कवि को इसकी उत्पत्ति अनुकरण रचना से करनी होती है; इसलिए यह स्पष्ट है कि उसकी कथावस्तु में उसके कारण निहित होने चाहिएँ। आइए, देखें कि किस प्रकार की घटनाएँ व्यक्ति को भयानक अथच् करुणाप्रद लगती हैं। इस प्रकार के कार्य में लिप्त पक्ष परस्पर मित्र, शत्रु या निष्पक्ष होने चाहिएँ। जब कोई शत्रु अपने शत्रु के प्रति कोई ऐसा काम करता है तो वास्तविक कष्टभोग की पीड़ा ही करुणा का भाव जगाती है न कि उसका कर्म और उसकी योजना। यही बात उस स्थिति में लागू होती है, जब दोनों पक्षों में एक-दूसरे के प्रति मित्र या वैर-भाव नहीं होता। लेकिन जब कोई त्रासद कार्य परिवार के भीतर घटित होता है—जब भाई हत्या का कार्य या उसकी योजना बनाता है, या जब बेटा पिता के विरुद्ध यह कार्य करता है, या माँ बेटे के विरुद्ध करती है—तो ऐसी स्थितियों पर कवि की नज़र रहनी चाहिए। पारम्परिक कथावस्तुओं को यथावत् रहने देना चाहिए। उदाहरण के लिए ओरेस्टीस द्वारा क्लाइटीमेन्स्त्रा का वध या अल्समेयोन द्वारा एरिफाइली का वध। लेकिन इसके बावजूद कवि के लिए बहुत-कुछ शेष रहता है। वही इन घटनाओं के निर्वाह का सही तरीक़ा ढूँढ़ता है। आइए, हम इसे स्पष्ट कर लें कि 'सही तरीक़ा' है क्या। कर्त्ता भयोत्पादक कार्य जानबूझकर और चेतन रूप से कर सकता है, जैसे पुराने कवियों में मिलता है, और जैसे 'यूरीपिडीस' में मीडिया द्वारा अपने बच्चों की हत्या। या कर्त्ता यह कार्य-संपादन अज्ञान के कारण कर सकता है, और हो सकता है कि उसे सच्चाई का पता बाद में चले, जैसे कि सोफोक्लीस के यहाँ ईडिपस के साथ होता है। यहाँ कार्य-संपादन नाटक के बाहर है; लेकिन यह नाटक के भीतर भी हो सकता है, जैसा कि 'अस्टीदामस' में अल्सेमेयोन का कृत्य है, या 'यूलीसिस वूंडेड' में टेलिगोनस का। तीसरी सम्भावना इस बात की है कि कोई व्यक्ति किसी दूसरे व्यक्ति के साथ अपने सम्बन्ध में अज्ञात रहते हुए उसे हानि पहुँचाने की योजना बनाए और समय रहते उसे सम्बन्ध का पता चल जाए और वह अपने कदम लौटा ले। बस यही इन सम्भावनाओं की सीमा है क्योंकि कार्य का सम्पादन अनिवार्य रूप

से होना चाहिए या नहीं होना चाहिए, और वह जानबूझकर होना चाहिए या अनजाने में।

सबसे ख़राब स्थिति तब होती है जब पात्र कार्य-संपादन करते समय सब कुछ जानता है और फिर भी कार्य का सम्पादन नहीं करता। यह स्थिति निंदनीय है और (कष्ट भोग की अनुपस्थिति के कारण) अ-त्रासद भी। इसलिए किसी पात्र को इस स्थिति में नहीं डाला जाता। हाँ, 'एंटीगोनी' में हीमोन और क्रेयोन जैसे कुछ अपवाद अवश्य मिल जाते हैं। इसके बाद आता है योजना के अनुरूप कार्य का निष्पादन। इससे भी बेहतर स्थिति है कि कार्य अज्ञानवश हो, और सम्बन्ध का उद्घाटन बाद में हो; क्योंकि इसमें निन्दनीय कुछ नहीं है, इसलिए उद्घाटन हमें आश्चर्य से भर देगा। यह अन्तिम स्थिति सर्वश्रेष्ठ है, जैसे 'क्रिस्पोफोंटिस' में मेरोपी अपने बेटे की जैसे ही हत्या करने को होता है, वह उसे पहचान लेता है, 'इफ़िगेनिया' में बहन और भाई एक-दूसरे में आत्मलीन होने को होते हैं, तथा 'हेल्ले' में जब बेटा अपनी माँ को शत्रु को सौंपने को होता है, तभी वह उसे पहचान लेता है...

चरित्रों में चार विशेषताओं का ध्यान रखना चाहिए। सर्वप्रथम वे भले होने चाहिए। यदि कोई पात्र (जैसा कि पहले कहा गया है) के कृत्य या कथन में कोई नैतिक उद्देश्य है, तो इससे नाटक का महत्त्व बढ़ेगा। और यदि इस नैतिक उद्देश्य का लक्ष्य अच्छा है, तो इससे महत्त्व में भी वृद्धि होगी। इस प्रकार अच्छाई हर प्रकार के पक्ष में सम्भव है—यहाँ तक कि किसी स्त्री में या दास में भी, हालाँकि एक निम्न श्रेणी का पात्र है और दूसरा एकदम निकम्मा। दूसरा बिन्दु पात्रों को औचित्यपूर्ण बनाना है। हमारे सामने जो पात्र है, वह पौरुष-युक्त हो सकता है, किन्तु स्त्री का पौरुष-युक्त या चतुर होना उचित नहीं होगा। तीसरा बिन्दु पात्रों को वास्तविक बनाने का है। इसका अर्थ हमारी धारणा के अनुरूप उन्हें अच्छा या औचित्यपूर्ण बनाना नहीं है। चौथा बिन्दु उन्हें पूरे नाटक में अपनी प्रवृत्ति के अनुरूप संगत बनाना है। यदि हमारे सामने उसकी कोई असंगति खुल चुकी हो, तो भी पात्र के उस रूप की प्रस्तुति के लिए अनुकरण में वह संगत रूप में असंगत होना चाहिए।...अनिवार्य या सम्भाव्य की खोज में रहना जितना घटनाओं के लिए अच्छा है, उतना ही चरित्रों के लिए भी है, अमुक अमुक पात्र जब भी अमुक कार्य करेगा या अमुक बात कहेगा, वह चरित्र से अनिवार्यतः या सम्भाव्यतः निकलेगी; और जब भी कोई घटना इस प्रकार के कार्य या कथन के बाद घटित होगी, वह उसका अनिवार्य या सम्भाव्य परिणाम ही होगी। (थोड़ा अवान्तर करें तो) हम पाएँगे कि निर्वहण भी कथानक से ही निकलना चाहिए, वह मंच-कौशल पर निर्भर नहीं करना चाहिए, जैसा 'मीडिया' में होता है या 'इलियड' में (बन्दी) यूनानियों के प्रस्थान की कथा में होता है। कौशल को नाटक से बाहर के कार्यव्यापार के लिए सुरक्षित रखना चाहिए, मानवीय ज्ञान से परे भूतकाल की घटनाएँ हैं या भविष्य में घटित होनेवाली घटनाएँ, जिनकी

भविष्यवाणी अनिवार्य हो या जिनकी घोषणा करनी हो, क्योंकि सब कुछ जानने का विशेषाधिकार तो देवताओं का ही है। वास्तविक घटनाओं में कुछ भी असम्भाव्य नहीं होना चाहिए। यदि यह अपरिहार्य हो तो उसे त्रासदी से इतर रखना चाहिए, जैसे सोफोक्लीस के 'ईडिपस' में होता है। अब चरित्र की बात पर लौटें। जैसे त्रासदी साधारण व्यक्तियों से बेहतर पात्रों का अनुकरण है, हमें भी अच्छे रेखाचित्र कलाकारों के उदाहरण को अपनाना चाहिए, जो मनुष्य की रूपरेखाओं की अनुकृति करने के साथ-साथ उसकी समानता की रक्षा भी करता है और उसे अपेक्षाकृत सुदर्शन भी बना देता है। कवि को भी इसी प्रकार जल्दी या देर से क्रोधित होनेवाले या ऐसी ही निर्बलताओं से युक्त व्यक्तियों का चित्रण करते समय यह ध्यान में रखना चाहिए कि उन्हें यथागुण कैसे चित्रित करे; अगाथोन और होमर द्वारा एचिलीस का चित्रण इसका उदाहरण है।...

ऐसा प्रतीत होता है कि यह विवेचन कल्पनाशील साहित्य की प्रकृति और महत्त्व की सामान्य समस्या से काफ़ी दूर चला गया है। लेकिन हमें इस बात का ध्यान रखना चाहिए कि अरस्तू आगमन विधि अपनाकर चलता है। वह अपने निष्कर्ष निकालने से पहले सारे तथ्यों की जानकारी लेता है। त्रासदी का निर्माण करनेवाले विभिन्न तत्त्वों का विवेचन भी त्रासदी की मूलभूत प्रकृति की खोज का ही अंग है। इस विधि से त्रासदी की मूलभूत प्रकृति की खोज से ही वह यह निष्कर्ष निकाल सकता है कि अच्छी त्रासदी क्या होती है और ख़राब त्रासदी क्या होती है (और इस बात पर ध्यान देना चाहिए कि इस विवेचन के दौरान त्रासदी की प्रकृति के वर्णन से किस प्रकार मूल्यांकन के मानक स्पष्ट होते हैं—इसे त्रासदी कहते हैं, और फिर उसे यह रूप देने के लिए जितने अच्छे ढंग से उसके तत्त्वों का चुनाव और उनकी व्यवस्था होगी, त्रासदी उतनी अच्छी बन पड़ेगी) तथा उसके महत्त्व और प्रकार्य क्या हैं। अरस्तू ने निःसन्देह त्रासदी का चुनाव इसलिए किया क्योंकि उसके निकट यह सबसे प्रभावशाली साहित्यिक रूप था; वह महाकाव्य की चर्चा बाद में करता है और कामदी की चर्चा तो यह 'पोएटिक्स' के विस्मृत दूसरे भाग में करता है।

अनुकरण और सम्भाव्यता

त्रासदी की संरचना को लेकर अरस्तू के अधिकांश विचार संक्षिप्त टिप्पणियों की अपेक्षा रखते हैं। उसके विचार इस ओर संकेत करते हैं कि वह तार्किक धरातल पर इस विवेचन के बीच झूल रहा है कि त्रासदी मूलभूत रूप से है क्या और अच्छी क्या होती है। अरस्तू ने अन्विति और व्यवस्था का जिस प्रकार निर्वाह किया है,

उससे पता चलता है कि वह काव्य-रूप के प्रति सचेत था और उसे इस बात का भी ज्ञान था कि विभिन्न तत्त्वों को एक साहित्यिक पूर्णता देने में आनन्द की प्राप्ति होती है। (प्लेटो भी साहित्य कला के इस पक्ष के प्रति अवश्य सचेत रहा होगा, परन्तु वह साहित्य की संरचना और प्रतिमान पर विचार-मंथन से प्राप्त होनेवाले संतोष और इस प्रकार प्राप्त संतोष के मनोवैज्ञानिक महत्त्व की चर्चा से सप्रयत्न बचा है।) लेकिन अरस्तू जब काव्य और इतिहास के सम्बन्ध की चर्चा करता है, तब वह प्लेटो के इस सिद्धान्त पर कड़ा प्रहार करता है कि काव्य अनुकरण का अनुकरण है। कवि केवल उन घटनाओं या स्थितियों का अनुकरण या अनुकृति नहीं करता जिन्हें उसने देखा है या जिसकी उसने रचना की है, वह उनका उपयोग इस प्रकार करता है कि उनके सार्वभौमिक और चारित्रिक तत्त्व स्पष्ट हो जाएँ, और इस प्रकार वह किसी घटना या स्थिति की मूलभूत प्रकृति का उद्‌घाटन करता है--वह जो कुछ कह रहा है, वह ऐतिहासिक तथ्य हो या न हो। कवि 'सम्भाव्यता या अनिवार्यता के नियम के अनुसार' कार्य करता है, न कि किसी आकस्मिक निरीक्षण या यादृच्छिक आविष्कार के। इस दृष्टि से वह मूलतः किसी इतिहासकार से अधिक वैज्ञानिक और गम्भीर दृष्टिकोणवाला होता है। इतिहासकार की विवशता स्वयं को घटित तक सीमित रखने की होती है। मानव मनोविज्ञान और घटनाओं की प्रकृति की दृष्टि से अन्तर्निहित सम्भाव्य रूप में प्रस्तुति के लिए वह न तो तथ्यों का क्रम बदल सकता है और न अपने तथ्यों का आविष्कार कर सकता है। कवि क्योंकि अपनी कथावस्तु की रचना और व्यवस्था स्वयं करता है, इसलिए वह अपनी आत्मनिर्भर सृष्टि की रचना कर लेता है; इस सृष्टि की अपनी सम्मोहक सम्भाव्यता, अपनी अपरिहार्यता होती है। कवि की कथावस्तु में जो कुछ घटित होता है, वह शाब्दिक अर्थ में उसकी सृष्टि में 'सम्भाव्य' होता है, क्योंकि वह सृष्टि स्वयं वास्तविक सृष्टि के तत्त्वों पर आधारित संरचना है, अर्थात् वास्तविक सृष्टि के किसी पक्ष का उदाहरण है।

जिस क्षण कोई इस बात से इनकार करता है कि कवि मात्र अकर्मक अनुकर्ता है, और औपचारिक सम्भाव्यता का प्रश्न खड़ा करता है, साहित्यालोचन का धरातल बदल जाता है। दो नई धारणाएँ इसमें शामिल हो जाती हैं। पहली धारणा यह है कि ऐतिहासिक असत्य आदर्श सत्य हो सकता है कि 'सम्भाव्य असम्भाव्यता' 'असम्भाव्य सम्भाव्यता' की अपेक्षा अधिक गहरी वास्तविकता का प्रकाशन कर सकती है; दूसरी धारणा यह है कि साहित्यिक कलाकार ऐसी कृति की रचना करता है, जिसमें अन्विति और अपनी ही औपचारिक श्रेष्ठता होती है और इस कारण से उस रचना का अपना सम्भाव्यता का संसार होता है, जिसके भीतर सत्य की पहचान पाकर उसे समझा जा सकता है। इन दोनों धारणाओं का हर प्रकार का विकास सम्भव है। पहली धारणा से हम कलात्मक कल्पना के ज्ञानात्मक पक्षों से सम्बद्ध दृष्टिकोण को

विकसित कर सकते हैं और फिर उसे हम कला की वास्तविकता की प्रकृति की पड़ताल का माध्यम बना सकते हैं। इस दृष्टिकोण से साहित्यिक रचना अन्तिम विश्लेषण में ज्ञान का एक प्रकार, मानव-स्थिति के एक दौर को पहचान पाने की एक विशिष्ट दृष्टि बन जाती है, जो किसी और विधि से न अभिव्यक्त की जा सकती है, और न उसका सम्प्रेषण किया जा सकता है। साहित्यिक सम्भाव्यता के सम्बन्ध में अरस्तू के दृष्टिकोण को दूसरे आशय से हम कविता या किसी अन्य साहित्यिक रचना की अन्विति के विभिन्न प्रकारों तथा उस अन्विति की पहचान और समझ से प्राप्त होनेवाले सन्तोष की पड़ताल करते हुए साहित्यिक रूप और संरचना के सिद्धान्त का विकास कर सकते हैं। यदि हम दोनों आशयों को एक साथ रखें तो हम कलात्मक कल्पना द्वारा उपलब्ध विशेष प्रकार की दृष्टि के निर्माण में रूप की विशिष्ट भूमिका, संरचना के रूप में कला और ज्ञान के रूप में कला के बीच का सम्बन्ध देखेंगे। इसके साथ ही हम यह भी देखेंगे कि साहित्य और कला के विभिन्न प्रकार किस प्रकार एक या दूसरे–ज्ञानात्मक या शुद्ध रूप से औपचारिक–पक्ष को तब तक दबाते रहते हैं जब तक कि हम उस बिन्दु पर न पहुँच जाएँ, जहाँ पहुँच कर हम मूल्यों का एक मानक या नियामक पैमाना बना सकें। इस पैमाने के अनुसार केवल निर्दोषता का गुण प्रदर्शित करनेवाली रचना (जैसे कोई निर्दोष जासूसी कथा) की अपेक्षा गहरी अन्तर्दृष्टि तथा औपचारिक और निर्दोष (उदाहरण के लिए 'हेमलेट' या 'किंग लीयर') की सन्तुष्टि का सम्प्रेषण करनेवाली रचना श्रेष्ठतर सिद्ध होती है। यह कहा जा सकता है कि श्रेष्ठता के अभाव में कोई रचना अन्तर्दृष्टि-युक्त नहीं हो सकती क्योंकि कला द्वारा सम्प्रेषित अन्तर्दृष्टि पर्याप्त सीमा तक रूप के माध्यम से विकसित होती है; और यह अनिवार्य नहीं है कि रूप को ज्ञानात्मक स्तर पर प्रयुक्त किया जाए। यही कला और शिल्प के बीच, तकनीक को आधारभूत दृष्टि–जहाँ दृष्टि अवश्यंभावी रूप से तकनीक से इस प्रकार जुड़ी लगती है कि रूप और विषयवस्तु एक-दूसरे में अन्तर्निहित लगते हैं–की सेवा में लगानेवाली रचना तथा मात्र शिल्प का प्रदर्शन करनेवाली रचना के बीच अन्तर है; सब कलाओं में शिल्पकौशल अन्तर्निहित होता है, किन्तु सभी शिल्पकौशल कला की रचना करें, यह अनिवार्य नहीं है।

आलोचनात्मक विचारमंथन की इन धाराओं की पड़ताल आलोचनात्मक सिद्धान्तों के एक परिपक्व और लचकीले समूह को जन्म दे सकती है, जो न केवल काव्य की प्रकृति और महत्त्व जैसे दार्शनिक प्रश्नों से भी जूझता है, वरन् विभिन्न काव्यरचनाओं में विभेद करने की नियामक समस्या से भी जूझता है। हम आगे चल कर देखेंगे कि अरस्तू के इन विचारों में निहित दृष्टिकोण का कालान्तर के आलोचकों ने कैसे विकास किया है और वे साहित्यिक रचनाओं के विमर्श में कितने व्यावहारिक हैं। संप्रति, हम इस बात तक सीमित रहें कि सम्भाव्यता के विषय में अरस्तू के विचार

सम्भवतः आलोचना के इतिहास में सबसे अधिक बीजवपन करनेवाले वाक्य हैं। आधुनिक आलोचक को शेक्सपीयर के नाटक मानवीय भावना और अनुभूति की गहरी पहचान की प्रतीति करानेवाली संरचना का आदिरूप लगते हैं, जिसे येट्स प्रतीकों की सार्वभौमिक काव्यभाषा मानता है; और 'मर्चेंट ऑफ़ वेनिस' को मंचित करनेवाले भावी निर्माता को उसमें सम्भाव्यता—तीन मंजूषाओं की अनैतिक परी-कथा और राजसभा वाले दृश्य का मनोवैज्ञानिक यथार्थ—के दो स्तर दिखाई देते हैं, इन दोनों दृश्यों को अभिनय के विशेष अंशों को अत्यन्त सावधानीपूर्वक निश्चित रूप देकर ही मंच पर परस्पर हस्तक्षेप से बचाया जा सकता है; ये दोनों—आधुनिक आलोचक और रंगकर्मी—इस स्थिति में अरस्तू की परम्परा को आगे बढ़ाने का काम कर रहे हैं।

विरेचन

इस बात को स्वीकार करना औचित्यपूर्ण है कि अरस्तू के काव्य और इतिहास तथा साहित्यिक सम्भाव्यता की प्रकृति के विवेचन में कल्पनाशील साहित्य के महत्त्व पर वृहद् दृष्टिपात निहित है। परन्तु अरस्तू प्लेटो की इस धारणा कि कला अनुकरण का अनुकरण है—सत्य से तीन कदम दूर—का उत्तर देकर ही चुप नहीं हो जाता; वह प्लेटो की इस धारणा का भी स्पष्ट उत्तर देना चाहता है कि कला मनोविकारों का पोषण करके मन को भ्रष्ट करती है। इस आरोप का वह बड़ा सरल और सटीक उत्तर देता है। वह इस बात पर बल देता है कि मनोविकारों को पुष्ट करने के बजाय कला उन्हें अ-हानिकारक या उपयोगी विरेचन का अवसर देती है; त्रासदी हममें भय और करुणा को जगाकर 'सभी मनोविकारों के चुक जाने के कारण' शान्त मन से प्रेक्षागृह से लौटने का अवसर देती है। विरेचन, अर्थात् केथार्सिस अर्थात् पर्गेशन से अरस्तू का तात्पर्य क्या है, इस बात को लेकर विद्वानों और आलोचकों में पर्याप्त मतभेद है, लेकिन इतना स्पष्ट प्रतीत होता है कि वह त्रासदी के किसी चिकित्सकीय महत्त्व की तलाश में था। त्रासदी (इतिहास से अधिक सार्वभौमिक और सम्भाव्य होने के कारण) न केवल अपनी विशिष्ट अन्तर्दृष्टि से सम्बोधित होती है तथा संरचनात्मक अन्विति से प्राप्त होनेवाली सन्तुष्टि प्रदान करती है, वरन् परेशान करनेवाले मनोविकारों के लिए बाहर निकलने का एक सुरक्षित मार्ग भी बनाती है। इस प्रकार वे मनोविकार प्रभावी रूप से निकल जाते हैं। त्रासदी नया ज्ञान देती है, सौंदर्यात्मक सन्तुष्टि उत्पन्न करती है और बेहतर मानसिक स्थिति को जन्म देती है। ये तीनों मूल्य प्लेटो की तीखी आलोचना का प्रभावी उत्तर हैं।

कथानक के विषय में अरस्तू के विचार इस ओर संकेत करते हैं कि संरचना, कलात्मक अन्विति के प्रति तो सचेत है ही, संरचना और 'सत्य' के बीच सम्बन्ध की

भी उसे समझ है। यूनानी त्रासदी में प्रयुक्त कतिपय युक्तियों पर अरस्तू के विचार सम्भवतः उतने सार्वभौमिक नहीं हैं, जितने वह समझता है। उदाहरण के लिए पहचान को लिया जा सकता है, जिसके अन्तर्गत नायक की वास्तविकता का उद्‌घाटन होता है, जैसे 'ईडिपस, द किंग' में वह सुस्पष्ट और त्रासद ढंग से उद्‌घाटित होती है। परन्तु, यह स्वाभाविक है कि उसे जिस प्रकार का साहित्य उपलब्ध था, उसकी पड़ताल करते हुए वह कभी-कभार आकस्मिक और अनिवार्य विशेषताओं को लेकर भ्रांति का शिकार हो जाए। महत्त्वपूर्ण बात यह है कि इस प्रकार की भ्रांति उसमें विरल है; उसने साहित्यिक सत्य और साहित्यिक रूप की प्रकृति के केन्द्रीय तथ्यों को बहुत स्पष्टता के साथ पकड़ा है।

अनुवाद : सुरेश धींगड़ा

(डेविड डायचेज़ : 'क्रिटिकल एप्रोचिज़, टू लिटरेचर' के दूसरे अध्याय, 'द अरिस्टोटेलियन साल्यूशन' से)

सन्दर्भ

1. 'आर्स पोएटिका', अनुवाद--इंग्राम बाइवाटर (ऑक्सफोर्ड कलेरैंडन प्रेस)।
2. इसी लेख में अन्यत्र देखें।
3. 'थॉट' ('विचार') के रूप में अनूदित शब्द 'डायनोइया' का अनुवाद सरल नहीं है। बाइवाटर का कथन है 'पोएटिक्स' में 'डायनोइया' को जिस अर्थ में प्रयुक्त किया गया है वह 'एटूबोस' (केरेक्टर/चरित्र) के निकट बैठता है, जो नाटक के पात्र के व्यक्तित्व का एक तत्त्व है। यह उनकी बौद्धिक क्षमता है, जो उनकी भाषा (या उनके कार्यों) में अभिव्यक्त होती है। इसका प्रदर्शन उस समय होता है, जब वे तर्क करते हैं या अपने श्रोताओं की भावनाओं को प्रभावित करते हैं। दूसरे शब्दों में, यह उस समय प्रकट होता है, जब वे नाटक के किसी अन्य पात्र से वैसे ही तर्क करते हैं या निवेदन करते हैं, जैसे कोई वाकूपटु व्यक्ति करेगा। इसलिए 'डायनोइया' का सामान्य सिद्धान्त काव्य के बजाय वाग्विदग्धता से सम्बन्ध रखता है। और इसीलिए 'डायनोइया' को प्रदर्शित करनेवाला संवाद वाग्वैदिग्ध्यपूर्ण कहलाता है। ('एरिस्टोटल ऑन दि आर्ट ऑफ़ पोएट्री' विद क्रिटिकल इंट्रोडक्शन, ट्रांस्लेशन एंड कमेंट्री (आलोचनात्मक प्राक्कथन, अनुवाद एवं व्याख्या) इंग्राम बाइवाटर, ऑक्सफोर्ड, 1909) पृ.-164)।

   शेक्सपीयर की त्रासदियों में 'डायनोइया' का एक अच्छा उदाहरण 'जूलियस सीज़र' में शवयात्रा के दृश्य में एंटनी का संभाषण होगा। 'ट्रोइलस एंड क्रेस्सिडा' में यूलीसिस का 'डिग्री' पर प्रसिद्ध सम्भाषण शुद्ध 'डायनोइया' की श्रेणी में रखा जाएगा।
4. काव्य नाटक का कोई भी आधुनिक आलोचक 'पदचयन' को पैमाने पर ऊपर रखेगा क्योंकि वह इसे अनिवार्य बिन्दु को प्रभावी अभिव्यक्ति के लिए व्यंजना और आह्वानपूर्ण भाषा की संरचना के लिए सबसे महत्त्वपूर्ण स्थान देगा। इसमें सन्देह नहीं कि काव्य नाटक के काव्य को अन्य महत्त्वपूर्ण तत्त्वों से अलग नहीं किया जा सकता क्योंकि यही

इन तत्त्वों की रचना करके उन्हें अर्थ प्रदान करता है। इस सन्दर्भ में अरस्तू काव्यभाषा के अन्वेषी पक्षों में कोई रुचि प्रदर्शित नहीं करता, अर्थात् उन पक्षों में जो बिम्ब और प्रतीक के प्रभावी प्रयोग से प्रतिध्वनित अर्थों का सारा संसार रच देते हैं। उसकी दृष्टि विश्लेषणात्मक है। उसकी टिप्पणियाँ एक पर्यवेक्षक और चिन्तक की टिप्पणियाँ हैं, जो पहली बार में ही वर्गीकरण के द्वारा ज्ञान को स्पष्ट कर देने का आदी होता है। वह विभिन्न तत्त्वों के पारस्परिक आंगिक तथा पूर्ण के साथ उनके सम्बन्धों के विषय में भी कोई टिप्पणी नहीं करता; वह उनके उसी रूप पर टिप्पणी करता है, जिससे वे कथानक से सम्बद्ध होते हैं।

5. 'Post hoc ergo propter hoc' (इसके बाद, इसलिए इसके कारण) लातीन भाषा का वाक्यांश है। यह इस ग़लत धारणा का परिणाम है कि क्योंकि एक घटना पहले घट चुकी है, इसलिए वही बाद में घटनेवाली घटना का परिणाम है, अर्थात् यह कार्य कारण शृंखला नहीं है। (अनुवादक)

विरेचन और उसकी आनन्दवादी भूमिका

देवदत्त कौशिक

अरस्तू ने *पेरि पोइतिकेस* नामक अपनी पुस्तक में विरेचन शब्द का प्रयोग त्रासदी की परिभाषा के अन्तर्गत किया है। इंग्रम बाइवाटर ने *अरिस्टॉटल ऑन द आर्ट ऑफ़ पोएट्री* में अरस्तू द्वारा की गई त्रासदी की परिभाषा को अंग्रेजी में जिस रूप में प्रस्तुत किया है, उसका हिन्दी अनुवाद इस प्रकार है : "किसी गहन-गम्भीर, परिपूर्ण तथा निश्चित परिमाण से समन्वित कार्य की अनुकृति को त्रासदी कहते हैं, जिसके विभिन्न भागों में सभी प्रकार से अलंकृत भाषा विभिन्न रूप से प्रस्तुत की जाती है; जिसका काव्यरूप वर्णनात्मक नहीं अपितु नाटकीय होता है तथा जिसमें करुणा एवं त्रासद को उद्‌बुद्ध करनेवाली घटनाएँ प्रदर्शित की जाती हैं और जिनसे इन मनोविकारों का उचित विरेचन किया जाता है।"

भरत के रससूत्र में निष्पत्ति शब्द से क्या आशय है, यह समझाने के लिए जिस प्रकार लोल्लट, शंकुक आदि से एक विशिष्ट विचार परम्परा का प्रारम्भ हुआ उसी प्रकार पाश्चात्य काव्यालोचन में भी यह विचार शृंखला बनी कि विरेचन शब्द किस अभिप्राय का बोध कराता है। लोल्लट, शंकुक, भट्टनायक और अभिनवगुप्त भरत के *नाट्यशास्त्र* के व्याख्याकार थे और इसी प्रसंग में निष्पत्ति शब्द की व्याख्या कर रहे थे। भरत के पश्चात् छः शताब्दियों तक किसी अन्य नाट्यशास्त्रीय ग्रन्थ की रचना नहीं हुई और दसवीं शताब्दी में धनंजय और धनिक *दशरूपक* को लेकर आगे आए। तात्पर्य यह है कि भरत अपने पूर्व के पर्याप्त समृद्ध नाट्यसाहित्य के व्यवहार की परीक्षा करते हुए सिद्धान्त को एक व्यवस्थित रूप दे रहे थे। इतनी सुदृढ़ व्यवस्था के उपरान्त सिद्धान्त के क्षेत्र में एक अन्तराल स्वाभाविक ही था। कुछ ऐसा ही त्रासदी के प्रसंग में घटित हुआ। त्रासदी विधान की स्पष्ट रूपरेखा निर्मित करने के लिए अरस्तू के समक्ष आदर्श के रूप में एचिलीज़, सोफोक्लीस और यूरीपिडीज़ की त्रासदियाँ उपस्थित हो चुकी थीं। जिस प्रकार यूरीपिडीज़ के पश्चात् ग्रीस में कोई प्रतिभाशाली त्रासदीकार उत्पन्न नहीं हुआ उसी प्रकार अरस्तू के पश्चात् काव्य के सर्वांग का विवेचक कोई मेधावी आचार्य भी वहाँ नहीं हुआ। ग्रीक त्रासदियों से रोमी

नाटककार सेनेका को प्रेरणा मिली और उसने यूरीपिडीज़ को अपना आदर्श मानकर त्रासदियों की रचना की तथा कोई ढाई सौ वर्षों के पश्चात् रोमन आचार्य होरेस पर अरस्तू का अन्यतम प्रभाव पड़ा। फलतः उनका आदर्श ग्रन्थ बना अरस्तू का *पेरि पोइतिकेस।* ऐसे अन्तराल के वर्षों में ही यहाँ निष्पत्ति शब्द और वहाँ विरेचन शब्द अपने भीतर न जाने कितने अर्थों को समेटते-सहेजते शब्द न रहकर सिद्धान्त बन गए। अनेकानेक व्याख्याकार इन शब्दों के भीतर छिपे अभिप्राय को आज भी समझाने में लगे हुए हैं।

वास्तव में अपने त्रासदी-विवेचन में इस शब्द का प्रयोग करने की प्रेरणा अरस्तू को प्लेटो के उस आक्षेप से हुई थी जिसमें उन्होंने यह कहा था कि "कविता हमारी वासनाओं को शान्त न करके उनका पालन पोषण करती है। वह वासनाओं को हम पर शासन करने के लिए मुक्त कर देती है जबकि यदि मानवजाति के आनन्द तथा गुणों में वृद्धि करनी है तो उन्हें नियन्त्रित किया जाना चाहिए।" प्लेटो के इस लोकचर्चित उद्धरण से यह बात स्पष्ट हो जाती है कि उन्हें त्रासदी की प्रभाव क्षमता का पूर्ण बोध था पर, उन्होंने उसका विवेचन लोकमंगल की भावना से आक्रांत अपनी विशिष्ट विचारधारा के कारण निषेधपरक रूप में किया। किन्तु अरस्तू ने अपने पूज्य गुरु से मतभेद व्यक्त करते हुए कहा कि नहीं, त्रासदी में 'मनोविकारों का उचित विरेचन किया जाता है'। अरस्तू का यह शब्द (और सिद्धान्त भी) अनेक आलोचकों तथा सौन्दर्यशास्त्रियों की गहन विचारणा का विषय बना है और उन्होंने इसकी अपनी-अपनी समझ से व्याख्या की है, किन्तु किसी भी व्याख्या को अभी तक पूर्णतः स्वीकार नहीं किया जा सका है।

कहना होगा कि अपने मूल रूप में विरेचन आयुर्विज्ञान का शब्द है। अरस्तू के पिता निकोमाख़स मकदूनिया के सम्राट अम्युंतस द्वितीय के राजवैद्य थे। पिता के संरक्षण में पलनेवाले अरस्तू को उनके व्यवसाय का बहुत कुछ ज्ञान सहज रूप से हो चला था। जैसा कि अरस्तू के नवीनतम व्याख्याकारों—और उनमें भी विशेष रूप से *अरिस्टॉटल पोएटिक्स* के रचयिता डी. डब्ल्यू. ल्यूकस का कहना है कि स्वयं अरस्तू को मानव-शरीर के गठन के सम्बन्ध में हिप्पोक्रेतीय सिद्धान्त स्वीकार था जिसके अनुसार शरीर में स्थित रक्त, कफ़, पित्त तथा कृष्णपित्त—इन चार द्रवों का समुचित सन्तुलन स्वास्थ्य के लिए अत्यावश्यक होता है। चिकित्साशास्त्रीय प्रक्रिया में विरेचन शब्द का एक विशिष्ट अर्थ है—रोगी को कोई रेचक औषधि देकर उसके उदर से अशुद्ध एवं अस्वास्थ्यकर पदार्थ को निकालकर उसकी उदर-अव्यवस्था को समंजित करना जिससे वह पुनः शान्तिलाभ कर सके। सुश्रुत और चरक ने इस अर्थ में रेचन शब्द का अनेकशः प्रयोग किया है। *योगशिखा उपनिषद्, सर्वदर्शनसंग्रह* तथा *कामंदकीयनीतिसार* जैसे अचिकित्साशास्त्रीय ग्रन्थों में भी रेचन शब्द का प्रयोग कुछ इसी अर्थ में हुआ है कि मनमस्तिष्क के समंजन के लिए कुछ विकारों की निष्कृति की जा सके।

क्रियाशब्द *Kathairo* का अर्थ है शुद्ध करना अथवा अशुद्धि दूर करना। इसी आधार पर अनेक विद्वानों ने *Katharsis* शब्द का अर्थ किया–शुद्धिकरण *(Purification)* किन्तु अरस्तू के अभिमत को ठीक प्रकार से न समझ पाने के कारण इसके और भी अनेक अर्थ प्रचलित हो गए हैं। उदाहरण के लिए *संशोधन अथवा परिष्करण (correction or refinement),* विरेचन *(purgation)* आदि। वास्तव में, इन विशिष्ट अर्थों के मूल में कुछ विशिष्ट आधार काम कर रहे हैं। कहीं पर आधार धर्म का है, कहीं चिकित्सा का, और कहीं कला का। इनमें धर्मपरक एवं चिकित्सापरक आधार को लिया है क्रमशः गिल्बर्ट मरे तथा जैकब बार्नेज़ और हेनरी वील ने।

पेरि पोइतिकेस के इंग्रम बाइवाटर द्वारा किए गए अंग्रेजी अनुवाद की भूमिका लिखते हुए गिल्बर्ट मरे ने अपना यह मत व्यक्त किया है कि यूनान में नाटकों का प्रारम्भ डायोनिसस की आराधना से सम्बद्ध धार्मिक उत्सवों से हुआ था। वे उत्सव स्वयं शुद्धि के प्रतीक थे। इनके माध्यम से लोग अतीत के दूषणों तथा विषाक्त भावनाओं से एवं पाप और मृत्यु के दुःसंसर्गों से मुक्ति पाकर स्वयं को शुद्ध करते थे। वैसे भी अरस्तू के समय में ही रोम में यूनानी त्रासदी का प्रचलन किसी कलात्मक उद्देश्य की पूर्ति के लिए नहीं वरन् किसी महामारी के निवारणार्थ एवं धार्मिक अंधविश्वास के रूप में हो गया था। इधर 1857 में प्रकाशित अपने एक निबन्ध *Grundzüge der verlorenen Abhandlung des A. iiber Wirkung der Tragödie* में जैकब बार्नेज़ ने यह स्थापना की कि विरेचन का मूलाधार चिकित्साशास्त्रीय ही है। उनसे कुछ पूर्व 1847 में बेल में आयोजित की गई फिलॉलॉजिकल कांग्रेस में अपने एक भाषण में हेनरी वील भी इसी प्रकार का मत प्रकट कर चुके थे। गिल्बर्ट मरे के धर्मपरक विवेचन के आधार पर इस सिद्धान्त को *शुद्धिकरण का सिद्धान्त* कहा गया है और जैकब बार्नेज़ तथा हेनरी वील की चिन्तना के आधार पर विरेचन सिद्धान्त। यह ठीक है कि अरस्तू का प्रयोग लाक्षणिक है, किन्तु उसके मूल में कौन-सी धारणा विद्यमान रही है–धार्मिक अथवा चिकित्साशास्त्रीय–यही विचारणीय है।

यदि धारणा मूलतः धार्मिक है तो विरेचन का अर्थ होना चाहिए *विकारों की शुद्धि* और यदि चिकित्साशास्त्रीय है तो अर्थ होना चाहिए *विकारों की निष्कृति।* इनमें दूसरे अर्थ को स्वीकार करने का कारण यह मूल भावना है कि चिकित्सा का आधार लेकर शरीर को उसके विकारों से मुक्त किया जाता है। भाव यह है कि शारीरिक विकार शरीर से बाहर निकल जाते हैं और कष्ट पाती हुई काया को चैन मिलता है। किन्तु धर्म की पद्धति यह नहीं है। इसमें तो निराकरण की अपेक्षा शुद्धि पर बल है और मनोविकारों की कालिख उतार मनःतुष्टि और शान्तिलाभ की बात कही गई है।

तो क्या चिकित्साशास्त्रीय पद्धति पर त्रासदी यह कहती है कि करुणा और त्रास के मनोविकारों का निराकरण कर दिया जाए? नहीं, मनोविकारों के निराकरण की बात करना एक मनोवैज्ञानिक सत्य को झुठला देना है। त्रासदी से करुणा और त्रास का उद्रेक होता है और उनके दंश के शमन द्वारा प्रेक्षक को मानसिक सामंजस्य की लब्धि होती है। भाव यह है कि त्रासदी में इस प्रकार की घटनाएँ प्रस्तुत की जाती हैं जिनके प्रेक्षण से करुणा और त्रास—प्रेक्षक के ये दोनों प्रबल मनोविकार उद्‌बुद्ध हो जाते हैं। अर्थात् सामान्यावस्था की अपेक्षा उनमें विकार उत्पन्न हो जाता है जिनका उपशमन किया जाना बहुत अधिक आवश्यक होता है। नहीं तो ऐसी क्षुब्धावस्था में व्यक्ति का सामान्य जीवनयापन बहुत ही कठिन हो जाए। त्रासदी यही कार्य करती है। किन्तु त्रासदी की प्रक्रिया, हर्बर्ट ब्लान के शब्दों में, बहुत अधिक उलझी हुई होती है जो अन्ततः सुलझ जाती है। यह सुलझाव ही विरेचन है जबकि मनोविकारों की उलझन व्यक्ति का क्षोभ। *द जनरल ऑफ़ एस्थेटिक्स एंड आर्ट क्रिटिसिज़्म* के तेरहवें खंड के प्रथम अंक में हर्बर्ट ब्लान का यह मत इस रूप में प्रकाशित है—*"The tragic attitude is complex, but it is not unresolved. And it leads to catharsis, not only to tension..."* कहना होगा कि विरेचन के माध्यम से उन उद्‌बुद्ध मनोविकारों का कटु दंश शमित हो जाता है और प्रेक्षक मनःशान्ति का अनुभव करते हुए विशदचित्त हो जाता है। स्पष्ट है कि त्रासदी के अन्तर्गत इन उद्‌बुद्ध मनोविकारों के व्यथाकारक दंश का ही निराकरण होता है, स्वयं मनोविकारों का नहीं। करुणा और त्रास मनोविकारों के रूप में बने ही रहते हैं।

इस सम्बन्ध में ग्रीक चिकित्सा प्रणाली का आधार रूप में अध्ययन करने की आवश्यकता है। चिकित्सा के हिप्पोक्रेतीय सिद्धान्त के अनुसार शारीरिक द्रवों की अव्यवस्था ही रोग का मूल कारण है। चिकित्सक का उद्‌देश्य रोगी को स्वास्थ्य प्रदान करना होता है। इसके लिए वह अव्यवस्था को व्यवस्था में लाता है, जो तभी होती है, जबकि शरीर में अन्तर्निविष्ट दूषित पदार्थ को बाहर निकाल दिया जाए। किन्तु अरस्तू की धारणा कुछ पृथक-सी प्रतीत होती है। जब वे मनोविकारों के उद्रेक की बात कहते हैं तो ऐसा प्रतीत होता है कि वे उक्त चिकित्साशास्त्रीय पद्धति में कुछ संशोधन की भावना रखते थे। हो सकता है उनका अपना यह सोचना रहा हो कि शरीर से दूषित पदार्थ बाहर निकालने से पूर्व उनकी उद्दीप्ति आवश्यक होती है। अरस्तू के आधुनिक व्याख्याकारों का मत है कि अरस्तू हिप्पोक्रेतीय सिद्धान्त के इस विचार को भी स्वीकार करते थे कि शरीर के चार द्रवों में व्यवस्था की दृष्टि से अन्तिम द्रव कृष्णपित्त का अत्यधिक महत्त्व होता है। इसकी मात्रा की अतिशयता तीव्र उन्माद का कारण हो सकती है। किन्तु इसका मृदुल अतिरेक कुछ मात्रा में अस्थिरता एवं कामुकता को उत्पन्न करता है। ठीक उसी प्रकार विविध मनोविकारों में त्रास एवं करुणा के अतिरेक से प्रभावित व्यक्ति विषादग्रस्त एवं विषण्ण हो जाते हैं। अतः

जिस प्रकार कृष्णपित्त आदि की अव्यवस्था को उन्हीं के उद्रेक के पश्चात् संयमित किया जाता है, ठीक उसी प्रकार त्रासदी में त्रास एवं करुणा का उद्रेक करनेवाली घटनाओं को प्रस्तुत किया जाता है जो अपनी समाहिति में इनके दंश का निराकरण कर प्रेक्षक को समरसता का दान करती हैं। अपने विवेचन में जैकब बार्नेज़ और हेनरी वील ने यही सिद्ध किया था कि मानव मन अनेक प्रकार के मनोविकारों से आक्रांत रहता है। इनमें भय तथा करुणा--ये दो मनोविकार प्रकृतितः दुखद होते हैं। त्रासदी इन मनोविकारों के कटु दंश को उपशमित करती है। इसकी प्रक्रिया है रंगमंच पर इनका अतिरंजित प्रस्तुतीकरण। अन्ततः इनसे प्रेक्षक को मानसिक सामंजस्य का लाभ होता है। अतः विरेचन का अर्थ दुखद मनोविकारों का बहिष्करण नहीं है, उनके कटु दंश का उपशमन और उससे प्राप्य मानसिक समरसता है।

अब धार्मिक आधार को लें। स्वयं अरस्तू के ग्रन्थ *राजनीतिशास्त्र* में इसके संकेत प्राप्त होते हैं। बेंजामिन जावेट ने इस ग्रन्थ का अंग्रेजी में बहुत ही सुन्दर अनुवाद किया है, जिसे हम इस ग्रन्थ के भाग 8, अध्याय 7 से उसके मूल रूप में ही प्रस्तुत कर रहे हैं : *"But we mention further that music should be studied, not for the sake of one, but of many benefits, that is to say, with a view to (i) education (ii) purgation (the word 'purgation' we use at present without explanation, but when hereafter we speak of poetry, we will treat the subject with more precision); music may also serve for intellectual enjoyment, for relexation and for recreation after exertion...for feelings such as pity and fear, or, again, enthusiasm, exist very strongly in some souls, and have more or less influence over all. Some persons fall into a religious frenzy, whom we see as a result of the sacred melodies—when they have used the melodies that excite the soul to mystic frenzy—restored as though they had found healing and purgation. Those who are influenced by pity or fear, and evey emotional nature, must have a like experience, and others in so far as each is susceptible to such emotions, and all are in a manner purged and their soul lightened and delighted. The purgative melodies likewise give an innocent pleasure to mankind. Such are the modes and the melodies in which those who perform music at the theatre should be invited to complete". (Great Books of the Western World, no. 9,. Aristotle, II, 'Politics', The University of Chicago, 1952).*

इस उद्धरण में *हाल* की अवस्था में उत्पन्न आवेश के शमन के लिए यूनान की धार्मिक संगोष्ठियों अथवा संस्थाओं में उद्दाम संगीत की आयोजना का संकेत

अरस्तू ने किया है और बताया है कि किस प्रकार आविष्टावस्था में पड़े हुए व्यक्ति एक प्रकार की शुद्धि का अनुभव करते हैं। उन्हें प्रतीत होता है कि उनकी आत्मा विशद होकर आनन्दमयी हो गई है। ठीक इसी प्रकार से शोधक एवं विरेचक संगीत की स्वरलहरी मानवजाति को आनन्द प्रदान करती है।

अरस्तू का दूसरा संकेत *काव्यशास्त्र* में ही प्राप्य है। *पेरि पोइतिकेस* के सत्रहवें अध्याय में अरस्तू का एक वाक्य इस सन्दर्भ की व्यंजना करता है : *"One must mind, however, that the episodes are appropriate, like the fit of madness in Orestes, which led to his arrest, and the purifying, which brought about his salvation"* अर्थात् ओरेस्तेस मानसिक विक्षेप के कारण बन्दी बनाया गया और शुद्धिकरण संस्कार द्वारा उसका उद्धार हुआ। यह आधार स्पष्टतः धार्मिक है। एचिलीज़ के नाटक *यूमेनिडीज़* में यह कथा आती है, जिसमें अपोलो ओरेस्तेस का शुद्धिकरण करते हैं। इसी आधार पर सम्भवतः यूनानी पुराविद्या के विश्वविख्यात विद्वान् डब्ल्यू. के. सी. गुथरी अपोलो को शुद्धिकरण (और प्रस्तुत सन्दर्भ में विरेचन) के देवता स्वीकार करते हैं। वास्तव में शुद्धिकरण शब्द अरस्तू की इस धारणा का विज्ञापन करता है कि विरेचन एक ऐसी प्रक्रिया है, जिसके द्वारा त्रासदी, करुणा एवं त्रासद के कटु और दूषित मनोविकारों को उपशमित करती है, इन मनोविकारों की कालिख उतारकर मनुष्यमन को शान्ति प्रदान करती है।

कहा जा सकता है कि विरेचन का आधार धार्मिक है, किन्तु प्रक्रिया उसकी चिकित्साशास्त्रीय है। अरस्तू ने विरेचन को जिस रूप में अपने ग्रन्थ *राजनीतिशास्त्र* में व्याख्यायित किया है उसका *काव्यशास्त्र* में एकान्त अभाव है यह तो नहीं कहा जा सकता, किन्तु इतना अवश्य कहना होगा कि विरेचन के आधार के रूप में धार्मिक भावना का सम्बल उन्होंने सर्वाधिक लिया है। *राजनीतिशास्त्र* में संगीत के सन्दर्भ में विरेचन का संकेत धार्मिक आधार पर ही किया गया है। वही आधार हमें *काव्यशास्त्र* में भी स्वीकार करना चाहिए। *ग्रीक एस्थेटिक्स थिअरी* के लेखक जे. जी. वारी ऐसा ही मानते हैं और कहते हैं कि फिर चाहे शब्द और प्रक्रिया के रूप में विरेचन चिकित्साशास्त्र का कितना ही ऋणी क्यों न हो।

यह आवश्यक नहीं है कि यह व्याख्या मूल समस्या का निश्चित रूप से समाधान करती हो। इस सिद्धान्त की अनेक व्याख्याएँ हुई हैं, किन्तु अभी तक जिज्ञासुओं का परितोष नहीं हो सका है। होना भी नहीं चाहिए। तभी तो नया कुछ और सामने आएगा। इसलिए प्रस्तुत व्याख्या को भी इस सम्बन्ध में किया गया एक प्रयास ही समझना चाहिए। *प्रिंसटन इंसाइक्लोपीडिया ऑफ़ पोएट्री एंड पोएटिक्स* ने भी तो अपने सम्पूर्ण वक्तव्य के पश्चात् अन्त में यह कहा था : *"In so far as there is no agreement yet, and none in sight, all definitions, including this one, must be regarded as interpretations only."*

स्पष्ट है कि विरेचन कोई तत्त्व नहीं है। यह तो एक प्रक्रिया है जो अन्ततः त्रासदी के प्रेक्षणकाल में प्रेक्षक के मन में घटित होती है। यही त्रासदी का साध्य भी है और त्रास और करुणा आदि त्रासद तत्त्व साधन हैं। किन्तु इन साधनों का अपना कोई पृथक मूल्य नहीं है। केवल त्रास और करुणा की उद्‌बुद्धि करके प्रेक्षक को क्षुब्धावस्था में छोड़ देना त्रासदी का उद्‌देश्य नहीं—घोर विफलता है। उसका उद्‌देश्य है इन मनोविकारों का विरेचन और इस प्रक्रिया से प्रेक्षक को प्राप्त होनेवाली मनःशान्ति। इस प्रकार विरेचन का स्वतन्त्र महत्त्व है और इसका सम्बन्ध आनन्द की भूमिका से है। किन्तु इतने पर भी विरेचन स्वयं आनन्द नहीं है, आनन्द का कारण ही है। इसीलिए इसे आनन्द की भूमिका कहा गया है और यह आनन्द हमें प्रस्तुत की जानेवाली घटनाओं से नहीं वरन् त्रासदी के समग्र रूप से प्राप्त होता है। यह भी साथ ही कहना होगा कि त्रासदी से हम विशिष्ट प्रकार के आनन्द की ही अपेक्षा कर सकते हैं।

इस सन्दर्भ में त्रास और करुणा के सम्बन्ध में अरस्तू के विचारों से अवगत हो लेना आवश्यक है। अरस्तू ने अपने *काव्यशास्त्र* में इन दोनों भावों का संकेत तो किया है और यह भी बताया है कि त्रासदी में किस प्रकार की घटनाओं को अभिनीत होते देखकर प्रेक्षक में इसकी उद्‌बुद्धि होती है, किन्तु यह स्पष्ट नहीं किया है कि इनका स्वरूप क्या है। इसे उन्होंने अपने एक अन्य ग्रन्थ *तेख़नेस रितोरिकेस* (भाषणशास्त्र) में अत्यन्त विस्तारपूर्वक विवेचित किया है। इस सम्बन्ध में एक विशेष बात द्रष्टव्य है और वह यह है कि अरस्तू ने अपने इस ग्रन्थ में इन दोनों भावों की जो विवेचना की है, वह पूर्णतया सैद्धान्तिक है। केवल अपने मतों के समर्थन के लिए उन्होंने कहीं-कहीं कुछ वास्तविक घटनाओं को उदाहरण के रूप में प्रस्तुत किया है। इधर उनके ग्रन्थ *पेरि पोइतिकेस* अर्थात् *काव्यशास्त्र* में त्रासदीविधान के सन्दर्भ में इन भावों को व्यावहारिक स्तर पर विवेचित किया गया है। दोनों ही ग्रन्थों में सिद्धान्त और व्यवहार के तारतम्य का अरस्तू ने पूर्णरूपेण पालन किया है, और कहीं भी कोई कथन विरोध परिलक्षित नहीं होता। यह सन्तुलित विवेचन व्यवस्था अरस्तू की अतलस्पर्शिनी का द्योतक है। इस प्रसंग में अरस्तू के इन दोनों ही ग्रन्थों को आधाररूप में ग्रहण करना चाहिए।

त्रासदी के सन्दर्भ में अरस्तू कहते हैं—*"त्रासदी अनिवार्यतः अनुकृति है—व्यक्तियों की नहीं, बल्कि कार्य और जीवन की, सुख और दुख की।"* दूसरी शताब्दी ईसा पूर्व से चौथी शताब्दी ईस्वी के बीच के हमारे भरत भी *नाट्‌यशास्त्र* में यही बात कहते हैं। संसार का सुख-दुख से युक्त जो स्वभाव है, आंगिक आदि अभिनयों के साथ मिल जाने पर वही नाट्‌य कहलाता है!

"योऽयं स्वभावो लोकस्य सुखदुख समन्वितः।
सोऽङ्‌गद्यभिनयोपेतो नाट्‌यमित्यमिधीयते॥" *(ना.शा.1/119)*

'सुखदुखसमन्वितः' के सम्बन्ध में अभिनवगुप्त अपना मत इस प्रकार व्यक्त करते हैं :

> *''अयमिति–प्रत्यक्षकल्पानुव्यवसायविषयः। लोकप्रसिद्धसत्यासत्यादि विलक्षणात्वात् यच्छब्दवाच्यः। लोकस्य सर्वस्य साधारणतया स्वत्वेन भाव्यमानश्चर्व्यमाणोऽर्थो नाट्यम्। स च सुखदुखरूपेण विचित्रेण समनुगतः। न तु तदेकात्मा।''*
>
> *(अभिनव भारती, पृ. 43)*

अर्थात् इस 'अयं' पद के प्रत्यक्ष सदृश अनुव्यवसाय का विषय (भूत लोक स्वभाव) लोक प्रसिद्ध सत्यत्व अथवा असत्यत्व से विलक्षण (होने से अनिर्वाच्यता सूचक *'यत्'* शब्द से) कहा गया, साधारणीकरण–व्यापार द्वारा सारे संसार का (स्वभाव) अपने (स्वभाव के) रूप में प्रतीत होनेवाला (बनकर) आस्वाद्य होनेवाला अर्थ ही नाट्य कहलाता है। और वह सुख-दुख रूप (दोनों) से युक्त होने के कारण विचित्र (प्रकार का) होता है। (उनमें से) किसी एक रूप (केवल सुखात्मक या केवल दुखात्मक) में नहीं होता है।

सुख और दुख से युक्त लोकस्वभाव का प्रदर्शन करनेवाले नाटक से प्रेक्षक किस प्रकार आनन्द ग्रहण करता है–इस समस्या का समाधान बहुत ही सूक्ष्म रूप में भारतीय नाट्यविधान में भी प्राप्य है यद्यपि यह धारणा अत्यन्त प्रचलित है कि उसमें ऐसा कोई संकेत प्राप्य नहीं है और यह समाधान बहुत कुछ त्रासदी के विरेचन सिद्धान्त से भी साम्य रखता है। अभिनवगुप्त ने इस सम्बन्ध में विस्तृत रूप से विचार-चर्चा की है। उनके विरेचन का आधार है *नाट्यशास्त्र* का यह श्लोक :

> *''महेन्द्र प्रमुखैर्देवैरुक्तः किल पितामहः।*
> *क्रीडनीयकमिच्छामो दृश्यं श्रव्यं च सद्भवेत्॥''* (1/11)

अर्थात् ''महेन्द्र इत्यादि देवताओं ने पितामह ब्रह्म से यह प्रार्थना की कि हम एक ऐसा मनोविनोद का साधन (क्रीडनीयक) चाहते हैं जो आँखों से देखने योग्य और कानों से सुनने योग्य (दृश्य–श्रव्य दोनों प्रकार का) हो।'' इस सम्बन्ध में अभिनव गुप्त की व्याख्या विशेषतः अध्येतव्य है। वे *अभिनव भारती* में इस प्रकार अपना मत व्यक्त करते हैं– *''अस्मिन्नवसरे किमसावुक्तः। आह–जम्बू द्वीपे कर्मभूमिस्थाने यो लोकः सुखितो दुखितश्च तद्विषयकं क्रीडनीयकं क्रीडन्यते चित्तं विक्षिप्यते विह्रियते येन तदिच्छामः। करणे कृत्यो बाहुलकात्। चित्तं च इतोऽमुतश्च नीयमानं मार्गेऽपि नियोज्यते। यदि वा क्रीडनाय हितं क्रीडनीयकम्। उभयत्राज्ञाताद्यर्थे कः। इदमस्माकं गुडप्रच्छन्नकटुकौषधकल्यं चित्तविक्षेप मात्रफलमिति यन्न ज्ञायते। तच्च क्रीडनीयकं सुखितदुखित एव भवति। न ह्येकान्तसुखिते कलि देशे वा क्रीडयाकिञ्चित।*

नाट्येकान्त दुखिते। तेन कृतयुगे कलि प्रान्ते वा इलावृतादिनिवासिनि जने नारके वा न क्रीडोपपत्तिः। उत्तरपदार्थप्रधानस्तत्पुरुषः दुखस्य बाहुल्यमाह।''

इस अंश का मूल आशय यह है कि देवताओं ने पितामह से कहा कि जो सुखी और दुखी लोग हैं उनके लिए मनोविनोद के साधन की आवश्यकता है जिसके द्वारा चित्त को बहलाया या एकाग्र किया जा सके। इधर-उधर भटकनेवाले चित्त को क्रीडनीयक के द्वारा सन्मार्ग में भी लगाया जा सकता है। दूसरे अर्थ में कहें तो चित्तविनोद के लिए जो हितकारी हो वह क्रीडनीयक कहलाता है। उसमें यह नहीं जान पड़ता है कि यह गुड़ में लिपटी हुई कड़वी औषधि के समान हमारे चित्त विक्षेप को सुस्थिर करने का साधन है और इसकी आवश्यकता सुखी-दुखी होने पर ही होती है; न केवल सुखी को इसकी अपेक्षा है और न ही केवल दुखी को। किन्तु सुखित-दुखित पद में उत्तरपदार्थ प्रधान तत्पुरुष समास दुख की प्रधानता को सूचित करता है अर्थात् दुखबहुल अवस्था में ही क्रीडनीयक का ठीक उपयोग रहता है।

सीधे शब्दों में, नाटक लोकवृत्त का अनुकरण है और इसमें सुख और दुख का सहज अन्तर्भाव है। नाटक की दृष्टि से सुख और दुख में प्रधानता दुख की है, क्योंकि आवश्यकता दुख और पीड़ाओं के कटु दंश के निराकरण की है—आधुनिक भावबोध के अनुसार सुख के साथ उनका समंजन करने की है। नाटक में इसकी सिद्धि प्रत्यक्ष है—ठीक त्रासदी के समान। त्रासदी करुणा और त्रास का उद्रेक कर उनका विरेचन करती है और नाटक, अभिनव गुप्त के शब्दों में : *''इदयस्माकं गुडप्रच्छन्नकटुकौषधकल्पं चित्तविक्षेपमात्रफलमितियन्न ज्ञायते।''* अर्थात् इस नाटक में यह स्थूल ज्ञान नहीं हो पाता है कि यह गुड़ में लिपटी हुई कड़वी औषधि के समान हमारे चित्तविक्षेप को सुस्थिर करने का साधन है। भाव यह है कि नाटक में सुख के साथ-साथ दुख का भी प्रदर्शन होता है। यदि उसमें दुख ही दुख हो तो कोई भी व्यक्ति उसका प्रेक्षण करने के लिए तत्पर न हो। किन्तु जिस प्रकार रोगी व्यक्ति को कड़वी औषधि के कटु स्वाद से बचाने के लिए उसे गुड़ में लपेटकर दिया जाता है, उसी प्रकार प्रेक्षक भी सुख के साथ-साथ दुख का भी प्रेक्षण कर लेता है और स्वस्थचित्त हो जाता है—ठीक वैसे ही जैसे रोगी गुड़ में लपेटी कड़वी औषधि लेकर स्वास्थ्यलाभ करता है। प्रेक्षक के सन्दर्भ में कहें तो उसकी समस्त वासनाएँ उपशमित हो जाती हैं और वह विशदचित्त हो जाता है।

त्रासदी का रहस्य भी यही है। यदि उसमें केवल त्रास का ही प्रदर्शन हो तो कोई भी व्यक्ति उसका प्रेक्षण स्वीकार न करे। इसके लिए करुणा का प्रयोग उसमें होता है, जो आकर्षित करती है और अन्ततः आकर्षण और विकर्षण का सामंजस्य; अभिनवगुप्त के मतानुसार सुख और दुख का सहज अन्तर्भाव और आई. ए. रिचर्ड्स के शब्दों में विरोधी अन्तर्वृत्तियों में समंजन ही वह उपलब्धि है जिसका उपभोग प्रत्येक प्रेक्षक करना चाहता है।

यहीं सहसा एक और रहस्य का भी उद्घाटन होता है। अरस्तू द्वारा प्रयुक्त शब्द विरेचन चिकित्साशास्त्र का है जिसे उन्होंने धार्मिक आधार पर त्रासदी के सम्बन्ध में विवेचित किया था। यही स्थिति भारतीय नाट्यविधान में भी प्राप्य है। *गुडप्रच्छन्न कटुकौषधकल्पम्* की प्रणाली चिकित्साशास्त्र की है—आयुर्वेद की। और नाटक का धर्मसाधन से तो सम्बन्ध है ही—*धर्मादिसाधनं नाट्यं...।* इस सम्बन्ध में डॉ. रमेन्द्रकुमार सेन की ये पंक्तियाँ ध्यातव्य हैं जो उनके ग्रन्थ *एस्थेटिक एंजॉयमेंट* में उपलब्ध हैं : "यह स्पष्ट है कि भारतीयों और ग्रीसवासियों की सौंदर्यशास्त्रीय परिकल्पनाएँ चिकित्साशास्त्र की अत्यन्त ऋणी हैं। यह भी स्मरणीय है कि ग्रीक सौंदर्यशास्त्र की चिकित्साशास्त्रीय पृष्ठभूमि अब भी प्रचलित है, जबकि भारत में इस पृष्ठभूमि को भूले एक सहस्र से अधिक वर्षों का समय बीत चुका है।"

अरस्तू का काव्यशास्त्र और अभिनेता

जे.सी. दुबे

ईस्किलस, सोफ़ोक्लीस और यूरीपिडीज़ के सभी उपलब्ध नाटक ईसा पूर्व पाँचवीं शताब्दी में लिखे गए थे। उनके पीछे एक समृद्ध साहित्यिक और नाटकीय या अर्द्धनाटकीय परम्परा है, जिसमें सब कलाएँ अपनी गहराई, विस्तार और जटिलताएँ लिए मौजूद हैं, जिनका नाटकों में प्रयोग हुआ है क्योंकि उन्हें पूर्ववर्ती महाकाव्यों, गीत और नाटकीय परम्पराओं से अलगाया नहीं जा सकता, इसलिए नाटकों को पूरी तरह से समझना इतना आसान नहीं है। इन परम्पराओं में से सबसे महत्त्वपूर्ण परम्परा महाकाव्य की है, जिसका परिचय हमें होमर की महान शास्त्रीय रचनाओं 'इलियड' और 'ओडिसी' से मिलता है।

विद्वानों ने होमर के महाकाव्यों का रचनाकाल ईसा पूर्व दसवीं से आठवीं शताब्दी के बीच माना है। इन महाकाव्यों और तीन महाकाव्यों के बीच के वर्षों में बाल्कन प्रायद्वीप, एजियन समुद्रतट और उसमें स्थित द्वीपों के निवासियों ने बहुत उन्नति कर ली थी। इसी युग में पश्चिम में दार्शनिक प्रपत्तियों का उदय प्रारम्भ हुआ, क्योंकि इसी युग में विचारकों ने बाह्य जगत के विभिन्न दृश्य-प्रपंचों पर विचार करना शुरू किया। इसी प्रकार इस युग की रचनात्मक साहित्यिक गतिविधि ने भी यूनानियों को पूरी तरह से स्वयं को समझने और आत्मचेतना को उच्चतर स्तरों को प्राप्त करने के लिए प्रेरित किया।

ईसा पूर्व पाँचवीं शताब्दी के एथेंस में नाटक केवल दो अवसरों पर प्रस्तुत किए जाते थे। ये दोनों अवसर धार्मिक पर्व हुआ करते थे। ऐसे अवसरों पर प्रस्तुत त्रासदियाँ कला की विस्तृत और जटिल रचनाएँ होती थीं। उनमें अनेक तत्त्व सम्मिलित होते थे : वाचिक या गेय काव्य में लय, विविध कार्यव्यापार और शोख रंग इत्यादि। इनके साथ होता था संगीत, जो समूह संबोधन गीतों के अंगरूप में प्रस्तुत होता था; इसमें समंजन की अपेक्षा सुरताल पर अधिक बल होता था। नाटकों में एकल और समूह गीत दोनों होते थे। इनके साथ होता था अति शैलीबद्ध नृत्य। इन नाटकों में अभिनेता मुखौटे पहने होते थे, जिनसे और अधिक प्रभाव उत्पन्न होता था।

यूनानी त्रासदी कपितय विशिष्ट खंडों में विभाजित होती है। नाटक का प्रारम्भ प्रस्तावना के साथ होता है। इस दृश्य में एक अभिनेता बोल सकता है या कोई संवाद प्रस्तुत किया जा सकता है।

प्रस्तावना के बाद होता है 'पारोदोस' (Parodos)। यह कोरस का पहला पदार्पण होता है। कोरस के सदस्य आर्केस्ट्रा में गाते हुए और नृत्य करते हुए प्रवेश करते हैं; ये पूरी तरह से उनकी गतियों के अनुरूप होते हैं; उनकी मुद्राएँ गीत के शब्दों की गम्भीरता और महत्त्व के अनुरूप होती हैं। समय के व्यतीत होने के साथ-साथ पाँचवीं शताब्दी तक त्रासदी में कोरस का महत्त्व निरन्तर कम होता चलता है।

प्रारम्भिक समूह गान के समाप्त होने के बाद प्रथम प्रसंग प्रस्तुत होता है। यह आधुनिक नाटक के अंक या दृश्य प्रतिरूप है। इसमें तीन अभिनेताओं के बीच संवाद होता है। इस प्रसंग के बाद होता है समूह गान (Stasimon)। नाटक का शेष भाग बारी-बारी से इन दो अंगों से पूरा किया जाता है। प्रसंगों और समूह गीतों की शृंखला के बाद होता है निर्गमन (exodos) अर्थात् अन्तिम दृश्य, जिसके अन्त में कोरस आर्केस्ट्रा के दोनों ओर बने रास्ते (parodoi) से दर्शकों की आँखों से ओझल हो जाता है।

यह स्पष्ट है कि यूनानी त्रासदी के इन सभी तत्त्वों को एक साथ लाकर नाटकीय संश्लेषण किया जाता है; यह अनेक दृष्टियों से आधुनिक ऑपेरा के समान है, यद्यपि ऑपेरा में लम्बे-लम्बे संवाद नहीं होते। परन्तु यूनानी त्रासदी के अध्येता को यह बात ध्यान में रखनी चाहिए कि लयपूर्ण, गति, ध्वनि, गीत और संगीत इस कला रूप के अभिन्न अंग हैं।

यूनानी त्रासदी से सम्बद्ध सबसे महत्त्वपूर्ण प्राचीन अभिलेख अरस्तू का प्रसिद्ध काव्यशास्त्र 'पोएटिक्स' है। यूनानी नाटकों के किसी पाठक को आलोचना के इस अद्वितीय ग्रन्थ को अवश्य पढ़ना चाहिए। अरस्तू में आज तक की सर्वाधिक विश्लेषणात्मक बुद्धि थी। यद्यपि 'पोएटिक्स' की रचना त्रासदी के उत्कर्ष काल से पचास या पिचहत्तर वर्ष के बाद हुई थी, फिर भी अरस्तू कलारूप को ऐकान्तिक रूप से समर्पित थे।

अरस्तू ने अपने विश्लेषण से यह निष्कर्ष निकाला कि त्रासदी के छह मूल तत्त्व हैं, जिन्हें वह कथानक (plot), चरित्र (character), शब्दयोजना (diction), विचार (thought), कौतुक (spectacle), और गीत (song) की संज्ञा देता है। परन्तु 'पोएटिक्स' के अपने सम्पूर्ण अध्ययन से पूर्व वह 'अनुकरण' के सिद्धान्त की बात उठाता है, जिसका प्रयोग उससे पहले कलाक्षेत्र में मूलभूत तत्त्व के रूप में प्लेटो कर चुका था। अरस्तू जब यह कहता है कि कलाकार अपने मॉडल का 'अनुकरण' करता है, तो उसका अर्थ अब यह कदापि नहीं है कि वह 'नकल' करता है, वरन् वह इस शब्द को एक और अर्थ देना चाहता है। ऐसा प्रतीत होता है कि अरस्तू इस शब्द

को कलाकार की रचना की प्रक्रिया का अर्थ देना चाहता है। कलाकार द्वारा संकल्पित सामग्री को रूप अनुकरण (मिमेसिस) द्वारा ही प्राप्त होता है। अरस्तू ने कलात्मक अनुकरण की प्रक्रिया में प्रयुक्त छह मूल तत्त्वों की भूमिका के अनुसार उनका वर्गीकरण किया है। उसके विचार में शब्दयोजना और गीत अनुकरण के माध्यम हैं, कौतुक अनुकरण की विधि है, जबकि कथानक, चरित्र और विचार अनुकरण की सामग्री हैं। अरस्तू इन तत्त्वों में से कथानक को सबसे महत्त्वपूर्ण मानता है और चरित्र को उसके बाद महत्त्व देता है।

त्रासदी की परिभाषा को समझने के लिए इन छह तत्त्वों और अरस्तू की 'मिमेसिस' की संकल्पना को समझना अनिवार्य होगा। अरस्तू ने इसकी परिभाषा इन शब्दों में की है : "त्रासदी किसी गम्भीर, पूर्ण और विशेष महत्त्व के कार्य का अनुकरण है; नाटक के विभिन्न अंशों में प्राप्त प्रत्येक कलात्मक अलंकरण से अलंकृत भाषा में; कार्यव्यापार के वर्णन के रूप में नहीं; करुणा और भय से प्रेरित इन भावों और ऐसे अन्य भावों का विरेचन (purgation) के मार्ग से।"

अरस्तू ने इन तत्त्वों का विश्लेषण करते हुए सबसे पहले इस बात की ओर संकेत किया है कि नाटकीय संश्लेषण भव्य और जटिल होता है। इसी प्रकार वह कथानक और चरित्र नामक तत्त्वों पर भी बल देता है। दूसरे, अपनी परिभाषा में वह अनिवार्य गम्भीरता, पूर्णता और महत्त्व पर भी बल देता है, क्योंकि ये त्रासदी को सामान्य मानवीय धरातल से एक तरह से ऊपर ले जाते हैं। इसके अतिरिक्त अरस्तू त्रासदी के उस प्रकार्य की ओर भी संकेत करता है जिससे दया, भय और इस प्रकार के अन्य भावों का 'विरेचन'(catharsis) होता है। अरस्तू का विश्वास है कि त्रासदी की प्रकृति ही दर्शक में दया, भय और इस प्रकार के अन्य भावों को जगाती है, उत्तेजित करती है या विरेचित करती है।

अरस्तू की 'पोएटिक्स' में एक और संकल्पना महत्त्वपूर्ण है, और वह है आदर्श 'त्रासद नायक' और 'त्रासद मूल' का सिद्धान्त। इस सिद्धान्त का प्रयोग शेक्सपीयर की त्रासदियों की आलोचना के लिए किया गया है। हम मेकबेथ और उसकी उत्कट महत्त्वाकांक्षा तथा ऑथेलो और उसकी ईर्ष्या के बारे में बहुत कुछ सुनते हैं। यह कहना होगा कि इन सन्दर्भों में इस सिद्धान्त के कारण उथले और अत्यन्त सरलीकृत आलोचनात्मक विचार सामने आए हैं–स्थिति यहाँ तक पहुँची है कि यह भी मान लिया गया कि यदि अपने नायक की त्रासद कमज़ोरी को पकड़ लिया है, तो आपने आलोच्य त्रासदी को संतोषजनक रूप से समझ लिया है। 'पोएटिक्स' में अरस्तू अपने सिद्धान्त की सम्यक् व्याख्या करता है। वह कहता है कि त्रासदी में भाग्य-विपर्यय की स्थिति अनिवार्य है, किन्तु इस चरित्र का सद्गुणों से पूर्णतः भरा होना अनिवार्य नहीं है क्योंकि जब ऐसा चरित्र सौभाग्य से दुर्भाग्य की ओर बढ़ेगा, तो दर्शकों में जुगुप्सा पैदा होगी। साथ ही किसी बुरे व्यक्ति को भी दुर्भाग्य से सौभाग्य की ओर

जाता नहीं दिखाया जाना चाहिए, क्योंकि यह स्थिति हमारी मानवीय भावनाओं और हमारी नैतिक भावना के विपरीत होगी। अतः वह हमारे भीतर वांछित त्रासद भावों की उत्पत्ति नहीं कर पाएगी। इसी प्रकार इसमें किसी बुरे व्यक्ति को सुख से दुख या सौभाग्य से दुर्भाग्य स्थिति में जाता भी नहीं दिखाया जा सकता।

सम्भवतः यह स्थिति हमारी नैतिक भावना को तो सन्तुष्ट कर देगी, किन्तु इससे हमारे भीतर वांछित त्रासद भाव उत्पन्न नहीं होंगे। अरस्तू आदर्श त्रासद नायक को इन शब्दों में परिभाषित करते हैं, "ऐसा व्यक्ति जो बहुत प्रसिद्ध और समृद्ध हो, किन्तु जो सर्वगुणसम्पन्न और न्यायप्रिय न हो, लेकिन जो दुर्भाग्य का शिकार किसी बुराई या दुराचार के कारण नहीं, बल्कि किसी विवेकहीनता या भूल के कारण हो।"

त्रासदी की अरस्तू की संकल्पना में निम्नलिखित बिन्दु महत्त्वपूर्ण हैं : पहली बात, अरस्तू मानवीय तत्त्व पर बल देता है और इस बात को भी रेखांकित करता है कि त्रासदी में मनुष्यों की भूमिका होती है। दूसरी बात, वह त्रासद नायक के सन्दर्भ में व्यक्ति पर बल देता है। इसके अतिरिक्त वह मानव जीवन में सुख और दुख की अवस्थाओं को स्वीकार करता है, जिनसे मनुष्य गुज़रता है। वह 'काव्य न्याय' की इस यांत्रिक संकल्पना को अस्वीकार करता है कि अच्छा समृद्धि को प्राप्त करता है और बुरा दुख पाता है। अरस्तू विश्व में एक प्रकार की नैतिक व्यवस्था के अस्तित्व को स्वीकार करके चलता है; इसका अर्थ यह भी है कि वह अवसर या भाग्य के तत्त्व को भी स्वीकार करता है और इस तत्त्व का प्रसार करें तो सम्भवतः इसमें प्रारब्ध या नियति को भी सम्मिलित किया जा सकता है। संक्षेप में कहा जाए तो अरस्तू के निकट त्रासदी गम्भीर और उच्चतर विषय है। इसमें एक विशेष प्रकार की गति होती है; वह मनुष्य और भाग्य अथवा अवसर के तत्त्व से युक्त उसकी स्थिति पर दृष्टिपात करती है, किन्तु जहाँ तक मनुष्य का सम्बन्ध है, इस दुनिया में एक प्रकार की निश्चित नैतिक व्यवस्था है, नैतिक अव्यवस्था नहीं।

यदि हम शेक्सपीयर त्रासदी पर ए. सी. ब्रेडले के प्रसिद्ध निर्वचन पर विचार करें तो हम देखेंगे कि अपने विश्लेषण के प्रारम्भ में ही उसने कहा है कि त्रासदी उन मानवीय कृत्यों की कथा है, जो असामान्य विनाश का कारण बनते हैं और जिनका परिणाम उच्चपदस्थ व्यक्ति की मृत्यु में होता है। ब्रेडले यह तर्क भी देता है कि नायक अच्छा व्यक्ति होता है, जिसमें अच्छाई और उदात्त के गुण होते हैं; संक्षेप में कहा जाए, तो वह ओछा या घृणा योग्य या क्षुद्र नहीं है। इस नायक पर जो दुर्भाग्य का पहाड़ टूटता है, वह ब्रेडले की दृष्टि में व्यक्ति में विपदा की भावना जगाता है। आलोचक का यह मत है कि इन नाटकों में सभी मानवीय कार्यव्यापार एक ऐसे विश्व के कार्यव्यापार हैं, जिसमें नैतिक व्यवस्था का गुण प्रमुख गुण है, और यह अच्छा है। एक रहस्यमय विधि से यह भाग्य अथवा नैतिक व्यवस्था हिंस्र और तीव्र

रूप से सभी अन्तर्क्रियाओं के विरुद्ध कार्य करती है। इसकी प्रतिक्रिया में विपदा आती है, जो अन्तर्क्रियाओं के अनुपात से कहीं बड़ी होती है। इससे भारी विनाश भी होता है। ब्रेडले का यह निर्वचन विशेष रूप से शेक्सपीयर की त्रासदियों के विषय में ही है।

यह स्पष्ट है कि यूनानी और शेक्सपीयर की त्रासदियों में कुछ सामान्य तत्त्व भी हैं और कुछ विशिष्ट अन्तर भी दिखाई देते हैं।

अरस्तू के अनुसार त्रासदी अतिशय भयानक लिये हुए नहीं होती, जो केवल जुगुप्सा और घृणा का भाव ही जगाए। हाँ, भयानक त्रासदी का अंग हो सकता है। ऐसा नहीं लगता कि उसमें केवल दया या दयनीयता ही होती है। इससे संरक्षणात्मक दया का ऐसा भाव अवश्य उत्पन्न होता है, जिससे विषय के प्रति आरोप की स्थिति बन जाए। इसके विपरीत ऐसा प्रतीत होता है कि अरस्तू के अनुसार त्रासदी हमारा ध्यान हमारे स्तर से ऊपर संकेंद्रित करती है और साथ ही उससे दया या सहानुभूति का भाव जागृत होता है। इस ओर भी ध्यान देना चाहिए कि अकेली त्रासदी ही भयानक या भयोत्पादक नहीं होती; भय 'मेलोड्रामा' की चारित्रिक विशेषता भी है। लेकिन, अरस्तू के अनुसार ही, भयानक या भयोत्पादकता त्रासदी का एक तत्त्व अवश्य हो सकता है।

त्रासदी या त्रासद में कतिपय मूलभूत धारणाएँ होती हैं। सबसे पहले यह चरित्र की पद-अवस्था और सम्मान को मूलभूत मानकर चलती है। इसमें यह धारणा भी सम्मिलित है कि मानव जीवन अर्थवान और मूल्यवान है। इसलिए इसमें मेकबेथ द्वारा किया गया जीवन का मूल्यांकन कभी स्वीकृत नहीं हो सकता :

यह कहानी है।

किसी मूर्ख की सुनाई हुई, आवाज़ों और शोर-ओ-गुल से भरपूर बेमतलब और फ़िज़ूल। इससे इस बात का संकेत मिलता है कि त्रासदी अनेक प्रकार के मानव मूल्यों, उसके सुख-दुखों और इन धारणाओं में सम्मिलित सभी बातों से सम्बद्ध होती है।

त्रासदी के सम्बन्ध में दूसरी धारणा यह है कि मनुष्य कितना ही जटिल क्यों न हो, उसमें इच्छाशक्ति एक अर्थ में स्वतन्त्र इच्छाशक्ति होती है और इसलिए एक सीमा तक वह अपने कार्यों के लिए उत्तरदायी होता है। त्रासद इस बात पर बल देता है कि मनुष्य एक प्रकार से अपने कर्म का चुनाव करने के लिए स्वतन्त्र होता है और उसकी इसी स्वतन्त्र इच्छाशक्ति से उसके चरित्र का उद्‌घाटन होता है। इस समस्या का वास्तविक उत्तर कुछ भी हो, त्रासदी इस धारणा को लेकर चलती है कि मनुष्य के पास स्वतन्त्र इच्छाशक्ति है; और जब मनुष्य स्वयं को त्रासद स्थिति में पाता है, तो उसके लिए यह तभी अर्थपूर्ण होती है जब वह इस तथ्य को समझे कि त्रासदी की यही अवधारणा है। यदि मनुष्य को मात्र कठपुतली के रूप में चित्रित किया गया हो, यदि 'किंगलीयर' के अंधे ग्लूस्टर का यह कथन सत्य हो कि :

"जैसे करते हैं शरारती लड़के मक्खियों के साथ, हम भी हैं देवताओं के हाथों वही, खेल-खेल में कर देंगे हत्या हमारी वे भी।" तो त्रासदी का कोई अस्तित्व ही नहीं रहेगा। यदि मनुष्य मात्र कठपुतली है, तो वह क्षुद्र है, घृणास्पद है, निर्मूल्य है। परन्तु जब मनुष्य को वे अन्धी ताक़तें दुर्भाग्य की ओर बहा ले जाती हैं, जिन पर उसका कोई अधिकार नहीं है, तो उस स्थिति में भी त्रासदी इस तथ्य को प्रस्थापित करती प्रतीत होती है कि वह ओछा या घृणा योग्य नहीं है।

त्रासदी की एक धारणा और है—मनुष्य से ऊपर भी कोई अतिमानवीय शक्ति है। यह अनेक रूपों में और अनेक नामों से प्रकट होती है। शेक्सपीयर की धर्मनिरपेक्ष त्रासदी की व्याख्या करते हुए ब्रेडले इस शक्ति को रहस्यमय 'नैतिक व्यवस्था' का नाम देता है। यूनान की धार्मिक त्रासदी में यह देवताओं अथवा अलौकिक शक्तियों के मानवीकरण के रूप में प्रस्तुत होती है। अन्य स्थानों पर यह ईसाई ईश्वर या भाग्य या नियति के रूप में दिखाई दे सकती है। ऐसा प्रतीत होता है कि त्रासदी मनुष्य को सदा किसी-न-किसी दैवी या अलौकिक शक्ति के अधीन प्रस्तुत करती है, जो उसके लिए यह निश्चित करती है उसे क्या करना है।

त्रासदी की निम्न मूल धारणाएँ हैं : पहली, मनुष्य का सम्मान; दूसरी, स्वतन्त्र इच्छाशक्ति और उसके प्रयोग का उत्तरदायित्व; तथा तीसरी, विश्व में अलौकिक कारक का अस्तित्व। इन धारणाओं की स्थापना के बाद त्रासदी मूलतः प्रत्यक्ष या अप्रत्यक्ष रूप से बुराई की समस्या से जूझती है। वह विश्व में बुराई के अस्तित्व से सीधे टकराती है; वह विश्व की बुराई का सीधे सामना करती है; वह इस बात को स्वीकार करके चलती है कि मनुष्य के जीवन में दुख हैं और उसका अन्त मृत्यु के रहस्य से ही होता है। कभी-कभी त्रासदी समस्या से सीधे टकराती है, जैसा कि ईस्किलस के 'प्रोमेथिसस बाउंड' इत्यादि में होता है। सम्भवतः यह इन नाटकों के बुराई के साथ सीधे संघर्ष के कारण है कि इन्हें सार्वभौमिक स्वीकृति मिली है जो शेक्सपीयर के नाटक कभी प्राप्त नहीं कर सके। कभी-कभी झुकाव अपेक्षाकृत अधिक स्पष्ट दिखाई देता है, जैसा कि 'हेमलेट' या 'ऑथेलो' या 'इडीपस, दि किंग' में है। इन नाटकों का कार्यव्यापार बुराई के किसी-न-किसी पक्ष को उद्घाटित करता है तथा एक प्रकार से ऐसी सामग्री उपलब्ध करा देता है, जिससे हम कुछ ऐसे नियम बना सकते हैं जिनके आधार पर हम बुराई का सामना कर सकें। इसलिए अरस्तू या ब्रेडले के इस विचार से सहमत होने की अपेक्षा कि त्रासदी का आधार त्रासद नायक और उसकी 'त्रासद भूल' में ही है, यह उचित लगता है कि हम इस अरस्तूवादी श्रेणी को सर्वाधिक महत्त्वपूर्ण मान कर चलें कि त्रासदी मनुष्य के जीवन में तीन मूलभूत धारणाओं को स्वीकार करती है, और फिर उसे शाश्वत रूप से रहस्यमयी बुराई के समक्ष ला खड़ी करती है। तभी, और तभी, त्रासदी का जन्म होता है। लेकिन इसका अर्थ मनुष्य की पराजय नहीं है क्योंकि पहली धारणा यह है कि मनुष्य का

जीवन अर्थवान है। सच्ची त्रासदी में मनुष्य की पराजय न होने का भाव ही हेमलेट की विदाई देनेवाले होराशियों की अन्तिम पंक्तियों में झलकता है :

''टूट रहा है अब भला मन। शुभरात्रि
प्रिय राजकुमार,
देवदूतों की उड़ान गीत सुना देगी तुम्हें
अन्तिम विश्राम।''

और क्या यह सच नहीं है कि इस विश्व में ऐसे लोग हैं, जो जीवन की व्याख्या करना चाहते हैं, त्रासद की तीन धारणाएँ बनाते हैं, बुराई की समस्या का सामना करते हैं, और जीवन को त्रासदी मानते हैं, लेकिन पराजय नहीं।

अनुवाद : *सुरेश धींगड़ा*

(जे. सी. दुबे : 'द ऐक्टर एंड अरिस्टोटल्स पोएटिक्स', 'एनेक्ट', अंक 165-166 से)

अवचेतन के मुहाने पर अभिनय

श्रीकांत किशोर

''मेरे काम सम्भवतः परिपूर्ण नहीं हैं, पर इनमें से एक पद्धति विकसित हो सकती है। पद्धति जैसे अहंकारी शब्द का प्रयोग करने के लिए मुझे क्षमा किया जाए, पर इसके लिए कोई दूसरा विकल्प भी मेरे पास नहीं है। जो हो, मैं समझता हूँ हर कला साधक को लिखना चाहिए, केवल आम शब्दावली में अपनी जीवन गाथा नहीं, बल्कि अपने कलाकर्म को व्यवस्था देने की कोशिश में लिखना चाहिए। उसे अपनी रचना और रचना प्रक्रिया का विश्लेषण प्रस्तुत करना चाहिए। इन्हीं विश्लेषणों से रचना प्रक्रिया के संसार की गुत्थियाँ सुलझेंगी और ठोस सूत्र हाथ आएँगे। इस काम में पुराने महारथियों की जवाबदेही बहुत ज़्यादा है--उन्हें अपने धंधे का राज छुपाने और उन पर अपना स्वत्वाधिकार बनाने का कोई अधिकार नहीं है। उन्हें अपने सारे गोपन सत्य उजागर करने चाहिए, क्योंकि चाहे अनचाहे नयी पीढ़ी देर-सबेर इन सभी नतीजों को हासिल कर ही लेगी।''

कोंस्तांतिन स्तानिस्लाव्स्की

(सन् 1935 में मास्को के अभिनेताओं को लिख धन्यवाद संदेश से–'एक्टर्स विदाउट मेकअप')

अभिनय की प्रक्रिया पर स्तानिस्लाव्स्की के समस्त चिन्तन के प्रस्थान बिन्दु की पहचान की दृष्टि से ऊपर की पंक्तियाँ महत्त्वपूर्ण हैं। अभिनय की जिस नवीन पद्धति के सृजन करने का श्रेय उन्हें जाता है वह अचानक से प्रकट हो गया। वह कोई आध्यात्मिक सत्य नहीं था, बल्कि एक अभिनेता के रूप में 40 से अधिक वर्षों तक निरन्तर चिन्तन और प्रयोगों का फल था। सृजन-कर्म की दुनिया में लगातार गोते लगाते हुए जो रत्न वे हासिल करते आए थे यह उन्हें एक सूत्र में पिरोने की नायाब कोशिश थी। पद्धति जैसी ठोस वैज्ञानिक शब्दावली के प्रयोग से भी वे बचना चाहते थे जो केवल विनम्रता के कारण नहीं था, कला की दुनिया में अन्तःप्रेरणा, स्वतःस्फूर्तता और अंतश्चेतना की स्वीकृति की इच्छा भी थी। पर इन सबसे बड़ा सच यह है कि स्तानिस्लाव्स्की अभिनेता के लिए सबसे अधिक विश्वसनीय पथ की तलाश

कर रहे थे। अभिनेता का अपने शरीर, अपनी भावनाओं और बौद्धिक शक्तियों पर ऐसा नियन्त्रण जो बदलते हुए परिवेश, परिस्थिति और जीवन्त दर्शकों की साक्षात् उपस्थिति से प्रभावित हुए बिना सत्य की अबाध अभिव्यक्ति कर सके। यह निश्चित रूप से कला में विज्ञान की घुसपैठ थी और अभिनय के लिए एक सुसंगत पद्धति विकसित करने की चेष्टा थी।

एक कला के रूप में अभिनय का इतिहास हज़ारों वर्ष पुराना है और अपने आरम्भ से ही यह कला दर्शकों की जीवन्त उपस्थिति में रची जाती है। बेशक नाट्यपाठ और पूर्वाभ्यास के रूप में रचना की पूर्वपीठिका पहले से तैयार होती है और अभिनेता एक निश्चित तैयारी और योजना के साथ मंच पर आता है। पर यह तैयारी एक नवीन वस्तु की रचना के लिए कच्चा माल जुटाने से अधिक कुछ नहीं है। रचना का अन्तिम बिन्दु घोर अनिश्चितताओं से घिरा है। सबसे बड़ी चुनौती इस तथ्य से उभरती है कि अभिनेता का माध्यम एक जीवित वस्तु है यानि उसका अपना शरीर। अब शरीर की सारी क्रियाएँ ऐच्छिक नहीं है, उनपर बुद्धि का पूरा नियन्त्रण नहीं है। फिर जिस जीवन्त माहौल में यह रचना प्रक्रिया चलती है उसपर भी रचनाकार का नियन्त्रण नहीं होता। अभिनयकला इस सबसे प्रभावित होती है और एक ही अभिनेता जो एक दिन विलक्षण कौशल से मंच पर एक चरित्र को मूर्त्त करता है, अगले ही दिन एक निष्प्राण और सतही रचना लेकर प्रकट होता है। अपने सुदीर्घ अभिनेता जीवन के आरंभिक दिनों से ही स्तानिस्लाव्स्की इस अनिश्चितता से त्रस्त रहे और इससे मुक्त होने के उपाय सोचते रहे थे। परम्परा से इस अनिश्चितता के लिए ज़िम्मेवार माने जाने वाली अनुप्रेरणा के नामस्मरण से वे सन्तुष्ट नहीं होते। अपनी चिन्ता का खुलासा करते हुए वे लिखते हैं कि "आख़िर एक अभिनेता अपना काम कैसे करे? किस प्रकार वह अपने आप को अनुप्रेरित कर सकता है? उस अतिआवश्यक परन्तु अपनी लुकाछिपी से मदहोश कर देनेवाली मायाविनी रचनात्मक अवस्था को अपनी मर्जी से हासिल करने के लिए वह क्या करे?" अपनी आवश्यकता के अनुसार इस रचनात्मक अवस्था को प्राप्त करना किसी न किसी आन्तरिक प्रक्रिया के ज़रिए ही हो सकता है। पर यह प्रक्रिया अपने आप में किसी पद्धति की मोहताज हो ऐसा नहीं है। अभिनय के क्षेत्र में ऐसी विलक्षण प्रतिभाएँ हमेशा रही हैं जो अनायास प्रेरणा के उन क्षणों को हासिल कर लेती हैं जिन्हें दूसरा कम प्रतिभावान याचक अथक परिश्रम के बाद भी पहचान नहीं पाता। स्तानिस्लाव्स्की ने लिखा कि "अगर यह जीनियस बहुत सहज प्राकृतिक रूप में इस रचनात्मक अवस्था को उसके पूरेपन में हासिल करता है तो ज़रूर कहीं कठोर परिश्रम का ऐसा रास्ता भी होगा जिस पर चलकर एक आम आदमी भी उस अवस्था तक पहुँच सकता है, अगर पूरा-पूरा नहीं भी तो कम-से-कम आंशिक रूप से।" ज़ाहिर है कि पद्धति निर्माण की पूरी प्रक्रिया एक आम अभिनेता को प्रेरणा के चरणों तक ले जाने की इस जद्दोजहद

का ही परिणाम है। स्तानिस्लाव्स्की को इस बात का श्रेय दिया जाएगा कि इस क्रम में उन्होंने सबसे अनिश्चित कलारूप को एक सुनिश्चित आकार और तर्कसंगत पद्धति देने का प्रयास किया।

यों अभिनय की हज़ारों वर्ष पुरानी परम्परा में इस कला को व्यवस्था देने और इसके ऊपर प्रकृति के नियमों का इस्तेमाल करने की कोशिश बार-बार की गई है, जिसके उदाहरण हमें नाट्यशास्त्र से लेकर जापान की नोह और काबुकी जैसी शैलियों की अभिनय परम्परा में देखने को मिलते हैं। लेकिन आरम्भिक दिनों की ऐसी तमाम कोशिशों की सीमा रही है। बड़ी बात तो यह कि प्रकृति के सहज सुविकसित ज्ञान का अभाव ऐसी तमाम कोशिशों को अन्ततः कृत्रिम और अपूर्ण बनाता रहा और दूसरी बात यह भी कि अन्ततः विद्वानों की कोशिश सरलीकरण की ओर उन्मुख रही। नाट्यशास्त्र ने इस दृष्टि से दूसरों की तुलना में अधिक सफलता अर्जित की। शरीर की विभिन्न क्रियाओं को ठोस आकार देते हुए उनके भीतर एक निश्चित भाव को आरोपित करने की कोशिश यहाँ सबसे पहली बार हुई। अब हम देख सकते थे कि हँसने के दस अलग-अलग तरीक़े हो सकते हैं और इनमें हर तरीक़ा एक निश्चित भाव को अभिव्यक्त करता है। इसी तरह शरीर के विभिन्न अंग और उपांग अलग-अलग भाव की अभिव्यक्ति के लिए अलग-अलग प्रकार से गति या मुद्रा लेते हैं।

पर नाट्यशास्त्र की यह कोशिश जो वैज्ञानिक तरीक़े से भावों की अभिव्यक्ति के लिए शरीर का उपयोग करना चाहती थी, आगे चलकर एक जड़ और रूढ़ प्रणाली में परिणत हो गई। आज भी भारत की शास्त्रीय नृत्य परम्पराएँ नाट्यशास्त्र में विकसित करण, चारि और मुद्राओं का उपयोग करती हैं, लेकिन अभिनय कला में इनका उपयोग लगभग बन्द हो गया है। ऐसा इनकी जड़ता की वजह से हुआ है और इस वजह से भी कि प्रकृति से लिया यह नियम आज सबसे अधिक अप्राकृतिक बन गया है। ऐसे में विज्ञान के अभूतपूर्व विकास का लाभ उठाते हुए मानव शरीर की प्रकृति को नए सिरे से समझने की आवश्यकता थी जिसे स्तानिस्लाव्स्की ने सम्भव किया।

उन्नीसवीं शताब्दी के उत्तरार्द्ध में मानव मनोविज्ञान के ऊपर शोध का एक सिलसिला चल रहा था। स्वयं रूस में सखालोव और पावलॉव इस दिशा में काफ़ी सक्रिय थे। इन दोनों मनोवैज्ञानिकों ने मानव मन के संवेग और इन संवेगों के स्नायुतंत्र के ज़रिए शरीर के विभिन्न अंगों पर पड़नेवाले प्रभावों का अध्ययन किया और कई मौलिक निष्कर्षों तक पहुँचे। यही वो दौर था जब एक युवा अभिनेता के रूप में स्तानिस्लाव्स्की अपने अभिनय को विश्वसनीय बनाने की पुरज़ोर कोशिश कर रहे थे। अपने से पहले के महान अभिनेताओं का अनुकरण करते हुए उन्होंने बार-बार मुँह की खाई थी और अब वो मान चुके थे कि अभिनय की विश्वसनीयता मानव

मनोविज्ञान और मानव शरीर शास्त्र को समझे बिना सम्भव नहीं है। स्तानिस्लाव्स्की ने अपनी इस कोशिश में न केवल अभिनय कला को नए तरीक़े से परिभाषित किया, बल्कि नाट्यविधा को ही एक नया स्वरूप प्रदान किया।

ऐसा विभिन्न प्रकार के कारकों के संयोग से हुआ। नई दुनिया मनुष्य और समाज को समझने के लिए नवीन विवेक की माँग कर रही थी। मानव मन की गुत्थियाँ खोलने के लिए नए विज्ञान रचे जा रहे थे। दूसरी ओर उन्नीसवीं शताब्दी का यथार्थ जटिल से जटिलतर होता जा रहा था। साहित्य के नए पुरोधा इस जटिलता को अभिव्यक्त करने के लिए नवीन शैली और शिल्प लेकर आ रहे थे। स्वयं रूस में गोगोल, ओस्त्रोव्स्की, शेपकिन और तॉलस्तॉय इस नवीन यथार्थवाद को शास्त्रीय स्तर पर ले जा चुके थे। नाटक के क्षेत्र में भी यह यथार्थवाद अपनी अभिव्यक्ति कर रहा था। स्ट्रिंडबर्ग, इब्सन और शॉ अपने नए नाटकों के ज़रिए ऐसी धारा को सामने ला चुके थे और रूस में ऐंटन चेख़व जैसे कहानीकार का आविर्भाव हो चुका था जो अपनी नवीन प्रकृतवादी शैली में नाटक भी रच रहे थे। तो यह समय की माँग थी कि अभिनेता भी मंच पर पहले से बने-बनाए ढाँचे में हँसना-रोना छोड़े और समाज को उसके सच्चे, सूक्ष्म और अन्तिम विवरण के साथ पेश करे। साहित्य ने जिस तरह नवीन आवश्यकताओं के अनुरूप अपने को नए साँचे में ढाला था, रंगमंच अपने आप को उसके अनुकूल बनाने के लिए व्यग्र हो रहा था। एक तरफ़ साहित्य के द्वारा पेश होनेवाला नवीन पाठ अपने विश्लेषण में अधिक सच्चाई और सूक्ष्मता की माँग कर रहा था वहीं ऐसे विश्लेषण से प्राप्त सत्य अपनी प्रस्तुति के लिए एक नए अभिनेता की माँग कर रहे थे।

यह नया अभिनेता कैसा हो? परम्परा से चली आती अभिनय धारा में कौन-सा बदलाव चाहिए? इस बात को प्रदर्शित करने के लिए स्तानिस्लाव्स्की ने अपने दौर से प्रचलित अभिनय की तमाम प्रवृत्तियों का विस्तृत विश्लेषण प्रस्तुत किया। उन्होंने कहा कि अभिनय के नाम पर जो पेश किया जा रहा है उसका अधिकांश वस्तुतः कला है ही नहीं। 'वेन एक्टिंग इज़ एन आर्ट' नामक निबन्ध में मंच पर सृजन को अभिनयकला की बुनियादी शर्त बताते हुए उन्होंने आमतौर पर इसके अभाव को विस्तार से प्रदर्शित किया। उनके अनुसार बहुत से अभिनेता अभिनय के नाम पर अनुकरण करते हैं। दिए हुए चरित्र की रचना के लिए वे बाहरी जीवन में किसी मॉडल की तलाश करते हैं और उस मॉडल की हरकतों की हूबहू नकल करके अपने काम की इतिश्री कर लेते हैं। स्तानिस्लाव्स्की कहते हैं कि "मॉडल की तलाश अपने आप में बुरी बात नहीं बशर्ते एक मॉडल की हरकतों का कार्य-कारण सम्बन्ध के ज़रिए विश्लेषण किया जाए और उससे पाए गए निष्कर्षों का इस्तेमाल अपने चरित्र की रचना में हो।" आख़िर किसी व्यक्तित्व का निर्माण उसकी पृष्ठभूमि, काल, परिवेश, परिस्थितियों आदि तमाम चीज़ों के मेल से होता है। अगर किसी चरित्र को उसके

परिवेश के बाहर किसी दूसरे माहौल में टाँकने की कोशिश की जाए तो यह पैबन्द लगाने जैसा काम होगा। स्तानिस्लाव्स्की ऐसी प्रयासों को अभिनयकला का हिस्सा नहीं मानते।

दूसरी श्रेणी उन अभिनेताओं की है जो अभिनय के रूप में निरन्तर अभ्यासों के ज़रिए विभिन्न प्रकार की मुद्राओं, गतियों, हावभाव और बोलने की कला का एक गढ़ा हुआ ख़ज़ाना तैयार करते हैं और प्रत्येक चरित्र के निर्माण में इस ख़ज़ाने के अलग-अलग अस्त्रों-शस्त्रों का सुनियोजित रूप में इस्तेमाल करते हैं। इन अभिनेताओं का भावों से बहुत थोड़ा रिश्ता है। ये पाठ तक सिर्फ़ इस मक़सद से जाते हैं कि उसमें वर्णित चरित्रों के गुण-दोष से मिलती-जुलती कोई चीज़ अपने ख़ज़ाने में से तलाश सकें। ऐसे अभिनेता मानते हैं कि मंच पर सफल होने के लिए नाटकीयता ही काफ़ी है। अक्सर अपने यांत्रिक हावभाव और भंगिमाओं से वे दर्शकों की तालियाँ भी बटोर ले जाते हैं। स्तानिस्लाव्स्की ने ऐसे अभिनेताओं का बहुत मज़ाक़ उड़ाया है। उनकी अतिरंजित भंगिमाओं के लिए उन्हें हिस्टीरिया का मरीज घोषित करते हुए वे कहते हैं कि ऐसे अभिनेता अपने विश्वास में इतने पक चुके होते हैं कि इनको ठीक करना भी लगभग असम्भव काम है।

अपने विश्लेषण की अगली श्रेणी में स्तानिस्लाव्स्की उन अभिनेताओं को रखते हैं जो चाहते तो हैं मंच पर किसी पात्र को जीना, पर पात्र के रूप में वे दरअसल एक बाह्य आकृति को पेश कर रहे होते हैं। अपनी तैयारी के आरम्भिक दिनों में वह रोल को जीने का प्रयास करते हैं, पर एक बार अपनी भूमिका के स्वरूप से सन्तुष्ट हो जाने के बाद वे चरित्र के अन्तर्मन से दूर हो जाते हैं। अब वे अपनी याददाश्त के सहारे पहले से मन में बनी छवि को दुहरा रहे होते हैं। उनका पूरा ध्यान अब बाहरी आवरण पर केन्द्रित हो जाता है जिसे वे मेहनत से ठोंक बजाकर दुरुस्त करने में लगे होते हैं। यहाँ अक्सर हमें कुशल कारीगरी और पूर्णता के दर्शन होते हैं। अपनी सुप्रशिक्षित मांसपेशियों के सहारे ये अभिनेता बाहर-बाहर अद्भुत तस्वीरें पेश करते हैं जबकि उनका अन्तरतम पूरी तरह शान्त और ठंडा बना रहता है। पात्र के अन्तर्मन के साथ उनका रिश्ता सीमित होता है और वह भी दूर का।

दरअसल रिप्रेजेनटेशनल अभिनेता अपने अन्तर्मन का उपयोग चरित्र निर्माण के पहले खंड में ही करता है। पाठ से गुज़रते हुए कुछ क्षणों का तादात्म्य उसके मस्तिष्क में बाह्य परिस्थितियों की एक रूपरेखा देता है। इसके बाद से वह अपना ध्यान इस बाहरी रूपरेखा को संगत और पूर्ण बनाने पर केन्द्रित करता है। उसका ध्यान आरम्भ में जिए गए चरित्र के सफल हिस्से पर केन्द्रित होता है और महज उसके आधार पर अपनी दृश्यावलियाँ अंकित करता है। इसका परिणाम बाहरी स्तर पर बहुत संगत दिखनेवाली रचना के निर्माण में होता है। ऐसे अभिनेता आरम्भ में बहुत शक्तिशाली और सक्षम नज़र आते हैं। ये तुरन्त अपनी ओर आकर्षित करते हैं। हाँ, बाद में यह

पता चलता है कि उनके काम का कथ्य से ठोस रिश्ता नहीं। अभिनेता की आन्तरिक वृत्तियाँ भी कभी सक्रिय नहीं होतीं। ऐसे अभिनेता मंच पर बार-बार अपनी पहले से गढ़ी छवि को दुहराते हैं। स्तानिस्लाव्स्की कहते हैं कि इनके काम में और चाहे कुछ भी हो मंच पर सृजनात्मकता बिलकुल नहीं होती।

ज़ाहिर है कि चरित्र की आन्तरिक सच्चाई से परहेज करनेवाले ऊपर के सारे अभिनेता मंच पर कोई सृजनकर्म नहीं करते। मंच इनके लिए एक ऐसी जगह है जहाँ वे अपने साधे हुए हुनर का प्रदर्शन करते हैं। ऐसा आडंबर आमतौर पर किसी-न-किसी अतिरंजना का शिकार होता है। यह अतिरंजना चाहे तो भावों की प्रगाढ़ व्यंजना हो या फिर भावहीन सरकस। लेकिन अभिनेताओं का एक दर्जा और भी है जो इन दोनों से बाहर है। स्तानिस्लाव्स्की कहते हैं कि अभिनेताओं का एक विशेष समूह मंच पर जाकर कोई अभिनय नहीं करता। वह सिर्फ़ दर्शकों के साथ फ़्लर्ट करता है। अपने शरीर को मोहक बनाकर दर्शकों को रिझाना उनका एकमात्र लक्ष्य होता है। ज़ाहिर है कि नाटक के मूल कथ्य से इनका कोई वास्ता नहीं होता। देखा जाए तो आज भी इस श्रेणी के कलाकारों की कोई कमी नहीं है। दुनिया भर की फ़िल्में सुदर्शन युवक-युवतियों को अभिनेता-अभिनेत्री के रूप में पेश करके इसी लक्ष्य की प्राप्ति करती है।

लेकिन अभिनेताओं का एक बड़ा समूह अभी भी बचा है जो बहुत ईमानदारी से किसी चरित्र की सच्चाई को दर्शकों तक सम्प्रेषित करना चाहता है। बौद्धिक विश्लेषण के ज़रिए वह दिए हुए पाठ की बार-बार बखिया उधेड़ता है, लेकिन फिर भी चरित्र के सत्य को वाणी नहीं दे पाता। स्तानिस्लाव्स्की कहते हैं कि "जब पात्र का पूरा हुलिया पता हो पर मंच पर अभिनेता उसमें प्रविष्ट नहीं हो पाए तो इससे बड़ी कोई यंत्रणा नहीं होती।" निश्चित रूप से बौद्धिक विवेचन से परे कोई वस्तु है जो इन अभिनेताओं की पहुँच से परे होती है। स्तानिस्लाव्स्की की पद्धति ऐसे विवश अभिनेताओं को सम्बोधित है।

अभिनय की अपनी परिकल्पना की चर्चा वे इस माँग से शुरू करते हैं कि 'तुम चाहे अच्छा अभिनय करो या बुरा अभिनय, महत्त्वपूर्ण यह है कि हमेशा सच्चा अभिनय करो' (You may play well or you may play badly, the important thing is that you should play truly.)। यह माँग विचित्र है। अभिनय तो आख़िर अभिनय है, इसमें सच्चाई क्या हो सकती है? मंच पर रखी हर वस्तु अवास्तविक है। अभिनेता भी अपने वास्तविक स्वरूप का त्याग करके मंच पर अवतरित हुआ है। ऐसे में उससे सच्चाई की माँग अटपटी लग सकती है। पर एक बार सन्दर्भ सामने आ जाने पर स्थिति स्पष्ट हो जाती है। अभिनय के सत्य को व्याख्यायित करने से पहले स्तानिस्लाव्स्की मंच के सत्य को स्थापित करते हैं। मंच भी तो अपने आप में एक छद्म है। वह इस जगत की अनुकृति बनाने के लिए चुना गया ज़मीन का एक

टुकड़ा है जिस पर एक काल्पनिक जगत की सृष्टि होनी है। हज़ारों वर्ष पूर्व भारतीय मनीषी जिस प्रकार मिथ्या जगत की भाव प्रतीति कराते हुए सत्य की सापेक्षता को स्थापित कर रहे थे, लगभग इसी अन्दाज़ में स्तानिस्लाव्स्की कहते हैं कि 'सत्य को विश्वास से अलग नहीं किया जा सकता।' उनके अनुसार ''इस बात से कोई मतलब नहीं कि मंच पर हमारे चारों तरफ़ मौजूद वस्तुओं की वास्तविक जीवन में क्या हक़ीक़त है। उसका महत्त्व तभी तक है जब तक वह हमारी भावनाओं को कोई पृष्ठभूमि प्रदान करता है। बाक़ी महत्त्व उस विश्वास का है जिसके साथ हम उन चीज़ों को देखते हैं।'' इस तरह मंच का सत्य कोई निरपेक्ष सत्य नहीं, बल्कि एक विश्वास है और वह एक कथ्य के सापेक्ष है। रचनाकार ने अपनी कल्पना से एक कथा रची है जिसका आधार उसके सामने उपस्थित जीवन का यथार्थ है। इस कथा का एक निश्चित लक्ष्य है, हम इसे कथ्य कहते हैं। कथ्य हमारे सामने जीवन सत्य का एक विकल्प पेश करता है। भारतीय परम्परा में एक प्रचलित शब्द है—कवि सत्य। यह कवि सत्य वास्तविक जीवन का सत्य हो यह आवश्यक नहीं है, बल्कि आमतौर पर यह सत्य से परे एक विश्वास है। इस विश्वास को मूल शक्ति मिलती है उस कथ्य से जिसकी अभिव्यक्ति के लिए यह कवि सत्य रचा जाता है। स्तानिस्लाव्स्की जब सत्य के अहसास (sense of truth) की बात करते हैं तो लगभग उसी अर्थ में जिसमें कविसत्य की परिकल्पना भारतीय विद्वानों ने की थी।

सत्य के अहसास और विश्वास की सृष्टि के लिए स्तानिस्लाव्स्की पाठ में वर्णित परिवेश पर बहुत ज़ोर देते हैं। मंच को कथ्य के अनुरूप बनाने के लिए जहाँ स्तानिस्लाव्स्की विस्तृत मंच विवरणों और प्रकृत विधान की ओर उन्मुख होते हैं वहीं इसमें विश्वास भरने का ज़िम्मा अभिनेता को देते हैं। देखा जाए तो बाद के वर्षों में स्तानिस्लाव्स्की के सिद्धान्त में इसी एक पहलू की अधिक आलोचना हुई जब समीक्षकों ने परिवेश के प्रति अतिरिक्त आग्रह को कला और यथार्थ के बीच फ़र्क़ को मिटानेवाले व्यवधान के रूप में देखा। पर यह बहुत बाद में हुआ जब प्रकृतवादी अभिनय अपने आप को स्थिर और ठोस रूप प्रदान कर चुका था। आरम्भ के दिनों में परिवेश और पद्धति एक दूसरे के पूरक बनकर आए जिनमें दोनों की निश्चित भूमिका थी। परिवेश जहाँ कथ्य सम्प्रेषण के लिए अनुकूल मिथ्या जगत रचता है वहीं अभिनेता अपने अभिनय की सच्चाई के सहारे इस मिथ्या जगत को सत्य में तब्दील करता है। इस अर्थ में जब वे 'सच्चा अभिनय' करने को कहते हैं तो उनकी माँग है मंच पर रचे हुए संसार में अपने हर काम को पूरे विश्वास के साथ करना। यह विश्वास देखने में सरल है, पर वास्तव में उसकी उपलब्धि उतनी ही विरल है। बहुत से अभिनेता यह काम अन्तःप्रेरणा के सहारे करते हैं। यह विलक्षण बात होती बशर्ते उनकी अन्तःप्रेरणा हमेशा उन्हें सही रास्ते पर ले जा सकती। नाटक का पाठ किसी को वशीभूत कर ले और अपने अनुसार चलने को बाध्य कर ले इससे अच्छी बात

कुछ नहीं। तब अभिनेता अपनी इच्छा के वश में नहीं, बल्कि अपनी भूमिका के वश में जीता है और सबसे सच्ची तस्वीर पेश करता है। पर इस प्रवृत्ति की समस्या यह है कि अन्तःप्रेरणा पर हमारा कोई वश नहीं होता, हमारे मस्तिष्क की इसमें कोई नियोजित भूमिका नहीं होती।

स्तानिस्लाव्स्की कहते हैं कि "हमसे अपेक्षा यह है कि हम सदैव अपनी अन्तःप्रेरणा के अनुसार चलें। पर यह अन्तःप्रेरणा हमारे अवचेतन के हाथ में है जिसपर हमारे चेतन मस्तिष्क का वश नहीं चलता। बल्कि समस्या तो यह है कि चेतन मस्तिष्क के हस्तक्षेप करते ही हमारा अवचेतन किसी अँधेरे कोने में दुबक जाता है।" जैसे सूरज निकलते ही ओस की बूँदें विलीन हो जाती हैं वैसे ही चेतना अवचेतन को मार डालती है। ऐसे में अन्तःप्रेरणा या अवचेतन के कहे पर हम तभी चल सकते हैं जब हमारे सामने एक बिलकुल अज्ञात परिस्थिति हो। यह अज्ञात परिस्थिति हमें आम जीवन में मिलती है, मंच पर नहीं। मंच पर तो चीज़ें आमतौर पर पूर्वनिर्धारित होती हैं। कभी-कभी मंच पर भी हमें कुछ अनिर्धारित और अनायास मिल सकता है पर यह बहुत थोड़ा ही हो सकता है। एक नाटक के बार-बार प्रदर्शन किसी अज्ञात पर आधृत होकर नहीं किए जा सकते। फिर अन्तःप्रेरणा के सहारे अभिनय कैसे किया जा सकता है?

स्तानिस्लाव्स्की कहते हैं कि एक उपाय है। हमारे चेतन मस्तिष्क और इच्छाओं की परिधि में कुछ चीज़ें ऐसी भी हैं जो हमारे अवचेतन को प्रभावित करने और उन्हें जगाने की क्षमता रखती हैं। इस तरह हम इन तत्त्वों के माध्यम से अपने अवचेतन के नजदीकी सिरे तक पहुँच सकते हैं और अभिनय में इनका उपयोग कर सकते हैं। इसके विपरीत अन्तःप्रेरणा पर निर्भर अधिकतर अभिनेता इस मनोवैज्ञानिक प्रक्रिया से गुज़रने के बजाय अपनी इच्छाओं पर ज़ोर लगाते हैं। जैसा पहले कहा गया है इच्छा अन्तःप्रेरणा का गला घोंट देती है और उनके पास अपने स्नायुतंत्र और भुजाओं के ज़ोर के सिवा कुछ नहीं बचता। मंच पर जाकर वह जबर्दस्त हल्ला-गुल्ला करते हैं जो कला के स्तर पर नपुंसक हरकतों के अलावा कुछ नहीं होता।

स्तानिस्लाव्स्की के रास्ते पर चलकर अभिनेता पहली बार अपने अवचेतन का सायास उपयोग करने में सक्षम हुए और अभिनय का स्वरूप बदल गया। साहित्य में यथार्थवाद के प्रवेश ने जैसे चरित्र गढ़ने शुरू किए थे, उनकी प्रकृति पहले से बहुत भिन्न थी। अब हर पात्र अपनी अलग पहचान रखता था। अभिनेता के सामने चुनौती यह थी कि इन्हें एक-दूसरे से बिलकुल अलग अपनी स्वतन्त्र पहचान के साथ स्थापित किया जाए। चरित्र के इतने सारे ब्यौरे सामने आ रहे थे कि उसकी आकृति और उसका अन्तर्मन पूरी तरह व्यक्त हो रहा था। पहले से माँजे हुए भाव-भंगिमा के हथियार इस नवीन युद्ध में विजय नहीं दिला सकते थे। अभिनेता से अब न केवल सूक्ष्म विश्लेषण की माँग थी, बल्कि उसे अपने पात्र को उसकी सारी विलक्षणताओं

के साथ पेश करना था। अभिनेता अपनी सारी पहचान गुम करके, बार-बार नये साँचे में ढलकर इन प्रकृत चरित्रों के रूप में मंच पर आवे और इनके मूल उद्देश्यों के साथ ज्यों-का-त्यों इन्हें पेश कर दे, यह थी समस्या। और फिर माँग यह भी थी कि यह सब एक बासी और यान्त्रिक जोड़ घटाव के रूप में न हो, बल्कि एकदम टटका हो नवनीत की तरह, मंच पर ही रचा गया हो और रचने के साथ ही साथ परोस दिया गया हो। इसे सम्भव करने के लिए स्तानिस्लाव्स्की अभिनेता के लिए एक निश्चित कार्य पद्धति का प्रस्ताव रखते हैं जिसे तीन हिस्सों में बाँटकर देखा जा सकता है—

1. अभिनेता और नाट्यपाठ
2. भूमिका की रूपरेखा
3. सृजन

तीनों खंडों के सन्दर्भ में स्तानिस्लाव्स्की की मान्यताएँ, अलग-अलग समय पर प्रकाशित उनकी चार पुस्तकों में संकलित हुई हैं, लेकिन इस पद्धति का ठोस रूप इन पुस्तकों से ज़्यादा उनके द्वारा स्थापित रंग संस्थान 'मास्को आर्ट थिएटर' के उन स्टूडियोज़ में विकसित हुआ जिसे स्तानिस्लाव्स्की अपने जीवन के अन्तिम समय तक लगातार चलाते रहे। यह अभिनय की एक ऐसी प्रयोगशाला थी जिसमें किसी नाटक के निर्देशन के क्रम में अभिनेताओं के एक समूह को साथ लेकर स्तानिस्लाव्स्की लगातार उनपर काम करते थे और इस काम के लिए विज्ञान और कला की अलग-अलग शाखाओं का उपयोग करते थे। आगे चलकर इसी प्रयोगशाला के कुछ शिष्यों ने विश्व के अलग-अलग भागों में इसकी शाखाएँ चलाईं। बीसवीं शताब्दी का रंग इतिहास अभिनयकला में स्तानिस्लाव्स्की के अभिनय सिद्धान्तों के विकास का इतिहास है। जैसा पहले कहा गया, 'सिस्टम' या 'मेथड' अपने आप में नियमों का एक जड़ पुलिन्दा नहीं है। यह किसी धर्मशास्त्र की तरह ठोस निष्कर्षों का संकलन नहीं है और न ही नाट्यशास्त्र की तरह करण, चारि और मुद्राओं का आरोपण। यह तो एक रास्ता है जिस रास्ते पर हर अभिनेता अपने मन, प्राण और शरीर के साथ अपने जीवन अनुभव और नाट्य पाठ के दायरे में रहते हुए चलने की कोशिश कर सकता है।

अभिनेता और नाट्यपाठ

जैसा पहले कहा गया, 'मेथड अभिनय' के उत्स के पीछे साहित्य में यथार्थवादी शिल्प का आग्रह रहा है। स्वाभाविक रूप से 'नाट्यपाठ' को यहाँ बहुत अधिक सम्मान मिला है। परवर्ती काल के नाट्यचिन्तन में पाठ से विद्रोह की प्रवृत्ति देखने को मिलती है। ग्रोतोव्स्की पाठ के विरुद्ध नहीं थे पर इसे रंगमंच का अनिवार्य तत्त्व नहीं मानते थे।

कभी-कभी अपने नकारवादी आवेश में वे कह जाते थे कि 'मंच पर अभिनेता की अनर्गल बकवास भी रंगसृष्टि कर सकती है।' ब्रिटिश रंगनिर्देशक गोर्डन क्रेग ने तो अपने कार्यों में पाठ को बिलकुल हाशिए पर रखा था। इसके विपरीत स्तानिस्लाव्स्की की पद्धति में नाट्यपाठ अपने आप में ब्रह्मवाक्य की तरह है। मेथड निर्माण के आरम्भिक दिनों में स्तानिस्लाव्स्की पाठ के सामूहिक विश्लेषण के महीनों लम्बे सेशंस चलाते थे। इस प्रक्रिया में पाठ के हर पहलू पर लम्बी चर्चाएँ होती थीं। बाद में उन्होंने महसूस किया कि लम्बे वैचारिक सेशन पाठ के भावात्मक आकर्षण को कम करते थे जिससे अभिनेता की कल्पनाशक्ति और अन्तःप्रेरणा पर बुरा असर पड़ता था। इसलिए इसे छोड़ दिया गया। विश्लेषण का काम अब भी चलता रहा पर अभिनेता के शारीरिक अभ्यास को प्रक्रिया में शामिल करते हुए।

स्तानिस्लाव्स्की मानते हैं कि 'नाट्यपाठ' का प्रथम अनुभव महत्त्वपूर्ण है। पहली बार कथा से गुज़रते वक़्त अभिनेता जो महसूस करता है और जिस प्रकार का रसास्वादन उसे होता है, वही उसके अपने सृजनकर्म का सच्चा मार्गदर्शक बनता है। इसीलिए वे कहते हैं कि 'प्रथम पाठ' को 'प्रथम प्यार' की तरह महत्त्व मिलना चाहिए। इस पाठ के समय अभिनेता पाठ के अतिरिक्त किसी भी दूसरे प्रकार के प्रभाव या तनाव से मुक्त और निर्द्वन्द्व हो। यह आवश्यक नहीं है कि प्रथम पाठ में वह नाटककार के समस्त आशय आत्मसात् ही कर ले। बल्कि सच्चाई तो यह है कि आमतौर पर ऐसा हो ही नहीं सकता। नाटककार के आशय एक प्रक्रिया में ही ज्ञात होंगे। फिर भी पहला पाठ आस्वाद के स्तर पर प्रथम अनुभव है जिसके स्वप्निल प्रभाव से पूरी तरह मुक्त होना कठिन होता है। यह पाठ उसके अन्दर जिस बीज को जन्म देता है, उसके प्रस्फुटन के लिए आगे चलकर नाट्यपाठ के मूल लक्ष्य और उसके पड़ावों के रूप में मिलने वाले दूसरे लक्ष्यों की गहन पड़ताल की जाती है। स्तानिस्लाव्स्की कहते हैं कि इस प्रक्रिया में अभिनेता न सिर्फ़ पूरे पाठ की, बल्कि अपने चरित्र के विभिन्न लक्ष्यों की पहचान करता है। पूरा पाठ अब कई इकाइयों में विभक्त है जिसमें हर इकाई का अपना स्वतन्त्र लक्ष्य है। भारतीय नाट्यचिन्तन में पाठ विभाजन का विशद् विवेचन है। बीज, बिन्दु, पताका, प्रकरी के रूप में जहाँ कथा विकास के विभिन्न सोपानों की चर्चा मिलती है वहीं विभिन्न नाट्यसन्धियों आदि के ज़रिए इस विकास को एक रोचक क्रम देने की कोशिश मिलती है। यहाँ फ़र्क़ यह है कि नाट्यशास्त्र का विश्लेषण जहाँ साहित्य रचना के रूप में पाठ का विवेचन है, वहीं स्तानिस्लाव्स्की का समस्त पाठचिन्तन अभिनेता को केन्द्र में रखकर किया गया है। इसीलिए वे जब पाठ का विभाजन करते हैं तो उनका उद्देश्य है कथा और साथ ही चरित्र विशेष के लिए नाटककार द्वारा निर्धारित लक्ष्यों की पहचान। इन लक्ष्यों की पहचान, देखा जाए तो नाटक में आनेवाले विभिन्न चरित्रों के विकास के सोपानों की पहचान है। नाटक के कथाविकास में अलग-अलग घटनाएँ होती हैं।

हर घटना एक चरित्र विशेष के जीवन में अलग अर्थ रखती है। इतना ही नहीं चरित्र के अपने 'परम लक्ष्य' के मद्देनज़र हर घटना में उसकी भागीदारी का एक स्वतन्त्र लक्ष्य होता है। चरित्र की सारी प्रतिक्रियाएँ इसी लक्ष्य से निर्धारित होती हैं। इस तरह 'इकाई' और 'लक्ष्य' की पहचान के ज़रिए अभिनेता घटना विशेष में अपनी भागीदारी के मक़सद को समझ पाता है।

इकाइयों के विभाजन से किसी भ्रम की सृष्टि न होनी चाहिए। कलाजगत में प्रत्येक रचना की अपनी अखंड सत्ता होती है। रचना का आस्वादन उसकी अखंड इयत्ता में ही होता है। इसीलिए स्तानिस्लाव्स्की एक बार फिर से एक अविभाजित रेखा (द अनब्रोकन लाइन) के रूप में रचना की अपनी निरन्तरता को स्थापित करने की बात करते हैं। वे कहते हैं कि रचना के बारंबार पाठ के ज़रिए एक अभिनेता नाटककार के लक्ष्यों, नाटक के समस्त घटनाक्रम के पीछे चलनेवाले भावों की अनवरत धारा की पहचान कर सकता है। भावों की वह अनवरत धारा उसके अन्दर भी प्रवाहित होनी चाहिए, क्योंकि तभी यह दर्शकों के अन्दर भी प्रवाहित की जा सकती है।

स्तानिस्लाव्स्की का पाठ विश्लेषण एक और उद्देश्य को साथ लेकर चलता है। वे कहते हैं कि ''दोस्तोयव्स्की आजीवन ईश्वर की तलाश में लगे रहे जिसकी अभिव्यक्ति में उपजा 'द ब्रदर्स कारमाजोव'। तॉलस्तॉय अपनी आत्मा की शुद्धता की जद्दोजहद में महान रचनाएँ करते रहे। इसी तरह चेख़व बुर्जुआ समाज की तुच्छताओं से क्षुब्ध थे जो उनकी रचनाओं का मूल प्रस्थान बन गया। ये लक्ष्य शाश्वत और व्यापक थे। ये परम लक्ष्य रचनाओं को विशिष्ट बनाते हैं। यही कारण है कि ये रचनाएँ किसी पाठक या हम अभिनेताओं पर इतना गहरा प्रभाव छोड़ती हैं।'' परम लक्ष्य हमेशा प्रकट रूप में व्यक्त नहीं होता। इसे एक लम्बी प्रक्रिया में हासिल किया जाता है। किसी चरित्र की अविभाजित रेखा के गठन में इस परम लक्ष्य को ध्यान में रखना आवश्यक है क्योंकि ''नाटक का मूल कथ्य प्रस्तुति के दौरान सदा अभिनेता के मस्तिष्क में ठोस तरीक़े से बैठा रहना चाहिए। इस कथ्य ने एक रचना को जन्म दिया है और अब इसे ही अभिनेता की रचनात्मकता का उत्स बनाना चाहिए।'' महान रचनाओं में यह काम आसान है। रचना के सारे सूत्र आपस में सुसम्बद्ध और परम लक्ष्य की ओर उन्मुख होते हैं। इस परम लक्ष्य की पहचान से अभिनेता बहुत दूर तक अपना सफर तय कर लेता है। साधारण रचनाओं में अभिनेता को चरम लक्ष्य के निर्धारण में मशक़्क़त करनी पड़ सकती है। इसे निर्धारित कर इसके अनुरूप अभिनेता अपने चरित्र का लक्ष्य तय करेगा।

अभिनय की अपनी तैयारी के दौरान स्तानिस्लाव्स्की हमेशा अपने चरित्र के लक्ष्य को एक क्रियात्मक नाम देते थे। इस नाम से अलग-अलग परिस्थितियों में अपनी प्रतिक्रियाओं की बुनावट में सुविधा होती थी। पर लक्ष्य का सही निर्धारण

महत्त्वपूर्ण है जिसमें चूक से प्रस्तुति प्रभावित होती है। गोल्दोनी के नाटक 'ला लोकांदियेरा' में अपनी भूमिका का लक्ष्य स्तानिस्लाव्स्की ने यों रखा : "मैं स्त्रीद्वेषी बनना चाहता हूँ।" नतीजा यह था कि इतने प्रसिद्ध नाटक में वे न तो हास्य की सृष्टि कर पा रहे थे और न् ही सम्यक् क्रियाओं की। काफ़ी मंथन के बाद वह समझ सके कि दरअसल वह चरित्र स्त्रीद्वेषी है नहीं, वह तो स्त्रियों का बड़ा प्रेमी है। वह तो बस चाहता है कि उसे स्त्रियों से नफ़रत करनेवाला माना जाए। इसके बाद स्तानिस्लाव्स्की ने अपना लक्ष्य यों निर्धारित किया : 'मैं छुपा रुस्तम बनना चाहता हूँ' और बात बन गई।

पाठ के निरन्तर विश्लेषण के ज़रिए अभिनेता कथा की पूरी पृष्ठभूमि से परिचित होता है। स्थान, काल और परिवेश से सम्बन्धित सारे ब्योरे धीरे-धीरे खुलते हैं और पाठ के 'शब्द' दृश्यों में ढलते हैं। दृश्यों की अनवरत और जीवन्त शृंखला का निर्माण इसी ज़रिए होता है।

नाटक की कुछ विशेष शैलियों को छोड़कर जहाँ संवाद और घटना आशु रचना की वस्तु होते है, रंगमंच में हमेशा अभिनेता एक रचित पाठ का आधार लेता है। एक कथा जिसे पहले रचा जा चुका है वह उसका व्याख्याता होता है और एक चरित्र जिसकी प्रकृति गढ़ी जा चुकी है वह उसका प्रस्तोता होता है। स्वाभाविक रूप से आधार के रूप में उपस्थित पाठ अभिनेताओं के लिए पहला संवेदनशील बिन्दु है। इस पाठ की व्याख्या का प्रश्न अभिनय-चिन्तन में पहले से गम्भीर मनन का विषय रहा है। लेकिन पहले जहाँ यह पाठ मुख्यतः अपने वैचारिक पहलू के नज़रिए से देखा जाता था और वैचारिक बहस का विषय बनता था, 'मेथड अभिनय' ने इसे कार्यों की एक अनवरत शृंखला के रूप में देखने और समझने की चेष्टा शुरू की। पाठ का विश्लेषण विचार के साथ-साथ अभिनय की मानक क्रियात्मक इकाई 'क्रिया' के रूप में करने का प्रयास आरम्भ हुआ। इस तरह नाटक के रूप में पहले से उपलब्ध रचना को अब एक नवीन रचना की पृष्ठभूमि के रूप में देखने की बात शुरू हुई। पहली बार पाठ का कला की अन्य विधा अभिनय की ज़रूरतों के नज़रिए से विश्लेषण शुरू हुआ। पाठ अब शब्दों की परिधि से बाहर आकर प्रयोग और क्रिया की वस्तु बन गया जहाँ शब्दों से अधिक महत्त्व उस पृष्ठभूमि और उन भावों का था जिनके दबाव में वे शब्द रचे गए थे।

विश्लेषण की इस प्रक्रिया ने जहाँ अभिनेता के लिए व्यवहार का रास्ता खोला वहीं पाठ के विश्लेषण में भी अधिक परिपक्वता और प्रभावान्विति आई। शब्द अपने सन्दर्भ से पुष्ट हुए और उनमें निश्चित अर्थ भरे गए। व्यवहार की वस्तु के रूप में नाट्यपाठ को अंगीकृत करने की प्रक्रिया का स्तानिस्लाव्स्की बहुत बारीक़ी से विश्लेषण करते हैं और इस दिशा में अपने मानक तय करते हैं। इस प्रक्रिया में स्तानिस्लाव्स्की ने सबटेक्सट यानी 'उपपाठ' की नवीन संज्ञा के साथ एक नवीन

अवधारणा प्रचलित की जिसका मक़सद था शब्दों की पृष्ठभूमि को क्रियाओं में बदलकर उनके दृश्य रूप का निर्माण।

भूमिका की रूपरेखा

स्तानिस्लाव्स्की से पहले श्रेष्ठ अभिनय अपने आप में एक रहस्यलोक की तरह था। मूजिल, लेन्स्की और साल्विनी आदि कतिपय अभिनेता अपने प्रयासों से अभिनय के रहस्य का उद्‌घाटन करते रहे थे, पर बहुत सब्जेक्टिव रूप में। अक्सर अभिनेता का काम यह माना जाता था कि वह विलक्षण ईश्वरीय प्रेरणा के सहारे चरित्र में प्रवेश कर जाए और मंच पर जाकर उसे मूर्त कर आए। इसीलिए इसे तर्क-बुद्धि से परे अन्तःप्रेरणा की वस्तु माना जाता था। जैसा स्तानिस्लाव्स्की ने कहा है कि जब यह अन्तःप्रेरणा ठीक काम कर रही होती है तो ऐसे परिणाम खूब सफल भी होते थे पर इनमें भयानक अनिश्चितता थी और नाट्‌यपाठ के मूल लक्ष्य से इसका जो रिश्ता था वह अनायास और औचक ही होता था। यह तो हुई श्रेष्ठ अभिनय की बात, पर सामान्य अभिनेता तो अतिरंजना और रूढ़ मुद्राओं को ही अभिनय मानते थे।

अभिनय का अपना स्वरूप निश्चित हो इसके लिए न सिर्फ़ इसकी प्रकृति को समझना आवश्यक था, बल्कि उसको एक ऐसी लिपि में ढालने की आवश्यकता थी जो किसी चरित्र को स्थायी आकार प्रदान करता हो। जैसे किसी गीत की स्वरलिपि एक ऐसी ठोस पहचान बन जाती है जिसके आधार पर कोई भी परवर्ती गायक उसको गाने का प्रयास कर सकता है, उसी तरह किसी चरित्र के अभिनय की लिपि क्या हो? क्या किसी चरित्र का एक ठोस प्रारूप बनाया जा सकता है, जिसके आधार पर बार-बार की प्रस्तुतियों में कमोबेश एक जैसा प्रभाव पैदा किया जा सके? स्तानिस्लाव्स्की दुनिया में पहली बार इन विषयों पर सोच रहे थे और आश्चर्यजनक रूप से ठोस परिणाम हासिल कर रहे थे। वे स्पष्ट रूप से घोषित करते हैं कि "अभिनेता के सृजन के आधार हैं—क्रिया और गति, अब चाहे वे आन्तरिक हो या बाह्य।"

इस तरह देखा जाए तो जैसे संगीत स्वरों के आरोह-अवरोह की शृंखला और ताल में निबद्ध होता है, चित्रकला रंग और रेखा के मोहक जाल में प्रकट होती है, स्तानिस्लाव्स्की के अनुसार किसी चरित्र के अभिनय को भी क्रियाओं में लिपिबद्ध किया जा सकता है। पर संगीत के स्वर और क्रियाओं में अन्तर है। स्वर ध्वनि के सुनिश्चित रूप हैं जिनकी फ्रीक्वेंसी निर्धारित है। हम अभ्यास के द्वारा गले से या किसी वाद्य उपकरण से एक निश्चित स्वरलहरी निकाल सकते हैं। फिर इस स्वरलहरी की लिपि भी सुनिश्चित और एकरूप है। यानी एक संकेताक्षर के ज़रिए उसे लिखकर दर्ज किया जा सकता है और फिर रचना में उसका प्रयोग कोई भी कर सकता है।

इसके विपरीत मानवीय क्रियाओं का कोई निश्चित रूप नहीं हो सकता। उदाहरण के लिए 'दरवाज़ा बन्द करने' की एक साधारण क्रिया हज़ार तरह से की जा सकती है। उसे पैर के एक धक्के से बन्द किया जा सकता है या फिर हल्के हाथ बहुत धीरे-धीरे बन्द किया जा सकता है ताकि कोई आवाज़ न हो या फिर उसे बहुत सख़्ती से बन्द किया जा सकता है ताकि कोशिश करने पर भी न खुले, इत्यादि। कहने का मतलब यह है कि 'प्रयोजन' को सुनिश्चित किए बिना 'क्रिया' का रूप भी निश्चित नहीं हो सकता। प्रयोजन ही क्रियाओं में निश्चित अर्थ भरता है। स्तानिस्लाव्स्की बहुत ज़ोर देकर कहते हैं कि मंच पर बिना प्रयोजन कुछ भी नहीं होता बल्कि आगे वे यह भी कहते हैं कि अगर कोई अभिनेता बिना प्रयोजन कोई छोटी-सी हरकत करता है तो न सिर्फ़ स्वयं को झूठा साबित कर देता है बल्कि मंच की पूरी विश्वसनीयता भंग हो जाती है। तो प्रयोजन ही क्रिया के केन्द्र में है, अब क्रिया चाहे बाहरी स्तर पर हो या अन्तर्मन के अन्दर।

'क्रिया' शब्द का प्रयोग स्तानिस्लाव्स्की शरीर की हरकत के बजाय मन में उठनेवाले प्रयोजन के रूप में करते हैं। प्रयोजन की सिद्धि के लिए हम हरकत कर सकते हैं, नहीं भी कर सकते। हम सिर्फ़ कामना करके रह जा सकते हैं। ऐसी कामना भी कार्य के दायरे में आती है। प्रयोजन की सच्चाई हमारे अन्दर इस इच्छा को जन्म देती है जिस पर क्रिया की विश्वसनीयता निर्भर करती है। हम मंच पर झूठी तलवार से हत्या का ढोंग करते हैं पर प्रयोजन के सच होने, अभिनेता के अन्दर सच्ची इच्छा जगने के कारण दर्शक इस हत्या को न सिर्फ़ सच मानता है, बल्कि उस पर विह्वल होता है। 'क्रिया' के रूप में प्रस्तुत अभिनय की इस मूल इकाई को आगे चलकर जेर्जी ग्रोतोव्स्की ने पुनर्व्याख्यायित करके और स्पष्ट करने की कोशिश की। दरअसल एक चरित्र के सारे प्रयोजन किसी न किसी पूर्व घटित घटना अथवा क्रिया के परिणाम से उपजते हैं। प्रत्येक क्रिया अपने आप में एक प्रतिक्रिया है। अतः इस प्रतिक्रिया तक पहुँचने के लिए उसकी पृष्ठभूमि में जाना होगा। यह पृष्ठभूमि नाट्यपाठ में व्यक्त हो सकती है और नहीं भी। स्तानिस्लाव्स्की कहते हैं कि जो व्यक्त नहीं है उसे व्यक्त में से ढूँढ़कर निकालना है। पाठ के भीतर से उपपाठ की सृष्टि करनी है। इस तरह क्रिया का प्रयोजन हमें पाठ के विश्लेषण से मिलता है।

एक भूमिका की ठोस रूपरेखा की रचना आरम्भ से स्तानिस्लाव्स्की के लिए एक चुनौती थी। पद्धति-निर्माण की बुनियाद भी इसी विषय के प्रारम्भिक चिन्तन में रखी गई थी। पर जैसा स्वाभाविक है, आरम्भ उन्होंने अभिनय के बाह्य आयामों में सुधार के अभ्यासों से किया। सन् 1914 से लेकर 1920 ई. तक स्तानिस्लाव्स्की ने भौतिक चेष्टाओं और संवादों के वाचन के अलग-अलग पहलुओं पर स्वतन्त्र रूप से काम किया था। इन्हीं स्वतन्त्र नोट्स के आधार पर 'बिल्डिंग ए कैरेक्टर' (चरित्र की रचना-प्रक्रिया) के नाम से उनकी दूसरी पुस्तक आई। ज़ाहिर है यह पुस्तक आंगिक

और वाचिक अभ्यासों पर केन्द्रित है। आगे चलकर भूमिका की आन्तरिक संरचना पर प्रकाश डालने के लिए स्तानिस्लाव्स्की ने उन निर्देशकीय नोट्स का उपयोग किया गया जो उन्होंने 1916 से लेकर 1927 ईस्वी तक विभिन्न नाटकों का निर्देशन करते हुए लिखे थे। 'क्रिएटिंग ए रोल' (भूमिका की संरचना) नामक पुस्तक में यह काम तीन खंडों में बाँटकर प्रकाशित है। इस पुस्तक से भूमिका की संरचना के सम्बन्ध में स्तानिस्लाव्स्की के विचारों का निरन्तर विकास साफ़ देखा जा सकता है।

देखा जाए तो चरित्र की परिकल्पना अभिनेता नहीं करता। उसका मूल परिकल्पक है, नाटककार। रचना के बीच से ही चरित्र की छाया उभरती है। चूँकि नाटककार अपने चरित्र की रचना शब्दों में करता है, इसलिए चरित्र की आकृति नहीं उसके संवाद उभरते हैं। स्तानिस्लाव्स्की संवाद को चरित्र रचना की पहली इकाई के रूप में बहुत महत्त्व देते हैं। उन्होंने एक जगह कहा भी है–"बोलना अभिनय करना है।" इस अर्थ में देखें तो नाटककार ने जो कुछ प्रस्तुत किया है उसकी पुनरावृत्ति भर एक अभिनेता का लक्ष्य हो सकता है। पर समस्या यह है कि नाट्यपाठ में दिया गया प्रत्येक शब्द अनंत संवेदनाएँ लिये होता है। उन शब्दों के पीछे का अव्यक्त सत्य ही दरअसल अभिनेता के लिए सबसे बड़ी चुनौती है। रचना के पाठ से गुज़रते हुए स्तानिस्लाव्स्की शब्द के पीछे की संवेदनाओं को एक तर्कसंगत क्रियाव्यापार के रूप में प्रस्तुत करने की माँग करते हैं। इस पूरी प्रक्रिया के लिए उन्होंने एक ऐसा शब्द रचा जो आज दुनियाभर के अभिनेताओं के बीच लोकप्रिय है। उपपाठ अथवा सबटेक्स्ट के रूप में प्रचलित यह शब्द दरअसल उस पूरी पृष्ठभूमि का वाचक है जिसमें वह शब्द जन्मा। दी हुई कथा का परिवेश, कालखंड और उसमें दिए हुए चरित्र की भौगोलिक और मानसिक परिस्थिति। चरित्र की शारीरिक अवस्था, उसकी उम्र, उसकी आर्थिक पृष्ठभूमि और इस तरह के तमाम बाहरी आवरण बहुत सूक्ष्म निरीक्षण की माँग नहीं करते, बल्कि पाठ के उस सम्यक अध्ययन से सामने आ जाते हैं। पर यह चरित्र की एक धूमिल छवि सामने लाते हैं। कोई भी कल्पनाशील पाठक इस धूमिल छवि से सन्तुष्ट हो सकता है और नाटक को पढ़कर उसका पूरा रसास्वादन कर सकता है पर अभिनेता एक पाठक भर नहीं है, न ही वह उस पाठ का एक साधारण व्याख्याता है। दरअसल वह एक ऐसा सर्जक है, जिसके ऊपर पाठ से निकलती हुई इस धूमिल आकृति में रंग और प्राण भरने की जवाबदेही है। चरित्र निर्माण का मतलब पाठ से निकलती धूमिल छवि में अभिनेता के द्वारा अपनी भावनाओं के रंग और अपने प्राण भरना है।

नाटककार शब्दों के ज़रिए परिस्थितियों की एक श्रृंखला रचता है। आरम्भ से अन्त तक प्रस्तुत ये परिस्थितियाँ मिलकर एक चरित्र का ढाँचा पेश करती हैं। इस प्रक्रिया में प्रत्येक चरित्र के बारे में अनेक स्रोतों से जानकारी मिलती है। पहला स्रोत है अलग-अलग परिस्थितियों में अभिनेता के द्वारा अभिव्यक्त की जानेवाली

प्रतिक्रियाएँ और उसके संवाद। इसी तरह दूसरा महत्त्वपूर्ण स्रोत उस चरित्र विशेष के सम्बन्ध में अन्य पात्रों की राय है। अलग-अलग परिस्थितियों में नाटक के दूसरे पात्र इस चरित्र के सम्बन्ध में अपनी राय और प्रतिक्रियाएँ देते हैं। ऐसी सारी प्रतिक्रियाओं का उनके अपने परिप्रेक्ष्य से बाहर कोई मतलब नहीं यानी दूसरे पात्रों की प्रतिक्रियाओं को उनके परिप्रेक्ष्य में रखकर पढ़ा जाए तो उससे चरित्र के बारे में कुछ तथ्य मिलते हैं। इस तरह से प्राप्त तथ्यों की शृंखला के संश्लेषण से चरित्र के अन्तर्मन का निर्माण प्रारम्भ होता है।

'नाट्यपाठ' का छोटे खंडों में विभाजन अभिनेता के सामने उस रास्ते को खोलकर रख देता है जिस पर चलकर उस चरित्र का जीवन काल सम्पन्न हुआ है। अभिनय की सुविधा के लिए स्तानिस्लाव्स्की कहते हैं कि अभिनेता को अपने चरित्र की हर इकाई को एक नाम देना चाहिए और यह नाम उस इकाई के लक्ष्य को व्यक्त करता हो। इतना ही नहीं, बल्कि यह नाम उस लक्ष्य को क्रिया रूप में व्यक्त करता हो।

पाठ के निरन्तर विभाजन ने चरित्र की जीवनरेखा के महत्त्वपूर्ण पड़ावों का निर्धारण किया। स्वयं उसके संवाद और अन्य पात्रों के संवादों के विश्लेषण से उसकी बाहरी छवि और आन्तरिक व्यक्तित्व की परिकल्पना सामने आई। लेकिन यह सब एक निरपेक्ष सत्य की तरह नहीं उपजता। यह मंच पर दिए हुए एक दृश्य विधान के सापेक्ष धीरे-धीरे निरन्तर अभ्यासों में उभरता है।

मंच वस्तुजगत से अलग इकाई है। यह किसी सत्य को प्रस्तुत करने के लिए रचा गया काल्पनिक जगत है, स्वाभाविक रूप से इस मंच का सत्य वास्तविक जीवन के सत्य पर आधारित एक कल्पना है। इस कल्पना का जड़ पहलू है वह परिवेश, जिसे मंच पर रचा गया है। पर अभिनेता अपने आप को उस परिवेश में कैसे डाले। वह कोई जड़ वस्तु नहीं है। उसके शरीर को मंच पर लाकर रखा जा सकता है पर जब तक वह अपने मन-प्राण से दी हुई परिस्थिति में प्रवेश नहीं कर जाता तब तक उसकी प्रतिक्रिया सत्य के अनुरूप नहीं हो सकती और वह नाट्यपाठ की अभिव्यक्ति में सक्षम नहीं हो सकता। कोई ज़ोर ज़बर्दस्ती या फिर किसी प्रकार का प्रलोभन अभिनेता को इस काल्पनिक दुनिया में ले जाने में सफल नहीं हो सकता। ऐसा इसलिए है कि संवेगों की दुनिया मानव मस्तिष्क के नियन्त्रण से परे है। हम चाहकर अपनी आँखों में आँसू नहीं ला सकते। पर संवेगों की यह दुनिया अनियन्त्रित और हमारी हदों से पूरी तरह बाहर भी नहीं है। स्तानिस्लाव्स्की का महत्त्व इस बात में है कि उन्होंने मानव मन के इस अनियंत्रित खज़ाने का अभिनय में उपयोग करना सिखाया। मनोविज्ञान के अध्ययन और अपने अनुभवों के उपयोग से उन्होंने बतलाया कि हम अपने चेतन मस्तिष्क के रचनात्मक उपयोग से अपने अवचेतन को जाग्रत और उपयोगी बना सकते हैं और इस तरह सही वक़्त पर सही संवेगात्मक प्रतिक्रिया हासिल कर सकते हैं।

अवचेतन को सक्रिय करने के लिए स्तानिस्लाव्स्की ने एक अद्‌भुत तकनीक की परिकल्पना रखी। 'यदि मैं होता' (The magic if) के रूप में प्रसिद्ध यह तकनीक इस अर्थ में अद्‌भुत है कि यहाँ अभिनेता किसी परिस्थिति विशेष को अपने ऊपर ज़बरन थोपता नहीं है, बल्कि अपनी कल्पना को सहज रूप में उस परिवेश में विचरण करने के लिए छोड़ देता है। दबावरहित होने के कारण कल्पना स्वतन्त्र होकर काम करती है और अद्‌भुत परिणाम हासिल होते हैं। 'यदि मैं होता' की कल्पना अभिनेता की तर्कबुद्धि और उसके संवेगों को उत्प्रेरित करती है जो निरन्तर अभ्यास के ज़रिए सही आवेगात्मक प्रतिक्रिया को जन्म देते हैं।

यहाँ सृजनकर्म का आधार है कल्पना। ऐसी कल्पना जो निर्बाध और दिशाहीन नहीं है, बल्कि जिसपर नाट्यपाठ को व्याख्यायित करने और उसमें निश्चित रंग भरने का गम्भीर दायित्व है। ऐसी कल्पना जो एक दी हुई परिस्थिति से उपजती है और उस पूरी परिस्थिति को मूर्त्त और व्याख्यायित करती है। संवादों की दी हुई शृंखला इस कल्पना का आधार होती है और अन्ततः सारे संवाद इस काल्पनिक जगत में आकर अपना सत्य हासिल करते हैं। इसके लिए अभिनेता पाठ में उपलब्ध विवरणों का परिप्रेक्ष्य तलाश करता है और तथ्य व कल्पना के सम्यक सन्तुलन से एक घटना का सृजन करता है। अभिनेता न सिर्फ़ चरित्र के अतीत और भविष्य की कल्पना करता है, बल्कि परिस्थिति विशेष में कुछ कहने की वजह भी इसी के सहारे तलाशता है। ऐसी तमाम वजहें अभिनेता के अन्दर उपजती हैं, शरीर की भाषा में व्यक्त होती हैं और किसी संवाद को तर्कसंगत और पूर्ण बनाती हैं। शब्दों के पीछे मौजूद इस 'सबटेक्सट' की तलाश और अभिव्यक्ति ही किसी अभिनेता की सबसे बड़ी चुनौती है और यही अभिनय को एक साधारण 'व्याख्या' अथवा 'आलोचना' की श्रेणी से ऊपर उठाकर 'कला' का गौरव प्रदान करती है। इसलिए 'कल्पना' को एक निश्चित दिशा में गतिशील होना होगा। स्तानिस्लाव्स्की कहते हैं कि तर्कबुद्धि के रचनात्मक उपयोग से कल्पना को उद्‌बुद्ध और विकसित किया जा सकता है।

पर क्रिया का तर्क अभिनेता के अन्दर से कैसे उपजे? नाट्यपाठ में उपस्थित पात्र के अनुभवों को अपनी संवेदना के स्तर पर आत्मसात् करना एक बात है, पर उसके किए कामों का उद्‌गम अपने अन्दर से तलाश करके देना एक बिलकुल दूसरी बात है। स्तानिस्लाव्स्की ने इसके लिए फिर से मनोविज्ञान का सहारा लिया और एक बहुत मज़बूत युक्ति के साथ लौटे। उन्होंने कहा कि क्रिया के तर्क के लिए हमें अपने अनुभवों के उस विशाल भंडार की तरफ़ रुख करना चाहिए जो हमारी चेतना के मुहाने पर निष्क्रिय स्मृतियों के रूप में सोये पड़े रहते हैं। ये स्मृतियाँ अपने बुनियादी रूप में ऐन्द्रिक हैं यानि हमारी इन्द्रियाँ ही इन्हें ग्रहण कर हमारे मस्तिष्क तक पहुँचाती हैं। आगे हमारी संवेदना अपनी प्रतिक्रिया के साथ उन्हें सँजोकर रखती

है। ज़ाहिर है कि सारी स्मृतियाँ एक जैसी नहीं हैं। जैसे हमें किसी खोई हुई वस्तु का हुलिया बयान करने को कहा जाए तब हम अपनी दृश्य स्मृति का सहारा लेते हैं। हम अपनी आँखों के सामने उस वस्तु की तस्वीर लाना चाहते हैं। कुछ कलाकार इस मामले में इतने निष्णात होते हैं कि मरे हुए व्यक्तियों का अपनी स्मृति के आधार पर पोर्ट्रेट बना सकते हैं। इसी तरह संगीत के जानकार अपनी श्रव्य स्मृति के सहारे वर्षों पहले सुनी हुई धुन को हूबहू दुहरा सकते हैं। अक्सर हमारी स्पर्श इन्द्रियों द्वारा प्राप्त अनुभव भी हमारी स्मृति में क़ैद रहते हैं। वर्षों पहले चुभा हुआ काँटा या फिर तलवे के नीचे पड़ गया जलता हुआ कोयला हमें फिर से याद आ सकता है, अगर हम कभी ठीक वैसे अनुभव से गुज़रें। हमारी इन्द्रियों से प्राप्त स्मृतियाँ अपने आप में महत्त्वपूर्ण हैं, लेकिन वे हूबहू भाव स्मृतियाँ नहीं हैं। अभिनय कला में स्तानिस्लाव्स्की जिस स्मृति का उपयोग करना चाहते हैं, वह ऐंद्रिक स्मृति नहीं, बल्कि उसका परिवर्तित रूप है।

'ऐंद्रिक स्मृति' हमारे मस्तिष्क के अवचेतन संग्रहालय में जाकर एक अद्भुत रचनात्मक प्रक्रिया से गुज़रती है। यहाँ घटना विशेष अपने पूरे ब्यौरे के साथ ज्यों-की- त्यों संग्रहित नहीं होती। ब्यौरे धीरे-धीरे धूमिल पड़ते हैं और मूल संवेदना अन्य समानधर्मी संवेदनाओं के साथ घुलमिलकर एक ठोस अनुभूति में परिणत हो जाती है। यह हमारी ऐंद्रिक स्मृतियों का व्यापक स्तर पर संश्लेषण है। इसकी सबसे बड़ी ख़ासियत यह है कि यह शुद्ध, सघन और ठोस है और प्रभाव के स्तर पर अक्सर मूल घटना से अधिक तीव्र। इन अनुभूतियों के भंडार को ही स्तानिस्लाव्स्की 'भाव स्मृति' की संज्ञा देते हैं।

यह 'भाव स्मृति' परम्परा से रचना का आधार बनती रही है। कवि प्राकृतिक दृश्यों से अभिभूत होकर काव्य रचना करते हैं। पर उनकी कविताएँ ऐसे दृश्यों की फ़ोटोग्राफ़िक प्रस्तुति नहीं होती। प्रकृति से प्राप्त ऐंद्रिक स्मृति भाव स्मृति में रूपान्तरित होती है और तब इस स्मृति के सहारे श्रेष्ठ कविता की रचना होती है। यहाँ दृश्य, अथवा घटना के बाह्य आवरण, शरीर की बाहरी हरकतों और कार्यव्यापारों का महत्त्व नहीं है। महत्त्व उस आशय का है जो एक गहरी संवेदना के रूप में हमारे अवचेतन की गहराई में से अचानक प्रकट होता है। उदाहरण के लिए स्तानिस्लाव्स्की कहते हैं कि हम अपने प्रियजनों में से किसी की मृत्यु को स्मरण नहीं करना चाहते। कारण यह होता है कि यह स्मृति हमें मृत्यु के क्षण तक ले जाती है और हम उस भाव दशा को जीने लगते हैं। पर इसी घटना की 'भाव-स्मृति' बहुत मुमकिन है कि अपने मूल परिप्रेक्ष्य से बाहर होकर हमें एक विशेष रसास्वादन कराने लग पड़े। हम उसे बार-बार नए रूपों में ढालकर जिएँ। जब कभी अवचेतन को सही क़िस्म का उकसावा मिले यह घटना एक नवीन रूपान्तरण में हमारे चेतन में आ जाए और हम इसे अभिव्यक्त करना चाहें।

पाठ में उपलब्ध घटनाएँ और चरित्र के कार्यव्यापार इन भावस्मृतियों को जाग्रत करते हैं। बल्कि स्तानिस्लाव्स्की का कहना है कि अभिनेता अपनी भूमिका के लिए भाव-स्मृतियों की एक शृंखला पिरोता है। स्वाभाविक रूप से यह एक सोचा विचारा हुआ योजनाबद्ध काम है। यानी यहाँ इस्तेमाल होनेवाली भावनाएँ स्वाभाविक रूप से हमारे अन्दर उपजनेवाली मूल भावनाएँ नहीं हैं। यह तो उनके प्रतिरूप हैं जिनका लक्ष्य है अभिनेता के अन्दर अपने चरित्र की क्रियाओं के तर्क पैदा करना। प्रतिरूपों की शक्ति की एक सीमा है। ये स्वतःस्फूर्त ढंग से उपजी भावनाओं का मुक़ाबला नहीं कर सकतीं। सहज मौलिक भावनाओं की ताक़त यह है कि वे शरीर को अपने साथ बहा ले जाती हैं। पर यही उनकी सीमा भी है। हत्या के प्रसंग में मूल भावना हत्या से कम किसी चीज़ से सन्तुष्ट न होना चाहेगी। ऐसे में ये भावनाएँ मंच पर अफ़रा-तफ़री पैदा कर सकती हैं। फिर भी स्तानिस्लाव्स्की उन्हें महत्त्वपूर्ण मानते हैं बशर्ते वे कभी-कभी अनायास रूप से प्रकट हो जाएँ और भावस्मृति की धारा में नई जान फूँक दें। वे कहते हैं कि ऐसी भावनाएँ किसी रचना में दूर तक साथ चलने के लिए नहीं आतीं। वे तो जुगनू की तरह जलती-बुझती रहती हैं और अभिनेता इनसे निरन्तर प्रेरित होता रहता है। यह तर्क एक सीमा तक ही स्वीकार्य है। यह दरअसल अपने अवचेतन को जगाने की प्रारम्भिक कोशिश भर है। अगर इसे और आगे दूर तक खींचा जाए तो इसका नुक़सान हो सकता है। इसे एक उदाहरण से समझा जा सकता है। अपनी प्रयोगशाला में स्तानिस्लाव्स्की ने अभ्यास के लिए एक परिस्थिति रखी। एक स्त्री का बच्चा जो लम्बे समय से बीमार था, अभी तुरन्त मर गया है। बच्चे की माँ प्रवेश करती है, स्वाभाविक रूप से बच्चे को उठाती है और तब उसे मृत पाती है। अनजाने में यह काम सबसे पहले जिस अभिनेत्री को दिया गया उसने वास्तव में कुछ दिनों पहले अपना बच्चा खोया था। स्वाभाविक रूप से ताज़ा घटना की भाव स्मृतियाँ भी बहुत तीक्ष्ण थीं। जब पहली बार उसने इसका अभिनय शुरू किया तो उसके शरीर के प्रत्येक अंग ने प्रतिक्रिया की। उसकी आँखें रोईं, दुख के मारे उसका पूरा शरीर काँपा। उसने बच्चे के रूप में रखे खिलौने को अपनी गोद में लेकर ठीक उसी तरह देखा जैसे जीवित बच्चे को उसकी माँ देख सकती है। इस बार वह भाव स्मृति अपनी तीव्रता के साथ उसके काम आई। थोड़ी देर के बाद स्तानिस्लाव्स्की ने उस अभिनेत्री से यही क्रिया फिर से दुहराने को कहा। अभिनेत्री ने लगभग सारी क्रियाएँ दुहराई, लेकिन उसके पूरे शरीर में कोई सच्चा स्पंदन पैदा नहीं हुआ। वह बिलकुल काठ हो चुकी थी। दुहराते वक़्त सारी क्रियाएँ बिलकुल निर्जीव थीं जिससे मानो उस अभिनेत्री की आत्मा का कोई रिश्ता नहीं था। दरअसल दूसरे अभ्यास के दौरान यह अभिनेत्री, अभिनेत्री रह नहीं गई थी। अपनी ऐंद्रिक स्मृति में गुम हो जाने के बाद वह सिर्फ़ एक मृतक बच्चे की माँ थी और एक मृतक बच्चे की माँ भला अभिनय कैसे कर सकती थी। अपनी इस भावना को नियन्त्रित कर

रचनात्मक रूप से इस्तेमाल करके अगले अभ्यासों में वह फिर से इस भूमिका को अभिनीत करने में सक्षम हो सकी।

इस तरह अभिनेता किसी भी चरित्र के तर्क अपने अन्दर से अपनी भावनाओं के सहारे ही पैदा करता है। पर इन भावनाओं का मूल रूप उसके नियन्त्रण में नहीं होता इसलिए वह अपनी भाव स्मृति के सहारे इन भावनाओं के प्रतिरूप की सृष्टि करता है और उसके सहारे अपने चरित्र की आत्मा को बुनता है। स्तानिस्लाव्स्की कहते हैं कि अभिनेता का भावजगत विस्तृत होना चाहिए ताकि वह परस्पर विरोधी चरित्रों के अनुकूल भावों की सृष्टि अपने अन्दर कर सके। इसके लिए आवश्यक नहीं है कि हम सिर्फ़ अनुभूत सत्य से काम लें। कई बार प्रेक्षक के रूप में देखे हुए अनुभव भी हमारी भाव स्मृति का हिस्सा बनते हैं और रचनाकर्म में सहायक होते हैं। आगे वह एक चेतावनी भी देते हैं कि बार-बार एक नवीन स्मृति विशेष को वापस लाने की ज़िद नहीं क़रनी चाहिए। एक ही परिस्थिति बार-बार नवीन भावस्मृतियों को जन्म दे सकती है और मुमकिन है कि हर नवीन पहले से अधिक सटीक और प्रभावी हो। ज़ोर-ज़बर्दस्ती के बजाय सही अभिप्रेरणा और उद्दीपन से ही अभिनेता अपने अवचेतन की स्मृतियों का लाभ ले सकता है। कुल मिलाकर कहना यह है कि भाव-स्मृति का उपयोग अभिनेता सुनियोजित रूप में करता है। बहुत चतुराई से वह अपने अवचेतन को सिर्फ़ इतना स्पन्दित करता है जिससे कि उसकी शारीरिक क्रियाएँ दी हुई परिस्थिति के मेल में हों और दर्शक को मूल भाव की प्रतीति (make belief) हो जाए।

हमारे अवचेतन के भाव हमारे शरीर के माध्यम से अपने को व्यक्त करते हैं। अवचेतन के अवसाद के मारे हमारी आँखों से आँसू निकलते हैं। इसी तरह शरीर के सभी अंग-उपांग अवचेतन का कहा मानते हैं। ऐसी हरकतों के ऊपर चेतन मस्तिष्क का वश नहीं होता। आँसू हमारे चाहने से नहीं निकलते। ये अवचेतन के चाहने से निकलते हैं। अगर अभिनेता किसी एक चरित्र के मनोभावों को मंच पर जीवन्त रूप में प्रस्तुत करना चाहता है तो वह अवचेतन की मदद के बग़ैर नहीं कर सकता। क्रियाओं के तर्क इसी तरह रचे जाते हैं। पर अवचेतन का कहा मानने के लिए आवश्यक है कि अभिनेता का शरीर पूरी तरह सहज अवस्था में हो, उसकी मांसपेशियाँ तनावमुक्त हों। वे कहते हैं, "केवल मांसपेशियों के सख़्त खिंचाव ही नहीं, बल्कि किसी एक स्थान पर एक बहुत मामूली-सा तनाव भी हमारी पूरी रचनात्मकता को प्रभावित कर सकता है।" ये तनाव न सिर्फ़ शरीर की हरकतों को प्रभावित करते हैं, बल्कि सबसे पहले इनका असर हमारी भावनाओं पर पड़ता है। इस तनाव की मुक्ति के लिए वे अभ्यासों की लम्बी श्रृंखला सुझाते हैं जिनमें अपने शरीर के तनाव की पहचान करने और उनसे मुक्ति पाने के रास्ते शामिल हैं। परन्तु जैसा स्तानिस्लाव्स्की कहते हैं कि 'पूर्ण विश्रांति एक काल्पनिक अवस्था है, जो कभी नहीं प्राप्त हो सकती।' आवश्यकता इस बात की है कि अभिनेता अपनी हर अवस्था, हर

मुद्रा को उसके तनाव के बिन्दु के साथ पहचान सकता हो। इस तरह अभिनेता न केवल एक चरित्र की आत्मा की सृष्टि करता है, बल्कि इस आत्मा को व्यक्त कर सकने वाले निर्दोष शरीर की रचना भी करता है।

क्रियाओं के रूप में चरित्र के छोटे-छोटे अंश की रचना हो चुकी है। ये छोटे-छोटे अंश अलग-अलग उद्देश्यों द्वार निर्धारित छोटी इकाइयों में विभक्त हैं। प्रत्येक इकाई का एक आरम्भ है, एक चरम बिन्दु और सम है। चरित्र-निर्माण में अभिनेता बारी-बारी इन इकाइयों का प्रारूप निर्धारित कर रहा होता है, पर इतना काफ़ी नहीं है। अभी सबसे महत्त्वपूर्ण काम बाक़ी है, इन सभी इकाइयों के सम्यक संयोजन का। स्तानिस्लाव्स्की इसे 'अविभाजित रेखा' की संज्ञा देते हुए कहते हैं कि नाटक के परम उद्देश्य के विश्लेषण और चरित्र के इस प्रारूप के बार-बार मंथन से अभिनेता के सामने अपनी भूमिका का एक सुनिश्चित ग्राफ़ बनता है, एक ऐसी अविभाजित रेखा जो बीच के सारे उतार-चढ़ावों को समाहित करती है और इनमें आपसी संगति निर्मित करती है। अपने अभिनेताओं से उनकी यह स्पष्ट माँग है कि मंच पर उसका ध्यान निरन्तर इस अविभाजित रेखा के ऊपर होना चाहिए। अगर कभी यह उसकी आँखों से ओझल होता है तो बेशक बाहर से दिखाई नहीं देता, परन्तु प्रत्येक दर्शक इस ध्यान भंग को महसूस करता है।

'अगर' के रूप में प्राप्त जादू की छड़ी जिस कल्पना को उद्बुद्ध करती है वह अभिनेता के समक्ष एक ऐसे नवीन चरित्र का प्रारूप पेश करती है जो नाट्यपाठ में से निकलकर आया है पर जिसकी मांस मज्जा अभिनेता के अपने जिस्म से ली गई है, जिसकी अंतरात्मा अभिनेता की स्मृतियों, भावनाओं और प्रतिक्रियाओं के मेल से बुनी गई है और इन सब को सही समायोजन के साथ जीवन्त रूप में पेश करने के लिए मंच पर एक ऐसे संसार की सृष्टि की गई है जो अभिनेता को अनुप्रेरित और उद्दीप्त कर सकता है। अभिनय की कला का अन्तिम पड़ाव है मंच।

सृजन

चरित्र के सही प्रारूप का बनना अभिनेता के रचनाकर्म का प्रथम पड़ाव भर है। उसे बहुत अधिक महत्त्व देना भी नुक़सानदेह हो सकता है, क्योंकि ऐसा करने पर अभिनेता मंच पर अपनी रचनात्मकता को ज़ारी रखने के बजाय इस प्रारूप में अकड़कर बैठे रहने का प्रयास करेगा। मंच पर चरित्र का यह प्रारूप जीवन्त रूप में साकार हो सके, इसके लिए आवश्यक है कि हर बार इसे शून्य से प्रारम्भ किया जाए और तिनका-तिनका रचा जाए।

एक नई भूमिका में ढलकर मंच पर उतरने के पहले का क्षण अभिनय कला का महत्त्वपूर्ण बिन्दु है। ये वो पहला क्षण है जहाँ से रचना प्रक्रिया प्रारम्भ होती है। इस

क्षण पर उसकी प्रस्तुति बहुत दूर तक निर्भर होती है। इस क्षण के लिए एक विशेष मानसिक तैयारी की योजना स्तानिस्लाव्स्की ने रखी है। वे कहते हैं कि जैसे अपने जीवन में भी हर नई परिस्थिति के लिए हम अपने को तैयार करते हैं, एक अनुकूल भावदशा बनाते हैं उसी तरह का अनुकूलन अभिनेता को यहाँ भी करना चाहिए। यह अनुकूलन अपनी भूमिका और मंच पर मौजूद परिस्थिति के मेल में होगा। वे कहते हैं, "अनुकूलन से मेरा मतलब हर उस काम से है जो लोग अपने को नवीन परिस्थिति में समाहित करने और दूसरों के साथ सम्बन्ध बनाने के उद्देश्य से अपने अन्दर और बाहर के संसाधनों के साथ करते हैं।" हम कभी ध्यान आकर्षित करने के लिए विनम्र दिखते हैं तो कभी आक्रामक। हम कभी वाचाल हो जाते हैं तो कभी अल्पभाषी। देखा जाए तो अनुकूलन में सम्प्रेक्षण के वे सारे साधन आ जाते हैं जो भाषा की परिधि से बाहर हैं। हम किसी दूसरे व्यक्ति का ध्यान अपनी ओर आकर्षित करने के लिए सदा एक विशेष तैयारी करते हैं। आम जीवन में यह सब आपसी सम्बन्धों के आधार पर स्वतः हो जाता है और दो व्यक्तियों के रिश्तों और परिस्थिति को व्याख्यायित कर देता है। पर अभिनेता को योजना बनाकर यह सब करना होता है। इस तैयारी की सफलता जितना हमारी कोशिशों पर निर्भर करती है, उतना ही सामने वाले की रुचि और मनःस्थिति पर भी। तो अनुकूलन दरअसल बाह्य परिस्थिति का आत्मसातीकरण है। हर बार उसका एक निश्चित लक्ष्य है। फिर दूसरी बात यह भी है कि हर अभिनेता अपने व्यक्तित्व के तत्त्वों से ही अपना अनुकूलन करता है। इसलिए यह मामला पूरी तरह अभिनेता की अपनी रुचि और समझ पर निर्भर करता है कि उसने दी हुई परिस्थिति को किस रूप में समझा है और इससे निबटने के लिए कौन-सा रास्ता अख़्तियार करने का फ़ैसला किया है।

अनुकूलन का एक हिस्सा ऐसा भी है जो सोच-विचार कर नहीं, बल्कि अन्तःप्रेरणावश स्वतः होता है। निश्चित रूप से यह सबसे अधिक प्रभावी होगा। अवचेतन से निर्धारित अनुकूलन अक्सर अपनी विलक्षणता के कारण मुग्ध करता है। अपनी पुस्तक 'माई लाइफ़ इन आर्ट' में स्तानिस्लाव्स्की ने एक अभिनेत्री का ज़िक्र किया है जो अपने पुत्र की मृत्यु की सूचना पाकर झट से अपने कमरे में जाकर कपड़े बदलने लगती है। ऐसा लगता है मानो कुछ हुआ न हो। फिर तैयार होकर वह बाहर निकलती है और तब सड़क पर जाकर चिल्लाती है–'मदद'! यह सोच विचार कर नहीं, अवचेतन की प्रेरणा से ही किया जा सकता था। पर जैसा अवचेतन के बर्ताव के बारे में हम जानते हैं उसकी सिर्फ़ प्रतीक्षा की जा सकती है, उसे चाहकर हासिल नहीं किया जा सकता। इसलिए अभ्यास की प्रक्रिया में अभिनेता धीरे-धीरे समस्या की तहों में जाता है और अनुकूलन के समुचित रूप की पहचान करता है। अपने अवचेतन को सक्रिय करने के लिए वह उपलब्ध परिस्थिति में से किसी उत्प्रेरक का उपयोग कर सकता है। मुमकिन है यह कामयाब हो जाए। अगर ऐसा नहीं होता तो

अनुकूलन के लिए अभिनेता के पास एक और साधन मौजूद है। स्तानिस्लाव्स्की इसे अर्द्धचेतन तकनीक की संज्ञा देते हैं। वे कहते हैं कि अभिनेता को अपनी ज्ञात भावनाओं, मूड्स और मनःस्थिति का ध्यान करना चाहिए। शान्त और मुक्त अवस्था में यह ध्यान उसे सही मूड और मनःस्थिति की पहचान की ओर ले जाएगा जो अन्ततः सही अनुकूलन का रास्ता देगा।

अब मंच पर उतरने से पहले वह समस्या के समाधान के लिए बेहतर स्थिति में है। यहाँ स्तानिस्लाव्स्की ने अक्सर होनेवाली एक भूल का ज़िक्र किया है। वे कहते हैं कि अक्सर दर्शकों की प्रतिक्रियाएँ अभिनेता को अपनी ओर खींचने लगती हैं और वह अपने अनुकूलन को अपने संवादों के बजाय दर्शकों से समंजित करने लगता है। यह एक बड़ी भूल है जिससे अभिनय प्रभावित होता है।

सृजन-प्रक्रिया के असंख्य और भी पहलू हैं जिन्हें अनुप्रेरणा स्वतः हासिल कर लेती है पर जिन्हें शब्दों में बाँध पाना बहुत कठिन है। स्तानिस्लाव्स्की कहते हैं कि आन्तरिक स्तर पर चलने वाली लय और गति, पूरी परिस्थिति का हमारा आकलन और नियन्त्रण, इसी तरह पात्र को लेकर अपनी सोच यानी उसका चरित्रांकन, नाटकीय आकर्षण और अन्ततः हमारी तर्कबुद्धि, ये सभी किसी सृजनकर्म के अनिवार्य अवयव हैं। ये सभी मिलकर किसी भूमिका के आन्तरिक व्यक्तित्व का निर्माण करते हैं।

अभिनेता का सृजनकर्म इसलिए भी ज़्यादा विशिष्ट है कि अपने पहले क्षण को वह स्वयं निर्धारित नहीं कर सकता। एक पेंटर अपने कमरे में कैनवास पर पहली कूची चलाने से पहले घंटों विचारमग्न हो सकता है। एक गायक ठीक ऐसा तो नहीं कर सकता, लेकिन मंच पर जाने से पहले वह अपने वाद्य यंत्रों को हर तरह से ठोंक बजाकर जाँच लेता है। इतना ही नहीं, अपने गले का भी अभ्यास करता है। अभिनेता की समस्या यह है कि मंच पर अवतरण का समय नाटक के पाठ के अनुसार पहले से निर्धारित है। फिर उसका उपकरण कोई बाह्य वस्तु नहीं है, उसका अपना शरीर है। इन दोनों सीमाओं के कारण वह एक पेंटर या एक गायक की तुलना में कठिन स्थिति में होता है।

लेकिन इसका मतलब यह नहीं है कि उसके पास तैयारी के विकल्प नहीं हैं। उसे भी अपने सारे औज़ार आजमाने चाहिए और मंच पर जाने से पहले अपनी आन्तरिक शक्तियों को अच्छी तरह तैयार करना चाहिए। प्रश्न है कि इन आन्तरिक शक्तियों का मालिक कौन है? किसके कहने पर ये आन्तरिक शक्तियाँ गति में आती हैं? स्तानिस्लाव्स्की ने ऐसी तीन शक्तियों की पहचान की है। वे कहते हैं कि "गहन छानबीन के बाद हम यह कह पाने की स्थिति में हैं कि हमारे मानस को प्रभावित करनेवाली शक्तियाँ तीन हैं—भावना, मस्तिष्क और हमारी इच्छा। ये तीनों मिलकर हमारी आत्मा के साज़ को स्वर देते हैं।" ज़ाहिर है इन तीन शक्तियों से

स्तानिस्लाव्स्की का मतलब इन तीनों को एक-दूसरे से अलग-अलग और विरोधी शक्तियों के रूप में रखने की मंशा नहीं है। ये कमोबेश साथ-साथ काम पर लगते हैं, एक-दूसरे को उत्तेजित करते हैं और अभिनेता की अन्तरात्मा को काम पर लगाते हैं। ज़ाहिर है, सारे अभिनेता अपने व्यक्तित्व के मुताबिक़ इनमें से किसी पर अधिक या कम निर्भर होंगे। अपनी बुद्धि पर अधिक बल देनेवाले अभिनेता अनजाने ही हेमलेट के चित्रण में उसके बौद्धिक पक्ष पर अधिक ज़ोर डालेंगे। इसी तरह कुछ अभिनेता अपनी भावनाओं पर आवश्यकता से अधिक निर्भर होते हैं। स्तानिस्लाव्स्की स्वयं को भी इसी श्रेणी में रखते हैं पर एक बार फिर ज़ोर देकर कहते हैं कि अन्ततः तीनों ही शक्तियाँ अलग-अलग अनुपात में हर वक़्त साथ रहती हैं और अभिनेता की तमाम आन्तरिक वृत्तियों को हरकत में लाती हैं।

चरित्र की संरचना के क्रम में क्रियाओं की जिस अविभाजित रेखा की पहचान अभिनेता ने की है, उसे अपने अन्दर से ज़ब्त करके रखा है। कल्पना और स्मृति के सहारे चरित्र के जो जीवन्त कण समेटे गए हैं उनका समंजन कर अब उस भूमिका में वह अपनी अन्तरात्मा के तत्त्व डालता है। वह अपने विचार, अपनी भावनाएँ, अपनी इच्छाशक्ति और ऊर्जा—इन सबको सक्रिय करता है और इस तरह अपनी आत्मा को इन बटोरे गए जीवित कणों में डालने की तैयारी करता है। यह तैयारी एक विशेष भावदशा में होती है। इस दशा के लिए स्तानिस्लाव्स्की के पास एक विशेष शब्द है। वे इसे 'आन्तरिक रचनावस्था' (The inner creative mood) की संज्ञा देते हैं। वे कहते हैं कि हमारी आन्तरिक रचनावस्था भूमिका की परिकल्पना से प्राप्त तत्त्वों के साथ जुड़ जाती है और अभिनेता के लक्ष्यों को पूरा करती है।

चूँकि अभिनेता अपनी रचना एकान्त में नहीं करता है। इसलिए इस अवस्था की ज़रूरत और भी ज़्यादा है। यह कोई असामान्य अवस्था नहीं है, बल्कि स्तानिस्लाव्स्की के अनुसार एक सामान्य सहज अवस्था है बस थोड़े से फ़र्क़ के साथ। एक आम आदमी, जिसके पास मंच पर जाने का कोई प्रयोजन नहीं है, दर्शकों के विशाल समूह के सामने खड़ा होकर क्या करेगा? निश्चित रूप से या तो भय के मारे उसकी मांसपेशियाँ सिकुड़ जाएँगी और उसकी घिग्घी बँध जाएगी या फिर वह बहुत ही फूहड़ तरीक़े से अपने शरीर को प्रदर्शित करने लगेगा। इसके विपरीत आन्तरिक रचनावस्था के सामने एक निश्चित लक्ष्य है और इस लक्ष्य पर केन्द्रित होने के कारण वह दर्शकों के बीच रहकर भी अपने निजी एकान्त को महसूस कर सकता है। स्तानिस्लाव्स्की इसे सार्वजनिक एकांत (solitude in public) की संज्ञा देते हैं। यही लक्ष्य अभिनेता की आन्तरिक शक्तियों को निरन्तर प्रेरित करता है। उसके सामने क्रियाओं की एक विस्तृत शृंखला रखता है और इस पूरी विस्तृत शृंखला के परिणाम से परम लक्ष्य का एहसास कराता है।

आगे वे कहते हैं कि आन्तरिक रचनावस्था किसी एक चरित्र के निर्माण की प्रक्रिया में रह गए छोटे-छोटे छिद्रों को भी भरने का काम करती है। दरअसल कभी भी किसी चरित्र की तैयारी इतनी मुकम्मल नहीं हो सकती कि उसमें हर एक क्षण जीवन्त हो गया हो। बीच-बीच में बहुत सारे टुकड़े अन्त तक अस्पष्ट बने रहते हैं, लेकिन मंच पर जाने से पहले अगर अभिनेता अपनी सहज इच्छाओं के साथ तैयार हुआ हो यानी उसने रचनावस्था प्राप्त कर ली हो तो अक्सर ऐसे अनसुलझे टुकड़े भी सुलझने लग पड़ते हैं।

स्तानिस्लाव्स्की ने इस जगह पर इटली के प्रसिद्ध अभिनेता साल्विनी को उद्धृत किया है। साल्विनी ने कहा है कि, "अभिनेता मंच पर जाता है, रोता है, हँसता है और साथ ही साथ लगातार अपने आँसुओं, अपनी मुस्कान को देखता रहता है। ये दोहरी कार्रवाई, ये जीवन और अभिनय के बीच का सन्तुलन, यही तो है अभिनय।" दरअसल रचनावस्था की सबसे ख़ास बात यही है कि उसमें अभिनेता स्वयं ही आलोचक दर्शक भी है और कर्ता भी। अभिनेता के भीतर का कर्ता निरन्तर अपने आलोचक के सम्पर्क में बना रहता है और इस तरह जो कुछ भी मंच पर किया जाता है वह एक ही साथ सच भी होता है और कल्पना भी।

अभिनय नामक सृजन-कर्म में शामिल व्यक्ति के आभ्यन्तर को सक्रिय करनेवाली तकनीक की विस्तृत चर्चा के बाद स्तानिस्लाव्स्की एक बार फिर से व्यवहार जगत के पहलुओं पर आते हैं। देखा जाए तो इन सभी तत्त्वों का सीधा रिश्ता प्रवहमान जीवन से है। मंच पर उपलब्ध दृश्य-सज्जा और उपकरण एक मूल सत्य का आभास कराने के लिए रचे गए उपादान भर हैं। ये सत्य नहीं हैं, सत्य का आभास हैं पर उन्हें असत्य मानकर सत्य की प्रतीति नहीं कराई जा सकती है। स्तानिस्लाव्स्की कहते हैं कि अभिनेता अपने विश्वास के ज़रिये मंच पर होनेवाले कार्यव्यापार को विश्वसनीय बनाता है। जब अभिनेता उनमें अपना अटूट विश्वास व्यक्त करता है तभी दर्शक भी उनसे अपना तादात्म्य स्थापित कर पाते हैं। मंच पर उपलब्ध सत्याभास को सत्य में परिणत करने के लिए आवश्यक यह भी है कि अभिनेता लगातार उसी दुनिया में केन्द्रित हो, उसका ध्यान निरन्तर इस परिवेश में अपने लिए निर्धारित भूमिका पर केन्द्रित हो।

मंचीय विश्वसनीयता हासिल करने के लिए ऐसे सघन ध्यान की आवश्यकता है जिसमें घटित घटनाओं पर अभिनेता की इंद्रियाँ स्वतः प्रतिक्रिया करें। यह तभी सम्भव है जब मंच के कार्यव्यापार एक ठोस निरन्तरता के साथ अभिनेता के मानस के साथ जुड़े हों। पर आवश्यक यह भी है कि अपने सही संज्ञान के साथ मंच पर अवस्थित अभिनेता वस्तुतः पूरी तरह चैतन्य और रचने को तैयार अवस्था में हो।

'सार्वजनिक एकान्त' की इस भावदशा में पहुँच जाने के बाद भी रचनाकार की समस्या का अन्त नहीं हो जाता। अभिनय की राह में अड़चनें और भी हैं। रंगमंच

पर अभिनेता अकेला नहीं होता। चरित्रों का एक समूह मंच पर उपस्थित होता है जिनके बीच निरन्तर आदान प्रदान के ज़रिये ही कथा विकसित होती है। इसीलिए 'सार्वजनिक एकांत' में पड़े इस ध्यानमग्न साधक को सदैव इस समूह का अंग बनकर रहने की आवश्यकता भी होती है। स्तानिस्लावस्की मानते हैं कि सही सामूहिक भावना के विकास के लिए अभिनेता को अपने सहकर्मियों के साथ जीवन्त सम्बन्ध स्थापित करना चाहिए। उनके बीच होनेवाली क्रिया प्रतिक्रियाएँ वास्तविक हों, यानि वह दूसरों के संवादों को उसी अभिरुचि के साथ सुने जैसे पहली बार सुन रहा है और इस दौरान विचार, प्रभाव, यादें या निर्णय बोलनेवाले मस्तिष्क से सुननेवाले मस्तिष्क तक प्रवाहित हों और इसी तरह सुननेवाले की प्रतिक्रिया भी वक्ता तक पहुँचे।

इस व्यावहारिक समस्या के निराकरण के लिए स्तानिस्लाव्स्की एक विशेष मनःस्थिति और कतिपय विशिष्ट अभ्यासों की कल्पना करते हैं। इसी मक़सद से वे ध्यान के विभिन्न वृत्तों की योजना रखते हैं और इन वृत्तों के अभ्यास की शृंखला पेश करते हैं। ध्यान के सबसे छोटे वृत्त में जहाँ अभिनेता अपने शरीर के साथ-साथ निकटतम एकाध वस्तु से तादात्म्य स्थापित करता है वहीं ध्यान के वृहत् वृत्त में समग्र मंच अपने समस्त उपकरणों एवं पात्रों के साथ आता है। ध्यान के ऐसे अभ्यास अभिनेता को न सिर्फ़ अपनी अविभाजित रेखा पर बने रहने में मदद करते हैं, बल्कि अपनी आन्तरिक रचनावस्था में वह अपने अन्दर इस पूरे समूह को समाहित रख पाता है। यह परिकल्पना अभिनेता को न सिर्फ़ मंच पर उपस्थित वस्तुओं और व्यक्तियों से तादात्म्य स्थापित करने में सहायक होती है, बल्कि अपने आभ्यंतर के प्रति भी उसे अधिक सचेत करती है।

स्तानिस्लाव्स्की ने अभिनय के सम्बन्ध में कहा है कि "यह एक अनन्त पथ है जिसमें हर बार नवीन प्रेरणाओं के दर्शन होते हैं और हर बार अभिनेता एक नवीन और बेहतर 'स्व' को पेश करता है।" ठीक यही बात इन सिद्धान्तों के बारे में कही जा सकती है। इनसे गुज़रते हुए रचनात्मकता में सम्मिलित अन्तःकरण के इतने रूप देखने को मिलते हैं कि लगता है मानो हम अभिनय के विश्वकोष से गुज़र रहे हों। अभिनयकर्म का ऐसा विशद् विवेचन अन्यत्र दुर्लभ है। जैसा पहले कहा गया, यह किसी एक क्षण में प्रेरणा से प्राप्त प्रकाश नहीं है। इसके पीछे एक बुद्धिमान सर्जक का जीवन भर का संघर्ष और मंथन है। इसलिए अपनी हर बात को स्तानिस्लाव्स्की सैकड़ों उदाहरणों से पाटकर पेश करते हैं।

अक्सर इन सिद्धान्तों को मनोविज्ञान और शरीरशास्त्र की कसौटी पर रखकर परखने की कोशिश की गई है। कभी उनकी अवचेतन सम्बन्धी अवधारणा के लिए उन पर फ्रायड के मनोसिद्धान्तों का असर देखा गया है तो कभी अपने समकालीन मनोवैज्ञानिक पावलाव के संवेग और तन्त्रिका के बीच रिश्ते की खोज का। स्वयं

स्तानिस्लाव्स्की इस बारे में बहुत स्पष्ट हैं। वे कहते हैं कि "हमारा लक्ष्य बहुत सीमित है। हम अभिनय में अपने स्व का उपयोग करना चाहते हैं। अवचेतन की दुनिया पर शोध हमारा लक्ष्य नहीं है। बल्कि हम तो चाहते हैं कि इस अज्ञात दुनिया का रहस्य कुछ दूर तक बना रहे तो अच्छा है। हमारा मुख्य पथप्रदर्शक तो हमारा अनुभव ही है।" फिर भी इसमें सन्देह नहीं कि स्तानिस्लाव्स्की के अनुभव इस दिशा में विलक्षण रूप से सटीक निर्णयों पर पहुँचे थे। स्मृति और चेतना के सम्बन्ध में उनके विश्वास हाल हाल तक मनोवैज्ञानिकों के बीच में चर्चा और विस्मय का विषय बनते रहे हैं।

पर जैसा भ्रम हो सकता है, यहाँ सफलता की एक अनवरत धारा नहीं है, बीच में असफलताओं और बेचैनियों की सैकड़ों कठोर रातें भी शामिल हैं। कभी अपने अभिनय में असर पैदा करने के लिए स्तानिस्लाव्स्की ने 'हिप्नोटिज़्म' सीखना शुरू किया था। एक बुद्धिवादी और यथार्थवादी के लिए यह निर्णय कितना कठिन रहा होगा, असफलता की किन गहराइयों से छनकर यह निश्चय बाहर निकला होगा, हम कल्पना कर सकते हैं। इसी तरह अभिनय में सच्चाई के अभाव में प्रस्तुति से बेहद असन्तुष्ट होकर उन्होंने अन्तिम क्षणों में दोस्तोयवस्की के 'विलेज ऑफ़ स्तेपानचिकोवो' से अपने को अलग कर लिया था और नेपथ्य में बैठकर अपनी प्रिय भूमिका रोस्तानेव की प्रस्तुति देखते रहे थे। यह वो दौर था जब उनकी अभिनय सम्बन्धी अवधारणाएँ ठोस शक्ल अख़्तियार कर रही थीं।

ग्रोतोव्स्की ने स्तानिस्लाव्स्की को एक ऐसे संत की संज्ञा दी है जो जीवन भर एक कठिन कर्म को सहज बनाने में लगा रहा। यह कथन अपने आप में इस महान् चिन्तक के सारे प्रयासों की शायद सबसे सहज अभिव्यक्ति है। अपने अनवरत प्रयासों से पद्धति के रूप में स्तानिस्लाव्स्की ने एक ऐसी धरोहर हमें सौंपी है जो कभी भी इतिहास नहीं बनेगी। पीढ़ियाँ बदलती रहेंगी, नए-नए सिद्धान्त रचे जाते रहेंगे पर अभिनय कला पर स्तानिस्लाव्स्की की दस्तक बनी रहेगी। वह सदा उतने ही प्रासंगिक रहेंगे जितना वर्तमान के मुहाने पर खड़ा अतीत होता है।

अभिनय-परिकल्पना

दिनेश खन्ना

बीसवीं शताब्दी के रूसी रंगमंच में व्सेवलोद मेयरहोल्ड के प्रभाव का अंकन अतिरंजित नहीं हो सकता। वह ऐसा अनथक प्रवर्तक था जिसकी कल्पनाशक्ति असीम थी। ली स्ट्रास्बर्ग के शब्दों में, "रंगमंच में कोई ऐसी युक्ति, कोई ऐसा दौर नहीं है जिसे मेयरहोल्ड ने अपने काम में ना आजमाया हो।" अपने समकालीन और परामर्शदाता कोन्स्तान्तिन स्तानिस्लाव्स्की की तरह उन्होंने अपने पीछे कोई प्रतिपादित सिद्धान्त नहीं छोड़ा है, ना ही ऐसा विचारों का कोई लेखा-जोखा, जिसे मेयरहोल्ड की कार्य पद्धति कहा जाए। हाँ, उनके पीछे लम्बे समय तक किया गया क्रान्तिकारी प्रयोगवादी रंगमंच ज़रूर खड़ा है और साथ में है अभिनेता को प्रशिक्षित करनेवाली जीवयान्त्रिक (बॉयोमेकैनिक्स) शैली और जोशभरी भंजक रंगमंचीय भाषा, जिसे मेयरहोल्ड के जीवनभर की खोज कहा जा सकता है।

उनका सपना था—अपने वर्षों के रंगमंच के अनुभव को समेटनेवाली रचनाओं को संग्रहित रूप में प्रकाशित करना। वे निर्देशकीय मैनुअल की बात जब-तब किया करते थे; वे अक्सर कहते कि "वह एक पतली-सी किताब होगी, जैसी मायकोव्स्की की 'हाउ आर वर्सेज मेड?' है।" लेकिन यह पुस्तिका कभी लिखी नहीं जा सकी और न उनके कार्य का कोई संग्रह उनके जीते-जी प्रकाशित हो सका।

1938 में स्तालिनवादी तानाशाही ने उनके थिएटर को बन्द कर दिया। अगले वर्ष उन्हें गिरफ़्तार कर लिया गया। कुछ दिनों बाद उनकी पत्नी ज़िनैदा राल्फ़ की, जो उनके रंगमंच की मुख्य अभिनेत्री भी थी, उनके निवास पर निर्मम हत्या कर दी गई। मेयरहोल्ड जून, 1939 में गिरफ़्तारी के बाद किस लेबर कैंप में किस हालत में कैसे रखे गए, किसी को पता नहीं चला। अगले वर्ष फ़रवरी मास में उनको मौत की सज़ा दे दी गई। यह वही दौर है जब स्तानिस्लाव्स्की की मृत्यु के बाद उनके कामों की चर्चा रूस, अमेरिका, फ्रांस सभी जगह हो रही थी। उनका काम किताबों की शक्ल में प्रकाशित हो रहा था। पर, रूस में क्रूर शासन के चलते मेयरहोल्ड का कैरियर और उनके कार्यों को अभिलेख से मिटाया जा रहा था। फिर एक ऐसा दौर

भी आया कि उनके विचार विस्मृति में खो गए। लगभग पन्द्रह वर्षों तक यही स्थिति रही, जैसे कभी उनका कोई अस्तित्व ही ना रहा हो। लेकिन यह बात भी कोई कम महत्त्व की नहीं कि इतिहास की दुर्घटनाओं ने जिसे निर्दयतापूर्वक दबा दिया था, उसी व्यक्ति का कार्य आकस्मिक रूप से उनके परामर्शदाता, सहकर्मी और वैचारिक बराबरी रखनेवाले कोन्स्तान्तिन स्तानिस्लाव्स्की के विचारों को फैलाने में सहायक सिद्ध हुआ। बीसवीं सदी के अन्त तक भी शायद उनके महत्त्व को पूरी तरह नहीं समझा गया और न ही उसे स्वीकार किया गया। उनके समकालीनों का विश्वास था कि वे स्तानिस्लाव्स्की के समकक्ष थे, पर यह भी सच है कि रंगमंच की पहली गम्भीर शिक्षा मेयरहोल्ड को स्तानिस्लाव्स्की के स्कूल से ही मिली थी। लेकिन बहुत जल्द ही आर्ट थिएटर से अलग होकर मेयरहोल्ड ने स्तानिस्लाव्स्की की ही तरह अभिनेता प्रशिक्षण और मंच प्रस्तुति के बारे में अपनी स्वतन्त्र प्रणाली और रंगमंचीय विधान बना लिया था। वे सभी विद्वान ख़ासकर पश्चिम के विद्वानों ने जिन्होंने 1955 में उनके पुनर्वास के बाद उनके काम के बारे में विचार-विमर्श किया, उनके शिक्षण के महत्त्व को पूरी तरह नहीं समझा। लेकिन उनके विचार और परिकल्पनाएँ उनके शिष्यों और उनके शिष्यों के शिष्यों द्वारा संरक्षित रखी गईं। और अब समय आ गया है कि अभिनेता के प्रशिक्षण के सम्बन्ध में उनके विचारों का पुनः आकलन किया जाए। उनके सैद्धान्तिक लेखन और यादों का स्थान उनके शिष्यों के साथ काम के दौरान किए गए संवाद और स्वीकारोक्तियाँ ले लेते हैं। इनमें सर्वाधिक महत्त्वपूर्ण हैं अलेक्सान्द्र ग्लादकव द्वारा रिकॉर्ड की गई वे सब बातें, ब्यौरे और पूर्वाभ्यासों के दौरान घटित बातें और उनके स्वभाव की विरोधाभासी स्थितियाँ *(मेयरहोल्ड स्पीक्स, मेयरहोल्ड रिहर्सेज़)*। ग्लादकव को 1934 से लगभग अन्तिम दिनों तक मेयरहोल्ड को करीब से देखने का अवसर मिला। उनके दोस्तों और उनका पुनर्वास करनेवाले विद्वानों के कथनों में वो बात नहीं जितना मेयरहोल्ड के चारित्रिक मर्म को गहराई से पकड़ने वाले ग्लादकव के ब्यौरों में। मेयरहोल्ड का जन्म 28 जनवरी, 1874 में रूस के पेन्ज़ा शहर में हुआ। वे जर्मन लियूथेरियन माता-पिता की आठवीं और अन्तिम सन्तान थे। उनका नाम कार्ल थियोडोर काजीमीर रखा गया था। उनके पिता एमिल फेदरोविच मेयरगोल्ड पेन्ज़ा में वोदका बनाते थे। उन्नीसवीं शताब्दी के आख़िर तक भी पेन्ज़ा एक अलग-थलग क़स्बा हुआ करता था। फिर भी मॉस्को से तीन सौ पचास मील दूर दक्षिण पूर्व में स्थित इस क़स्बे में अच्छी ख़ासी रंगमंच संस्कृति थी।

मेयरहोल्ड ने अपने रंगमंच जीवन की शुरुआत इसी क़स्बे पेन्ज़ा में अट्ठारह वर्ष की उम्र में सन् 1892 में एक शौकिया नाटक मंडली से की। पहला नाटक था ग्रिबायदव का *वो फ्रॉम विट;* उनकी भूमिका थी रेपेतिलोव की और मंडली का नाम था *लवर्ज ऑफ़ ड्रेमेटिक आर्ट।*

मंच पर अभिनय करने की पहली भूख यहीं शान्त हुई थी। इससे पहले कि वह माँ के साथ फैमिली बॉक्स में बैठकर नाटक देखने लायक हो, उसकी शुरुआत हो चुकी थी। मेयरहोल्ड ने अपनी डायरी में लिखा, "मुझमें प्रतिभा है...मैं एक अच्छा अभिनेता बन सकता हूँ। यही मेरा सबसे प्यारा सपना है, ऐसा सपना, जिसको लेकर मैं पाँच वर्ष की उम्र में सोचने लगा था।" पिता के देहान्त और अपने पहले अभिनय के मात्र एक सप्ताह बाद मेयरहोल्ड ने परिवार की वोदका फ़ैक्ट्री से सारा ध्यान हटा लिया। यह तो लगभग तय था कि वह अपने पिता के नक्शेक़दम पर नहीं चलेगा। मेयरहोल्ड ने अपने परिवार को साफ़ बता दिया कि वह रूसी नागरिकता लेने की सोच रहा है और वह आर्थोडॉक्स चर्च अपनाएगा ताकि वह ओल्गा मुंट से विवाह कर सके और प्रशिया की सेना की अनिवार्य भर्ती से बच सके। इस तरह पारिवारिक परिवेश से सम्बन्ध-विच्छेद करते हुए सबसे पहले उन्होंने अपना नया नाम अपनी पीढ़ी के विख्यात लेखक व्सेवलोद गार्शिन के नाम पर व्सेवलोद रखा और अपने आख़िरी नाम की स्पेलिंग मेयरगोल्ड से मेयरहोल्ड रख ली। इस तरह बदलाव की शुरुआत मेयरहोल्ड ने एकदम अपने से ही शुरू की।

उन्होंने अपनी डायरी में लिखा, "वह रंगमंच का लगाव ही था जो मेरी ज़िन्दगी का सरमाया बना। वह रंगमंच ही था, जिसने मेरे जीवन पर गहरा प्रभाव डाला। बहुत से प्रभाव और प्रेरणाएँ मेरे साथ रहीं : सबसे पहले महान रूसी साहित्य। ऐंटन चेख़व से मेरा व्यक्तिगत लगाव और स्तानिस्लाव्स्की, पुराने रंगमंच के मेरे अविस्मरणीय गुरु ब्लॉक, मैटरलिंक, हैप्टमान युगान्तरकारी समय की रंगमंचीयता का अध्ययन, ईस्ट्रन थिएटर की तरफ़ झुकाव और फिर से महान रचनात्मक रूसी कवियों की कविताओं पर लौटना। पुश्किन, लारमेन्तेव, गोगोल, अक्तूबर क्रान्ति का जोश और श्रम की ख़ूबसूरती और इधर जवान हो रही सिनेमाई कला, मायकोव्स्की और पुश्किन को पढ़ना, उसको समझना...क्या वास्तव में कोई यह समझेगा? एक अभिनेता को बहुत-सी चीज़ों से आकर्षित होना चाहिए। तरह-तरह के सवाल खड़े करने चाहिए। कुछ को एकदम अस्वीकार करना, कुछ को सँजोकर रखना, जो आपके साथ जुड़ता चला जाए।"

अगस्त 1895 में मेयरहोल्ड ने कानून की पढ़ाई के लिए मॉस्को विश्वविद्यालय में प्रवेश तो ज़रूर लिया पर उनका युवा मन उसमें कहाँ लगता था! उनका तो अधिकांश समय थिएटर हॉल्स में, संगीत कार्यक्रमों और आर्ट गैलरी में बीतता था। मेयरहोल्ड अपने पास हमेशा एक नोटबुक रखते। उसमें नोट्स लेते रहते, जहाँ रंगमंच के सम्बन्ध में कोई, महत्त्वपूर्ण किताब नज़र आती तुरन्त उसको नोट कर लेते। नोटबुक में होते नाटकों के नाम, उनके प्रिय कवि पुश्किन की पंक्तियाँ। 1896 क्रिसमस की छुट्टियों से लौटते ही उन्होंने निश्चय किया कानून की पढ़ाई को तिलांजलि देने और रंगमंच का विधिवत प्रशिक्षण लेने का। 1896 में मेयरहोल्ड ने

मॉस्को फिल्हारमौनिक सोसायटी ड्रामैटिक स्कूल के दो वर्षीय कोर्स में प्रवेश लिया। यहाँ रंगमंच चिन्तक व्लादिमीर नेमिरोविच दान्चेन्को उनके प्रशिक्षक थे। यह कोर्स कैसा था इसका तो उल्लेख नहीं मिलता, पर यहाँ होनहार मेयरहोल्ड को गोल्ड मेडल दिया गया। रंगमंच में स्नातक होने के बाद उनको नवनिर्मित मॉस्को आर्ट थिएटर में बतौर अभिनेता काम करने का बुलावा मिला या यों कहें कि मेयरहोल्ड भी उस रंगमंच के संस्थापक सदस्यों में से एक थे, जिसके संचालक स्तानिस्लाव्स्की और दान्चेन्को थे।

वे बतौर अभिनेता चार वर्ष मॉस्को आर्ट थिएटर में रहे। इस दौरान उन्होंने एक से बढ़कर एक भूमिकाएँ अभिनीत कीं और हर भूमिका में अपनी एक अलग छाप छोड़ी। चेख़व के *सीगल* में त्रेप्लेवे, *'थ्री सिस्टर्स'* में तुजेनेवाख़ और तोलस्तोय के *दि डैथ ऑफ़ इवान दी टेरिबिल* में इवान की भूमिका की।

1902 में अन्त में मेयरहोल्ड ने अपनी मंडली *कॉमरेड ऑफ़ न्यू ड्रामा* की स्थापना की। उस समय उनकी उम्र अट्ठाईस वर्ष थी। यहाँ उनकी प्रयोगात्मक और प्रशिक्षणात्मक पद्धति उनकी मुख्यधारा की प्रस्तुतियों के साथ विकसित हुई।

1905 तक आते-आते मेयरहोल्ड प्रकृतिवादी प्रतीकात्मक काव्यशैली और स्वाभाविक दृश्यावली को रद्द करने का मन बना चुके थे। नेचुरल सेटिंग के सामने, स्थिर सतह उभारनेवाली चित्रावली, सपाट प्रभाव दिखाते चित्र, बड़े आकारों वाले मंच आयाम। इसमें हांस मेक्लिंग के पूजा वेदियों पर बने चित्र उनकी प्रेरणा बने। मेयरहोल्ड ने प्रश्न किया था कि क्या नाटकों में प्रयुक्त होनेवाला संगीत और ध्वनि-प्रभाव मात्र वातावरण निर्माण और प्रभाव पैदा करने के लिए हैं? उनकी इस बात को बाद में स्तानिस्लाव्स्की ने भी स्वीकार किया। अपने नए स्टूडियो थिएटर में, जिसका उद्देश्य था नई काव्यमय शैली की तलाश, उन्होंने मेयरहोल्ड को काम करने का बुलावा भेजा। कुछ समय के लिए वे फिर से साथ आए। मेयरहोल्ड ने कुछ और नई काव्य और संगीत शैली की खोजवाले नाटक किए। मैटरलिंक के *दि डेथ ऑफ़ टिंटागाइल्स* में मेयरहोल्ड ने एक ऐसे थिएटर की तरफ़ क़दम बढ़ाया जिसमें संगीत संरचना नाटक की आन्तरिक सौन्दर्यपरक ज़रूरत का महत्त्वपूर्ण हिस्सा बन गई। अब वह नाटकीय प्रभाव नहीं, मंच विधान की भाषा जैसी दिखने लगी। फिर ज्यॉर्ज फुच की किताब *दि स्टेज ऑफ़ दि फ़्यूचर* पढ़ने के बाद तो जैसे मेयरहोल्ड के लिए नए रास्ते खुल गए, ऐसे रास्ते जो उन्हें प्रतीकवादी रंगमंच के जवाब में निर्माणवादी रंगमंच की तरफ़ ले गए। इब्सन का नाटक *घोस्ट* करते हुए प्रोसीनियम थिएटर का मुख्य परदा हटा दिया गया। दर्शकों के सामने कोई छिपाव, कोई सीमा रेखा नहीं खींची गई। मनोवैज्ञानिक वातावरण की छाया, गहराता संजीदा रूप भी नहीं, बस कुछ नृत्य जैसी मुद्राएँ, स्थिरता और तालबद्ध चलना, जैसा जापानी क्लासिकल रंगमंच में होता है।

1911 से 1917 का समय मेयरहोल्ड के विकास का उत्कृष्ट काल कहा जा सकता है, जब उनके भविष्य के श्रेष्ठतम रंगमंच की योजना बनी और आने वाले दौर का सबसे चर्चित सबसे विवादास्पद निर्देशक हमारे सामने आया।

इम्पिरियल थिएटर के मैनेजर और निर्देशक व्लादिमीर तेल्याकोव्स्की के निमन्त्रण पर मेयरहोल्ड ने बतौर निर्देशक काम शुरू किया। इसी के साथ उन्होंने अलेक्सांद्रिस्की थिएटर और मारिइन्स्की ऑपेरा में बतौर निर्देशक काम किया। इन रंगशालाओं में उनके द्वारा निर्देशित *त्रिस्तान एंड इसोल्द, दोन ज्आन* और *ऑरफियस* जैसी यादगार प्रस्तुतियों में मेयरहोल्ड ने शैलीबद्ध संगीत तथा सर्वदा मुक्त स्पेस के अनेक प्रयोग किए।

'दोन ज्आन' में सब कुछ तेज़ रोशनी में रखा गया। जैसी रोशनी मंच पर वैसी दर्शकों में, अभिनेता और दर्शक के लिए कोई अलग-अलग रास्ते नहीं, बल्कि दोनों के लिए एक ही रास्ता! मंच पर सामान हटाने के लिए, रखने के लिए नाटक में तकनीशियन आते-जाते और नाटक भी चलता रहता है। मिखाइल लरमन्तेव के नाटक *मास्करेड* को मेयरहोल्ड पाँच साल की तैयारी के बाद मंच पर लाए। उसे पूरी तरह से डिजाइन किया गया था। वह विशाल कलाकार समूह को लेकर तैयार किया गया नाटक था। क्रांति की सालगिरह पर दिखाया गया यह नाटक क्रान्तिपूर्व पीटर्सबर्ग युग के समापन को दर्शाता है। 1913 में इदा रूबिन्स्टाइन के निमन्त्रण पर मेयरहोल्ड पेरिस गए, गाब्रिएल द' अन्नून्जिओ के नाटक *पिसानेल्ला* को मंचित करने, जो खासकर रूसी बैलेरीना के लिए लिखा गया था। इसकी वेशभूषा लेओन बक्स्त ने और नृत्य संयोजना मिखाइल फोकिन ने की थी। मंच पर छोटे-बड़े सब मिलाकर दो सौ कलाकारों ने भाग लिया था। इस प्रस्तुति को पेरिस में अपार सफलता मिली। इस दो महीने के पेरिस-प्रवास के दौरान मेयरहोल्ड ने बहुत कुछ नया सीखा।

पेरिस के ऐतिहासिक स्थलों को दिखाने में उनके मार्गदर्शक बने कवि अपोल्लिनेयर ने उन्हें मन्त्र-विमुग्ध कर दिया था। कॉमेदी फ्रान्स्वा ऑपेरा में तो मात्र उन्होंने एक शाम बिताई, बाक़ी समय तो लोकप्रिय और मनोरंजक कलाओं को देखने में बीता। उन्होंने मेद्रानो सर्कस और मोन्तेमार्त्रे में स्पानी कैबरे *ला फिएरा* देखे। पुस्तकालय, संग्रहालय और चित्रशालाओं का भ्रमण करते हुए मेयरहोल्ड ने आभासवादी चित्रकारों के चित्रों को क़रीब से देखा।

पेरिस से लौटने के बाद इम्पीरियल थिएटर में काम करते हुए मेयरहोल्ड प्रयोगवादी रंगमंच का मन लगभग बना चुके थे। उन्हें अपने काम की नई रूपरेखा साफ़ नज़र आ रही थी। सजावटी परदे हटा दिए गए, मंच की पिछली ईंटों की दीवार ही अब पृष्ठभूमि बनी। मंच के आगे की फ़ुटलाइट भी हटा दी गई। मंच पर एप्रेन (अग्रभाग) की अपनी भूमिका होती है, इसका सबसे पहले मेयरहोल्ड ने ही एहसास दिलाया। तस्वीरें और सीनरी एकदम पीछे टँगी होंगी, ताकि उनको अच्छी तरह देखा

जा सके। रैम्प और लकड़ी की शहतीरों को जोड़कर दृश्यबन्ध का निर्माण किया जाने लगा। बेकार में कीमती कैनवास पर पैसा क्यों ख़र्च किया जाए!

नाटकों को सिर्फ़ लिखित रूप में मान लिया जाए, यह कितना ज़रूरी है? इस सवाल के जवाब में दृश्यों को तोड़कर एपिसोड में बदला गया। हर एपिसोड अपना स्वतन्त्र रूप से आकार लेगा, जिसका निर्णय उसकी विषयवस्तु के आधार पर होगा—फ़िल्म सम्पादन की तकनीक की तरह छोटे-छोटे टुकड़ों को जोड़कर एक प्रकरण तैयार करना। यह एपिसोड-संरचना मेयरहोल्ड के आगे के काम में और साफ़ होकर आई। नाटककार का लिखा और मेयरहोल्ड का बनाया नाटक वैसा बना जैसा मेयरहोल्ड ने अपनी शैलीबद्ध स्वतन्त्र अभिव्यक्ति से उसे बनाया।

बारोदिन्स्काया मार्ग स्थित इम्पीरियल थिएटर के साथ एक स्टूडियो की शक्ल में मेयरहोल्ड ने अभिनेताओं को प्रशिक्षण देने के लिए मन बनाया। बतौर प्रशिक्षक अपना एक उपनाम भी रखा—डॉक्टर दपरतीतो। सबसे पहले मूवमेंट की क्लासें शुरू की गईं। उसी के साथ शुरू की गई कॉमेदिया देल' आर्त की क्लासें, म्यूज़िकल रीडिंग। फिर वहाँ उनके एक सहयोगी अलेक्सान्द्र चैक्रीगिन की मदद से डांस क्लासें भी कराई जाने लगीं। इस सबके साथ मेयरहोल्ड ने जोड़ा सर्कस के प्रशिक्षक-अभिनेताओं को कलाबाजियाँ सिखाने के लिए। स्टूडियो की गतिविधियों का ब्यौरा देने के लिए एक पत्रिका भी लगातार छापी जाती रही, जिसका नाम था *लव फॉर थ्री ऑरेंजेस*। 1917 तक चला यह शिक्षण कार्यक्रम मेयरहोल्ड की शुरुआती प्रशिक्षण-व्यवस्था को दिखाता है।

अगस्त 1918 में मेयरहोल्ड ने साम्यवादी पार्टी की सदस्यता ली। उन्हें पीटरगार्ड थिएटर विभाग का प्रमुख नियुक्त किया गया। उनमें उत्साह था, राष्ट्रीय भावनाएँ थीं। वह बोल्शेविक गतिविधियों से जुड़े, क्रान्ति के विचार को रंगमंचीय रूप देनेवाली गतिविधियों में बढ़-चढ़कर हिस्सा लिया। फिर भी मेयरहोल्ड की नज़र क्रांति के बाद बदलते दौर पर थी। यह ठीक है कि उनका नव-निर्माण में पूरा विश्वास था, वे दिल से बोल्शेविक होने पर भी प्रचार करनेवाले निर्देशक नहीं थे; वे स्वतन्त्र, उन्मुक्त और निडर थे। साम्यवादी नीतियों में ऐसा कलाकार चल सकता है, राष्ट्र निर्माताओं ने शायद ऐसा ही सोचा होगा।

इधर मेयरहोल्ड को दो रुके हुए थिएटरों को फिर से चलाने का भार दिया गया। उनको नया नाम दिया गया, रूसी सोवियत संघीय समाजवादी गणतन्त्र का प्रथम रंगमंच। इसमें उन्होंने बिना किसी शंका के पहली प्रस्तुति दी एक एपिक काव्य नाटक *दि डॉन* की जिसे ब्लादिमीर दिमित्रिएव की भविष्यवादी दृश्ययोजना में राजनीतिक बैठक के रूप में दिखाया गया। योजना रखी गई थी क्रांति की तीसरी सालगिरह के रूप में। साम्यवादी आलोचकों ने इसे देखा तो इसे अपने लिए शर्मिन्दगी बताया क्योंकि स्वयंभू लोगों की मनमानी का इसमें खुलासा किया गया था। लेनिन की पत्नी

ने भी यह नाटक देखा और कहा कि इस नाटक में रूसी प्रोलेतेरिएत का अपमान किया गया है। क्या कोई मूर्ख स्वेच्छा से पद हथियाकर कुछ भी कर सकता है, मेयरहोल्ड ने ऐसा नहीं सोचा था। उनको इसका अनुमान भी नहीं था कि वे सरकार की नाक के नीचे काम कर रहे हैं। फिर भी कामगार मज़दूर और लालसेना के सिपाहियों ने इसे बड़ी संख्या में देखा। तमाम आलोचना के बावजूद *दि डॉन* के सौ से भी ज़्यादा शो हुए। पर जून, 1921 में थिएटर नं. 1 पैसों की बर्बादी के नाम पर मॉस्को सोवियत व्यवस्था के आदेश पर बन्द कर दिया गया। मेयरहोल्ड के हाथ में हमेशा की तरह सिवाय संघर्ष के कुछ नहीं था। मेयरहोल्ड ने फिर भी अपने क्रांतिकारी नज़रियों को आगे ले जाते हुए वाग्नर का नया नाटक *रिन्ज़ी* तैयार किया, लेकिन क्रान्तिमय विचारोंवाला यह ऑपेरा दूसरी आवृत्ति से आगे नहीं चलने दिया गया। इसे भी लेनिन की नई आर्थिक कटौती योजना के चलते रोक दिया गया। मेयरहोल्ड का आत्म उद्घोषित 'रंगमंचीय अक्तूबर' का नज़रिया आगे बढ़ने से पहले ही दबकर रह गया। इस तरह पहले बोल्शेविक निर्देशक को सरकारी नीतियों के चलते थिएटर से हाथ धोना पड़ा। अब वह फिर से अकेला था बिना रंगमंच के।

1921 के पतझड़ में मेयरहोल्ड को नवस्थापित राजकीय उच्चतर रंगमंच कार्यशाला का निर्देशक घोषित किया गया। इसका उद्देश्य था भावी अभिनेताओं को रंगमंच के इतिहास में सर्वदा के लिए जुड़नेवाली नई विद्या जीवयांत्रिकी (Biomechanic) का प्रशिक्षण देना, जो 1923 तक आते-आते (जी.के.टी.ई.टी.आई. एम.) दि मेयरहोल्ड स्टेट एक्सपेरिमेंट थिएटर टेक्निकम (मेयरहोल्ड राजकीय प्रयोगात्मक रंगमंच टेक्निकम) के नाम से जानी गई। इसके पहले चरण में ही लगभग सौ युवा छात्रों ने भाग लिया जो बाद में जाने-माने अभिनेता और निर्देशक बने। सेर्गेई आइजेन्स्टाइन, सेर्गेई युत्केविच जैसे फ़िल्म और रंगमंच के विख्यात निर्देशक इसी कार्यशाला से आए थे। इस कार्यशाला में प्रतिभाशाली अभिनेत्री ज़िनैदा रैख भी जुड़ी। सैंतालीस वर्षीय मेयरहोल्ड इस ख़ूबसूरत अभिनेत्री के इश्क़ में पड़ गए और अपनी पहली पत्नी और तीन बेटियाँ छोड़ बैठे। जल्द ही दोनों का विवाह हो गया। और यह संयोग ही कहा जाएगा कि उनकी बेटियाँ और ज़िनैदा एक साथ रंगमंच पर मेयरहोल्ड के निर्देशन में आती रहीं। मेयरहोल्ड का रंगमंच और उसकी प्रशिक्षणशाला प्रतिबन्ध लगने से पहले 1938 तक लगातार चलती रही। पर अब मेयरहोल्ड अकेले नहीं थे। उनके साथ उनके प्रशिक्षित शिष्य थे और नए अभिनेता लगातार जुड़ रहे थे।

इस तरह प्रयोग और प्रशिक्षण की धारा जो 1902 में मेयरहोल्ड द्वारा *कामरेड ऑफ़ न्यू ड्रामा सोसाइटी* के साथ शुरू हुई थी, 1921 में मॉस्को में आयोजित राजकीय स्तर की उच्च रंगमंच प्रशिक्षण फ्री वर्कशॉप के रूप में उसने विस्तार लिया; इस तरह अट्ठारह-उन्नीस वर्ष का यह आरम्भिक दौर 1923 तक आते-आते स्वतन्त्र रूप और कार्य प्रणाली में विकसित हुआ।

यों तो बारोदिन्स्काया मार्ग पर अपने स्टूडियो में डॉ. दपरतीतो के छद्‌म नाम से उन्होंने प्रशिक्षण देते हुए कई प्रयोग किए थे। मॉस्को आर्ट थिएटर में काम के दौरान भी अभिनेता और चरित्र के कार्यव्यापार को लेकर जो बातें स्तानिस्लाव्स्की के साथ चर्चा में आई थीं, उनको भी वे मानते रहे थे। उस समय तक स्तानिस्लाव्स्की ने अपना पाठ (Text) को विश्लेषण करने का *राउंड दि टेबुल* व्याख्या और विचार-विमर्श विकसित नहीं किया था। फिर भी कुछ अनिवार्य आग्रह तर्क-संगत प्रतीत होते थे, जैसे प्रत्येक मंचीय कार्य व्यापार न्यायसंगत हो अथवा उसका कोई प्रयोजन हो, वो चरित्र की आन्तरिकता से जुड़ा हो और कार्य को सुलझाते हुए, भावनाओं को प्रकाशित करते हुए उद्‌देश्य को सामने लाए।

उपरोक्त बुनियादी विचार—अभिनेता और उसका कार्य व्यापार—मेयरहोल्ड की कार्यपद्धति में हमेशा रहा क्योंकि वह स्तानिस्लाव्स्की की इस सोच के विपक्ष में थे कि मंच पर जीवन जैसा अर्थपूर्ण चित्रण हो, उनका मत था कि मंच पर अभिनेता मंचीय अन्दाज़ में काम करे, उसके अभिनय में थियट्रिकल तत्त्व हो। अभिनेता और कार्यव्यापार को वे दूरगामी अर्थों में आगे ले जाना चाहते थे, जिसके रास्ते अभिनेता की सोच से शुरू होते थे। मेयरहोल्ड उसे ठेठ रूसी अन्दाज़ में सामने लाते हैं और इसे शरीर और सोच के साथ जोड़कर देखते हैं। फ़र्क़ इतना है कि यहाँ शरीर सोचना सिखाता है और सोच शरीर को परिलक्षित करती है, उसको चलाती है। संक्षेप में कहें तो अपने समूचे कार्यजीवन में मेयरहोल्ड ने अभिनेता के शरीर (उसकी क्रियाशीलता) और मस्तिष्क (उसके सोचने की क्षमता) को प्रशिक्षित करने की दिशा में काम किया। यही उनके रंगमंच की समूची खोज कही जा सकती है, जिसे रंगमंच पर प्रयोग में लाया जाना है। उनका यह प्रयोग ऊपरी यथार्थ को दिखाने मात्र के लिए नहीं है बल्कि गहरी रंगमंचीयता के लिए है। मेयरहोल्ड प्रशिक्षण को रंगमंच में अनिवार्य मानते हैं। उनका रंगमंच इसी पर आधारित कहा जा सकता है। इस प्रशिक्षण का सारतत्व अभिनेता की सोच को विकसित करने की क्षमता में छिपा है। उनका चिरपरिचित वक्तव्य इसकी पुष्टि करता है :

"प्रशिक्षण! प्रशिक्षण! प्रशिक्षण! लेकिन यह कैसा प्रशिक्षण है जो केवल शरीर की कसरत कराता है, मस्तिष्क की नहीं, तब तो यह नहीं चाहिए। शुक्रिया, मैं उन अभिनेताओं को कैसे पसन्द करूँ जो यह तो जानते हैं कि शरीर का गति संचालन कैसे किया जाता है, पर यह नहीं जानते कि उसको लेकर सोचना कैसे है।"

उनकी यह सोच जिस तरह सामने आती है वह ठेठ रूसी अन्दाज़ है, जिसे सब जीवयान्त्रिकी (बायोमैकेनिक्स) के नाम से जानते हैं। यह मेयरहोल्ड के रंगमंच की वह खोज है, जिस पर उनका प्रयोगवादी शैलीबद्ध रंगमंच और अभिनय स्वरूप कार्य करता नज़र आता है। उनका अभिनेता जीवयांत्रिक है अर्थात् ऐसा शिल्पकार जो एक यंत्रकार भी है और अपने शरीर की कार्यक्षमता को यांत्रिक ढंग से देखता है और

कार्य के दौरान उसको ऐसी गतियाँ देता है कि उसका शरीर तात्कालिक ढंग से कार्य करता है और शरीर की यह तात्कालिकता उसको (उसके अभिनय को) रंगमंचीयता देती है।

बायोमैकेनिक्स की शुरुआत शरीर के अभ्यास से शुरू होती है जिसे मेयरहोल्ड ने अपनी तरह से विस्तार दिया है। यहाँ इसे हम दो भागों में बाँटकर समझ सकते हैं। पहला शारीरिक अभ्यास का गतिसंचालन और दूसरा लघु संरचनाओं (ऐत्यूद) द्वारा उसको प्रासंगिक विस्तार देना। इसे मेयरहोल्ड ने बाद में अपनी अभिनय दृश्यबन्ध की संरचना में भी आगे बढ़ाया है। यह एक तरह का अभ्यास-अंश है, जो अभिनेता (मंच पर पेश करनेवाला) को विकसित करने की तकनीक को आगे ले जाता है। मूल फ्रेंच का यह शब्द इम्प्रोवाइजेशन के नज़दीक पड़ता है, पर यहाँ यह अपने विशिष्ट रूप में कार्य करता है। मेयरहोल्ड ने इसे शारीरिक अभ्यास के साथ जोड़कर देखा है और छोटे-छोटे कार्य अंश इस पर आधारित किए हैं।

इसका पहला भाग क़वायद और शारीरिक प्रशिक्षण के साथ शुरू होता है। इसमें शरीर के अंगों को शारीरिक गतियों के साथ चलाया जाता है। अंगों के विभिन्न जोड़ों को संचालित करने का अभ्यास कराया जाता है, जैसे कंधे, कोहनियाँ, कलाइयाँ, हाथ, उँगलियाँ, जो क्रमिक रूप से एक-दूसरे से जुड़ी हैं। इसी तरह रीढ़ की हड्डी से जुड़े कूल्हे, फिर घुटनों की हड्डियाँ, एड़ी और पंजों को मिलाकर पाँव को चलाना, अर्थात् शरीर के अंगों को लचीले ढंग से ताल के साथ चलाया जाता है। इसमें शरीर की समझ उसको फुर्ती से, सजगता के साथ काम में लाना और लगातार तालबद्ध स्थिति में शरीर को लेकर काम करना, उसको झटका देना, गति देना, कसना ताकि मांसपेशियों में तनाव और आराम को ज़रूरत के हिसाब से संचालित किया जा सके। यहाँ पाठ का वाचन भी शरीर की तालबद्धता से संचालित है। संवाद भी शरीर की क्रिया के साथ गतिवान होंगे और वे अनुकूल और प्रतिकूल—दोनों स्थितियों में काम करेंगे। इसी के साथ हैं सर्कस की कलाबाज़ियाँ, शरीर का गतिसंचालन, तीर चलाने के शारीरिक अभ्यास, नकली लड़ाइयाँ, बॉक्सिंग, थ्रोइंग, नकली छुरेबाजी के अभ्यास, लाठी को मुट्ठी से पकड़ना। यहाँ एक अभिनेता दूसरे अभिनेता के शरीर भार से भलीभाँति परिचित हैं; एक-दूसरे को कई तरह से उठाते हैं। एक तरफ़ वे लघुसंरचनाओं में अभ्यास संरचना के लिए पारम्परिक कलाओं के तत्त्व उठाते हैं, *कॉमेदिया देल आर्ते* से अन्दाज़ और अभ्यास ग्रहण करते हैं तो दूसरी तरफ़ एलिजाबेथ युग की मंचीय शैली और नाट्यतत्त्वों को इसमें स्थान मिलता है। इसी के साथ पूर्वी रंगमंच की पारम्परिक नृत्यगतियाँ भी इसमें आती हैं। *कॉमेदिया देल आर्ते* के तयशुदा चरित्र, उनका तयशुदा अन्दाज़ और शेक्सपीयरकालीन मेलोड्रामेटिक दृश्यों के प्रभाव को जोड़कर वे अपने अभिनेताओं को प्रशिक्षित करते हैं। संक्षेप में कहें तो जीवयान्त्रिकी (बायोमैकेनिक्स) अभिनय-प्रशिक्षण की ऐसी पद्धति है, जिसे

रंगमंच में मेयरहोल्ड ने अक्तूबर क्रान्ति के कुछ दिन बाद एक युक्ति के रूप में प्रयोग किया। बीस और तीस के दौर में इसके महत्त्व को बड़े पैमाने पर स्वीकार किया गया। इसको पूर्णतया समझने और विस्तार देने का काम मेयरहोल्ड के साथ लगातार चलता रहा। मेयरहोल्ड एक क्रियाशील प्रशिक्षक थे। उनके कार्य करने की क्षमता अद्भुत थी। जटिल से जटिल विचारों को सुलझाने के तरीक़े एक झटके से बिजली की कौंध की तरह उनके मस्तिष्क में आते, वे ख़ुद मंच पर चले आते और करके दिखाते। रिहर्सल के दौरान वे कभी कुर्सी-मेज़ के पास शान्ति से बैठे नहीं दिखते थे। काम करनेवालों को हैरानी होती कि कैसे वे बार-बार मंच पर आकर बिना रुके बताते रहते हैं, रिहर्सल में हमेशा शक्ति का घेरा बनाए रखते हैं, कितनी भी सर्दी हो वे आते ही अपना कोट उतार देते और कितनी भी देर अभ्यास चले, वे तत्परता से काम करते रहते। उनकी नज़र हमेशा अभिनेता पर रहती। वे उनके लिए हमेशा कुछ भी करने को तैयार रहते। उनके स्नातकों में इरास्ट गारिन ने अपने शिष्यों का निरीक्षण करते हुए इस ग्रेट मास्टर का एक अविस्मरणीय चित्र अंकित किया है :

> *"एक हरे फ़ौजी लबादे के साथ वे दरवाज़े पर प्रकट होते, लबादा जो कि उनके कंधे पर लापरवाही से पड़ा होता...यह स्टूडियो कभी भी ठीक तरह गरम नहीं होता, लेकिन हम युवा थे और शक्तिवर्धक व्यायाम करते थे, इसलिए हमने कभी इसकी परवाह नहीं की। मेयरहोल्ड टाइलवाली अँगीठी के पास बैठे रहते जो धुआँ देती रहती...और हमें निहारा करते, जैसे कि वह हममें से हरेक का अध्ययन कर रहे हों।"*

वह युग-संधि का वह दौर था, जब प्रतीकवाद-अवाँगार्द साहित्य और कला को प्रभावित कर रहा था। रूस में, विशेषकर क्रान्ति के बाद, सोवियत गणराज्य के नवनिर्माण का दौर था। पूँजीवादी व्यवस्था ने सामंती ढाँचों को लगभग उखाड़ फेंका था। सामाजिक बुर्जुआ जीवन भी इसकी आलोचना से बचा न रह गया था। ऐसे में मेयरहोल्ड ने प्रतीकवादी नाटक को काव्यमय वातावरण के चित्रण से निकालकर शैलीबद्धता का जामा पहनाया।

बायोमैकेनिक्स यानी जीवयान्त्रिकी का सम्बन्ध शरीर की प्रौद्योगिकी से है। निर्माणवादी युग में ये अभिनेता को शारीरिक रूप से ठोस अभिव्यक्ति की तरफ़ ले जाता है। अभिनेता के पास शरीर है, जो निर्माण कर सकता है, मंचीय ढाँचे को आकार दे सकता है। स्तानिस्लाव्स्की से अलग होने के बाद एक प्रश्न उनके सामने था—थिएटर में थिएट्रिकल क्या है? वह अपने काम के लिए ऐसी पद्धति चाहते थे जो सभी शैलियों का सामना कर सके। उसी पद्धति की तलाश में मेयरहोल्ड ने दोनों दिशाओं मे प्रशिक्षण-प्रयोग किए—एक तरफ़ जीवयान्त्रिकी की क्रियाएँ, दूसरी तरफ़ पारम्परिक और शास्त्रीय नाटकों के तत्त्व तथा जनजीवन में समाई दूसरी लोक कलाएँ। अगर देखा जाए तो ये सब एक-दूसरे से इतनी आसानी से मिलनेवाले तत्त्व

नहीं दिखते, पर मेयरहोल्ड की विशुद्ध प्रयोगवादी शैली इनके बीच समन्वय तलाश करती है।

ऐसी स्थिति में अभिनेता के लिए मेयरहोल्ड शैलियों को अपना मंचीय आधार बनाते हैं और अपने जीवयान्त्रिक अभ्यास को उसके साथ जोड़कर देखते हैं। प्रहसन, ट्रेजेडी, मेलोड्रामा, मूक अभिनय, सर्कस जैसी करतबी शैली। पर जिन विधाओं में उनकी रुचि थी वे कठोर और लम्बे प्रशिक्षण की माँग करती थीं। उनका मानना था कि एक अभिनेता को ठीक उसी प्रकार अध्ययन करना चाहिए जैसा एक वॉयलिन-वादक करता है—सात से लेकर नौ वर्षों तक। तीन से चार वर्षों में आप अभिनेता नहीं बन सकते।

मेयरहोल्ड प्रशिक्षण और मंचीयता—दोनों को एक साथ लेकर चलते हैं। उसके लिए वह परम्परागत तरीक़ों को एक नया रूप देते हैं, रंगमंच की कला को बदलते नज़रिए के साथ देखते हैं। उनका मानना था कि रंगमंच की कला बदलते नज़रिए के साथ विकसित होती है। रंगमंच के प्रारम्भिक प्रचलन कभी नहीं बदलते हैं। उनकी अभिव्यक्ति और आशय समय के साथ ज़रूर बदलते हैं। यह बदलाव दिखाई देता है युग से जुड़े चरित्र के साथ, उसके विचारों के साथ, मनोविज्ञान, तकनीक, शिल्प और स्थापत्य, स्वर ताल और बन्दिशों के साथ। "मैं यूरीपिडीज और एरिस्टोफिनीज के समय के दर्शकों के विषय में सोचता हूँ तो हमारे जाने-माने अभिनेता भी उस युग में प्रतिभाहीन लगने लगेंगे। हर युग की अपनी रस्में और अवधारणाएँ होती हैं, जिनको समझने के लिए उनको परखना होता है, पर हमें यह भी नहीं भूलना चाहिए कि परिपाटी बदलती है, परम्पराएँ टूटती हैं।" यहाँ यह बात भी विचार योग्य है कि वे प्रशिक्षण और रंगमंचीय होने के साथ-साथ कार्यपद्धति को निर्धारित करने के लिए कुछ ठोस विचारतत्त्व भी लेकर आते हैं। कला के सर्जन को लेकर उनकी सोच रचनावादी के साथ-साथ विकासवादी भी है। उनका मानना था कि प्रत्येक कला अपने स्वयं के उपादानों का संघटन है। उन्होंने ज़ोर देकर कहा कि अपने उपादानों को संघटित करने के लिए एक अभिनेता को तकनीकी संसाधनों का विशाल संचय अपने भीतर रखना होगा। इस आवश्यकता का कारण यह है कि दूसरे कलाकारों से अलग अभिनेता एक ही समय में उपादान और संघटक दोनों है, अर्थात् वही करनेवाला है, वही उसको जोड़नेवाला है और वही उसका माध्यम भी है।

मेयरहोल्ड ने इसे बीजगणित के सूत्र के रूप में इस प्रकार रखा है : ($अ = ब_1 + ब_2$) यहाँ $अ$ = अभिनेता, $ब_1$ = उपादान का संघटक और $ब_2$ = उपादान है। इसलिए अभिनेता को कार्यव्यापार (गति संचालन) करने और उसको लेकर विचार कर पाने में सक्षम होना चाहिए।

लेकिन यह अभिनेता क्या और कैसे सोचता है? क्या वह हमेशा भूमिका के साथ तादात्म्य स्थापित करने के लिए ही है? यह आश्चर्य करते हुए कि पात्र क्या अनुभव

कर रहा है अथवा अपनी इच्छाओं को पहचानने का क्या प्रयास कर रहा है, उलटे अभिनेता का मस्तिष्क उस क्षण के भौतिक प्रतिपादन (काम को शरीर के माध्यम से करके दिखाना) का निर्माण करने के लिए है। मेयरहोल्ड के सर्वाधिक प्रभावशाली अभिनेताओं में से एक ईगर इल्यिन्स्की ने अंकित किया है, "यदि शारीरिक रूप ठीक है, तो भूमिका का आधार, बातचीत का लहज़ा और भावावेग भी उसी तरह ठीक होंगे, क्योंकि वे शरीर की तय करने की क्षमता द्वारा निर्धारित होते हैं।" मेयरहोल्ड के काम से प्रेरणा लेनेवाले फ़िल्मकार सेर्गेई आइन्स्टाइन भी इससे सहमत थे। मनोभाव का स्पन्दन विशेष रूप से स्थिति का परिणाम है। यह बरताव की गुणवत्ता और उसके उपादान के प्रशिक्षण और उसके परिणाम के रूप में प्रकट होता है, जो अभिनेता की दोगुनी कार्यक्षमता को दर्शाता है। इसलिए मेयरहोल्ड ने प्रशिक्षण के दौरान अभिनेता के साथ काम करते हुए स्पेस में अभिनेता के शरीर को ढाला और उसे एक नाटकीय कार्य व्यापार दिया जिसे एक तरह से हम *सीनिक मूवमेंट* भी कह सकते हैं, जो आगे चलकर मेयरहोल्ड के अभिनय दृश्यबन्ध (मीज़ों-सेन) का एक अभिन्न अंग बना और जब उदाहरण के लिए *कामेदिया देल आर्त* की गतियों और चरित्र अन्दाज़ इसके साथ जुड़े तो अभिनय में पेशकारी को महत्त्व मिलता दिखाई दिया। ऐसे में यह एक नई स्थिति सामने आई कि तुम्हें अभिनय करना है, तो ज़रूरी नहीं कि तुम अनुभव करो। अनुभव उसमें क्रियाशील रूप में नज़र आना चाहिए, तुम्हें केवल अभिनय करना है, सिर्फ़ अभिनय।

ब्रितानी अभिनेता जेनाथन पिचेस ने रूसी जीवयांत्रिक मास्टर से अभ्यास सीखने के दौरान जब उनसे अपने अनुभव लिखने को कहा तो उन्होंने कुछ इस तरह कहा, "जीवयान्त्रिकी को व्यवहार में लाते समय उसे समझना भी होता है...लगातार बारीक़ी से अभ्यास करते हुए मैंने एक अतिसंवेदनशीलता विकसित की, मैंने ध्यान दिया कि कौन-सा पाँव आगे बढ़ रहा था, अभिनेता का वज़न कहाँ स्थित था; मैंने प्रत्येक व्यापार को लयात्मक पैटर्न में देखा।"

ऐसे में जीवयांत्रिकी (बॉयोमैकेनिक्स) यादृच्छिक (निरुद्देश्य, यों ही उपजी) नहीं है। इसे अभिनेता की ज़रूरत के रूप में देखा जाना चाहिए। इसमें प्रशिक्षण प्रणाली निहित है, जो अभिनेता को 1. सन्तुलन (शारीरिक नियन्त्रण), 2. लयात्मक जागरूकता, जो स्थानिक भी है और पार्थिव भी, 3. साथी के प्रति जवाबदेही, अर्थात् दर्शकों के प्रति, दूसरे बाहरी संसाधनों के प्रति प्रतिक्रियाशीलता की ज़रूरत में इसे देखा जाना चाहिए। ऐसे में जीवयान्त्रिकी को अभिनय की शारीरिक क्रियात्मकता की उपयुक्त और सुनिश्चित गतियों के साथ देखना होगा और शरीर के विराम के क्षणों की अर्थपूर्णता को भी स्थापित करना होगा।

जीवयान्त्रिकी, जैसे कि पहले भी कहा गया है, ऐसी व्यवस्था है जिसका सम्बन्ध शरीर की प्रौद्योगिकी से है। और अगर हम इसे मेयरहोल्ड के अन्दाज़ में देखें तो यह

क्रान्ति के बाद उनके रंगमंच में आया ऐसा प्रशिक्षणात्मक तत्त्व है जिसमें अभिनेता की शारीरिक कार्यक्षमता को क्रियात्मक रूप में जगाते हुए उसे एक शैलीबद्धता के साथ पेश किया गया है।

एक ओर हम शारीरिक व्यायाम, पारम्परिक कलाओं में इसके स्रोत देखते हैं तो दूसरी ओर पूँजीवाद से जन्मी औद्योगिक व्यवस्था में शोषण के ख़िलाफ़ उभरती श्रमिक जागरूकता और उनकी कार्यकुशलता और दक्षता की पहचान और मान्यता को भी इसमें देखना होगा क्योंकि मेयरहोल्ड की जीवयान्त्रिकी की विकासशीलता श्रमिक जागरूकता और कार्यक्षमता की कुशलता की भी देन है।

अमरीकी खोजकर्ता फ्रेडरिक विंडो टेलर (1856-1915) ने सबसे पहले वैज्ञानिक प्रबन्ध-व्यवस्था को सामने रखा था। बाद में यूरोप भर में 1910-1918 के दौरान इसे मान्यता मिली। लेनिन तक को टेलर के विचारों के सामने झुककर मानना पड़ा कि पूँजीवादी दौर की व्यवस्था उपलब्धियों के नाम पर अपने उद्देश्य और कार्यरूप में कहाँ तक निर्दयी और शोषण करनेवाली हो सकती है। रूसी औद्योगिक प्रतियोगिता की होड़ में, काम की बढ़त में उत्पादन पर मिलनेवाले लाभ ने बड़े क्रांतिकारी ढंग से प्रभावित किया था। ऐसे में यह भी सच है कि कामगारों की शारीरिक क्षमता के महत्त्व को किसी कारख़ाने में, जहाँ तक लागत का प्रश्न है, उनके श्रम को सबसे कमतर करके आँका जाता रहा है, जबकि कामगार को निरन्तर शारीरिक क्रियाओं के दबाव में अत्यधिक जागरूकता और निर्णय की स्थिति में हमेशा रहना होता है। देखा गया है कि कामगार को जब किसी एक निश्चित विभाग में काम दिया जाता है, तो उस स्थिति में उसकी मांसपेशियों पर लगातार पड़नेवाला दबाव उसकी कार्यक्षमता को दबाता रहता है। वह यान्त्रिक होने लगता है क्योंकि यह कार्यक्षमता की जागरूकता से परिचित नहीं होता। ऐसे में टेलर ने यहाँ एक गहरा विश्लेषण सामने रखा—प्रत्येक शारीरिक कार्य में प्रयोग होनेवाले श्रम, कार्यक्षमता और गतिशीलता को निश्चितता और सुनिश्चितता के साथ सामने रखा। काम के दौरान प्रत्येक सेकंड शारीरिक क्रिया कैसे काम करती है, इस क्षमता को उसने मापा और इस तरह प्रत्येक काम के दौरान अत्यधिक क्षमतावान क्रियाओं और चेष्टाओं की खोज की और अपने इस अध्ययन को उसने मोशन इकॉनोमी (गतिक्षमता अर्थनीति) नाम दिया। आगे इसे काम की प्रक्रिया से जोड़ते हुए गति और विराम के साथ कामगारों की क्षमता और मांसपेशियों का तनाव और शिथिलता उनका अपना विश्राम आदि सबको मान्यता दिलाई ताकि उन पर पड़नेवाला दबाव और तनाव उनको शोषित स्थितियों में ना धकेल सके। आगे चलकर इस कार्यक्षमता को निर्णायक विश्लेषण के साथ और भी गुणात्मक स्थिति में देखा-परखा गया और जीव (श्रमिक) तत्त्व की यान्त्रिकता को मान्यता के अर्थों में देखा गया। जीवयान्त्रिकी ने टेलर द्वारा खोजी गई कार्यक्षमताओं को अपने काम में जोड़ लिया।

1. हाथों की आरामदेह और घुमाववाली क्रियाओं से सीधी रेखा में चलनेवाली क्रियाएँ, जिनमें अलग-अलग दिशाओं में अचानक और तेज़ परिवर्तन होते हैं, ज़्यादा बेहतर हैं।
2. दोनों हाथों की क्रियाएँ एक साथ शुरू होकर एक ही साथ ख़त्म होनी चाहिए।
3. दोनों हाथ, एक साथ, एक ही समय पर खाली नहीं रहने चाहिए, सिवाय कार्य की रुकावटों के।
4. हाथों की क्रियाएँ विपरीत और सन्तुलित दिशाओं में होनी चाहिएँ, पर वे एक साथ होनी चाहिएँ।
5. हाथों और शरीर की क्रियाओं को उन्हीं मांसपेशियों के साथ समन्वित करना चाहिए जो कम-से-कम थकती हों (आमतौर पर उंगलियाँ, कोहनी और कंधा)।
6. वे क्रियाएँ जिनमें सकारात्मक रूप से मांसपेशियों का सिकुड़ना होता है, तेज़ी से काम करती हैं और उसके मुक़ाबले प्रतिद्वन्द्वी मांसपेशियों द्वारा की गई क्रियाओं से ज़्यादा सही होती हैं।
7. लयबद्ध क्रियाएँ आमतौर पर सबसे ज़्यादा प्रभावशाली होती हैं।

मेयरहोल्ड बड़े सार्थक और ऊर्जावान तरीक़े से टेलरवाद के दौरान विकसित हुए इन नियमों को लेते हैं और अभिनेता में अपने शरीर की कार्यक्षमता के प्रति एक सटीक आँख पैदा करते हैं। इस तरह शारीरिक क्रियाओं की यान्त्रिकी को रंगमंचीय अर्थ देते हैं और बायोमैकेनिक्स के व्यायाम को आगे चलकर एक क्रमिक विकास मिलता है। वे इन्हें शारीरिक व्यायामों में ढालते हैं, जैसे व्यायाम के बीच पत्थर फेंकना, नकली चाकू मारने की गतियाँ, चाँटा मारना, साथी अभिनेता के सीने पर उछलकर चढ़ना; इसी के साथ गिरना, कूदना, दौड़ना, छलाँग लगाना, ताली के साथ झटके से मूवमेंट करना, फिर झटके से थिर होना और उसी के साथ अतिरंजित शारीरिक स्थितियाँ प्रस्तुत करना, शारीरिक दृढ़ता के साथ अभ्यास के दौरान अवस्थित स्थिति से अपने गुरुत्व केन्द्र की तरफ़ लौटना, गति संचालन करते हुए छोटे-छोटे क्रियात्मक टुकड़े बनाना, जैसे शरीर के निचले हिस्से के गति संचालन को शरीर के ऊपरी हिस्से के गति संचालन के साथ जोड़ते हुए शरीर को एक प्रतीकात्मक स्थिति में लाना; बार-बार अपने शरीर के सन्तुलन की जाँच करना, विशेषकर जब कूदने, फाँदने, दौड़ने, गिरने से जुड़े व्यायाम कर रहे हों।

इस तरह अभिनेता जोनाथन पिचेस ने पाया कि जीवयान्त्रिक व्यायामों ने स्थानिक जागरूकता और सामूहिक प्रभाव विकसित किया है; विशेषकर यह दिखाते हुए कि यह शारीरिक क्रियात्मकता का परिणाम है, जो सामूहिक सहयोगी कार्यव्यापार पर ज़ोर देते हुए आग्रह करता है कि सामूहिक प्रभाव का प्रत्येक तत्त्व तीव्र एकाग्रता

के साथ साझेदारी करते हुए साथ आता चले, साथ ही वह प्रत्येक व्यक्ति के अनूठे व्यक्तित्व की छाप को मंच पर एक भौतिक शरीर के रूप में क़ायम रखता है। ऐसे में तब तक कोई प्रगति नहीं हो सकती जब तक प्रत्येक व्यक्ति उपयुक्त लय न प्राप्त कर ले और प्रत्येक कार्यव्यापार में निहित दक्षता हासिल न कर ले। यह सामूहिक प्रभाव, साझे प्रयास के प्रभाव से बँधा है जो कि क्राम के दौरान एक विनम्रता को जन्म देता है, जहाँ मंच पर सब बराबर की कार्यक्षमता में प्रस्तुत होते हैं। ये बड़े दावे हैं, लेकिन मेयरहोल्ड द्वारा प्रस्तावित व्यायामों और लघुसंरचनाओं (एत्यूद) का विस्तार से परीक्षण करने पर और उनको प्रदर्शन या अभिनय से जोड़ने पर, यह सम्भव है कि हमें उन्हें न्यायोचित ठहराने में पूरी तरह सक्षम हो सकें।

उनका मानना था कि जीवयान्त्रिकी के विकास में जो बारह-तेरह नियम बनते नज़र आते हैं, वे अभिनेता के प्रशिक्षण की दिशा में सहायक हो सकते हैं। लेकिन उन पर व्यवस्थित तरीक़े से काम करने पर मुख्य रूप से सात-आठ ऐसे 'एत्यूद' हैं, जो बार-बार जुड़ते नज़र आते हैं, जिनमें शारीरिक व्यायाम की गतियाँ, पारम्परिक रंगमंच के तत्त्व, *कोमेदिया देल आर्त* की चरित्र स्थितियाँ और उनकी अदायगी, अतिनाटक के अभिनय दृश्यबन्ध और मूकाभिनय की स्थितियाँ और सोलहवीं से अठारहवीं शताब्दी तक विकसित लोकपरम्पराओं की झलक स्पष्ट देखी जा सकती है।

मेयरहोल्ड ने अपने रंगमंच की इस शैली को अपनी समाजवादी सोच के आधार पर बाद में और भी विकसित किया और अक्तूबर क्रान्ति के बाद इसे राष्ट्र-निर्माण की सोच के साथ जोड़कर देखा। बुर्जुआ बौद्धिक रंगमंच के प्रति उनके असन्तोष ने उनको इस बात पर गहराई से सोचने पर विवश किया कि आख़िर उस दौर के रंगमंच का वास्तव में उद्देश्य क्या होना चाहिए : एक ऐसा रंगमंच, जिसका मक़सद लोगों को शिक्षित करना, उनके समाजवादी नज़रिए को आगे ले जाना है, ताकि वे उभरते रूसी निर्माणवादी युग में भागीदारी कर सकें। ऐसे में मेयरहोल्ड निर्माणवाद शैली की सब पुरानी परम्पराओं को जोड़कर सजीव शैलीबद्ध रंगमंच रचते नज़र आते हैं। दृश्यों को विकसित करने की उनकी 'एत्यूद' युक्त शैली उनको एक ग़ज़ब का आत्मविश्वास देती दिखाई देती है। वह अपनी रिहर्सल को हमेशा जीवन्त, हर क्षण उत्तेजना से भरी शक्ति के साथ लेकर चले। वे हमेशा तत्काल करने में विश्वास रखनेवाले निर्देशक थे। उनके पास चलती रिहर्सल में आनेवाली रुकावटों को सुझाने के तत्काल तरीक़े थे और वे उन्हें उसी क्षण रिहर्सल के बीच ढूँढ़ते थे। शरीर की क्रियाशीलता और उस पर सोच का अर्थ, इनको मिलाकर वह एक तीसरी अभिव्यक्ति बनाते थे, जो अपने में स्वतन्त्र अर्थ होती थी। उनके औज़ार व्यंग्ययुक्त थे, उनमें प्रहसन कॉमेडी व्यंग्य भरे मज़ाक, कार्टून युक्त चाल-चलन, फ़ार्सीकल शैली में ऐसी दृश्यावली होती कि उनका नज़रिया साफ़ निकलकर आता और उनका असर इतनी

सच्चाई के साथ सामने आता कि बुर्जुआ सोच का खोखलापन साफ़-साफ़ दिखने लगता। ऊपर से समाजवादी दिखनेवाली व्यवस्था भी तो उसी बुर्जुआ व्यवस्था की देन थी। वहाँ भी तो उसी समाज से आए लोग थे, उनकी भी तो वही अवसरवादी सोच थी। ऐसे में उनको मेयरहोल्ड का रंगमंच आक्रामक लगता, उन्हें अपनी चूलें हिलती नज़र आती थीं, जिसका परिणाम यह हुआ कि उनके रंगमंच को आलोचनाओं के सीधे प्रहार और आरोप सहने पड़े और देखते-ही-देखते उनके रंगमंच का तथाकथित कलावादियों के बीच जमकर विरोध होने लगा। इस पर तमाम विरोध के बावजूद मेयरहोल्ड अपने रंगमंच की एक स्वतन्त्र पहचान बनाने में कामयाब रहे। इसके पीछे एक शक्ति थी, जो मेयरहोल्ड की सदैव प्रेरणा रही। वह थी—रंगमंच के प्रति उनका निष्ठावान समर्पण और अद्‌भुत निर्देशकीय कौशल, जो हमेशा उनको निर्भीकता से अपने रास्ते पर चलाता रहा। मेयरहोल्ड के कथन भी उनके रंगमंच की तरह उनकी सोच को बड़े प्रभावी रूप में सामने रखते हैं। वे कहते हैं "मैं नाटक को मंचित करने से पहले उस नाटक को कई रूपों में सोचता हूँ, तब मुझमें उसको मंचित करने की तत्परता स्वयं ही आ जाती है। एक निर्देशक का काम पूर्ण समर्पण का काम है। उसे एक नाटककार भी होना चाहिए, अभिनेता भी, चित्रकार भी, संगीतवादक और इलेक्ट्रीशियन भी। मैं तो कहता हूँ उसे दर्जी और बढ़ई का भी काम कुछ हद तक आना चाहिए।" मेयरहोल्ड लिखे नाटक को गहराई में जाकर पकड़ने में विश्वास करते थे। उनका मानना था, "एक निर्देशक की अनुभवहीनता तब साफ़ दिखाई देती है, जब वह सही विवरण पर ध्यान देने से चूक जाता है। अगर तुम ठीक से नहीं समझ सकते तो दर्शक उसे कैसे समझ सकता है? वह या तो बैठा अनुमान लगाएगा या फिर उठकर चल देगा।" वह अभिनेता और निर्देशक के बीच के सम्बन्ध को मंच पर काम करते हुए सुलझाना पसन्द करते थे। वह कहते थे कि बतौर निर्देशक मैं मेज़ पर बैठकर काम करना पसन्द नहीं करता। मेज़ पर तो अभिनेता और निर्देशक के बीच समझौता हो सकता है। तुम्हें हर पहलू की शुरुआत हमेशा नए तरीक़े से काम करके करनी चाहिए। पर अफ़सोस, इसके लिए हमेशा सबसे कम समय मिलता है क्योंकि सारा समय तो विचार-विमर्श में निकल जाता है और व्यवस्थापक भी आपको सोचसमझ कर काम कहाँ करने देते हैं क्योंकि उनको हमेशा प्रदर्शन की जल्दी होती है। उन्होंने भी कहा है कि "अभिनेता और निर्देशक के बीच आदान-प्रदान का रिश्ता होना चाहिए। ऐसे में रिहर्सल के दौरान रचनात्मक वादविवाद से डरना नहीं चाहिए। यहाँ तक कि अगर मुक्केबाजी भी हो तो कोई बात नहीं, बात स्पष्ट होनी चाहिए। निर्देशक की ताक़त प्रस्तुति के भविष्य में होती है। इस लिहाज़ से उसे अभिनेता से अपना अन्तर बनाए रखना है। निर्देशक काम के भविष्य को जानता है और वही पूरी स्थिति के लिए ज़िम्मेदार है। वह अभिनेता से ज़्यादा प्रभावी होता है। इसलिए उसे वाद-विवाद से घबराना नहीं चाहिए। एक निर्देशक को काम

की पूरी योजना अच्छी तरह मालूम होनी चाहिए, आरम्भ से अन्त तक। प्रायः कुछ निर्देशक अपनी आरम्भिक योजना को लेकर आँखें मूँदे रहते हैं और उनको प्रायः पता नहीं होता कि रिहर्सल के दौरान अचानक उत्पन्न किसी स्थिति को वह कैसे काम के साथ जोड़ें; उसे स्थगित करने की बजाय उसको अपने काम के साथ कैसे जोड़ें। दरअसल यही वह मौक़ा होता है जो उन्हें एकदम नए काम के लिए उकसा सकता है और बतौर निर्देशक उन्हें पता होना चाहिए कि उसका फ़ायदा कैसे उठाया जाए।''

मेयरहोल्ड थिएटर में रिहर्सल का विशेष महत्त्व है। वह हमेशा नई-नई स्थितियाँ खोजते, उनको परखते, वहाँ उनकी निर्देशकीय समझ काम करती है, वह रिहर्सल में हमेशा सक्रियता बनाए रखते; वह कहते, ''अगर कोई दृश्य रिहर्सल के दौरान नीचे चला जाता है तो सबसे पहले तुम कल्पना का सहारा लो और सोचो कि कल्पना में उसे किस तरह तैयार किया था। अनुभव इस सच्चाई में नहीं है कि तुमने कोशिश की और उसे कर लिया। अनुभव इसमें है कि तुम उसे तब तैयार कर सको जब तुम अपने साथ थे, अकेले में।''

मेयरहोल्ड अपने शैलीबद्ध रंगमंच के लिए हमेशा क्लासिक चुनते, उन्हें प्रसंगों में बाँटते, उनकी फिर से बिलकुल स्वतन्त्र, एकदम विलक्षण संरचना करते। उन पर आरोप लगाया जाता कि वह समकालीन रूसी नाटक क्यों नहीं चुनते। उनकी समझ हमेशा चुने नाटकों को आज के परिवेश के साथ जोड़कर देखती। अपने एक साक्षात्कार में उन्होंने अपनी बात रखी, ''आज के नाटकों में ऐसी भाषा नज़र नहीं आती जिसकी अपनी सोच, अपना नज़रिया हो। नाटकीय संरचना और विषयवस्तु में वो सब कुछ होता है जो अभिनेता की संभाषण शक्ति को कमज़ोर बनाता है और दयनीय और घिसे-पिटे अभिनय का कारण बनता है। रंगमंचीय प्रदर्शन कल और आनेवाले कल से नहीं जाना जाता है; वह आज की कला है। इसी घंटे, इसी मिनट, इसी क्षण की। बीता कल रंगमंच की परम्परा हो सकता है; वह आख्यान है; नाटक की इबारत है, आने वाला कल हर कलाकार का सपना होता है। लेकिन उसकी सच्चाई, वह तो सिर्फ़ आज में है।''

मेयरहोल्ड मंचदृश्य संरचना को अभिनय दृश्यबन्ध 'मीस आँ सीन' की तरह देखते थे। उनमें वह छोटे-छोटे 'एत्यूदों' को विकसित करते, जीवयान्त्रिकी जोड़ते और अतिनाटकीय प्रभाव को जैसे कलात्मकता देते और इस प्रकार अभिनय दृश्यबन्ध नाटक की अभिन्न इकाई बन जाता। उनका कहना था कि अभिनय दृश्यबन्ध कलाकारों को एक स्थायी व्यवस्था में खड़ा कर देना नहीं है। वह एक प्रक्रिया है। समय और स्थान के साथ समय का स्थान पर प्रभाव। मंच पर रखी वस्तुओं और उनके विविध प्रभावों के साथ समय के तत्त्व का भी अपना महत्त्व है, जो ताल और संगीत से जुड़ा है। मेयरहोल्ड अभिनय दृश्यबन्ध को उसकी आन्तरिक शक्ति और उसकी आन्तरिक लय के साथ देखते थे, न कि उसकी बाहरी बनावट के साथ।

उनका मानना था कि "जब तुम एक पुल की बनावट को देखते हो तो तुम एक उछाल को धातु में ढला देखते हो। यह एक सतत् प्रक्रिया है, जिसने पुल को बनाया है न कि बनावट में दिखाई देनेवाली स्थिर व्यवस्था ने। पुल में मौजूद गतिशील तनाव ही उसकी मुख्य अवस्था है, न कि वह सजावट और चमक-दमक जो उसकी रेलिंग को सजाती है। यही सच्चाई अभिनय दृश्यबन्ध की भी है। अभिनय अगर एक धुन है, तो अभिनय दृश्यबन्ध उसका सुरीलापन।"

मेयरहोल्ड इस बात को समझते थे कि अपने स्वभाव के लिए उनकी आलोचना की जाती है; वे अपनी खोज और उपलब्धियों को विकसित नहीं करते बल्कि हर बार नए काम को जल्दबाजी में शुरू कर देते हैं। लेकिन उनका मानना था कि "पहली बात तो यह है कि ज़िन्दगी में समय कम है और अगर व्यक्ति अपने को दोहराता है तो बहुत कुछ नया कर पाने में सफल नहीं हो पाता।" लोग ऊपरी दृष्टि से देखने पर उनके काम में 'केयोस' देखते थे, लेकिन उनके बारे में मेयरहोल्ड का विचार था कि उनको समझना चाहिए कि हम रंगमंच के अलग-अलग तत्त्वों को समय और किसी खोजे गए नए सिद्धान्त के साथ रखकर देखते हैं। फिर बहुत कुछ लेखक की शैली और मौजूदा मक़सद पर भी निर्भर करता है। प्रायः शैलीबद्ध और यथार्थवादी अभिनय के रास्ते अलग-अलग नज़र आते हैं। हमारा रंगमंच शैलीबद्ध यथार्थवादी रंगमंच है, इसलिए हमारे प्रयोग दोनों के बीच से होकर अपना रास्ता बनाते हैं। रिनेसां के पुरोधाओं के जीवनीकार जियॉर्जियो वसारी एक कलाकार की उच्चतम उपलब्धि के लिए कहे गए शब्दों को उद्धृत करते हुए मेयरहोल्ड ने कहा था, "ऐसा काम जो अभी सामने नहीं आया, क्या यह जुमला आपको उत्तेजित नहीं करता।"

दि वारंट 1925 में मंचित हँसी-मज़ाक से भरपूर बुर्जुआ व्यंग्य नाटक था, जिसे मेयरहोल्ड ने पिछले रूसी नाटकों से कुछ अलग एक हल्की-फुल्की त्रासदी का पुट देते हुए तैयार किया था। यहाँ तक कि स्तानिस्लाव्स्की भी, जो मेयरहोल्ड के क्रांति के बाद के नाटकों को देखना टालते रहे थे, इस नाटक के आख़िरी दृश्य में घूमते मंच और चलती-फिरती दीवारों को देखकर कहने पर मजबूर हुए कि "मेयरहोल्ड ने वह कामयाबी हासिल की है, जिसका मैं सपना देखता था।"

मेयरहोल्ड के लिए दर्शकों का विशेष महत्त्व था। उनका रंगमंच पूरी तरह से दर्शकों के लिए था। आलोचकों की प्रतिक्रिया चाहे जैसी रही हो पर वह दर्शकों की दृष्टि को हमेशा साथ लेकर चलते। पर वह अपने दर्शक से सब्र की माँग करते हैं। वे कहते "जिसे जल्दी है वह दर्शक रंगमंच के लायक नहीं है, पर यह भी सही है कि दर्शक की समझ को कभी कमतर करके नहीं आँकना चाहिए। *दि लेडी ऑफ़ दि कामेलिआस* की ड्रेस रिहर्सल पाँच घंटे चली। मैं बहुत चिन्ता में था। व्यवस्थापकों की कँटीली निगाहें मुझ पर गड़ी थीं। मैंने जैसे-तैसे संपादित करके उसको कुछ कम किया। लेकिन फिर भी समय अवधि वही रही। मैं साँस रोके दर्शकों की प्रतिक्रिया

जानने को बेताब था। क्या वह मेरे सब्र को पहचानेंगे? क्या वे इतनी देर तक प्रेक्षागृह में बैठेंगे? पहले प्रदर्शन पर मेरी आँखों में आँसू थे। यह लेख का हिस्सा नहीं, सच है। मैंने देखा दर्शक बिना किसी दबाव के सब देख रहे हैं, सुन रहे हैं। हम कड़ी दवाई तेज़ी से निगल जाते हैं, पर स्वादिष्ट व्यंजन स्वाद लेकर धीरे-धीरे खाते हैं। ऐसे दर्शकों को बुलाना जिनके पास समय नहीं है, रंगमंच का अपमान है। और वह रंगमंच जो दर्शकों को रोक ना सके, उसे रंगमंच में रहने का क्या अधिकार है।"

मेयरहोल्ड कहते थे, "मुझे डर लगता है, हमने दर्शकों को बिना सोचे-समझे बेवजह हँसना सिखा दिया है। वह क्षण जल्दी ही आ जाएगा जब दर्शक हमारी बेवकूफ़ियों पर हँसना छोड़ देंगे। हो सकता है हमारे नाटककार समर्थ और बुद्धिमान हों, लेकिन बहुत से हैं जो ख़ूब बढ़-चढ़कर दर्शकों को भ्रष्ट करने में भाग लेते हैं सस्ता हास्य परोसकर। मैं मानता हूँ कि दर्शक की रंगमंच में बराबर की भागीदारी होती है। उसके बिना रंगमंच की कल्पना भी नहीं की जा सकती। पर हमें दर्शकों के साथ सहज भाव से जुड़ना चाहिए। चेख़व का नाटक *प्रपोजल* हमने बड़े उत्साह से तैयार किया पर वह असफल साबित हुआ। दर्शकों ने उसे पसन्द नहीं किया। हमने उसमें कुछ ज़रूरत से ज़्यादा बुद्धिमानी दिखा दी थी। इसलिए उसका हास्य हमारे हाथ से निकल गया।"

"मैंने शुरू में लगभग चेख़व के सब नाटक किए पर मैं ऐसा समझकर इधर अपने को धोखा दे रहा था कि चेख़व तो मॉस्को आर्ट थिएटर का नाटककार है, उसे मैं क्यों करूँ? वह मेरी भूल थी। लेकिन क्रान्ति के दौर में *33 सूनस* करते समय मैं चेख़व के व्यंग्य को फिर से समझकर एक बार फिर अपने चहेते नाटककार की तरफ़ लौटा।"

"हमें हर लेखक को उसका रंगमंच देना चाहिए। न सिर्फ़ प्रदर्शन के लिए, बल्कि रिहर्सल के तरीक़ों और उसको अपनी शैली को विकसित के लिए भी। हमने मायकोव्स्की से उसके पात्रों के जीवन-चरित्र के विषय में पूछा तो वह नाराज़ हो गए। उनके सब नाटक एक ही मंच चाहते हैं–उनके नाटकों का मंच। पर ऐसा रंगमंच कहाँ है? मैं किसी की भावना से खेलना नहीं चाहता। मेरी ख़ुद की ज़िन्दगी विवादों से भरी है। मैं बहस से बचना चाहता हूँ। मेरा नज़रिया काम के साथ जुड़ा रहने का है।"

"जब कोई नाटक दर्शकों तक नहीं पहुँच पाता–मेरा मतलब है जब वह मंचित होने से पहले ही रोक दिया जाता है–उससे दुखद स्थिति और कोई नहीं हो सकती। नाटक *राइंजी* के लिए मेरे मन में हमेशा पछतावा रहेगा। उसमें वाग्नर ने संगीत दिया था। याकुलब ने सेट तैयार किया था। नाटक प्रदर्शन के लिए एकदम तैयार था। पर मैं उसको दर्शकों के सामने न ला सका क्योंकि हमारा थिएटर नं. 1 आलोचनाओं के चलते बीच में ही बन्द कर दिया गया।"

"सफलता और असफलता रंगमंच में धूप-छाँव जैसी होती हैं। पहले शो की सफलता को तथाकथित सफलता मानकर ख़ुश नहीं होना चाहिए। जब मैं सेलेवेंस्की कृत *दि सैकंड आर्मी कमांडर* कर रहा था, तब मुझे लग रहा था कि वह सफल नहीं होगा, लेकिन इससे मेरा जोश कम नहीं हुआ। सवाल थोड़े समय की रणनीति का ही नहीं था। मेरे सामने दूरगामी मक़सद थे। उस नाटक में प्रभावशाली दृश्य और शक्तिशाली कविता थी। लेकिन उसमें एक बहुत बड़ी कमज़ोरी थी कि उसका मुख्य चरित्र ओकोन्नी सोवियत क्रान्ति का नायक नहीं बन सका। वह एक साधारण-सा चरित्र था, लेकिन फिर भी मुझे कोई अफ़सोस नहीं कि मैंने उसे मंचित किया। बिना असफलता के सफल नाटक भी नहीं होते। कुछ अभिनेताओं का अभिनय बहुत अच्छा था। क्या यह कम बड़ी उपलब्धि है?"

शेक्सपीयर, पुश्किन, मायाकोव्स्की और चेख़व, मेयरहोल्ड के पसन्दीदा नाटककार थे। वे इनको अपना स्कूल मानते थे और इनको हमेशा मंच परिकल्पना के बीच देखते। वह अभिनेता को हर हाल में प्रशिक्षण देने के पक्ष में थे। वह अभिनय को हमेशा अभिनय दृश्यबन्ध के साथ जोड़कर देखते। उनका अभिनेताओं से हमेशा गहरा लगाव रहा। वह उनके साथ हर स्तर पर जुड़ना पसन्द करते, उनकी पारखी नज़रें हमेशा उनको परखती रहतीं। मेयरहोल्ड का मानना था कि अभिनेता के लिए सबसे महत्त्वपूर्ण है उसका व्यक्तित्व—मंच पर कठिन-से-कठिन क्षणों में भी उसका व्यक्तित्व चमकता रहना चाहिए। आप में अपने को पूरी तरह बदलने की क्षमता हो सकती है, फिर भी क्या आप अच्छे अभिनेता कहे जाएँगे, अगर आपके पास अपना कोई व्यक्तित्व नहीं है। तलाश कीजिए कि क्या सचमुच ये गुण आपमें हैं या कभी थे तो कब थे। वे कहते, "मुझे तो ऐसा लगता है, व्यक्तित्व ही वह बिन्दु है, जिससे शुरुआत हो सकती है। अभिनेता को अपने व्यक्तित्व के लिए संघर्ष करना चाहिए, उसे बचाना चाहिए।"

"एक श्रेष्ठ और सामान्य अभिनेता में अन्तर किया जा सकता है। पहला जैसा पहले दिन करता है दूसरे दिन उसे नहीं दुहराता। दक्षता इसमें नहीं कि जो अच्छा उसे आपने फिर से कर दिखाया बल्कि इसमें है कि उसे आपने अलग-अलग तरीक़े से तत्काल उत्पन्न किया। वह भी मूल रचना की सीमा में रहते हुए।" मेयरहोल्ड ने कहा था, "मेरी एक आदत है, मैं जब भी किसी अपरिचित के सम्पर्क में आता हूँ तो सोचता हूँ कि यह आज ऐसा दिखता है, तो इसका बचपन कैसा रहा होगा? यह सोचना बहुत-कुछ सिखाता है।"

"सच कहूँ तो अभिनेता का काम पहले प्रदर्शन के बाद शुरू होता है। पहले प्रदर्शन तक कोई भी प्रस्तुति पूर्ण नहीं हो जाती, उसमें पूर्णता आती है लगातार प्रदर्शनों के बीच। पहला प्रदर्शन तो एक तैयारी है मंच पर जाने की, प्रदर्शन में मज़बूती तो बार-बार दर्शकों से रू-ब-रू होने से आती है। इतालवी अभिनेता तमासो

साल्विनी ऑथेलो को दो सौ प्रदर्शनों के बाद समझ पाए जबकि वे रंगमंच के असरदार अभिनेता माने जाते हैं। हमें हुकूमती समीक्षकों से शुरुआती प्रदर्शन को बचाना चाहिए क्योंकि उनको मूल्यांकन करने की जल्दी होती है, वह प्रस्तुति के भविष्य को लेकर कभी नहीं सोचते।''

मेयरहोल्ड कहते थे ''अपनी भूमिका से प्यार करो। यह सिलसिला चलते रहना चाहिए। अभिनेता शाम को आता है, मेकअप रूम में अपना कोट उतारता है। कुछ ही देर बाद वह दूसरा व्यक्ति होता है। यह सही है कि वह अभी ऑथेलो नहीं है, पर ऑथेलो बनने जा रहा है, या ऑथेलो बन चुका है। मैं सबसे ज़्यादा एक अभिनेता को देखकर तब उत्तेजित होता हूँ, जब वह निभाए जानेवाले किरदार को आधा पकड़ चुका होता है : आधा अभिनेता आधा ऑथेलो।''

''मैं एक अच्छे और बेकार अभिनेता की आँखों में साफ़ अन्तर देख सकता हूँ। अच्छा अभिनेता देखने की क़ीमत को जानता है। वह ऐसे देखेगा कि दर्शकों को सब नज़र आ जाए। बेकार अभिनेता की आँखें अशान्त लगती हैं। इस किनारे से उस किनारे तक बेकार भटकती हुईं।

''मेरे लिए उस अभिनेता के साथ काम करना सबसे आसान है, जिसे संगीत की समझ है। अभिनेता के लिए संगीत का ज्ञान अनिवार्य होना चाहिए। संगीत उसके प्रदर्शन को सम्हालता है, उसको शक्ल देता है। अभिनय समय के साथ द्वन्द्व है, तो संगीत उस द्वन्द्व का सामना करने की शक्ति है, जो उसे मज़बूत करती है। संगीत सुनो मत, उसे अपने भीतर महसूस करो। मैं एक ऐसी प्रस्तुति का सपना देखता हूँ, जिसकी सारी रिहर्सल संगीत के साथ हुई है, पर जिसका प्रदर्शन हुआ बिना संगीत के—उसकी आन्तरिक लय के एहसास के साथ।

''मेरे पसन्दीदा अभिनेता मामों दालस्की का कहना है कि अभिनेता के व्यक्तिगत भाव का चरित्र के भाव से कोई लेनदेन नहीं होना चाहिए, उससे उसकी कलाकारी मरती है। वह हैमलेट की भूमिका करते समय अपने मूड के विपरीत जाकर उसका निर्वाह करता था। अगर वह ऊर्जा और जीवनस्पन्दन के भाव के साथ पहुँचा है, तो वह हैमलेट को स्वप्निल, कोमल और झिझक-भरे व्यक्ति के रूप में प्रस्तुत करेगा; और यदि वह विचारशील और काव्यमय भाव को लिये हुए आया है, तो हैमलेट को और आवेग से भरा हुआ दिखाएगा। वास्तव में यह नई कलात्मकता के पुनर्जन्म की नींव है।''

मेयरहोल्ड का मानना था कि, ''सच है कि हमें अपने रंगमंच पर गर्व है, पर जब मैं विदेशों का भ्रमण करता हूँ, तो वहाँ भी एक-से-एक नायाब कलाकारी देखने को मिलती है। लोककलाएँ, पुराने जमाने की दुर्लभ मंच-सज्जा, छोटे लेकिन क्लासिक नाटक, पर सबसे बड़ी बात जो अभिनेताओं के सन्दर्भ में है जिसकी वजह से मैं उनको देखने के लिए खिंचा चला जाता हूँ, वह है उनकी विशेष संगीतमयता, उच्च

कार्यक्षमता और प्रतिज्ञा, भूमिका को निभाने की ज़िम्मेदारी का भाव। मैं देख रहा हूँ कि हमारे यहाँ यह बात धीरे-धीरे ख़त्म होती जा रही है। पेरिस के *थिएटर द ला मादलीन* में मैं एक अभिनेता के प्रदर्शन को देखकर अभिभूत हो गया। मुझे उससे मंच के पीछे मिलवाया गया। क्या तुम कल्पना कर सकते हो कि इतने मुश्किल प्रदर्शन के बाद भी वह आराम नहीं कर रहा था, उसे खाने के लिए भागने की कोई जल्दी नहीं थी। वह स्प्रिट लैम्प पर कॉफ़ी बनाता, अपनी भूमिका के उस अंश का रिहर्सल कर रहा था, जो उसके अपने अनुसार उस शाम अच्छा नहीं हुआ था। किसी ने ऐसा करने के लिए उस पर ज़ोर नहीं डाला था। वह ख़ुद-ब-ख़ुद इस बात को समझा था।''

मेयरहोल्ड में अभिनेता और उसकी मौलिकता को लेकर कितनी गम्भीरता थी, इसका अन्दाज़ा उनकी इन बातों से स्वयं ही लगाया जा सकता है। मेयरहोल्ड रंगमंच के पथ-प्रदर्शक होने के बावजूद लगातार आलोचनाओं और विरोध के बीच घिरे रहे। कभी उन्होंने उसका जवाब दिया तो कभी विरोध के जवाब में दुगुनी शक्ति से काम करते हुए अपनी सत्यनिष्ठा को साबित किया। उनके जीवन भर की खोज, जीवयांत्रिकी, को लेकर कला के गलियारे में जब-तब बावेला खड़ा हो जाता। उनको नास्तिक, सरफिरा तक करार दे दिया जाता। मेयरहोल्ड बड़ी सरलता से जवाब देते, ''जीवयान्त्रिकी की आधारशिला बहुत सरल है। सारा शरीर हमारे नियन्त्रण में होता है और हमारी हर गतिविधि में भाग लेता है। बाक़ी सब तो उसका विस्तार है। वर्जिश करना, छोटी-छोटी संगीतमय लयकारियाँ तैयार करना। मुझे बताइए इसमें ऐसा क्या है जो लोगों को परेशान करेगा, दंगा भड़काएगा, इसमें क्या नास्तिकता है जिसे लोग स्वीकार नहीं करेंगे। हो सकता है यह कुछ मेरे व्यक्तित्व जैसा है, मेरी आसान-सी बातें जो किसी कारणवश नास्तिकता से भरी लगती हैं, जो अनास्थावादी लगती हों, जिसके लिए मुझे आग में झोंक दिया जाना चाहिए। मुझे यक़ीनन पता है, अगर कल मैं यह घोषणा करता नज़र आऊँ कि वोल्गा कैस्पियन सागर से जाकर मिलती है, तो अगले दिन मुझसे ज़बर्दस्ती उन तमाम ग़लतियों को मनवाया जाएगा जो मैंने कभी नहीं की।''

अपने रंगमंच में मेयरहोल्ड का हर नाटक दूसरे से अलग है, तकनीक प्रस्तुति, शैलीबद्ध प्रयोग के तीखे तेवर, उनके सभी नाटकों में उभरकर आते हैं। फिर भी क्रान्ति के बाद के नाटकों में *दि मैग्नानिमस कुकोल्ड* (1992), *दि अर्थ इन टर्मोयल* (1993), *दि फोरेस्ट* (1924), *बुबूस दि टीचर* (1925), *दि इन्स्पेक्टर जनरल* (1926), *दि बेडबग* (1929), *दि बाथहाउस* (1930), *दि लास्ट डिसाइसिव* (1931), *ए लिस्ट ऑफ़ बेनेफिट्स* (1931), *दि लेडी ऑफ़ दि कामेलियास* (1934) ऐसी प्रस्तुतियाँ हैं जिनको मेयरहोल्ड के थिएटर के अन्दाज़ में देखा जाना चाहिए। यह रंगमंच का ऐसा इतिहास है जिसे मेयरहोल्ड की रंगमंच कला के नाम से जानना चाहिए। इसमें *इंस्पेक्टर जनरल* को उनका सबसे ज़्यादा प्रयोगवादी नाटक कहा जाना चाहिए, इसमें उनकी

प्रयोगशीलता चरमोत्कर्ष पर नज़र आती है। इसे मेयरहोल्ड ने अपनी चिरपरिचित प्रसंग-शैली (एपिसोडिक स्टाइल) में बनाया था। प्रसंग से दृश्य बनाकर वे मूल को सम्पादित करके उसका मंचीय प्रारूप बनाते हुए टुकड़ों में बाँटते हैं, फिर उनको स्वतन्त्र विस्तार देते हैं। *इंस्पेक्टर जनरल* भी ऐसे ही टुकड़ों को विस्तार देकर बनाया गया है। यह अति व्यंग्य नाटक है जिसमें उनका जाना-पहचाना विषय रेखांकित होता है—बुर्जुआ समाजव्यवस्था की पोल। समाज में प्रशासनिक व्यवस्था समाजसेवा के नाम पर कितनी भ्रष्ट और खोखली है, इसी विद्रूपता की व्यवस्था को अनेक टुकड़ों में ढाला गया है जिसमें प्रसिद्ध टुकड़ा 'रिश्वत' है जिसमें दिखाया गया है कि व्यवस्था में रिश्वत का बाज़ार गर्म है। एक और टुकड़ा है इंस्पेक्टर जनरल के स्वागत का, जिसमें दावत के लिए एक छोटे प्लेटफॉर्म पर सबको बातें करते दिखाया गया है। इसे मेयरहोल्ड थिएटर में लगातार दिखाया जाता रहा। एक और नाटक जिसे उनका सबसे सफलतम सर्वश्रेष्ठ कलात्मक नाटक कहा जा सकता है, *दि लेडी ऑफ़ दि कामेलियास*। यह मेयरहोल्ड द्वारा दिखाया गया आख़िरी नाटक है। इसे सभी ने सराहा फिर भी आलोचकों के लिए उनके बड़े न्यायसंगत शब्द थे, 'एक बुर्जुआ का भंडाफोड़, जो सर्वहारा वर्ग से आई एक युवती को दूषित करता है।' ड्यूमा के उपन्यास का रूपान्तरण करते हुए मेयरहोल्ड एक बार फिर से क्रान्तिपूर्व किए गए नाटकों के चारित्रिक गुण की तरफ़ लौटते हैं। इसकी संरचना में फ्रांसीसी चित्रकला के आभासवादी चित्रकार, माने, दगा, रेन्वा के चित्रों से प्रेरणा लेते हैं, और नाटक को 1840 से 1870 के बीच के समय का परिवेश देते हैं। चित्रकार इवान लिस्तीकव की मदद से सेटिंग को और भी प्रभावी बनाने के लिए, सुरुचिपूर्ण वेशभूषा, सफ़ेद दीवारें, भारी परदे और घुमावदार सीढ़ी को वह दृश्यबन्ध का रूप देते हैं। इसे पृष्ठभूमि में रखते हुए उन्होंने तालबद्ध जटिल रेखांकन करती एक प्रभावशाली चरित्र समूह की अभिनय दृश्यावली रची। इसमें उनके प्रसंग थे, समूह-संरचना (ग्रुप-कम्पोजिशन) थी, प्रेमी-प्रेमिकाओं के गीत थे और था नायिका मार्गेरती का गहन एकालाप, जिसे उनकी पत्नी ज़िनैदा रैख ने अभिनीत किया था। स्टेज क्राफ़्ट के इस मास्टरपीस में मेयरहोल्ड अन्तिम दृश्य मार्गेरीत को बहुत कम भंगिमाओं के साथ प्रस्तुत करते हैं। एक आरामकुर्सी पर बैठी खिड़की की तरफ़ मुख़ातिब हो वह अपने अन्तिम संवाद, कुछ शब्दों में कहती है और फिर अन्त में उसका हाथ कुर्सी के हत्थे पर बेजान झूल जाता है...।

जहाँ 1930 में मेयरहोल्ड के चार नाटक बर्लिन और पेरिस में दिखाए गए—पिकासो और कॉक्टो जिसमें उनके प्रशंसक थे—वहीं रूस में 1934 तक आते-आते उनको गहरी आलोचना का सामना करना पड़ा। 1930 में आर.ए.पी.पी. (दि रशियन एसोसिएशन ऑफ़ प्रोलेतेरियत राइटर्स—रूसी प्रोलेतेरियत लेखक संघ) ने उनके कलात्मक काम को टुकड़ों में बँटा हुआ, दो आयामी, मशीनी बताया। उनके

द्वारा जारी पुस्तिका में सवाल उठाया गया कि मेयरहोल्ड रंगमंडली द्वारा दिखाए जा रहे नाटकों की जाँच की जानी चाहिए, क्योंकि इनमें सामाजिक लगाव नहीं है। ये सोवियत रंगमंच के पुनर्निर्माण से एकदम बेगानी प्रस्तुतियाँ हैं। हालाँकि कुछ दिनों के बाद आर.ए.सी.पी. को समाप्त कर दिया गया, पर पुस्तिका में लिखी बातों ने ज़ोर पकड़ लिया। 1933 में कम्युनिस्ट पार्टी के विरुद्ध जानेवाले लोगों के नामों में रंगमंच की जानी-मानी हस्ती मेयरहोल्ड को सफ़ाई देने के लिए बुलाया गया। उनसे सवाल किया गया कि बतौर बोल्शेविक रूसी रंगमंच में उनकी क्या भूमिका होनी चाहिए। स्पीच के दौरान मेयरहोल्ड को एहसास हुआ कि ये लोग जीवयांत्रिकी के प्रशिक्षण और उसके तीखे प्रभाव को दबाना चाहते हैं। इस कला का इनके लिए कोई महत्त्व नहीं।

उनके आख़िरी नाटक आस्तोव्स्की के उपन्यास *हाउ दि स्टील वाज टेम्पर्ड* पर आधारित नाटक *वन डे* को अक्तूबर क्रान्ति की बीसवीं सालगिरह के अवसर पर शामिल नहीं किया गया। इसे निराशावादी कहा गया। जनवरी 8, 1938 को मेयरहोल्ड थिएटर ने अपनी आख़िरी प्रस्तुति दी *दि इंस्पेक्टर जनरल*। वह दोपहर का शो था। इससे पहले जनवरी 7, 1938 को कमेटी ने प्रस्ताव लाकर यह निर्णय ले लिया था कि मेयरहोल्ड थिएटर को बन्द कर दिया जाए। उसे मिलनेवाली आर्थिक मदद उठा ली जाए, क्योंकि वह सोवियत कला से विमुख है, 'मेयरहोल्ड जैसों के लिए सोवियत कला में कोई जगह नहीं', आदि-आदि।

इसके बाद का दौर मेयरहोल्ड के लिए यातना और किसी तरह ज़िन्दा रहने के संघर्ष का दौर है।

आख़िर मेयरहोल्ड थिएटर को क्यों बन्द कर दिया गया? उससे किसे ख़तरा था, वे कौन-सी विरोधी ताक़तें थीं, जिनके रहते ये क्रान्तिकारी प्रयोगवादी *अवांगार्द* रंगमंच अपनी उन्नति के रास्ते के बीच बन्द कर दिया गया। यहाँ से इस साहसी रंगमंच व्यक्तित्व की दास्तान का दूसरा अध्याय शुरू होता है, जो पूरी तरह मौलिक, खंडनवादी और प्रशिक्षणयुक्त और मौलिक अभिनय पद्धति पर आधारित था।

मेयरहोल्ड के बहुत नज़दीक रहे अलेक्सांद्र ग्लादूकव ने सन् 1920 के दौर का बड़ा सजीव चित्र खींचा है, जब मेयरहोल्ड की रंगमंच कला अपने नए कीर्तिमान बना रही थी। मेयरहोल्ड स्टेट थिएटर (टीआईएम) में मेयरहोल्ड एक के बाद एक प्रस्तुति-प्रयोग कर रहे थे। उनके पास अपने सिखाए शिष्यों की अच्छी ख़ासी संख्या थी। सब मेयरहोल्ड की तरह थे—वैसे ही जोशीले, वैसे ही ज़िन्दादिल।

मॉस्को 1920 का ज़माना।

ट्रायम्फल चौराहे पर, जुआघर से एकदम सटी हुई, भुतही-सी, आधी-अधूरी इमारत में था। हैरत में डाल देनेवाला, अतुलनीय, कुछ असम्भव-सा दिखनेवाला, दुनिया का अनोखा, एकदम अलग-सा रंगमंच—एन.डी.पी.—ही था वह प्रेक्षागृह।

''दरवाज़े से दाख़िल होते ही बरामदे में नाटकों के विज्ञापनों के स्थान पर सूत्रबद्ध इश्तिहारनामों के शब्द-चिह्न थे, जैसे उनकी एक ही प्रतिक्रिया हो : हमें यूरोप दो। दहाड़ो, चीन। यहाँ तक कि घर में रखे सोफ़े की पीठ-सा या स्कूल की खुली सीट-सा चिरपरिचित *वो फ्रॉम विट* जैसा नाटक भी यहाँ निर्णायक और अनिवार्य लगता है। भली-भाँति तराशे गए *दि वारंट* और *बुबूस दि टीचर* के समान्तर रोज़ प्रदर्शित *दि फोरेस्ट* और *दि इंस्पेक्टर जनरल* भी अलग से दिखाई देते हैं। यहाँ पहले से मौजूद हैं–*दि फोरेस्ट* और *दि इंस्पेक्टर जनरल*। इच्छा होती है कि मायकोव्स्की की गहन धीमी ध्वनि में नीचे की ओर घूमी जीभ से एच. और ऊपर ताल से घुमाकर चिपकी जीभ से ए...का उच्चारण किया जाए।

''मुझे अच्छी तरह याद है वह स्पन्दन जो मैंने नाटकों के इश्तिहारों की ध्वनियों और गोस टी.आई.एम के साथ ख़ाली चौड़े बरामदों तथा खुली दृश्य संरचना के बीच महसूस किया था।'' जी हाँ, यही है मेयरहोल्ड का थिएटर हॉल जहाँ 1930 तक उनका रंगमंच लगातार नाटक दिखाता रहा।

ज़रा मंच की तरफ़ झाँकिए। लगातार आती खट...खट...यहाँ से वहाँ तक खुले सपाट दृश्यबन्ध। कहाँ है दर्शकदीर्घा, कहाँ है मंच? किसी की कोई सीमा नहीं। जैसा नाटक वैसा मंच का आकार। जोड़-तोड़कर खड़े हैं लकड़ी बौर बाँसों के ढाँचे। उनसे गुज़रती सीढ़ियाँ, प्लेटफॉर्म, लकड़ी के फट्टों को जोड़कर बनाए पुल, चलती-फिरती तश्तरी जैसी फिरकियाँ, पहिए, चक्कियों के पाट, कोई परदा नहीं, पीछे लम्बी-चौड़ी ईंटों की दीवार है, यह वह पृष्ठभूमि है, जिसके आगे मेयरहोल्ड अपने अनोखे, बाजीगरों के करतब जैसी यान्त्रिक गतियों में चलते-फिरते, कसरत करते अभिनेताओं को लेकर नाटक दिखाता है। ऐसे दृश्यबन्ध और अभिनय-दृश्यों का निर्माण करता है जैसे किसी ने अधूरी इमारत का ढाँचा खड़ा कर दिया हो, फौलाद में ढला कोई मज़बूत पुल हो। मेयरहोल्ड निर्माणवादी मंचसंरचना में विश्वास करता है जिसमें आन्तरिक बनावट भी अर्थ रखती है।

ग्लादूकव ने अपने संस्मरण में लिखा है! ''यह सारा नज़ारा मेरी पीढ़ी के नौजवानों को जोश से भर देता है। ठीक वैसे ही जब हमारे पूर्वज पुराने माले थिएटर के गैस लैम्पों की प्यारी ख़ुशबू और भीनी-भीनी रोशनी से भर जाते थे। कितने नाटककारों की कितनी सुनहरी यादें। उसी सबके साथ, समय ने नए सौन्दर्य के साथ करवट बदली है। क्रांति की नई ऑक्सीजन और ओज़ोन के साथ जिसमें जवाँ होती बीसवीं सदी की ताल से हमारी जवानी के साल, हमारी पीढ़ी के जवानी के साल जुड़े हैं।

'मैंने गोस टी आईएम में जो पहला नाटक देखा, वह था *दि फोरेस्ट*।

''मुझे इसे देखते हुए ज़रा भी मुश्किल नहीं हुई। मैंने हर दृश्य को ख़ुशी और विश्वास के साथ स्वीकार कर लिया।

''मुझे नहीं मालूम कि मैंने ऐसा ही चाहा था या फिर देखते-देखते ही यह मेरी चाहत का हिस्सा बन गया था। बहरहाल जो भी हो, मैंने यह नाटक देखा और मुझे लगा कि सचमुच मैंने यही तो चाहा था।

''प्रेक्षागृह कुछ ख़ाली-सा था। आमतौर पर शायद ही कभी गोस टीआईएम के ये ज़ूम थिएटर में हाउस फुल होता है। कोई हैरानी की बात नहीं। यहाँ सब दर्शक रंगमंच के चाहने वाले हैं। यह और बात है कि रंगमंच में कौन, कितना सचमुच चाहने वाला है इसको मालूम करना मुश्किल है।

''उस शाम मैंने पहली बार मेयरहोल्ड को देखा था।

''आख़िरी दृश्य ख़त्म होने को था, वे बाईं ओर के छोटे दरवाज़े से निकलकर सीढ़ियों पर खड़े ध्यान से मंच की ओर देख रहे थे। बड़ा मुश्किल होता है उनकी लचीली फुरतीली कद-काठी को उनके किसी हास्य-चरित्र से अलग करके देखना। मैं आर्केस्ट्रा के बाईं ओर बैठा था। रंगमंच कुछ नीम अँधेरे में था, मैंने उनको चाँदी जैसे बिखरे बालों में ग़ौर से देखा, तीखी नाक, सुदृढ़ होंठ, मज़बूत गोल कंधे और उनका बड़ी शान से सिर पीछे को धकेलना। मैं अकेला नहीं था जिसने उन्हें पहचाना। पहचान का हल्का-सा स्वर सारी दर्शकदीर्घा में दौड़ गया। मुझे याद है, उन्होंने प्रेक्षागृह में एक बार भी नहीं देखा, एक नज़र भी नहीं। उनकी नज़रें सिर्फ़ मंच पर थीं। सचमुच वह जैसे कोई जादू था। सबकी नज़रें उन पर थीं पर वे चाहते थे उनके साथ मिलकर सबकी नज़रें मंच पर हों।

''अन्तिम दृश्य के ख़त्म होने से कुछ मिनट पहले वह उस छोटे दरवाज़े से ग़ायब हो गए। बिना किसी आहट के, वैसे ही जैसे अचानक वह आए थे।

''नाटक के बाद दर्शकों की ओर से उनको मंच पर बुलाने का ज़ोरदार आग्रह हुआ। एक बार फिर से वे मंच पर आए। मुझे याद है उनके नाम के एक-एक शब्द में मे...यर...हो...ल...ड का शोर ऊपर से आया था और देखते-ही-देखते बॉलकनी में छा गया। साम्यवादी युवक अन्तर्राष्ट्रीय वे सब नौजवान थे। विश्वविद्यालय और कारखानों में काम करनेवाले विद्यार्थी। बिखरे बाल, कुछ गंजे सिर, जैकेट पहने जिस पर (के.आई.एम.) के बिल्ले लगे थे।

''सबका इशारा उस छोटे दरवाज़े की तरफ़ था, जिधर मेयरहोल्ड गए थे। नौजवानों का एक समूह जिसने मोटे सूती कपड़े पहने हैं, मंच पर आ पहुँचा है। वो प्रदर्शन के बाद मेयरहोल्ड का सम्मान करने आए हैं। मैं समझ गया कि वे जी.के. टी.इ.एम.ए.एस. (मेयरहोल्ड की राजकीय प्रायोगिक रंगमंच प्रशिक्षण कार्यशाला) के छात्र हैं—भविष्य के अभिनेता और निर्देशक। वह सब अपने को मेयरहोल्डीयन्स कहलाना पसन्द करते हैं।

''मेयरहोल्ड मंच की बाईं तरफ़ से आए। तीव्रता से, तनिक झुककर उन्होंने दर्शकों का अभिवादन किया। फिर वह मंच के बीच में जाकर रुक गए। एक बार

फिर उन्होंने कुछ अटपटे ढंग से झिझकते हुए अभिवादन किया। फिर अपने आसपास खड़े अभिनेताओं को प्रोत्साहित किया। एक बार फिर वह झुके और तेज़ी से मंच से बाहर निकल गए। दर्शक उनको पुकारते रहे। अभिनेताओं ने भी उनको बुलाना चाहा, पर वे फिर नहीं आए।

"कुछ देर में किनारों पर रखे डिब्बों में लगी स्पॉट लाइट्स बन्द हो गईं। तालियाँ भी रुक गईं। बातें, बहस और तर्क करते दर्शक भी प्रेक्षागृह से विदा हो गए। मैं जानेवालों में आख़िरी था। मुझे याद है वह उत्तेजना, वह एहसास कि कुछ नया, कुछ बहुत महत्त्वपूर्ण परिवर्तन आज की शाम मुझमें हुआ है। मैं एक बार फिर उन नाटकों के इश्तहारों के सामने था, जैसे कोई सैलानी भविष्य की ख़ूबसूरत यात्राओं का वर्णन पढ़ रहा हो। मैं फिर यहाँ आऊँगा। ऐसी योजना मन में आकार ले रही थी।" ('मेयरहोल्ड स्पीक्स, मेयरहोल्ड रिहर्सेज' : अलेक्सांद्र ग्लाद्कव)

7 जनवरी, 1937 की शाम *दि लेडी ऑफ़ दि कामेलियास* का आख़िरी प्रदर्शन हो रहा था। यह रंगमंच भी आलोचनाओं के चलते बन्द हो जाएगा, लगभग तय था। परिसमापन की मुनादी हो चुकी थी, क्योंकि मेयरहोल्ड का रंगमंच हमेशा चर्चा में रहा था, इसलिए मामला टलता जा रहा था।

दिसम्बर 17, 1937 को 'प्रावदा' में एक लेख प्रकाशित हुआ। शीर्षक था 'एक विमुख रंगमंच', जिसे कर्येन्त्सेव ने लिखा था। सात वर्ष पहले उसने अपने एक लेख में मेयरहोल्ड की हिमायत करते हुए लिखा था, "मेयरहोल्ड ऐसा निर्देशक है जिसने पुराने रंगमंच को पीछे धकेल दिया है और वह पहला ऐसा निर्देशक है जिसने मंच पर हमारे समय की स्थितियों को क्रान्तिकारी और विस्फोटक रूप में पेश किया है।" अब समय ने ऐसी पलटी मारी थी कि उसने मेयरहोल्ड को पीछे धकेल दिया, क्योंकि इस समय यह समीक्षक महोदय कला मामलों की समिति 'कमेटी फॉर ऑर्ट अफ़ेयर्स' के प्रमुख के नाते लिख रहा था, 'मेयरहोल्ड ने वास्तविक ज़िन्दगी से मुँह मोड़ लिया है। यह तो अब साफ़ हो गया है कि उनको सोवियत जनता की कोई परवाह नहीं। वह सोवियत यथार्थ को समझना नहीं चाहते और न ही उनकी दिक़्क़तों को मंच पर दिखाना चाहते हैं। तब क्या सोवियत कला और सोवियत जनता को ऐसे रंगमंच की ज़रूरत है?'

दिसंबर 22, 23 और 25 की थिएटर मीटिंग में मेयरहोल्ड थिएटर के सभी कलाकार मौजूद थे। सबने उनसे कला समिति की आलोचना को गम्भीरता से लेने को कहा, लेकिन तब तक बहुत देर हो चुकी थी। उस समय सचमुच विकट स्थिति उत्पन्न हो गई जब अभिनेताओं ने भी मेयरहोल्ड की आलोचना करना शुरू कर दिया। युवा सदस्य सिमोयलव ने इसे कुछ इस तरह याद किया, "मैं वहाँ चुपचाप बैठा सब सुनता रहा, कैसे वह सब उनसे बरताव कर रहे थे, कैसे उनका तिरस्कार किया, इसे याद करना भी शर्मनाक है...लेकिन फिर भी सच तो यह था कि सब डरे हुए थे।"

जनवरी 7, 1938 को समिति ने प्रस्ताव पास किया, जिसमें मेयरहोल्ड के रंगमंच को 'सोवियत कला से विमुख' बताते हुए उसको मिलने वाली आर्थिक सहायता और मान्यता को बन्द करते हुए उनके रंगमंच को परिसमाप्त कर दिया। मेयरहोल्डियन्स (मेयरहोल्ड को माननेवालों) के लिए सोवियत कला में कोई जगह नहीं। इस प्रतिक्रिया को सामने रखते हुए सोवियत कला (सोवियत आर्ट) में एक लेख अनाम छपा जिसमें सुर्खियाँ थीं, ऐसे रंगमंच का परिसमापन जो रूसी रंगमंच देखनेवालों की इच्छा का समर्थन करता है। समीक्षा में मेयरहोल्ड के जीवनवृत्त को दिखानेवाले इस अनाम लेख में, कुछ इस तरह लिखा गया, "अपने आपको खोखले बुर्जुआ सौन्दर्य का विरोधी कहनेवाला वास्तव में ख़ुद अपनी कार्य-पद्धति में उन्हीं बुर्जुआ कलाकारों को लेकर चलता है; फ़र्क़ सिर्फ़ यह है कि वह वहाँ भड़कीले, दिखावटी और छद्म क्रान्तिकारी रूप में होता है।" *कला और जीवन (आर्ट एंड लाइफ़)* के बिना हस्ताक्षर वाले सम्पादकीय में साफ़-साफ़ लिखा गया कि "मेयरहोल्ड रंगमंच की असफलता पराई और जनविरोधी (एंटी-नरोदूनी) कला की असफलता है।"

जनवरी 8, 1938 को मेयरहोल्ड थिएटर ने दोपहर के शो में अपनी आख़िरी प्रस्तुति *दि इंस्पेक्टर जनरल* दी।

उसके बाद उनके थिएटर को बन्द कर दिया गया। थिएटर बन्द होने के कुछ समय बाद मेयरहोल्ड और ज़िनैदा को राइख के क्षेत्रीय लेन्सोवियत थिएटर में काम करने के लिए बुलावा आ गया। ज़िनैदा ने साफ़ इनकार कर दिया। अगर मेयरहोल्ड थिएटर नहीं तो फिर किसी दूसरी तरह का थिएटर भी उनके लिए कोई अर्थ नहीं रखता। लेकिन मेयरहोल्ड रुकना नहीं चाहते थे। वे ज़रा भी नहीं हिचकिचाए, किसी थिएटर को करना, किसी भी थिएटर को न करने से अच्छा है। इधर लेनिनग्राद रंगमंच में भी उनको बुलाने की बात चल रही थी। पर यह भी सच था कि मेयरहोल्ड का थिएटर प्रतिबंधित किया जा चुका है। इसलिए कोई भी जल्दी ये ख़तरा उठाना नहीं चाहता था। इधर व्यवस्था और आलोचकों का एक ऐसा गुट था जो उनको लगातार हाशिए पर धकेल रहा था। इससे पहले कि मेयरहोल्ड कोई निर्णय लेते, कुछ सप्ताह बाद एक शाम उनको एक फ़ोन आया। फ़ोन के दूसरी तरफ़ स्तानिस्लाव्स्की थे, वे मेयरहोल्ड को अपने घर लेओन्तिएव लेन बुलाना चाहते थे। हर दिन घंटों की बातचीत और वार्तालाप का यह अन्तरंग सिलसिला-दो तीन सप्ताह तक चला। कुछ दिन बाद मेयरहोल्ड को स्तानिस्लाव्स्की के साथ ऑपेरा ड्रामा स्टूडियो में काम करने का निमन्त्रण मिला।

सन् *तीस* के समय से ही स्तानिस्लाव्स्की चाहते रहे थे कि मेयरहोल्ड मॉस्को थिएटर के लिए निर्देशन करें लेकिन तब उनके सहयोगी नेमिरोविच दान्चेन्को ने इस पेशकश को स्थगित कर दिया था। लेकिन अब ऐसी स्थिति नहीं थी। स्तानिस्लाव्स्की के पास अपना एक अलग स्वतन्त्र स्टूडियो था। अब वो आर्ट थिएटर से अलग

मेयरहोल्ड के साथ काम करने की अपनी इस इच्छा को सकारात्मक रूप दे सकते थे। लेकिन जब स्तानिस्लाव्स्की ने ऑपेरा थिएटर के सदस्यों के सामने मेयरहोल्ड को बुलाए जाने की बात रखी तो उनकी बहन ज़िनैदा साकालोवा ने, जो वहाँ एक निर्देशक प्रशिक्षिका के रूप में कार्यरत थी, इस इच्छा को एक पालगपन कहकर स्थगित कर दिया। स्टूडियो के दूसरे सदस्यों ने भी इस पर असहमति जताई 'मेयरहोल्ड हमारे लिए पराया है। वह हमारी परम्परा के विरुद्ध रहा है फिर उसके साथ काम करने की क्या तुक।'' स्तानिस्लाव्स्की को बहुत-सी बेवजह की आलोचनाओं से गुज़रना पड़ा। उन्होंने विश्वास जताया, वह अपने इस निर्णय के लिए अपनी तरफ़ से हर तरह की ज़िम्मेदारी लेते हैं। बाद में आलोचकों ने भी इस वृद्ध व्यक्ति की इच्छाओं को रखा और प्रस्ताव को स्वीकार कर लिया।

मई 1938 में ये सार्वजनिक घोषणा की गई कि मेयरहोल्ड को स्तानिस्लाव्स्की ऑपेरा थिएटर का एक निर्देशक चुना गया है। यह संयोग ही कहा जाएगा कि ज़िन्दगी के किनारे खड़े स्तानिस्लाव्स्की को किसी मेयरहोल्ड जैसे जुझारू व्यक्ति की ज़रूरत थी और मेयरहोल्ड ने उनके भरोसे का पक्का साथ दिया था। *रिगोलेत्तो ऑपेरा* की रिहर्सल दोनों ने साथ शुरू की। इधर वह मोर्जट के ऑपेरा दोन गिओवान्नी करने के लिए लगातार बातचीत और योजना बनाया करते। जां बेनेदेत्ती ने स्तानिस्लाव्स्की की जीवनी में लिखा है, ''उनको अरसे से एक ऐसे ही अनुभव की तलाश थी जो उनको मेयरहोल्ड के साथ रचनात्मक रूप में मिली।'' वो मेयरहोल्ड को अपने बाद उनकी जगह लेनेवाला समझते थे। ऑपेरा थिएटर के मैनेजर को दिए उनके अन्तिम निर्देश कुछ इस तरह थे, ''मेयरहोल्ड का ख़्याल रखना, वह मेरा अकेला उत्तराधिकारी है। वह सिर्फ़ हमारे थिएटर को ही नहीं बल्कि पूरे रंगमंच को एक दिशा दे सकता है।''

स्तानिस्लाव्स्की के अवसान के बाद अगस्त 1938 तक भी मेयरहोल्ड ने ऑपेरा थिएटर में अपना काम जारी रखा और उनके अधूरे छोड़े *ऑपेरा रिगोलेत्तो* को पूरा किया। अक्तूबर 1938 को मेयरहोल्ड को ऑपेरा थिएटर का मुख्य निर्देशक बना दिया गया। उसके बाद 1938-39 मेयरहोल्ड के बहुत व्यस्त वर्ष कहे जा सकते हैं जिसमें रिगोलेत्तो ही नहीं बल्कि दूसरे प्रोडक्शन भी उन्होंने तैयार किए। इधर मोज़ार्ट का ऑपेरा *दोन गिओवान्नी* करने से पहले मेयरहोल्ड एक और रूसी ऑपेरा तैयार करना चाह रहे थे। उन्होंने सेर्गेई प्रोकोफिएव के नए ऑपेरा *सेमिओत कात्को* की तैयारी शुरू की। यह ऑपेरा वालेन्तीन काताएव के *आई एम दि सन ऑफ़ दि वर्किंग पिपुल* पर आधारित था।

सब ठीक चल रहा था लेकिन इस तरह बँधे-बँधाए रूप में काम करना मेयरहोल्ड के स्वभाव के अनुरूप न था। मेयरहोल्ड को पुश्किन से गहरा लगाव था। वह लेनिनग्राद पुश्किन ड्रामेटिक थिएटर में जाने की सोच रहे थे। पर ऑपेरा थिएटर के

साथ काम करते हुए बाहर काम करना सम्भव नहीं था। इसी बीच मई 1939 में निकलाई सेरी, जो एक सितारा धावक था, मेयरहोल्ड के पास रेड स्क्वॉयर में होने वाली जिमनास्टों की ऑल यूनियन परेड में लेनिनग्राद समाज को निर्देशित करने का निमन्त्रण लेकर आया। यह लेनिनग्राद में हर वर्ष होनेवाला सबसे बड़ा पर्व था जिसमें रूस के सब गणतन्त्र और सभी बड़े शहर अपने कार्यक्रम प्रस्तुत करते थे, जिसमें परेड, साज-समान के साथ अभ्यास, स्वतन्त्र नृत्य, सेना अभ्यास, सन्तों की प्रशस्ति और आख़िर में सब टुकड़ियों को एक समापन परेड के रूप में झाँकी प्रस्तुत करनी होती थी। सेरी पिछले तीन सालों से लेनिनग्राद की ओर से इस उत्सव का संचालन कर रहे थे, पर इस बार यह निर्णय लिया गया था कि इसके लिए किसी रंगमंच निर्देशक को बुलाया जाए ताकि इसमें एक रंगमंचीय प्रभाव आ सके। जब मेयरहोल्ड से इसके लिए कहा गया तो उन्होंने इसके लिए अपनी सहर्ष सहमति दे दी। सब मेयरहोल्ड के इस निर्णय से आश्चर्य में थे, पर मेयरहोल्ड के लिए तो यह काम था, सिर्फ़ काम।

लेनिनग्राद रवाना होने से पहले एक जानेमाने निर्देशक की हैसियत से उनको सर्वसंघीय रंगमंच निर्देशक सम्मेलन के लिए आमन्त्रित किया गया। यह सम्मेलन जून 13 से 20 तक गोर्की स्ट्रीट पर सेंट्रल हाउस ऑफ़ एक्टर्स सभागार में आयोजित किया जा रहा था। इस सम्मेलन की अध्यक्षता कर रहा था आन्द्रेई विशिन्स्की जो स्तालिन क़ा अभियोजक जनरल और उस समय इधर उसने सोवियत पीपुल्स सेना रसद विभाग के डिप्टी चेयरमैन का नया पदभार सँभाला था। वह ऐसी सभाओं की शोभा तो बढ़ाता ही था, पर इस सबके बीच उसकी एक खुफ़िया भूमिका हुआ करती थी। यह भी सुना जाता था कि वह किसी भी बुद्धिजीवी शहरी को समाजविरोधी मानकर अभियोग के दायरे में खड़ा कर सकता था।

अपने शुरुआती भाषण 'रूसी रंगमंच के उद्देश्य' में विशन्स्की ने वहाँ मौजूद रंगमंच के कलाकारों को सम्बोधित करते हुए अपने उदारवादी नज़रिए की झलक दिखाई और कहा, ''रंगमंच के माध्यम से पुरानी बुर्जुआ सोच को मिटाने के लिए संघर्ष जारी रखें। श्रोताओं को याद दिलाते हुए उसने कहा कि रंगमंच एक ताक़तवर हथियार है। हमें इसका उपयोग कुछ बचे रह गए प्रकृतिवादी रूढ़िवाद में फँसे रीतिवादियों के विरुद्ध करना चाहिए जो कि नई संभ्रान्त, स्पष्ट और प्रतिभावान समाजवादी कला में बाधा डाल रहे हैं।''

विशिन्स्की के इस शुरुआती भाषण के बाद आनेवाले पाँच दिनों तक यह सम्मेलन जारी रहा और इसमें सोवियत रंगमंच की जानी-मानी हस्तियों और प्रतिनिधियों ने अपनी-अपनी बात रखी। आज भी यह देखकर दुख होता है कि वह सारा आयोजन ''रूसी सोवियत कलाओं के विकास के प्रेरक महान् स्वामी स्तालिन—हमारे प्रिय कामरेड स्तालिन—की प्रशस्ति गाथा के लिए था।'' इसे नियति

को विडम्बना ही कहेंगे कि सब कुछ स्तालिन के आभामंडल में सिमट कर रह गया था। पन्द्रह जून, सम्मेलन के तीसरे दिन एक थका हुआ चाँदी जैसे बालों वाला व्यक्ति आहिस्ते से कुर्सी से उठता है। सभागार तूफ़ानी तालियों से गूँज उठा। बहुत देर तक तालियाँ गूँजती रहीं। वह व्यक्ति तालियों के रुकने का इंतज़ार करने लगा। यह मेयरहोल्ड था, जो रंगमंच से आया था और हमेशा रंगमंच पर ही रहना चाहता था। तालियाँ रुकने के बाद मेयरहोल्ड ने बोलना शुरू किया :

"कॉमरेडो, हम सब यहाँ एकत्रित हुए हैं ताकि हम अपने देश के रंगमंच को जिसे हमारी जनता ने हमेशा दिलोजान से पसन्द किया है और हमारी सरकार और हमारी पार्टी ने भी इसे हमेशा उच्चतम कला का दर्जा दिया है, आगे बढ़ा सकें। हम यहाँ एकत्रित हुए हैं इस कला को और भी समृद्ध बनाने के लिए ताकि यह शक्तिशाली स्तालिनयुग के योग्य बन सके। कॉमरेड, हम यहाँ एकत्रित हुए हैं ताकि हम अपनी ग़लतियों को स्वीकार करें। उन ग़लतियों को, जो जैसा कि कहा गया है, प्रकृतिवादी रूढ़िवादी रीतिवादियों ने की। हम यहाँ एकत्रित हुए हैं कि हम उस नए युग के विकास की ख़ातिर उन ग़लतियों को आगे नहीं दोहराएँ। ज़िन्दगी हमें क्या सिखाती है? हमारा बीता युग हमें क्या सबक देता है? हम ग़लतियों का मूल्यांकन करें और उस दिशा में काम करें। कॉमरेड स्तालिन ने हमें इस दिशा में बड़े सुलझे हुए निर्देश दिए हैं : अपनी ग़लतियों से सीखो। उनकी जड़ों में जाओ, यह मान लो कि तुम ग़लत थे और वायदा करो कि तुम फिर उसे नहीं दोहराओगे। हमारा युग हमारे समय की नीतियों का एक मॉडल बन कर आज हमारे सामने है। हमेशा निगरानी रखो। देखो कहीं तुमसे कोई ग़लती न हो। जो दूसरों ने की वह तुमसे न हो। हमें और हमारे दोस्त सेर्गेई आइजेन्स्टाइन और शोस्ताकोविच को काम करने की पूरी आज़ादी दी गई है–इस शर्त पर कि ग़लतियों से सबक लो। मान लो तुम ग़लत थे। ग़लत हो सकते हो और भविष्य में उसे नहीं दोहराओगे।

"कॉमरेड, मुझे बताइए इस पृथ्वी पर किसी और स्थान पर क्या ऐसी स्वतन्त्र परम्परा है? ऐसा रास्ता जो इन्सान की ख़ुशी, उसकी ख़ुशहाली के लिए है! इसमें हमारे नेताओं, हमारे अध्यापकों, हमारे मित्रों, कामगार मज़दूरों ने सबके सामने मिसाल रखी है।"

मेयरहोल्ड ने फिर पूछा, "यहाँ इस सभागार में गूँजती तूफ़ानी तालियाँ क्या सचमुच मेयरहोल्ड के लिए हैं? मैं आपसे पूछता हूँ, मेरे साथ कहिए कि ये तालियाँ मेरे लिए नहीं हैं बल्कि ये हमारी सरकार, हमारी पार्टी, उनकी नीतियों के लिए हैं। और इन सबसे बढ़कर उसके लिए हैं जो हमारे कलाकारों को प्रेरित करता रहा है। जिसने पुरानी ग़लतियों को सुधारकर साम्यवादी समाज का एक नया संविधान हमारे सामने रखा है।"

मेयरहोल्ड यहाँ कुछ देर को रुके। उन्होंने देखा विशिन्स्की सभा छोड़कर जा रहा था। उन्होंने बोलना जारी रखा।

''मैंने भी कई ग़लतियाँ की हैं। अभिव्यक्ति की निर्भीक ग़लतियाँ, इस सभागार में बैठे निर्देशक क्या वैसा करना चाहेंगे, जैसा मैंने किया?''

सभागार मौन था।

उसके बाद का लम्बा भाषण मेयरहोल्ड की स्वीकारोक्ति पर आधारित था। यहाँ रंगमंच में निर्माणवाद के पिता मेयरहोल्ड को मानना पड़ा या कहें कि कहीं कोई डर था जो उनसे यह सब कहलवा रहा था, या फिर अथक परिश्रम और समर्पण के बाद मिली नाकामी और हताशा थी, जो उनसे ये सब कहलवा रही थी। अनुमान लगाना मुश्किल है। ''मैंने रंगमंच प्रयोगशाला में जो प्रयोग किए उनका तआल्लुक़ अभिनेता की स्वतन्त्र अभिव्यक्ति से था। यह सब अभिनेता के लिए है। उनको दर्शकों पर जबर्दस्ती लादा जाए, ऐसा मैं कभी नहीं चाहूँगा।''

उन्होंने माना कि ''क्लासिक नाटकों को करने की वजह से आनेवाले नाटककारों को यह सहायता नहीं मिली जो उन्हें मुझसे मिलनी चाहिए थी। मेरे नाटक का प्रयोग *दि फॉरेस्ट* और *दि इंस्पेक्टर जनरल* को दर्शकों के बीच नहीं दिखाया जाना चाहिए। उनका प्रदर्शन अभिनेताओं और निर्देशकों की सीमित सभा में होना चाहिए। मेयरहोल्ड ने स्वीकारा, मेरा थिएटर बन्द कर दिया गया। यह मेरी निजी क्षति है, पर केन्द्रीय समिति और हमारी सरकार ने इस थिएटर को बन्द करने का जो निर्देश दिया वह ठीक था।

''हमारी पार्टी, हमारी सरकार और हमारे दर्शकों को एक हीरोइक थिएटर की ज़रूरत है, ना कि समग्रता में समाजचित्रण थिएटर की...हम अक्सर हीरोइक थिएटर रचने की बात करते हैं...लेकिन क्यों...क्यों कोई हीरो चाहिए मंच पर...? हीरो चाहिए...तब फिर किसी हिप्पोलाइट्स, किसी इडिपस, किसी एंटीगोनस को हम क्यों मंच पर घसीटकर लाएँ? जब हमारे बीच हमारे आज के नायक हैं। क्या संयोग है जबकि हमारे पास एक शीर्षक भी है—'सोवियत संघ का नायक'।

''हमें अपने कॉमरेड नाटककारों को ऐसे नाटक लिखने को प्रेरित करना चाहिए जिसमें आज के नायक हों।''

मेयरहोल्ड ने फिर से दोहराया : ''भविष्य की ओर देखें, हम सोवियतों के देश के रहनेवाले हैं। हम भव्य स्तालिन युग में हैं और निश्चित रूप से कह सकते हैं कि सोवियत संगठन में समाजवादी गणतन्त्र के साथ कला के एक नए युग की शुरुआत हो रही है। स्तालिनवादी पंचवर्षीय योजना जिसे नए युग का पुनर्जागरण कहा जा सकता है, जिसमें हमें प्रेरित करते हुए हमारी पार्टी के साथ कला के क्षेत्र में लोगों को शिक्षित करें, ऐसा प्रयास किया जा रहा है, ताकि उनके नाम इतिहास में साम्यवादी समाज के निर्माताओं के समकक्ष रखे जा सकें।''

मेयरहोल्ड ने अपना भाषण समाप्त किया। घर लौटे, लेकिन वह हताश और दुखी थे। उनको जैसे किसी अनजाने डर ने घेर लिया था। तरह-तरह की आशंकाएँ मन में उठ रही थीं। उनको डर था कि कहीं विशिन्स्की यह तो नहीं सोचेगा कि ये ज़ोरदार तालियाँ ख़ुद मैंने बजवाई हैं। उनको डर था कि दूसरे निर्देशकों ने भी जिस गरमजोशी से बार-बार उनका नाम दोहराया था कि रंगमंच में मेयरहोल्ड ने हमें बहुत कुछ सिखाया है। हम उनके ऋणी हैं। हमें थिएटर में लाने का श्रेय मेयरहोल्ड को है। कहीं इसे राजनीतिक तंत्र में कोई साज़िश तो नहीं समझ लिया जाएगा। विशिन्स्की उनके भाषण के बीच में ही उठ खड़ा हुआ था। इसका क्या कारण था, इसका किसी को पता नहीं चला।

उस रात मेयरहोल्ड ट्रेन से लेनिनग्राद के लिए रवाना हो गए और लगातार निकलाई सेरी और उनके बायोमैकेनिक्स गुरु जोसीमा ज्लोकित के साथ खेल समारोह को संयोजित करने में व्यस्त रहे, जिसका शीर्षक था *हमारे खिलाड़ी लाल सेना की शक्ति हैं।* सोरिन के अनुसार मेयरहोल्ड इस समारोह को दर्शकों से सीधा जोड़ना चाहते थे ताकि दर्शक जागें और जोश में इसको देखें। पोलित ब्यूरो के सदस्य और वहाँ सम्माननीय मेहमान काफ़ी समय तक वहाँ बैठे रहे। उन्होंने भी कुछ सुझाव दिए। तय हुआ कि खेल समारोह में खिलाड़ी रैडस्कॉयर में दोनों तरफ़ से आएँ और सलामी मंच की तरफ़ तेज़ी से बढ़ें, न कि परम्परागत शैली में। बस मंच के सामने से गुज़रते चले जाएँ। समारोह में प्रदर्शन इसी चौंकाने वाले रूप में पेश किया गया। सम्भवतः इसे मेयरहोल्ड का आख़िरी निर्देशित काम कहा जा सकता है पर इसे दुर्भाग्यपूर्ण विडम्बना ही कहा जाएगा कि जुलाई 8, 1939 में जब यह समारोह हो रहा था तब वहाँ से कुछ ही किलोमीटर दूर मेयरहोल्ड बुतीर्का जेल में थे।

मेयरहोल्ड ने उन्नीस जून की शाम अपने दोस्त एरास्त गारिन और उसकी पत्नी खेस्या लोक्शीना के साथ उनके घर पर बिताई थी। वहाँ मेयरहोल्ड थिएटर का सदस्य रह चुकी एलेना तियाप्लीना भी थी। अगले दिन सुबह सात बजे वे अपने अपार्टमेंट के लिए रवाना हुए, जहाँ कार्पोव एम्बैंकमेंट स्थित आन्तरिक मामलों के जनविभाग के अधिकारी उनको गिरफ़्तार करने के लिए मौजूद थे। जून 22 की रात को मेयरहोल्ड को फिर से मॉस्को लाया गया। शुरू में उनको लुबियात्का जेल में रखा गया फिर वहाँ से उनको बुतीर्की जेल स्थानांतरित कर दिया गया।

मेयरहोल्ड की अचानक हुई इस गिरफ़्तारी के बाद ज़िनैदा राइख बहुत ख़राब हालत में थी। लेकिन उन्होंने ख़ुद पर नियंत्रण रखे रखा। उन्होंने मेयरहोल्ड की नातिन से कहा था, एक बात का मुझे हमेशा दुख रहेगा, वह मेरी बेवकूफी थी कि मैंने स्तालिन को पत्र लिखा। मेयरहोल्ड ने स्तालिन की मदद माँगने से इनकार कर दिया था। यह ख़त राइख ने मेयरहोल्ड को बिना बताए लिखा था। "जब अभिनेता राजनीति से अनभिज्ञ होने के कारण उसमें दखलअन्दाज़ी नहीं करते, तब ऐसा क्यों

है कि राजनीतिज्ञ रंगमंच के बारे में कुछ भी न जानने के बावजूद उसमें दखलअन्दाज़ी करते हैं?'' उन्होंने पत्र के अन्त में लिखा था : ''आइए, हमारी मदद कीजिए।''

मेयरहोल्ड की गिरफ़्तारी के तीन सप्ताह बाद 14 जुलाई की रात ज़िनैदा राइख जब अकेली अपनी नौकरानी के साथ अपने घर में थी, उसकी निर्दयता से हत्या कर दी गई। कहा जाता है कि यह सब आन्तरिक मामलों के जनविभाग के प्रमुख लाब्रेन्ती बेरिया के आदेश पर किया गया। बाद में वह मकान उसने अपनी छब्बीस वर्षीया रखैल और अपने ड्राइवर को रहने के लिए दे दिया।

इधर सात महीनों के लगातार सवाल-जवाब और यातना के दौरान मेयरहोल्ड पर तरह-तरह के आरोप लगाए गए। वह 1923 से त्रोत्स्कीवादी और ब्रिटिश और जापानी जासूस था। यह सब उससे जबर्दस्ती कबूल करवाया गया।

1 फरवरी, 1940 को मेयरहोल्ड को मौत की सज़ा सुनाई गई और अगले दिन मिलिट्री कोलेजियम के किसी तहख़ाने में गोली मार कर हत्या कर दी गई।

उनकी लाश को जलाने के बाद अस्थियों को बिना किसी अन्तिम संस्कार के दूसरे हज़ारों उत्पीड़ितों की अस्थियों के साथ दोत्स्कोई श्मशान के पीछे पाँच मीटर गहरी किसी अनाम कब्र में दफ़ना दिया गया।

मेयरहोल्ड का नाम तुरन्त सब थिएटरों और ऑपेरा प्रस्तुतियों से हटा दिया गया। पिछले चार दशकों में रूसी रंगमंच पर किए गए उनके किसी भी काम का निशान तक नहीं छोड़ा गया।

1955 में मेयरहोल्ड के कामों की पुनर्स्थापना से पहले, ली स्ट्रासबर्ग के शब्दों में, ''रंगमंच के इतिहास के 'महानतम निर्देशक' का कभी अस्तित्व था, इसका किसी को पता तक नहीं था।''

इसके भी वर्षों बाद 1991 में उस बेनाम कब्र की निशानदेही के लिए एक पत्थर लगाया गया जिस पर लिखा था : सांझी कब्र संख्या 1, दोन्स्कोई मोनास्ट्री। व्सेवोलोद मेयरहोल्ड, जन्म 1874, मृत्यु 1942।

क्रूरता का रंगमंच

दिनेश खन्ना

फ्रेंच अभिनेता, कवि, निर्देशक, चित्रकार और इन सबसे अधिक रंगमंच–सिद्धान्तकार आंत्वां आर्तो का जन्म 5 सितम्बर, 1896 को मार्सेल, दक्षिण-फ्रांस में हुआ। आर्तो का सम्पूर्ण जीवन, संघर्ष, रोमांच और गहरे रंगमंचीय अर्थों की तलाश में बीता। जब वे मात्र पाँच वर्ष के थे तभी उनको अचानक मेनेंजाइटिस का जानलेवा दौरा पड़ा, जिसके परिणामस्वरूप उनको आजीवन शारीरिक पीड़ा, तड़पाकर रख देनेवाले सिर दर्द और चेहरे को विकृत कर देनेवाली यातना को सहना पड़ा। लेकिन फिर भी आर्तो ने इस आजीवन मिली पीड़ा से संघर्ष करते हुए अपने कलात्मक जीवन की संरचना की और अपने धीरे-धीरे क्षीण होते नश्वर शरीर के बीच आत्मा की अलौकिक शक्ति की पहचान और उसे रंगमंच-कला में *सार्वभौमिक सत्य* के रूप में सामने रखा।

उनका बचपन एकाकी बीता क्योंकि वहाँ उनको हमेशा से बाहर रहनेवाले कड़े अधिकार जतानेवाले पिता मिले और मिली कुछ ज़रूरत से ज़्यादा हिफ़ाजत करनेवाली माँ और माता-पिता के तनाव भरे सम्बन्ध, इसलिए उनके लिए तो वे हमेशा बेगाने ही रहे। लेकिन फिर भी, लगातार शारीरिक पीड़ा सहते हुए भी, उन्होंने हर हाल में अपनी स्कूली पढ़ाई जारी रखी।

1920 में अपने परिवार से नाराज़ होकर बड़ी भावुक अवस्था में वे पेरिस चले गए और अपना कलात्मक जीवन शुरू किया। कविता, चित्रकला, सिनेमा, अभिनय, रंगमंच और *आवांगार्द* नवीन कला के आन्दोलन की अगुवाई उनके कलात्मक जीवन के अनेक चरण हैं।

रंगमंच की जादुई भाषा की तलाश में, मनोवैज्ञानिक रंगमंच के बढ़ते आडंबरी प्रकोप से रंगमंच को साफ़ करने के विचार से उन्होंने रंगमंच को प्लेग जैसी आपदा के साथ जोड़कर उसके प्रभाव की रंगमंच से तुलना की, जो रंगमंच में अब तक की सबसे विस्फोटक परिभाषा कही जा सकती है। उन्होंने कहा, "रंगमंच प्लेग जैसा है, एक ऐसा संकटकालीन चरमबिन्दु जो स्वयं ही उसकी दवा है। प्लेग एक ऐसी बड़ी महामारी है, एक ऐसा निरंकुश संकट है जिसमें कोई तीसरा रास्ता नहीं, मौत और

तबाही या फिर सब कुछ पूरी तरह पाक साफ़ हो जाएगा। उसी तरह से रंगमंच भी एक आपद स्थिति बनाता है, क्योंकि यह अपने में सर्वोत्कृष्ट सन्तुलन है, जो मस्तिष्क का आह्वान करता है, उसे सन्निपात की स्थिति तक ले जाकर उसकी सोचने की शक्ति तीव्रतर कर देता है और तब अन्त में सब विध्वंस होने के बाद गहन मानवीय दृष्टिकोण उद्‌घाटित होता है। रंगमंच प्लेग जैसा है क्योंकि यह हमें यह देखने के लिए उकसाता है कि हम वास्तव में अन्दर से कैसे हैं। यह हम पर दबाव डालता है ताकि हम बाहरी मुखौटे को चटखकर गिर जाने दें, झूठ का पर्दाफाश होने दें; पर्दाफाश होने दें पंगु स्थिति का, पाखंड-भरी नीचता का।

"यह पदार्थ की दमघोंटू स्थिरता को तोड़ता है, जो इन्द्रियों के स्पष्ट प्रभाव को अपने अधिकार में करके मनुष्य की सामूहिक चेतना की अन्धकार में छिपी शक्तियों और निहित बल का परिचय कराती है, जो पुनः मनुष्य को नियति के सामने अधिक उदात्त और वीरतापूर्ण ढंग से पक्षधर बनाते हैं, जो अन्यथा शायद वे न हो पाते।

"अब हमें स्वयं से यह प्रश्न करना चाहिए कि बिना समझे इस डूबते हुए, आत्मघात करते हुए संसार में ऐसे मनुष्यों का कोई समूह हो सकता है, जिसे रंगमंच के इस उच्चतर विचार से परिचित कराया जा सके, जो हमारे सामने उन सिद्धान्तों का प्राकृतिक और जादुई समानार्थी प्रस्तुत कर सके, जिनमें हमारा विश्वास नहीं रहा।"

(दि थिएटर एंड इट्स डबल, 1935-36)

अपने बहुचर्चित निबन्ध संग्रह *दि थिएटर एंड इट्स डबल* के लेखों में उन्होंने रंगमंच की अपनी स्वतन्त्र भाषा की तलाश को सामने रखा है। रंगमंच को तब तक पहचान नहीं मिल सकती जब तक उसकी स्वतन्त्र भाषा नहीं बनती। इस संग्रह में उनकी अद्‌भुत और विस्मय में डाल देनेवाली तूफ़ानी भाषा यूरोपियन रंगमंच में मनोवैज्ञानिक यथार्थवादी जकड़न को अपने विरोधी तेवर से तोड़ती हुई आगे बढ़ती है। यहीं से शुरू होता है आर्तो का पूर्वी रंगमंच की मान्यताओं में गहरा विश्वास।

पश्चिम रंगजगत ने जिस इनसानी सोच को मनोव्यवहार की सीमा में बाँधकर रख दिया था, उसे आर्तो ने अपने क्रांतिकारी चिन्तन से तोड़ा और इनसान की आत्मा की मुक्ति का एक नया विचार सामने रखा जिसे *क्रूरता का रंगमंच* के नाम से उनकी रंगमंचीय खोज के रूप में जाना जाता है। इस संग्रह के लेखों को उन्होंने 1931 से 1935 के बीच लिखा और ये 1938 में *दी थिएटर एण्ड इट्स डबल* के नाम से प्रकाशित हुए। *रंगमंच और क्रूरता* शीर्षक निबन्ध में उन्होंने स्पष्ट रूप से अपने नए रंगमंच विषयक विचार लिखे हैं :

"हम यह विचार खो चुके हैं कि रंगमंच क्या है। जितना अधिक रंगमंच अपने को सीमित करता जाएगा, यथा मात्र कुछ कठपुतली के खेलों की अन्तरंगता तक, वह दर्शकों के लिए मात्र लुकछिप कर झाँकने का नज़ारा ही बनता रहेगा। हाँ, इतनी

बात तो समझ में आती है कि क्यों आज संभ्रांत जनमानस रंगमंच को देखने वापिस नहीं आ रहा अथवा क्यों रंगमंच से विरक्त आम जनमानस सिनेमा, संगीत की महफ़िलों और सर्कस-तमाशों में हिंसात्मक तुष्टि पाता है, उन्हें देखकर वह मायूस नहीं लौटता।"

"अगर रंगमंच फिर से अपनी उस ज़रूरत का एहसास कराना चाहता है तो उसे वह सब कुछ पेश करना चाहिए—प्रेम, युद्ध, विक्षिप्तता, अपराध और पागलपन। रोजमर्रा का प्रेम, व्यक्तिगत अभिलाषा, परेशानियाँ, दिक़्क़तें, इस सबके तब तक कोई मायने नहीं हैं, जब तक उस भयावह विस्मयकारी काव्य, प्रगीतत्व प्राचीन गीतों के जनता द्वारा स्वीकृत और मान्य मिथकों में संकेतित मानक स्रोत से उनका सम्बन्ध नहीं बनता।

"हम चाहेंगे कि रंगमंच को विश्वसनीय वस्तु बनाएँ जिसका विकास किया जा सके, जैसे खुले घाव के लिए मरहमयुक्त स्पर्श, दूषित को स्वच्छ करने के लिए सच्ची भावनाएँ, जो दिल और इन्द्रियों का स्पर्श कर सकें। जिस तरह हमारे सपनों की हम पर प्रतिक्रिया होती है और यथार्थ की हमारे सपनों पर प्रतिक्रिया होती है, उसी प्रकार हमें विश्वास है कि हम मानसिक छवियों को वांछित स्तर की हिंसा के साथ प्रक्षेपित सपने के साथ जोड़ सकेंगे। रंगमंच की माया पर दर्शक तभी विश्वास करेंगे जब वे सचमुच उन्हें सपने मानकर चलें, न कि सच्चाई की तुच्छ-सी नकल। इस शर्त पर जबकि वे दिवास्वप्न की जादुई आज़ादी प्रदान करें जो तभी पहचान में आती है जब उस पर डर, निर्दयता छपी होती है। इस तरह उच्च स्तर की क्रूरता और आतंक, जिसकी पहुँच हमारी सम्पूर्ण ऊर्जा को नापती है, हमारी ही क्षमता के साथ हमारा हमसे ही सामना करवाती है।

"दर्शक की हर तरह की संवेदना पर असर करने के उद्देश्य से हम घूमता हुआ नाटक पेश करेंगे। अक्सर देखा जाता है दो हिस्सों—मंच और दर्शक में विभक्त रंगमंच में कोई वार्तालाप, कोई संवाद नहीं होता, ऐसे में हमें उसके दृश्य और आवाज़ के विस्फोट को पूरे दर्शक समूह तक प्रसारित करना होगा।

"इसके अतिरिक्त व्याख्यायित होनेवाली भावनाओं को छोड़कर हम अभिनेता की वाणी को बाहरी शक्तियों के लिए काम में लाने और पूरी कायनात को मंच पर लाने का है। हम इसे ही सामने लाना चाह रहे हैं। चाहे कितने भी बड़े स्तर पर इस तरह का कार्यक्रम हो, वह रंगमंच की सीमा से आगे नहीं पहुँच पाता जिसका सम्बन्ध हमें प्राचीन जादुई शक्तियों से जुड़ा लगता है।

"अगर व्यावहारिक ढंग से देखें, तो हम पूर्ण रंगमंच के विचार को फिर से वापिस लाना चाहते हैं जिससे रंगमंच फिर से सिनेमा, संगीत-हॉल, सर्कस और स्वयं ज़िन्दगी के वे सब तत्त्व फिर से हासिल कर लेगा जो हमेशा उसके थे। असल में रंगमंच की विश्लेषण की दुनिया और इस वस्तुजगत का विभाजन ही बेवकूफ़ी लगता है। हम

शरीर और मस्तिष्क को विभाजित कैसे कर सकते हैं और न ही इन्द्रियों को मन-बुद्धि से—खासकर उस मैदान में, जहाँ निरन्तर परिश्रम से हमारे अंग-प्रत्यंग झटकों की माँग करते हैं ताकि हमारी समझ लौट सके।

"हम इन सिद्धान्तों से युक्त प्रस्तुति को मंच पर लाना चाहते हैं, जहाँ इन सक्रिय माध्यमों का सीधा-सीधा इस्तेमाल हो सके। इसलिए ऐसी प्रस्तुति हमारी दिमाग़ी मनःस्थिति की सीमाएँ जाँचने से भयभीत नहीं होती; वह ताल, ध्वनि, शब्द, गीतों से भरी आवाज़ का प्रयोग करती है, जिसकी प्रकृति और हैरान कर देनेवाले समायोजन अब तक न दर्शाई गई तकनीक का हिस्सा हैं। अगर हम साफ़-साफ़ कहें, ज़रा ग्रूनेवाल्ड या हाइरोनियस बॉश के चित्रों के बिम्बों पर नज़र डालें तो हमें सब समझ में आता है कि वह प्रदर्शन कैसा होना चाहिए, जहाँ हमें बाहरी दुनिया की वस्तुएँ वैसे ही लालच देती लगती हैं जैसे एक संत के दिमाग़ को लगेंगी। इस प्रलोभन के खेल में रंगमंच को फिर से अपने सही अर्थ खोजने होंगे, जहाँ ज़िन्दगी अपना सब कुछ खो देती है और दिमाग़ सब पा लेता है।

"हमने एक ऐसे कार्यक्रम की रूपरेखा बनाई है जो सर्वपरिचित ऐतिहासिक और वैश्विक वस्तुओं के इर्द-गिर्द आयोजित होगा और उसी में विशुद्ध रंगमंचीय पद्धतियों की खोज का अवसर देगा। हम ज़ोर देकर कहते हैं कि क्रूरता के रंगमंच का पहला प्रदर्शन निजी चिन्ताओं की अपेक्षा जन-चिन्ताओं से सम्बद्ध होगा, जो अधिक तात्कालिक और परेशानकुल हैं।"

आर्तो ने अगस्त, 1931 में जब बाली नृत्यरंगमंच देखा तो उन पर उसका गहरा प्रभाव पड़ा। अद्‌भुत छवियों और शारीरिक मुद्राओं से युक्त यह रंगमंच आगे चलकर उनके अपने रंगमंच के विचारों का आधार बना, जैसे उनके विचारों को शरीर मिल गया और जल्द ही उन्होंने इसे *क्रूरता का रंगमंच* के नाम से परिकल्पित करना शुरू किया। बाली (इंडोनेशियाई द्वीप समूह) से आई एक नृत्यमंडली के प्रदर्शन में आर्तो को शामिल होने का मौक़ा मिला। ये प्रदर्शन दक्षिण पूर्वी पेरिस में स्थित विन्सेने फोरेस्ट में बहुत बड़े स्तर पर आयोजित औपनिवेशिक प्रदर्शनी में हुआ था। संयोग से आर्तो अपनी फ़िल्म की लोकेशन के सिलसिले में वहाँ ठहरे हुए थे। उन पर इस अनोखे अभिनय नृत्य आयोजनों का लगभग चमत्कृत कर देनेवाला प्रभाव पड़ा। अगस्त में जब वे पेरिस लौटे तो उन्होंने तुरन्त ही अपनी प्रतिक्रियाओं को *ला नुवेला रेव्यू फ्रांसेस* के लिए एक लेख के रूप में लिखना शुरू किया। अपनी कुछ प्रतिक्रिया आर्तो ने अपने सम्पादक मित्र जाँ पोल्हां को अपनी आन्जू की यात्रा के दौरान लिखे एक लम्बे पत्र में भी दी। हालाँकि उनके लिखे लेखों को उस समय सब तरफ़ अस्वीकार ही मिला फिर भी जाँ पोल्हां और जाक्स् शिविएर उनके दो ऐसे सम्पादक मित्र थे जिन्होंने आर्तो के चिन्तन को हमेशा प्रोत्साहन और मान्यता दी।

बाली रंगमंच के नृत्य-अभिनय को देखना आर्तो के लिए सर्वदा एक अनोखा रंगमंचीय अनुभव था, वह मंच पर भावमय भव्य सांकेतिक मुद्राओं की शारीरिक शक्ति, ताल और लय का अद्भुत समायोजन था, जो दर्शक को मंच पर अलौकिक वस्तुजगत रचित होता दिखलाता है, जो मिथक-संसार के आन्तरिकता भाव को भव्य और जादुई चमत्कार जैसी छवि का रूप देता है।

सन् 1931 का वर्ष आर्तो के लिए क्रूरता का रंगमंच को बुनियादी रूपरेखा देने का रहा। इसी वर्ष आर्तो ने लूव्र म्यूजियम में लूक्स फान देन लेइडेन द्वारा बनाया गया ऐसा चित्र देखा जिसने उनके रंगमंच के दैशिक और श्रवण-सम्बन्धी आयामों को स्पष्ट करने में सहायता दी और इसके साथ ही आर्तो ने मार्क्स बन्धुओं की दो फ़िल्में *एनिमल क्रैकर्स* और *मोन्की बिज़नेस* भी देखीं, जिन्होंने क्रूरता के रंगमंच में प्रचंडता भरे आवेग में निरंकुश विनाश और मुक्ति की ताक़त के रूप में हास्य-व्यंग्य को जोड़ा।

1928 में एल्फ्रेड जैरी के प्रति अपने सम्मान-स्वरूप शुरू किए थिएटर में क्रूरता के रंगमंच को जोड़ उसे और विस्तार दिया। आर्तो के लिए बाली रंगमंच में वे सभी तत्त्व थे, जो एलफ्रेड जैरी ने रंगमंच में शामिल करने की कभी योजना बनाई थी--मुख्यतः लिखित आलेख और मनोवैज्ञानिक यूरोपियन रंगमंच से बचने की प्रबल युक्ति के रूप में। बाली नृत्य में उन्हें कार्य की गहन केन्द्रीयता दिखाई देती थी, वहाँ आलेख को जैसे पूरी तरह वश में कर लिया गया था और सभ्यता का जादुई प्रकाश वहाँ देखते ही अपना असर दिखाता था, जबकि यूरोपीय रंगमंच हमेशा से चाहता रहा है कि लिखित को रंगमंच के साथ पूरी तरह मिला दिया जाए। आर्तो का मानना था कि तब तो रंगमंच की अपनी भाषा बनाना सम्भव नहीं हो पाएगा। मनोवैज्ञानिक रंगमंच हमारी सोच को कैद कर देता है, जबकि क्रूरता के रंगमंच को हर तरह के आधिपत्य से मुक्त और आडंबरहीन होना था। इसलिए आर्तो मार्क्स-बन्धुओं की फ़िल्मों को पूरी तरह सच्चाई को चीरकर रख देनेवाला बताते थे। इन फ़िल्मों से आर्तो ने विच्छेदक घटना, मौक़े पर उपजा, ख़तरा, उसके निवारण जैसे आग्रह को अपने रंगमंच के लिए अपनाया। यहाँ मंचीय घटना में इतनी जीवन्तता होगी कि वह पहले से की गई नपी-तुली तमाम तैयारियों को झटके से तोड़ देगी, त्रासदी और काव्य के गिरते स्तर को रोक देगी। आर्तो का मानना था हँसाने की शक्ति में विस्मय छिपा है जो आकस्मिक बदलाव लाने की ताक़त रखता है। मार्क्स-बन्धुओं की फ़िल्मों में उनको ऐसा ही विद्रोही तेवर दिखता था, जो शोरगुल और क्रियाओं के विरोध की अच्छाई पर ज़ोर देता था। यहीं से आर्तो को रंगमंच में विद्रोही तत्त्व मिले। इन सबकी जीत एक तरह का उल्लास है--स्पष्ट दिखनेवाला, गूँजता हुआ। यहाँ सभी घटित होनेवाली घटनाएँ कम्पन के उस तापमान को पकड़ती हैं जिसमें नज़र आती है प्रचंड तनाव भरी बेचैनी।

आर्तो ने बाली रंगमंच पर अपने लेख में अपने अनुभव के बारे में लिखा कि 'पहले इसके प्रदर्शनों को मात्र नृत्य, गीत, मूक अभिनय और मुद्राओं के गति-संचालन के रूप में लिया गया, लेकिन आर्तो ने संकेत किया कि आश्चर्य है कि अब तक हमने यह समझा है कि मनोचेतना जगानेवाला रंगमंच सिर्फ़ यूरोपीय रंगमंच की देन है। पर यहाँ हम एक ऐसा मायावी भ्रान्तिजनक और रोमांचित करनेवाला रंगमंच पुनर्स्थापित हुआ देखते हैं, जो पूर्णतः आत्मनिर्भर और रचनात्मक स्तर लिये हुए है। बाली थिएटर भयावह और डरावने चरित्रों को स्वच्छ, स्वतन्त्र, अभौतिक और कलात्मक स्तर पर दिखलाता है। मैं कितना आश्चर्यचकित हूँ यह देखकर कि एक छोटा-सा नाटक—एक पिता और उसकी अवज्ञाकारी विद्रोही बेटी को कितने विशाल स्तर पर दिखाता है। पिता बेटी पर क्रोधित हो रहा है, और तब शुरू होता है इसको डराने के लिए प्रेतों का प्रवेश यानी आदमी और स्त्रियों के ऐसे चरित्र जो इस साधारण-सी कहानी को असाधारण तरीक़े से रचेंगे। सबसे पहले आता है प्रेतों का आकार और बनाता है यह भ्रांतिजनक मायाजगत। कितना आश्चर्य है कि इन चरित्रों को सब सही मान लेते हैं। ये सब शुरू की मंचछवियाँ हैं। इनको अभी इतना भर दिखाने की अनुमति दी गई है। ये स्थितियाँ तो मात्र बहाना हैं। इस सन्दर्भ में नाटक का निर्माण भावनाओं से नहीं उन मनःस्थितियों से होगा जो होंगी खंडित, टूटी-फूटी। यहाँ दिखाया जाएगा मात्र वह जो बाहर से दिखनेवाली चरित्र की मात्र लकीरें हैं; चरित्र का असली स्वभाव इन लकीरों के पीछे छिपा है। एक नई शारीरिक भाषा जो शब्दों पर आधारित नहीं है, वरन् पूरे मंच पर दिखाए जानेवाले चिह्नों, मुद्राओं और चेष्टाओं पर निर्भर करती है; कोई भी जगह तो ख़ाली नहीं, कोई भी जगह ऐसी नहीं जिसका इस्तेमाल न हो। इनके मानसिक चिह्नों के दो टूक मतलब होते हैं जो हमें अपनी समझ, अपने अन्तःरुझान से समझ आते हैं, लेकिन ये इतने घातक तरीक़े से पेश किए जाते हैं कि उनको मानसिक भाषा में बदलना अर्थहीन होता है। इस पूर्वी रंगमंच की शक्ति का दूसरे रंगमंच से कोई मुक़ाबला नहीं। यथार्थवाद में यह बात कहीं नहीं है। यहाँ जैसे एक प्रसारण गहरे आत्म प्रशिक्षण से निर्मित हुआ है—आँखों का घुमाना, उनसे तेज़ प्रभाव छोड़ना, बाहर को निकले होंठ, हाथों की मुद्राओं का निरन्तर संचालन, हर क्षण उनको परिचालित करनेवाली साँस की गति, कसे हुए दृश्य, एक-दूसरे में ऐसे सिमटे हुए कि उनको किसी आशु अभिनय की ज़रूरत नहीं है, क्योंकि यहाँ तो कथा और उनके दृश्यों से भी आगे का विस्तार दिखाया जाता है।

बाली रंगमंच की इन प्रस्तुतियों को देखकर आर्तो को एक ठोस बात समझ में आई कि भाषा से परे भी दृश्यसंरचना है; एक अमूर्त कल्पना, अमानवीय और दैविक रूप में जो मंच दिखा सकता है अपना चमत्कार, वह देखनेवालों को चकाचौंध कर सकता है—वह एक ऐसा प्रकटीकरण है जो पहले अनुभव में समझ से परे लग सकता है। पूर्वी रंगमंच का यह प्रभाव मनोवैज्ञानिकता की अवधारणाओं से नहीं जन्मा है।

यह प्रदर्शन आन्तरिक कर देनेवाले जश्न की तरह है, जहाँ देखनेवाले अलौकिक और अभौतिक अनुभव से होकर गुज़रते हैं। इन नाटकों में जो भी थोड़ा-सा आलेख होता है, वह भी काव्यमय आकार में बँधा रहता है, जिससे प्रदर्शन के बाक़ी हिस्से आलोकित होते नज़र आते हैं।

आर्तो इस रंगमंच से अत्यधिक प्रभावित रहे, ख़ासतौर पर उसकी शारीरिक चेष्टाओं, भाव-भंगिमाओं से क्योंकि यहाँ बोले गए शब्दों से अधिक शारीरिक क्रियाओं का महत्त्व है। यहाँ दृश्य ही सर्वोपरि है, जिसका सीधा असर देखनेवाले के अचेतन पर पड़ता है। इसमें है एक लगातार बदलता कार्यकलाप, एक रहस्य, जो एकटक देखने की उत्प्रेरणा देता है। आर्तो ने आगे चलकर इस अनुभव को इस तरह सामने रखा : "वे सभी साधन जो पूर्वी रंगमंच में प्रयोग में लाए जाते हैं (संगीत, वेशभूषा, मंचसामग्री, शब्द और सभी तरह की गतिमय चेष्टाएँ), जिनसे पूरा मंच लगभग भरा रहता है, जिस पर अभिनेता प्रवेश करके शेष सभी रिक्तताओं को अपनी उपस्थिति से भर देता है और देखनेवालों को हतप्रभ-सा कर देता है, फिर अपनी एकदम नपी-तुली भाव-भंगिमाओं से एक अभौतिक जगत रचता है, जो हमें भीतर तक उद्वेलित कर देता है।" हालाँकि आर्तो की विचारशील ज़िन्दगी में ये सभी क्रूर घटनाएँ 1931 के अन्त में चार महीनों के दौरान एक के बाद एक आ रही थीं, फिर भी उनकी निजी ज़िन्दगी अकेलेपन और दुखों से भरी थी। उनके शरीर और मस्तिष्क पर मानसिक पीड़ा छाती जा रही थी। जब भी वे उस पर काबू पाने की कोशिश कर अपनी विचारशीलता को जगाते तो उनमें सत्वपूर्ण छवियाँ उभरने लगतीं, लेकिन उनको दर्शानेवाला भौतिक जगत दिशाहीन-सा नज़र आता था, जिसमें वे अपने को त्रस्त, भयाकुल पाते थे। वे एकदम अकेले थे। उनकी स्थिति दीवानगी की किसी भी सीमा तक जा सकती थी। ऐसे में उनकी उपस्थिति इस चेतनायुक्त संभ्रात कहे जानेवाले समाज के सामने बार-बार प्रश्नचिह्न खड़ा कर देती थी। उनकी सामाजिक तस्वीर भ्रान्तिपूर्ण लगती जबकि उनकी निर्दोष आत्मा बार-बार मुक्ति के लिए गुहार लगाती।

जिस समय आर्तो क्रूरता के रंगमंच को विचार दे रहे थे उस समय उनकी आर्थिक स्थिति बहुत ख़राब थी। जैसे भी हो वे पेरिस छोड़ देना चाहते थे। इससे पहले भी वे गए बरस इटली ऐसे ही हालात में गए थे। वे सोच रहे थे कि बर्लिन चले जाएँ। वहाँ प्रयोगशील रंगमंच के लिए उनको सम्भावना नज़र आ रही थी। इससे पहले भी फ़िल्म अभिनय के लिए जब वे बर्लिन गए थे तो उन्होंने मेयरहोल्ड और पिस्कातोर की मंच-प्रस्तुतियाँ देखी थीं। मेयरहोल्ड की मंडली उस समय बर्लिन के दौरे पर थी। आर्तो को मेयरहोल्ड के लोकतत्त्वों, शारीरिक क्रियाओं की यान्त्रिक गतिविधि पर आधारित शैलीबद्ध रंगमंचीय प्रयोग प्रभावशाली तो नज़र आते थे, पर सामाजिक क्रान्तिवादी मेयरहोल्ड की प्रस्तुति जिस नज़रिए से आकार लेती थी उससे वे ज़रा भी इत्तेफ़ाक़ नहीं रखते थे। 'मैं रंगमंच की सामाजिक नहीं, सच्ची क्रिया पर

विश्वास रखता हूँ, भले ही वह जीवन के चाहे किसी भी स्तर तक क्यों न जाती हो। इसके बाद मैं यह कहने की ज़रूरत नहीं समझता कि जर्मनी, रूस और अमेरिका में हुए रंगमंच प्रयास, रंगमंच के सामाजिक क्रान्तिवादी मक़सद को पूरा करते हैं। मेरी नज़र में यह एकदम बेतुका मक़सद है। सबसे पहले समाज को रद्द करना ज़रूरी है। दर्शकों को सभी समाज-कल्याण के रास्ते परोसकर देने की क्या तुक है? रंगमंच पर क्रान्ति का विचार ठोस नतीजे के बिना कोई मायने नहीं रखता, हर हाल में ठोस नतीजा सामने आना चाहिए। यहाँ रंगमंच के तरीक़ों को पीसकर हिंसात्मक रूप देना सबसे ज़्यादा ज़रूरी है। समाज की पहले जड़ से सफ़ाई की जानी चाहिए। सभी पुरानी परिपाटियों, भ्रष्टाचारों को जड़ से साफ़ करना होगा। तभी रंगमंच का विचार उनकी सच्ची मदद करेगा। ये दोनों काम रंगमंच को ही करने हैं। अपनी क्रियाशीलता में वो हिंसात्मक खेल भी दिखाएगा और जख़्मों पर मरहम भी रखेगा।'

वसन्त 1932। पेरिस में छोटी-सी अवधि के लिए रंगमंच की हड़ताल का समय। आर्तो के लिए यह अच्छा अवसर था कि वे साफ़-साफ़ अपने रंगमंच के विचारों को लोगों के सामने रख सकें। यही मौक़ा था जब वे घोषणा कर सकते थे कि मौजूदा रंगमंच को पूरी तरह से नष्ट कर दिया जाना चाहिए ताकि उनके अपने रंगमंच को सामने आने का अवसर मिले।

आर्तो ने प्रतिक्रिया जताई, 'अभी-अभी ख़त्म हुए महीने के दौरान पेरिस के रंगमंच, सिनेमा, नाचघर, कोठों ने हड़ताल की तरफ़ पहला क़दम रखने की कोशिश की, जो कि पूर्णतः तमाशा था जो हमें यह देखने के लिए बाध्य करता है कि सच्चा रंगमंच आख़िर उनसे क्या पाएगा जो फिलहाल दर्शक-समूह को बाहर धकेल रहे हैं और जो रंगमंच, संगीतघर, कैबरे हॉल और कोठों को एक ही बोरे में बन्द करने की सलाह देते हैं।'

यह तो स्पष्ट है कि रंगमंच के सस्ते कारोबारी नज़रिए की आर्तो कड़े शब्दों में भर्त्सना करते हैं।

अप्रैल, 1932 में आर्थिक कारणों के चलते आर्तो को अपने रंगमंच की योजना को स्थगित करके बर्लिन का दौरा करना पड़ा। वहाँ अचानक उनको एक फ़िल्म में काम मिल गया था, फ़िल्म थी *गनशॉट एट डॉन*—एक हिंसात्मक, हिला देनेवाली फ़िल्म, जिसका निर्देशन किया था सर्ज पोलिग्नी ने। आर्तो इसमें मुख्य भूमिका में दिखाई दिए—एक क़ातिल की भूमिका में, जिसका उपनाम था दि ट्रेम्बलर, क्योंकि वह इस तरह से हाथ मिलाता था कि पुलिस के शक को दूर कर सके। आर्तो के लिए यह सब करना बड़ा शर्मनाक था, पर आर्थिक दबाव के कारण वे मजबूर थे और फिर उस समय बर्लिन में बन रहा सिनेमा तकनीक और विषय की दृष्टि से बेहतर था। आर्तो को उस दौर की जर्मन फ़िल्मों की प्रकाश-व्यवस्था और चुनौती भरे सिनेमाई प्रयोग विशेष रूप से प्रभावित करते थे।

उस समय बर्लिन के वातावरण में तेज़ी से बदलाव आ रहे थे और अडोल्फ हिटलर की नाज़ी पार्टी का प्रभुत्व प्रत्यक्ष रूप से सब तरफ़ देखा जा सकता था। यहाँ आर्तो की मनःस्थिति काफ़ी ख़राब थी। आर्थिक दबाव, निराशा और गहरी उदासी उन पर छाई थी। एक ओर उनके रंगमंच की छिन्न-भिन्न स्थिति थी तो, दूसरी तरफ़ उनकी नसों में दौड़ता जोश। उनकी नज़र बर्लिन पर थी; एक बेचैनी थी, वे देख रहे थे कि शीघ्र ही इस सबको लेकर वे स्वयं निर्देशन करेंगे। इसी ख़्याल और कशमकश के बीच वे डगमगाया करते। बर्लिन के सुरक्षित समझे जानेवाले धनाढ्य और उच्चवर्ग को धीरे-धीरे वे ढहते देख रहे थे, गलियाँ अच्छे-अच्छे कपड़े पहने भिखारियों से भरी थीं, जिनमें रहनेवाले ये लोग कभी अच्छे खासे मध्यमवर्गीय लोग रहे होंगे; लगता था बर्लिन समाज इस आपातस्थिति में अपने पतन को फ़ैशन के झीने परदे, रंगमंच और खानपान में जैसे-तैसे बचाने की कोशिश कर रहा है। मई 1932, बर्लिन के जाने-माने रोमानीखेज़ काफ़े में आर्तो को हिटलर से रू-ब-रू होने का अवसर मिला था। उन दिनों यह काफ़े चर्चित लोगों की बैठक हुआ करता था।

आर्तो ने मई 1946 में रोडेज मनोचिकित्सालय से छूटने के कुछ दिन पहले हिटलर से उसी काफ़े में हुई बातचीत को याद किया था। आर्तो के अनुसार हिटलर ने उन्हें बताया था कि वह यूरोप भर में हिटलरवाद चलाएगा—ठीक उसी निराधार तरीक़े से, जैसे अवसर मिलने पर उसने हिप-हिप हुर्रावाद चलाया होगा। आर्तो ने प्रत्युत्तर में कहा था कि वे हिंसक नस्लवाद की मुख़ालफ़त करते हैं, उनका वैचारिक क्रान्ति में विश्वास है, हिंसक दंगाई झगड़ों का वे विरोध करते हैं।

जुलाई-अगस्त, 1932 में आर्तो ने अपने मेनीफेस्टो के माध्यम से रंगमंच पर अपने विचारों को सामने लाना शुरू किया। उन्होंने ड्राफ्ट तैयार किए पर वे उनसे हमेशा असन्तुष्ट रहे। उनके सामने अपने रंगमंच को शीर्षक देने की सबसे बड़ी समस्या थी, *क्रूरता के रंगमंच* से पहले कई शीर्षक उनके ज़ेहन में थे, जैसे *सर्व रसायन रंगमंच (दि ऑल कैमिकल थिएटर)* या फिर *आधिभौतिक रंगमंच (दि मेटाफिज़िकल थिएटर)*। पढ़े-लिखे लोगों के बीच हास्यास्पद स्थिति से बचने के लिए आर्तो ने इन नामों को ठुकरा दिया, इसी के साथ कुछ और नाम भी विचाराधीन थे, *सत्यपरीक्षा का रंगमंच (दि थिएटर ऑफ़ दि ऑडीलि), विकास रंगमंच (दि थिएटर ऑफ़ इवोल्यूशन) और चरम रंगमंच (दि थिएटर ऑफ़ एब्सोल्यूट)*। (फुलान के सुझाव पर), लेकिन अन्त में जिस शीर्षक पर आकर उनकी सोच केन्द्रित हुई वो यही था—*क्रूरता का रंगमंच (दि थिएटर ऑफ़ दि क्रुएल्टी)*। पर जब आर्तो ने यह शीर्षक प्रेस विज्ञप्ति के लिए भेजा तो कई पत्रिकाओं ने उनके हस्तलेख को ग़लत पढ़ा। घोषित हुआ कि आर्तो ने एक नया रंगमंच खोज निकाला है जिसका शीर्षक है *दि थिएटर ऑफ़ दि क्रक्स*। समय के साथ आर्तो क्रूरता के सवाल पर अपना पक्ष साफ़ करते रहे, पर क्रूरता का शब्द उनके व्यक्तित्व की तरह हमेशा लोगों को संदिग्ध बना रहा।

आर्तो का मानना था कि क्रूरता का रंगमंच एक यथातथ्य क्रिया है, जिसमें आख़िरी संघात सभी माध्यमों को निगल जाता है। यह एक ख़तरनाक रंगमंच है जो दर्शक और भागीदार, दोनों की पहचान और शरीर को आतंकित कर देता है। यह तात्कालिकता पर केन्द्रित होता है और इसका मंचन दोबारा नहीं हो सकता।

आर्तो ने क्रूरता की परिभाषा को अपने विचारों के साथ लगातार विकसित किया है। क्रूरता के अर्थों की तलाश उनके जीवन में प्रत्येक क्षेत्र में है, पर इसे हमें आर्तो की अन्तर्दृष्टि से देखना चाहिए।

एक शब्द में कहें तो आर्तो के लिए क्रूरता उनके जीवन की यहाँ-वहाँ बिखरी रचनात्मक उपलब्धियों, व्यक्तिगत त्रासदियों को प्रस्तुत कर सकती है। इस शब्द को लेकर ख़ून, हिंसक अंधविश्वासी गूँजों की जो भ्रांतियाँ बनती हैं, वे उनका विरोध करते थे; उनका प्रबल विश्वास था कि क्रूरता का विचार संसार को दोबारा नए तरीक़े से बनाने का माध्यम बन सकता है। यक़ीनन रंगमंचीय भाषा में यह थकानेवाली परीक्षा है, जो एक निर्देशक का कार्य होना चाहिए। इसका मतलब है कि निर्देशक को उस अन्त तक जाना चाहिए, जहाँ तक वह अभिनेता और दर्शक की संवेदनशीलता पर दबाव डाल सके। आर्तो के लिए क्रूरता वह थी जो रंगमंचीय घेरे से बाहर धकेलती थी ताकि होश-हवास और जान-बूझकर किए जानेवाले कार्यकलापों की घेराबन्दी की जा सके। इसी के लिए जान-बूझकर यह अतियथार्थवादी विस्तृत विचार बनाया गया, जिसकी शुरुआत 1925 में आर्तो ने की थी और तब से वे लगातार इसी को लेकर सोच रहे थे और उसे मंच पर लाने के लिए संघर्षरत थे। *दि थिएटर एंड इट्स डबल* के सभी निबन्धों में क्रूरता का तत्त्व सम्मिलित होता रहा है। अपने मित्र पोल्हां के भेजे गए पत्रों में उन्होंने क्रूरता को जो भी संज्ञाएँ दी थीं, उन सबको अपने लेखों में समेटना चाह रहे थे; क्रूरता का मतलब है दृढ़ता, कठोरता, एक ऐसा निर्णय जिसे इन दो शब्दों से लागू किया जाएगा, निभाया जाएगा। पक्की और ऐसी प्रतिज्ञा, जिसमें पलटकर नहीं देखा जाता, जिसमें पेरिस के मौजूदा रंगमंच को रद्द किया जाना था ताकि आर्तो के क्रूरता के रंगमंच को प्रोत्साहन मिल सके। इसलिए पारिभाषिक शब्द क्रूरता का अर्थ था जिसमें ज़िन्दगी और मौत के बीच गहरी घनिष्ठता हो।

उनका मानना था, "क्रूरता मेरे विचारों की सहयोगी नहीं, यह तो हमेशा से वहाँ (रंगमंच में) मौजूद थी, लेकिन मैं उसको लेकर जागरूक होता आया हूँ। मैं क्रूरता का उपयोग, जीवन की भूख और उसको पाने के अर्थ में करता हूँ। उस अर्थ में करता हूँ जिसमें जीवन का अन्तरिक्ष, इस क़ायनात में बसा उसका रूप, उसकी कठोर आवश्यकताओं के गहरे अर्थ में, जीते-जागते अज्ञान और बवंडरों को दूर करने के लिए किया जाता है, जहाँ जीवन के लिए अनिवार्य रूप से उसकी आवश्यकता है। इस कष्ट को उठाए बिना जीवन का चक्र चलाया नहीं जा सकता। ऐसे ही अर्थों में क्रूरता को प्रतिपादित किया जाना चाहिए। प्रत्येक वस्तु, जिसका जीवन जड़ नहीं

है वह अपने में क्रूरता लिये है। बच्चा जन्म लेते ही जान जाता है कि पीड़ा क्या होती है। मृत्यु हो या जन्म, दोनों में ही समान क्रूरता है। मृत्यु हमें जीने नहीं देती और जीवन हमें मृत्यु के लिए डराता है। भूख, प्रेम, अग्नि, वर्षा, धरती का स्वभाव, सभी तो अपने स्वभाव में क्रूरता लिये हैं। गति की ज़रूरत में परिवर्तनशीलता, अँधेरे के लिए रोशनी, पदार्थ से जीवन-भाव, जड़ से चेतन और संघर्ष से पीड़ा तक सभी में क्रूरता निहित है। जब ईश्वर ने इस जगत का निर्माण किया तो अस्तित्व को निर्माण से अलग रखा। ज्ञान का फल चखकर जीवन की सृजनशीलता का जन्म हुआ। मिलन के ज्ञान ने ही अन्तरिक्ष को विस्तार दिया है।''

''कैसी भी प्रस्तुति हो, उसकी क्रियाशीलता में क्रूरता चाहिए, अन्यथा वह प्रभावशाली नहीं हो सकेगी।''

''आज हमारी संवेदनशीलता उस बिन्दु तक आ पहुँची है जहाँ हमें यक़ीनन एक ऐसे रंगमंच की ज़रूरत है जो हमारी भावना और विचार, दोनों को जागृत कर दे। हम ऐसा रंगमंच चाहते हैं, जो सच्चाई की ठोस रूप में चीर-फाड़ कर सके, जो भावनाओं के बीच जाग्रत हो तथा हृदय और इन्द्रियों में समा जाए, उनको झकझोर कर रख दे। जिस तरह हमारे स्वप्न हमारे यथार्थ को अभिनीत करते हैं, उस हद तक, जहाँ एक हिंसक प्रभाव के रूप में उसे अनुभव किया जाए।''

आर्तो उन रचनाकारों में से थे, जिन्हें समाज से संवाद स्थापित करने के लिए विवादों और असफलताओं की एक लम्बी खाई पार करनी पड़ी। उनका निर्वासित जीवन असफल प्रेम-सम्बन्धों के अँधेरे में अभिशप्त-सा भटकता रहा। यों तो उनके जीवन में अनेक प्रेम-प्रसंग जुड़े, पर उनके व्यक्तित्व की भ्रान्तियों के चलते सब अधर में ही टूट गए। 1933 की शुरुआत में आर्तो का जूलिएट बेकर्स के साथ जुड़ाव हुआ था जो दनोएल के एक सहकर्मी की पत्नी थी। ऐसे ही एक अवसर पर वे जूलियट बेकर्स से मिलने उसके घर पर चले गए। उस समय वे तनाव से बेकाबू, टूटे हुए व्यक्ति की स्थिति में थे। वह उनको सहारा देकर सोफे तक ले गई और उनके जूते उतारे। मोजे फटे थे, उनमें जगह-जगह छेद थे। अपनी ऐसी हालत देखकर आर्तो रो पड़े। वे जूलियट बेकर्स के साथ अपने सम्बन्धों को लेकर इसलिए टिके रहे क्योंकि वहाँ उनको वह सहारा और प्यार मिल रहा था जिसकी उनकी ज़िन्दगी में हमेशा कमी रही। वे उससे जीवन के कुछ महत्त्वपूर्ण पलों के लिए अनुनय करते, अपनी भव्य प्रस्तुतियों के लिए लोगों से पैसा माँगने की जिल्लत का इज़हार करते। 'एक दुर्भावपूर्ण नियति मुझे उत्पीड़ित करती है। किसी कंगाल की तरह मुझे उन टुकड़ों से पेट भरना पड़ता है जो ख़ुशकिस्मत अमीरों की मेज़ से गिरते हैं।' उनकी शारीरिक स्थिति थी कि दिन-पर-दिन डगमगा रही थी। दूसरी तरफ़ आँखों में भी कुछ तकलीफ़ थी, ऐसे में गलियों से गुज़रते उनको डर लगता। फ़रवरी की रात बुलेवा घू मों-परनास्स पर उन्हें एक सोलह-सत्रह बरस की लड़की दिखाई दी, वह रो रही थी; वह लक्सम्बर्ग

की रहनेवाली थी और पता नहीं क्यों घर छोड़कर भाग आई थी, न जाने कब से भूखी-प्यासी भटक रही थी। उसका नाम एनी बेस्नां था। आर्तो ने उससे सहानुभूति दिखाई, उसे खाना खिलाया और हर तरह की मदद के लिए आश्वासन दिया और इस तरह दोनों में मित्रता हो गई।

जिस दौरान जुलिएट बेकर्स से उनके सम्बन्ध टूट रहे थे, तभी 1933 में आर्तो की मुलाक़ात एक और महिला अनाई नीं से हुई, जो उनके लिए प्रेरणा और मोह-निवारण, दोनों का माध्यम बनी। अनाई अपने लेखों, निबन्धों और यौनविषयक लेखन के लिए जानी जाती थी। वह पेरिस के पश्चिम में एक गाँव लूवसिएने में अपने पति इयान हूगो के साथ रह रही थी। यह समय था जब उसका हेनरी मिलर के साथ सम्बन्ध था और डी.एच. लारेंस पर उसकी पहली किताब प्रकाशित हो चुकी थी। उन दिनों आर्तो मनोवैज्ञानिक रेने अएन्दी दम्पति के यहाँ फ़िल्मों की योजनाओं की चर्चा करने जाया करते थे। उन्होंने अपने केस का विश्लेषण करवाने का विचार किया था, पर बाद में सोचा कि यह बेकार रहेगा। रेने अएन्दी, जो कशाघात से इलाज़ करता था, आर्तो के विषय में अजीब-सी राय रखता था। वह समझता कि आर्तो एक ख़तरनाक समलैंगिक, नशाखोर है। अएन्दी की वजह से आर्तो का परिचय अनाइ नीं से एक रात्रि-भोज की महफ़िल में हुआ था। वह पहली मुलाक़ात में ही आर्तो से अत्यधिक प्रभावित हो गई और पहली-दूसरी मुलाक़ात में आर्तो उसे प्यार करने लगे। अपने ऊपर पड़े प्रभाव और आर्तो की नेकनामी को लेकर उसने जरनल में कुछ इस तरह लिखा, "आर्तो ऐसा अतियथार्थवादी है जिसे उसके खेमे वालों ने ही दर-किनार कर दिया है, एक पतला-दुबला, डरावना-सा व्यक्ति जो कहवाघरों में मँडराया करता है, पर वह काउंटर पर बैठे लोगों के बीच कभी कॉफ़ी पीता, हँसता नज़र नहीं आता। वह नशे में धुत अपने में सिमटा हुआ जीव है, जो हमेशा अकेला चलता दिखाई देता है, जो चाहता है ऐसे नाटक दिखाना जो उत्पीड़न और यातना के दृश्य जैसे लगते हैं। उसकी आँखें ग्लानि से नीली और दर्द से काली हैं, वह पूरी तरह से निस्तेज हो चुका है।"

रंगमंच और प्लेग शीर्षक निबन्ध को अप्रैल 1933 में सार्बोन बौद्धिक सम्भाषणों की शृंखला में पढ़ा गया, जिसका आयोजन अएन्दी ने किया था। अनाइ नीं भी इस मौक़े पर वहाँ उपस्थित थी। उसने अपने दैनिकी में आर्तो के निबन्ध-वाचन और दर्शकों की प्रतिक्रिया का उल्लेख किया है : "उसका चेहरा मनोव्यथा से सिकुड़ गया था, बालों को भिगोता पसीना जो किसी की नज़र से छिपा न था, उसकी आँखें बार-बार फैल जातीं, मांसपेशियाँ जकड़ जातीं और उसकी उँगलियाँ गिरफ़्त से छूटने को संघर्षरत दिखाई देतीं। उसने पूरी शिद्दत से एहसास कराया जलते गले का, वो दर्द और उत्तेजना ले आने की शक्ति, जिसमें एक़ तपिश थी। वह घोर व्यथा में चिल्लाता प्रलाप कर रहा था...

"पहले तो सुननेवालों की साँस उखड़ी, फिर वे हँसने लगे, सब लोग हँसने लगे। उन्होंने सीटियाँ बजाईं। फिर एक के बाद एक वे हॉल को छोड़कर जाने लगे, शोर मचाते हुए, बतियाते हुए, विरोध करते हुए। वे जैसे ही दरवाज़े से बाहर निकले, उन्होंने दरवाज़े को ज़ोर से बजाया और कसकर विरोध किया और भी ज़ोर से उपहास किया। लेकिन आर्तो ने अपना सम्भाषण जारी रखा, साँस टूटने की आख़िरी हद तक वे मंच पर टिके रहे..."

फिर भी 1935 का वर्ष आर्तो के जीवन में परिवर्तन का मोड़ रहा। आख़िरकार गलिमार्ड ने स्वीकार किया कि वह उनकी रंगमंचीय खोजों पर निबन्ध संग्रह *दि थिएटर एंड इट्स डबल* का प्रकाशन करेंगे। इसी वर्ष आर्तो जोशो-खरोश में मैक्सिको की यात्रा पर निकले और अनजान द्वीप-समूहों की यात्रा की। क्रूरता के रंगमंच का उनका एकमात्र प्रयोग, नाटक *दि सेन्सी* की असफलता के बाद यह उनकी आगे की खोज थी जो आर्तो के आत्मविध्वंसक व्यक्तित्व को बल देती है। यहाँ वह क़ायनात के अछूते जादुई अनुष्ठानों की फिर से खोज करते हैं, जिनको कबीलाई, जनजातियों ने अब तक सँजो रखा है और अपने को संस्कृति के स्तर पर विकसित कहनेवाले यूरोपीय समाज ने उसे भुला दिया है या कहें कि इनसे आर्तो से पहले किसी ने कुछ भी नहीं लिया था। वे पश्चिम की बीमार हो चली संस्कृति को देखकर अनुमान लगाते कि जल्द ही दुनिया की संस्कृति में सांसारिक चेतना जागेगी और इस संकीर्ण सोच को उखाड़ फेंकेगी।

उनकी मैक्सिको और वहाँ से सिएर्रा तारा उमारा की यात्रा और वहाँ से पेरिस वापसी तथा पुनः एक और अकेली और उत्तेजक प्रस्तुति के लिए ब्रसेल्स यात्रा और अन्ततः आयरलैंड और पश्चिमी तट पर स्थित अरान द्वीप की यात्रा, वहाँ से डब्लिन और फिर ख़ाली जेब भटकते हुए अजीबोगरीब स्थिति में माउंटजॉय कारावास में बन्दी बना लिया जाना, फ्रांस वापिस लाया जाना आदि इसी संस्कृति की पहचान पाने की यात्रा कही जा सकती है। इसके बाद की यात्रा तो एक यातना है जो नौ वर्षों तक अलग-अलग पागलख़ानों में क़ैदी की तरह इलाज के नाम पर उनको यातना सहते गुज़ारनी पड़ी। आख़िरकार कैसी थी ये यात्राएँ? आर्तो ने इनमें आदिम संस्कृति के कौन-से छिपे जादुई तत्त्व खोज निकाले थे? यह तो सच है कि इन यात्राओं में उनको रेड इंडियन, तारा उमारा कबीलों के जादुई अनुष्ठान पियोटे नृत्य, दैनिक उपासनाओं को क़रीब से देखा। यहीं उनको अपने जीवन के अस्तित्व के महत्त्वपूर्ण क्षणों का एहसास हुआ।

"उत्तरी मैक्सिको के माद्रा क्षेत्र में इंडियन जनजातियाँ रहती आ रही हैं, तारा उमारा में बाढ़ आने से पहले की स्थिति की तरह चालीस हज़ार लोग अब भी वहाँ रहते आ रहे हैं। वे इस दुनिया के लिए विस्मयभरी चुनौती हैं। विकसित समाज में लोग उन्नति और विकास को लेकर इतना बढ़-चढ़कर दावे करते हैं, लेकिन लगता

है यहाँ लोग विकास और उन्नति की तमाम उम्मीद खो चुके हैं। इस जाति को लेकर धारणा बन चुकी है कि यह शारीरिक रूप से अपविकसित, पतित ही होगी, इसे पिछले चार सौ वर्षों में सिवाय प्रहार और शोषण के कुछ नहीं मिला, फिर भी यह अस्तित्व बनाए रही है। सभ्यताईकरण, संकरण, सर्दी, युद्ध, जंगली जानवर, तूफ़ान, जंगलातों के घेरे, सर्दी में नंग-धड़ंग रहते बर्फ़ से घिरे इन लोगों की जड़ी-बूटियों को तिरस्कारपूर्ण मान लिया गया। इस जाति में अपना साम्यवाद है, जो तत्काल परस्पर निर्भरता की अदम्य भावना के साथ काम करता है।

"अविश्वसनीय लगता है लेकिन तारा उमारा के इंडियंस ऐसे रहते हैं जैसे कि उनका कोई वजूद ही ना हो। ये वास्तविकता की दुनिया से परे हैं और अवमानना और तिरस्कार खींचते हैं। जादुई शक्ति, शक्ति का घेरा जिसे वह अब तक थामे हुए हैं।" आर्तो ने तारा उमारा में पियोटे नृत्य देखा था, एक शमन अनुष्ठान नृत्य, आर्तो अपनी पीड़ा को दबाने के लिए जिस अफीम का सेवन करते आ रहे थे कुछ-कुछ इसी रूप में पियोटे पौधे को लेकर इस मैक्सिको जनजाति में कई धारणाएँ चली आती थीं। यह एक तरह का नागफनी सेहुड़ जैसा पौधा था जिसको लेकर आर्तो की पीड़ा पर जादुई असर हुआ। रेड इंडियनों में मिथकीय धारणा के चलते गहन शक्ति और मतिभ्रम कर देनेवाले मायावी उन्मत्त नृत्य से पहले इसका सेवन किया जाता था। ऐसी ही पीड़ा की मुक्ति में आर्तो पियोट नृत्य की तरफ़ आकर्षित हुए, जिनमें दैविक उद्भव का शरीर के साथ ओजस्वी गतिशीलता में सम्बन्ध है। इस नृत्य में आर्तो को आदिम नृत्य की उन्मत्त गतियाँ दिखती थीं, जिसके बाद उन्होंने अभिनेता को व्यायामी (एथलीट्स) रूप में देखा—अभिनेता, 'एक क्रियाशील व्यायामी'।

"इस नृत्य के घेरे में दुनिया का आदि इतिहास समाया है, दो सूर्यों के बीच सिमटा हुआ, जिनमें से एक डूबता है तो दूसरा आकाशगामी होता है। जब सूर्य अवरोहण करता है, तो शमन घेरे में प्रवेश करता है। उस नर्तक ने छह सौ घंटियाँ (तीन सौ सींग तुरही, बाक़ी चाँदी की घंटियाँ) बँधी होती हैं और उसका भेड़िए-सा हुँआना, गूँज उठता है जंगल में। वह प्रवेश करता है, बाहर चला जाता है और फिर भी कभी घेरे को छोड़ता नहीं है। वह जानबूझकर पीड़ा का भाव लिये आगे बढ़ता है। वह भीषण साहस के साथ छलाँग लगाता है, मग्न हो जाता है एक ऐसी ताल में जो नृत्य से परे है और नृत्य बदल जाता है, बीमार के उपचार-सा। ऐसे में वह एक गतिमय मुद्रा में दिखता है, छिप जाता है, जो आह है, समझ में ना आनेवाला अस्पष्ट-सा कार्यकलाप है, जो ललचाव और सम्मोहन पैदा करता है। *एजिप्शियन बुक ऑफ़ दि डेड* में जैसे मनुष्य के प्रतिरूप के विषय में कहा गया है कि वह पहले अध्याय में दिन की रोशनी में आता है, वह उसी प्रकार आता है और चला जाता है। रोग की ओर यह क़दम एक यात्रा है, पुनः रोशनी में उभरने के लिए यात्रा! वह स्वास्तिक की भुजाओं की मानिन्द है जिसे दिन की रोशनी में वह पाटता है गोल-गोल

दाएँ से बाएँ और हमेशा ऊपर से बार-बार चक्कर लगाता है, वह अपनी उन छोटी-छोटी घंटियों की पलटन के साथ मँडराती हुई उन्मुक्त मधुमक्खियों की तरह छलांग लगाता है। वृत में दस क्रॉस और दस दर्पण एक-दूसरे को काटते हुए क्रॉस की शक्ल में दो शहतीरों पर तीन शमन। चार पुजारी (दो पुरुष और दो स्त्री समूह)। मुँह से झाग उग़लते नर्तक और मेरी यहाँ मौजूदगी, जिसके लिए अनुष्ठान किया जा रहा था।" *(एक यात्रा तारा उमारा की सरज़मीन पर, 1943)*।

25 जनवरी को जब उसका जहाज उत्तरी अमेरिका के एक छोटे-से बन्दरगाह पर कुछ देर के लिए रुका हुआ था, आर्तो ने पेरिस में जां पोल्हां को लिखा : "मुझे यक़ीन है कि मैंने अपनी किताब के लिए एकदम उपयुक्त शीर्षक पा लिया है। यक़ीनन यही होगा : *दि थिएटर एंड इट्स डबल*। चूँकि यदि रंगमंच जीवन का दोगुना होता है तो जीवन रंगमंच का दोगुना सच होगा। यह शीर्षक रंगमंच के सभी दोहरे अर्थों का जवाब है। मेरा विश्वास है कि यह पिछले अनेक वर्षों में खोजे गए आधिभौतिकी, प्लेग, क्रूरता का हिस्सा है और रंगमंच प्रतिरूपी है, सच है, जिसकी तरफ़ अभी लोगों का ध्यान नहीं गया है।"

आर्तो ने सलाह दी, "एक रंगमंच मिथक पर आधारित होना चाहिए, जो अपनी नाटकीयता में उन अनुभवों से जुड़ा हो, उस समय का परिणाम हो—ठीक वैसे जैसे प्राचीन समय में लोगों का विश्वास था कि फूल, पर्वत, जल, हिम सभी प्राकृतिक शक्तियाँ हैं, जिनमें ईश्वरीय वास है। आदिमानव सूर्य के उदय होने को केवल दिन के प्रारम्भ के रूप में नहीं देखते थे। वे इस दिनचर्या को अपने भीतर जोड़कर देखा करते थे। वे सूर्य को आकाश में उसकी प्रतिदिन की यात्रा-कथा के रूप में देखते थे। वर्षा, बिजली का कड़कना, फसलों की कटाई, अकाल या महामारी, कभी आकर्षित करनेवाले तो कभी भयभीत करनेवाले रूप, जो उनकी आन्तरिक नाटकीय अभिव्यक्ति का प्रतीक रूप से बनते थे, जिन्हें वे प्रकृति या वातावरण के साथ जोड़कर देखा करते थे।"

आर्तो का मानना था कि प्राचीन समय के मिथक को यथावत् आधुनिक मंच पर पेश कर देना अर्थहीन रहेगा, हमें नए मिथक का निर्माण करना होगा। पश्चिमी समाज प्रकृति और अपने आप से कटा हुआ है। सोच, समझ और वैज्ञानिक विकास ने समाज का प्रकृति के साथ सम्बन्ध तो स्पष्ट ज़रूर किया है, लेकिन परिणामस्वरूप उसके रहस्यों से उनका नाता टूट गया है। उनमें उसकी कोई भागीदारी नहीं बची है। एक पहाड़ी अब बस पहाड़ी है सीधी और सपाट। अब वह जादू या सम्मोहन, भय और रहस्य नहीं जगाती, जैसा कि प्राचीन समय के लोगों के लिए हुआ करती थी। प्राचीन समय के लोगों के सपने, वे उन्हीं के अनुसार अनुमान लगाते, अपना सही रास्ता बनाते थे। आज प्रत्येक को अकेले ही उसे तलाश करना होगा, बिना किसी ईश्वरीय सहायता के, केवल प्रकृति और अपने स्वयं के सम्बन्धों के साथ।

उसने कहा, मुखौटा उतर जाने दो ताकि भीतर का सूर्य उजागर हो सके, भले ही उस पर अँधेरा छाया हो।

प्लेग और रंगमंच शीर्षक आर्तो का लेख रंगमंच को स्वच्छता का विचार देता है : पवित्रता के लिए स्वच्छता, जिसे हिंसात्मक साँचे में ढालकर आजमाना होगा; बीमारियों की जड़ से स्वच्छता, जो जितनी आक्रामक होगी उतना ही दूरगामी प्रभाव छोड़ेगी। मंच पर अभिनय मुद्रा और दृश्यांकन आक्रामक, निश्चित और उपयुक्त भाषा में हो। रंगमंच की प्लेग से तुलना करते हुए दोनों को जोड़ना *एलीगरिकल* है, पर आपदा और अलौकिक अभिव्यक्ति में उसको मंचीय प्रभाव में ढालना प्रभावी भाषा की रचना करता है।

प्लेग! प्लेग सचमुच एक महामारी है, जिससे हर तरफ़ आपदा छाई रहती है। प्लेग में वे सब छवियाँ हैं, जो सुप्त अवस्था में उसमें होती हैं—एक छिपा हुआ असन्तुलन और अचानक वह फूटता है। फिर सबको एक अत्यधिक प्रभाव-संकेतों की तरफ़ धकेलता है। रंगमंच भी वैसी ही चेष्टाएँ करता है और उनको आख़िरी बिन्दु तक पहुँचाता है। प्लेग की तरह वह सभी उपादानों के बीच से एक नई कड़ी बनाता है, जो होती तो है पर नज़र नहीं आती। आर्तो ने जिस तरह प्लेग जैसी भयंकर आपदा को रंगमंच से जोड़कर उससे होनेवाली त्रासदी और इनसानी आत्मा की मुक्ति की जो व्याख्या दी है वह रंगमंच में गहरा और तीखा प्रभाव पैदा करती है। यह युक्ति आर्तो को रंगमंचीय भाषा की ओर अग्रसर करती है। रंगमंच के बहुत से जाले साफ़ करती है। यह निबन्ध तूफ़ानी गति से आगे बढ़ता है। विसंगतियों से भरा निबन्ध आपदाजनक और चौंकानेवाले ऐतिहासिक, पूर्वी और सामाजिक तथ्यों को सामने रखता हुआ, रंगमंच पर आकर ठहरता है और दोगुने रूप में करनेवालों पर और देखनेवालों पर प्रभाव छोड़ता है।

यहीं आर्तो थिएटर को प्लेग के साथ जोड़कर उसके प्रभाव को सामने रखते हैं जैसा कि उनकी थिएटर को लेकर परिकल्पित धारणा में है। थिएटर करनेवाले और देखनेवालों को एक साथ एक—जैसे रूप में प्रभावित करता है। इसका प्रभाव शरीर से दिमाग़ की तरफ़ चढ़ता है और देखते-ही-देखते भीतर से शरीर और सोच को झकझोरता है। अन्दर की बुराइयाँ हिल उठती हैं और रंगमंच के तेज़ प्रभाव के बीच प्रकट हुआ भय अनिश्चितता और शैतानी फितरत से जनमी बुराइयाँ भस्म होने लगती हैं क्योंकि प्रस्तुति देखते हुए, मंच पर अभिनीत करते हुए, चेतना पर गहरा असर पड़ता है। आर्तो रंगमंच में प्लेग जैसा प्रभावी रूप लाना चाहते थे, जो पश्चिमी समाज में फैली कुरीतियों को साफ़ करेगा और आदिकाल से चली आती इनसानी शक्ति से संघर्ष को उजागर करेगा—उजागर करेगा उन पवित्रताओं को, जो अनुष्ठान जैसी प्रक्रिया में, अवचेतन के अँधेरों से स्वप्न-सी जाग्रत होकर सामने आती हैं।

यदि हम कहें कि बुनियादी रूप से रंगमंच प्लेग की तरह है, क्योंकि इसका प्रभाव संक्रामक है, जो करते हुए और देखते हुए शरीर में फैलता है, शरीर और सोच को भड़काता है और सोच पर फैलता चला जाता है, सोच को दो भागों में बाँट देता है, फिर दोनों में संघर्ष खड़ा कर देता है, फिर नैतिकता सही सोच का एहसास दिलाती है, तो ग़लत न होगा। थिएटर में यह प्रभाव कैसे बनाया जाए, इसी की परिकल्पना में वे रंगमंच में विचार और रंगमंच उपादानों को अद्भुत प्रभाव में प्रस्तुत करने की भाषा तैयार करते हैं। समय और क्रिया का प्रभाव यहाँ सीधा नहीं दिखाया जाता। प्लेग की ही तरह एक शैतानी समय होता है। एक अँधेरी ताक़त उनका पोषण करने लगती है जब तक कि वह जड़ से ख़त्म नहीं हो जाता। प्लेग की तरह रंगमंच में भी सूरज अजब ढंग से चमकता है। एक अजीब-सी रोशनी मंच पर सब तरफ़ छाई रहती है, जिसको सीधे रूप में समझना कठिन होता है, जिसका प्रभाव देखते-ही-देखते हमारे सामान्य समय और व्यवहार में भी प्रकट होने लगता है। अकल्पनीय घटनाएँ और दृश्य, हत्याकांडों की महान गाथाएँ, यातना और रक्तपात, जिनको मंच पर दिखलाया जाता है, जिनमें सच्चाई छिपी रहती है, वे असहनीय रूप में सामने आती है; सेक्स, अपराध, हत्या के पीछे छिपी क्रूरता और न्याय, सज़ा और परिणाम, बड़े-बड़े हत्याकांडों का सार, थिएटर बिना किसी दुराव-छिपाव के रचनात्मक और अविश्वसनीय न्यायिक तरीक़े से हमारे सामने रखता है : बुराई का परिणाम बुराई, पाप के सामने पुण्य या फिर हत्या के लिए हत्या और हत्या के लिए बदला या फिर बलिदान। रंगमंच प्लेग जैसे वातावरण की तरह वध, नृशंस हत्याएँ, अन्तिम समय तक संघर्ष की मंचीय छवियाँ दिखाता है—उन्मुक्त, निडर और पूरी सम्भावनाओं के साथ।

इस बात पर तो हम सहमत होंगे कि मंच पर अभिनय प्लेग की ही तरह एक मानसिक उद्विग्नता, उन्मत्त प्रलाप है, जिसे हर स्थिति में सम्प्रेषणीय होना होता है। मस्तिष्क उसी पर विश्वास करता है जो वह देता है, जिस पर वह विश्वास करता है। यही रंगमंच की मोहिनी शक्ति का रहस्य है। यह एक ऐसा प्रभाव है जो देखने वालों के सर चढ़ कर बोलता है। यह तो सच है, रंगमंच की प्रभावी स्थिति जब समाज के शरीर में प्रवेश करती है जो उसके भौतिक जगत, पुरानी परिपाटी, मनमानी मान्यताओं को ध्वस्त कर देती है। पहले झटके में जो प्रभाव बनता है वह मंच पर तबाही दिखलाता है, फिर सब कुछ नए सिरे से शुरू होता है—ठीक वैसे ही जब प्लेग फैलता है, तो मज़बूत-सें-मज़बूत नैतिक मूल्य टूट जाते हैं और अब तक छिपा हुआ वास्तविकता का चेहरा सामने आकर दिखने लगता है। ऐसे में सब उससे डरकर भागते हैं। पर वे किससे डर रहे हैं? उससे, जो उनके अन्दर भी है, जो अभी तक छिपी है और कभी भी सामने आ सकती है? ठीक उसी तरह रंगमंच भी एक रोग है। क्योंकि यह एक विचार की अदृश्य शक्ल में होता है, दृश्य में छिपा रहता है,

पर जैसे उसे मंच पर दृश्यरूप दिया जाता है वह फैलने लगता है और देखते-ही-देखते हर उपादान पर छा जाता है, सबको अपनी गिरफ़्त में ले लेता है। प्रभाव अपने दुगने अर्थों में प्रकट होने लगता है। रंगमंच भी एक रोग जैसा है, यह रोग को इसलिए उद्घाटित करता है क्योंकि यही आख़िरी बचाव है, जिसको बर्बादी चाहिए होती है, हिंसक कृत्य चाहिए होते हैं, तभी इसकी भूख शान्त होती है और बदले में यह देता है, उसको निगलकर उसका इलाज। इसका असर दिमाग़ पर होता है, जब हमें सोचने की ज़रूरत होती है, तब यह सोचने की शक्ति को निर्जीव कर देता है; आख़िर में हम इनसानी मक़सद को देखते रहे हैं जहाँ रौशनियों की लड़ी है, जिसके सिरे एक-दूसरे से ऐसे जुड़े हैं, जो हमेशा जगमगाते हैं। रंगमंच के मक़सद उतने ही लाभकारी और सच्चे हैं जैसे प्लेग का काला चेहरा जो हमें यह देखने को बाध्य करता है कि हम कैसे हैं। झूठ, उद्देश्यहीनता के भटकाव, मनुष्य की संकीर्णता, उसके चेहरे का दोहरापन, ये ऐसे तत्त्व हैं जो कहीं गहरे में जड़ जमाए बैठे रहते हैं। रंगमंच इस भौतिक जगत के छिपे चेहरे से उसका मुखौटा तोड़कर अलग कर देता है। तब अँधेरे के पीछे से इनसानी शक्ति उजागर होती है जो उसे परिस्थिति के सामने सर उठाकर खड़ा होने की शक्ति देती है। क्या हम अपने आपसे सवाल कर रहे हैं? आज के समाज का नैतिक पतन हो चुका है बिना यह एहसास किए कि उसकी आत्मा एक छाया-सी भटक रही है। आख़िर ऐसे घटाटोप अँधेरे में रंगमंच, जिसे प्रभावी भी होना है, सहयोगी भी, और सहारा भी देना है, कौन-से ऊँचे इनसानी मक़सद सामने लेकर आ खड़ा होता है? वह दिखता है उन पुरातन आदिम विश्वासों में जो अनादिकाल से चले आ रहे हैं। रंगमंच बताता है कि इस भौतिक जगत में क्या शेष रहेगा और क्या नेस्तनाबूद हो जाएगा।

आत्मा की गहराई से उठा आर्तो का यह गहरा रंगमंच-चिन्तन, इनसान की मदद के लिए, उसको रास्ता दिखाने के लिए, एक मज़बूत स्रोत है। पर उसको हमें आर्तो के नज़रिए के साथ देखना चाहिए, जिसे आर्तो के जीवनकाल में न तो मान्यता मिली, न उसको आजमाने के लिए साधन। सामाजिक बीमारियों का परीक्षण करके उसके लक्षण जानते हुए उनके उपचार की बात पर ज़ोर देनेवाले आर्तो के क्रूरता के रंगमंच को, मंचप्रयोग का मात्र एक ही अवसर मिला। उनका नाटक *दि सेन्सी* जो शेली और स्टैंढाल की रचनाओं पर आधारित था, जिसका मंचीय रूप स्वयं आर्तो ने तैयार किया था, जिसे वे कई गोष्ठियों में स्वयं पढ़ चुके थे और जिसके लिए वे काफ़ी समय से प्रयासरत थे। आर्तो को *दि सेन्सी* में सफलता नहीं मिली, पर अपने लेखों में वे लगातार अपने क्रूरता के रंगमंच के विचार को मंचीय रूप देने की चेष्टा करते रहे।

1933-34 के दौर में लिखा उनका मंचीय कल्पनाओं को सामने रखनेवाला सबसे सीधा लेख *दि थिएटर ऑफ़ क्रूएल्टी* (प्रथम घोषणा-पत्र) सामने आया। उनका यह घोषणा-पत्र उनके द्वारा खोजे गए रंगमंचीय स्वरूप की वैचारिकी और कार्यरूप

स्थितियों तथा मंचीय उपादानों के प्रयोग को सामने रखता है। आर्तो ने अपने इस पहले घोषणा-पत्र में क्रूरता के रंगमंच की नई अवधारणाएँ बहुत तीखे तरीक़े से सामने रखी हैं। आर्तो ने लिखा :

> *"हम रंगमंच के विचार के साथ वेश्यावृत्ति जारी नहीं रख सकते जो सिर्फ़ उस नैतिक मूल्य के साथ बसती है जो पीड़ा और संघर्ष से भरे जादुई अन्तर्संबन्धों के यथार्थ और खतरों में निहित है।*
>
> *अगर इसे दूसरी तरह से कहा जाए तो रंगमंच की इस समस्या की तरफ़ सर्वव्यापक रूप से ध्यान दिया जाना चाहिए। यह तो स्पष्ट है कि रंगमंच को अपने भौतिक पक्ष को दिखाने के लिए स्थानिक अभिव्यक्ति (जो अनादिकाल से पवित्र और सत्य रूप रहा है) की ज़रूरत है जो पूर्णरूप से कला और शब्द के सक्रिय इन्द्रिय रूप में अवस्थित है, जादुई अर्थों में, जैसे कि झाड़-फूँककर उपचार के लिए प्राचीनकाल में किसी आदिम देवता को जगाना, मिथक को साकार रूप देना। यह बात प्रारम्भ से ही स्पष्ट है कि रंगमंच अपनी भरपाई तब तक नहीं पा सकता, जब तक अपनी निजी विशिष्ट शक्ति उसे फिर से नहीं मिल जाती, जब तक वह अपनी भाषा को फिर से प्राप्त नहीं कर लेता।"*

अर्थात् हम परम्परागत धार्मिक परिपाटीवाले अन्तिम पाठों की तरफ़ पलट-पलटकर देखते, उनको दोहराए जाते हैं। सबसे अधिक दबाव तो वह है जो रंगमंच में आलेख (टेक्स्ट) को लेकर बनता है। सबसे पहले उससे हमारा नाता टूटना चाहिए और फिर खोजना चाहिए उस विस्तार को, उस आलेख को, जो अद्‌भुत भाषा के रूप में विचार और हावभाव में निहित है। हम इस भाषा को ऐसे भी समझ सकते हैं : जो अभिव्यक्तिपूर्ण मौखिक संवाद सम्भावना के मुक़ाबले अभिव्यक्ति है, सदैव गतिशील स्थानिक सम्भावना से भरी है। रंगमंच अब भी शब्दों से अलग सम्भाषण से विस्तार को खोजकर ला सकता है। वह हमारी सम्वेदनशीलता पर अपनी अलगावपरकता के 'स्पेस' में विकास की सम्भावनाओं को उत्पन्न कर सकता है। हमें सुर-परिवर्तन को भी ध्यान में रखना होगा। यह वह विशिष्ट ढंग है जिससे एक शब्द को उच्चारित किया जाता है। साथ ही चीज़ों की दृश्यभाषा (श्रव्य, ध्वनि भाषा को परे रखते हुए); गति, प्रवृत्तियाँ और इंगित को भी ध्यान में रखना होगा तथा यह भी देखना होगा कि उनका अर्थ-विस्तार हो रहा है; उनके गुण वहाँ तक संयोजित हो रहे हैं और उन संकेतों से एक तरह की वर्णमाला बन रही है। इस स्थानिक भाषा के प्रति सचेत होकर, थिएटर ख़ुद अपने ही प्रति आभारी होता है ताकि वह इन चीख़ों, आवाज़ों, प्रकाश और अनुकरणमूलक भाषा को संघटित कर सके, पात्रों और वस्तुओं से सच्ची चित्रलिपि का सृजन कर सके, प्रत्येक अंक के परिप्रेक्ष्य में और सभी स्तरों पर अपने प्रतीकवाद और अन्तःसम्बन्धों का उपयोग कर सके।

इसलिए थिएटर को उसकी मानवीय, मनोवैज्ञानिक पराजय से बचाने के लिए हमें शब्द, संकेत और सार्थक सैद्धान्तिकी (मेटाफिजिक्स) को सृजित करना होगा। लेकिन इन सबका तब तक कोई उपयोग नहीं है, जब तक कि एक तरह का वास्तविक तात्विक प्रलोभन इस तरह के प्रयास के पीछे न निहित हो जो कुछ असामान्य बोध को जाग्रत करने की क्षमता रखता हो। इस सैद्धान्तिकी को अपनी प्रकृति के कारण प्रतिबन्धित नहीं किया जा सकता, न ही इसे औपचारिक रूप से चित्रित किया जा सकता है। सर्जना, विकास और उथल-पुथल के ये प्रत्यय—सभी एक ब्रह्माण्डीय क्रम में हैं, जो हमें एक ऐसे क्षेत्र का प्राथमिक अनुमान देते हैं जो थिएटर के लिए अब तक नितान्त अपरिचित है। ये मनुष्य, समाज, प्रकृति और वस्तुओं के मध्य से एक तरह का रोमांचकारी समीकरण बना सकते हैं।

अस्तु, मंच पर सीधे-सीधे अभौतिक/अतीन्द्रिय प्रत्ययों को रखने का कोई प्रश्न नहीं है, बल्कि इन प्रत्ययों के गिर्द प्रलोभनों, शून्यों के प्रकारों को सृजित करना है। परिहास और उसकी अराजकता, कविता और उसकी प्रतीकात्मकता और बिम्बयोजना हमें इस बात का प्रारम्भिक अनुमान देती हैं कि किस तरह इन प्रत्ययों के प्रलोभन को प्रणालीकृत किया जाए।

यहाँ हमें इस भाषा के शुद्ध भौतिक पक्ष का उल्लेख करना चाहिए, अर्थात् हमारी सम्वेदनशीलता पर अभिनय की सभी पद्धतियाँ और साधन जो इसके पास हैं, उनके बारे में उल्लेख।

यह कहना निरर्थक होगा कि यह संगीत, नृत्य, मूकाभिनय अथवा स्वाँग की अपील करता है। स्पष्ट रूप से यह चेष्टाओं, समायोजनों, गतियों का प्रयोग करता है, लेकिन उस सीमा तक जहाँ तक वे किसी कला-विशेष का पक्षधर हुए बिना अभिव्यक्ति में मिलकर काम कर सकें। तथापि इसका यह तात्पर्य नहीं है कि यह सामान्य तथ्यों और भावावेगों को छोड़ देता है, बल्कि यह उनका उपयोग एक स्प्रिंग-बोर्ड की तरह करता है, उसी तरह जैसे परिहास (ह्यूमर) ध्वंस के रूप में हमारी तर्कणा, विवेचन-स्वभाव, आदतों के साथ हँसी का सामंजस्य स्थापित करने में काम आ सकता है।

लेकिन यह सुनिश्चित, वस्तुनिष्ठ रंगमंच की भाषा अभिव्यक्ति की एक सच्ची प्राच्य अवधारणा का उपयोग करते हुए हमारी इन्द्रियों को लुभाती और मोहित करती है। यह हमारी सम्वेदनशीलता से होते हुए गुज़रती है। वाक की हमारी पाश्चात्य विचारधारा को मिटाती हुई यह शब्दों को अभिचार या जादू-टोने में बदल देती है। यह स्वर का विस्तार करती है। यह उच्चरित कम्पनों और विशेषताओं का उपयोग करती है, उन्हें पैरों तले बुरी तरह रौंद डालती है। यह ध्वनि-संपुंजन को संचालित करती है। इसका लक्ष्य है हमारी सम्वेदनशीलता को तीव्र करना, उसे सुन्न कर देना, मोहित करना, उसे बाँध लेना। यह संकेतों की एक नई प्रगीतात्मकता को उन्मुक्त करती है, जो

क्योंकि यह आसक्ति और स्थानिक रूप से प्रवर्धित होती है, शब्दों की प्रगीतात्मकता से आगे बढ़कर समाप्त हो जाती है। अन्ततः यह इन चेष्टाओं और संकेतों के भीतर छिपे एक नए, गहरे बुद्धिवाद की समझ को सम्प्रेषित करते हुए और विशिष्ट अभिचार की गरिमा तक पहुँचकर भाषा की बौद्धिक अधीनता से मुक्त हो जाती है।

लेकिन इस सारी चुम्बकीयता, इस समस्त कविता, इन सभी त्वरित रूप से सम्मोहित करनेवाले साधनों का कोई लाभ नहीं है यदि वे मस्तिष्क को दैहिक रूप से किसी मार्ग पर नहीं ले जाते, यदि सच्चा थिएटर हमें सर्जनात्मक अनुभूति नहीं देता, जहाँ पहुँचकर हम केवल इसका एक पक्ष पा सकें, भले ही इसकी पूर्णता दूसरे स्तरों पर अस्तित्व में हो।

और इससे कोई फ़र्क़ नहीं पड़ता कि ये अन्य स्तर मस्तिष्क द्वारा सीमित कर दिए जाते हैं अर्थात् हमारे विवेक द्वारा सचमुच विजित किए जाते हैं या नहीं, क्योंकि यदि यह उन्हें कुंठित और सीमित कर देता है तो यह कार्य निरर्थक है। जिस चीज़ का महत्त्व है, वह है हमारी सम्वेदनशीलता को सुनिश्चित साधनों द्वारा बोध की एक गहरी, सूक्ष्मतर स्थिति में रखना, जो जादू और अनुष्ठान का मूल तत्त्व है और थिएटर जिसका केवल प्रतिबिम्बन है।

तकनीक

समस्या है–थिएटर को विशुद्ध सांसारिक दृष्टि से एक प्रकार्य में परिवर्तित करने की–कुछ ऐसा जो कि हमारी शिराओं में हमारे रक्त के प्रवाह के रूप में स्थानीकृत हो, अथवा एक प्रभावी मिश्रण द्वारा मस्तिष्क में स्वप्न बिम्बों की स्पष्टतः अस्तव्यस्त गति, जो सचमुच हमारा ध्यान पूरी तरह आकर्षित कर ले।

थिएटर कभी भी 'स्वयं' अपने जैसा नहीं हो सकता, अर्थात् यह कभी भी सही प्रातिभासिक (अवास्तविक) साधन या युक्ति निर्मित करने में सक्षम नहीं हो सकता, जब तक कि वह दर्शकों को सपनों का आसवन उपलब्ध नहीं कराता, जहाँ अपराध में उसकी रुचि, उसकी यौनविषयक मनोग्रस्ति, जीवन और जगत के प्रति इसकी स्वप्नदर्शी दृष्टि, यहाँ तक कि उसकी नरभक्षिता, किसी प्रातिभासिक छल पर नहीं बल्कि एक आभ्यंतर स्तर पर प्रवाहित नहीं होती।

दूसरे शब्दों में, थिएटर को वस्तुनिष्ठ, विवरणात्मक बाह्य जगत के सभी पक्षों के न केवल पुनर्परीक्षण के काम में लगा रहना चाहिए, बल्कि अन्तःजगत के भी सभी पक्षों के पुनर्परीक्षण में लगना चाहिए, अर्थात् व्यक्ति को उसकी इच्छानुसार प्रत्येक साधन से अभौतिक रूप से देखना चाहिए। हमारा विश्वास है कि केवल इसी तरह हम थिएटर में एक बार फिर कल्पना शक्ति की वास्तविकता पर बात करने के योग्य हो सकेंगे। न तो ह्यूमर (परिहास), न कविता, न ही कल्पनाशक्ति का तब तक कोई

अर्थ है, जब तक वे मनुष्य को अराजक विध्वंस के माध्यम से आवयविक रूप से तथा यथार्थ पर उसके विचारों का और यथार्थ में पूरे शो को संचालित करनेवाले रूपों की विस्मयकारक उड़ानों को पैदा करनेवाली उसकी काव्यात्मक स्थिति का पुनर्परीक्षण नहीं करते।

लेकिन थिएटर को एक दोयम मनोवैज्ञानिक अथवा नैतिक प्रक्रिया के रूप में देखना और यह विश्वास करना कि सपने स्वयं एक विकल्प के रूप में कार्य करते हैं, सपनों और थिएटर दोनों के गहन काव्यात्मक प्रसार को प्रतिबन्धित करना है। अगर थिएटर उतना ही रक्तरंजित और अमानवीय है, जितने सपने, तो इसका कारण यह है कि यह सुनिश्चित ढंग से कुछ नीतिकथाओं में अभौतिक/अतीन्द्रिय अभिप्रायों या विश्वासों को बनाए रखता है, जिनकी नृशंसता और शक्ति इतनी अधिक है कि वे हमारे भीतर के सतत् द्वन्द्व के विचार को उद्‌घाटित और अविस्मरणीय ढंग से जोड़ने की अपेक्षा आधारभूत प्रमुख सिद्धान्तों में अपने स्रोतों और अभिप्रायों को सिद्ध करने में सक्षम हैं, जहाँ जीवन निरन्तर चिथड़े-चिथड़े हो रहा है, जहाँ सर्जन में हर चीज़ उठती है और हमारे सृजित अस्तित्व पर आक्रमण करती है।

इस प्रकार यह अस्तित्व, जैसा कि हम देख सकते हैं, प्रमुख सिद्धान्तों के प्रति अपनी सन्निकटता के कारण काव्यात्मक रूप से इस शक्ति से अनुप्राणित है। रंगमंच की यह नंगी भाषा, एक ग़ैर-आभासी लेकिन यथार्थ भाषा व्यक्ति के स्नायु चुम्बकत्व का उपयोग करते हुए हमें इस बात की अनुमति अवश्य देती है कि हम सक्रिय रूप से कला और शब्दों की सामान्य सीमा का अतिक्रमण कर सकें अर्थात् सही अर्थों में जादुई रूप से एक तरह की सम्पूर्ण रचना कर सकें, जहाँ मनुष्य सपनों और घटनाओं के बीच अपनी स्थिति को पुनः ग्रहण करता है।

प्रयोग वस्तु--हमारा यह तात्पर्य नहीं कि हम अनुभवातीत कॉस्मिक तन्मयता के साथ दर्शकों को मृत्यु तक 'बोर' करें। श्रोताओं की इस बात में रुचि नहीं होती कि प्रदर्शन के चिन्तन और कार्यव्यापार के लिए वहाँ गूढ़ संकेत हैं या नहीं; सामान्य रूप से यह उनकी चिन्ता का विषय भी नहीं होता। लेकिन ये वहाँ होने ज़रूर चाहिए और यह हमारी चिन्ता का विषय है।

प्रदर्शन--प्रत्येक 'शो' में ऐसे दैहिक, वस्तुनिष्ठ तत्त्व होंगे जो सभी के लिए इंद्रियगोचर हों। चीख़, कराह, आविर्भाव, आश्चर्य, हर प्रकार का नाटकीय क्षण, कुछ निश्चित अनुष्ठानपरक पैटर्नों पर निर्मित वेशभूषा, चमकदार प्रकाश व्यवस्था, वाचिक, अभिचारक सौन्दर्य, आकर्षक स्वर संगतियाँ, दुर्लभ संगीतात्मक स्वर, वस्तुओं के रंग, गतियों की भौतिक लय जिसकी निर्मिति और अपकर्ष गतियों की ताल को एक कर देंगे, जो सभी के लिए सुपरिचित होंगे, नई, आश्चर्यप्रद वस्तुओं, नकाबों, कई फीट ऊँची कठपुतलियों, आकस्मिक प्रकाश-व्यवस्था परिवर्तन, प्रकाश की भौतिक क्रिया जो गरमी और ठंडी को उत्प्रेरित करती है, आदि-आदि।

अभिनय–इस आद्यरूप रंगमंच भाषा को जो कि अभिनय के गिर्द निर्मित की जाएगी, मंच पर आलेख के एक डिग्री-अपवर्तन के रूप में नहीं देखा जाएगा, बल्कि रंगमंचीय सृजना के प्रस्थान-बिन्दु के रूप में देखा जाएगा। और लेखक और निर्माता के मध्य की पुरानी द्विविधता लुप्त हो जाएगी और इस भाषा को बरतते हुए इसे एक प्रकार से एक ही निर्माता में स्थानांतरित कर दिया जाएगा जो कि नाटक और कार्यव्यापार दोनों के लिए ज़िम्मेदार होगा।

मंच भाषा–हमारा इरादा संवाद को दूर करना नहीं है, बल्कि शब्दों को कुछ इस तरह का महत्त्व देना है, जैसा सपनों में है। इससे भी आगे हमें इस भाषा को अभिलेखित करने की नई विधियाँ तलाश करनी होंगी, भले ही ये विधियाँ संगीत के नोटेशन अथवा किसी तरह के कोड के समान हों।

सामान्य वस्तुओं के रूप में, अथवा प्रतीकों की गरिमा तक उठे हुए मानव शरीर तक हम अपनी प्रेरणा प्रतीकात्मक चरित्रों से ग्रहण कर सकते हैं ताकि हम केवल इन प्रतीकों को स्पष्ट रूप से अभिलेखित कर सकें–ताकि वे इच्छानुसार पुनः उत्पादित किए जा सकें–बल्कि मंच पर तुरन्त स्पष्ट होनेवाले सुनिश्चित प्रतीकों को संघटित भी किया जा सके।

तब यह कोडिंग और संगीतात्मक नोटेशन, वाचिक प्रतिलेखन के साधन के रूप में मूल्यवान् होंगे।

क्योंकि इस भाषा का आधार सुर-परिवर्तन के एक विशिष्ट उपयोग को प्रारम्भ करना है, इन्हें निश्चित रूप से एक समायोजित सामंजस्य और इच्छानुसार वाणी की पुनरुत्पादन की सम्भावना से युक्त वाणी की सहायक अतिरंजना को ग्रहण करना होगा।

इसी प्रकार एक हज़ार चेहरे की अभिव्यक्तियाँ उन्हें सूचीबद्ध और 'लेबलीकृत' करना जो मुखौटों के रूप में बँधी हुई हैं, ताकि वे अपने विशिष्ट मनोवैज्ञानिक उपयोग से स्वतन्त्र, सीधे और प्रतीकात्मक रूप से इस सुनिश्चित मंच भाषा में सहभागी हो सकें।

इसके अतिरिक्त, संगीत को लेकर भी एक ठोस विचार है जहाँ आवाज़ किसी पात्र की तरह प्रवेश करती है, जहाँ स्वर-संगतियाँ दो में विभाजित हो जाती हैं और ज्यों ही शब्दों का प्रवेश होता है, खो जाती हैं।

अभिव्यक्ति के एक साधन और दूसरे के मध्य सम्पर्क और स्तर स्थापित हो जाते हैं; यहाँ तक कि प्रकाश-व्यवस्था का भी एक पूर्व निर्धारित बौद्धिक अर्थ हो सकता है।

और फिर ये प्रतीकात्मक मुद्राएँ, मुखौटे, भंगिमाएँ, निजी या सामूहिक गतियाँ, जिनके असंख्य अर्थों में आह्वानपरक संकेत, भावोत्तेजक स्वैच्छिक शारीरिक अवस्थितियाँ, लयों और ध्वनियों की धमाचौकड़ी से निहित तार्किक मंचभाषा होती

है। आवेशपूर्ण संकेतों, सभी आवर्धित शारीरिक स्थितियों, भाषा की असमर्थताओं को उद्घाटित करनेवाले मस्तिष्क और जुबान के सभी स्खलनों से युक्त मुद्राओं और भंगिमाओं के एक प्रकार के प्रतिबिम्बन से सहायता-प्राप्त यह भाषा गुणात्मक हो उठेगी और ऐसे अवसर पर हम भी अभिव्यक्ति की इस असीम सम्पदा का लाभ उठाने में पीछे नहीं रहेंगे।

संगीत उपकरण–इनका उपयोग सेट की अंग-रूप सामग्री के रूप में हो सकता है। इसके साथ-साथ इन्द्रियों के माध्यम से हमारी सम्वेदनशीलता पर गहराई से और प्रत्यक्षतः कार्य करने की इन्हें आवश्यकता है। ध्वनि की दृष्टि से वे नितान्त असामान्य गुणों और कम्पनों पर शोध की अपेक्षाएँ रखते हैं, जो आजकल के संगीत उपकरणों में नहीं पाए जाते। ये पुराने और विस्मृत उपकरणों का उपयोग करने की वकालत करते हैं अथवा नयों का आविष्कार करने की। संगीत के अतिरिक्त विशेष रूप से परिष्कृत और नई मिश्रधातुओं से बने संगीत वाद्यों के क्षेत्र में भी अनुसंधान की आवश्यकता है जो स्वरों के नए स्तर को छूते हैं और असह्य भेदक ध्वनि अथवा शोर पैदा करते हैं।

प्रकाश व्यवस्था–थिएटर में आजकल उपयोग में लाए जानेवाले प्रकाश उपकरण अब बहुत उपयुक्त नहीं रह गए हैं। नाटक में मस्तिष्क पर प्रकाश की विशेष क्रिया होती है, हमें दोलायमान प्रकाश-प्रभाव, तरंगों में विकीर्ण होनेवाली प्रकाश व्यवस्था की नई विधियाँ, अग्निबाणों के समूह की तरह 'शीट लाइटिंग' की खोज करनी होगी। आजकल उपयोग में लाए जानेवाले उपकरण के 'कलर स्केल' को शुरू से लेकर आख़िर तक सुधारना होगा। प्रकाश व्यवस्था में उत्कृष्टता, घनत्व और अपारदर्शिता जैसे कारकों को पुनः प्रविष्ट करना होगा ताकि विशेष 'टोनल' गुण, गरमी, सरदी, नाराज़गी, भय आदि की अनुभूतियाँ पैदा की जा सकें।

वेशभूषा–जहाँ तक वेशभूषा का प्रश्न है, बगैर विश्वास के वहाँ कोई भी वेशभूषा हो सकती है जो कि सभी नाटकों के लिए समान होगी; आधुनिक वस्त्रों से, जहाँ तक सम्भव हो, बचा जाना चाहिए, इसलिए नहीं कि इसके अतीत के लिए अन्धविश्वास की हद तक वस्तुपूजा का भाव है बल्कि इसलिए कि यह पूर्णतः स्पष्ट है कि कुछ युगों पुराने वस्त्र आनुष्ठानिक उद्देश्यवाले हैं, हालाँकि एक समय वे फैशन में रहे हैं, और परम्पराओं से अपनी निकटता के चलते उनमें अपौरुषेय सुन्दरता और रूप-रंग हैं, जो उन्हें ऊँचा उठाते हैं।

मंच-सभागार–हम मंच पर सभागार को परे करना चाहते हैं, उन्हें एक तरह के एकल, अविभाजित स्थल द्वारा स्थानान्तरित करना चाहते हैं जिसमें किसी तरह का कोई 'विभाजन' न हो और यह कार्यव्यापार का स्थान बन जाए। दर्शकों और 'शो' के मध्य, अभिनेताओं और दर्शकों के मध्य सीधा सम्पर्क स्थापित होगा और यह इस बात से सम्भव होगा कि दर्शक कार्यव्यापार के केन्द्र में बैठे हैं और इसके द्वारा घिरे

हुए इसमें पड़े हुए हैं। यह घेराबन्दी घर के अपने आकार से ही आती है।

आजकल के थिएटर के स्थापत्य का विलोपन करते हुए हमें एक तरह के बखार या विमानशाला को किराए पर लेना होगा जो कुछ चर्चों, पवित्र स्थलों या तिब्बती मन्दिरों की स्थापत्य शैली में पुनर्निमित हो।

इस भवन में विशेष अन्तःऊँचाई और गहराई होगी। यह प्रेक्षागृह चहारदीवारी से घिरा होगा, जिसमें किसी तरह का अलंकरण नहीं होगा, दर्शक नीचे, इसके मध्य में, घूमनेवाली कुर्सी पर बैठेंगे, जिससे वे अपने चारों ओर होनेवाले 'शो' को देख सकें। इसका प्रभाव यह होगा कि आमतौर पर होनेवाले मंच का अभाव कार्यव्यापार को प्रेक्षागृह के चारों कोनों तक प्रसारित करने में सहायक होगा। हॉल के चार आधारभूत बिन्दुओं में अभिनेताओं और कार्यव्यापार के लिए विशेष स्थान अलग से रखे जाएँगे। दृश्य धुली हुई दीवारों के सामने होंगे जिन्हें इस तरह डिजाइन किया जाएगा कि वे प्रकाश को अवशोषित कर सकें। इसके अतिरिक्त ऊपरवाली गैलरियाँ कक्ष की परिधि के दाहिनी ओर होंगी जैसी कुछ प्राचीन पेंटिंग्स में होती हैं। ये गैलरियाँ अभिनेताओं को इस योग्य बनाएँगी कि वे हाल के एक कोने से दूसरे कोने तक, जैसी आवश्यकता हो, एक-दूसरे के अनुसार काम कर सकें तथा कार्यव्यापार को ऊँचाई और गहराई के सभी दृश्य स्तरों तक सभी दिशाओं में विस्तार दिया जा सके। मुख से उच्चरित शब्द के माध्यम से एक चीख़ को एक सिरे से दूसरे सिरे तक, ध्वनि-प्रवर्धन और स्वर के उतार-चढ़ाव के अनुक्रम के माध्यम से सम्प्रेषित किया जा सकता है। कार्यव्यापार, फ्लोर-से-फ्लोर तक, स्थान-से-स्थान तक, अग्निकांड की तरह, विभिन्न स्थानों पर आकस्मिक विस्फोटों को फैलाते हुए अपने को उद्घाटित करेगा। और प्रस्तुति की वास्तविक भ्रामक प्रकृति केवल और अधिक खोखले शब्द नहीं होंगे, बल्कि दर्शकों पर कार्यव्यापार का सीधा, त्वरित प्रभाव होगा। क्योंकि कार्यव्यापार विस्तृत क्षेत्र में फैला होगा, इसलिए उसे एक दृश्य के लिए प्रकाश की ज़रूरत होगी और एक प्रस्तुति के लिए भिन्न तरह की प्रकाश व्यवस्था की ज़रूरत होगी जो दर्शकों और चरित्रों दोनों को बाँधे रह सके--और मौलिक प्रकाश-प्रविधियों, आँधी और तूफ़ान, जिनका अप्रत्यक्ष प्रभाव दर्शक अनुभव करेंगे, और यह कई कार्यव्यापारों के साथ तुरन्त अनुरूपन कर लेगा, एक कार्यव्यापार के कई चरण झुण्ड की तरह एक साथ लिपटे चरित्रों के साथ परिस्थितियों के सभी आघातों तथा मौसम और तूफ़ानों के बाह्य प्रहारों को झेल सकेगा।

तथापि, एक केन्द्रीय जगह को सुरक्षित रखा जाएगा, जिसे मंच के रूप में व्यवहृत किए बग़ैर कार्यव्यापार के निकाय को संकेन्द्रित करने और ज़रूरत, एक 'चरम' तक ला पाने के योग्य बना सके।

वस्तुएँ-मुखौटे-सम्पत्ति–कठपुतलियाँ, विशाल मुखौटे, आश्चर्यप्रद अनुपात की वस्तुएँ जो प्रत्येक अलंकार-योजना और अभिव्यक्ति के भौतिक पक्षों पर बल देते हुए

इस उपप्रमेय के साथ वाचिक 'इमेज़री' के साथ ही प्रकट होती हैं, वे सभी वस्तुएँ जिन्हें एक रूढ़िबद्ध दैहिक अभिनय की ज़रूरत है, अलग कर दी जाएँगी अथवा बदल दी जाएँगी।

सजावट–कोई सजावट नहीं। प्रतीकात्मक चरित्र, आनुष्ठानिक वेशभूषा, तूफ़ान में किंग लियर की दाढ़ी के तीस फुट ऊँचे पुतले, आदमियों जितने बड़े वाद्ययन्त्र, अपरिचित रूप और उद्‌देश्यवाली वस्तुएँ इस कार्य को पूरा करने के लिए काफ़ी हैं।

सामयिकता–लेकिन आप कह सकते हैं कि थिएटर जीवन से, तथ्यों, आजकल के जीवन की गतिविधियों...समाचारों, घटनाओं से, और हाँ, चिन्ताएँ, उनके बारे में जो कुछ भी गहरा है, कुछ का विशेषाधिकार, नहीं! *ज़ोहर* में रब्बी सिमोन की कहानी आग की मानिन्द ज्वलनशील है, आग की मानिन्द प्रासंगिक है।

कृतियाँ–हम लिखे हुए नाटकों को प्रस्तुत नहीं करेंगे बल्कि सीधे विषयों, तथ्यों अथवा ज्ञात कृतियों से प्रस्तुतियों को करने का प्रयास करेंगे। प्रेक्षागृह का रूपाकार स्वयं प्रस्तुति को अनुशासित करता है क्योंकि कोई भी थीम, चाहे कितनी व्यापक हो, हमारे लिए निषिद्ध है।

प्रदर्शन/प्रस्तुति–समग्र प्रस्तुति की अवधारणा को हमें पुनर्जीवित करना होगा। समस्या है इसे अभिव्यक्त करने की, इसे स्थानिक रूप से घोषित और सुसज्जित करने की, जैसे चट्टान की एक सपाट दीवार में ड्रिल किए हुए टोंटी के छेद अचानक गीज़र और पत्थरों के गुलदस्तो पैदा करने लगें।

अभिनेता–अभिनेता एक प्रमुख कारक है क्योंकि प्रस्तुति की सफलता उसके अभिनय की प्रभावशीलता पर निर्भर है; साथ ही वह एक तरह का तटस्थ, आज्ञाकारी कारक भी है, क्योंकि उसे किसी तरह के वैयक्तिक नेतृत्व से बचने की सख़्त हिदायत होती है। इसके अलावा यह एक ऐसा क्षेत्र है, जहाँ किसी तरह के ठीक-ठीक नियम नहीं हैं, और यहाँ एक चौड़ा हाशिया है, जो मनुष्य और उपकरण तथा कुछ निश्चित संख्या में सिसकियों का अभिनय करनेवाले अभिनेता और अपनी प्रतिपादन-शक्ति का उपयोग करते हुए सम्भाषण देनेवाले अभिनेता के बीच अन्तराल बनाए रखता है।

व्याख्या–प्रस्तुति किसी भाषा की तरह आदि से लेकर अन्त तक संहिताबद्ध/कोडीकृत की जाएगी। इस प्रकार कोई भी चेष्टा व्यर्थ नहीं जाएगी, सभी एक लय का अनुपालन करेंगे, प्रत्येक चरित्र अपनी सीमा तक अपनी विशेषता प्रदर्शित करेगा, प्रत्येक मुद्रा, विशेषता और वेशभूषा अनेक किरणपुंजों की तरह प्रतीत होंगे।

सिनेमा–थिएटर कविता के माध्यम से सूत्रहीन स्थितियों के चित्रों और अस्तित्वशाली की अनगढ़ कल्पना के बीच वैषम्य को प्रदर्शित करता है। इसके अतिरिक्त कार्यव्यापार की दृष्टि से, इसकी तुलना सिनेमा की छवि के साथ नहीं की जा सकती, भले ही वह कितना ही काव्यात्मक क्यों न हो, क्योंकि फ़िल्म

जीवन की सभी आवश्यकताओं का अनुपालन करनेवाली रंगमंच-छवि को सीमित कर देती है।

क्रूरता–प्रत्येक प्रस्तुति के आधार के रूप में क्रूरता के तत्त्व के बग़ैर कोई भी प्रदर्शन नहीं हो सकता। हमारी वर्तमान पतनशील स्थिति में यह अनिवार्य है कि सैद्धान्तिकी शरीर के माध्यम से मस्तिष्क में प्रवेश करें।

दर्शक–सबसे पहले, यह रंगमंच अवश्य अस्तित्व में आना चाहिए।

कार्यक्रम–टेक्स्ट की उपेक्षा करते हुए, हम प्रस्तुत करना चाहते हैं :

1. शेक्सपीयर की कृति का रूपान्तरण जो हमारी वर्तमान विभ्रमित मानसिक स्थिति के साथ पूरी तरह मेल खाता हो, भले ही वह शेक्सपीयर का कोई अप्रामाणिक नाटक हो, जैसे कि *आर्डेन ऑफ़ फेवरशाम* अथवा इसी काल का कोई दूसरा नाटक।
2. लियों-पॉल फार्ग का कोई अत्यन्त स्वच्छन्द काव्यात्मक नाटक।
3. रब्बी सिमोन की कहानी *दि ज़ोहार* कोई अंश जिसमें शाश्वत शक्ति और अग्निकांड का विषैलापन हो।
4. ब्लू बीयर्ड की कहानी जो ऐतिहासिक अभिलेखों से पुनर्सृजित की गई हो और जिसमें क्रूरता और रति की नई अवधारणा हो।
5. बाइबिल और धर्मग्रन्थों के अनुसार जेरुसलम का पतन। एक तरफ़ इससे बहता खूनी लाल रंग, और वह वहशियाना जज़्बा और दिन की रोशनी में भी दिखाई पड़नेवाला मानसिक भय, दूसरी तरफ़ इस स्थिति से उत्पन्न भयानक बौद्धिक आलोड़न तथा राजा, मन्दिर, जनसमूह और घटनाओं पर भौतिक रूप से प्रक्षिप्त उनकी प्रतिक्रिया के विरुद्ध पैगम्बर का आधिभौतिक संघर्ष।
6. मार्की द साद की एक कहानी में ख्यात्मकता स्थानान्तरित होकर लाक्षणिक रूप से प्रस्तुत हुई है और क्रूरता के हिंसक बाह्य रूप से ढक गई है।
7. एक या अधिक रोमांटिक मेलोड्रामा जिसमें अविश्वसनीय एक सक्रिय, ठोस, काव्यात्मक कारक होगा।
8. हमारे सिद्धान्तों की प्रतिक्रिया की भावना को देखते हुए इसके उदाहरण के रूप में जॉर्ज ब्युखनर का *वॉयज़ेक* और मंच की शब्दावली में एक सटीक पाठ (टेक्स्ट) से क्या ग्रहण किया जा सकता है।
9. ऐलिज़ाबेथन-रंगमंच की कृतियाँ, जो उन पद्धतियों से बिलकुल अलग हों और उनमें केवल युगीन यन्त्रों, स्थितियों, चरित्रों और प्लॉट को सुरक्षित रखा गया हो।

उनके इस घोषणा-पत्र को *ला नुवल रेन्यू फ्रांसेस* के अक्तूबर 1932 के अंक में प्रकाशित होना था। आर्तो ने सितम्बर का महीना उसको दोहराने में लगाया। वे

अपनी लिखित योजनाओं को हमेशा अपर्याप्त और दोषपूर्ण मानते थे। शायद यह मान्यता न मिल पाने की उनकी घबराहट को दर्शाता था। वे आर्थिक रूप से सम्पन्न धनाढ्य व्यक्तियों से जब-तब मिलते रहते ताकि अपनी प्रस्तुतियों के लिए मदद मिल सके। पेरिस में एक ऐसा भी व्यापारी वर्ग था, ऐसे सम्भ्रान्त लोगों की भी कमी नहीं थी जो इसमें पैसा न लगा सकते हों, आर्तो से प्रभावित नज़र आते थे। इसी बीच आर्तो ने *कोमोदिआ* नामक पत्रिका में अपने घोषणा-पत्र की पहचान कराने के लिए एक लेख भी लिखा जिसमें उन्होंने पाठाधारित रंगमंच की जमकर टिप्पणी की–

> *"अपने कार्य के मुताबिक़ इसमें हम किसी भी तरह के लिखित नाटक का मंचन नहीं करेंगे। जो भी दृश्य बनेगा वह सीधे मंच पर बनेगा, उसमें उन सब उपादनों को प्रयोग में लाया जायेगा जो मंच प्रदान करता है। पर यह आवश्यक है कि उससे एक तरह की मंचीय भाषा का सृजन किया जाएगा। भाषा वह वैसी ही होगी, उसको वही स्तर मिलेगा, जैसा संवादयुक्त भाषा को अब तक मिलता आया है। इसका मतलब यह नहीं कि दृश्यांकन को सतत् और कठिन प्रयासों के बीच से नहीं गुज़रना होगा। वे प्रदर्शन से पूर्णतया तय और संरचित नहीं होंगे।"*

आर्तो के घोषणा-पत्र और प्रस्तावित रंगमंच में दो स्थितियाँ हमेशा रहेंगी, आत्मविनाश और आत्मपुनर्निर्माण। प्रस्तुति के तरीक़ों को तोड़ने से बार-बार दोहराए गए विचार को संक्षिप्त किए जाने से ही यह अपनी ऊर्जा प्राप्त करेगा। रंगमंचीय दृश्यांकन विलक्षण सांकेतिक घटनाएँ दिखाएगा। इसका देखनेवालों पर तत्काल प्रभाव पड़ेगा। आर्तो को पढ़ते हुए उनके लेखों की उत्तेजना और करीबी विनाश की भयावह धार उनके बाद के लेख *नो मोर मास्टरपीस* में बराबर दिखाई देती है–"हम ऐसे बहुत से संकेत देखते हैं जो हमें बताते हैं कि ज़िन्दा कैसे रहें, पर अफ़सोस अब वे संकेत नहीं रहे। हम सभी पागल हैं, बेताब और बीमार हैं और मैं सभी को निमन्त्रित करता हूँ कि वे अपनी प्रतिक्रिया से अवगत कराएँ।"

उनके घोषणा-पत्र *क्रूरता के रंगमंच* की तरह उनका उपरोक्त निबन्ध 1938 तक प्रकाशित नहीं हुआ। जब तक *नो मोर मास्टरपीस* प्रकाशन में आया, तब तक आर्तो ने एक ही दृश्यांक का मंचन किया जिसमें लिखित भाषा को किसी भी रूप में बहुत ज़्यादा महत्त्व नहीं दिया गया। पर बाद के दौर में लगातार 1937 तक पागलख़ानों में ज़िन्दगी गुजारने के बाद उनकी स्थिति बहुत ख़राब हो गई थी। आर्तो ने लिखा है, "हम स्वतन्त्र नहीं हैं और आकाश हमारे सिर पर अभी भी गिर सकता है और रंगमंच का सबसे पहला काम यही है कि वह हमें इससे अवगत करवाए।"

आख़िरकार 1935 में आर्तो अपने रंगमंच के अनुरूप वह रंगमंचीय दृश्यांकन करने में सक्षम हुए, जिसके लिए वे पिछले वर्षों में लगातार संघर्षरत रहे थे। 1935 के पूर्वार्द्ध में, हाल ही में प्रतिबन्धित हुई किताब *शैतान (सेरवा)* पर अपने प्रकाशक

गालिमार के कहने पर उन्होंने संवाद लिखने का काम किया, लेकिन साल की शुरुआत में ही आर्तो ने शैली की रचनाओं पर नाटक *दि सेन्सी* का आलेख तैयार करना शुरू किया, जो फरवरी में पूरा हो गया। यह नाटक सोलहवीं शताब्दी की एक सत्य ऐतिहासिक घटना पर आधारित था। कहानी एकदम सीधी थी। बेआत्रिस सेन्सी जो फ्रांको सेन्सी (1549-1598) की बेटी थी जो रोम का एक अधम, निर्दयी और घृणित वासना से परिपूर्ण सम्भ्रान्त व्यक्ति था। जब उसकी पहली पत्नी अपने सात बच्चों को जन्म देकर मर गई तो उसने एक अमीर और ख़ूबसूरत महिला लियुरेतिया पेत्रोनी से ब्याह रचा लिया। वह अपने घृणित कृत्य के रूप में अपने बेटों की हत्या और बेटी के साथ बलात्कार करता है। तब बेआत्रिस अपने बाक़ी बचे भाइयों और सौतेली माँ के साथ मिलकर पिता की हत्या की योजना बनाती है और उसमें कामयाब हो जाती है। भाड़े के हत्यारों द्वारा उनकी हत्या की जाती है। एक कील उसकी आँख में घुसेड़ दी जाती है और दूसरी उसके गले में। घटना के बाद साज़िश करनेवालों को पकड़ लिया जाता है और उन पर मुक़दमा चलाया जाता है।

जिद्दी और रूढ़िवादी पोप क्लेमेंट सप्तम् बेआत्रिस को क्षमा करने से इनकार कर देता है और मुकदमे के बाद बेआत्रिस के साथ उसके बाक़ी बचे भाइयों और सौतेली माँ के सिर क़लम कर दिए जाते हैं। जिस समय यह आदेश दिया गया बेआत्रिस की उम्र सोलह वर्ष से भी कम थी।

दि सेन्सी को पढ़कर आर्तो को लगता है कि उनका यह नाटक हिंसा की आख़िरी अवस्था तक पहुँच गया। आर्तो ने इस का मंचीय आलेख बड़ी सख़्त व्यवस्था के साथ तैयार किया था। वह चाहते थे कि इसका दृश्यांकन निर्देशन करते समय मंच के सभी पहलुओं पर उनकी अच्छी पकड़ बनी रहे। पर सबसे बड़ी दिक़्क़त नाटक के लिए आर्थिक साधनों को लेकर थी।

दूसरी दिक़्क़त थी प्रेक्षागृह की, एकमात्र प्रेक्षागृह जो इस नाटक के लिए मिल रहा था--वह इसके दृश्यांकन के अनुरूप नहीं था। प्रेक्षागृह फोलिस-वाग्रम बड़े परम्परागत ढंग से बनाया गया एक पुराना हॉल था और वह ख़ासतौर पर गीति नाटकों के लिए जाना जाता था, फिर भी आर्तो ने इसके लिए भी समझौता कर लिया, क्योंकि वे इस अवसर को छोड़ना नहीं चाहते थे। प्रदर्शन की तारीख़ भी लगभग तय कर दी गई--7 मई, 1935। अब रिहर्सल पूरे अप्रैल होना था।

आर्तो ने इस नाटक की वेशभूषा दृश्यबन्ध के चित्रांकन के लिए चित्रकार बाल्थस क्लोस्सोव्स्की दि राला को ज़िम्मेदारी दी ताकि एक अतीन्द्रीय नाट्य-प्रभाव को दृश्य-रूप दिया जा सके, क्योंकि उसके चित्रों में हिंसा और कोमलता दोनों के भाव थे।

नाटक के रिहर्सल बुरी हालत में चले। आर्तो की कास्ट समझ न पाती कि आख़िर वे उनसे चाहते क्या हैं। वे रिहर्सल के दौरान साहित्यिक संकेतों को प्रयोग

में लाते और जब कास्ट को वे समझ न आते तो झगड़ा करने लगते। फिर भी रिहर्सल लगातार चलती रहती। रोजर दसोर्मिए ने इस दृश्यांकन में प्रभावशाली ध्वनि प्रभावों को इकट्ठा किया। फैक्ट्री की मशीनों का शोर भी प्रयोग में लाया गया, जिसमें बेआत्रिस सेन्सी को उत्पीड़ित किया जाता है। स्टरियोफोनिक ध्वनि प्रभाव का इस्तेमाल करते हुए ध्वनि स्तर को काफ़ी ऊँचा रखा गया।

नाटक के दृश्यबन्ध को प्रभावशाली बनाया गया : चक्करदार गलियारा, जो मंच पर गहराई और ऊँचाई का एक साथ भ्रम देता, उत्पीड़न के लिए गोल चक्करदार यन्त्र जैसा चक्का बनाया, जिसको घूमता देखनेवालों और मंच पर काम करनेवालों के सिर चकराने लगते। यह सब इसलिए था कि विचार किसी भी स्थिति में स्थिर न रहे।

दि सेन्सी के शुरुआती प्रदर्शन से दो सप्ताह पहले आर्तो ने एक साक्षात्कार में घोषणा की "यह नाटक दर्शकों के लिए आग के स्नानघर में घुसने जैसा होगा।" वे चाहते थे कि 'दर्शक अपनी आत्मा और स्नायु के कम्पन के साथ' इस प्रदर्शन में भाग लें। वे अपने अभिनेताओं पर विशेष ध्यान देते थे–उनसे यथातथ्य अभिनय की माँग करते थे, मेरे लिए अभिनेता भावात्मक स्तर पर कसरत करनेवाला व्यक्ति है–द एक्टर हैज़ ए हार्ट ऑफ़ एथलीट। बलशाली मांसपेशियों से युक्त शरीर भी भीतर से भावात्मक यन्त्र की तरह काम करता है। हाँ, एक अभिनेता भी शारीरिक व्यायाम करनेवाला व्यक्ति (धावक जैसा खिलाड़ी) है। अपने इस विस्मित कर देनेवाले रूप में वह प्रदर्शन करते समय शरीर, भावना संचार और सोचने की नियन्त्रण शक्ति, तीनों को एकसाथ लेकर भावरूप में लेकर चलता है। वह शारीरिक क्रियाओं, ताल और गति का नियन्त्रण और संचालन करते हुए एक ही समय में भावों का संचार और उनका संचालन और फिर उसको अपनी सोच से प्रभावित करते हुए अभिनय में बदलता चलता है, वह स्वयं को विभाजित करता है और भावात्मक संघटन की स्थिति प्राप्त करता है, उसका शरीर भावात्मक गति पर इन्द्रियाँ जगाता है और एकात्म होने पर वो इन्द्रियों से परे पूर्णतया ख़ुद से जुड़ जाता है, आत्मगत की स्थिति में आ जाता है। जब वह मंच पर अभिनय करने आता है, तो यह सब दर्शकों की मौजूदगी में दुगुने रूप में होता है–एक अपने साथ, दूसरे दर्शक के साथ, दोनों के तार जुड़ जाते हैं। जब सामान्य कसरती (एथलीट) आवेग जागता है तब मात्र नियन्त्रण के लिए उसके सामने आवेग को किसी बिन्दु तक पहुँचाने की सतत् प्रयास–स्थिति होती है। वह साँस को नियन्त्रित करता है ताकि शरीर और साँस काबू में रहे, पर अभिनेता की भावात्मक दौड़ साँस से शुरू होती है और वही उसकी शारीरिक स्थिति और उसकी सोच को उद्घाटित करने में सबसे पहले सहायक होती है। वह आवेग की गति जितनी तेज़ करता है उतनी ही उसकी भावात्मक गति बढ़ती जाती है; जब वह अभिनय करता है तो उसका शारीरिक ज्ञान आगे की स्थिति में

चलता है। उसके भाव-जगत की गतियाँ उसको भौतिक जगत की आपदाओं के बीच संकट-निवारण का साधन बनाती हैं, उसे पराभौतिक सत्य सामने रखने के लिए अपने होने का ज्ञान देती है। अभिनय को लेकर आर्तो की धारणाएँ और प्रेरणाएँ अभिनेताओं को प्रेरित करतीं; वे उनकी तरह गहरे में जाकर सोचते, उसे मंच पर लाने का प्रयत्न करते। पर आर्तो के सामने बहुत-सी कठिनाइयाँ थीं। उनके सामने नाटक पर ध्यान देने, मुख्य भूमिका और सबसे ज़्यादा कठिन स्थिति अर्थ जुटाने की थी। सारी व्यवस्था को सँभालते-सँभालते वे थक चुके थे। उनको लगता था कि उनकी आवाज़ उनका साथ नहीं दे रही है, वह फट रही थी। 6 मई को पोशाक-रिहर्सल की गई। 7 मई को *सेन्सी* का पहला प्रदर्शन लगभग तय था। पर अफसोस, सारी गम्भीरता के बावजूद यह प्रदर्शन एक फैशनेबल सामाजिक घटना जैसा लग रहा था और इस तमाशे को राजकुमारियाँ और काउंट्स प्रोत्साहन दे रहे थे (फ्रांस के विदेश मन्त्री, पियर लावाल जो आर्तो के निकटतम मित्र थे, नाटक के प्रदर्शन में शामिल हुए)। यह तो गनीमत थी कि आर्तो को अपने पहले प्रदर्शन में आख़िर तक आते-आते सबका स्नेह और प्रोत्साहन मिल रहा था। पहले प्रदर्शन की रात ठीक-ठाक दर्शक जमा हुए। पहला प्रदर्शन बिना किसी बाधा के ठीक-ठाक निकल गया। आर्तो ने फ्रांको सेन्सी की भूमिका बड़ी उग्रता और सख़्ती भरी आवाज़ के उतार-चढ़ाव के साथ अभिनीत की। प्रदर्शन के बाद वे काफ़ी जोश और उल्लास में दिखाई दिए। नाटक के प्रदर्शन के बाद कुपोल काफे में अभिनेताओं और मंच सहयोगियों के साथ एक छोटा-सा जश्न भी रखा गया। पर यह ख़ुशी थोड़ी देर के लिए ही थी, जल्द ही पता चल गया कि एक ही प्रदर्शन से लोग उस भव्य प्रदर्शन से ऊब गए हैं। प्रदर्शन को लेकर चर्चाओं और विवादों के घेरे बनने लगे थे। जैसे ही आगे के शो हुए, समस्याएँ आने लगीं। बहुत-से अख़बारों की प्रतिक्रिया और ज़्यादातर समीक्षाएँ विरोध में ही थीं। अख़बारों की राय थी कि उन्होंने जो देखा वह बेसुरेपन ओर उलझे हुए संकेतों का अजीबोगरीब घालमेल था। दर्शकों की संख्या अचानक एकदम घट गई। इससे आर्तो पर आर्थिक दबाव बढ़ गया। घटनाओं पर से उनका नियन्त्रण टूट रहा था। वह प्रदर्शन को लेकर लगातार परिश्रम कर रहे थे और जो भी पैसा जहाँ से मिलता उसे बेहतर बनाने में लगा देते। पर अभी भी उनकी चिन्ता थी कि आगामी प्रदर्शन कैसे रहेंगे। उन्हें होटल का बिल भी चुकता करना था। 15 मई तक आते-आते फोलीस-वाग्रम प्रेक्षागृह में स्थिति और भी विकट हो गई। आर्तो ने तुरन्त अपने सहयोगी सम्पादक मित्र पोल्हां को पत्र लिखा, जिसमें उनके निबन्ध को लेकर प्रकाशित होनेवाली किताब के एवज में अग्रिम पैसा दे दिया जाए, उन्होंने लिखा, ''यहाँ स्थिति बहुत ख़राब है। अगर 24 घंटे के अन्दर पन्द्रह हज़ार फ्रांक की रकम न मिली तो हमें यहीं रुकना पड़ेगा, अगर तुम ऐसा कर सको तो इस वक़्त मुझ पर बहुत बड़ा उपकार होगा, क्योंकि मेरी शक्ति जवाब दे रही है। मैंने कोशिश तो बहुत

की है पर फिर भी मैं अपने को खाई के किनारे पर पाता हूँ। यही नतीजा है यही, बस यही नतीजा। थोड़ा बहुत पैसा तो ज़रूर मिला, पर कुछ ही दिनों बाद मुसीबतें फिर खड़ी हो गईं।" यह आर्तो का निजी प्रयास था। इसमें किसी दूसरे की कोई दिलचस्पी नहीं थी। 21 मई को नाटक बन्द हो गया, मात्र सत्रह प्रदर्शनों के बाद। पेरिस के रंगमंच में क्रूरता का रंगमंच स्थापित होने से पहले ही ख़त्म होने के कगार पर था।

नाटक पूर्णतया असफल रहा, पर आर्तो इतनी आसानी से असफल होनेवाले न थे, उनको अपनी खोजों पर बहुत विश्वास था। पर अन्दर से वह असहयोगी और अस्वीकारवाली स्थिति को लेकर असंयत थे। बस एक ही उम्मीद थी कि वे जैसा सोचते थे, ठीक वैसा ही कर पाने के लिए प्रयत्नशील थे। उनकी जादुई अनुष्ठानों में दिलचस्पी बढ़ती जा रही थी, वे इसे क्रूरता के रंगमंच में अनुष्ठान-प्रदर्शन के रूप में जोड़ना चाहते थे। मैक्सिको, ब्रसेल्स, आयरलैंड की यात्राएँ आर्तो का पलायन नहीं, वहाँ रहती आ रही जनजातियों के अनुष्ठानों, उनकी संस्कृति को खोजने का साहस था, जिन्हें वे दैविक और आदिकाल से चली आ रही अलौकिक रीतियों के रूप में देखते थे। यात्रा के अन्तिम पड़ाव में उनका बन्दी बना लिया जाना, उनके खोजपूर्ण जीवन का पटाक्षेप है। इसके बाद की आर्तो की लगभग नौ वर्षों की ज़िन्दगी पागलख़ानों में इलाज कराते हुए बीती। पर कैसा था यह इलाज? आर्तो के स्वभाव में क्या सचमुच कुछ ऐसा था जिसको लेकर उनको इतने लम्बे समय तक वहाँ रखा जाता? द्वितीय विश्वयुद्ध का दौर था वह। सब तरफ़ युद्ध के काले बादल छाए थे। आर्तो ऐसे दौरे में अकेले थे, मानसिक पीड़ा में, छिपी हुई आदिम संस्कृति की तलाश में, दूर-दराज की यात्राओं पर निकले हुए।

जब 1937 में वे आयरलैंड की यात्रा पर निकले तो उनके पास अपनी जादुई खोजों की तलाश में मात्र दो जन्तर थे : एक छोटी-सी तलवार और सेंट पेट्रिक की छड़ी। छड़ी, जिसे वे ईश्वरीय शक्ति का सहारा मानते, इसके सहारे वे ईश्वर का द्वार खटखटा सकते थे, लोगों को अपने साथ चलने के लिए इससे इशारा कर सकते थे, पर आर्तो अपनी यात्रा के आनेवाले पड़ाव से अनभिज्ञ थे।

8 सितम्बर को आर्तो गाल्वे को छोड़कर जब डब्लिन की तरफ़ रवाना हुए, तब उन्होंने लिखा, "मैं अपने भाग्य की तरफ़ जा रहा हूँ।" एक बार फिर वह अपने होटल का बिल चुकाने में नाकामयाब रहे थे। डब्लिन में बिना पैसे और टूटी-फूटी अंग्रेजी से जैसे-तैसे उनको एक छात्रावास में कमरा मिल गया। पेरिस में रह रहे अपने मित्रों को लगातार पत्र लिखते, इससे उनकी बेचैनी और तपिश भरी अवस्था का पता चलता है। वे अपने आवेश को तोड़ते रहते। कभी एकदम चुप हो जाते। लगता था जैसे वे आत्मविनाश की ओर जा रहे थे। डब्लिन में अपने दो सप्ताह के प्रवास में आर्तो ने जान-बूझकर अपनी पहचान को नया रूप दे दिया, उनके निराधार तत्वीय हालातों का

इस समय लिखे गए पत्रों से कुछ ठीक पता नहीं चलता। उसने अपनी भूली-बिसरी प्रेमिका एन्न मैन्सन को लिखा, "दैत्याकार शक्तियों ने मुझे धकेल दिया है, इसलिए इसे स्वीकार करते हुए मैं क्या हूँ, मैंने यह तलाश छोड़ दी है कि मैं कौन हूँ?"

आर्तो के लिए क्रूरता अब क्रान्ति लानेवाली एक स्वयं निर्देशित ताक़त थी, जो अकेलेपन में कल्पित और निहित थी। यह ताक़त बाहर की दुनिया में जहाँ भी ज़रूरत हो, लागू की जा सकती थी।

आर्तो की पूर्वकालिक धर्मसम्बन्धी आस्थाएँ अब टूटती हिम्मत के आख़िरी प्रयत्न में जैसे प्रचंड रूप लेने लगी थीं। उनके लिए ईसा भी अब क्रूर थे जो भलाई की छड़ी सँभाले थे, जो अब उद्दंडी पोप को प्राणदण्ड देने का हुक्म देंगे। आर्तो का विश्वास था कि वह छड़ी जो ईसा सँभाले हैं वह अब भी संसार की अन्तिम परिणति में अपनी भूमिका निभाएगी। इंग्लैंड का समुद्र में डूबनेवाले देशों में पहला स्थान होगा। ईसा क्रूरता में जिस शक्ति का संचालन कर रहे हैं, वह जल्द ही आर्तो को हक़ देगी कि वे ईश्वरीय आवाज़ से बातें करें। इस बात का हमेशा गहराई से ध्यान रखा जाएगा कि वे जो कह रहे हैं, वह उन्मत्त या उल्लसित करने के लिए समझा जाएगा। आर्तो ने इस दौरान अपने सभी पत्रों में एक ही बात बार-बार कही, "यह है वह जिसे समझने की ज़रूरत है, यह है वह—अविश्वसनीय, हाँ—अविश्वसनीय, यह अविश्वसनीय ही है, जो सच है।"

उनके टूटे-फूटे शब्द कहते थे, "मैंने आयरलैंड में उस छड़ी को इसलिए उठाया ताकि मैं अपने पीछे लगे कुत्तों को शान्त कर सकूँ। मुझे सिर्फ़ इसलिए जेल में डाला गया, देश से निकाला गया, क्योंकि मुझे मालूम हो गया था कि बचाव के लिए अब छड़ी का प्रयोग बेकार रहेगा, यहाँ मेरी कोई मदद नहीं करेगी। मुझे मालूम था मेरा बर्ताव धीरे-धीरे बहुत ख़राब होता जा रहा है। मेरा मतलब है, जब भी मैं इसका इस्तेमाल करता मुझे अपने भीतर अयोग्यता और आत्मा में ख़ालीपन का अनुभव होता!"

वे कुछ दिन रैन-बसेरों में यहाँ-वहाँ भटकते रहे। 23 सितम्बर को उन्हें आवारागर्दी के आरोप में गिरफ़्तार कर लिया गया और एक सप्ताह के लिए जेल में भेज दिया गया।

किसी धुँधली चलचित्र रील की तरह आर्तो की ज़िन्दगी के ये चलते-फिरते चित्र बार-बार सामने आते हैं। उनकी ज़िन्दगी बार-बार एक आवर्त्त में घूमती है, चक्कर लगाती है, ताराहियुमारा के उस शमन की तरह जो सूर्य के घेरे में जादुई घंटियों के साथ चक्कर लगाता है, कभी बाहर जाता है, कभी प्रवेश करता है पर हमेशा घेरे में बना रहता है, जान-बूझकर पीड़ा सहता है, बुराई से लड़ने के लिए।

30 सितम्बर, 1937 को ल हावर् बन्दरगाह, फ्रांस में जब उनकी नौका पहुँची तो आर्तो को तुरन्त पागलों को काबू में रखने वाला जकड़-जामा पहनाकर अस्पताल

में भर्ती कर दिया गया। यह एक ऐसी क़ैद थी जो आठ साल और आठ महीने तक चली। ल हावर्, सोट्टविला, पेरिस, विला-आरवर्ड और अन्त में रॉबर्ट देस्नोस, रोदेज़ में डॉ. फर्डीएर के मनोचिकित्सालय में जहाँ उनको बिना बेहोश किए बिजली के पचास झटके उस इलाज के नाम पर दिए गए जिसे यातना कहा जाना चाहिए—उस मानसिक बीमारी के नाम पर जिससे वे पीड़ित थे ही नहीं।

1945 में दूसरे महायुद्ध के अन्तिम समय में जैसे-तैसे उनको इन पागलख़ानों से बचाया गया। कुछ नाटककारों-बुद्धिजीवियों जैसे आर्थर अदामव, मार्थ रॉबर्ट, ब्रेतों जूवे, ब्राक, पिकासो, गिआकोमेती, सार्त्र, सिमोन द बोउवार और दूसरे सहयोगी साथियों ने आर्तो को लेकर गहरी चिन्ता जताई। परिणामस्वरूप आर्तो को एक निजी चिकित्सालय में रखा गया, जो पेरिस के नज़दीक आइवरी में था।

उनके अन्तिम दिन शान्ति और सुकून से यहीं बीते। वे फिर से लेखन और चित्रकला पर ध्यान देने लगे। पीड़ा और यातना ने उनको लगभग खोखला कर दिया था। फिर भी उनमें हल्की-सी सतत् क्रियाशीलता बाक़ी थी, जिसके सहारे वे अन्तिम समय तक काम करते रहे।

इस दौरान उन्होंने अपना सबसे महत्त्वपूर्ण लेख, वॉनगॉग के चित्रों को देखने के बाद लिखा *वान गो दि मैन सुसाईड बाय सोयाइटी*। 1948 में फ्रेंच रेडियो के लिए आमन्त्रित उनका विशेष कार्यक्रम *ईश्वर के निर्णय के साथ सम्बन्ध, (टु बी इन विद दि जजमेंट ऑफ़ गॉड)* को स्थगित कर दिया गया। यह कार्यक्रम उनकी यात्राओं के अर्थों को सामने रखता है। अपने जीवन के अन्तिम समय तक आर्तो आलोचनाओं और विवादों के घेरे में रहे। 4 मार्च, 1948 को आर्तो मृत पाए गए, अपने पलंग के पास नींद में शान्ति से बैठे हुए, बीमारी से लड़ते हुए, ज़िन्दगी जीने के लिए, ज़िन्दगी के हाथों मरते हुए, अन्त में बस मरते हुए, उस मौत की चपेट से ज़िन्दगी को बचाने के लिए जो पिछले 52 वर्षों से उन पर मँडरा रही थी।

अभिनय-प्रशिक्षण

पीटर थॉमसन

सन्दर्भ

आर्कड्यूक फ्रांज फर्दीनांद की सुदूर सारायेवो में जब हत्या हुई, तब ब्रेष्ट की आयु सोलह साल थी और वह ऑग्सबुर्ग में अपने माता-पिता के साथ रहता था। वह तीस वर्ष का था, जब अनटप्पू ढंग से हुई इस हत्या के परिणामस्वरूप हुए युद्ध का अन्त हुआ। 1914 का वह दर्प भरे विशिष्ट हाव-भाव वाला तरुण 1918 तक एंग्री यंग मैन बन चुका था। ब्रेष्ट की रंगयात्रा का आकलन करते समय इस गुस्से पर हमेशा ध्यान रहना चाहिए। चीज़ों की मौजूदा स्थिति पर गुस्सा राजनीतिक और सामाजिक आन्दोलन को गति प्रदान करता है, और चीज़ों को बदलने के श्रेष्ठ के आन्दोलन को उनके अभिनय के प्रति दृष्टि से अलग करके नहीं देखा जा सकता। उस आन्दोलन को मार्क्सवाद में अपना अन्तिम तर्क प्राप्त हुआ, लेकिन उसका प्रारम्भ भी विरोधाभास की भावना के साथ हुआ। ऑग्सबुर्ग के परम्परागत प्रोटेस्टेंट बुर्जुआ प्रांत के ईसाई रीतिरिवाजों में पले ब्रेष्ट ने विरोधपूर्ण उपयोगितावाद के साथ अपनी प्रतिक्रिया दी—

सत्य पर प्रश्नोत्तर माला में ये बकवास
मरने का हक़ क्या था उन्हें
गर नहीं इजाजत जिज्ञासा की किसी को?

(ब्रेष्ट 1976 बी : 16)

ये उस कविता की अन्तिम पंक्तियाँ हैं, जो उन्होंने अपने उनतीसवें जन्मदिन के कुछ ही दिनों बाद लिखी थीं। यह कविता ब्रेष्ट ने अपनी माँ पर कटाक्ष करते हुए लिखी थी, जो बेटे के गंदे कपड़ों और भदेस भाषा को लेकर चिन्तित थी। अब ब्रेष्ट के लिए समय आ गया था कि वे ऑग्सबुर्ग छोड़कर बावेरिया की सांस्कृतिक राजधानी म्यूनिख के अपेक्षाकृत स्वस्थ वातावरण में चले जाए। 11 नवम्बर, 1918 को युद्धविराम संधि पर हस्ताक्षर होने के बाद कुछ महीनों तक वे ऑग्सबुर्ग और म्यूनिख के बीच नियमित रूप से आते-जाते रहे। उनकी कोशिश थी म्यूनिख के

साहित्यजगत में पाँव जमाने की। वह बावेरिया के लिए असामान्य राजनीतिक हलचल का समय था और ब्रेष्ट उस हलचल का हिस्सा बन गए।

जिस दिन जर्मन कैजर तथा समाजवादी बुद्धिजीवी कुर्ट आइज्नर के नेतृत्व में हुई क्रान्ति ने नई सरकार की स्थापना की--जिसका उद्देश्य बावेरिया और प्रशिया (म्यूनिख और बर्लिन) के बीच सम्बन्ध-विच्छेद था--उससे एक दिन पहले बावेरिया के सम्राट ने राजगद्दी का त्याग कर दिया था। बावेरिया में नई व्यवस्था लागू करने के आइज्नर के प्रशंसनीय प्रयासों पर एक ओर प्रतिक्रियावादी राष्ट्रवादियों और दूसरी ओर वामपंथी क्रान्तिकारियों ने पानी फेर दिया। 21 फ़रवरी, 1919 को बर्न में पुनर्गठित सैकंड इंटरनेशनल में भाषण पूरा करने के कुछ पलों बाद एक युवा कुलीन ने आइज्नर की गोली मारकर हत्या कर दी। बावेरिया के संसद के प्रारम्भिक सत्र के अवसर पर तर्कहीन प्रतिशोध की भावना से भरकर एक साम्यवादी कार्यकर्ता ने उसके सहायक पर गोली चलाकर उसे बुरी तरह घायल कर दिया। इससे जो अफरा-तफरी फैली उससे म्यूनिख कुछ समय के लिए समाजवादी सोवियत के हाथ में चला गया। परन्तु उन्हें जल्दी ही बेहतर ढंग से परिचालित साम्यवादी धड़े ने खदेड़ दिया। आशानुरूप, साम्यवाद के इस भय ने पिटी हुई जर्मन शक्तियों को एक प्रति-क्रान्ति अभियान के लिए एकीकृत कर दिया। जर्मन सेना ने म्यूनिख पर चढ़ाई कर दी और मई के प्रारम्भ में ही बावेरिया में हुए राजनीतिक दुःसाहस का अन्त हो गया। इस निर्णायक सैनिक अभियान की शुरुआत ऑग्सबुर्ग से हुई थी।

ब्रेष्ट के प्रकाशित पत्राचार में इन घटनाओं का कोई ज़िक्र नहीं है, हालाँकि वे आइज्नर के दल सोशल डेमोक्रेटस (सामाजिक लोकतान्त्रिक) के सक्रिय समर्थक थे, और इस बात की सम्भावना भी है कि वे सोवियत के भी साथी रहे हों। इसका एक स्पष्ट परिणाम निकला अव्यावहारिक नायकवाद के प्रति स्थायी सन्देह में--ऐसा सन्देह जो जर्मन अभिव्यंजनावाद से जुड़ी भव्य मानवीय आकांक्षाओं के प्रति घृणा के समान्तर चलता रहा। अभिव्यंजनावादी नाटककारों में अग्रणी अर्नस्ट टोलर म्यूनिख सोवियत के नेताओं में से एक थे। राजनीतिक इतिहास पर दृष्टिपात करते हुए टोलर ने अपनी आत्मकथा में उन सामान्य बावेरिया निवासियों के विषय में लिखा है, जो शान्ति की कामना करते थे, लेकिन जिनके हाथों में अचानक सत्ता आ गई; 'क्या वे अपनी सत्ता को बना पाएँगे?' (टोलर 1934 : 133) वे ऐसा नहीं कर पाए और इस असफलता ने ब्रेष्ट में यह परिपक्व विश्वास पैदा किया कि प्रभावी क्रान्ति, तर्क और वैज्ञानिक सिद्धान्त के आधार पर की जा सकती है, चाहे वह राजनीति के क्षेत्र में हो या रंगमंच के क्षेत्र में। ब्रेस्ट और टोलर में कई तरह के अन्तर हैं, लेकिन नैतिक विरोधाभास के प्रति दोनों में एक जैसी जिज्ञासा दिखाई पड़ती है। टोलर ने इस जिज्ञासा को इस प्रकार व्यक्त किया है : 'कम परेशानियों के रहते मनुष्य अच्छे हो

सकते थे, लेकिन उन्हें बुराई में आनन्द मिलता है' (टोलर 1934 : 26)। ब्रेष्ट ने इस पर एक लधु कविता की रचना की थी–

मेरी दीवार पर लटकी है एक जापानी
तराशी हुई तस्वीर,
सुनहरी आभा से सज्जित एक दुष्ट राक्षस का मुखौटा,
मैं देखता हूँ उसे सहानुभूति से,
माथे की फूली हुई नसें, बताती हैं
कितना मुश्किल है दुष्ट होना।

(ब्रेष्ट 1976 बी : 353)

हम दोनों के जीवन के बारे में जो जानते हैं, उसे देखते हुए अधिकांश लोग टोलर की बजाय ब्रेष्ट को स्वर्ग में देखकर हैरान होंगे। परन्तु दोनों के लेखन में एक मूलभूत प्रश्न मिलता है जो टोलर को स्मरण है कि उसने अपने चाचा की मृत्यु के समय स्वयं से पूछा था : 'अच्छा व्यक्ति कौन है?' (टोलर 1934 : 8)। क्या गैलीलियो अच्छा व्यक्ति था? क्या ग्रूशा है? या शेन ते? या गूंगा कात्रिन? या 'दि मेज़र्स टेकन' का युवा कामरेड? कितना अच्छा! कैसे अच्छा? ब्रेष्ट ने अपने जीवन की शुरुआत में ही दूसरों को भड़काने की आदत डाल ली थी। इसके राजनीतिक केन्द्र में किसी भी चीज़ को सत्य के रूप में अनुमानित न करने का निश्चय था। आख़िर हम उस चीज़ को बदलने की आशा भी कैसे कर सकते हैं, जिसके बारे में हमने अनजाने ही यह मान लिया हो कि उसे बदला नहीं जा सकता। किसी परिचित चीज़ से आश्चर्यचकित होने की क्षमता पैदा करना ब्रेष्ट की अच्छाई के मापदंड को समझने के मार्ग में एक पड़ाव हो सकता है। यह निश्चित रूप से ब्रेष्टीय अभिनय के मार्ग का एक पड़ाव है। यहाँ हम इस बात को समझेंगे कि अभिनय में अच्छा होने और अच्छा अभिनेता होने में क्या अन्तर है जो एकान्तिक रूप से रंगमंच का है, उसमें ब्रेष्ट को कोई दिलचस्पी नहीं है और उसका समाज के लिए भी कोई लाभ नहीं है। ब्रेष्ट के विचार में तो दुनिया 'दि कॉकेशियन चॉक सर्कल' ('खड़िया का घेरा') के प्रारम्भिक दृश्य की विवादास्पद भूमि की तरह उन्हीं के लिए होनी चाहिए, जो उसके योग्य हों। उनके अपने नैतिक तन्त्र में अच्छाई को कुशलता से अलग नहीं किया जा सकता।

ब्रेष्ट एक लेखक के रूप में जर्मन रंगमंच का हिस्सा बने थे; रंगमंच के व्यावहारिक पक्ष से उनके जुड़ने का प्रमुख कारण था उनके अपने नाटकों की प्रस्तुति में हस्तक्षेप करना। उन्होंने कोई प्रशिक्षण नहीं लिया था, और न ही जर्मनी में अभिनेता-प्रशिक्षण की कोई परम्परा थी। मार्टिन एस्सलिन द्वारा प्रलाप-रूप में प्रस्तुत अभिनय की जिस सरलीकृत शैली से उनका सामना होता वह 'बेलगाम शोर और असम्प्रेष्य वेदना के अति उन्माद और संवेग से भर कर भावनात्मक तीव्रता का अधिकतम प्रभाव पैदा करने की शैली है' (एस्सलिन 1970 : 88)। एस्सलिन ने

स्पष्टतः भावना में बहकर 'शब्दों की अति की ऐय्याशी और निराशा से भरकर छाती पीटने' के विषय में लिखा है। उनके मन में प्राचीन जर्मनी के दरबारी रंगमंच की अतिशयता है, जो युद्धपूर्व के प्रसिद्ध अभिनेता के प्रशंसित अभिनय तक चली आई थी, और जो अभिव्यंजनावादी नाटक की अतिशय वाग्विदग्धता के रूप में फिर से उभर आई थी।

लेकिन युवा ब्रेष्ट को केवल वादविवाद वाला यह भव्य नमूना ही उपलब्ध नहीं था। हालाँकि जर्मनी में प्रकृतवाद के श्रेष्ठ प्रयोगकर्त्ता ओट्टो ब्राह्म का निधन 1912 में ही हो गया था, लेकिन जीवन के समरूप अभिनय के उनके समर्थन का प्रभाव उनके साथ मिट नहीं गया था। गेर्हार्ट हॉप्टमैन के प्रकृतवादी नाटक के प्रति ब्रेष्ट की निष्ठा उनकी प्रारम्भिक नाट्य प्रस्तुतियों को मिली गहरी और अतार्किक प्रतिक्रिया से परिचालित थी। उनके एक प्रारम्भिक प्रकाशित पत्र–दिनांक 10 नवम्बर, 1914 में–हॉप्टमैन की 'दिन-प्रतिदिन की घटनाओं को आध्यात्मिक ऊँचाइयों तक उठाने की कला' की प्रशंसा मिलती है; और उसमें ज़ोला को मॉडल के रूप में ग्रहण करने की सिफारिश भी की गई है क्योंकि 'मनुष्य की आत्मा की पड़ताल अभी हुई नहीं है' (ब्रेष्ट 1990 : 20)।

प्रदर्शन को लेकर ब्रेष्ट के विचारों के विकास पर कैबरे की सामान्यतः शान्त प्रदर्शनशैली का प्रभाव देखा जा सकता है। इस शैली को फ्रैंक वेडेकाइंड की रचनाओं में प्रयोग किया जा चुका था। वेडेकाइंड मार्च 1918 में आकस्मिक मृत्यु के समय तक अपने नाट्य-लेखन में कैबरे-प्रदर्शन का मिश्रण करते रहे। ब्रेष्ट उस दिन म्यूनिख बार में मौजूद थे, जब वेडेकाइंड ने अपने जीवन के अन्तिम प्रदर्शनों में से एक की प्रस्तुति की थी। ब्रेष्ट की अपनी इक्का-दुक्का कैबरे प्रस्तुतियाँ वेडेकाइंड का अनुकरण कर उनके प्रति आदर भी प्रकट करती हैं और दर्शक के रूप में उनकी संवेदनाओं को तराशने का काम करती भी प्रतीत होती हैं। एस्सलिन ने इस सन्दर्भ में ब्रेष्ट की आलोचना करते हुए पक्षपात से काम लिया है। अभिनय दृष्टि को लेकर जर्मन अति नाटकीयता के प्रति ब्रेष्ट की प्रतिक्रिया तक तो उनकी बात ठीक है, लेकिन अन्य पक्षों में उसकी प्रासंगिकता सीमित प्रतीत होती है। वह ब्रेष्ट के उस विस्तृत रंगमंचीय अनुभव को नज़रअन्दाज़ कर जाती है, जो उन्हें अपने देश की असामान्य कला-परम्परा से प्राप्त हुआ था।

व्यावसायिक अभिनेताओं से अपने पहले निर्देशन में काम लेने से पहले ब्रेष्ट ने राइनहार्ड्ट और बर्लिन में कार्यरत अन्य निर्देशकों को पूर्वाभ्यासों के दौरान काम करते देखा था। नवम्बर 1921 की बात है, जब राइनहार्ड्ट स्ट्रिंडबर्ग की रचना 'दि ड्रीम प्ले' की तैयारी कर रहे थे–अपनी विशेषता के अनुरूप वह नाटक की संगीत रचना की खोज में व्यस्त परिणाम एकदम बनावटी प्रस्तुति में निकला, लेकिन 'निराशा से भरकर छाती पीटने' की स्थिति भी नहीं थी। ब्रेष्ट उस समय तक राइनहार्ड्ट की

रंगमंच को लेकर तीव्र भूख की आलोचना करने की स्थिति में नहीं थे, क्योंकि अभी उनके विचार परिपक्व नहीं हुए थे, और न ही उस समय तक उनमें अभिनेता के कौशल की समझ विकसित हुई थी। यह बात 1922 के वसन्त में स्पष्ट हो गई, जब उन्हें हाल ही में बर्लिन में स्थापित जुंगे ब्यूहने के लिए उनके मित्र आर्नल्ट ब्रोनेन्न के नाटक 'फाटरमोर्ड' ('पितृघात') के निर्देशन के लिए आमन्त्रित किया गया; अभिनय को लेकर उनकी माँग इतनी अधिक थी कि एक अभिनेत्री तो रोने लगी और टाइनरिख ज्यॉर्ज जैसे अनुभवी अभिनेता ने किनारा कर लिया; परिणाम यह हुआ कि ब्रेष्ट के स्थान पर अधिक चतुर निर्देशक बेर्टहोल्ड फिएर्टेल को काम सौंप दिया गया। हो सकता है कि ब्रेष्ट अधिक परिपक्व होकर, कुछ प्रदान करने की स्थिति में, म्यूनिख लौटे हों, लेकिन उनकी स्थिति अपने प्रारम्भिक नाटकों–'ड्रीम्ज़ इन दि नाइट' ('रात के सपने') (म्यूनिख, सितम्बर 1922), 'इन दि जंगल' ('जंगल में') (म्यूनिख, मई 1923), और 'बा' आल' ('बाल'/लीप्ज़िग, दिसम्बर 1923) की प्रस्तुतियों के पूर्वाभ्यासों के दौरान आदेश देने की नहीं थी।

जर्मनी में 1923 का वर्ष मुद्रास्फीति की तेज़ रफ़्तार का समय था, और स्पष्टतः म्यूनिख में पनप रहे असन्तोष में नाज़ी स्वर झलक रहा था। 'इन दि जंगल' की प्रस्तुति ने राष्ट्रवादी आन्दोलनकारियों को म्यूनिख कामेरस्पाइले के प्रेक्षागृह में आँसूगैस छोड़ने का बहाना दे दिया। रेपर्ट्री से नाटक को हटा लिया गया और रंग-निर्देशक जेकब गीस को बर्ख़ास्त कर दिया गया। सत्ता के इन प्रदर्शनों ने ब्रेष्ट के म्यूनिख-साथियों में से एक के लिए नशीली दवा का काम किया। 8 नवम्बर, 1923 को लोक-प्रसिद्ध नायक फील्ड मार्शल लुडेनडोर्फ की सहायता से अडोल्फ हिटलर ने म्यूनिख पर कब्ज़ा करने का प्रयास किया। सम्भवतः उस समय ब्रेष्ट लीप्जिग में अपने नाटक 'बा'आल' का पूर्वाभ्यास देख रहे थे। उन्होंने अपने अनेक देशवासियों की भाँति हिटलर को कुछ सनकी समझा। 1923 की पतझड़ में राजनीतिक कार्यकर्ता हेलेन वीगेल से मिलने के बाद विशेष रूप से ब्रेष्ट राजनीतिक रूप से कार्ल मार्क्स की ओर आकृष्ट हो रहे थे। बहुत जल्दी वे मार्क्सवाद पर स्वयं शिक्षा में पूरी तरह से डूब गए। यह कार्य म्यूनिख में उत्तरोत्तर सघन होते फासीवादी वातावरण के सीधे विरोध में था। 1924 के सितम्बर में उन्होंने बावेरिया छोड़ दिया और बर्लिन चले गए। लेकिन म्यूनिख कामेरस्पाइले को विशेष रूप से अलविदा कहने से पहले उन्होंने 'दि लाइफ़ ऑफ़ एड्वर्ड दि सेकंड ऑफ़ इंग्लैंड' का निर्देशन किया था।

क्रिस्टोफर मार्लो के मूल नाटक की वर्णन क्षमता और स्वल्पता आदि गुणों के ब्रेष्ट कायल थे। लियोन फ़्यूरटवांगेर की सहायता से जो रूपान्तर उन्होंने स्वयं तैयार किया था, उसमें उनकी अपनी विशिष्ट गहरी काव्य-ध्वनि सम्मिलित थी। पाठ को लेकर वे सहज थे, उसमें परिवर्तन भी उन्होंने सहज भाव से कर लिये, और शायद पहली बार अभिनेताओं के साथ भी उन्होंने पूरे आत्मविश्वास के साथ काम किया

था। ब्रेष्ट के इस निश्चय कि सैनिकों को गैवस्टन को अधिकार के साथ फाँसी पर लटकाना ही चाहिए, को याद करते हुए बर्नार्ड रीख कहते हैं : 'ब्रेष्ट ने बार-बार इस बात पर बल दिया कि वे फाँसी का दृश्य दोहराएँ, लेकिन यह काम उन्हें विशेषज्ञों की तरह करना चाहिए। उन्हें उस आदमी के गले में फाँसी का फंदा डालते देख दर्शकों को आनन्द आना चाहिए।' (फोल्कर 1979 : 72)। तत्कालीन नाट्यालोचक हर्बर्ट इहेरिंग के शब्दों में इसका परिणाम नयापन लिये हुए था : अभिनेताओं को अपने कार्य का लेखाजोखा देना था। उसने उन्हें स्पष्टता और ठंडेपन के साथ बुलवाया। भावनाओं के नकलीपन की कोई गुंजाइश नहीं थी। इन युक्तियों ने वस्तुगत, एपिक शैली की स्थापना का काम किया। (फोल्कर 1979 : 72)।

ब्रेष्ट बर्लिन के रंगमंच में तब तक सक्रिय रहे जब तक कि हिटलर के सत्ता में आने से फरवरी 1933 के अन्त में उन्हें आत्म-निर्वासन का सामना नहीं करना पड़ा। लेकिन उनकी गतिविधि कुछ देने के दबाव से ही परिचालित थी। प्रदर्शन की विचारधाराएँ पहली शाम की माँगों के साथ स्वाभाविक रूप से टकराती थीं, और फासीवाद की ओर बढ़ते देश में उनकी प्राथमिकताएँ सौन्दर्यशास्त्रीय कम और राजनीतिक ज़्यादा थीं। जिन व्यवस्थाओं ने ब्रेष्ट को अभिनेता प्रशिक्षण पर एक पुस्तक पढ़ने का अवसर प्रदान किया, वे निर्वासन के साथ जुड़ी मजबूरियों से उत्पन्न ख़ालीपन था; और उस सिद्धान्त की व्यावहारिक रूप से परीक्षा का अवसर उन्हें अपने जीवन के अन्तिम वर्षों में बर्लिन आँसांब्ल् में काम करते हुए मिला। कुर्ट वील के साथ सहयोग तो क्रम संगीत रंगमंच के क्षेत्र में अत्यन्त महत्त्व का है, लेकिन 'एड्वर्ड द्वितीय' के पूर्वाभ्यासों के दौरान अभिनय के क्षेत्र में प्राप्त अनुभवों में उसका योगदान अपेक्षाकृत कम है। ब्रेष्ट की शैली का अभिनेता इस बात को समझता है कि उस व्यक्ति के हावभाव को कैसे बनाए रखा जाए जो किसी भी क्षण गाने लगेगा, लेकिन स्वयं ब्रेष्ट ने उस समय तक इस उद्देश्य की प्राप्ति के लिए कोई पूर्वाभ्यास विधि विकसित नहीं की थी। बेल और उसकी प्रायोजना 'लेब्रस्ट्यूक' को लेकर उनका लक्ष्य नये दर्शकों तक पहुँचना था। ये लक्षित दर्शक परम्परागत रूप से अधिकार-वंचित थे, लेकिन अब युद्ध-पश्चात् की जर्मनी के सजग मज़दूर थे। प्रवास के कारण इन दर्शकों को खोना ब्रेष्ट के लिए सबसे बड़ी हानि थी।

यह प्रवास पन्द्रह वर्ष से अधिक चला। इस दौरान ब्रेष्ट डेनमार्क, स्वीडन, फिनलैंड और संयुक्त राज्य अमेरिका में रहे। इन देशों की भाषाओं से अपरिचित होने के कारण उन्हें प्रेक्षागृहों तक पहुँचने में कठिनाइयों का सामना करना पड़ा। अभिनय के विषय में उनकी धारणाएँ अपनी पत्रिका में यदा कदा लिखे नाटकों या अपने प्रवासी साथियों, सक्रिय रंगमंडलियों के साथ बातचीत तथा सैद्धान्तिक लेखन में व्यक्त हुई। इन सैद्धान्तिक लेखकों में सर्वाधिक सुगठित हैं–'दि मेस्सिंग्कॉफ डायलॉग्ज' ('मेस्सिंगकॉफ संवाद') (1937-40 के बीच लिखित) और 'ए शॉर्ट

ऑर्गेनम फार दि थिएटर' ('रंगमंच के लिए एक संक्षिप्त तर्कशास्त्र') (1948 में पूर्ण)। अभिनेता प्रशिक्षण के प्रति ब्रेष्ट के दृष्टिकोण के प्रति निष्कर्ष इन लेखों और 1949 में पूर्वी बर्लिन में उनके द्वारा स्थापित मंडली के अभ्यासों की रिकॉर्डिंगों से ही विश्वसनीय रूप से निकाले गए हैं।

लेकिन हमें इस बात पर ध्यान देना चाहिए कि ब्रेष्ट अपनी बात को एकदम स्पष्ट रूप से कहने के आदी थे। उन्होंने जो कुछ लिखा और जो बाद में प्रकाशित करवाया, वह तात्कालिक परिस्थितियों के प्रति उनके दृष्टिकोण का ही परिणाम था। उनकी विरोधाभासों में रुचि और द्वन्द्वात्मकता के प्रति समर्थन को देखते हुए, हमें उनमें दिखाई देनेवाले विचार-वैभिन्य पर आश्चर्य नहीं होना चाहिए। उनमें कोई स्थिर, या स्थायी घोषणापत्र नहीं मिलता। ब्रेष्ट के सत्य का मापक तो प्रभावशीलता है : जो कर्म करने के बाद सोचा गया हो या कुछ सीमा तक सोचा गया हो। इस सन्दर्भ में 'मेस्सिंग्कॉफ' को निर्णायक अभिलेख नहीं कहा जा सकता, 'संक्षिप्त तर्कशास्त्र' भी इस दृष्टि से निर्णायक नहीं है; इसका श्रेय 'थिएटरआर्बिट' (रंगमंचकर्म) (1952) को ही दिया जा सकता है। इस पुस्तक में 'अनेक लेखकों के अनेक प्रकार के निबन्धों, टिप्पणियों और अंशों का संग्रह हुआ है' (विलेट 1964 : 239)। यह काम रंगमंच के क्षेत्र में कुछ नया था; यह नाट्यमंडली की पहले दो वर्ष की गतिविधियों को भविष्य के लिए सुरक्षित रखने की कोशिश थी। इसमें संग्रहीत पूर्वाभ्यासों के चित्र अलग-अलग नहीं, सामूहिक रूप से उन लोगों को भी सम्बोधित होते हैं, जिन्हें जर्मन भाषा नहीं आती। 'थिएटरआर्बिट' अभ्यास के लिए सिद्धान्त की अनिवार्यता का प्रमाण प्रस्तुत करती है।

अभ्यास

ब्रेष्ट-अभिनेता प्रशिक्षण के लिए यह अपरिहार्य है कि प्रशिक्षार्थी वर्तमान के इतिहास सहित इतिहास के अध्ययन के लिए तैयार हो। जिज्ञासु में आश्चर्य का भाव उत्पन्न करने के लिए ऐतिहासिक जिज्ञासा की प्रवृत्ति नितान्त आवश्यक है। इस प्रक्रिया से हमें ऐसा ब्यौरा मिलता है, जिससे हम उन घटनाओं के कारणों पर पुनर्विचार करने पर बाध्य होते हैं, जिन्हें हम पहले सहज भाव से स्वीकार कर चुके होते हैं। जब ब्रेष्ट अपने अभिनेताओं को नाटक या उसके किसी अंश के पहले प्रभावों को ध्यान में रखने के लिए कहते हैं ताकि बाद में उन्हें याद किया जा सके, तो इसका कारण यही था कि वे जानते थे कि पूर्वाभ्यास कितनी जल्दी आश्चर्य के तत्त्व को भोंथरा कर सकते हैं। जब बर्लिनर आँसांब्ल् में निर्देशन का प्रशिक्षण लेने आए विद्यार्थियों को पूर्वाभ्यासों में आमन्त्रित किया गया और उनसे कहा गया कि वे जिस बात से भी असहमत हों, उसे दर्ज कर लें, तो इसका उद्देश्य भी इस पहचान को ज़िन्दा रखने

का था कि एक ही काम को करने के कई तरीक़े होते हैं। जो अभिनेता अपनी भूमिकाओं के चरित्रों के व्यवहार से आश्चर्यचकित नहीं होते, वे ब्रेष्ट-अभिनेता नहीं हो सकते। ब्रेष्ट के निकट यह बात मनोविज्ञान से उतनी जुड़ी हुई नहीं है, जितनी कि इतिहास से। गैलीलियो का अपनी बात को वापस ले लेना उसके इस कृत्य को ऐतिहासिक दृष्टि से अपरिहार्य सिद्ध नहीं करता। औसत आयु में वृद्धि इस बात से आश्वस्त नहीं करती कि वृद्धों की देखभाल बेहतर ढंग से होगी। लेखक और सक्रिय रंगकर्मी दोनों भूमिकाओं में ब्रेष्ट का लगातार प्रयास रहा है कि तथ्यों को अस्थिर किया जाए और अनिवार्य पर प्रश्न खड़े किए जाएँ। यह महत्त्वपूर्ण तथ्य है कि अपनी इस प्रायोजना में उन्होंने अभिनेताओं को सहयोग करने का भरपूर श्रेय दिया। इसी बात ने पीटर ब्रुक को सबसे अधिक प्रभावित किया था, जब वे बर्लिनर आँसांब्ल् गए थे :

> *ब्रेष्ट ने जो विचार प्रस्तुत किया था, वह समझदार अभिनेता का विचार था, जो अपने योगदान के महत्त्व का अंकन करने में समर्थ हो। इस प्रकार के अभिनेता पहले भी रहे हैं और आज भी हैं, जो इस बात का गर्व करते हैं कि वे राजनीति के विषय में कुछ नहीं जानते और जो रंगमंच को हाथी दाँत की मीनार समझते हैं। ब्रेष्ट की दृष्टि में ऐसा अभिनेता वयस्कों के सान्निध्य के योग्य नहीं है :*
>
> *रंगमंच का समर्थन करनेवाले समुदाय से जुड़े अभिनेता की बाहरी दुनिया के साथ उतनी ही शिरकत होनी चाहिए, जितनी उसके अपने शिल्प के साथ।* *(ब्रुक 1972 : 85-6)*

ब्रेष्ट अभिनेता का प्रशिक्षण बाहरी दुनिया के पर्यवेक्षण के साथ शुरू होता है। ब्रेष्ट ने अपने सौन्दर्यशास्त्र में 'डैनिश कामगार-वर्ग' के अभिनेताओं के लिए कला पर्यवेक्षण पर भाषण में इसी बात पर बल दिया है–

> *पर्यवेक्षण के लिए*
> *ज़रूरी है तुलना। तुलना के लिए*
> *ज़रूरी है पर्यवेक्षण। पर्यवेक्षण के रास्ते*
> *मिलता है ज्ञान; और ज़रूरी है ज्ञान*
> *पर्यवेक्षण के वास्ते।* *(ब्रेष्ट 1976 बी : 233-8)*

अभिनय को लेकर विरोधाभासी घुमाव ब्रेष्ट के विचारों की विशेषता है। एक प्रश्न के उत्तर में एक और प्रश्न होता है; प्रश्नचिह्न एक और प्रश्नचिह्न पर ले जाते हैं। (खोजबीन एक और खोजबीन में समाप्त होती है)। लेकिन अभिनेता उस पर प्रश्न नहीं कर सकते, जिस पर उन्होंने ध्यान ही न दिया हो। उन्हें किसी चीज़ पर अविश्वास तभी करना है, जब उन्होंने उस चीज़ को साफ़-साफ़ देख लिया हो।

ब्रेष्ट के लिए पर्यवेक्षण का प्रारम्भिक बिन्दु प्रश्नचिह्न है। 'दि स्ट्रीट सीन' (सड़क का दृश्य) (विलेट 1964 : 121-8) पर उनका प्रसिद्ध निबन्ध इसी बात से शुरू होता है कि एक दर्शक जिस प्रकार सड़क के दृश्य का वर्णन करता है, उससे अभिनेता क्या सीख सकता है। लेकिन यह दर्शक सड़क पर हर दिन होनेवाले रंगमंच का अभिनेता है, जिसे केवल इस बात की चिन्ता नहीं है कि क्या हुआ वरन् इससे है कि क्यों और कैसे हुआ। यदि हम उसे ध्यान से देखें और सुनें, तो हम इस बात को समझ पाएँगे कि दुर्घटना होनी ही नहीं चाहिए थी। वर्तमान स्थिति में मानव अन्तर्सम्बन्धों को लेकर हमारे अपने प्रश्न होंगे। ब्रेष्ट के लिखे क़ाग़ज़ों में बिना तारीख़ के एक सूची है जिसमें अभिनय स्कूलों के लिए चौबीस अभ्यासों की योजना का ढाँचा है (विलेट 1974 : 129)। 'दि स्ट्रीट एक्सीडेंट' ('सड़क दुर्घटना') उसमें बाईसवें स्थान पर है; और इसके साथ एक रहस्यमय पार्श्व टिप्पणी है : 'औचित्यपूर्ण अनुकरण की सीमा निर्धारित करना'।

ब्रेष्ट अभ्यास को बिना सोचे-समझे इस्तेमाल नहीं करना चाहते थे। इसका प्रयोजन पर्यवेक्षण से कहीं आगे है; वर्तमान ऐतिहासिक के अंश के रूप में इसका प्रयोग समझदारी से किया जाए, तो यह समाज के कार्यकलापों को उघाड़ती है, और यदि इसे नासमझी से इस्तेमाल करें, तो इसके अनुकरण का कोई औचित्य दिखलाई नहीं पड़ता। 'मदर करेज' में स्विस चीज़ और कैट्रिन की मृत्यु अन्ततः सड़क दुर्घटनाओं के कारण हुई है, और उनका लेखा जोखा और अनुकरण भी इसी रूप में होना चाहिए। ब्रेष्ट की सूची में पहले चार अभ्यासों की प्रक्रिया में चतुराई भरी प्रश्नावली दिखाई पड़ने पर भी वे अधिक तीक्ष्ण पर्यवेक्षण की माँग करते हैं—

1. दर्शकों की मुद्राओं सहित ऐंद्रजालिक कौशल।
2. महिलाओं के लिए चद्दरों का लपेटना और सहेज कर रखना, पुरुषों के लिए भी वही।
3. पुरुषों के लिए : धूम्रपान करनेवालों की विभिन्न मुद्राएँ; महिलाओं के लिए भी वही।
4. धागे की लच्छी के साथ खेलती बिल्ली।

हम ऐंद्रजालिक से पूछते हैं कि आपने यह कैसे किया, लेकिन क्यों कुछ दर्शक तो आश्चर्यचकित होते हैं और कुछ उसे खारिज कर देते हैं? क्या महिलाओं और पुरुषों के काम करने का ढंग अलग-अलग होता है? क्यों? क्या चद्दरों का सहेजना महिलाओं का ही काम है? इसका निश्चय कौन करता है? धूम्रपान जैसा सामान्य काम कैसे धूम्रपान करनेवाले के सामाजिक वर्ग की चुगली कर देता है? लोग किस चीज़ के साथ खेलते हैं? बिल्ली के साथ खेलते हुए हमें कैसे पता चलता है कि बिल्ली हमारे साथ नहीं खेल रही? समाज के पर्यवेक्षण का अन्त भी प्रश्नचिह्न के साथ ही होता है।

ब्रेष्ट द्वारा प्रस्तावित लगभग सभी अभ्यासों में अभिनेताओं के सामूहिक रूप से भाग लेने की आवश्यकता है, और इसमें आश्चर्यजनक भी कुछ नहीं है। पर्यवेक्षण से जो प्रश्न उभरते हैं, वे पूरे समाज की बिना पर ही पूछे जाते हैं। बिम्ब अन्तर्निर्भरता का होता है। यह बिन्दु 'शॉर्ट ऑर्गेनम' में पूरी तरह स्पष्ट किया गया है–

> *सीखने की प्रक्रिया संयोजित होनी चाहिए तथा अभिनेता अन्य अभिनेताओं के साथ-साथ सीख सके और चरित्र का वैसे विकास कर सके जैसे अन्य अभिनेता कर रहे हैं। इसका कारण यह है कि लघुतम सामाजिक इकाई अकेला व्यक्ति नहीं, दो लोग हैं। जीवन में भी हम एक-दूसरे का विकास करते हैं।* *(विलेट 1964 : 197)*

प्रसंग का सामाजिक हृदय मंच पर उपस्थित सभी अभिनेताओं के चरित्र के विन्यास पर आधारित होता है; ब्रेष्ट इसे आचरण (गेस्टस) कहते हैं। बर्लिनर आँसांब्ल् के अन्तर्संक्रिय पूर्वाभ्यासों के दौरान अभिनेताओं से अपेक्षा की जाती थी कि वे पूछें कि उनके चरित्र कहाँ खड़े हैं और वे स्वयं अपने चरित्रों के बर-अक्स कहाँ खड़े हैं। इस प्रकार के प्रश्नों के लिए पाठ और उसके नाट्यशास्त्र की सम्पूर्णता की ओर ध्यान देना आवश्यक है। ब्रेष्ट की 'स्तानिस्लाव्स्की पर टिप्पणियाँ' ('Notes on Stanislavski') में इस विषय में जानकारी मिलती है : 'स्तानिस्लाव्स्की जब निर्देशन करता है, तो वह पहले अभिनेता है। जब मैं निर्देशन करता हूँ तो पहले नाटककार होता हूँ' (ब्रेष्ट 1964 : 165)। ब्रेष्ट ने आँसांब्ल् में जितने भी अभ्यासों का प्रयोग किया, वे सीधे पूर्वाभ्यास के लिए चयनित नाटक से सम्बद्ध थे, लेकिन यह अनिवार्य नहीं कि वे 'प्रस्तुति नाटक' से भी सम्बद्ध हों। यदि अभिनेताओं का लक्ष्य दर्शकों पर इस प्रकार का प्रभाव डालना है कि चिरपरिचित की स्पष्टता उनकी आँखों से ओझल हो जाए, तो परिचित पाठ को अभिनेताओं के लिए स्पष्ट करना सम्भवतः लाभदायक हो।

इसी भावना से ब्रेष्ट ने जियोर्जियो स्ट्रेहलर को त्रासद दृश्यों से हास्य प्रभाव पैदा करने के लिए पूर्वाभ्यास करने की सलाह दी थी (मित्तर 1992 : 57)। पाठ में विरोधाभास उत्पन्न करने से इस बात की सम्भावना बन जाती है कि अभिनेता उसमें कोई नई बात पकड़ पाए। ऐसे विरोधाभास का तात्पर्य वहाँ पहुँचना नहीं है, जिसे स्तानिस्लाव्स्की ने उपपाठ कहा है। इसका उद्देश्य पाठ को एक और भीतरी पाठ (मेटाटेक्स्ट) से आच्छादित करना है, जिससे वह बाहर की दुनिया से जुड़ जाए–उस दुनिया से, जिसे बदलने की ज़रूरत है! सन् 1939 में स्वीडिश विद्यार्थियों को ध्यान में रखकर ब्रेष्ट द्वारा लिखे गए अभ्यास (ब्रेष्ट 1976 ए : 339-55), वास्तव में क्लासिक रचनाओं के साथ कालदोष सहित दुर्व्यवहार हैं; यह कार्य अधिकार-वंचित वर्ग की दुर्दशा को स्पष्ट करता है; यह वह वर्ग है जिसकी 'मेकबेथ', 'हेमलेट' और

'रोमियो जूलिएट' में अवहेलना की गई है। ये अभ्यास नाटकों से गायब किन्तु समाज व्यवस्था में उपस्थित बिन्दुओं की ओर ध्यान आकृष्ट करते हैं तथा अभिनेताओं से अपेक्षा करते हैं कि वे अपनी भूमिकाओं के प्रति आलोचनात्मक दृष्टिकोण का विकास करें। इस प्रकार अभिनेता, रूपक के तौर पर डबल एजेंट के रूप में उभरते हैं, जो कभी स्वयं चालित होते हैं और कभी उनकी भूमिका उन्हें परिचालित करती है।

यह रूपक जोसेफ चाइकिन का दिया हुआ है। इसका प्रयोग वह उस व्यक्ति के अभिनय का वर्णन करने के लिए करता है, जिसे वह प्रौढ़ ब्रेष्ट-अभिनेता मानता है; वह व्यक्ति है एक्केहार्ड शाल : 'मुझे कभी यह विश्वास नहीं होता कि इस चरित्र का कोई नाम है। न मुझे इस बात का विश्वास है कि वह 'अपने आप को अभिनीत' करता है। वह एक 'डबल एजेंट' की तरह काम करता है, जिसने दो दुनियाओं में अपनी पैठ बना ली है' (चाइकिन 1991 : 16)। यह 'डबल एजेंसी' ब्रेष्ट के तथाकथित 'स्वभाव के अभ्यास' में से एक अभ्यास में प्रभावी रूप से परीक्षित हुई है : स्थिति : दो महिलाएँ शान्ति से चद्दरों को लपेटती हुईं। वे अपने-अपने पति की भलाई के लिए ईर्ष्या और हिंसा से भरी नकली लड़ाई लड़ती हैं; पति पास के कमरे में बैठे हैं (विलेट 1964 : 129)।

कार्यव्यापार की व्यवस्था और वाचन की अव्यवस्था के बीच स्पष्ट दिखाई देनेवाला अन्तर अभिनेताओं के संयम पर दबाव डालता है, और साथ ही चद्दरों को लपेटने और झगड़ने की सामान्य क्रियाओं को भी असामान्य रूप से आकर्षक बना देता है। इस प्रकार के अगल-बगल दिखाई देनेवाले विरोधाभास 'फेरफ्रेम्डुंग' (Verfremdung) की विशिष्ट युक्तियाँ हैं। जिन चीज़ों पर क़तई ध्यान नहीं देते, उन चीज़ों को भी वे अजीब रूप में सामने रख देती हैं। ब्रेष्ट-अभिनेता को तो हर तरह के मानवीय व्यवहार के सामाजिक महत्त्व के प्रति सावधान रहना चाहिए, चाहे वह कितना ही सामान्य क्यों न हो। 'मैं भावों का अभिनय नहीं करता', शाल ने स्पष्ट किया था, 'मैं उन्हें व्यवहार के तरीक़ों के तौर पर प्रस्तुत करता हूँ' (होन्नेगर एंड शेश्टर 1986 : 35)।

यहाँ विकृति पैदा होने का भय है। इस विषय में अक्सर जो कहा गया है और स्वयं ब्रेष्ट ने भी एकाध बार जिसकी चर्चा की है, उसके बावजूद परिपक्व ब्रेष्ट ने न तो कभी भावना को नकारा है और न मनोवैज्ञानिक पड़ताल को। आँसांब्ल् की एक प्रमुख सदस्य एंजेलिका हूरविच्ज इस बात से इनकार करती है कि 'ब्रेष्ट जीवन के सत्य और भूमिका की प्रस्तुति की उष्मा को स्थापित करनेवाले नाट्य अभ्यासों के विरोधी थे; उल्टे वे तो उनको अनिवार्य मानते थे' (विट 1974 : 132)। उदाहरण के लिए चद्दरों को लपेटने के अभ्यास के क्रम में ब्रेष्ट यह प्रस्ताव रखते हैं कि यह खेल 'गम्भीर हो जाना चाहिए' (विलेट 1964 : 129)। स्तानिस्लाव्स्की की विधि को उन्होंने पूरी तरह छोड़ा नहीं था, वरन् वे उससे आगे बढ़े थे। अभ्यास के पहले चरण

में अभिनेताओं को अपनी भूमिकाओं से परिचय प्राप्त करना चाहिए, दूसरा चरण समानुभूति का है, 'और फिर आता है तीसरा चरण जिस पर पहुँचने पर आप चरित्र को बाहर से—समाज के दृष्टिकोण से देखते हैं' (ब्रेष्ट 1964 : 159)।

तृतीय-पुरुष अभ्यास दूसरे चरण से तीसरे चरण में संचरण की अवस्था के अभ्यास हैं। बर्लिनर आँसांब्ल् के 'मदर करेज' की पहली संध्या निकट आने के समय पंजिका में इस विषय पर एक टिप्पणी दर्ज है :

> *मैंने ग्यारहवें दृश्य का पहली बार 10 मिनट लम्बा पूर्वाभ्यास करवाया; गेर्डा म्यूलर और डुंस्कूस किसानों के रूप में यह निश्चय कर रहे हैं कि वे कैथोलिकों के विरुद्ध कुछ नहीं कर सकते। मैं उनसे कहता हूँ कि प्रत्येक संवाद के बाद 'आदमी ने कहा', 'औरत ने कहा' जोड़ दो। अचानक दृश्य स्पष्ट हो गया और म्यूलर ने यथार्थ भाव को पकड़ लिया।*
>
> *(ब्रेष्ट 1993 : 405)*

इस अभ्यास का प्रयोजन भावनात्मक प्रतिबद्धता पर अंकुश लगाना नहीं है, वरन् यह प्रदर्शित करना है कि अभिनेता के बाद चरित्र के भाव के साथ मेल खाएँ, यह अनिवार्य स्थिति नहीं है। डबल एजेंट का अर्थ इस सन्दर्भ में सबसे जटिल है, लेकिन अभिनेता की दृष्टि दर्शकों पर रहती है। अभिनेता चरित्र के व्यवहार की इस प्रकार प्रस्तुति और पड़ताल करता है कि दर्शक भी इस पड़ताल में शामिल हो सकें। यदि व्यवहार को परिचालित करनेवाला कारण मानवीय आवश्यकता नहीं, परिस्थिति है, तो अभिनेता और दर्शक, दोनों को मिलकर परिस्थिति को बदलना चाहिए।

यह बात सामान्यतः सच है कि स्तानिस्लाव्स्की-पद्धति का अभिनेता चरित्र में व्यवहार की व्याख्या ढूँढ़ेगा, लेकिन ब्रेष्ट-अभिनेता इसे परिस्थिति में तलाश करेगा। पूर्वाभ्यास-अभ्यासों का उद्देश्य व्यक्ति के मनोविज्ञान में पैठना नहीं होगा, वरन् मंडली के सामाजिक व्यवहारों में उसे शामिल करना होगा। दर्शकों के लिए इसकी परिणति मनोविश्लेषण में नहीं, नैतिक संवाद में होनी चाहिए। अन्तिम अभ्यासों की सूची का रूपक अनेक दरवाज़ों का है। आप एक ही दरवाज़े से जाएँगे, लेकिन आप किसी भी दरवाज़े से जा सकते हैं। इसका उद्देश्य आपका चुनाव इस प्रकार प्रस्तुत करता है कि दर्शकों को लगे कि आपके सामने और विकल्प भी थे :

> *(अभिनेता) जो नहीं करता, वह उसमें शामिल होना चाहिए, सुरक्षित रहना चाहिए, जो वह करता है। इस प्रकार प्रत्येक वाक्य और मुद्रा निर्णय के सूचक बन जाते हैं; चरित्र लगातार दृष्टि में रहता है और उसकी पड़ताल होती रहती है। इस प्रक्रिया के लिए पारिभाषिक शब्दावली है—'नहीं...किन्तु' को निश्चित करना।*
>
> *(विलेट 1964 : 137)*

ब्रेष्ट ने 'नहीं...किन्तु' अभ्यासों की सूची भी दी है। उन्हें मालूम था कि ऐसे अभ्यासों को आसानी से तय भी किया जा सकता है और उन्हें सन्दर्भ के अनुरूप बदला भी जा सकता है। लेकिन वे इस प्रकार के अभ्यास का इस प्रकार–जैसे 'मदर करेज' के रूप में हेलेन वीगेल के अन्तिम क्षण–वर्णन करते हैं, दफ़्न करने के लिए पैसे देते समय भी बीगेल ने करेज के चरित्र का अन्तिम संकेत दे दिया। उसने अपनी चमड़े की थैली से कुछ सिक्के निकाले, उनमें से एक सिक्का वापिस थैली में डाल लिया और शेष किसान को दे दिए' (ब्रेष्ट 1972 : 383)। यदि कोई अभिनेता यह प्रदर्शित करना सीख लेता है कि केवल उसका चुना हुआ विकल्प ही उपलब्ध नहीं था, तो दर्शकों को कुछ और चुनने की प्रेरणा मिलती है। 'नहीं...किन्तु' अभ्यासों का उद्देश्य अभिनेताओं को यही पूछने के लिए प्रशिक्षित करना नहीं है कि 'क्यों नहीं' बल्कि यह पूछने के लिए भी है कि 'क्यों'। लेकिन ब्रेष्ट-अभिनेता में दर्शकों को लेकर कोई-न-कोई मन्सूबा अवश्य होता है।

निर्माण

जॉन फ़ुएगी ने यह गणना की है कि 7 अक्तूबर, 1954 को 'दि कॉकेशियन चॉक सर्कल' के पहले प्रदर्शन से पूर्व बर्लिनर आँसांब्ल् के अभिनेताओं ने 600 घंटे तक पूर्वाभ्यास किया था (फ़ुएगी 1987 : 161)। यह गणना यों एकदम फिजूल की बात लगती है, लेकिन इससे मंडली के धीमी गति से पूर्वाभ्यास करने का पता चलता है–हालाँकि मंडली पूरी तरह से जम चुकी थी। समय मिल जाने से ब्रेष्ट ने उन सभी तत्त्वों का प्रयोग किया, जिनका मैंने ज़िक्र किया है–

1. पाठ के भीतर पाठ तक पहुँचने के लिए विरोधाभास।
2. कुशलता के साथ अच्छाई की पहचान।
3. उस अभिनेता की प्रस्तुतिशैली जो किसी भी क्षण गाना शुरू कर सकता है।
4. चरित्र की अपेक्षा वृत्तांत और परिस्थिति को वरीयता।
5. वर्तमान के इतिहासीकरण के साथ इतिहास के रास्ते गंतव्य तक पहुँचना।
6. प्रश्नावली से पर्यविक्षण की तराश।
7. सामाजिक व्यवहार (गेस्टस) की प्रस्तुति के लिए आँसांब्ल् का समन्वित प्रयास।
8. अभिनेता और चरित्र की डबल एजेंसी।
9. तृतीय पुरुष में वाचन (कभी-कभी मंच निर्देशों के वाचन से संवृद्ध)
10. 'नहीं...किन्तु' निश्चित करना।

बर्लिनर आँसांब्ल् में ब्रेस्ट की प्रमुख प्रस्तुतियों 'मदर करेज' (1949) और 'दि कॉकेशियन चॉक सर्कल' (1954) की क्रमशः पीटर टॉम्सन (टॉम्सन 1997) और

जॉन फुएगी (फ़ुएगी 1987) ने विस्तार से चर्चा की है। यहाँ उन प्रमुख तत्त्वों की पड़ताल करना समीचीन होगा जिनके अन्तर्गत ब्रेष्ट ने अपने रंगकर्म को अंजाम दिया।

यह तथ्य रेखांकित करना होगा कि ब्रेष्ट एक प्रमुख नाटककार थे। वे कवि भी थे, और शब्दों के चितेरे भी। भाषा का उनके लिए अन्यतम महत्त्व था--अर्थ की ध्वनि का भी और ध्वनि के अर्थ का भी। इसलिए उनके लिए यह नितान्त स्वाभाविक था कि पूर्वाभ्यास के दौरान वे अभिनेता के साथ मिलकर किसी वाक्य पर प्रश्न करने लगें, जैसे किसी मुद्रा पर प्रश्न कर रहे हों। दोनों तरह से प्रश्नाकुलता का उद्देश्य कुशलता था। एक अभिलेख-अंश में उन प्रश्नों की सूची मिलती है, जिन्हें ब्रेष्ट वाक्य के सन्दर्भ में उठा सकते थे--

1. वाक्य का लाभ किसे है?
2. वाक्य किसे लाभ पहुँचाने का दावा करता है?
3. वह क्या अपेक्षा करता है?
4. कौन-सा व्यावहारिक कार्य उसके जैसा है?
5. उससे किस प्रकार के वाक्य पैदा हो रहे हैं? किस प्रकार के वाक्य उसका समर्थन करते हैं?
6. उसे किसी स्थिति में बोला गया है? किसने बोला है?

(विलेट 1964 : 106)

यह गम्भीरता भ्रामक है। ब्रेष्ट के पूर्वाभ्यासों में वातावरण सामान्यतः तनावरहित, बल्कि यहाँ तक कि उल्लासपूर्ण रहता था। उनकी नीति ख़ामोश रहने की थी ताकि अभिनेताओं को सलाह देने के लिए प्रेरित कर सकें। यह सच है कि ब्रेष्ट शरारत-भरा हस्तक्षेप करने में सक्षम थे। हांस बुंगे निर्देशक ब्रेष्ट को नाटककार ब्रेष्ट की आलोचना करनेवाले व्यक्ति के रूप में याद करते हुए कहते हैं : आप हमेशा इस बात से परिचालित नहीं हो सकते कि वे (ब्रेष्ट) क्या कहते हैं (फ़ुएगी 1987 : 148)। यदि अभिनेता उन्हें कोई बेहतर विकल्प सुझाते थे, तो पाठ में परिवर्तन हो सकता था, हालाँकि इस बात की सम्भावना भी रहती थी कि प्रकाशित पाठ में उन परिवर्तनों को खारिज कर दिया जाए। आँसाब्ल् नाटक की रचना में सम्मिलित तो होता था, पाठ की पुनर्रचना के प्रति पूर्ण समर्पित नहीं, और ब्रेष्ट रचना को पूर्णतः निश्चयात्मक बनाना चाहते थे। नाटक किसके लिए है? कौन-सा व्यवहारिक कार्य उसका समरूपी है? ये विषय पाठ के भीतर पाठ के हैं और इनका हल केवल प्रस्तुति दे सकती है। जिसे शोमित मित्तर 'पाठ और वर्णन के बीच संघर्ष' और 'ब्रेष्ट रंगमंच का प्रमाण-चिह्न' (मित्तर 1992 : 46) कहता है, उसे मंच पर ही किया जा सकता है।

ब्रेष्ट की चर्चा में संघर्ष का बिम्ब पूरी तरह माकूल है। उनकी रचनात्मक ऊर्जा का स्रोत हमेशा असहमति रहा है। उनके प्रारम्भिक नाटकों में से 'बा'ल' हांस जोह्स्ट

के नाटक 'डेर आइन्सामे' (एकाकी) की नाटकीय दृष्टि के विरोध की तीव्र इच्छा का परिणाम था; प्रति नाटक (गेगेन्स्टुके) (Gegenstuke) (काउंटर प्ले) लिखने का आवेग उनमें हमेशा बना रहा। इसलिए इसमें कोई आश्चर्य नहीं की अभिनेताओं के साथ ब्रेष्ट के काम में भी प्रति अभ्यास (गेगेन्प्राक्टिक) (Gegenpraktik) के पक्ष दिखाई देते हैं। यह देखकर कि स्थापित नाट्य रेपर्ट्री जैसी प्रस्तुति की परम्परागत शैलियाँ दर्शकों को निष्क्रिय बनाकर सामाजिक यथास्थिति को और मज़बूत करती हैं, ब्रेष्ट ने दोनों को बदलने का बीड़ा उठा लिया।

ब्रेष्ट के इस विश्वास पर सन्देह करने का कोई कारण नहीं दिखाई देता कि जिसे उजागर किया जा सकता है, उस पर अधिकार भी प्राप्त किया जा सकता है; और यह उनका दृढ़ विश्वास था कि अरस्तूवादी नाटक की स्तानिस्लाव्स्कीय प्रस्तुति दर्शकों को अधिकार-वंचित करती है। उनकी 'गेस्टुस (Gestus) की संकल्पना 'करुणा' के बरअक्स खड़ी थी। जो लोग ब्रेष्टीय अभ्यास को प्रणालीबद्ध करना चाहते हैं, वे लोग दया के पात्र लगते हैं क्योंकि स्वयं ब्रेष्ट ने इस शब्द का प्रयोग अव्यवस्थित रूप से किया है। ब्रेष्ट के तईं इस शब्द की व्याख्या की जितनी भी कोशिशें हुई हैं, उनमें से मित्तर की कोशिश सबसे सरल है। उनका कहना है कि 'गेस्टस' संयुक्त शब्द है, जिसमें सामग्री (कांटेंट) और मत (ओपीनियन) दोनों बड़ी सुन्दरता के साथ समा जाते हैं (मित्तर 1992 : 48)।

इस तर्क में समस्या यह है कि यह अभिनेताओं के सहभाग की ओर कोई ध्यान नहीं देता। इधर मेग ममफोर्ड ने 'गेस्टस' का अभिनेता के दृष्टिकोण से विस्तृत अध्ययन करते हुए इसे स्तानिस्लाव्स्की के अनिवार्य विरोध के रूप में प्रस्तावित किया है। मेग के निकट 'गेस्टस' 'मानव की पहचान और अन्तर्क्रिया की आर्थिक और सामाजिक-विचारधारात्मक संरचना की सौन्दर्यात्मक मुद्राओं के रूप में प्रस्तुति है।' यह एक ऐसी चीज़ है जो 'अन्ततः अभिनेता की भौतिक और बौद्धिक रचना में अभिव्यक्ति पाती है।' (ममफोर्ड 1997 : xviii)। 'गेस्टस' की संकल्पना कितनी ही जटिल क्यों न हो, यह निश्चित है कि ब्रेष्ट अभिनेता के प्रशिक्षण में यह केन्द्रीय संकल्पना तथा सच्ची ब्रेष्टीय प्रस्तुति का सुस्पष्ट गुण है। अर्थविज्ञान के रंगमंचीय आलोचना या प्रस्तुति सिद्धान्त का स्वीकृत दृष्टिबिन्दु बनने से पहले बर्लिनर आँसाब्ल् की प्रस्तुतियों के लिए 'गेस्टस' ही आदर्श रहा है। कम-अज-कम सामाजिक-राजनीतिक अर्थ में तो अर्थविज्ञान के सिद्धान्तों का अभिनेताओं की तैयारी में प्रयोग बहुत अच्छा रहा है। ब्रेष्ट के साथ काम कर चुके कार्ल वेबर अभिनेता के लिए इसकी प्रासंगिकता को रेखांकित करते हैं–

> *'गेस्टस' का निश्चय मुख्यतः चरित्र की स्थिति और इतिहास से होना था और ब्रेष्ट ने अपने अभिनेताओं को हिदायत दी थी कि वे अपनी भूमिका के कार्यों और मौखिक पाठ में खोजे जाने वाले विरोधाभासों को सावधानी*

पूर्वक ध्यान में रखकर इसका विकास करें...यह अत्यन्त वायवी बात लग सकती है, परन्तु पूर्वाभ्यासों के दौरान एकदम व्यावहारिक और यहाँ तक कि खेल-खेल में इसे हासिल कर लिया जाता था।

(टॉमसन एंड सैक्स, 1994 : 182)

प्रत्येक अभिनेता द्वारा कहे और किए गए को साकार करना पूर्वाभ्यास का उद्देश्य होता था—भूमिका भले ही कितनी भी छोटी क्यों न हो। इस अर्थ में 'गेस्टस' सामाजिक इतिहास का निदान प्रस्तुत करता है। जब हम प्रस्तुति पर पहुँचते हैं, तो इसका उद्देश्य वृत्तांत को इतनी स्पष्टता के साथ प्रस्तुत करना हो जाता है कि दर्शक न केवल चरित्रों के व्यवहार को बल्कि उस व्यवहार के मूल कारण को भी पढ़ सकें तथा उनके अपने जीवन में उसके प्रयोग की पहचान भी कर सकें। ममफोर्ड कहती हैं कि 'ब्रेष्ट के रंगमंच का अभिनेता व्यक्ति के आन्तरिक जीवन पर संकेन्द्रित नहीं होता बल्कि उसके 'जेस्टस' पर दृष्टि रखता है' (ममफोर्ड 1997 : 158)। प्रस्तुतियों-विशेष पर अपनी टिप्पणियों में ब्रेष्ट ने अक्सर इस बात का जायज़ा लिया है कि अभिनेताओं ने किस प्रकार 'गेस्टस' को साकार किया है। उदाहरण के लिए 'मदर करेज' के चौथे दृश्य में 'महान समर्पण का गीत' गाने के पश्चात् वीगेल ने करेज की पतित अवस्था को प्रदर्शित भी किया और उसका विरोधाभास भी प्रस्तुत किया—

इस दृश्य में वीगेल का चेहरा बुद्धिमत्ता की चमक और यहाँ तक कुलीनता को भी प्रदर्शित करता है। यह अच्छी बात है। क्योंकि पतित अवस्था व्यक्ति के रूप में करेज की नहीं है, वह तो उसके वर्ग की है, और क्योंकि यह प्रदर्शित करके कि वह इस कमज़ोरी को समझती है और कि यह उसमें गुस्सा पैदा करती है, स्वयं इससे ऊपर उठ जाती है।

(ब्रेष्ट 1972 : 362)

ब्रेष्ट अभिनेता चरित्र के व्यक्तित्व से कहीं अधिक का प्रतिनिधित्व करता है। ब्रेष्ट का यह विचार था कि 'गेस्टस' को यदि ठीक से प्रयोग में लाया जाएगा, तो वह दर्शक को नाटक की कहानी और उसके परिणाम, दोनों को समझने में सक्षम बनायेगा, भले ही उसके और अभिनेताओं के बीच ध्वनिरोधक शीशे की दीवार क्यों न खड़ी कर दी जाए। वे निश्चित रूप से कुछ सीमा तक चित्रात्मक निर्देशक थे, जो वेशभूषा, मंचसामग्री और अभिनेताओं के समूहन से अर्थ चित्रित करते के लिए चिन्तित रहते थे। पुराने फोटोग्राफ विशेष रूप से 'मदर' और कुछ सीमा तक 'मदर करेज' के भी—काथे कोल्विट्ज के बनाए काष्ठ फलकों के साथ संयोग से संघर्ष के सन्दर्भ को गहरानेवाले हैं।

बर्लिनर आँसाब्ल् में निर्देशक, अभिकल्पक और अभिनेताओं के बीच सम्बन्ध एक महत्त्वपूर्ण नवीनता लिए हुए थे। क्रिस्टोफर बॉ ने इसका सुन्दर वर्णन किया है

(टॉमसन ऐंड सैक्स, 1994 : 253-53)। प्रस्तुत सन्दर्भ में यह हमारा केन्द्रीय विषय नहीं है, परन्तु यह रेखांकित करना होगा कि अभिनेताओं का स्वयं को दृश्य के अंग के रूप में देखना महत्त्वपूर्ण है; कास्पर नेहेर और कार्ल फोन आप्पेन दोनों ही ब्रेष्ट की निर्माण मंडली में योगदान देनेवाले महत्त्वपूर्ण सदस्य थे। 'मदर करेज' के पूर्वाभ्यास के दौरान नेहेर की अनुपस्थिति चिन्ता का विषय थी। पूर्वाभ्यास से पूर्व दृश्यों के रेखाचित्र बनाने की परम्परा की शुरुआत उसी ने की थी। मंच पर चरित्रों का स्थान-निर्धारण और प्रदर्शन के समय आकर्षण का केन्द्र प्रदर्शित करने के लिए सांकेतिक क्रम में बने ये रेखाचित्र खोज का विषय बन गए। पूर्वाभ्यास के समय इन रेखाचित्रों का परीक्षण किया जा सकता था, इन्हें खारिज किया जा सकता था, या इन पर स्वीकृति की मोहर लगाई जा सकती थी। लक्ष्य हमेशा दृश्य को वास्तविकता के निकट लाने वाला 'गेस्टस' होता था। बर्लिनर ऑंसाब्लू की प्रस्तुतियों के प्रत्येक गतिशील प्रकरण में स्थिर केन्द्र में हमेशा एक अर्थ स्पष्ट करनेवाली झाँकी होती थी। परन्तु इस बात पर ध्यान देना महत्त्वपूर्ण होगा कि इस युक्ति में भी विरोधाभास का भाव विद्यमान रहता था। ध्वनि-रोधी शीशों की दीवार के बिंब के बावजूद दृश्य की प्राथमिकता का शब्दों पर भरपूर ध्यान देकर लगातार विरोधाभास प्रकट किया जाता था। हम इस बात को नहीं भूल सकते कि ब्रेष्ट लेखक थे। गद्य रचना 'मे-टी' (Me-Ti) में इस विशिष्ट उपलब्धि का तृतीय पुरुष में सारांश देते हुए उन्होंने लिखा—

> *उसने जिस भाषा का प्रयोग किया वह एक साथ शैलीबद्ध और स्वाभाविक थी। उसने यह उपलब्धि भाव को स्पष्ट करनेवाले वाक्यों पर ध्यान देकर प्राप्त की : उसने वाक्यों में केवल भावों को समाहित किया और हमेशा इस बात का ध्यान रखा कि भाव वाक्यों में से झाँकते रहें। इस प्रकार की भाषा को उसने नाम दिया 'गेस्टक' क्योंकि यह लोगों की मुद्राओं (जेस्चर्स) की अभिव्यक्ति थी।* *(मोर्ली 1977 : 120)*

ब्रेष्ट शैली के अभिनय की लघु निर्देशिका के रूप में 'भाव' को स्पष्ट करनेवाले वाक्यों पर ध्यान देने और 'लोगों की मुद्राओं (जेस्चर्स) की अभिव्यक्ति' का कोई बेहतर विकल्प नहीं दिया जा सकता।

अनुवाद : *सुरेश धींगड़ा*

(पीटर थामसन : 'ब्रेष्ट ऐंड एक्टर ट्रेनिंग-ऑन हूज बिहॉफ डू वी एक्ट', एलिसन हॉज की पुस्तक 'ट्वेंटीयथ सेंचुरी एक्टर ट्रेनिंग' से)

सन्दर्भ

ब्रेष्ट ब. (1964) 'नोट्स ऑन स्तानिस्लाव्स्की', तुलना 'ड्रामा रिव्यू' 9 (2) : 157-66।
– (1972) 'क्लेक्टेड प्लेज' खंड 5, न्यूयार्क : विंटेज बुक्स।
– (1976 ए) 'क्लेक्टेड प्लेज' खंड 6, न्यूयार्क, विंटेज प्लेज।
– (1976 बी) 'पोएम्स' 1913-1967, लन्दन : आएर मैथ्युएन।
– (1990) 'लेटर्स' 1913-1956, न्यूयार्क : रूटलेज।
– (1993) 'जर्नल्स 1934-1955, लन्दन : मैथ्युएन।
ब्रेष्ट, ब. 'एट. एल्' (1952) 'थिएटरबीट', 'ड्रेस्डेन' ड्रेस्डनर फेर्लाग।
ब्रुक, पी. (1972) 'दि एम्प्टी स्पेस', हार्मण्ड्सवर्थ, पेंग्युइन बुक्स।
चाइकिन, जे. (1991), दि प्रेजेंस ऑफ् दि एक्टर', न्यूयार्क : थिएटर कम्यूनिकेशन ग्रुप।
एस्सलिन, एम. (1970) 'ब्रीफ़ क्रॉनिकल्स', लन्दन : टेम्पल स्मिथ।
फुएगी, जे. (1987) 'बर्टोल्ट ब्रेष्ट' : केओस अकॉर्डिंग टू प्लान', कैम्ब्रिज, कैम्ब्रिज यूनिवर्सिटी प्रेस।
होनेगर, जी. एंड शेश्टर, जे. (1986) 'ऐन इंटरव्यू विद एक्केहार्ड शाल', 'थिएटर स्प्रिंग : 31-43)।
मित्तर, एस. (1992) 'सिस्टम्स ऑफ़ रिहर्सल', लन्दन : रूटलेज।
मोर्ली, एम. (1977) 'ए स्टूडेंट्स गाइड टू ब्रेष्ट', लन्दन : हाइनेगैन।
ममफोर्ड एम. (1977) 'शोइंग दि 'जेस्टस' : द स्टडी ऑफ़ एक्टिंग इन ब्रेष्ट्स थिएटर' अप्रकाशित पी-एच.डी. शोध ग्रन्थ, ब्रिस्टल विश्वविद्यालय।
टॉमसन, पी. (1977) 'मदर करेज एंड हर चिल्ड्रन', कैम्ब्रिज : कैम्ब्रिज यूनिवर्सिटी प्रेस।
टॉमसन, पी. एंड सैक्स, जी. (संपा.) (1994) 'दि कैम्ब्रिज कम्पैनियन टू ब्रेष्ट', कैम्ब्रिज : कैम्ब्रिज यूनिवर्सिटी प्रेस।
टोलर, ई. (1934) 'आई वाज् ए जर्मन', लन्दन : जॉन लेन।
फोल्कर, के. (1979) 'ब्रेष्ट ए बॉयोग्राफी, लन्दन : मैरियन बोयर्स।
विलेट, जे. (1964) 'ब्रेष्ट इन थिएटर', लंदन : मैथ्युएन।
विट्ट एच. (संपा.) (1974), 'ब्रेष्ट ऐज दे न्यू हिम', लन्दन : लारेंस एंड विशर्ट।

नाट्य के शुद्ध कलारूप का स्वप्नद्रष्टा

कुँवरजी अग्रवाल

पिछली शताब्दी (बीसवीं) के आरम्भिक दो दशकों में यूरोपीय रंगमंच के क्षितिज पर जितना प्रभावशाली उतना ही विवादास्पद, जिस अंग्रेज निर्देशक, डिजाइनर और नाट्य सिद्धान्तकार का इंग्लैंड में उदय हुआ उसका नाम एडवर्ड गोर्डन क्रेग (1872-1966) है। पश्चिम में आज यद्यपि उसे नाट्य इतिहास के मलबे में दफ़्ना दिया गया है, लेकिन भारत के नाट्य जगत में जाने-अनजाने उसका गहरा असर अब भी बना हुआ है। यहाँ की नाट्यप्रस्तुतियों में निर्देशकों का जितना बड़ा वर्चस्व और ज़बरदस्त दबदबा है, उसकी सैद्धान्तिक नींव क्रेग की अवधारणाओं और प्रयोगों पर ही टिकी है। इतना ही नहीं, अभी इसी वर्ष भारंगम, 2002 की कुछेक नाट्यप्रस्तुतियों को देखकर ऐसा लगता था मानो निर्देशकों ने क्रेग के ही नाट्य सौन्दर्यशास्त्र को अपना आधार बनाने की कोशिश की हो, हालाँकि उन पर उत्तर-आधुनिकतावादी प्रवृत्तियों का भी असर दिखा था।

क्रेग पर अक्सर आरोप लगाया जाता था कि वह अव्यावहारिक है और उसकी अवधारणाएँ रोज़मर्रा के थिएटर के लिए किसी काम की नहीं। लेकिन उसने नाट्य के ऐसे आदर्शों और लक्ष्यों को निर्धारित किया, जो उस समय के व्यावहारिक नाट्यकर्मी नहीं कर सके। उसने अपने समकालीन नाट्यकर्मियों को विवश किया कि कलारूप में नाट्य की प्रकृति, उसके तत्त्वों (अलग-अलग और समन्वित रूप में भी) और साथ ही समाज में नाट्य के प्रयोजनों पर पुनर्विचार करें। उसके प्रभाव से मंचसज्जा में सरलीकरण और सादगी की प्रवृत्ति का विकास हुआ तथा सेटों में त्रिआयामिता, लोच और रूपप्रदता लाने की कोशिशें शुरू हुईं। शुरू में बेहद विवादग्रस्त होने के बावजूद प्रथम महायुद्ध के बाद उसके सिद्धान्त मुख्यधारा के रंगमंच पर भी अपना असर दिखाने लगे।

क्रेग की माँ विक्टोरियन युग की मूर्धन्य अभिनेत्री एलेन टेरी थी और पिता एडवर्ड विलियम गोडविन एक डिजाइनर और आर्किटेक्ट था। नाट्य क्रेग को घुट्टी में मिला था और थिएटर के ही माहौल में वह पलपुस कर बड़ा हुआ था। शायद

अभिनेत्री माँ के प्रभाव से उसे सोलह साल की उम्र में ही रंगमंच पर अभिनेता के रूप में उतरने का मौक़ा भी मिल गया था।

हेनरी इर्विंग के थिएटर में उसने दस वर्षों तक कई तरह की भूमिकाओं में अभिनय किया। लन्दन के ओलंपिक थिएटर में वह कुछ दिनों तक हेमलेट का भी अभिनय करता रहा जिसमें उसे अच्छी सफलता मिली। औसतन वह अच्छा ही अभिनेता था और नाटक कम्पनियों में उसकी माँग भी थी। लेकिन क्रेग पर तो थिएटर में क्रान्ति लाने का जुनून सवार था, इसलिए उसने अभिनय करना छोड़ दिया।

हेनरी इर्विंग का क्रेग पर पहला महत्त्वपूर्ण प्रभाव पड़ा। क्रेग ने स्वीकार किया है कि नाट्य में प्रतीकात्मक डिजाइन और उसमें आध्यामिक तत्त्वों के समावेश की ओर प्रेरित करनेवालों में इर्विंग भी था। इर्विंग और क्रेग दोनों ही नाट्यालेख की बजाए निर्देशक, डिजाइनर और अभिनेता की सर्जनात्मकता पर ज़्यादा ज़ोर देते थे और उसे सर्वाधिक महत्त्वपूर्ण मानते थे।

लगता है क्रेग के मर्मसूत्र अपने पिता से कहीं गहरे जुड़े थे। शायद इसीलिए उसने डिजाइनर बनने का फ़ैसला लिया और बेशक वह बेहद मौलिक, प्रतिभापूर्ण और अनोखा डिजाइनर बना। स्तानिस्लाव्स्की जैसे महान नाट्यव्यक्ति ने भी उसकी नाट्य-डिजाइनों और उसके चित्रों की भूरि-भूरि प्रशंसा की।

थिएटर डिजाइनिंग सम्बन्धी उसके रेखांकनों में समकोणों, समानांतरताओं और समतुल्यता के प्रति आग्रह को आसानी से लक्षित किया जा सकता है। उसकी डिजाइनिंग का सबसे प्रमुख लक्षण खड़ी ऊँचाइयाँ हैं जिनसे भव्यता या उत्कर्ष की भावना पैदा होती है।

क्रेग की रेखाओं पर पकड़ अद्भुत थी। वह उनसे मनचाहे असर पैदा कर सकता था। रेखाएँ उसकी मौलिक शक्ति थीं। वर्गाकृतियाँ और ऋजु-सीधी रेखाएँ उसे बेहद पसन्द थीं। वक्र रेखाओं का इस्तेमाल वह शायद ही कभी करता हो। वह कपड़े से मंच को एक वर्गाकार चौखटे का रूप देता, फिर इस वर्गाकृति को सीधी खड़ी रेखाओं से इस तरह काटता कि आँखें सहज ही अछोर ऊँचाइयों तक चली जातीं और दृष्टि वहीं जमने लगती। वह रंगमंच पर तरह-तरह की वर्गाकार अभिरचनाएँ और रूपबन्ध प्रस्तुत करता। वह अपने अभिनेताओं का समूहन अनियमित वर्गों में करता और फिर उनसे सीधी रेखाओं में इस तरह गति करवाता, जिससे दुहरी संरचनाएँ बन जाएँ। वह अभिनेताओं की पोशाकों पर चौकोर विन्यास बनाता और उनकी बाँहों से लम्बे, ज़मीन छूते रिबन (फ़ीते) लटकाता; इस तरह जब अभिनेता समकोणों पर अपनी बाँहें फैलाता तो उसकी पूरी देहयष्टि वर्गाकार-सी लगने लगती।

क्रेग अभिनेताओं की मुद्रा-भंगिमाओं में भी वक्रता बर्दाश्त नहीं कर पाता था। उसके अनुसार अभिनेता के हाथ ऊपर सीधे लम्बवत् खड़े हों; या सामने सीधे फैले हों; या फिर कंधों की सीध में बाएँ दाएँ बिलकुल सीधे फैले हों। वह चाहता था कि अभिनेता झुकते समय भी स्पष्ट कोण बनाए—इत्यादि-इत्यादि।

डिजाइनिंग और चित्रकारिता से ज़्यादा जुड़े रहने की वजह से ही शायद थिएटर सम्बन्धी क्रेग की अवधारणाओं में मूलतः चाक्षुष मुहावरे ही प्रधान थे। उसका मानना था कि लोग जब रंगशालाओं में जाते हैं तब उनमें सुनने के बजाय देखने की इच्छा ज़्यादा प्रबल होती है। इसीलिए वह अपनी प्रस्तुतियों के दृश्यतत्त्वों को बड़ी सावधानी और सूक्ष्मता से संयोजित करता और उनमें ज़्यादा-से-ज़्यादा अभिव्यंजना भरना चाहता था।

क्रेग के समय नाट्य प्रस्तुतियों में दृश्यसंरचना कुछ इस तरह की जाती थी कि वास्तविक कार्यस्थलों का भ्रम उत्पन्न हो। सचमुच का कमरा, बग़ीचा या पहाड़। थिएटर का डिजाइनर पर्दों, पखवइयों और लकड़ी के तरह-तरह के फ्रेमों पर जड़े कैनवसों आदि तथा रंगों की मदद से किसी भी स्थान की हू-ब-हू नकल मंच पर करने में माहिर थे, पूरी तफसीलों के साथ। लेकिन नाटककार ने अपने किसी दृश्य में भावविचार या संवेगों को प्रतिबिम्बित किया हो तो उन्हें पूरे प्रभाव के साथ उतारना उनके बस के बाहर की बात थी।

शायद यथार्थ की नकल के इसी ठोसपन की ही वजह से कलाकार का भावजगत उसे पूरी तरह स्वीकार नहीं कर पाता था। इसमें तो जो चीज़ जितनी दिखाई पड़ती है वह बस उतनी ही है। क्रेग हमें यथार्थ के परे ले जाना चाहता है। वह वस्तु नहीं, उसका संवेगात्मक दृश्यप्रभाव दिखाना चाहता है। वह सादे कपड़े पर प्रकाश का इस्तेमाल करके उससे *स्पेस* सर्जित कर सकता है, दीवार के रूप में ढाल सकता है, या फिर किसी तम्बू का प्रभाव पैदा कर सकता है। वह अपनी कला से जिन रेखाओं और धरातलों का सृजन करता है, उनमें मन को सुकून मिलता है और भाव-कल्पना सक्रिय हो उठती है। क्रेग की सबसे प्रिय योजना रंगमंच पर आसानी से चलाए—खिसकाए जा सकनेवाले चल-सेटों का निर्माण करने की थी। अपने जीवन का सबसे बड़ा हिस्सा उसने उन परदों के साथ प्रयोग करने में बिताया जिनको लेकर, उसे उम्मीद थी, वह ऐसे सेटों का निर्माण कर सकता है, जो अदृश्य रूप से अभिनेताओं और मंचप्रकाश के साथ गतिशील हो सकते हैं।

क्रेग की नाट्यकला यथार्थवाद का विरोध है। वह अपने दृश्यबन्धों की कल्पना उसी सर्जनात्मकता के साथ करता जिस तरह कोई कवि काव्य रचता है। नीत्शे और कार्लाइल का भक्त क्रेग बेहद कल्पनाशील और स्वप्नदर्शी था और अपने समय के रंगमंच से बहुत असन्तुष्ट भी। उसने कुछ पैगंबराना अन्दाज़ में घोषणा कर दी कि थिएटर को ज़िन्दा रहने के लिए पहले मर जाना पड़ेगा। क्रेग नाट्य को एक स्वतन्त्र

कला का दर्जा देता था। उसका कहना था कि नाट्य का सच्चा कलाकार क्रियाओं, शब्दों, रेखाओं, रंगों और लय को लेकर उसी तरह शुद्ध एकान्वित कलाकृति की सर्जना करता है जिस प्रकार कोई चित्रकार, मूर्तिशिल्पी या फिर संगीतरचनाकार (कम्पोज़र)। अपने समय के ज़्यादातर निर्देशकों को क्रेग महज दस्तकार (क्रॉफ़्टमैन) समझता था। उसका कहना था कि ऐसा निर्देशक किसी साहित्यिक कृति को उठाता है और फिर उसका समन्वय और भी कई दस्तकारों के कामों से करके नाट्यप्रस्तुति कर डालता है। लेकिन क्रेग के सपने में उच्चकोटि का कोई ऐसा उस्ताद नाट्य कलाकार था जो किसी साहित्यिक कृति का इस्तेमाल किए बिना भी सर्वांगपूर्ण और सर्वतन्त्र स्वतन्त्र नाट्य कलाकृति की सर्जना कर सकता है।

नाट्यप्रस्तुति में निर्देशक की भूमिका के निरूपण की शुरुआत स्तानिस्लाव्स्की की सैद्धान्तिक रचनाओं और आंत्त्वाँ के छिटपुट लेखों से होती है। इसके पहले की नाट्य परम्पराओं में भी निर्देशन जैसा कुछ-न-कुछ काम होता ही था। सामूहिक सहयोग की कला होने के नाते इसमें किसी क़िस्म के संगठन या नेतृत्व की ज़रूरत पड़ती ही है और विभिन्न नाट्य परम्पराओं में इसकी ज़िम्मेदारी सम्भालनेवाले किसी सूत्रधार या मैनेजर का उदय होता रहा है। लेकिन नाट्यकला की सृष्टि में निर्देशक की अहम् भूमिका की अवधारणा आधुनिक युग की उपज है। आंत्त्वाँ अपनी मूल प्रकृति के अनुसार सबसे पहले अभिनेता था फिर भी वह अभिनेताओं पर क़तई भरोसा नहीं करता था। वह उन्हें इतना जाहिल समझता था कि साहित्यिक कृति का अर्थ या मूल्य समझने की उनसे कोई उम्मीद नहीं रखता था। वह उन्हें लेखक के मनमौजीपन से संचालित होनेवाले कठपुतले भर समझता था। इसीलिए उसके शब्दों से यह साफ़ झलकता है कि वह एक ऐसे व्यक्ति की ज़रूरत महसूस कर रहा था जो अभिनेताओं को लेखक के अभिप्राय के अनुसार गतियाँ और अभिनय करना सिखाए। दूसरे शब्दों में वह एक ऐसा अर्थनिरूपक या व्याख्याकार (इंटरप्रेटर) हो जो नाटक के वास्तविक अर्थ को समझाने में सक्षम हो। हालाँकि उसने कभी स्पष्ट रूप से *निर्देशक* का उल्लेख नहीं किया।

स्तानिस्लाव्स्की की दृष्टि में निर्देशक की भूमिका अस्थायी है। जैसे ही अभिनेता अपनी ज़रूरत के मुताबिक़ मनोवैज्ञानिक तकनीक सीख लेते हैं, निर्देशक का काम ख़त्म हो जाता है। इस तरह निर्देशक की भूमिका एक शिक्षक जैसी ही होती है। लेकिन निर्देशक का यह शैक्षिक कार्य भी सर्जनात्मक होता है, क्योंकि जब वह अभिनेताओं को मनोवैज्ञानिक और तकनीकी दक्षताएँ सिखा रहा होता है तब वह उन्हें अपने अनुसार ढाल सकने की बेहतर स्थिति में होता है, बनिस्बत उस निर्देशक के जो अभिनय सम्बन्धी सिर्फ़ ऊपरी सुझाव देता है; फिर भले ही वे काफ़ी ब्यौरेवार हों। इतना ही नहीं, स्तानिस्लाव्स्की का निर्देशक अभिनेताओं को नाटक की घटना स्थितियों के छिपे हुए, लेकिन महत्त्वपूर्ण अंशों और पहलुओं से

भी वाकिफ़ कराता है। मसलन, जहाँ नाट्यक्रियाएँ रुकती हैं, कहानी उसके आगे कैसा मोड़ ले सकती है, दो अंकों के बीच के अन्तराल में कहानी में क्या कुछ घटित हुआ होगा, अपने ऐतिहासिक और सामाजिक सन्दर्भों में नाटक का औचित्य कहाँ है, आदि-आदि। ऐसा निर्देशक अक्सर अभिनेता के बदले स्वयं कल्पना करके उसे किरदार की पूरी ज़िन्दगी और उसकी व्यक्तिगत विशिष्टताओं का परिचय देता है।

लेकिन इन सबसे इस सच पर कोई फ़र्क़ नहीं पड़ता कि स्तानिस्लाव्स्की और आंत्त्वाँ दोनों ही के लिए निर्देशक दूसरे दर्जे का व्यक्ति है। स्तानिस्लाव्स्की की दृष्टि में नाट्य अभिनेता में ही पूर्णता पाता है जिसे सामाजिक और प्रोफेशनल प्रतिष्ठा दिलाने में उसने कुछ उठा न रखा। आंत्त्वाँ के लिए निर्देशक लेखक का एक कमज़ोर स्थानापन्न मात्र है।

यथार्थवाद की सांस्कृतिक आबोहवा में न तो निर्देशक का व्यक्तित्व स्पष्टता से निरूपित हो सकता था और न नाट्यसर्जन में उसे स्वतन्त्र और उचित भागीदारी मिल सकती थी क्योंकि वह उनके आदर्शों के ख़िलाफ़ पड़ता है। उसके लिए उपयुक्त वातावरण तो प्रतीकवादी आन्दोलन के कलात्मक आदर्शों के बीच ही बन सका। इस आन्दोलन से जुड़े महत्त्वपूर्ण नाट्य व्यक्तियों—एडोल्फ अप्पिया और गोर्डन क्रेग की कार्यप्रणाली और उनके चिन्तनपूर्ण लेखों से निर्देशक को नाट्य प्रस्तुति की प्रक्रिया में केन्द्रीय स्थान प्राप्त हुआ। आत्मनिर्भर स्वतन्त्र नाट्यकला को रूपाकृति और अन्तर्वस्तु प्रदान करनेवाला वह सबसे प्रमुख व्यक्ति बन गया। बल्कि वह नाट्य प्रस्तुति का मुख्य सर्जक बन बैठा।

साहित्य और कला के इतिहास में *प्रतीकवाद* को कोई बहुत सम्मानजनक स्थान प्राप्त नहीं है, फिर भी इसकी उपलब्धियों की अनुगूँजें साहित्य और कला की यात्राओं में लगातार सुनाई पड़ती रही हैं। नाट्यकला के क्षेत्र में तो इसका प्रभाव अब तक स्पष्टता से पहचाना जा सकता है—ठीक उसी तरह जैसे प्रकृत यथार्थवाद का, जिसकी प्रतिक्रिया में प्रतीकवाद का विकास हुआ। विज्ञान की तुलना में कला और साहित्य को अधिक महत्त्वपूर्ण माननेवालों का दावा है कि विज्ञान जहाँ भौतिक, गोचर तथ्यों और सत्यों तक सीमित रहता है वहीं कला उच्चतर सत्यों को पाने के लिए इन्द्रियातीत लोक में पहुँचना चाहती है। ऐसा अन्तःप्रेरणा और कल्पनात्मक सहजानुभूति द्वारा सम्भव हो पाता है। एक प्रकार से यह महादेवी जी के शब्दों में 'स्थूल के प्रति सूक्ष्म का विद्रोह' है।

व्यावहारिक दृष्टि से कुछ करने के लिए कला को निम्नगामी यथार्थ, तुच्छ प्रसंगों और मनोवैज्ञानिक उधेड़बुन को त्यागकर उनसे ऊपर उठकर कला के शुद्ध रूपों के लोक में प्रवेश करना होगा। प्रतीकवादियों के लिए सर्वोच्च कला का आदर्श संगीत था। कला के ऐसे दर्शन के अनुकूल अपने को ढाल सकना नाट्य के लिए, दूसरे

कलारूपों के मुक़ाबले कुछ ज़्यादा ही मुश्किल काम था। अभिनेता की ठोस भौतिक उपस्थिति हमें गोचर विश्व और उसकी रोजमर्रा फ़िक्रों की ओर बरबस खींच लाती है। इसीलिए प्रतीकवादी नाट्य का समर्थन करनेवाले मलार्मे से लेकर अल्बेयर माकेल और मेटरलिंक ने अपने सिद्धान्तलेखन में रंगमंच पर अभिनेता की ठोस सदेह उपस्थिति की कठोर आलोचना की है। मलार्मे को रंगमंच सम्मोहक लगता था, लेकिन वह उस पर अभिनेताओं को नहीं देखना चाहता था। वह नृत्यांगना की उपस्थिति को मौक़ा दे सकता था, क्योंकि वह नृत्य द्वारा अपने शरीर के भौतिक पक्ष को नगण्य कर डालती है। बादलेयर और मेटरलिंक अभिनेता को तभी सह सकते थे जब वह अपने सजीव शरीर से हमारा ध्यान हटाने के लिए कठपुतला या मूर्ति बनने में सफल हो जाए। नाट्यकला को तो गतियों, अभिनयमुद्राओं (जेस्चर), रंगों, ध्वनियों की ऐसी लय-संगति (हारमनी) का रूप ग्रहण करना चाहिए जो किसी प्रतीक पर अपने को केन्द्रित करे। गोर्डेन क्रेग ने इस विचार को आगे बढ़ाते हुए कहा कि यदि सचमुच बात ऐसी ही है तो लय-संगति (हारमनी) नाट्यकला के सर्वोपरि कलाकार, अनोखे सर्जक, निर्देशक के प्रातिभ ज्ञान-अन्तःप्रेरणा की ही उपज हो सकती है। ऐसा निर्देशक न तो चित्रकार होगा, न ही संगीतकार, वह नाटक का अर्थनिरूपक या व्याख्याकार भी नहीं होगा, बल्कि वह एक ऐसी कला का प्रयोक्ता होगा जिसके कि अपने ही नियम-क़ानून हैं, अपने ही मूल्य हैं। यही नाट्यकला है। कला का ऐसा प्रयोक्ता नाट्य कृतियों को अपने मनोमस्तिष्क और कुछ दूर तक अपने हाथों से भी रच सकेगा और वही नाट्य को पुनर्जन्म देनेवाला भी होगा।

नाट्य कलाकृतियों के सर्जन को सचमुच बढ़ावा देने के लिए यह आवश्यक है कि थिएटर में शर्तहीन मूल्यों की शर्तहीन स्थापना की जाए और इसकी रुकावटों को जड़ से साफ़ कर दिया जाए। इसके लिए पहली ज़रूरत इस बात की है कि एक ओर तो थिएटर में तुच्छताओं और गोचर, इन्द्रियग्राह्य तत्त्वों को नगण्य किया जाए, दूसरी ओर आकस्मिकता या सांयोगिकता के तत्व को दूर किया जाए। मलार्मे की ही तरह क्रेग का भी पक्का विश्वास था कि कलात्मक सर्जनात्मकता को आकस्मिकता के विरुद्ध, शर्तहीन रूप से, जो ज़रूरी नहीं है उसके ख़िलाफ़ लगातार लड़ते रहना पड़ता है। मलार्मे तो यह समझ गया था कि इस तरह के संघर्ष का अन्त असफलता में ही है। पाँसा फेंकने की क्रिया से आकस्मिकता को कैसे निकाला जा सकता है। क्रेग ने तुच्छता, ऐन्द्रिक ठोसपन और आकस्मिकता को अभिनेता के दैहिक व्यक्तित्व में पुंजीभूत देखा। इसीलिए मलार्मे, मेटरलिंक और अल्बेयर माकेल की ही तरह वह भी रंगमंच पर अभिनेता को पुतले से स्थानापन्न करना चाहता था। सच तो यह है कि वह रंगमंच पर मानवपुतला (सुपर मैरियोनेट्ट) चाहता था। इसकी व्याख्या उसने बाद में उस अभिनेता के रूप में की जिसमें स्वार्थीपन कम और ऊर्जा की आग ज़्यादा हो, अपने मूल और सही अर्थों में रोबाट हो जिसके न तो मूड की अस्थिरता का डर

हो, न ही जिसकी कोई मौलिक सूझ हो जो निर्देशक की सूझ से भिड़ जाए। बल्कि वह निर्देशक के प्रति विनयी और आज्ञाकारी हो। एक और बात, पुतले तो अपने पूर्वज देवमूर्तियों की याद दिलाते हैं। अतः उन्हें नाट्य के अनुष्ठान (रिचुअल) में केन्द्रीय किरदार की महत्त्वपूर्ण स्थिति प्राप्त हो जाती है।

अनुष्ठान (रिचुअल) शब्द के इस्तेमाल द्वारा क्रेग फ्रांस के प्रतीकवादियों द्वारा व्यक्त अवधारणा को सम्भवतः अनजाने ही दुहरा रहा था। *नाट्य अनुष्ठान है*, यह अवधारणा बाद में बहुत प्रचलित हो गई और अनेक नाट्य इतिहासकारों ने इसे स्वयंसिद्ध तर्क के रूप में ग्रहण कर लिया। लेकिन यह एक अलग तरह का अनुष्ठान था और क्रेग के मतानुसार यह आत्मपूर्ण अनुष्ठान था जिसमें दर्शकों को भाग लेना मना था। वे मौन श्रद्धा के साथ उसका दर्शन भर कर सकते थे। नाट्य को दर्शकों से अलगाने की रेखा इतनी गहरी पहले कभी नहीं खींची गई। नाट्यानुष्ठान क्रियाशील होते ही आत्मनिष्ठ, आत्मपूर्ण सुदूरवर्ती स्वप्न बन जाता है। सचमुच थिएटर एक स्वप्न है, एक विज़न है। इस अवधारणा में स्वप्न, ज्ञान और ध्यान सभी अन्तर्निहित हैं। यह बिना किसी शोर-शराबे की गतियों का स्वप्न है, गतियों की रहस्यात्मकता का उत्सव है। अनुशासन और शुद्धता की अपनी तीव्र कामना के फलस्वरूप क्रेग अपने थिएटर से न सिर्फ़ नाटककार का आलेख बल्कि भाषा के सभी प्रयोगों को भी बाहर निकाल देना चाहता है। और इसीलिए नाट्य कलाकार (इस सन्दर्भ में उसे निर्देशक कहना उचित न होगा) वही है जो गतियों का शुद्ध स्वप्नलोक सर्जित करता है और फिर उनके अनुष्ठानों का उत्सव इस तरह मनाता है मानो स्वयं जीवन का अनुष्ठान हो।

यद्यपि क्रेग ने 1900 से ही नाट्य निर्देशन शुरू कर दिया था लेकिन उसके दीर्घ जीवन की तुलना में उसकी प्रस्तुतियों की संख्या काफ़ी कम है। शुरू के तीन वर्षों में (1903 तक) उसने अपने जीवन की सर्वाधिक आठ प्रस्तुतियाँ कीं। इसके बाद वह महज चार और प्रस्तुतियाँ कर सका, वह भी बीच-बीच में काफ़ी अन्तराल देकर (1904, 1906, 1912, 1926)। बाद की उन प्रस्तुतियों में अक्सर कोई-न-कोई बड़ा और नाट्यकर्मकुशल निर्देशक जुड़ा रहा, जो उसकी भव्य लेकिन अस्पष्ट स्वप्न-कल्पनाओं को आकार देने की कोशिश करता। 1904 में उसने जर्मनी के प्रसिद्ध निर्देशक ओट्टो ब्राह्म के एक नाटक के लिए डिजाइनिंग का काम किया, 1906 में उसने प्रसिद्ध अभिनेत्री एलियोनोरा ड्यूज के लिए फ्लोरेंस की एक नाट्य प्रस्तुति में डिजाइनिंग की और 1912 में मास्को आर्ट थिएटर के लिए स्तानिस्लाव्स्की के साथ *हैमलेट* की प्रस्तुति की। यह उसके जीवन की सबसे महत्त्वपूर्ण नाट्य प्रस्तुति थी, जिसमें उसे अपनी प्रतिभा दिखाने का पूरा मौक़ा मिला था। यहाँ रंगमंच के अत्यन्त समृद्ध और

अनुशासनपूर्ण परिवेश तथा स्तानिस्लाव्स्की जैसे महान सर्जक और चिन्तक के साहचर्य ने उसे काफ़ी परिपक्व बना दिया। स्तानिस्लाव्स्की ने उसका बड़ा रोचक संस्मरण लिखा है—

"...हमारे वार्तालापों के बीच अक्सर इसाडोरा डंकन गोर्डन क्रेग का ज़िक्र करती रहती जिसे वह प्रतिभासम्पन्न और अपने समकालीन महानतम नाट्यकर्मियों में गिनती थी। वह कहती, 'क्रेग सिर्फ़ अपने देश तक सीमित नहीं है। वह सारी दुनिया की सम्पत्ति है और उसे वहीं होना चाहिए, जहाँ उसे अपनी प्रतिभा को व्यक्त करने का पूरा अवसर मिले, जहाँ काम करने की परिस्थितियाँ और सामान्य परिवेश ऐसा हो जो उसके व्यक्तित्व की ज़रूरतों के बिलकुल माफिक बैठे। उसकी सही जगह आपका *आर्ट थिएटर* है।'

"उसने हमारे थिएटर और मेरे बारे में क्रेग को पत्र लिखा और रूस आने का आग्रह किया।

"...हमने क्रेग से *हैमलेट* की प्रस्तुति का अनुरोध किया। हम चाहते थे कि वह डिजाइनर और निर्देशक की हैसियत से काम करे क्योंकि वह दोनों था और युवावस्था में हेनरी इर्विंग की कम्पनी में सफल अभिनय भी कर चुका था। महान अभिनेत्री एलेन टेरी का पुत्र होने के नाते उसकी कला विरासत भी बहुत बढ़िया थी।'

"...जब मैंने क्रेग से परिचय बढ़ाया तो महसूस हुआ, उसे मैं काफ़ी अर्से से जानता हूँ। हमने कलाविमर्श शुरू किया तो लगा यह तो कल से ही चल रही बहस की अगली कड़ी है। उसने बड़े उत्साह के साथ नाट्य के अपने प्रिय मूलभूत सिद्धान्तों को समझाया; वह गतियों की एक नई कला शिद्दत से ढूँढ़ रहा था। उसने मुझे अपनी इस नई कला के स्केचेज दिखाए जिनमें रेखाएँ, बादल और चट्टानें सतत् ऊर्ध्वशील आवेगों की सृष्टि करती हैं। इन्हें देखकर ऐसा लगता है मानो ये अब तक अजानी किसी नई कला को जन्म देंगी। उसने अपने इस अतर्क्य सत्य के बारे में बातें कीं कि मानव शरीर को कैनवस पर रँगे सपाट पर्दों के साथ प्रस्तुत नहीं किया जा सकता, कि रंगमंच के लिए मूर्तिशिल्प, स्थापत्य और दूसरी तरह की त्रिआयामी सामग्रियों की ज़रूरत है।...मेरी तरह वह भी थिएटराना दृश्यावलियों को तिरस्कृत करता था। वह अभिनेता के साथ सादगीपूर्ण पृष्ठभूमि चाहता था ताकि वह रेखाओं और केन्द्रित प्रकाश (स्पॉट लाइट) की सहायता से मंच पर भावनाओं की अनवरत सृष्टि का सिलसिला रच सकें।"

क्रेग का मानना था कि प्रत्येक कलाकृति का निर्माण पत्थर, संगमरमर, ब्रोंज, कैनवस, काग़ज़ और रंग जैसे निर्जीव पदार्थों से ही करना चाहिए ताकि उसमें

कलारूप स्थायी तौर पर स्थापित हो सके। क्रेग के मतानुसार तो अभिनेता के शरीर जैसी सजीव सामग्री, जो लगातार बदलती रहती है और कभी यकसाँ नहीं रहती, कलासर्जन के लिए उपयोगी नहीं। क्रेग ऐसे अभिनेताओं को नापसन्द करता था जो स्वयं में कलात्मक सृष्टि न हों, ख़ूबसूरत न हों या उनके व्यक्तित्व में मन पर छाप छोड़ जानेवाली कोई ख़ूबी न हो। वह तो एलियोनोरा ड्यूज या तोम्मासो साल्विनी जैसा अभिनेता चाहता था...

क्रेग एक ऐसे थिएटर का सपना देखता था जिस पर औरत या मर्द कोई न हो, उनकी जगह वह ऐसे पुतलों को लाना चाहता था, जिनमें कोई ख़राब आदतें न हों, ख़राब भावभंगिमाएँ न हों, रँगे चेहरे न हों, अतिरेकपूर्ण वाणी न हो, आत्मा की तुच्छता न हो, और व्यर्थ महत्त्वाकांक्षाएँ भी न हों। ऐसे पुतलों से थिएटर की आबोहवा साफ़-सुथरी हो जाती और काम में गम्भीरता आ जाती। और ये पुतले, चूँकि निर्जीव पदार्थों से बने होते, क्रेग को इस बात का मौक़ा मिलता कि वह अपनी आत्मा, अपनी कल्पना और अपने स्वप्न में बसने वाले आदर्श अभिनेताओं को उनसे रूपाकार दे सकता।

लेकिन फिर धीरे-धीरे यह स्पष्ट हो गया कि सैद्धान्तिक रूप से भले ही वह अभिनेताओं को कितना भी नापसन्द करता हो, व्यावहारिक रूप से वह स्त्री-पुरुषों में नाट्यप्रतिभा का स्पर्श ढूँढ़ पाने के लिए बेताब रहता। और यदि किसी में इसका इंगित भर मिल जाता तो वह ख़ुशी से फूले हुए बच्चे की तरह अपनी कुर्सी से उछल पड़ता और फ़ुटलाइट्स की ओर दौड़ लगाता; उसकी लम्बी ज़ुल्फ़ें अस्तव्यस्त हो जातीं। लेकिन यदि उसे किसी में प्रतिभा का अभाव दिखाई पड़ता तो वह गुस्से से बिफर उठता और फिर से पुतलों के स्वप्न में खो जाता...

क्रेग के व्यक्तित्व में निहित अन्तर्विरोधों के चलते उसके वास्तविक कलात्मक रुझानों को समझना मुश्किल हो जाता, ख़ासतौर से यह समझना कि अभिनेताओं से आख़िर वह चाहता क्या है!

''जब क्रेग हमारे थिएटर, इससे जुड़े अभिनेताओं और यहाँ काम करने की परिस्थितियों के बारे में अच्छी तरह वाक़िफ़ हो गया तो उसने एक साल के लिए स्टेज डाइरेक्टर बनने के एक क़रारनामे पर दस्तख़त कर दिए। उसे *हैमलेट* की प्रस्तुति का ज़िम्मा सौंपा गया। वह योजनाएँ तैयार करने के लिए फ्लोरेंस चला गया।

''एक साल बाद जब वह लौटा तो उसके पास प्रस्तुति के लिए पूरी योजना तैयार थी। वह अपने साथ दृश्यावलियों के मॉडल ले आया था। काम बड़े रोचक ढंग से शुरू हुआ। क्रेग हर काम का निरीक्षण-पर्यवेक्षण करता, मैं और सुलेरझित्स्की उसके सहायक से रूप में काम करते।...रिहर्सल के कमरों में से एक पूरी तरह क्रेग के हवाले कर दिया गया था। हम लोगों ने वहाँ पुतलीमंच का एक बहुत बड़ा मॉडल बनाया।

क्रेग के कहने पर उसमें बिजली की रोशनी का इन्तज़ाम किया गया और प्रस्तुति के लिए और भी दूसरी सुविधाओं से उसे सुसज्जित किया गया।

"...क्रेग का सपना था कि पूरी प्रस्तुति बिना मध्यान्तर और बिना पर्दे के उपयोग के हो। थिएटर हॉल में दर्शकों को कोई रंगमंच नहीं दिखाई पड़ना चाहिए। उसके बनाए स्क्रीन इस तरह लगाए जाएँ कि वे दर्शकमंडल के स्थापत्य का ही संगतिपूर्ण विस्तार लगें, उससे मेल खाएँ और उसमें घुल-मिल जाएँ। लेकिन प्रस्तुति के आरम्भ में इन स्क्रीनों को शालीनतापूर्वक गतिशील होना था जिससे उनकी रेखाओं में नए संयोजन हो सकें। अन्ततः उन्हें बिलकुल स्थिर हो जाना था। तब कहीं से प्रकाश आता और सब कुछ को एक नई चित्रोपमता प्रदान करता और दर्शकों को सपने की तरह एक बिलकुल ही नए लोक में पहुँचा देता। लेकिन कलाकार तो इस नए लोक का इंगित भर करता जो दर्शकों की कल्पना में ही साकार होकर यथार्थ बन पाते।"

हैमलेट के लिए क्रेग ने जो दृश्यबन्ध बनवाया उसमें बहुत ऊँचे-ऊँचे चौखटेदार पर्दे थे जिन्हें पहियों पर जमाया गया था ताकि नाट्य-प्रदर्शन के दौरान स्थितियों या भावविचार में तनिक भी परिवर्तन होने पर उन्हें खिसकाया, हटाया, बढ़ाया जा सके। लेकिन तकनीकी कारणों से ऐसा सम्भव नहीं हो सका और इनमें परिवर्तन करने के लिए आगे का पर्दा गिराना पड़ता था। दरबार के दृश्यों के लिए सुनहले रंग के पर्दों का प्रयोग किया गया था ताकि राजसी जीवन की भ्रष्ट चकाचौंध की प्रतीकात्मक अभिव्यक्ति की जा सके। लेकिन वहीं जब अकेला हैमलेट होता था तो उनका रंग धूसर हो जाता था जो हैमलेट के मन के अवसाद की धूसरता को संकेतित करता था। नाटक के प्रधान किरदार भी सुनहली पोशाक पहने थे और जिस दृश्य में राजा रानी एक साथ पहली बार मंच पर आते हैं उसमें तो सुनहला रंग समुद्र की तरह लहराने लगा था। इतना ही नहीं, इस ऐश्वर्य के खोखलेपन और उसकी भ्रष्टता को दिखाने के लिए सुनहलेपन को बदरंग (डल) कर दिया गया था मानो वह धुएँ के बादल में से दिखाई पड़ रहा हो। रंगों की ख़ुशनुमा बौछार सिर्फ़ उस दृश्य में दिखाई पड़ती है जिसमें हैमलेट नाट्य प्रदर्शन आयोजित करता है। हैमलेट के लिए थिएटर ही एकमात्र प्रसन्नता का स्रोत था।

इस तरह इस प्रस्तुति के ज़रिए रंगमंच को बेहद साफ़-सुथरा कर दिया गया जिस पर से दृश्य के वर्णनात्मक प्रतिरूपण को बिलकुल हटा दिया गया। पूरी तरह सपाट पर्दों की एक शृंखला भर रह गई, जिन्हें रंगमंच पर तरह-तरह से ऐसे सजाया जाता था कि वे किसी ख़ास जगह, नाट्यस्थान को जताने की बजाए ज्यामितिक आकारों द्वारा स्पेस में लय का सर्जन करते थे। इनकी मज़बूत लम्बवत् खड़ी रेखाएँ इन्द्रियग्राह्य यथार्थ जीवन से परे एक ऐसे दूसरे लोक का आभास देती थीं जिसके साथ संवाद क़ायम कर सकना यों शायद मुश्किल होता।

क्रेग थोड़ा न्यूरोटिक और अस्थिर प्रकृति का व्यक्ति था जिससे नाट्यप्रस्तुति जैसे तत्परतापूर्वक लगकर लगातार किए जाने वाले काम वह उतनी दक्षता से नहीं कर पाता था। इसीलिए दिन-ब-दिन वह नाट्य सम्बन्धी अपनी मौलिक सूझों को सिद्धान्तों के रूप में विकसित करने में अधिकाधिक उलझता चला गया। उसकी स्थिति नाट्य के एक ऐसे पैगम्बर या द्रष्टा की होती गई जो अर्थगर्भित नाट्यसूत्रों की रचना करता जाता है, जिसकी नाट्यकर्मी व्याख्या करें और अमल में लाएँ। इसी दौरान उसने निर्देशन के प्रस्तावों को ठुकराना भी शुरू कर दिया—बड़े ही अजीबोगरीब कारण देकर; मसलन जब उससे पेरिस थिएटर को सँभालने को कहा गया तो उसने शर्त रखी कि उस थिएटर को दस वर्षों तक बन्द रखा जाए जिस बीच उसके नए आरम्भ के लिए वह नाटक की तैयारी करेगा।

1905 में क्रेग ने पैम्फ्लेटनुमा अपनी पहली पुस्तक *द आर्ट ऑफ़ थिएटर* प्रकाशित कराई। इसकी तीखी प्रतिक्रियाएँ हुईं और काफ़ी हो हल्ला मचा। 1911 में उसी का संशोधित-परिवर्धित संस्करण *आन द आर्ट ऑफ़ थिएटर* के नाम से छपा। 1913 में उसने *टुवर्ड्स अ न्यू थिएटर* लिखी और 1919 में *द थिएटर अडवांसिंग।* 1908 से 1929 के बीच अनियमित रूप से प्रकाशित होनेवाली पत्रिका *द मास्क* में भी वह लिखता रहा। उसका लेखन अक्सर उकसानेवाला होता था जिससे रंगमाहौल काफ़ी गरमा जाता था और बहसें छिड़ जाती थीं और नाट्यकर्मियों तथा नाट्यचिन्तकों को नए मसाले मिलते थे। 1913 में क्रेग ने फ़्लोरेंस में नाट्यकला का एक विद्यालय भी खोला था जो प्रथम महायुद्ध शुरू हो जाने के कारण बन्द हो गया।

क्रेग के विचारों को ठीक से समझने के लिए प्रतीकवाद के अलावा तत्कालीन फ्रांस के नए कला आन्दोलन से जुड़े मोने, गोगाँ और वानगॉग की कलाकृतियों पर भी नज़र दौड़ाना चाहिए। तब भी क्रेग का नाट्यदर्शन एक तरह से कलावादी ही था। लेकिन बीसवीं सदी के आरम्भिक दो दशकों के यूरोप के नाट्य महारथी भी उससे एक नई ताज़गी की उम्मीद लगा बैठे थे। तभी तो क्रेग के सिद्धान्तों के बिलकुल उल्टे ध्रुव पर स्थित स्तानिस्लाव्स्की जैसे महान नाट्यकर्मी ने भी न सिर्फ़ उसे अपने *आर्ट थिएटर* में सम्मानपूर्वक बुलाकर उससे नाट्य प्रस्तुति कराई, बल्कि वे उसके सहायक के रूप में भी काम करने को तैयार हो गए।

क्रेग के विचारों का फ्रांसीसी रंगमंच के कुछ पहलुओं पर गहरा असर पड़ा—खासतौर से ज्याँ लुई बारो द्वारा प्रवर्तित *समग्र नाट्य* (टोटल थिएटर) के तत्त्वों पर। बारो ने तो अपनी नाट्यदृष्टि को सँवारनेवालों में क्रेग को प्रमुख बताया है। मेयरहोल्ड की *जैवयान्त्रिकी* (बायोमैकेनिक्स) की अवधारणा पर भी कहीं-न-कहीं क्रेग का भी प्रभाव मौजूद है। मैक्स राइनहार्ट और डब्ल्यू.बी. येट्स ने भी उसकी कुछ अवधारणाओं को आत्मसात किया था।

क्रेग ने एक ऐसे नाट्य की अवधारणा प्रस्तुत की जो काव्यात्मक और सौन्दर्यपूर्ण हो, जो ठोस और यथार्थवादी होने के बजाय सांकेतिक और कल्पनामूलक हो; जो नाटककार के शब्द और विचारों पर आश्रित होने के बजाय रंगमंच की अपनी कला पर केन्द्रित हो। रंगमंच की अपनी कला से उसका तात्पर्य क्रिया, शब्द, रेखा, रंग और गतिलय की उस अनोखी कला से है जो स्थान-काल सातत्य की सम्भावनाओं का सर्जनात्मक प्रयोग करते हुए ऐसे जादुई दृश्य-श्रव्य बिम्बों की सृष्टि कर सके जो शायद और किसी दूसरे कला-माध्यम द्वारा सम्भव न हो।

सम्भवतः क्रेग की सबसे बड़ी देन नाट्य प्रस्तुति की एक ऐसी सर्वतन्त्र स्वतन्त्र, पूरी तरह एकान्वित शुद्ध कलाकृति के रूप में मौलिक अवधारणा है जो किसी लम्बी कविता, किसी राग, किसी सिंफनी की ही तरह प्रभावान्विति उत्पन्न करे।

अभिनेता की रचना-प्रक्रिया

दिनेश खन्ना

अद्‌भुत अभिनेता, यूरोपियन परम्परा में अभिनय-प्रशिक्षण और अभिनेता की तैयारी पर सर्वश्रेष्ठ प्रणाली के प्रणेता और बात में उसे पुस्तक-रूप देनेवाले माइकेल चेख़व (1891-1955), बीसवीं शताब्दी के रंगमंच में जानी-मानी हस्तियों में से एक हैं। उनकी मंच पर स्वयं को पूरी तरह से बदल लेने की क्षमता और अभिनय-प्रणाली को शताब्दी के महान निर्देशकों ने भी सराहा। स्तानिस्लाव्स्की, बख़्तांगोव, राइनहार्ट और मेयरहोल्ड जैसे निर्देशकों ने माइकेल चेख़व की प्रतिभा को क़रीब से देखा और अभिनेता की कल्पनाशक्ति को एक नई उभरती भाषा के रूप में स्वीकार किया। वे अभिनय के ऐसे अकेले अध्यापक रहे, जिनकी अभ्यासमालाओं और पद्धति को आज के अभिनेता अपनी पहली प्रेरणा के रूप में अपनाते देखे जा सकते हैं।

रूस, लिथुआनिया, हॉलैंड, डेनमार्क, जर्मनी, ब्रिटेन और अमेरिका जैसे देशों में चल रहे रंगमंच स्कूलों में चेख़व की उपयोगी सलाह और उनके अभिनय लेखों को प्रशिक्षण पाठ्‌यक्रम में रखा गया है। और इधर उसकी प्रणाली आज के प्रशिक्षित अभिनेताओं की कार्यप्रणाली का भी हिस्सा बनती जा रही है।

नाटककार अन्तोन चेख़व के भतीजे माइकेल चेख़व उस समय सात वर्ष के थे जब नेमिरोविच-दान्चेन्को और स्तानिस्लाव्स्की ने मास्को आर्ट थिएटर की 1898 में स्थापना की थी, जिसके पहले सत्र में उनके चाचा का लिखा नाटक *सीगल* भी शामिल किया गया था जो स्तानिस्लाव्स्की और उनकी टीम के लिए कड़ी परीक्षा रहा, क्योंकि नाटक के प्राकृतिक वातावरण को अन्तोन चेख़व ने इतनी सजीवता से चित्रित किया था कि उसको दर्शाने के लिए स्तानिस्लाव्स्की को उनकी प्राकृतिक सूक्ष्मताओं को मंच पर लाने के लिए बहुत परिश्रम भी करना पड़ा और प्रतिभा का उपयोग भी।

नाटक इरिना के भाई सोरिन की जागीर के मकान और बग़ीचे में चलता है, जिसके पार्श्व में एक झील भी है, जिसका नाटक के वातावरण के साथ एक प्रतीकात्मक रिश्ता है। क़स्बे के जनजीवन की ध्वनियाँ, वातावरण के दृश्य, सुबह-शाम और झुटपुटे के दृश्य दिखाना स्तानिस्लाव्स्की के लिए अच्छी-ख़ासी चुनौती

थी, पर तब यह भी बड़ी बात थी। इस दौरे में रंगमंच में प्रकृतिवादी संरचना का काम अपनी ताज़गी के साथ आया था और उसे तब तक ख़ारिज नहीं किया गया था। स्तानिस्लाव्स्की ने ये प्राकृतिक सूक्ष्मताएँ अपनी निर्देशकीय क्षमताओं में बड़ी अच्छी तरह दिखाई थीं।

मास्को आर्ट थिएटर की शुरुआत से जुड़े प्रतिभाशाली अभिनेता मेयरहोल्ड ने, जो आगे चलकर प्रकृतिवादी रंगमंच से अलग शैलीबद्ध रंगमंच में क्रान्तिकारी निर्देशक के रूप में उभरकर आए, अपनी डायरी में इस बात का उल्लेख किया है कि क्या नाटक 'सीगल' में मात्र नेचुरेलिज़्म ही था? यह सही है कि मेयरहोल्ड तब तक स्वाभाविकवाद को रद्द कर चुका था, लेकिन यह उतनी अहम बात नहीं है, अहम बात है उसका काव्यमय भाव, गद्य में छिपी कविता, जो नाटक के काव्यमय प्रभाव के रूप में वातावरण के साथ उभरकर आ सकी। इसका सारा श्रेय स्तानिस्लाव्स्की की कुशल संरचना को जाता है। खिड़की से बाहर हो रही बारिश, दरवाज़े के बीच से दिखता सुबह का झुटपुटा, झील पर तिरती धुंध, ये ऐसी स्वाभाविक स्थितियाँ हैं जो चरित्रों के व्यवहार में ऐसी घुली-मिली हैं कि उनको अलग नहीं किया जा सकता। ये सब नज़ारे उस समय की खोज थे, असल में नेचुरेलिज़्म तो तब सामने आया जब वह घिसपिट चुका था। ऐसे में सभी घिसीपिटी चीज़ें नकली और बनावटी लगती हैं चाहे वह स्वाभाविकवाद ही क्यों न हो।

इस नाटक के प्रदर्शन अवसर पर नाटककार अन्तोन चेख़व और अभिनेताओं की बातचीत का उल्लेख करते हुए उन्होंने लिखा : "शहर से दूर ग्रामीण जीवन की आवाज़ें और ध्वनियों को शामिल करके वातावरण को बनाना क्या नाटक में एक सच्चाई उभारने की योजना है?" जिसके जवाब में अन्तोन चेख़व ने कहा था : "रंगमंच भी एक कला है और इसमें प्रभाव के लिए बाहरी चीज़ों को जोड़ना कितना कारगर हो सकता है, लेकिन इस समय स्तानिस्लाव्स्की बस यह कोशिश करना चाहते थे कि मंच पर वास्तविक जीवन अनुकृति की सूक्ष्मता से रचना की जा सके।"

एक बात जो मेयरहोल्ड को मास्को आर्ट थिएटर में काम करते हुए और फिर उससे अलग होने के बाद साफ़ समझ आ रही थी, वह थी कि वातावरण अभिनेता की मनःस्थिति को प्रभावित न करे और कि अभिनेता की मनःस्थिति को प्रभावित करने के लिए वातावरण बनाकर देना कितना प्रभावशाली होगा, कि ऐसे में वातावरण को चित्रित करने की बजाय वातावरण-निर्माण का काम अभिनेता के अभिनय पर छोड़ देना चाहिए, ताकि अभिनेता अपनी मनोदशा से वातावरण को जन्म दे सके। रूसी कवि नाटककार और समीक्षक ब्रायूसव ने अभिनेता के महत्त्व को रचनात्मक कलाकार के रूप में उजागर किया। उन्होंने इस बहस को सामने रखा कि रंगमंच परिकल्पना का ऐसा कार्य है जो अभिनेता की रचनात्मकता को प्रयोग में लाने के लिए इस तरह से सहायता देता है कि वह दर्शकों को समझ में आ सके। इस तरह

अपनी आगे की खोजों में रंगमंचीयता को लेकर काम करते हुए मेयरहोल्ड ने प्रकृतिवादी मंच-संरचनावाले वातावरण की जगह निर्माण और संरचनावादी ज्यामिति आकार की संरचना और यथार्थवादी काव्यमय अभिनय की जगह शारीरिक व्यायाम युक्त जीवयान्त्रिकी (बायोमैकेनिक्स) से काम करते हुए संगीत और गतियों से युक्त जो अभिनय शैली बनाई वह पूर्णतः प्रस्तुतिवादी अभिनय शैली में सामने आती है। कहने का तात्पर्य यह है कि प्रकृतिवादी संरचना से शुरू हुआ काम क्रमशः शैलीवादी काम की तरफ़ मुड़ रहा था। ऐसे में युवा माइकेल चेख़व रंगमंच की दुनिया में क़दम रखते नज़र आते हैं, जब यथार्थवादी रंगमंच बदलता नज़र आ रहा था। वातावरण और अभिनेता की कल्पनाशक्ति पर भी वाद-विवाद की चर्चाएँ अपने ज़ोरों पर थीं। कहने का अर्थ यह है कि जब चेख़व ने अभिनय-जीवन शुरू किया तब तक यूरोपियन रंगमंच में अभिनय की तरफ़ एक नए रास्ते की तलाश का काम शुरू हो गया था।

स्तानिस्लाव्स्की ने जीवन की वास्तविकताओं को सच्चे रूप में कलात्मक ढंग से, जीवन जैसा ही रखने के लिए अभिनेता की आन्तरिक तैयारी और भाव-स्मृति से विश्वसनीय बनाने के लिए जिस सहारे की बात कही थी, उसे अब बस वहीं तक दिखाना पर्याप्त नहीं रह गया था। ऐसा करते हुए अभिनय करना अभिनेता की सोच को सीमित करता है, वह अपने दिन प्रतिदिन की घटनाओं और दिनचर्याओं से अपने को जोड़कर देखने लगता है, वह चरित्र की स्वतन्त्र व्यक्तित्व की परिकल्पना को लेकर नहीं चल पाता।

इस तरह बीसवीं शताब्दी की शुरुआत में ही अभिनय की तरफ़ एक नए रास्ते की तलाश का काम शुरू हो गया था, जो पूरी तरह से अभिनेता की रचनात्मक क्षमता पर ज़ोर डालने की बात सामने रखता था।

अपने मंच-संरचना सम्बन्धी प्रयोगों के लिए अभिनेताओं पर विवादात्मक आक्रमण के लिए जाने जाते रहे गोर्डन क्रेग भी एक नई बहस सामने लाए कि अभिनय की एक नए रूप में रचना की जाए ताकि वह अपनी कला में नए जीवन का संचार कर सके। इन परिचर्चाओं के बीच हमें यह भी नहीं भूलना चाहिए कि इस पूरे दौर में स्तानिस्लाव्स्की ही थे, जिनका हमेशा यही मक़सद रहा कि वह अभिनेताओं की पकी हुई आदतों को तोड़कर अभिनय को रचनात्मक कला के रूप में उभारें। 1904 और 1908 में मैटरलिंक की प्रस्तुतियों की असफलता और इसी के साथ मेयरहोल्ड और क्रेग के प्रस्तावों को लेकर छिड़ी बहस और विरोध ने उनको एक नया रास्ता सुझाया था। स्तानिस्लाव्स्की की दूरदर्शिता उस समय हो रहे प्रयोगों को बहुत अच्छे ढंग से समझ पा रही थी, इसलिए इन सब परिवर्तनों ने उन्हें भी नई दिशाओं में जाकर काम करने का विचार दिया। इस तरह मास्को आर्ट थिएटर के बाद उन्होंने सुलेरजित्स्की के साथ 1912 के पहले प्रयोगवादी स्टूडियो की शुरुआत की।

वातावरण के वस्तुवृत, अभिनेता की रचनात्मक क्षमता, आन्तरिक भाव को शारीरिक रूप देना, और शैली का सवाल, जो आगे चलकर माइकेल चेख़व की प्रणाली के मुख्य तत्त्व बने, अगले एक दशक तक रंगमंचीय रूपरेखा के अभिन्न अंग के रूप में देखे जा सकते हैं। यहाँ इस बात का उल्लेख आवश्यक है कि स्तानिस्लाव्स्की ही ऐसे दीप-स्तम्भ रहे, जिन्होंने दोनों शताब्दियों (19वीं-20वीं) के पूरे रंगमंच को बनते और बदलते देखा, यथार्थवाद की खोज और उसका चरमोत्कर्ष तथा बीसवीं शताब्दी के मध्य से कुछ पहले उसको उखड़ते और शैलीबद्ध रंगमंच में बदलते हुए भी देखा।

1912 में फर्स्ट स्टूडियो से जुड़ने के बाद चेख़व की क्षमताओं में स्तानिस्लाव्स्की की प्रणाली के प्रमुख तत्त्वों—विश्रामावस्था, एकाग्रता, निष्कपटता, कल्पनाशक्ति, संचार और प्रभावशाली स्मरणशक्ति—के आधार पर प्रशिक्षण देनेवाले सुलेरीजत्स्की के संरक्षण में अतिशय वृद्धि हुई। परन्तु यह शुरुआत थी या सीखने की ललक अथवा सोच-विचार की क्षमता? माइकेल चेख़व ने आगे चलकर स्तानिस्लाव्स्की के *इफेक्टिव मेमोरी (प्रभावशाली स्मरणशक्ति)* के सिद्धान्त पर प्रश्नचिह्न लगाया क्योंकि उसकी समझ में इस पर चलने से अभिनेता अपनी जीवन-चर्चाओं और अतीत की संवेदनाओं के प्रभाव तो समझ लेता है, पर अपनी प्रतिभा से चरित्र को समझ नहीं पाता है। चरित्र की दुनिया उसकी दुनिया से अलग है, अभिनेता को चरित्र के लिए सोचना है। यह शुरुआती चर्चा थी जिसके जवाब में माइकेल चेख़व *हायर ईगो* जैसे पहलू लाए जो अभिनेता को वैयक्तिक सोच का निर्माण करना सिखाता है। पर यहाँ फर्स्ट स्टूडियो में काम करते हुए अभिनेता माइकेल चेख़व का पहला उद्देश्य यह था अभ्यासों को सीखना और उसमें अपने काम के बाक़ी पहलुओं के लिए जगह तलाश करना, हालाँकि वहीं उनकी सोच और दृष्टिकोण में बदलाव आना शुरू हुआ।

1912 और 1918 के बीच चेख़व ने कई भूमिकाएँ अभिनीत कीं और एक योग्य अभिनेता के रूप में अपनी जगह बनाई। पर स्तानिस्लाव्स्की और कलाकारों के साथ उनका मतभेद भी सतत् रूप से चलता रहता था। यह मतभेद दो दृष्टिकोणों का था। बार-बार चेख़व की अभिनेता रूपी रचनात्मक क्षमता अपने नए-नए प्रभाव लेकर आती थी और कार्यप्रणाली के दूसरे विकल्प नज़र आने लगते थे। ये चेख़व की कार्यप्रणाली के भविष्य के लिए अच्छे लक्षण थे। मास्को आर्ट थिएटर की प्रस्तुति (चेख़व के शुरुआती दौर की) *ल मलाद इमाजिनेयर* में उनके अभिनय को लेकर स्तानिस्लाव्स्की ने उनकी यह कहकर आलोचना की कि वह पात्र के साथ कुछ ज़्यादा ही मज़े ले रहा है। एक दूसरे मौक़े पर उनकी कारगुज़ारियाँ देखकर उन्होंने अतिरेक भाव में चेख़व को उनके सामने 'हमारे रंगमंच का नासूर' कहा। पर चेख़व की अलग सोच बोलस्लाव्स्की की प्रस्तुति *दि हेक ऑफ़ दि गुड होप* (1913) में उभरकर आई और अचानक सभी का ध्यान उसकी तरफ़ गया। चेख़व ने कोब की छोटी-सी भूमिका में अपने को पूरी तरह से बदल डाला था। यह मात्र स्टीरियोटाइप बुद्धू मछुआरे की

भूमिका थी। उसे उन्होंने अपनी प्रतिभा से एकदम सच्चे और अलग ढंग से सच ढूँढ़नेवाले व्यक्ति में बदल दिया। जब उनकी इस पात्र-परिकल्पना को अस्वीकार किया गया और बताया गया कि नाटककार का यह अर्थ नहीं है तो चेख़व ने अपना तर्क रखा कि यह मेरी वैयक्तिक रचनाशीलता का परिणाम है जिसे मैंने लेखकीय परिकल्पना और पाठ से आगे जाकर देखा है।

1918 आने तक स्टूडियो में सफलता के बावजूद चेख़व की ज़िन्दगी डगमगा रही थी, ऐसा लगता कि ज़िन्दगी पर से पकड़ छूट रही है। वे बहुत शराब पीने लगे थे, उनकी पत्नी तलाक देकर बेटी को साथ ले गई, फिर उनकी माँ की आकस्मिक मृत्यु हो गई और वे आत्मघाती दबाव में डूबने लगे। वे स्वयं को अभिनय के लिए असमर्थ पाने लगे और एक अवसर पर तो वह इतना निराश हुए कि प्रदर्शन के बीच में ही मंच को छोड़कर चले गए। अपनी इस बिखरी हुई मानसिक दशा को संवेदनशील चेख़व ने स्वीकार किया, उन्हें लगा यह सब आध्यात्मिक समझ के अभाव में हो रहा है, शायद उन्हें इनसानी जीवन की समझ नहीं है, और कमज़ोर मनोबल के अभिनेता जब-तब इसी तरह की दुर्बलताओं में घिर जाते हैं। इसी कशमकश में चेख़व का ध्यान रूडोल्फ स्टाइनर के आध्यात्मिक ज्ञान सम्बन्धी चिन्तन पर गया। बस वे एन्थ्रोपोसोफी (मानव स्वभाव विज्ञान, आध्यात्मिक ज्ञान द्वारा जीवन पुनर्निर्माण को बताने वाला शास्त्रीय विषय) की खोज में जुट गए। दरअसल, यह विचारधारा उस समय आन्द्रेई बेली और वास्सिलि कान्दिस्की जैसे अनेक रूसी कलाकारों को आकर्षित कर रही थी। स्टाइनर ने कीर्केगार्द और उससे पहले के चिन्तकों की तरह प्रतिदिन की ज़िन्दगी, जिसके साथ हम अपनी संगति पाते हैं तथा प्रमाणित और अधिक रचनात्मक और आत्मज्ञान से प्रेरित ज़िन्दगी के बीच एक विभाजक रेखा खींची थी।

एन्थ्रोपोसोफी के अध्ययन ने चेख़व को इस योग्य बना दिया कि उसने अपनी व्यक्तिगत तकलीफ़ों से दूरी बना ली और अपने जीवन को एक अलग परिप्रेक्ष्य में देखने की क्षमता पा ली। यह एक नशे में डूबे आत्मअभिमानी व्यक्ति के नज़रिए से एकदम अलग था। स्टाइनर की सीख के साथ उनका गहरा लगाव जारी रहा। उन्होंने अपनी 'असंयमित' और आत्मसंघाती प्रवृत्तियों से छुटकारा पाने में इस विद्या को माध्यम बनाया, जिससे उन्हें यह बात समझ में आई कि अपनी निजी दुर्बलताओं के बीच से भी ख़ुद को काबलियत के उच्चतम शिखर तक ले जाकर उस पर ध्यान केन्द्रित किया जा सकता है। आगे चलकर स्टाइनर के मानव-विश्लेषण सिद्धान्तों को उन्होंने निजी विचारों की आधारशिला बनाया। यही वह आत्मज्ञानी पहलू थे जिन पर चेख़व के अभिनय-सिद्धान्त खड़े हुए। चेख़व ने सन् 1918 के बाद ही स्तानिस्लाव्स्की के निजी अनुभव और भावना के प्रयोग के विरुद्ध ज़ोरदार आवाज़ उठाते हुए यह तर्क रखा कि यह वास्तव में अभिनेता को रोज़मर्रा की आदतों के साथ बाँध देता

है, जो अभिनेता की रचनात्मकता को मुक्त नहीं करता। इसी के साथ माइकेल चेख़व ने यह विवाद भी उठाया कि हमें पात्र (चरित्र) के मन के भावों पर ज़ोर देना चाहिए, न कि अभिनेता के–यह नहीं कि मैं (अभिनेता) कैसा महसूस करूँगा? वरन् यह कि चरित्र इसे कैसे अनुभव करेगा? और यह कि इसमें अभिनेता ऐसी क्षमता लेकर कार्य करेगा कि वह अपने आपको चरित्र में बदल दे, बजाय इसके कि वह पात्र को अपने व्यक्तित्व के साथ मिला दे। माइकेल चेख़व ने इसको समझाने के लिए एक बहुत अच्छा उदाहरण दिया है। एक दृश्य में जहाँ चरित्र निभा रहे व्यक्ति का बच्चा बीमार है, स्तानिस्लाव्स्की का अभिनेता उस बच्चे को देखेगा और वही चीज़ें, वही सब भाव देखेगा जो उसके अन्दर मौजूद चरित्र देख सकता है। इसके विपरीत चेख़व का अभिनेता, चरित्र पर नज़र रखेगा और उसे समझने की कोशिश करेगा कि चरित्र बच्चे के प्रति कैसा व्यवहार करेगा। चेख़व स्टाइनर के *उच्चतर अहम् (हायर इगो)* के सिद्धान्त में विश्वास करते थे। उनके अनुसार इस सिद्धान्त का अर्थ था कि हमारे अन्दर छिपा हुआ एक ऐसा कलाकार है जो सभी रचनात्मक माध्यमों के पीछे खड़ा है और यही हमारी रचनात्मक प्रक्रिया की पृष्ठभूमि में रहता है। चेख़व ने बड़े तार्किक ढंग से इसके लिए चार कारण खोज लिये थे जिनसे *उच्चतर अहम्* अभिनेता के प्रति संवेदना अभिनेता के रचनात्मक कार्य में मदद करेगा–

1. यह अभिनेता की अपनी रचनात्मक विशिष्टता की क्षमता का स्रोत है। इससे उसे यह पता चलता है कि एक ही पात्र को अलग-अलग अभिनेता अलग-अलग ढंग से करते हैं, और जिससे अभिनेता को लिखित आलेख की गहराई से आगे जाने में मदद मिलती है;
2. इसमें एक नैतिक समझ मौजूद है, जो अभिनेता को नाटक में अच्छे और बुरे के बीच मौजूद द्वन्द्व का एहसास कराती है;
3. इससे प्रदर्शित किए जा रहे नाटक के लिए दर्शकों के परिप्रेक्ष्य के प्रति संवेदना निर्मित होती है; तथा
4. यह अभिनेता के कार्य में अलगाव–बाहर रहकर देखने की क्षमता–सहानुभूति अर्थपूर्ण संवेदना और परिहास की अनुभूति लाती है, इसे अपनाकर उसे *संकीर्ण स्वार्थी अहम्* से छुटकारा मिलता है।

चेख़व ने स्टाइनर की खोजों में निहित अर्थात् शरीर की क्रियाओं के साथ सामंजस्य (यूरिथ्मी) के द्वारा गतिशीलता और सम्भाषण और अदृश्य भंगिमा-संकेत और शारीरिक क्रियाओं के रूप में सम्भाषण के सिद्धान्तों पर काम किया। ये दोनों तत्त्व उनकी प्रणाली का अहम् हिस्सा बने। इस तरह जब एक बार स्टाइनर के विचार मास्को आर्ट थिएटर के प्रभावों के साथ जुड़ गए तो चेख़व ने एक सुसंगत तरीक़े से सिखाना शुरू किया, जिसे स्तानिस्लाव्स्की की अभिनय-प्रणाली का विकल्प कहा जा सकता है। इस तरह 1918 और 1921 के बीच माइकेल चेख़व ने स्वतन्त्र रूप

से अभिनय का शैक्षणिक कार्य शुरू कर दिया। पहले ये मास्को स्थित उनके फ़्लैट में कार्यशाला के रूप में शुरू हुआ, जहाँ उन्होंने उन सभी सम्भावनाओं को खोलना चाहा जो उनकी रुचियों और सरोकारों का हिस्सा रही थीं क्योंकि ये प्रयोग कुछ ही लोगों तक पहुँचे थे और इनको आगे बढ़ाने में आर्थिक दिक़्क़त भी आ रही थी, इसलिए कुछ दिनों बाद ही यह काम रुक गया। पर इस समय चेख़व अपने अन्दर दुर्बलताओं से लड़ते हुए एक नई इच्छाशक्ति अनुभव कर रहे थे, इसलिए उनके अपने अभिनय में एक चमक ज़रूर आई। 1921-1927 का समय बतौर अभिनेता उनके लिए स्फूर्ति भरा रहा। दि फर्स्ट स्टूडियो में जो कि 1924 में दूसरे मास्को आर्ट थिएटर के रूप में स्थापित हुआ, बड़े प्रभावी ढंग से उन्होंने अनेक भूमिकाएँ अभिनीत कीं। फर्स्ट स्टूडियो में काम करते हुए, माइकेल चेख़व की एव्जेनी वख़्तांगोव से अन्तरंग मित्रता हो गई जो स्तानिस्लाव्स्की की संवेदनात्मक स्मरणशक्ति वाली धारणा से काफ़ी प्रभावित थे, लेकिन स्तानिस्लाव्स्की और मेयरहोल्ड के विचारों को एकसाथ लेकर चलने के हिमायती थे। इस समंजन को वख़्तांगोव *अद्भुत यथार्थवाद (फैंटेस्टिक रियलिज़्म)* कहते थे। माइकेल चेख़व ने वख़्तांगोव के काम को क़रीब से देखा था और उनके निर्देशन में काम भी किया था। चेख़व ने उनकी सम्मिलित सोच को बड़े प्रभावी ढंग से कार्यान्वित होते देखा था। दोनों के साथ मिलकर काम करने का यह अच्छा अवसर था। वख़्तांगोव स्तानिस्लाव्स्की के आदर्श शिष्य कहे जाते थे फिर भी उनको लगता कि स्तानिस्लाव्स्की प्रकृतिवाद से ज़्यादा जुड़ गए हैं और रंगमंच में रंगमंचीयता के महत्त्व से उनकी पकड़ छूट रही है। दूसरी तरफ़ मेयरहोल्ड को शैलीबद्ध शारीरिक गतिविधियों की चाहना और कार्यशैली, संवेदना के महत्त्व को नज़रअन्दाज करने की दिशा में ले जा रही है। इसलिए वे सोचते थे कि यही ज़रूरी है कि दोनों तरीक़ों को मिलाया जाए और एक ऐसा रंगमंच बनाया जाए जो जीवन्त भी हो, रंगमंचीय भी हो। ऐसे में उनको चेख़व जैसा अभिनेता मिला जो स्वप्निल यथार्थ को साकार करने की कल्पना कर रहा था और लगातार अपने आप को तराश रहा था।

माइकेल चेख़व की अभिनय में बड़ी जीत तब हुई जब 1921 में फर्स्ट स्टूडियो में वख़्तांगोव द्वारा निर्देशित और स्ट्रिंडबर्ग द्वारा लिखित *एरिक चौदहवाँ में एक* मुख्य भूमिका के रूप में सामने आए। यह नाटक सोलहवीं शताब्दी के स्वीडन के एक क्षीण और लस्तपस्त राजा की कहानी कहता है, जो सामन्तों और अभिजात वर्ग को बन्दी बनाता है और हत्याएँ करता है, अपने भाइयों के विद्रोह के बाद अपदस्थ जीवन गुज़ार रहा है और अपनी रखैल से शादी करके देश छोड़ने की कोशिश करता है। स्ट्रिंडबर्ग ने एरिक का आकलन स्वीडन के हैमलेट के रूप में किया और जब माइकेल चेख़व ने एरिक की भूमिका की तो उन्हें भीतरी विवादों से भरा प्रस्तुत किया। चेख़व ने शारीरिक और आवाज़ की क्रियाशीलता में बारीक़ बदलाव लाकर चरित्र की

कमज़ोरियों को शारीरिक माध्यम में तलाश करने की कोशिश की। इस पूरी प्रक्रिया में चेख़व वख़्तांगोव से प्रभावित थे, जो प्रस्तुति को अद्भुत परिकल्पना में बदलने में लगे थे। बतौर निर्देशक वख़्तांगोव ने एरिक को घेरे में फँसे राजा के रूप में देखा, जो बार-बार उस घेरे से निकलने की कोशिश करता हुआ आशा के साथ अपने हाथ इस घेरे से बाहर खींचता है। लेकिन जब उसके हाथ कुछ नहीं आता है, तो वह अपने हाथों को दुख में झूलने के लिए छोड़ देता है। भूमिका करते हुए चेख़व को लगा कि एरिक के पात्र के सारतत्व को वख़्तांगोव ने शारीरिक संकेत के रूप में दिखाना चाहा है और यह समझ लेने के बाद अभिनेता को जैसे एक रास्ता मिल गया और फिर पात्र को निभाने में कोई कठिनाई नहीं आई। पूरे नाटक के सभी उपयुक्त अर्थभेद सिलसिलेवार आते चले गए। इस तरह चरित्र के सार को सघन रूप में एकमात्र शारीरिक चेष्टा, जिसे आगे चलकर चेख़व ने मनोवैज्ञानिक चेष्टा (सायक्लॉजीकल जैश्चर) के रूप में अपनी प्रणाली का अहम् हिस्सा बनाया—के साथ पेश किया। बात तब और *भी मज़बूती से उभर कर आई जब* उन्होंने इस मनोवैज्ञानिक चेष्टा को स्तानिस्लाव्स्की के साथ गोगोल के नाटक *इंस्पेक्टर जनरल* में काम करते हुए फिर से आजमाकर दिखाया। चेख़व ने स्तानिस्लाव्स्की के साथ चली एक रिहर्सल का विवरण दिया है, जहाँ निर्देशक उन्हें ख़्लेस्ताकोव की भूमिका पर कुछ सुझाव देते हैं। चेख़व ने अपने बाजू और हाथों को अचानक बिजली जैसी तेज़ गतिशीलता दी जैसे उनको ऊपर की तरह फेंकना हो, ऐसा करते हुए अपनी उँगलियों, कोहनी और कन्धों में भी कम्पन दिया। चेख़व ने एक बार फिर इस संघटित स्थिति से अपनी शारीरिक चेष्टा को मनोवैज्ञानिकता के साथ घनीभूत कर दिखाया था और मनोवैज्ञानिक चेष्टा में पूरे पात्र को समझ लिया था।

इन दोनों घटनाओं से यह पता लगता है कि पात्र के जज़्बात को एक संकेत द्वारा दिखाने का विचार वख़्तांगोव और स्तानिस्लाव्स्की से मेल खाता था, वह मात्र चेख़व की जिद नहीं थी। इस तरह चेख़व ही इन सबके बावजूद वह व्यक्ति थे जिन्होंने मनोवैज्ञानिक चेष्टा के विचार को आगे बढ़ाया और उन्हें अभिनय सीखने की प्रणाली का मुख्य आधार बनाया। यह अन्तर्ज्ञान के रूप में नहीं चरित्र विश्लेषण के रूप में था, ताकि उस स्थिति से उबरा जा सके जिसके रहते निर्देशक और अभिनेताओं के बीच हुआ वार्तालाप अक्सर विचार-विमर्श से ऊपर नहीं उठ पाता और अभिनेता समझ नहीं पाता कि जो विचार-विमर्श हुआ है उसे दिखाया कैसे जाए। एरिक के विचारमग्न उदास पात्र के मुक़ाबले, *इंस्पेक्टर जनरल* में चेख़व द्वारा किया गया ख़्लेस्ताकोव का पात्र ज़्यादा सहज और शैतानी भरा था। समीक्षक उस दृश्य को देखकर हैरान होते जिसमें ख़्लेस्ताकोव मेयर के घर पर झटपट क़ाल्पनिक झूठ बोलता चला जाता है, क्योंकि चेख़व इस दृश्य को हर रात एक अलग तरीक़े से करते, यह अलग-अलग तरीक़े से करना चेख़व की विशुद्ध कौशलयुक्त रचनात्मकता थी जो

उच्च अहम् की दिशा में चेख़व का अपना प्रयोग था और स्तानिस्लाव्स्की द्वारा खोजी गई मानसिक रचनात्मक क्षमता स्थिति और तात्कालिकता को गतिमान तरीक़े से आगे ले जानेवाले माध्यम के रूप में प्रयोग में आ रही थी। ऐसे में चेख़व के सामने एक समस्या आ जाती थी—जब रचनात्मक ऊर्जा उन्मुक्त हो जाती तो अभिनेता अपने को सीमा रेखा में कैसे बाँधे, डूब जाने पर तो सीमा रेखा पार हो जाती है। अपना दृश्य करते समय चेख़व उसे तात्कालिकता में रखने में कामयाब तो हो जाते, पर रिहर्सल के दौरान क्या स्थिति बनेगी, उसको लेकर तय नहीं कर पाए। ऐसे ही एक रिहर्सल में एक सेब के साथ तात्कालिक संवाद में वे इतना बह गए कि दृश्य का उद्देश्य और बाक़ी साथ काम कर रहे अभिनेताओं के साथ सम्पर्क का अहसास ही खो गया। मजबूरन स्तानिस्लाव्स्की को रोकना पड़ा। इसी तरह प्रदर्शन के समय निश्चित खाके में रहकर इम्प्रोवाइज करने की योग्यता को विकसित करना चेख़व का दूसरा उद्देश्य था, जिसे वे अपने अभिनय प्रशिक्षण का हिस्सा बनाना चाहते थे। बतौर निर्देशक मंच पर आने के बाद ही चेख़व को मानसिक कल्पनाओं को छवियों के रूप बनाते हुए दोनों के बीच सामंजस्य बनाने में सफलता मिली। 1922 में वख़्तांगोव के असमय निधन के बाद चेख़व को फर्स्ट स्टूडियो का निर्देशक बनने का अवसर दिया गया, जो बाद में 1924 में दूसरा मास्को आर्ट थिएटर एम.ए.टी. बना। यहाँ बतौर अभिनेता अभिनय करने के साथ-साथ उसका कार्य अभिनय का प्रशिक्षण और निर्देशन देना भी था। यहाँ 1924 पाँचवें सत्र में *हैमलेट* की प्रस्तुति के बाद उसके काम को पसन्द किया गया, इसमें उनके निर्देशन और मुख्य भूमिका को पसन्द किया गया। पर यह बात भी चर्चा में आ रही थी कि तत्कालीन रूसी निर्माणवादी तन्त्र की नीतियों के अन्तर्गत दूसरा मास्को आर्ट थिएटर क्रान्तिकारी नाटक क्यों नहीं दे पा रहा है। 1927 के शुरू में कला को लेकर किए जा रहे प्रयोगों पर स्तालिन का शिकंजा कसने लगा, तो चेख़व के लिए स्थितियाँ उलट गईं। उन पर रहस्यवादी और बीमार अभिनेता होने का दोष लगाया गया और कहा गया कि वे भ्रष्टता को ही आने वाले समय में फैला सकते हैं। फिर देखते ही देखते सोवियत संघ में एन्थ्रोपोसोफी पर प्रतिबन्ध लगा दिया गया। चेख़व को यह चेतावनी दी गई कि उसे जल्दी ही गिरफ़्तार कर लिया जाएगा। 1928 तक आते-आते चेख़व को रूस छोड़ देना पड़ा और सोवियत संघ में उनके कार्य को बदनामी का सामना करना पड़ा। 1969 तक उसके सिद्धान्तों को आधिकारिक पाठ्यक्रम का हिस्सा नहीं बनाया जा सका, क्योंकि रूसी रंगमंच उन दिनों पूरी तरह रूसी शासन की नीतियों के अनुरूप चलने लगा था।

मैक्स राइनहार्ट का निमन्त्रण स्वीकार करते हुए 1928 में चेख़व बर्लिन चले गए। इस बीच उन्होंने एन्थ्रोपोसोफी का अध्ययन जारी रखा और वहाँ नाटक *ट्वेल्फ्थ नाइट* में हबीमा का निर्देशन किया। चेख़व बर्लिन ज़रूर चले आए थे पर वे राइनहार्ट के रंगमंच से सन्तुष्ट नहीं थे, लेकिन यहाँ *आर्टिस्ट्स* नाटक में स्किड का पात्र करते

हुए अपनी तकनीक *हायर ईगो* को लेकर उन्हें बड़ा गहरा अनुभव हुआ। उन्हें चरित्र को ऐसे नज़रिए से देखने का मौक़ा मिला जैसे कि वे उसे दर्शकों या दूसरे अभिनेताओं के परिप्रेक्ष्य से देख रहे हों। स्किड का पात्र स्वयं ही चेख़व को निर्देश दे रहा था कि वह कैसे बैठे, कैसे चले और किस तरह बात करे। 1929 में वियना में प्रदर्शन के तुरन्त बाद स्तानिस्लाव्स्की से मुलाक़ात और चर्चा के दौरान चेख़व ने कल्पना की ज़रूरत पर ज़ोर दिया और उनके *संवेदनात्मक संस्मरण* पर ज़ोर देने की बात पर आक्रामक नज़रिया अपनाया और इसे ख़तरनाक बताया। 1941 में एक भाषण के दौरान इस बात को फिर से दोहराया और *विभाजित चेतना* की ज़रूरत पर तार्किक बहस की। क्योंकि यही वह रचनात्मकता है जो भूमिका को विविध आयामी बनाती है और एकरूपता के बहाव को तोड़कर नए सच को सामने लाती है। चेख़व ने कहा :

> *"जब हम अभिनय करते हुए अपनी भूमिका में ग्रस्त होने की स्थिति तक डूबे होते हैं तो अपने सहभागियों की स्थिति, उनकी उपस्थिति को भूल जाते हैं और कुर्सियाँ तोड़ना वगैरह पता नहीं क्या-क्या करने लगते हैं, तब हम सहज कहाँ रह जाते हैं? अपनी सहजता में न रहकर, अपने बनाए हुए दबाव में रहना, क्या इसे कला कहेंगे? बल्कि यह तो एक तरह की नीमबेहोशी है, एक तरह की उन्मत्तता है। एक समय रूस में हम यह सोचते थे कि अगर हम अभिनय करते हैं तो हमें सब कुछ भूल जाना चाहिए। यक़ीनन यह ग़लत धारणा थी। तब हमारे कुछ अभिनेताओं ने इस बात को खोजा कि सच्चा अभिनय होने पर ही हम अभिनय कर सकते हैं और स्वयं को संवेदनाओं से भर सकते हैं, और यह सब होते हुए हम अपने सहयोगी भागीदार से हँसी मज़ाक कर सकने की स्थिति में भी रह सकते हैं—दो चेतनाओं को साथ लेकर चलते हुए।"*

जब चेख़व ने यह भाषण दिया लगभग उसी समय संयोग से स्तानिस्लाव्स्की स्वयं ही अपने लेखों में अभिनेता की दो भागों में बँटी चेतना के महत्त्व को स्वीकार कर रहे थे, क्योंकि स्तानिस्लाव्स्की अपने सिद्धान्त को अन्तिम सिद्धान्त नहीं मानते थे और समय-समय पर उनमें सोच-समझ के अनुरूप बदलाव लाते रहते थे।

1931 में चेख़व पेरिस पहुँचे, जहाँ ज्यॉर्जट बोनर के साथ मिलकर उन्होंने एक और नया स्टूडियो शुरू किया, पर यहाँ भी उनकी मुश्किलें कम नहीं थीं। चेख़व को यह उम्मीद थी कि अपने प्रयोगों के लिए रूस से पेरिस में आकर बसे रूसी समाज से सहयोग मिल जाएगा। पर इससे भी उन्हें निराशा हाथ लगी। यहाँ उन्होंने टॉलस्टॉय की परी कथा *दि कासल अवेकन्स* के रूपान्तरण को स्टाइनर के यूरिथ्मी और अन्य विचारों को ग्रहण करके प्रस्तुत किया पर प्रदर्शन आर्थिक रूप से असफल रहा।

1932 और 1933 के दौरान चेख़व ने लाटविया और लिथुआनिया के राजकीय प्रेक्षागृहों में काम किया। ये दोनों राज्य उस समय तक स्वतन्त्र थे, लेकिन राजनीतिक अस्थिरता के कारण उन्हें पेरिस लौटना पड़ा। 1934-35 में चेख़व ने रूस से निर्वासित अभिनेताओं का एक ग्रुप बनाया और लघु अवधि के लिए अमेरिका यात्रा की योजना बनाई। इन रचनाओं में सात नाटक और अन्तोन चेख़व की कहानियों का मंच-रूपान्तरण भी शामिल था। वहाँ स्टेला एडलर, जो संयोग से वहाँ स्वयं एक अभिनय स्टूडियो चला रही थी, के बुलाने पर चेख़व ने अपनी अभिनय प्रणाली को लेकर लैक्चर डिमोंस्ट्रेशन भी दिया और सुझाव रखे कि एक अभिनेता को पात्र के नज़दीक जाने से पहले पात्र के उस आदर्श की पहचान करनी चाहिए जिस पर वह आधारित है। चेख़व ने केन्द्रों और काल्पनिक शरीर के सिद्धान्त को भी स्पष्ट किया, जिसे आज हम *इमेज़िनेटिव सेन्टर* के रूप में जानते हैं, और जो सभी शारीरिक क्रियाओं के कार्यकलापों में निर्माणाधीन सजगता लाता है, शरीर की सम्पूर्ण कार्यक्षमता को संकेत भेजता है। चरित्र का भी अपना एक काल्पनिक शरीर होता है, जो अभिनेता को अपने शरीर और चरित्र की सोच के माध्यम से कल्पना के आधार पर बनाना होता है। अभिनेता में चरित्र के अनुसार रूप-परिवर्तन की प्रक्रिया इसी के आधार पर आती है। यहाँ उन्होंने कल्पना के साथ-साथ वातावरण के महत्त्व पर भी ज़ोर दिया जिसमें चरित्र का व्यक्तिगत भाव भी मौजूदा वातावरण को प्रभावित कर सकता है।

आख़िरकार न्यूयॉर्क में चेख़व की मुलाक़ात बेआत्रिस स्ट्रेट और डाइड्र हर्स्ट द्व प्रे से हुई जिन्होंने डेवन में स्थित डार्टिंग्टन हॉल में प्रयोगात्मक ग्रुप के लिए चेख़व को निमन्त्रण दिया। चेख़व के लिए यह आशा की नई किरण थी; यहाँ सार्थक काम करने के अच्छे मौक़े थे। चेख़व ने इस निमन्त्रण को स्वीकार कर लिया। यह प्रयोगवादी ग्रुप था। यहाँ उन पर किसी भी तरह का व्यावसायिक दबाव नहीं था और उन्हें अपनी शिक्षाप्रणाली को उन्मुक्त भाव से आगे ले जाने के लिए आज़ादी थी। इस तरह 1936 डार्टिंग्टन में एक नए सिरे से चेख़व थिएटर स्टूडियो की शुरुआत हुई। यहाँ चेख़व ने अपनी अब तक की खोज के आधार पर स्वतन्त्र पाठ्यक्रम की योजना बनाई। इसके अन्तर्गत तीन वर्ष का प्रशिक्षण पाठ्यक्रम रखा गया, जिसमें एकाग्रता को विकसित करना, कल्पनाशीलता का स्वतन्त्र महत्त्व, यूरिथ्मी के अभ्यास, आवाज़ और सम्भाषण (स्टाइनर के विचारों की तरफ़ ले जाते हुए) और संगीतमय धुन बनाना जैसे अभ्यासों को अभिनय की एकदम नई प्रक्रिया के रूप में विकसित किया जाना था। कल्पना को स्वतन्त्र रूप से विकसित करने के लिए लोककथाओं का अध्ययन और उनको लेकर काम करने की योजना रखी गई। छात्र को अभिनय की कक्षाओं में छोटे-छोटे दृश्यों और तात्कालिक संवादों से शुरुआत करनी थी, जो आगे चलकर लम्बे और कठिन टुकड़ों में विकसित होते थे। यह वह समय था जब

चेख़व ने लगभग अपनी नव-विकसित अभिनय प्रणाली के सभी तत्त्वों को एक जगह पर केन्द्रित कर लिया था। कल्पनाशीलता और एकाग्रता, उच्चतर अहम् वातावरण और उसका महत्त्व, काल्पनिक केन्द्र की सक्रियता, काल्पनिक शरीर बनाना, शरीर की चमक और शरीर से तरंग भेजना आदि। चेख़व ने काम को रचनात्मक रूपाकार देने के लिए *फोर ब्रदर्स* शीर्षक से एक अभ्यास को जोड़ा, जो निर्माण कार्य में हमेशा एक दूसरे को भाई जैसा सहयोग देते हैं : सहजता, पूर्णता, शैलीमयता और सुन्दरता (सच), जिसका सार है, सम्पूर्ण काम पर ध्यान केन्द्रित कर लेना। सहजता (ईज) को स्तानिस्लाव्स्की के *रिलैक्सेशन* का कारगर सक्रिय विकल्प कहा जा सकता है, जिसमें अभिनेता को कठिन-से-कठिन काम करते हुए उसको कायम रखते हुए उसको सहज भाव से करते हुए अपनी सघनता बनाए रखनी होती है।

लेकिन राजनीतिक उथल-पुथल और द्वितीय विश्व युद्ध की स्थितियों के चलते चेख़व अभी भी मुश्किल स्थिति में थे। उनको अपने शिक्षण कार्य को जारी रखने के लिए स्थायित्व चाहिए था, पर, 1939 में जर्मनी के साथ युद्ध की स्थिति बन जाने से उन्हें यहाँ से भी चल देना पड़ा। उन्होंने क्नेक्टीकट के रिजफील्ड क्षेत्र में अपने कुछ विद्यार्थियों को साथ लेकर किसी भी तरह काम को जारी रखने की योजना बनाई। पर इसे दुर्भाग्य ही कहा जाएगा कि चेख़व को डेवन के मुक़ाबले रिजफील्ड में और भी ज़्यादा आर्थिक दबाव का सामना करना पड़ा और यहाँ कुछ जल्दबाजी में तैयार प्रदर्शनों को मंच पर प्रस्तुत करना पड़ा। इसका परिणाम और अधिक आर्थिक दबाव रहा फिर चेख़व स्टूडियो द्वारा प्रदर्शित *ट्वेल्फ्थ नाईट* को संयोग से ब्रॉडवे में अच्छी समीक्षाएँ मिलीं। अब तक चेख़व मनोवैज्ञानिक चेष्टा का रचनात्मक महत्त्व अच्छी तरह समझ चुके थे। अब वह उनके काम का अनिवार्य अंग था। इधर युद्ध की स्थितियाँ विकट थीं जो चेख़व को कहीं भी टिकने नहीं दे रही थीं। इसके चलते काम बार-बार रुक जाता था। 1942 में आख़िरकार धन के दबाव में यहाँ भी स्टूडियो को बन्द करना पड़ा। 1943 में चेख़व लॉस एंजेल्स चले गए और हॉलीवुड में अपने फ़िल्मी कैरियर की शुरुआत की जहाँ हिचकॉक की फ़िल्म *स्पैल बाउंड* को उनके अभिनय के कारण ऑस्कर के लिए नामांकित किया गया। लेकिन 1948 में एक शूटिंग के दौरान दिल का दौरा पड़ने से उनका फ़िल्मी कैरियर कुछ दिनों के लिए रुक गया। पर चेख़व के जीवन की कठिनाइयाँ शायद अभी ख़त्म नहीं हुई थीं। 1954 में दूसरा दौरा पड़ने के बाद उनका फ़िल्मी जीवन लगभग ख़त्म ही हो गया। लेकिन लॉस एंजेल्स में रहते हुए चेख़व ने पढ़ना जारी रखा। वह भले ही अपने ख़राब स्वास्थ्य के कारण फ़िल्मों में उतना कामयाब नहीं रहा, पर जैक पालांस, मार्ला पॉवर्स, मेरलिन मोनरो और एंथनी क्विन्न जैसे सितारे उसके शिष्य रहे।

अभिनय और अभिनय प्रयोग की दुनिया में माइकल चेख़व एक ऐसे व्यक्तित्व रहे, जो लगातार आर्थिक राजनीतिक और निर्वासित यायावरी की स्थिति में भी

अभिनय साधना करते रहे। 1955 में चौंसठ वर्ष की उम्र में दिल का दौरा पड़ने से चेख़व का निधन हो गया। उन्होंने अपने पीछे अभिनय की ऐसी रचनात्मक तकनीक छोड़ी जिसे आज भी बिना किसी शक के आजमाया जाता है।

सिद्धान्त और प्रयोग

1942 में माइकेल चेख़व ने *टू दि एक्टर* शीर्षक से एक हस्तलिखित लेख तैयार किया था लेकिन यह 1953 तक अपने सुव्यवस्थित रूप में प्रकाशित नहीं हो सका। 1991 में अपने नए रूप में *ऑन दि टेक्नीक ऑफ़ एक्टिंग* शीर्षक से चेख़व की उसी मूल प्रति को फिर से विस्तार से संग्रहित किया गया और उसका प्रकाशन किया गया। हाल ही में प्रकाशित हुआ यह संग्रह अपने में लगभग अस्सी चुनिंदा प्रशिक्षण-अभ्यास लिए है, जो माइकेल चेख़व की अभिनय तकनीक के लगभग सभी पहलुओं को सामने रखता है। यह संग्रह इस बात को सामने नहीं रखता कि चेख़व जीवन-पर्यंत अभ्यासों की खोज में थकन भरे सृजक रहे, बल्कि नई-नई तकनीक और बुनियादी नियम अनेक दिशाओं में वैसे स्वतन्त्र और रचनात्मक तरीक़े से सोचने को प्रेरित करता है—जैसे रचनाशीलता की अपनी स्वतन्त्र निजताएँ होती हैं। यहाँ उनकी तकनीक का संक्षिप्त विवरण दिया जा रहा है, जैसा चेख़व ने प्रशिक्षण के दौरान अभ्यासों में प्रस्तुत किया था।

कल्पना और एकाग्रता

कल्पनाशीलता के साथ चेख़व का आजीवन लगाव बना रहा। उनका मानना था कि किसी भी कलाकार को अपने भीतर उठनेवाली सम्मोहक और स्वप्न जैसी स्थिति बनानेवाली छवियों को लेकर अनुशासन और गम्भीरता के साथ कार्य करना चाहिए। एक कलाकार में इतनी योग्यता होनी चाहिए कि काम के दौरान अपने अन्तरमन में छवियाँ बनानेवाली सब परिकल्पनाओं को समझने में इतना सक्षम हो कि वह उनको लेकर रचनात्मक काम कर सके, जैसे किसी कलाकृति को देखकर हमारे मन में प्रतिक्रिया-छवियाँ बनती हैं, हमें अनुमान के आधार पर उनको सदृश्यता देनी चाहिए। चेख़व को ये सम्मोहक छवियाँ किस रूप में प्रभावित करती थीं उसका सबसे बड़ा कारण था कल्पना की छवियों का स्वतन्त्र अस्तित्व, जो बिना किसी सोच-विचार के अपना सदृश्य रूप ले सकता है या फिर जिसको रचनात्मकता के साथ जोड़कर छवियों के रूप में निजी रूपाकार दिया जा सकता है। अभिनेता का कार्य इस प्रक्रिया में सक्रिय भागीदार का होता है न कि मात्र निष्क्रिय स्वप्नशील व्यक्ति का। चेख़व के कथनानुसार कल्पना की दुनिया को मंच पर लाना और उसे जीवन्तता प्रदान करना

अभिनेता का इस प्रक्रिया में स्वयं को संवेदनायुक्ति में विकसित करना है ताकि उसकी कल्पना कलात्मक एकाग्रता के लिए कार्यान्वित हो सके। कल्पना के अतिरिक्त यह कार्य उन महान कलाकृतियों और रचनाओं का अध्ययन करते हुए किया जा सकता है, जो गए वक़्त में रची गई हैं और जो आज कला की विरासत के रूप में हमारे सामने मौजूद हैं। ऐसे में जब हम उनको देखें तो कल्पनाशीलता से उनके आयामों को पलटकर, सवाल खड़े करके परिस्थितियों को बदले हुए परिप्रेक्ष्य में रखकर कल्पना करें। जैसे, कैसी लगेगी मोनालिसा की मुस्कुराहट अगर उसके होंठ कुछ और खिले हों? यदि हैमलेट अपने चाचा क्लॉडियस को इबादत करते समय ही मार देता, तब क्या होता?

इस तरह के सवाल पूछे जाने से अभिनेता को संयोजन के विकल्प समझ में आने लगते हैं और इस समझ के विकसित होने से अभिनेता को सही चयन करने में सहयोग मिलता है; साथ ही ऐसे सवालों के पूछे जाने से काल्पनिक तस्वीरों के लचीलेपन के प्रति सजग होने में भी मदद मिलती है। परीकथा या स्वप्नशील परिवर्तनों के आलोक में सोचना, मेंढक का परी में बदलना, हंसावर (फ्लैमिंगो) का हाथी में बदलना आदि की कल्पना करने से और इन स्वप्नशील परिवर्तनों पर पूर्णतया ध्यान देने से अभिनेता एकाग्रता और काल्पनिक शक्ति को एक साथ जोड़कर प्रयोग करने की तरफ़ बढ़ता है। अभिनेता को इन काल्पनिक तस्वीरों को आगे ले जाते हुए उन्हें उपचेतन में आने देना चाहिए और जब ये तस्वीरें परिवर्तित होकर उपचेतन से लौटें, तो उनका खुलकर स्वागत करना चाहिए। कल्पना के संसार की स्वतन्त्रता को पहचानने और स्वीकार करने से अभिनेता अपनी रोज़ाना की ज़िन्दगी को लचीला बनाता है और अपने *उच्चतर अहम्* का खुलकर सामना करता है। यह तब और भी कारगर रूप से सामने आता है जब इसमें वह अलगाव के साथ सक्रिय हो पाता है, और अपने को बाहर से देखता है। इससे अभिनेता स्तानिस्लाव्स्की के विचार *ज़िन्दगी के प्रति सच्चा* से अपने आपको अलग रखकर भी सच्चाई को रचनात्मक तरीक़े से खोजने की कोशिश करता है। चेख़व ने कहा है : क्या हुआ अगर चरित्र का मनोविज्ञान और उसका अन्तःकरण ज़िन्दगी जैसा सच्चा नहीं है? अगर वह दो सोचों के साथ अलग-अलग सच सामने रखता है? क्या दोन किखोते ज़िन्दगी के प्रति सच्चा था? वह कैसा दिखता था, कैसा सोचता था और क्या किस रूप में करता था? फिर भी वह था दोन किखोते! एक पूर्ण विकसित और लचीली कल्पना के साथ अभिनेता को अपनी काल्पनिक तस्वीरों को भी सजग रूप से देना होगा। चेख़व का मानना था कि अभिनेता का शरीर *आन्तरिक आवेगों* के प्रति संवेदनशील होना चाहिए। इस बात पर भी ध्यान दिया था कि प्रत्येक अभिनेता कमोबेश अनुपात में अपने शरीर की बाधाओं से ग्रस्त रहता है या फिर उनसे मुक़ाबला करता रहता है। चेख़व ने शरीर के लचीलेपन और उसकी प्रतिक्रिया के लिए बहुत से व्यायाम सुझाए हैं, इस बात

पर भी उसने विशेष ध्यान दिया कि एकाग्रता, वातावरण और कल्पनाशक्ति को बढ़ाने में ये व्यायाम किस प्रकार सहायक होते हैं।

वातावरण

हालाँकि मेयरहोल्ड और ब्रूसब (1873-1924) ने वातावरण के महत्त्व की ओर सबका ध्यान खींचा था, और याद दिलाया था कि वातावरण अभिनेता की सहायता करता है, नाटक समझने में दर्शकों की मदद करता है या फिर सच्चे अर्थों में अभिनेता ही वातावरण का निर्माण करते हैं। माइकेल चेख़व ने इस विचार को सिद्धान्त और अभ्यास के रूप में दूसरों के मुक़ाबले ज़्यादा विकसित किया। इस तरह वातावरण उनकी कार्यप्रणाली में एक महत्त्वपूर्ण भूमिका निभाता है। वातावरण बनाने का काम अभिनेता के माध्यम से शुरू होता है। स्थान, सम्बन्ध, कलाकृति जैसी अनेक चीज़ें हैं, जिनके प्रति उत्पन्न भाव या उनका कोई प्रबल रूप वातावरण की संज्ञा पा सकता है। किसी प्राचीन गढ़ी के खंडहर का वातावरण, ज़ाहिर है किसी आपातविभाग के वातावरण से अलग होगा। प्रत्येक वातावरण का प्रभाव उसके सम्पर्क में आनेवाले व्यक्ति के ऊपर भिन्न होगा। वातावरण को बनाना है, इसके लिए चेख़व ने काल्पनिक हवा बनाने का व्यायाम सुझाया है। वातावरण उसके लिए संगीतवाद्य के पटल की तरह है, जिसकी कुंजियों की अलग-अलग टोन वातावरण में मौजूद हो सकती है। वातावरण के प्रति एक संवेदनशीलता और उसको मंच पर रचित करने की क्षमता चेख़व के अभिनेता के लिए महत्त्वपूर्ण क्षमता है—एक ऐसी स्थिति जो अभिनेता और दर्शकों के सम्बन्ध को गहरा बनाती है।

चेख़व अपने अभिनेताओं को बार-बार इस बात के लिए प्रेरित करता है कि वह नाटकों के दृश्यों को अच्छी तरह पढ़कर अपनी कल्पना में उनके पूरे वातावरण को समग्रता में समझते हुए रचने का प्रयास करें; फिर उसमें चरित्र के व्यवहार के अनुरूप काम करें, जैसे चरित्र बोलते हुए कैसे लगेंगे, कैसे चलेंगे। ऐसे में बतौर अभिनेता अपने को बदलने, संवेदनात्मक अनुभव को महसूस करने से पहले चेख़व इस बात पर बल देते प्रतीत होते हैं कि अभिनेता सीधे जाकर उसको करने की कोशिश करे। ऐसा करने पर ही हमें चरित्र की वातावरण में उपस्थिति और उसकी संवेदना का पता चलेगा। चेख़व इसे सीधे-सीधे करने का सुझाव देता है। उसके मुताबिक़ कारगर स्थिति तब होगी जब इसे सीधे करते हुए उसको दोहराया जाएगा। चेख़व ने इसे तब तक करने का सुझाव दिया है, जब तक हमारी समझ के अनुरूप चरित्र के लिए वातावरण तसल्लीबख्श न हो जाए। चेख़व ने यह सुझाव भी दिया है कि परिस्थितियों के बदलते वातावरण भी बदलना चाहिए और चरित्र उस बदलाव को अपने साथ लेकर चले। चेख़व द्वारा सुझाए गए वातावरण-निर्माण के अभ्यास संवेदनात्मक

वातावरणों की कल्पना पर केन्द्रित हैं, जो स्तानिस्लाव्स्की के प्रभावी स्मृति-स्मरण से आगे की बात करते हैं। यह प्रभाव वैयक्तिक भी हो सकता है और सामूहिक भी; सामूहिक होने पर भी सबकी मनःस्थिति, वातावरण के साथ उनका दृष्टिकोण अलग-अलग हो सकता है। चेख़व ने इसका उदाहरण अकेले चलते हुए व्यक्ति का एक दुर्घटना पर जमी भीड़ तक पहुँचने को लेकर दिया है। हम उस वातावरण के लिए तब तक सजग और सक्रिय नहीं होंगे जब तक हमें यह पता न चल जाए कि आख़िर हुआ क्या है। हर व्यक्ति की घटना की स्थिति को लेकर अलग सोच होगी, पर यह एक ऐसा दबावपूर्ण वातावरण होगा जो अपने आप में पूरा होगा और उसे बाहर महसूस किया जा सकेगा। इस स्थिति में चेख़व वातावरण के पहलू को ही 'वस्तुगत' के रूप में स्वीकार करते हैं।

स्तानिस्लाव्स्की तकनीक के प्रति शास्त्रीय दृष्टिकोण के अनुसार अभिनेता को उसके निजी संवेदनात्मक अनुभव को याद करके घटना तक पहुँचने और उसको दी गई परिस्थिति से जोड़ने की प्रेरणा रहेगी। ऐसे में अभिनेता का संवेदना तक पहुँचने के लिए अपने से यह प्रश्न हो सकता है 'मैं क्या करूँगा अगर मुझे इस स्थिति में रहना हो? अगर मेरे सामने ऐसा हो तो?' इससे अलग हटकर चेख़व का बल इन परिस्थितियों से जुड़े हर तरह के भाव को उजागर करने पर है। उसके निकट अनुभव करना उससे कल्पना में सक्रिय रूप से गुज़रना है, अनुभव कर रहे व्यक्ति की तरह प्रभाव होकर अफेक्टिव मेमोरी की कार्यशक्ति के कार्यरूप के स्थान पर तैयार किया गया एक दूसरी कारगर प्रणाली है।

अभ्यास-1

अपने आसपास मौजूद हवा की कल्पना करो...उस वातावरण से भरी प्रभावित हवा को, जिसे तुमने चुना है, बिना सोच-विचार के तुम्हें महसूस करना है। उस हवा की कल्पना करना क़तई मुश्किल नहीं है जो रोशनी, रेत, ख़ुशबू, धुएँ, धुंध जैसी स्थितियों से बनी है। तुम्हें अपने आप से यह नहीं पूछना है कि किस तरह इस हवा को डर या ख़ुशी, कोमलता या डरावनेपन से भरा जाए? तुम्हें इसको करके देखना है। तुम्हारा पहला प्रयास ही तुम्हें इस बात का एहसास दिला देगा कि यह कितना आसान है। ऐसे में जो तुम्हें सीखना है वह यह है कि किस तरह इस घिरे हुए काल्पनिक वातावरण को अपने अन्दर बरक़रार रखा जाए। इसमें तुम्हारी मदद मुख्य रूप से सहायक हो सकती है एक पूर्ण विकसित एकाग्रता...ध्यान रहे इस व्यायाम में किन्हीं ख़ास हालात या वातावरण को सिद्ध करनेवाली घटनाओं की कल्पना करने की ज़रूरत नहीं है। ऐसी स्थिति तो तुम्हारा इससे ध्यान बँटाएगी और अभ्यास अनावश्यक तौर पर मुश्किल बन जाएगा। इसको सीधे-सीधे करके देखो, जैसा कि ऊपर बताया गया है।

कुछ समय के बाद, जब तुम्हें यह लगे कि तुम उस वातावरण की कल्पना करके उसे अपने भीतर पूरी तरह से महसूस करने में कामयाब हो गए हो, तब अगले कदम की तरफ़ बढ़ो। अब अपने अन्दर मौजूद किसी भी प्रतिक्रिया को तैयार किए गए इस कल्पित बाहरी वातावरण से जोड़ने की कोशिश करो। ध्यान रहे किसी भी चीज़ को महसूस करने के लिए अपने ऊपर दबाव मत डालो; बस सिर्फ़ अपने ऊपर उसकी प्रतिक्रिया का अनुभव करो, जो अपने आप ही आती चली जाएगी अगर तुम्हारा अभ्यास ध्यान से धैर्यपूर्वक किया गया है। इस प्रभाव का पूरा प्रभाव ख़त्म हो जाएगा अगर तुम प्रतिक्रिया को स्वतन्त्र रूप से विकसित करने के बजाय जल्दबाजी में अपने ऊपर लादोगे। शुरू में यह अभ्यास ज़्यादा समय ले सकता है, पर जल्द ही तुम्हें लगने लगेगा कि वातावरण-निर्मिति और उसके प्रति प्रतिक्रिया की प्रणाली लगभग एकदम और तत्काल होने लगी है। अन्त में तुम देखोगे कि वातावरण ने तुम्हारी संवेदनाओं के घेरे में गहरे से गहरा स्थान लिया है। अगला चरण है वातावरण के साथ संयोजन करते हुए चलना और बोलना तथा अपने अन्दर चल रही ज़िन्दगी के वातावरण को बाहरी वातावरण में इस तरह से तरंगित करना कि लगातार ऊर्जा देनेवाली एक श्रृंखला बन जाए, जो वातावरण और भीतर चल रही प्रतिक्रिया, दोनों को ऊर्जा प्रदान करे।

एक बार अगर अभिनेता वातावरण को पैदा करने की बुनियादी व्यवस्था विकसित कर ले तो वह उसे बदल भी सकता है, नई-नई गतियाँ भी ला सकता है और चाहे तो उसे तोड़ भी सकता है। चेख़व के अनुसार दो सशक्त वातावरण एक जगह में एक साथ स्थापित नहीं रह सकते; वे हमेशा एक-दूसरे पर दबाव डालेंगे और प्रभावित करेंगे। अगर जोकरों का एक ग्रुप एक खेल भरे हँसी-मज़ाक के वातावरण से घिरा हो और उनको ऊपर बताई गई गली की दुर्घटना से जोड़ने की कोशिश की जाए तो दोनों में से एक वातावरण को बदलना होगा, क्योंकि दोनों विपरीत वातावरण हैं।

फोर ब्रदर्स

इस शीर्षक के अन्तर्गत अभ्यासों की श्रृंखला इसलिए भी महत्त्वपूर्ण है क्योंकि यह चेख़व की प्रणाली के बाक़ी अभ्यासों की विशेषताओं के आपसी सम्बन्ध को केन्द्रित करने और कार्यरूप देने पर ज़ोर देती है। यह अभ्यास व्यायाम संवेदना और शारीरिक क्रिया दोनों के स्तर पर सहजता, पूर्णता, शैली और सुन्दरता (सच) को अनुभव करने की बात है। यह एक क्रियाशील अभ्यास है जो सहजता से किसी भी क्रिया को बड़े हल्के और सरल ढंग से प्रदर्शित करने से आ जाता है, यह एक क्रिया है जो गम्भीर और कठिन कार्य को भी वैसा ही बनाए रखती है और सीधे भारी-भरकम विश्वास

से अलग एक विश्वसनीय तत्परता देती है। विषयवस्तु या स्थिति कितनी भी भारी हो, सहजता अपना काम करती रहती है। यह स्तानिस्लाव्स्की के विश्राम की स्थितिवाले अभ्यास का सक्रिय विकल्प कही जा सकती है। चेख़व मानते थे कि यह कलाकारी का एक महत्त्वपूर्ण पहलू होने के साथ मनोदशा के साथ भी जुड़ा है। किसी भी क्रिया को अनुभव करने के लिए चाहिए कि क्रिया को मंच पर किए जा रहे हैं, मंच व्यवसाय के छोटे-से-छोटे टुकड़ों, हर तरह के सम्भाषण चलन आदि सभी की शुरुआत मध्य और अन्त की शृंखला के रूप में देखने तथा उसकी पूर्णता को परिभाषित करने की कोशिश की जाए चाहे हमें कितनी ही बारीक़ी से काम लेना पड़े। रूप की अनुभूति एक ऐसी योग्यता पैदा कर देती है, जो अभिनेता को अपनी क्रियाओं को सौन्दर्यदृष्टि से परखने, शून्य में बनी आकृतियों और उनकी उपयुक्तता को जाँचने की क्षमता प्रदान करती है। सौन्दर्य की अनुभूति एक आन्तरिक अनुभूति है, जिसके साथ काम के प्रति गहरे सन्तोष का भाव जुड़ा होता है। लेकिन यह अनुभूति 'प्रदर्शन' से अलग क़िस्म की अनुभूति है। इस सम्बन्ध में चेख़व उस व्यक्ति का उदाहरण देते हैं, जो अपने काम में इतना डूबा हुआ कि उड़ता हुआ-सा लगता है और वह भी बिना कोई परिश्रम किए। इनमें से प्रत्येक गुण काम के प्रति एक सौन्दर्यात्मक अन्तराल पैदा करने में सक्षम है। यह अन्तराल ही अभिनेता में भीतर की अपेक्षा बाहर से काम की समीक्षा करने की समझ पैदा करता है।

मनोवैज्ञानिक चेष्टा

मनोवैज्ञानिक चेष्टा एक माध्यम है चरित्र की मुख्य चाहत को अन्तःदृष्टि से पकड़ते हुए पूरे चरित्र को शारीरिक चेष्टाओं के रूप में सघन करके दिखाने का। मनोवैज्ञानिक चेष्टा चेख़व का ऐसा जवाब था जो चरित्र की तरफ़ विश्लेषणात्मक तरीक़े से जाने का विकल्प है। अक्सर चरित्र का विश्लेषण समझ तो दे देता है पर अभिनेता उसे शरीर में कैसे लाए, इसका माध्यम उसको नहीं मिलता। मनोवैज्ञानिक चेष्टा सही तौर पर बीसवीं शताब्दी की अभिनय प्रणाली में चेख़व का एक अनूठा सत्यपरक योगदान है। स्टाइनर का अध्ययन करते हुए चेख़व ने इस ओर ध्यान दिलाया कि अक्सर जब हम मनोवैज्ञानिक प्रणालियों की बात करते हैं तो सांकेतिक भाषा इस्तेमाल करते हैं, विशेष रूप से जब हम विचारों के साथ अग्रसर होते हैं, विचारों के साथ विकसित होते हैं, निष्कर्ष निकालते हैं, या फिर विचारों को पकड़ते हैं। चेख़व आगे चलकर इसे कुछ इस तरह समझते हैं कि ये सूक्तियाँ हमें सुझाव देती हैं और इनमें ऐसे कुछ संकेत पैदा करने की प्रवृत्ति है जो कि इन पलों में मौजूद है। हमारा ध्यान खींचती हैं और अगर ज़रूरत हो तो ये हमें शारीरिक चेष्टा के लिए उत्तेजित कर सकती हैं—

मनोवैज्ञानिक चेष्टा को हम शरीर के संकेत से, भाव के बहाव में गठित रूप में दिखा सकते हैं। अभिनेता जब चरित्र के अनुसार काम करता है तो उसमें सीधे रूप में चरित्र की मनःस्थितियाँ उभरती हैं। ऐसे में चरित्र की परिस्थितियों की कल्पना करते हुए अभिनेता में सम्मोह छवियाँ उभरती हैं जो शारीरिक स्थितियों में आकार ले सकती हैं। रचनाशील अभिनेता अपने उच्चतर अहम् के माध्यम से उनको वैयक्तिक रूप में सघन आकार दे सकता है। हमें यहाँ यह भी समझना चाहिए कि ये मानसिक चेष्टाएँ किसी सामान्य ज़रूरत की सीधी-सीधी आरामपूर्ण चेष्टा मात्र नहीं हैं बल्कि मानसिक दशा की शारीरिक रूप से रचनात्मक अभिव्यक्ति हैं जिसे अक्सर कमतर करके समझ लिया जाता है। ये अभ्यास सम्भाषण पर आधारित नहीं हैं वरन् चरित्र के मक़सद को लेकर एक कल्पनाशील आन्तरिक खोज (स्तानिस्लाव्स्की के विचार से) का हिस्सा है। यह भाषा के बहाव में खो जाती है जबकि मानसिक स्थितियों से बनी चेष्टा कल्पना से आकार लेती है, इसलिए उसका स्वतन्त्र अस्तित्व स्पष्ट रूप से दिखाई देता है और फिर स्टाइनर का विचार भी इससे आ जुड़ता है कि संकेत सम्भाषण की भाषा में खो जाता है जबकि मानसिक चेष्टा अपनी एकल पहचान बनाए रखता है।

अभ्यास-2

कल्पना करो (किसी भी नाटक की) जैसा कि पहले इंगित किया गया है, लेकिन चरित्र का चुनाव अभी तुम को नहीं करना है। तब तक कल्पना करते रहो जब तक नाटक की घटनाएँ और चरित्र तुम्हारे लिए जीवन्त प्रदर्शन में न बदल जाएँ। तुम्हें इस प्रक्रिया में मिले सार्थक पलों पर अपना ध्यान केन्द्रित रखना है। अब तुम उस चरित्र पर ध्यान केन्द्रित करो जो तुम्हारे चुने पलों के बीच में कहीं है। अब ज़रा इस चरित्र को कुछ प्राथमिक निर्देश देने की कोशिश करो ताकि यह तुम्हारी कल्पना में अभिनय करना शुरू करे; अब हर तरह से सक्रिय क्रिया और व्यवहार के साथ उसे प्रयासों की तरफ़ ले चलो, साथ-ही-साथ यह देखने की कोशिश करो कि चरित्र किस मक़सद की तरफ़ जा रहा है; (चरित्र) क्या चाहता है? उसकी ज़रूरतें क्या हैं? ऐसा करते हुए रास्ते में आनेवाले तर्कों को हटाने की कोशिश करो, देखने की कोशिश करो जितनी दूर तक आ सकते हो, साफ़-साफ़ और सूक्ष्मता से या फिर विस्तार होते हुए, 'क्या' की चेष्टा में अपनी मन की आँखों के सामने आई छवि को सक्रिय माध्यम बनाओ। जैसे ही तुमको दिखे कि चरित्र क्या कर रहा होगा, क्या-क्या कर सकता है, तब उसकी स्थिति के लिए सबसे सहज रूप से आनेवाली मनोवैज्ञानिक चेष्टा ढूँढ़ो और इसे शारीरिक रूप से करो, साथ ही अपने भीतर की छवि पर भी तुम्हारी नज़र बनी रहनी चाहिए। मनोवैज्ञानिक चेष्टा को सरलता और सार्थकता के साथ लगातार

सुधारने का प्रयास करते चलो। ध्यान रहे अपनी कल्पना के चरित्र को अपने लिए मनोवैज्ञानिक चेष्टा करने के लिए मत कहो। यह व्यर्थ का प्रयास होगा। चरित्र को नाटक के हिसाब से अभिनय करना चाहिए। हैमलेट की परिकल्पना में जब मंच पर पर्दा उठता है, तो हैमलेट गतिहीन-सा उस राजसिंहासनवाले कक्ष में बैठा दिखाई दे सकता है। यह तुम्हारी कल्पना का चित्र है, पर हो सकता है हैमलेट अपनी मानसिक अवस्था से उत्पन्न मनोवैज्ञानिक चेष्टा के कारण दोनों हाथ और बाजुओं को बड़ी धीमी और भारी गति से, ऊपर से नीचे तक ज़मीन पर लटकाए हुए हो। तुम इस मनोवैज्ञानिक चेष्टा को ठीक मान सकते हो; हैमलेट के जीवन की अन्धकार और निराशाभरी मनोवृत्ति, यही वह मनोवैज्ञानिक चेष्टा है जिसे तुम्हें अपनी छवि को देखते हुए सच्चे रूप में करना होगा। तब कोशिश करो हैमलेट की तरह बोलने की, उसी तरह अभिनीत करने की, अब उस मनोवैज्ञानिक चेष्टा को अपनी स्मृति में डालकर उसी रूप में करो जैसी वह वहाँ थी। इस तरह तुम एक बार आजमाकर बार-बार तात्कालिक रूप से ऐसा कर सकते हो।

मनोवैज्ञानिक चेष्टा और अभिनय को आगे-पीछे करते हुए बारी-बारी से तब तक करो जब तक तुम्हें यह प्रमाण न मिल जाए कि अभिनय की प्रत्येक आन्तरिक दशा और क्रियाशीलता के पीछे एक सरल और सार्थक मनोवैज्ञानिक चेष्टा है। तुम देखोगे यह स्वयं दिखने लगेगी, यही अभिनय का सार है...मनोवैज्ञानिक चेष्टा प्रयासरत होने के बाद तुम्हारी आँखों के सामने आ जाएगी तब वह अभिनय की प्रेरणा के रूप में हमेशा तुम्हारे साथ रहेगी। यहाँ कुछ मतभेद है, जिसे हमें समझते चलना चाहिए, क्या मनोवैज्ञानिक चेष्टा दर्शकों को दिखनी चाहिए? हाँ या नहीं, इसके उदाहरण में सुझाव दिया गया है कि यह अदृश्य रहनी चाहिए : चेख़व ने इस विषय में इसका प्रयोग दृश्य (वास्तविक) चेष्टाओं तथा अदृश्य (सम्भावित) चेष्टाओं, दोनों के लिए किया है।

प्रस्तुति की ओर

चेख़व ने किसी इकहरी शैली से जुड़कर काम को आगे नहीं बढ़ाया, वरन् रंगमंचीय शैलियों की बहुलता के लिए बहस भी की। उनका काम अलग-अलग तरह से विकसित होता हुआ मास्को से हॉलीवुड तक की लम्बी यात्रा तय करता है जिसमें चेख़व अपनी तकनीक को विकसित करते हुए उसे काम में लाते रहे। उनका मानना था कि किसी भी योजना में उसके हिसाब से तकनीक और प्रक्रिया की ज़रूरत होती है, पर इस सबके बीच हमेशा बुनियादी सिद्धान्तों पर नज़र रखते हुए काम करना चाहिए। चेख़व की निर्देशकीय व्यवस्था का उदाहरण 1946 में *एक्टर्स लैब* के लिए निर्देशित नाटक *गवर्नमेंट इंस्पेक्टर* में आसानी से मिल जाता है। यह चार्ल्स लेनर्ड द्वारा

लिखित पुस्तक *माइकेल चेखव्स : टू दि डायरेक्टर एंड प्लेराइट* में प्रकाशित हुआ है। पर यह लेख चेख़व की निर्देशकीय सोच को जानने के लिए उस तरह से ज़्यादा मददगार साबित नहीं होता। इसका एक कारण यह भी हो सकता है कि चेख़व उस दौर में ऐसे अभिनेताओं के साथ काम कर रहे थे जो उनकी प्रणाली से परिचित नहीं थे और परिस्थितियाँ ऐसी थीं कि उनको सिखाने का चेख़व के पास समय भी नहीं था। फिर भी लेनर्ड और चेख़व की पहली किताब *टू दि एक्टर* की सामग्री यह स्पष्ट करती है कि मुख्य और सहायक चरमोत्कर्षों का कैसे अध्ययन किया जाए। यहाँ चेख़व ने सुझाव दिया है : एक टुकड़े (दृश्य) की तीन तरह से तिहरी व्यवस्थावाली बनावट होनी चाहिए, जिसमें एक विवादी स्थिति फूटे, फिर वह फैले और ख़त्म होती नज़र आए, शुरुआत की मुख्य विशेषताएँ अन्त तक विपरीत रूप में ले आई जाएँ। तीनों भागों के हर एक भाग में गहन तनाव या चरमोत्कर्ष का एक पल होगा तो कम तनाव पूरक चरमोत्कर्ष वाले भी बहुत से पल होंगे। चेख़व का मानना था कि चरमोत्कर्षों को सीखने के साथ-साथ विकसित करना चाहिए और उनको 'कलात्मक अन्तर्ज्ञान' से खोजा जाना चाहिए।

इन महत्त्वपूर्ण पलों की स्पष्ट शैलीगत समझ, उतार की तालबद्ध स्थिति या ऊर्जा का बहाव किसी भी प्रस्तुति के संयोजन के लिए महत्त्वपूर्ण है। चरमोत्कर्ष के बाहर और सहायक चरमोत्कर्ष के भी महत्त्वपूर्ण छोटे-छोटे होते पल हैं जिनको स्वराघात कहा जा सकता है। अदायगी के तरीक़े वे दिशाएँ और क्रियाएँ हैं जो कायापलट के लिए आवेग पैदा करती हैं, और जो बीत गया है या आने वाले कल की चीज़ों की उपस्थिति बताती हैं। इन टुकड़ों की संरचना का एक और भी तत्त्व है—इसका बार-बार दोहराव। ऐसे में संरचना का कोई भी पहलू दोहराया जा सकता है और बिना बदले या नया स्वरूप लिये लौट भी सकता है और यह भी हो सकता है कि हर तरह के दोहराव को देखनेवालों पर अलग तरह का प्रभाव हो। संरचना पर इस तरह ज़ोर देने का चेख़व का यह तरीक़ा ज़्यादा विश्लेषणात्मक और निराकार स्वाद लिये है, पर संरचना और चरमोत्कर्ष में चेख़व सतत् बदलाव और दोहराव से ही रचनात्मक संरचना की बनावट को बनाने का पक्षधर लगता है। रचनात्मक प्रक्रिया के चार सोपान, जिन्हें 1991 में चेख़व-नियमावली संस्करण में पहली बार दर्ज किया गया, सीखने और संरचना करने के बीच में एक साफ़ सम्बन्ध दिखाते हैं। *गवर्नमेंट इंस्पेक्टर* और *किंग लीयर* पर दी गई सामग्री की तरह किसी प्रस्तुति या पाठ का तो इसमें कोई उदाहरण नहीं है, पर चेख़व-प्रदत्त यह एक असरदार और कारगर तरीक़ा ज़रूर है। इस व्यवस्था तक जाने का माध्यम है : अभिनेता और निर्देशक इस तकनीक से परिचित हों, दोनों के बीच आदान-प्रदान का सिलसिला हो।

चेख़व का यह दावा है कि इन चारों सोपानों की समझ अभिनेता को दुर्घटना में फँस जाने की गुलामी से छुटकारा, जातिगत स्वभाव, हताशा और तनाव के कारण

जल्दबाजी से आज़ादी दिलाएगी और आशापूर्ण विचारों की तरफ़ प्रेरित करेगी। इस प्रकार उन्होंने बुनियादी रंगमंच के महत्त्व को बेझिझक स्वीकार किया और उसके लिए तर्क भी दिए। पर इस बात पर कभी तयशुदा ढंग से नहीं बताया कि किस पल में क्या होना चाहिए बल्कि इसे पूरी प्रक्रिया में बड़े कारगर तरीक़े से आजमाने की बात अवश्य की है। उनकी रिहर्सल किसी भी समय कैसा भी मोड़ ले सकती है, जिसका प्रयोग काम को आगे ले जाने में किया जा सकता है।

रचना के पहले सोपान में लिखित आलेख यानी नाटक को पढ़ना होता है, क्योंकि अभिनेता का पहला लगाव नाटक के आलेख से इसलिए होता है कि तैयारी के बाद इसे निश्चित दिन आनेवाले दर्शकों के बीच प्रस्तुत किया जाएगा। यही वह पहला आकर्षण है जिसकी वजह से वे नाटक की तरफ़ आकर्षित होते हैं। यह काम नाटक को पढ़ते हुए उसके वातावरण को समझने के साथ ही शुरू हो जाता है। चेख़व ने इसे 'संगीतमय' कहा है। उसने कहा है कि इस सोपान पर अभिनेता को ऐसा महसूस करना चाहिए जैसे कि वह नाटक के प्रभाव के मद्देनज़र दूर से आती स्वरलहरी सुन रहे हों, क्योंकि आलेख के प्रभाव का उसे एहसास तो हो रहा है पर अभी वह उससे दूर है, वह पात्र-चयन की स्थिति में इसकी गहनता को तो सुन रहा है पर ऐसे में अभिनेताओं के लिए यह ज़रूरी है कि वह नाटक के मुख्य उद्देश्य पर पूरी तरह से ध्यान दें न कि सिर्फ़ अपने चरित्र पर। यहाँ अभिनेता को सामान्य वातावरण के साथ-साथ शैली पर भी ध्यान देना चाहिए, उसे अच्छाई और बुराई के हर पहलू की समझ होनी चाहिए, उसे किसका, कहाँ, कैसा अर्थ है और साथ ही मालूम होना चाहिए कि नाटक के सामाजिक महत्त्व का भी उसके पास तर्क होना चाहिए। यहाँ तक आते हुए अभिनेता नाटक को लेकर कल्पना करना शुरू कर देता है, उसकी कल्पना में नाटक चल पड़ा है। अगर अभिनेता इन बातों को लेकर सजग रहेगा तो उसे उतने ही अच्छे परिणाम मिलेंगे। सामान्य स्थितियों में भी नाटक में प्रवेश करते हुए उसे बार-बार दोहराव को लाना चाहिए और अपनी काल्पनिक शक्तियों को बिना किसी बाधा के उभरने देना चाहिए। इस प्रक्रिया में अभिनेता को अनुभवों का लेखाजोखा रखना चाहिए और किसी भी दृश्यात्मक और ध्वन्यात्मक छवि को छूटने नहीं देना चाहिए। यहाँ तक आते हुए अभिनेता अपने चरित्र पर पूरी तरह से ध्यान केन्द्रित कर लेगा और साथ ही वह हर चीज़ पर भी नज़र रखेगा।

दूसरा सोपान नाटक और अभिनेता के सम्बन्ध की सक्रिय अवस्था है, जिसमें कल्पना-छवियों को सजग रूप से विकसित करने, निर्देशक और अभिनेता-समूह के साथ वार्तालाप शुरू करने की प्रक्रिया होती है। अभिनेता नाटक से परिचित है, अपनी कल्पनाशक्ति को उन्होंने नाटक से सक्रिय रूप से जोड़ लिया है, वह निर्देशक और अपने बीच होनेवाले दृश्यात्मक बदलाव और विकसित करने की समझ के लिए तैयार है। ऐसे में निर्देशक पर रचनात्मक प्रक्रिया की ज़िम्मेदारी आती है, पर उसकी

रचनात्मकता में हर विषय को बराबर का महत्त्व मिलना चाहिए। चेख़व निर्देशक को एक रचनात्मक कलाकार के रूप में मान्यता देते हैं पर अभिनेता की रचनात्मकता को भी बराबर का महत्त्व देते हैं। अक्सर इसे हम निर्देशक की नज़र से देखते हैं। पर हमें अभिनेता की अद्भुत कल्पनाशीलता को भी बराबर का महत्त्व देना चाहिए। इसी स्थिति में अभिनेताओं को अपनी भूमिकावाले चरित्रों के प्रति अपनी मनोवैज्ञानिक चेष्टाओं को दिखाने का काम शुरू करना चाहिए : चलने, रुकने, बैठने, यहाँ तक कि उनकी भिन्न-भिन्न गतियों के साथ कार्यव्यापार करने, चरित्र के सम्भाषण की सही टोन को लेकर काम करने, मानसिक छवियों के निर्माण को रूप देने, क्रियाओं के लिए प्रश्न, प्रतिप्रश्नों के बीच चरित्र का उद्देश्य, उद्घाटन आदि ऐसी प्रक्रिया है जो अभिनेता के साथ एक बार रिश्ता बन जाने पर सीधे-सीधे अपनी वैयक्तिक रचनात्मकता से चरित्र की तरह सोचने और व्यवहार करने की भूमिका बना देती है। नाटक के अलग-अलग दृश्यों को अलग-अलग नज़रिए से उभारना, फिर सहजता, शैली, काम का तरीक़ा, वातावरण जैसे काम उसमें जुड़ते जाते हैं।

इस तरह पहले और दूसरे सोपानों के दौरान सामग्री और विचारों का एक ख़ाका तैयार हो जाता है, और एक परस्पर कार्य-सम्बन्ध बन जाता है। इसके बाद तीसरी और सबसे लम्बी अवस्था है : समावेशन की, जिसमें काम साकार रूप लेता है। चेख़व के अनुसार इस सोपान तक पहुँचने का रास्ता कुछ इस तरह हो सकता है :

> *नाटक के कुछ छोटे-छोटे पलों वाले चरित्रों के समावेशनों (आपस में पलों को जोड़ना) की श्रृंखला की रचना की जाए। निर्देशक अभिनेताओं से कुछ ऐसे सटीक सवाल पूछ सकता है, जैसे—"तुम्हारे चरित्र को बाजू, हाथ, कन्धे और पैर इस पल में कैसे-कैसे लगेंगे? और ऐसे पलों में चरित्र कैसे चलेगा, बैठेगा या दौड़ेगा? कैसे मंच पर आएगा, जाएगा, सुनेगा, देखेगा? वह दूसरे चरित्रों से मिले प्रभावों की कैसी प्रतिक्रिया देगा? वह एक ख़ास वातावरण के आवरण में रहकर कैसा व्यवहार करेगा?"*

इसके बाद निर्देशक अभिनेता के बीच सुझाव और विचारों का लेनदेन चलता है, अभिनेता इन सवालों के अभिनीत जवाब निर्देशक को देते हैं। जैसे-जैसे प्रक्रिया और कार्यप्रणाली विकसित होती जाती है निर्देशक प्रतिक्रिया और सुझाव देता जाता है। इस तरह आपसी संवादीय तरीक़े से तकनीक मॉडल को मदद मिलती है और निर्देशक प्रशिक्षित होने पर, उसे अच्छी तरह समझकर लागू कर पाता है। एक अवसर पर चेख़व ने सुझाव दिया है कि अगर निर्देशक अपनी बात स्पष्ट समझाना चाहता है, तो इसके लिए अच्छा तरीक़ा यह है कि वह अभिनय को प्रदर्शित करके दिखाए तथा आनुपातिक शक्ति और शारीरिक संरचना का एहसास कराए। ऐसे में अगर अभिनेता सही तरीक़े से प्रशिक्षित हैं, तो, चेख़व का मानना था कि वह सारतत्त्व को पकड़ लेंगे और तब उनको निर्देशक के बाहरी रूप की नकल करने की ज़रूरत नहीं पड़ेगी।

तीसरा सोपान है व्यवस्थित मंच–रिहर्सल, दृश्यों का दोहराव, प्रदर्शन अंकों (स्कोर) को आगे बढ़ाना। चेख़व सुझाव देते हैं कि नाटक के अलग-अलग भाग अलग-अलग धरातल से उभरकर आए हैं, इसलिए उन अनुक्रमों को तकनीक के अलग-अलग पहलुओं पर ज़ोर डालते हुए उभारना चाहिए। चेख़व ने इस बात पर काफ़ी बल दिया है।

चौथा और आख़िरी सोपान रिहर्सल की अन्तिम स्थिति के साथ शुरू होता है। यह (अन्तः) प्रेरणा और सजग मन को दो भागों में बाँटने की अवस्था है। अपने अब तक के विवरण के अनुसार इस मुकाम पर चेख़व नाटक के आलेख, समायोजन और अभिनेता-निर्देशक के सम्बन्ध जैसे सभी सवालों को दरकिनार कर देता है। इस सोपान पर वह प्रमुख रूप से केवल अभिनेता को केंद्र में रखने की बात करता है। अगर अभिनेता ने पूर्ण प्रक्रिया को समझकर काम किया है, तो इस मुकाम पर वह चरित्र से पीछे हटकर खड़ा हो सकता है, अलगाव और तटस्थ भाव को अपनाकर अपने काम को सौन्दर्यपरक कृति के रूप में समझ सकता है। चेख़व यहाँ एक बार फिर रूडोल्फ स्टाइनर का संक्षिप्त रूप में उल्लेख करते हैं तथा अपने और उसके बीच के सैद्धान्तिक सम्बन्ध को स्पष्ट करते हैं : "अभिनेता को अपनी भूमिका की कब्जेदारी में नहीं बँधना चाहिए, उसे अपनी भूमिका का रूबरू सामना करना चाहिए जिससे वह अपने काम का मक़सद बनाता चला जाए, इसे ऐसे समझे जैसे यह उसकी अपनी रचनाशीलता का अनुभव है।"

रचनात्मक प्रक्रिया को लेकर चेख़व की प्रणाली में एक ओर तो विस्तृत ब्यौरे हैं तथा दूसरी ओर उनकी रचनाएँ अगणित अभ्यास प्रस्तुत करती हैं। ये सब मिलकर अभिनयकला के रहस्य खोलने की व्यावहारिक और प्रायोगिक दृष्टि प्रदान करते हैं। चेख़व का मानना था कि प्रतिभा ऐसा गुण है, जो अभिनेता की चिन्ता का विषय क़तई नहीं होना चाहिए–

> *"अभिनेता को कभी चिन्तित नहीं होना चाहिए...प्रतिभा को लेकर, बल्कि तकनीक को लेकर...प्रशिक्षण की कमी को लेकर...और रचनात्मक कार्य-प्रणाली की समझ न होने को लेकर... । प्रतिभा तब और भी तेज़ी से सुन्दर रूप में विकसित होगी जब अभिनेता सभी बाहरी और असंगत बातों को तराशकर अपने ज़ेहन से निकाल देगा।"*

रंगमंच का नया विधान

श्रीकान्त किशोर

बीसवीं शताब्दी के रंगचिन्तन को मोटे तौर पर दो बड़े खंडों में बाँटकर रखा जा सकता है। पहले खंड की चिन्ता दुनिया भर की कला और विज्ञान की वस्तुओं और उपलब्धियों का उपयोग कर रंगमंच को वास्तविक जीवन के समतुल्य, सम्पूर्ण और प्रभावी बनाने की यानी प्रकृतवाद की रही है, जबकि दूसरे खंड की मूल चिन्ता रही है कला विधा के रूप में रंगमंच की निजी इयत्ता की पहचान की। इन दो परस्पर विपरीत ध्रुवों के द्वन्द्व से ही बीती शताब्दी में रंगचिन्तन आगे बढ़ा है। रोचक यह भी है कि मोटे तौर पर शती का प्रथमार्द्ध जहाँ पहली प्रवृत्ति का प्रतिनिधित्व करता है, वहीं उत्तरार्द्ध की मुख्य धारा त्याग की है। पहली धारा जहाँ कोंस्तान्तिन स्तानिस्लाव्स्की के गुरुगम्भीर व्यक्तित्व के प्रभाव से ओत-प्रोत रही है, वहीं दूसरी धारा को अपने रहस्यमय और जादुई से लगनेवाले सिद्धान्तों के ज़रिए नेतृत्व प्रदान केया है, पुअर थिएटर के प्रणेता जेर्जी ग्रोतोव्स्की ने। यहाँ यह उल्लेख भी अपेक्षित है कि दूसरी धारा वस्तुतः पहली धारा से उतनी दूर भी नहीं है जितनी ऊपर-ऊपर से दिखाई देती है। पहली धारा के गर्भ में से ही दूसरी धारा का जन्म हुआ है। आकस्मिक नहीं है कि ग्रोतोव्स्की अपने चिन्तन में सबसे गहरा प्रभाव प्रसिद्ध फ्रेंच रंगचिन्तक आर्तो के साथ स्तानिस्लाव्स्की का भी मानते हैं।

सन् 1933 ई. में पोलैण्ड में जन्मे जेर्जी ग्रोतोव्स्की ने रंगकर्म की शिक्षा 'नेशनल थिएट्रिकल एकेडेमी, कैकोव' में पाई, लेकिन नए रंगमंच की खोज की वास्तविक प्रेरणा उन्हें कोन्स्तान्तिन स्तानिस्लाव्स्की के कार्यों के अध्ययन से मिली। अपने जीवन के अन्तिम दौर में स्तानिस्लाव्स्की नए अनुसन्धानों और प्रयोगों के आलोक में अपनी स्थापनाओं पर पुनर्विचार और संशोधन करते हुए नवीन निष्कर्षों पर पहुँच रहे थे, ग्रोतोव्स्की का मूल प्रस्थान इन्हीं निष्कर्षों पर आधारित है। नेशनल एकेडेमी में लगभग आठ वर्षों तक काम करने के बाद ग्रोतोव्स्की सन् 1959 ई. में ओपल में नवस्थापित 'लैबोरेटरी थिएटर' से जुड़ गए और अपने नवीन विचारों के आलोक में इसे रंगमंच की एक नवीन तकनीक विकसित करनेवाली प्रयोगशाला में तब्दील कर

दिया। लगभग चार वर्षों तक यहाँ रंग तकनीक के विभिन्न पहलुओं पर प्रयोग करते हुए इन्होंने रंगमंच की एक नवीन प्रस्तावना प्रस्तुत की। 'पुअर थिएटर' के नाम से प्रसिद्ध यह नया रंगमंच अपने आरम्भ से ही इतना 'दरिद्र' नहीं था, इसमें संगीत, प्रकाश के विशेष प्रभाव और प्लास्टिक कलाओं का भरपूर समावेश था। धीरे-धीरे अपने विचारों को प्रयोग की कसौटी पर कसते हुए ग्रोतोव्स्की ने रंगमंच सम्बन्धी समस्त आधुनिक अवधारणाओं को अस्वीकार करते हुए विचारों का एक नया तन्त्र विकसित किया और अपने प्रदर्शनों और कार्यशालाओं के ज़रिए कलाविधा के रूप में रंगमंच की निजी विशिष्टता को स्थापित किया। इस क्रम में न सिर्फ़ उनकी प्रयोगशाला का पूरा ढाँचा बदल गया, बल्कि प्रस्तुति को भी एक नया रूप प्रदान किया गया, ऐसा रूप जो बाहर से देखने में बहुत ही सादा और अनाकर्षक था, जिसमें अन्य सभी कलाओं और वैज्ञानिक उपलब्धियों का लगभग पूरा निषेध था। लेकिन जो अपने अन्तिम प्रभाव के स्तर पर किसी भी दूसरे कला रूप से कहीं अधिक मारक और गहन था। साठ के दशक में इस दल के साथ किए गए *फॉस्टस* (1963), *हैमलेट* (1964), *द कॉन्सटैन्ट प्रिंस* (1965) जैसे प्रदर्शनों से ग्रोतोव्स्की विश्व स्तर पर पहले कौतूहल और बाद में एक गहरे सन्देह युक्त सम्मान के पात्र बने। किसी ने अभिनेता की तकनीक के ऊपर उनके कामों को महत्त्वपूर्ण माना, लेकिन बाक़ी सब को ख़ारिज किया तो किसी ने अभिनेता और दर्शक के सम्बन्ध के पक्ष पर अपना ध्यान केन्द्रित किया। कुछ लोगों को इनके काम रंगमंच में मिथकों की वापसी के प्रयास लगे तो दूसरों को प्राच्य रंगमंच की आनुष्ठानिकता से जुड़ने की कोशिश। जो हो, इस बात में कोई शक किसी को नहीं था कि ग्रोतोव्स्की के सिखलाए अभिनेता मंच पर सिर्फ़ अपनी वाणी और शरीर से जो प्रभाव पैदा कर सकते थे उसका कोई सानी नहीं था।

पर, ग्रोतोव्स्की का मूल लक्ष्य अभिनय की प्रकृति का अनुसंधान मात्र नहीं था। दरअसल वे रंगमंच की वर्तमान दशा से चिन्तित थे। उन्होंने लिखा कि आज अगर शहर का एक सिनेमा हॉल बन्द हो जाए तो चारों तरफ़ कुहराम मच जाए लेकिन अगर शहर की सारी-की-सारी रंगशालाएँ बन्द कर दी जाएँ तो महीनों तक लोगों को पता भी न चले। यानी रंगमंच ने आम जनता के बीच अपना असर खो दिया है। फ़िल्म मीडिया और दूरदर्शन ने रंगमंच से मानो उसकी सारी शक्तियाँ छीन ली हैं और निःशस्त्र होकर रंगमंच जैसे अपनी अन्तिम साँसें ले रहा है। लेकिन क्या यह रंगमंच की अनिवार्य परिणति है? उनका उत्तर नकार में है। वे कहते हैं कि रंगमंच की बदहाली का एकमात्र कारण यह है कि इसने दूसरी कलाओं से उधार ले-लेकर अपने को बोझिल कर लिया है। तामझाम और चकाचौंध पैदा करनेवाली डिजाइन की प्लास्टिक कलाओं, रंग-रेखाओं और प्रकाश के विशेष प्रभाव जैसी शक्तियाँ दरअसल रंगमंच की अपनी ताक़त कभी थी ही नहीं। रंगमंच ने अपने को समृद्ध करने की कोशिश में स्वयं ही अपनी मूल शक्ति का त्याग किया है और उसकी इस बदहाली

के पीछे समृद्धि की भ्रामक अवधारणा ही है न कि फ़िल्म या नई वैज्ञानिक खोजों पर आधारित दूसरा कोई माध्यम। अपने समकालीन रंगकर्मियों के कामों पर टिप्पणी करते हुए वे कहते हैं कि "फ़िल्मों के आतंक से पीड़ित ये लोग मंच पर ख़ूबसूरत झाँकियों का अम्बार लगाते जा रहे हैं, फिर भी इन नए माध्यमों का सार्थक मुक़ाबला नहीं कर पा रहे। भव्य सेटों और क्षण-क्षण बदलते दृश्यों की यह क़तार मनोहारी हो सकती है, लकिन क्या इसे रंगमंच कहा जा सकता है?"

इस दुष्चक्र से निकलने का उनकी नज़र में एक ही उपाय बचा था जो था, रंगमंच की वास्तविक जड़ों की तलाश और उसको मज़बूत करने की कोशिश। उपलब्ध साधनों में से उन तत्त्वों की तलाश की जाए, जो रंगमंच के लिए बुनियादी रूप से आवश्यक हैं और जिनके बग़ैर रंगमंच हो नहीं सकता। इस तरह रंगमंच को उसकी अपनी ज़मीन पर स्थापित किया जाए। ग्रोतोव्स्की का मानना था कि तभी इसका सुधार हो सकता है। इस प्रक्रिया में ग्रोतोव्स्की ने धीरे-धीरे सभी आयातित कला तत्त्वों का त्याग किया। संगीत, नृत्य, डिज़ाइन के माध्यम से व्यक्त होनेवाली चित्रकला और प्रकाश के विशेष प्रभाव, ये सभी रंगमंच से बहिष्कृत हो गए। यहाँ तक कि नाट्यालेख को भी उन्होंने रंगमंच का मूल तत्त्व मानने से इनकार किया। वे कहते हैं कि 'कामेदिया दे लार्ते' जैसे नाट्यरूप यह साबित कर चुके हैं कि अगर दस लोगों को ख़ुद उनके हाथों रचे एक दृश्य के सामने खड़ा कर दें और आशुरचना के ज़रिये उनसे उनके अपने चरित्रों का निर्माण करने को कहें तो बेशक तुरन्त-फुरत में गढ़े गए संवाद बोले नहीं, सिर्फ़ बुदबुदाए जाएँगे लेकिन फिर भी अच्छा रंगमंचीय प्रभाव पैदा हो जाएगा। ग्रोतोव्स्की मानते थे कि रंगमंच के बस दो अनिवार्य तत्त्व हैं—अभिनेता और दर्शक। इन दोनों में से किसी एक की भी अनुपस्थिति से एक कला के रूप में रंगमंच का अस्तित्व समाप्त हो जाता है।

यहाँ यह स्मरण रखना आवश्यक है कि ग्रोतोव्स्की साहित्य या कला की दूसरी विधाओं से अपने नैसर्गिक विरोध के मारे कुछ नहीं कर रहे थे। उनका लक्ष्य बहुत निश्चित था। अपने समकालीन रंगमंच की दुरवस्था पर अपनी प्रतिक्रिया ज़ाहिर करते हुए वे सिर्फ़ रंगमंच की निजी प्रकृति की पहचान स्थापित करने की कोशिश कर रहे थे। संगीत के अपने जादू या साहित्य या नाटक के रूप में लिखे हुए टेक्सट से उन्हें कोई एतराज नहीं था। बल्कि वे तो यहाँ तक मानते थे कि अच्छा साहित्य हमेशा रंगकर्मियों को उकसावा देता है, वह उन्हें प्रेरित करता है। लेकिन फिर साथ ही नाट्यपाठ को रंगमंच का अनिवार्य अंग नहीं मानने का तर्क प्रस्तुत करते हुए वह कहते थे कि साहित्य अपने आप में ठोस तरीक़े से रचा जा चुका कला रूप है। रंगकर्म या तो इस रचे हुए को पुनर्प्रस्तुत करने या फिर इस पाठ को अपनी नवीन रचना के लिए पूर्वपीठिका यानी महज एक भूमिका के रूप में स्वीकार करे। पहली स्थिति में रंगमंच इस साहित्य का अनुगामी बनता है जबकि दूसरी स्थिति में साहित्य इस रंगमंच

का अनुगामी बनता है। दोनों ही स्थितियाँ उचित नहीं हैं। ग्रोतोव्स्की के विचार से होना यह चाहिए कि नाटककार का पाठ निर्देशक और अभिनेता के हाथों में एक छुरी का काम करे जिनके सहारे वह अपने शरीर की ऊपरी परतों को चीरकर भीतर के 'स्व' को बाहर ला सके। यानी एक नवीन कलारूप के सृजन में पाठ को एक उपकरण की भूमिका अदा करनी चाहिए। इसी तरह संगीत भी वही स्वीकार्य होना चाहिए जो अभिनेता अपने शरीर से जीवन्त रूप में रच सकता हो। जो हो, यह तय है कि ग्रोतोव्स्की के चिन्तन में जैसा निषेध अन्य कलाओं का है वैसा निषेध नाट्यपाठ का नहीं है। मूल बात यह है कि यहाँ परिप्रेक्ष्य शुद्ध रूप से रंगमंच का है और अन्य किसी भी वस्तु के स्वीकार या अस्वीकार का पैमाना वह रंगमंच ही है। इसीलिए उनके रंगमंच पर वही संगीत स्वीकार्य था जिसे अभिनेता स्वयं अपनी वाणी और शरीर से रचता और पेश करता हो, दृश्य भी वही जो अभिनेता अपने मुख और शरीर से गढ़ सकता हो। स्वयं ग्रोतोव्स्की के शब्दों में कहें तो, "हम सर्वग्राह्यता का, रंगमंच को विभिन्न विधाओं के समूह के रूप में देखने वाली सोच का त्याग करना चाहते हैं। हम स्पष्ट तौर पर रंगमंच को परिभाषित करना चाहते हैं, यह बताने के लिए कि आख़िर कौन-सी चीज़ इसे अन्य प्रदर्शनकारी कलाओं और दृश्यों से अलग करती है।"

तो इस पूरी तलाश का मक़सद रंगमंच के सबसे बुनियादी पहलुओं की अवज्ञा को समाप्त करना है। बीसवीं शताब्दी के उत्तरार्द्ध में प्रचलित ढेर सारी रंगशैलियाँ प्रयोग के गहरे दबाव में अभिनेता और दर्शक को लगभग निष्क्रिय बनाकर रंगकर्म कर रही थीं। आधुनिक रंगमंच में निर्देशक का आगमन एक ऐसे धमाके के साथ हुआ था कि अभिनेता तो अभिनेता, दर्शक भी एक लम्बे समय तक उसकी तानाशाही और तथाकथित रचनाशीलता के दबाव में जीने को विवश हुए थे। यहाँ ग्रोतोव्स्की निर्देशक या प्रोड्यूसर की भूमिका समाप्त नहीं करना चाहते, बल्कि एक द्रष्टा के रूप में उसका सम्मान बरक़रार रखते हैं, पर कर्ता के रूप में अभिनेता की वर्चस्वकारी भूमिका को फिर से बहाल करते हैं। फिर एक सक्रिय भागीदार के रूप में दर्शक को भी वे उसका वास्तविक स्थान दिलाने की कोशिश करते हैं। ग्रोतोव्स्की कहते हैं कि अभिनेता और दर्शक ही वे दो तत्त्व हैं, जिन्हें किसी भी परिस्थिति में रंगमंच से बाहर नहीं किया जा सकता। चाहे कैसा भी रंगमंच हो, उसका अस्तित्व तब तक नहीं हो सकता जब तक कम-से-कम एक अभिनेता और कम-से-कम एक दर्शक मौजूद न हो। दरअसल ग्रोतोव्स्की के विचार से अभिनेता और दर्शक के बीच की सीधी भिड़ंत ही रंगमंच है। इन दो तत्त्वों का आपसी मुक़ाबला क्या काम करता है और कैसे—इस पर वे ठहरकर बात करते हैं। ग्रोतोव्स्की कहते हैं कि जैविक प्राणियों के बीच आमने-सामने का मुक़ाबला रंगमंच को ऐसी सामर्थ्य प्रदान करता है जिसका कोई विकल्प हो नहीं सकता। आमने-सामने की मुठभेड़ होने के कारण एक तरह से दर्शक और अभिनेता यानी सहृदय और रचनाकार एक धरातल पर खड़े

होते हैं, जिससे रंगमंच एक जीवन्त और सघन प्रभाव पैदा करने की सामर्थ्य हासिल करता है।

इस सीधी और जीवन्त मुठभेड़ को और अधिक स्पष्ट करने के लिए ग्रोतोव्स्की इस दोनों साझीदारों की रचना और आस्वादन प्रक्रिया का अलग से विश्लेषण करते हैं। वे कहते हैं कि अभिनेता मंच पर दर्शकों की मौजूदगी में एक रचना प्रक्रिया संचालित करता है। देखा जाए तो एक तरह से वह अपने शरीर को सार्वजनिक करता है। वह सबसे सामने खड़े होकर रचता है और दर्शक न केवल इस रचना के साक्षी बनते हैं बल्कि एक तरह से कहा जाए तों इसमें हिस्सा बँटाते हैं। यह साझीदारी ग्रोतोव्स्की के लिए महत्त्वपूर्ण है। इसीलिए उन्होंने अपनी चैम्बर थिएटर की परिकल्पना में मंच और प्रेक्षागृह का विभाजन समाप्त किया और अभिनेता और दर्शक के बीच की दूरी को ख़त्म करने का प्रयास किया। उन्होंने यह इच्छा ज़ाहिर की कि "सारे प्रचंड दृश्य दर्शकों के बिलकुल निकट घटित कराए जाएँ, उनसे एक हाथ की दूरी पर, ताकि वे दर्शक अभिनेता की साँसों को महसूस कर सकें, उसके पसीने की गंध ले सकें।"

लेकिन जिस साझीदारी को इतना सघन और तीव्र बनाने की चिन्ता ग्रोतोव्स्की को है, देखना चाहिए उनकी दृष्टि में यह प्रक्रिया अपने आप में है क्या? यानी अभिनेता और दर्शक के बीच में क्या घटित होता है? ग्रोतोव्स्की कहते हैं कि अभिनेता की रचनात्मकता का मूल बिन्दु है सत्य के उद्घाटन के लिए अपने दैनंदिन जीवन के मुखौटे को उतार कर अपने को शुद्ध अन्तःकरण के साथ पेश करना। इसमें असल निर्णायक मुद्दा है अभिनेता के अपने अन्तःकरण में प्रवेश की तकनीक। ग्रोतोव्स्की के मत से एक अभिनेता अपनी भूमिका का इस्तेमाल एक सर्जन की छुरी की तरह करते हुए अपने स्व को अन्दर से बाहर करता है। वे कहते हैं—"यह एक दी हुई परिस्थिति में अपने को पेश करने या एक चरित्र को जीने की बात नहीं है, न ही बहुत ठंडी गणनाओं के आधार पर की जाने वाली अलगाव वाली ऐक्टिंग की बात है, जैसी एपिक थिएटर में की जाती है। महत्त्वपूर्ण बात है अपने रोल को एक टैम्पोलीन, एक उपकरण की तरह इस्तेमाल कर अपने रोज़मर्रा के मुखौटे में छिपे वास्तविक 'मैं' का अध्ययन करना—अपने व्यक्तित्व के अन्तरतम स्वरूप का संधान करना—ताकि उसका उत्सर्ग करने के मक़सद से उसे व्यक्त किया जा सके। यह एक अत्याचार है न केवल अभिनेता पर बल्कि दर्शक पर भी। दर्शक जाने-अनजाने बूझ लेता है कि यह अभिनय दरअसल एक आमन्त्रण है, जो हो रहा है उसे अपने भीतर दुहराने का, और इसीलिए सबसे पहले विरोध और नकार उपजता है।" हमारी रोज़मर्रा की कोशिश तो यही होती है कि हम अपने सत्य को न केवल दूसरों से बल्कि अपने आप से भी छुपाएँ। हम अपने सच से भागना चाहते हैं जबकि यहाँ हमें उससे गुज़रने के लिए आमन्त्रित किया जाता है।

इस उद्धरण से अभिनेता और दर्शक के बीच की मुठभेड़ के स्वरूप पर पर्याप्त रोशनी पड़ती है। ग्रोतोव्स्की के मत से अभिनेता का आत्मदान दर्शकों को वैसे ही आत्मदान के लिए विवश करता है, उन्हें अपने मुखौटे उतार फेंकने के लिए मजबूर करता है। कलाओं की सामाजिक जीवन में जो वास्तविक भूमिका हो सकती है, जिसे आचार्य मम्मट जैसे प्राचीन रसवादी काव्यशास्त्री *शिवेतरक्षतये* और *कान्तासम्मितयोपदेशयुजे* यानी 'अशिव का नाश करने की कोशिश' और 'पत्नी के मुख से निकलने वाले उपदेशों के समान सरस सलाह' जैसी उक्तियों से व्याख्यायित करने की कोशिश करते रहे हैं या फिर जिसे बाद के पश्चिमी काव्यशास्त्री महान अरस्तू का अनुसरण करते हुए विरेचन की आयुर्वेदिक अथवा मनोवैज्ञानिक प्रक्रिया के रूप में समझते रहे हैं, ग्रोतोव्स्की भी अपने तरीक़े से रंगमंच की इसी भूमिका को प्रभावी ढंग से वापस लाने पर अपना ध्यान केन्द्रित करते हैं। अपने व्याख्यानों में अक्सर उन्होंने रंगमंच की उपचारात्मक (थेराप्यूटिक) भूमिका की चर्चा की है। अपनी पुस्तक *पुअर थिएटर* में इस मुद्दे का विश्लेषण करते हुए वे कहते हैं—"आधुनिक सभ्यता में जीवन की लय के बुनियादी गुण हैं गति, तनाव, निराशा, अपने मूल अभिप्रायों को छिपाने की इच्छा और विविध प्रकार के चरित्रों और मुखौटों का आरोपण। हम विज्ञानसम्मत होने की बात करते हैं जिसका मतलब होता है विश्लेषण और बुद्धिपरक होना। लेकिन हम अपनी शारीरिक ज़रूरतों को भी यानी देह की आनन्दपरक ज़रूरतों को भी पूरी तरह तुष्ट करना चाहते हैं। इसलिए हम बुद्धि और वृत्ति का, विचार और भावना का, दुहरा खेल खेलते हैं। हम अपने को काल्पनिक रूप से शरीर और आत्मा के दो हिस्सों में विभाजित करके देखते हैं। अब आगे चलकर जब हम इस पचड़े से मुक्त होना चाहते हैं तो चीख़ने और पैर पटकने के सिवा और कोई उपाय नहीं सूझता। अपने को मुक्त करने की कोशिश हमें जैविक हड़बोंग की तरफ़ ले जाती है। रंगमंच-अभिनेता की तकनीक के माध्यम से, उस कला के माध्यम से, जिसमें जैविक प्राणी उच्चतर प्रेरणाएँ हासिल करने के लिए एक निश्चित प्रयास करते हैं—हमें अपने मुखौटे उतार कर अपने वास्तविक 'स्व' को प्रकट करने और इस तरह फिर से अपनी अन्विति हासिल करने, अपनी शारीरिक और मानसिक प्रतिक्रियाओं की पूर्णता हासिल करने का अवसर प्रदान करता है। इस अवसर को पूरे अनुशासन में और दी हुई ज़िम्मेवारी के प्रति पूरी सजगता के साथ बरतना चाहिए। आगे वे कहते हैं कि "यह सही है कि यह काम अभिनेता करता है लेकिन वह यह काम तभी कर सकता है जब अपने सामने बैठे दर्शक से उसकी जीवन्त, सीधी और अन्तरंग मुठभेड़ हो।" लेकिन जैसा पहले कहा गया, आज का रंगदर्शक बिलकुल अपनी मनःस्थिति और उद्देश्य से संचालित नहीं होता, जिससे प्राचीन अथवा मध्यकालीन समाज संचालित होता था। इस बात को स्वीकार करते हुए ग्रोतोव्स्की कहते हैं कि आज का रंगदर्शक किसी एक निश्चित माँग और उद्देश्य

के साथ प्रेक्षागृह में नहीं जाता। सभी अपनी अलग-अलग आवश्यकताओं के तहत नाटक देखने आते हैं। कुछ तो सिर्फ़ अपनी यौन कुंठाओं की पूर्ति करने या दिन भर की थकान उतारने आते हैं, जिनके आने का कोई मतलब ही नहीं है। लेकिन जो दर्शक अपनी सांस्कृतिक आकांक्षाओं से संचालित होते हैं, वे भी दरअसल एक ढोंग के अतिरिक्त कुछ भी हासिल नहीं कर पाते। रंगमंच उनके ऊपर कोई स्थायी प्रभाव नहीं डाल पाता। ग्रोतोव्स्की के शब्दों में कहें तो "वे लोग सिर्फ़ ऐसे भावों को महसूस करना चाहते हैं, जो उन्हें आत्मसन्तोष प्रदान करे। बड़ी रोचक बात है कि दुखी बचपन को प्रदर्शित करनेवाले नाटक अक्सर सफल होते हैं। बड़ा आसान है एक अबोध बालक को मंच पर दुख सहते देखकर उसके प्रति सहानुभूति प्रकट करना। और जब दर्शक ऐसी सहानुभूति अपने अन्दर महसूस करता है तो उसे लगता है कि वह नैतिक रूप से दूसरों से श्रेष्ठ है।" स्पष्ट है कि ग्रोतोव्स्की की मूल चिन्ता इस फरेब के जंजाल को हटाकर मंच पर उस स्थायी अवसर को वापस लाने की है जिसकी चर्चा प्राचीन भारतीय और पाश्चात्य काव्यशास्त्री करते रहे हैं। ग्रोतोव्स्की इस फरेब और आडंबर के लिए बाह्य परिस्थितियों या दर्शकों को दोषी नहीं मानते, रंगमंच की बदहाली को ही मूल रूप से इसका ज़िम्मेवार मानते हैं। उनकी मूल स्थापना है कि रंगमंच ने समस्त कलाओं को अपने अन्दर समाहित करने की कोशिश में अपने सबसे अनिवार्य तत्त्वों—अभिनेता और दर्शकों को पूरी तरह निष्क्रिय कर दिया। अपने *पुअर थिएटर* में वे इन दोनों तत्त्वों को फिर से सक्रिय करने और इनके बीच सघन भागीदारी बनाने की बात करते हैं।

इस भागीदारी का आधारबिन्दु अभिनेता के द्वारा सम्पन्न होनेवाली यह क्रिया है जिसे हम अभिनय कहते हैं। अपने रंगमंच के लिए ग्रोतोव्स्की ने *पवित्र अभिनय* की एक अवधारणा प्रचलित की, जिसे हासिल करने का एक रास्ता भी दिया और जिसे ख़ुद उन्होंने *वाया नेगेटिवा* यानी 'नकार के ज़रिए हासिल किया जानेवाला रास्ता' की संज्ञा दी है। इसे अधिक स्पष्ट करने के लिए ग्रोतोव्स्की एक पवित्र अभिनेता और एक आम अभिनेता (ग्रोतोव्स्की इस आम अभिनेता को तवायफ़ अभिनेता की संज्ञा देते हैं, यानी, जो अपने शरीर को सार्वजनिक करने के क्रम में दूसरों के मौज-मजे का साधन बनता है।) के बीच तुलना करके दोनों की कार्यप्रणाली का विश्लेषण करते हैं। वे कहते हैं कि, "आमतौर से प्रचलित अवधारणा है कि अभिनेता अपने विशाल अनुभव संसार के सहारे अपने निजी शस्त्रागार का निर्माण कर सकता है, यानी पद्धतियों, हुनर और दाँवपेचों का संग्रह। यहाँ से वह कुछ चुने हुए शस्त्रों का एक समूह उठाकर अपने किसी एक रोल में फिट कर लेता है और इस तरह दर्शकों को काबू करने के लिए ज़रूरी अभिव्यक्ति प्राप्त कर लेता है। यह शस्त्रागार कुछ नहीं, बासी भंगिमाओं (क्लिशेज) का एक संग्रह है जो अभिनेता को तवायफ़ों के दायरे में ला खड़ा करता है।"

तवायफ़ अभिनेता आगमनात्मक तकनीक से यानी हुनरों के संग्रह से अपना काम चलाता है, जबकि ग्रोतोव्स्की का पवित्र अभिनेता निगमन यानी त्याग की तकनीक से काम करता है। अपनी बात को और अधिक स्पष्ट करने के लिए ग्रोतोव्स्की फिर कहते हैं : "एक तवायफ़ अभिनेता और पवित्र अभिनेता में वही फ़र्क़ समझा जाय, जो एक तवायफ़ की अदाओं और एक सच्चे प्यार के आदान-प्रदान में होता है, दूसरे शब्दों में कहें तो फ़र्क़ है आत्मोत्सर्ग का। सबसे ज़रूरी बात जो इस परवर्ती मामले में देखने को मिलती है वह है असीम में जाने की राह में आनेवाले विघ्नों को दूर करने की सामर्थ्य। तवायफ़ अभिनेता के मामले में सवाल देह के अस्तित्व का है, जबकि पवित्र अभिनेता के लिए मामला है देह को विलीन करने का।"

पीटर ब्रुक ने एक जगह कहा है : "मेरे जानते स्तानिस्लाव्स्की के बाद किसी दूसरे आदमी ने अभिनय की प्रकृति, इसके स्वभाव, इसके अर्थ और इसकी मनोशारीरिक-संवेगात्मक प्रक्रिया की प्रकृति और विज्ञान और उतनी गहराई और व्यापकता के साथ खोज नहीं की है जितनी ग्रोतोव्स्की ने।" दरअसल अभिनयप्रक्रिया के अपने पूरे विश्लेषण में ग्रोतोव्स्की के दो मुख्य आधार हैं। एक ओर जहाँ वे आर्तो के द्वारा अस्फुट रूप में व्यक्त किए गए विचारों की प्रामाणिक और तर्कसंगत व्याख्या देते या उनमें संशोधन करते नज़र आते हैं तो दूसरी ओर स्तानिस्लाव्स्की के अभिनय सिद्धान्तों का समीक्षात्मक मूल्यांकन करते हुए उसके कुछ बिन्दुओं को अधिक तर्कसंगत ज़मीन प्रदान करने के लिए प्रयासरत नज़र आते हैं। इसी प्रक्रिया में अभिनय की प्रक्रिया का उनका विश्लेषण अपना ठोस आकार प्राप्त करता है। अपने मूल प्रेरणास्रोत आर्तो के चिन्तन पर विचार करते हुए उन्होंने बहुत स्पष्ट स्वरों में इस प्रभाव को स्वीकार किया है : "शोध और सौन्दर्यशास्त्र की दृष्टि से आर्तो एक बहुत उपयोगी प्रस्थान बिन्दु मुहैया कराते हैं। जब वे एक अभिनेता से उसकी अपनी साँसों का अध्ययन करने और श्वसन के विभिन्न तत्त्वों का अपने अभिनय में इस्तेमाल करने की बात करते हैं तो एक तरह से वे उसे अपने अभिनय को शब्दों और उनसे परे के तत्त्वों का उपयोग कर और अधिक समृद्ध करने की सीख देते हैं। यह बहुत सृजनात्मक सौन्दर्य अवधारणा है, लेकिन यह कोई तकनीक नहीं है।" दरअसल आर्तो की अवधारणाओं का ग्रोतोव्स्की के लिए महत्त्व इस बात में है कि वे एक स्वप्नदर्शी कवि की तरह उन रास्तों की भनक पा रहे थे जिन्हें ढूँढ़कर और जिन पर चलकर मंज़िल तक पहुँचा जा सकता था। पर स्तानिस्लाव्स्की का महत्त्व दूसरा है। ग्रोतोव्स्की कहते हैं कि "स्तानिस्लाव्स्की ने अभिनय के सन्दर्भ में सबसे महत्त्वपूर्ण सवाल उठाए और उनके जवाब भी सुझाए। अपने शोध के अनगिनत वर्षों में उनकी पद्धति लगातार समृद्ध होती रही, यह अलग बात है कि उनके शिष्य अक्सर किसी चीज़ एक को पकड़कर बैठ गए और बाद में भारी भ्रम का कारण बनते रहे।"

स्वयं ग्रोतोव्स्की की प्रणाली की सबसे बड़ी विशेषता यह कही जा सकती है कि इसमें जहाँ विज्ञानसम्मत पद्धतियों के उपयोग से अभिनेता की मनोशारीरिक क्षमताओं के सर्वोत्तम इस्तेमाल की पद्धति विकसित करने की कोशिश है, वहीं कलाकर्म के लिए आवश्यक स्वतःस्फूर्तता और अन्तःप्रेरणा को भी बराबर का स्थान मिला है। पहली बार किसी चिन्तक ने यहाँ अभिनय की ऐसी लिपि गढ़ने की कोशिश की है, जो रूढ़ मुद्राओं या भंगिमाओं पर आधारित नहीं है और जो इसीलिए फिक्स्ड होने के बाद भी जीवन्त बना रह सकता है। इस पद्धति में अभिनेता के प्रशिक्षण की शुरुआत होती है उसकी श्वसन प्रक्रिया की छानबीन से। वे कहते हैं कि बहुत सरलीकृत करके कहना हो तो कह सकते हैं कि गहरी साँस यानी अपने डायफ्रॉम और निचले एबडोमेन का पूरा इस्तेमाल करते हुए श्वसन करना उपयोगी है। ऐसा करने से हमें श्वास अथवा प्राणवायु का अभाव नहीं महसूस होता। लेकिन फिर वे ज़ोर देकर कहते हैं कि कोई एक तरीक़ा श्वसन का एकमात्र सही तरीक़ा नहीं माना जा सकता। ढेर सारे तरीक़े ऐसे हैं जो एक बराबर सही माने जा सकते हैं। पशु-पक्षी और प्रकृति के निकट रहनेवाले मनुष्य बहुत प्राकृतिक तरीक़े से सही श्वसन प्रक्रिया चलाते हैं और उनकी साँस कभी उनकी अभिव्यक्ति में व्यवधान नहीं बनती। ये सभी बिलकुल एक ही तरह से श्वसन करते हों, ऐसा नहीं हैं। बल्कि ये अलग-अलग परिस्थितियों में अलग-अलग प्रकार का श्वसन करते है। एक कार्यव्यापार या परिस्थिति की माँग होती है एक विशेष प्रकार का श्वसन, जो उस व्यापार को सहज और सम्भव बनाता है। यानी श्वसन प्रक्रिया का एक ही बना बनाया फारमेट नहीं हो सकता। इसे जाने बग़ैर श्वसन और वाचिक का अभ्यास करानेवाले नाट्य विद्यालय अक्सर अभिनेताओं को एक बने-बनाए फारमेट में डाल देते हैं।

परिणामस्वरूप न केवल यह अपनी प्राकृतिक विशेषताओं से दूर हो जाता है, बल्कि अक्सर अपने लैरिक्स पर अपना नियन्त्रण नहीं रख पाता। दरअसल श्वसन की प्रक्रिया व्यक्ति और परिस्थिति, दोनों पर निर्भर होती है। देखना यह चाहिए कि सामनेवाले अभिनेता की श्वसन प्रक्रिया उसकी अभिव्यक्ति में व्यवधान तो नहीं बनती। अगर नहीं बनती तो फिर वह एक सत्य को प्रकट करने की चुनौती को स्वीकार करने के लिए तैयार है। लेकिन उसकी प्राकृतिक श्वसन प्रक्रिया में कहीं कोई अड़चन है तो उसे जानना ज़रूरी है। इसे जान लेने पर हम यह भी जान सकते हैं कि अपनी स्वाभाविक प्रतिक्रियाओं को व्यक्त करने में यह अभिनेता कौन-सी कठिनाइयों का सामना करता है। यानी श्वसन प्रक्रिया की अड़चन उस अभिनेता की मनोशारीरिक अड़चनों को समझने के लिए एक बैरोमीटर का काम करती है।

दरअसल ग्रोतोव्स्की मानते हैं कि मनोशारीरिक अड़चनों को दूर कर दिया जाए तो अभिनेता अपने संवेगों को अभिव्यक्त कर सकने के प्राकृतिक गुण पुनः अर्जित

कर सकता है जैसा कि ढेर सारे पशु-पक्षी अपनी-अपनी सीमाओं में रहते हुए करते हैं। इसीलिए श्वसन के बाद वे अभिनेता की वाणी पर अपना ध्यान केन्द्रित करते हैं। आधुनिक मनुष्य अपनी वाणी को एक ख़ास परिसंस्कार के बाद प्रक्षेपित करता है। ऐसा सामाजिक स्वीकृति की इच्छा से होता है। हम सिर्फ़ उन्हीं रिजोनेटर्स का इस्तेमाल करते हैं जो वाणी को सुसंस्कृत और स्वीकार्य बनाते हैं। पर, ग्रोतोव्स्की मानते हैं कि संवेगों की प्रच्छन्न अभिव्यक्ति के लिए अपने पूरे शरीर को रिजोनेटर की तरह इस्तेमाल करना चाहिए, उसके अलग-अलग अवयवों में रिजोनेशन की सम्भावना तलाशनी चाहिए। इसमें पशु-पक्षियों की ध्वनियाँ प्रेरक हो सकती हैं। अपनी इस ज़रूरत की पूर्ति के लिए ग्रोतोव्स्की ने अभिनेता के लिए अभ्यासों की एक शृंखला का निर्माण किया और अद्भुत परिणाम हासिल किए।

ग्रोतोव्स्की का अभिनेता अपने सूक्ष्मतम संवेगों को उस पूर्णता के साथ व्यक्त करता है जिसमें वे नवीन अर्थवत्ता प्राप्त करते हैं। ये संवेग क्रियाओं के ज़रिए व्यक्त होते हैं। कहा जा सकता है कि संवेग क्रियाओं में रूपान्तरित होकर अपने को व्यक्त करते हैं। इसलिए वे रोल अथवा चरित्र जैसे शब्दों के बदले *स्कोर* शब्द का प्रयोग करते हैं। स्कोर से तात्पर्य है क्रियाओं की एक सुनिश्चित शृंखला। यह एक ऐसी शृंखला है जिसे अभिनेता प्रत्येक दिन अपने आत्मान्वेषण से उत्पन्न नवीन अर्थवत्ता के साथ पेश करता है। स्तानिस्लाव्स्की द्वारा प्रवर्तित अभिनय-सिद्धान्त में संवेगों की बहुत अहम भूमिका रही है। ग्रोतोव्स्की अपने सिद्धान्त के मूल प्रस्थान वहीं से प्राप्त करते हैं, पर अपने अनुभवों के आधार पर उन्हें संशोधित भी करते हैं। मेथड एक्टिंग में संवेग ही अभिनेता के मूल औज़ार माने जाते रहे हैं। यहाँ अभिनेता दी हुई परिस्थिति की रचना के लिए संवेगों के ख़ज़ाने में से किसी मिलते-जुलते संवेग की तलाश करता है और उसी की पुनरावृत्ति के ज़रिए दर्शकों को इस नवीन परिस्थिति का आभास देता है। पर, ग्रोतोव्स्की इस पूरी प्रक्रिया को नकली और झूठ की संज्ञा देते हैं। उनका प्रस्थान बिन्दु संवेगों के बदले उनके भौतिक रूपान्तरण यानी क्रियाएँ हैं। इसे स्तानिस्लाव्स्की की ही देन बताते हुए वे कहते हैं : "अपने शोध की निरन्तर प्रक्रिया में चलते हुए अपनी वृद्धावस्था में स्तानिस्लाव्स्की ने कुछ बुनियादी तथ्यों की खोज की, जिनमें से एक यह था कि संवेग हमारी इच्छाओं से स्वतन्त्र होते हैं। आम जीवन से इसके सैकड़ों उदाहरण दिए जा सकते हैं। एक निश्चित परिस्थिति है, जब मैं उद्विग्न नहीं दीखना चाहता, पर, उद्विग्न हो जाता हूँ। मैं एक व्यक्ति को प्यार करना चाहता हूँ, पर, नहीं कर पाता हूँ। मैं उदास हूँ, होना नहीं चाहता, पर, हूँ। इन सबका मतलब क्या है? यही कि हमारे संवेग इच्छाओं के द्वारा नियन्त्रित नहीं किए जा सकते हैं। हम एक दिन एक निश्चित संवेग को पूरी शक्ति के साथ महसूस करते हैं, मंच पर अपने प्रदर्शन के दौरान भी, लेकिन दूसरे दिन पूरी कोशिश के बाद भी उसे बिलकुल महसूस नहीं कर पाते।" यह एक बुनियादी बात है जिस पर अभिनय

की प्रणाली का पूरा शीराजा खड़ा है। अब देखें ग्रोतोव्स्की की नज़र में उसका विकल्प क्या है। वे कहते हैं कि "आख़िर कौन-सी चीज़ है जो हमारी इच्छाओं के अधीन है। वह है क्रियाएँ।" आकस्मिक नहीं है कि संवेगों की अभिव्यक्ति के लिए ग्रोतोव्स्की सीधे-सीधे उन्हीं संवेगों को चुनने के बजाय उनके मूर्त्त चिह्नों यानी क्रियाओं को चुनते हैं। वे कहते भी हैं कि अभिनेता के लिए क्रियाएँ अपने आप में किसी संवेग को बताने वाले चिह्न के सिवा कुछ नहीं हैं।

लेकिन क्रियाओं को लेकर रंगमंच में पहले से अनेक भ्रान्तियाँ प्रचलित रही हैं। शारीरिक क्रियाओं के स्तर पर अभिनेता के काम को विश्लेषित करते हुए ग्रोतोव्स्की सबसे पहले क्रिया को एक ओर भंगिमा यानी जेस्चर से और दूसरी ओर गतिविधि यानी एक्टिविटी से अलग करते हुए उसे परिभाषित करते हैं और फिर इन क्रियाओं के पीछे छुपे संवेगों के साथ इनके रिश्ते की व्याख्या करते हैं। ग्रोतोव्स्की कहते हैं कि अक्सर अभिनेता अपने चरित्र का निर्माण किसी जेस्चर के ज़रिए करने की कोशिश करते हैं। ये जेस्चर क्रियाएँ नहीं हैं, ये दरअसल किसी व्यक्ति विशेष की मुखमुद्रा एवं भंगिमाओं का अपने ऊपर आरोपण है। बाहरी दुनिया में मौजूद किसी ख़ास पेशेवर जैसे कोई पादरी अथवा किसी पुलिसवाले की भंगिमा की अनुकृति। इनकी सीमाओं का रेखांकन करते हुए ग्रोतोव्स्की कहते हैं कि तनाव के क्षणों में जब अभिनेता से त्वरित प्रतिक्रिया की अपेक्षा हो तब ये जेस्चर अपना नकलीपन उजागर कर देते हैं। चूँकि जेस्चर अभिनेता के शरीर के भीतर स्वतःस्फूर्त रूप से विकसित होनेवाली क्रियाएँ नहीं हैं इसीलिए वे स्वाभाविक प्रतिक्रियाओं को भी जन्म नहीं दे सकतीं। दरअसल ये क्लिशेज़् को ही जन्म दे सकती हैं। इन जेस्चर की पहचान बताते हुए ग्रोतोव्स्की कहते हैं कि क्रियाएँ, जहाँ शरीर के अन्तरंग से जुड़ी होने के कारण हमेशा मेरुदंड को शामिल करती हैं, बल्कि मेरुदंड से ही प्रारम्भ होती हैं, वहीं जेस्चर केवल शरीर के बाहरी अंगों जैसे सिर, मुख अथवा हाथ तक ही सीमित रहते हैं। इसी तरह गतिविधि यानी एक्टिविटी को भी क्रिया समझने की भूल अक्सर होती है। पर, ग्रोतोव्स्की के द्वारा प्रवर्तित अभिनेता के स्कोर में न तो इन जेस्चरों के लिए स्थान है और न ही विस्तृत एक्टिविटी के लिए।

अभिनेता के द्वारा मंच पर की जानेवाली क्रियाओं को चिह्नों की एक शृंखला के रूप में देखने की माँग कई प्रश्न खड़े करती है। सबसे पहले सवाल उठता है कि क्रियाएँ जिन मनोवेगों को अभिव्यक्त करने के लिए मंच पर आ रही हैं उन दोनों के रिश्ते का आधार क्या हो? एक आसान रास्ता है कि हर संवेग के लिए एक निश्चित संकेत यानी एक क्रियाविशेष को चुन लिया जाए। पर, ग्रोतोव्स्की कहते हैं कि इस मामले में किसी निश्चित और रूढ़ व्याकरण का निर्णय करना अक्षम्य अपराध होगा। प्राचीन पूर्वी रंगमंच में अक्सर ऐसी रूढ़ियों की रचना हुई है, जिनने इस पूरी प्रक्रिया को बासी और प्रभावहीन बना दिया है। भारतीय नाट्यशास्त्र में भी

मनोभावों को व्यक्त करनेवाली मुद्राओं एवं अन्य रूढ़ियों का निर्माण हुआ है, जिसके परिणाम से हम लोग परिचित हैं। क्रिया और मनोवेग के बीच का रिश्ता दरअसल अभिनेता के निजी साहचर्य से बुना जानेवाला रिश्ता है जो अभिनेता की निजी स्मृतियों पर निर्भर होता है। वे कहते हैं : "चिह्न यानी ऐसी चीज़ जिसे हम समझने की बजाय महसूस करते हैं। समझना मस्तिष्क का काम है, पर, महसूस करने में मस्तिष्क के साथ-साथ हमारे दूसरे साहचर्य (associations) भी काम करते हैं। यहाँ भूमिका केवल मस्तिष्क की नहीं शरीर के दूसरे अंगों की भी होती है। इनकी विशेषता यह है कि यह बुनियादी रूप में वैयक्तिक होते हैं। यह दरअसल किसी एक निश्चित 'स्मृति' की ओर लौटने का काम है। स्मृतियाँ हमेशा एक शारीरिक प्रतिक्रिया के रूप में संग्रहित होती हैं। हमारी त्वचा, जो किसी स्पर्श को याद रखती है, हमारी आँखें जो एक दृश्य की स्मृति सँजोकर रखती हैं। हमने जो सुना है हम अक्सर उसे अपने अन्दर फिर से सुनते हैं।" ज़ाहिर है ऐसे साहचर्य हमारे शरीर की क्रियाओं को सुनिश्चित, अर्थवान और विशिष्ट बनाते हैं।

अभिनय की ग्रोतोव्स्की प्रवर्तित प्रक्रिया में अगला पड़ाव है, कान्टेक्ट यानी सम्पर्क। अक्सर इसे स्थिर नज़र से घूरने जैसी कोई चीज़ मान लिया जाता है। पर, सम्पर्क यह नहीं है। सम्पर्क से तात्पर्य है एक दूसरे के बीच प्रभाव का आदान-प्रदान, एक दूसरे के अस्तित्व का घनात्मक अहसास और उसका सार्थक स्वीकार। यह आदान-प्रदान निरन्तर चलनेवाली वस्तु है, किसी नाटक के पात्रों के बीच आपस में और इसी तरह अभिनेता और दर्शक के बीच में भी। दरअसल, ग्रोतोव्स्की की पूर्वनिर्धारित ठोस स्कोर वाली प्रक्रिया में यही वह बिन्दु है जिससे अभिनय में तात्कालिकता का समावेश होता है।

ग्रोतोव्स्की की माँग है कि एक प्रदर्शन के दौरान, जहाँ अभिनेता का अपना स्कोर यानी पाठ और क्रियाओं का सुनिर्धारित ढाँचा उपयोग के लिए तैयार है, उन पर अमल करनेवाले अभिनेताओं को अपने सहकर्मियों के साथ होनेवाले सम्पर्क और उस सम्पर्क के प्रभाव के लिए सदैव तैयार रहना चाहिए। यूँ एक अच्छा अभिनेता हमेशा अपने स्कोर यानी क्रियाओं की सुनिश्चित शृंखला का ही पालन करता है, पर उसके स्कोर में लगातार अत्यन्त सूक्ष्म तब्दीलियाँ होती रहती हैं। हर बार अभिनेता, अगर वह सच्चा और पवित्र अभिनेता है तो अपनी भूमिका को नया करता है यानी उनमें अपनी तात्कालिक्र प्रतिक्रियाओं का समावेश कर उन्हें अपनी मनःस्थिति अथवा परिवेश के अनुकूल बनाता चलता है। यह अनुकूलन सहकर्मी अभिनेताओं से भी अनुकूलन की माँग करता है। अगर अभिनेताओं के बीच आपस का सम्पर्क मज़बूत है तभी यह अनुकूलन सम्भव हो सकता है। ग्रोतोव्स्की कहते हैं कि निजी मनःस्थिति अथवा परिवेश के प्रभाव से अभिनेता के स्कोर में होनेवाले ये परिवर्तन अभिनय को जीवन्त बनाते हैं, लेकिन तभी जब सम्पर्क के ज़रिए सारे पात्र अपनी

प्रतिक्रियाओं को अनुकूलित कर सकें। इस तरह सम्पर्क, जो अपने आप में बहुत साधारण-सी वस्तु जान पड़ता है, एक प्रदर्शन में समस्त, सहभागियों के बीच के रिश्ते के लिए बुनियादी रूप से ज़िम्मेवार हो जाता है। इस पूरी प्रक्रिया को एक सिद्धान्त का रूप देते हुए ग्रोतोव्स्की कहते हैं : ''पूर्वनिर्धारित आवेगों और प्रतिक्रियाओं के ज़रिए, विवरणों के पूर्वनिर्धारित स्कोर के ज़रिए एक नितान्त निजी और अन्तरंग सत्य की खोज करनी है। इसमें सबसे बड़ा ख़तरा यह है कि आप दूसरों के साथ सहभागिता में काम करना बन्द कर दें और अपने निजी तत्त्वों, कहा जाए तो अपने भीतर से गड़े हुए ख़ज़ाने में डूब सकते हैं। अगर ऐसा हुआ, अगर आपने अपनी भावनाओं की समृद्धि तलाशनी शुरू कर दी, तब आप आत्मविभोरता की स्थिति में चले जा सकते हैं। उसी तरह भावनाओं अथवा संवेगों को ज़बरदस्ती लाने की कोशिश, कृत्रिम तरीक़े से अपने संवेगों को सक्रिय करने की चेष्टा सदैव एक नकल की तरफ़ ले जाती है। यह एक फरेब है न केवल दूसरों से, बल्कि अपने आप से भी।''

ग्रोतोव्स्की मानते हैं कि अभिनय की कला दरअसल आत्मदान की कला है। अभिनेता अपने शरीर का सार्वजनीकरण करता है जो एक तरह का दान है यानी वह थोड़ी देर के लिए इस शरीर पर से अपने स्वत्व को स्थगित करता है। यही आत्मदान या अपने अन्तरतम का बलिदान है। लेकिन अन्तरतम के बलिदान की पहली शर्त है अपने आप को जानना, अपने अन्दर प्रवेश करना। ग्रोतोव्स्की कहते हैं कि यह कोई बाल सँवारने का काम नहीं है, एक मुश्किल काम है, क्योंकि इसमें उस मुखौटे को नष्ट करना है जिसके पीछे रहकर आदमी अपनी रोज़मर्रा की ज़िन्दगी पूरी करता है। पर, मुखौटे को नष्ट करने का साधन क्या हो? इनके अनुसार एक नाट्य पाठ या चरित्र, अभिनेता के हाथों में ऐसी छुरी की तरह काम करते हैं जैसी किसी सर्जन के हाथों में होती है। इस छुरी का इस्तेमाल कर अभिनेता अपने दैनंदिन जीवन के इस्तेमाल में आने वाले मुखौटे को नष्ट करता है और अपने अन्दर प्रवेश करता है। वे कहते हैं : ''अभिनेता के लिए ज़रूरी है कि वह अपनी सबसे तुच्छ इच्छाओं को भी व्यक्त कर पाने की सामर्थ्य रखे। वह अपनी आवाज़ और गति के ज़रिए उन स्पंदनों को स्पर्श कर सके जो स्वप्न और यथार्थ के बीच की सीमारेखा पर विचरण करते हैं। संक्षेप में, इस अभिनेता में ध्वनि और मुद्रा के ज़रिए मनोविश्लेषण की अपनी भाषा गढ़ने की वैसी सामर्थ्य होनी चाहिए जैसी महान कवियों के शब्दों में देखने को मिलती है।''

एक अभिनेता जो अपने अन्दर प्रवेश करने का ज़िम्मा लेता है, जो अपने आपको व्यक्त करता है, अपने अन्तरतम का बलिदान करता है--सबसे पीड़ादायक उस हिस्से का, जिससे बाहर की दुनिया का कोई लेना-देना नहीं है उसका बलिदान करता है, वही अभिव्यक्ति की यह समर्थ भाषा हासिल कर सकता है। मनोविश्लेषण

की यह भाषा अपने शरीर के अवरोधों के कारण बाधित न हो इसी के लिए इस तैयारी की ज़रूरत होती है।

अभिनेता अपने अवरोधों का क्षरण कैसे करे? उसके मुखौटे नष्ट कैसे हों? इसके लिए जहाँ ग्रोतोव्स्की ने एक ओर भारतीय योगपद्धति और डेलसार्ट पद्धति के अभ्यासों में निरन्तर प्रयोग करके मनोशारीरिक अभ्यासों की एक पूरी शृंखला गढ़ी वहीं दूसरी ओर आर्तो के विचारों पर आद्धृत वह सैद्धान्तिक आधार भी तैयार किया जिसके आधार पर अभिनेता अपने अवरोध समाप्त कर सकता है। अपने अभिनय सम्बन्धी अभ्यासों को वे *एक्सरसाइजेज प्लास्टिक्स* की संज्ञा देते हैं। फिर इसके पीछे निहित सिद्धान्त की व्याख्या करते हुए वे कहते हैं : "अभिनेता अभिनय के क्रम में दरअसल अपने लिए एक चुनौती गढ़ता है और फिर अतिरेक, अस्वीकार तथा एक उग्र अवमानना के साथ अपने दैनंदिन मुखौटे को उतार कर फेंक देता है।"

अभिनय की इस पूरी प्रक्रिया में ग्रोतोव्स्की एक विशेष प्रकार की नैतिकता की चर्चा बार-बार करते हैं। इसको लेकर रंगकर्मियों में ढेर सारे भ्रामक विश्वास प्रचलित हैं। स्वयं ग्रोतोव्स्की अपनी इस अवधारणा को स्पष्ट करते हुए कहते हैं : "कलात्मक नैतिकता का सवाल भंगिमाओं और आचरण की व्यवस्था का सवाल नहीं है। यह दरअसल अपने सामने कुछ प्रश्न रखने की बात है। जैसे हम अपने आप से पूछें कि हमारी कौन-सी क्रियाएँ हमारी रचनात्मकता को प्रभावित करती हैं। अगर रचना के दौरान हम अपने निजी जीवन की कतिपय चीज़ों को छुपाने की कोशिश करें तो हमारी रचनात्मकता प्रभावित होगी। अपनी काल्पनिक प्रतिच्छवि पेश करने की कोशिश में हम एक बौद्धिक या दार्शनिक ढोंग रचते हैं, जो रचनात्मकता को असम्भव कर देती है। हम निजी जीवन के किसी भी ज़रूरी बिन्दु को, चाहे वह कोई पाप ही क्यों न हो, नहीं छुपा सकते। पाप ही क्यों, हमारे अन्तर्मन में गहरे धँसी कोई इच्छा या लोभ को भी साहचर्यों के चक्र में खुलकर व्यक्त होना चाहिए। लेकिन रचनात्मक प्रक्रिया केवल अपने को व्यक्त भर कर देने से पूरी नहीं होती। जो भी व्यक्त किया जा रहा है उसे एक नए साँचे में ढालना भी पड़ता है। तो नैतिकता के सवाल को अब इस तरह नियमबद्ध कर सकते हैं–"जो कुछ भी बुनियादी है चाहे वह नैतिक हो अथवा अनैतिक, उसे छुपाओ मत। कला में हमारी पहली जवाबदेही है अपने निजी मोटिव्स के ज़रिए अपने आपको पूरी तरह व्यक्त कर देना।"

रचनात्मक नैतिकता का अगला पहलू है रिस्क लेना। रचने के लिए आपको असफल होने का रिस्क लेना पड़ेगा। यानी आप पुराने और परिचित रास्ते को दुहरा नहीं सकते। जब हम पहली बार चलते हैं तो जैसे अज्ञात को चीरकर निकलते हैं, खोज, अध्ययन और द्वन्द्व की प्रक्रिया से गुज़रते हैं। लेकिन दूसरी बार उसी वस्तु से टकराने पर जूझने के लिए वह अज्ञात हमारे सामने नहीं होता, बल्कि होते हैं शार्टकट के ट्रिक्स और दार्शनिक, नैतिक अथवा तकनीकी रूढ़ियाँ। तो इन रूढ़ियों

से मुक्त होने का प्रश्न देखा जाए तो किसी धार्मिक नैतिकता का प्रश्न नहीं है। ग्रोतोव्स्की कहते हैं कि "यह तो ईमानदार आत्मान्वेषण की पद्धति और तकनीक का प्रश्न है। कोई चाहे तो इसे नैतिकता कह ले, पर व्यक्तिगत रूप में मैं इसे 'टेकनीक' के रूप में ही देखता हूँ क्योंकि तब इसमें किसी पाखंड अथवा झूठी मिठास घोलने की बात नहीं रह जाती।" आत्मान्वेषण एक अभिनेता का पेशागत अधिकार है और यही उसका सबसे बड़ा कर्तव्य भी है। "यह काम, जिसकी चर्चा हम अभी कर रहे हैं–अपने अन्दर प्रवेश, अपने आपकी अभिव्यक्ति–यह अपनी सारी शारीरिक और आत्मिक शक्तियों को सक्रिय करने की माँग करता है–उस अभिनेता से, जो अब तक बिलकुल निष्क्रिय रूप से प्रस्तुत था, उदासीन भाव से उपलब्ध–अब वह सक्रिय अभिनय को सम्भव कर सकता है।"

ग्रोतोव्स्की के यहाँ यह प्रक्रिया सदैव प्रतीकों में बँधकर आती है। उनके प्रतीकों का सहारा लेकर कहा जाए तो इस प्रक्रिया में निर्णायक बिन्दु है विनम्रता, तैयारी की एक आध्यात्मिक अवस्था। कुछ 'करना' नहीं बल्कि कुछ भी करने से अपने आपको रोकना, वरना यह अत्याचार आत्मोत्सर्ग के बदले निर्लज्जता में बदल जाएगा। वह कहते हैं कि अभिनेता एक अतीन्द्रिय अवस्था में काम करें। लेकिन जैसा ग्रोतोव्स्की ने आगे स्पष्ट किया है कि अतीन्द्रिय को वे जिस तरह समझते हैं, उसमें वह दरअसल एक ख़ास नाटकीय ध्यान की सामर्थ्य है जिसे बहुत थोड़ी-सी ईमानदार कोशिश से हासिल किया जा सकता है। आगे उन्हीं के शब्दों में–"अगर इन सारी बातों को मुझे सिर्फ़ एक वाक्य में कहना हो तो मैं कहूँगा यह बस अपने आपको सौंप देने की बात है। अभिनेता को चाहिए कि वह अपने आपको पूरी तरह सौंप दे सबसे गहरी अन्तरंगता में, पूरे विश्वास के साथ, जैसे आदमी प्यार में अपने आपको सौंपता है। बस यही कुंजी है। अपने अन्दर प्रवेश, अतींद्रियता, अत्याचार, ठोस अनुशासन–यह सब कुछ हासिल किया जा सकता है, बशर्ते आदमी अपने आपको पूरी तरह सौंप दे, विनम्रतापूर्वक और बिना किसी प्रतिरोध के। यह प्रक्रिया एक चरम अवस्था में पहुँचती है जहाँ बहुत राहत है। एक अभिनेता के प्रशिक्षण के अभ्यास एक हुनर सीखने के अभ्यास नहीं होने चाहिए, वे त्याग की एक ऐसी अवर्णनीय प्रक्रिया के अभ्यास होने चाहिए जिसका अन्तिम लक्ष्य है आत्मोत्सर्ग।"

पर, सवाल है अभिनेता अपने आपको किसे सौंपे? आख़िर किसको मुख़ातिब होंगी उसकी तमाम क्रियाएँ? आमतौर पर देखा जाए तो अभिनेता की समस्त क्रियाएँ सामने बैठे दर्शक को मुख़ातिब होती हैं। लेकिन शायद यही अभिनेताओं में परम्परा से दीखनेवाली प्रदर्शनात्मकता के लिए ज़िम्मेवार है। वह आत्मदान के बदले आत्मस्वीकृति के लिए काम करने लगता है जिसे ग्रोतोव्स्की तवायफ़ों के व्यवहार से जोड़ते हैं। ऐसा अभिनेता वही करता है जो दर्शकों को अच्छा लगे। ग्रोतोव्स्की के विचार से किसी अभिनेता में से तवायफ़ को समाप्त करना है और उसे पवित्र

सम्प्रेषक में तब्दील करना है तो दर्शक के लिए खेलने की इस प्रवृत्ति का अन्त करना होगा। फिर दूसरा विकल्प सामने आता है कि अभिनेता अपने आप के लिए खेले। मंच पर वह सारी दुनिया से निरपेक्ष अपने आपको सम्बोधित हो। यानी वह अपने मनोवेगों को देखे, जाने और अपनी मानसिक अवस्था की समृद्धि में डूबे उतराए। ग्रोतोव्स्की कहते हैं : ''यह हिस्टीरिया और ढोंग तक पहुँचने का सबसे छोटा रास्ता है।'' ढोंग क्यों? इसलिए कि मानसिक अवस्थाएँ जो अनुभव अथवा अध्ययन का विषय बनती हैं वे जीवन्त नहीं होतीं। संवेग, जो हमारे अनुभव का विषय बनते हैं वे कोई वास्तविक संवेग नहीं, उनकी स्मृति-भर होते हैं। फिर हमारे अन्दर लगातार एक जद्दोजहद चलती है, इन संवेगों को अधिक अनुभूतिपूर्ण बनाने की। लेकिन सच्चाई यह है कि संवेगों पर हमारी इच्छाओं का कोई नियन्त्रण होता नहीं है। सो हम अपने संवेगों की नकल करने लगते हैं जो शुद्ध रूप से फरेब और ढोंग है। इससे असन्तुष्ट अभिनेता अपने अन्दर कुछ ठोस तलाशने लगता है जो उसे सबसे आसानी से उपलब्ध होनेवाली चीज़–हिस्टीरिया की ओर ले जाता है। वह अपने आपको हिस्टीरियल प्रतिक्रियाओं के बीच छुपाने की कोशिश करता है : चीख़-चिल्लाहटों और जंगली भंगिमाओं के बीच निराकर परिकल्पनाएँ। यह भी एक तरह की आत्ममुग्धता है। लेकिन तब सवाल उठता है कि अगर अभिनय दर्शक के लिए नहीं है और फिर अपने लिए भी नहीं है तो फिर यह है किसके लिए?

ग्रोतोव्स्की के पास इस सवाल का लम्बा जवाब है। वे कहते हैं कि इसे समझने के लिए अभिनेता को उन दृश्यों में झाँकना होगा जहाँ उसे दूसरों के साथ अपने सम्पर्क (contact) और सम्बन्धों के आधार बिन्दु को जान और पहचान सकने की सामर्थ्य प्राप्त होती है। फिर से उसे अपने शरीर के उन सम्पर्क केन्द्रों को भी जानना होगा जिनकी इन साहचर्यों में निर्णायक भूमिका होती है। इस तरह वह उन विशेष स्मृतियों और साहचर्यों को चिह्नित कर सकता है जिन्होंने उसके बाहरी दुनिया के साथ सम्पर्क को रूप और आकृति दी है। अपने आपको सौंपने का जो सवाल है उसके जवाब में ग्रोतोव्स्की का कहना है कि अभिनेता अपने आपको इस शोध की प्रक्रिया को सौंप दे। अपने अन्तर्तम को निकालकर बाहरी दुनिया को सौंपना है पर बाहरी दुनिया से यहाँ मतलब दर्शक नहीं है, ईश्वर भी नहीं है क्योंकि आज के समय में ईश्वर का कोई अर्थ नहीं रह गया है। तब कौन है जिसके सामने अपने को पूरी तरह खोलकर सौंपा जा सकता है। ग्रोतोव्स्की के अनुसार यह एक सुरक्षित पार्टनर है जो उसकी अपनी जीवनी का ही हिस्सा है, जो बाहरी दुनिया के साथ उसके तमाम सम्पर्क और रिश्तों के मर्म को देख और शोध रहा है : ''जब एक अभिनेता अपने शरीर के आवेगों, अपने सम्पर्कों के साथ रिश्ते और उनके साथ के आदान-प्रदान का अध्ययन शुरू करता है तब उसका पुनर्जन्म होता है। इसके बाद से वह दूसरे

अभिनेताओं को हमेशा अपने इस जीवन साथी (जिसे अभी-अभी अपनी खोज से उसने पाया है और जो बाहरी दुनिया से उसके तमाम सम्पर्कों के लिए ज़िम्मेवार है) के स्क्रीन के रूप में देखने लगता है और अपनी अवधारणा से इन पर चीज़ें प्रक्षेपित करने लगता है।" अन्ततः वह इससे आगे की एक अवस्था को प्राप्त करता है, जहाँ अपने सहकर्मियों से अलग अपने जैविक अस्तित्व के अंग रूप में ही उसे इस सुरक्षित पार्टनर के दर्शन होते हैं। ग्रोतोव्स्की इसे अभिनेता का तीसरा जन्म बताते हैं यानी परिपक्वता की चरम अवस्था। इस चरण तक पहुँच जाने के बाद अभिनेता जो भी करता है अपने इसी सुरक्षित पार्टनर के लिए करता है। एक सामूहिक क्रिया में नग्न रूप में शामिल होने के बाद भी अभिनेता पूरी सुरक्षा की भावना महसूस कर सके और अपने कोमलतम पक्ष को सबके सामने उघाड़कर ला सके यह तभी सम्भव होता है।

रंगमंच की समग्र अवधारणा के स्तर पर ग्रोतोव्स्की जिन दो पक्षों के एनकाउंटर से अपना प्रभाव हासिल करना चाहते हैं उनमें से एक यानी अभिनेता को प्रशिक्षित करने के साधन उनके पास मौजूद हैं पर, दूसरा पक्ष विशाल है और उसे नियन्त्रित करने के साधन कहीं नहीं हैं। आख़िर दर्शकों का कोई क्या कर सकता है? पर, ग्रोतोव्स्की की समझ यहाँ बिलकुल साफ़ है। इसीलिए पहले तो वह अपने दर्शक समाज का दायरा स्पष्ट करते हुए कहते हैं कि : "हम उस आदमी के लिए काम नहीं करते हैं, जो एक लम्बे दिन के कठिन परिश्रम के बाद रंगमंच में आराम करने आता है। काम के बाद आराम सबका हक़ है और इसके लिए मनोरंजन के अनगिनत साधन हैं। ख़ास तरह की फ़िल्में, कैबरे और संगीत के कार्यक्रम, और भी जाने क्या-क्या। हमारी चिन्ता के केन्द्र में है वह दर्शक जिसकी वास्तव में कोई आध्यात्मिक ज़रूरत है, जो वास्तव में चाहता है कि अपना विश्लेषण कर सके। वैसे लोग जो मानसिक संयोजन के आरम्भिक चरणों में ही अपनी टुच्ची ज्यामितिक स्थिरता से सन्तुष्ट होकर ठहर जाते हैं, क्या अच्छा है क्या बुरा, इसको लेकर जिन्हें कभी शक नहीं होता, जिन्हें लगता है वे सब कुछ भलीभाँति जानते हैं, वे हमारे दर्शक नहीं हैं। दरअसल अलग्रेसो, नोरविट्ज, थामस मान और दोस्तोयव्स्की जैसों की रचनाएँ इन्हें सम्बोधित नहीं हैं बल्कि उसे सम्बोधित हैं जो अपने आत्मविकास की अनवरत प्रक्रिया से गुज़र रहा है। जिसकी बेचैनी सत्य की तलाश से ताल्लुक़ रखती है, सत्य उसके अपने बारे में और जीवन में उसके मिशन के बारे में। हमारा दर्शक वह है।"

लेकिन इतने पर भी बात नहीं बनती। आख़िर आध्यात्मिक आवश्यकताएँ अथवा सत्य के संधान की चुनौती भी कोई निरपेक्ष वस्तु नहीं होती। वह प्रत्येक व्यक्ति के हृदय में अपना अलग रूपाकार लेकर प्रकट हो सकती है। इसलिए ग्रोतोव्स्की ऐसे कॉमन प्लेटफ़ॉर्म की तलाश में जाते हैं जहाँ अभिनेता और दर्शक

एकसाथ खड़े हो सकते हों। आर्तो ने इसी ज़रूरत के मद्देनज़र नए 'मिथक' रचने की माँग रखी थी। पर, ग्रोतोव्स्की जानते हैं, यह माँग अव्यावहारिक थी। इसके विपरीत ग्रोतोव्स्की अपने मिथकों से संघर्ष करने की बात करते हैं : ''अभिनेता के साथ इस भिड़ंत में दर्शक आत्मविश्लेषण के लिए उत्तेजित हो, इसके लिए दोनों के बीच में एक कॉमन ज़मीन का होना ज़रूरी है, कोई ऐसी चीज़ जिसे दोनों पहली नज़र में ख़ारिज करते हों या फिर दोनों ही जिसे पूजते हों। इसीलिए रंगमंच को भी ऐसी चीज़ों से भिड़ना चाहिए जिन्हें समाज की सामूहिक कुंठा या सामूहिक अवचेतन या फिर शायद सुपर कंशसनेस कहा जा सकता है, ऐसे मिथक जो मस्तिष्क की उपज नहीं हैं, बल्कि जिन्हें हमने अपने रक्त, धर्म, संस्कृति अथवा जलवायु से ग्रहण किया है।

''दरअसल, मेरे दिमाग़ में जो बातें हैं वे इतनी बुनियादी और अन्तरंग हैं कि इन्हें तार्किक विश्लेषण के लिए पेश करना शायद एक मुश्किल टास्क होगा। अब जैसे धार्मिक मिथक हैं : ईसा और मरियम का मिथक, या जैविक मिथक : जन्म और मृत्यु, प्रेम संकेत या फिर व्यापक रूप से इरोज और थानातोस जैसे राष्ट्रीय मिथक जिन्हें सूत्रों में तोड़कर समझने के लिए पेश करना मुश्किल है पर, जिन्हें हम अपने रक्त में महसूस करते हैं जब मिकिविज का फोरफादर्स इव भाग 3, स्लोवाकी के कॉर्डियन या एव मारिया को पढ़ते हैं।''

एक बार मिथकों के ज़रिए यह कॉमन प्लेटफ़ॉर्म हासिल हो जाने के बाद ग्रोतोव्स्की के अनुसार पवित्र अभिनेता जब किसी प्रस्तुति या किसी रोल पर काम करते हुए अपने अन्तरतम में बैठे 'स्व' को चोट पहुँचाते हैं, एक पवित्र सत्य को पाने के लिए वे ऐसी तलाश में जाते हैं जो यूँ तो उन्हें गहरा जख़्म दे सकती है लेकिन जो अन्ततः असीम शान्ति का एकमात्र रास्ता है, तब वे अनिवार्य रूप से 'सामूहिक प्रतिनिधित्व' (representations collectives) की अवस्था को प्राप्त करते हैं। ग्रोतोव्स्की के विश्लेषणों से सामूहिक प्रतिनिधित्व का जो स्वरूप उभरता है वह मिथकों के नायक के व्यापक प्रभाव से मिलता-जुलता है। भारतीय सन्दर्भ में देखें तो पारम्परिक शास्त्रीय नाटकों के चरित्र अक्सर एक भव्यता और कृष्ण सभी—व्यक्ति की सीमाओं से परे समूह की शक्ति, समूह की सद्वृत्तियों अथवा घृणा का प्रतिनिधित्व करते हैं। लगभग ऐसी ही शक्ति की माँग ग्रोतोव्स्की अपने अभिनेता से रखते हैं। आगे वे कहते हैं : ''अब सवाल होगा कि यह एक नाट्य प्रदर्शन में कैसे काम करता है। मैं अभी इसका कोई उदाहरण नहीं पेश करना चाहता। 'आक्रोपोलिस', 'डॉ. फॉस्ट्स' और दूसरे कई प्रदर्शनों की चर्चा में इसे भलीभाँति व्यक्त किया जा चुका है। मैं इन रंगप्रदर्शनों की एक अलग ख़ास विशेषता की ओर ध्यान आकृष्ट करना चाहूँगा और वह है इन पर मिलने वाली प्रतिक्रियाएँ जिनमें इनके प्रति गहरे लगाव और उतने ही तीव्र नकार, स्वीकार और प्रतिकार, इनमें जो भी पवित्र

था यानी सामूहिक प्रतिनिधित्व, उसकी घोर निन्दा या फिर उसके प्रति पूर्ण समर्पण और पूजा का विरोधाभासी समन्वय व्यक्त किया गया।''

ग्रोतोव्स्की का रंगचिन्तन एक समग्र चिन्तन है। मानो रंगमंच की परम्परा से प्रवहमान धारा के सामने वह एक विकल्प पेश कर रहे हों। इसमें कोई शक नहीं कि विकल्प रूप में प्रस्तुत यह प्रणाली अभिनेता के काम को बहुत सफलतापूर्वक विश्लेषित करती है जिसका व्यापक प्रभाव दुनिया भर के अभिनय कर्म पर पड़ा है। रंगप्रस्तुति के प्रभाव के स्तर पर भी इस रंगमंच ने बहुत कुछ नया जोड़ा है। पर, दर्शक समाज पर जिस व्यापक असर की माँग वे इस कर्म से रखते हैं उसको लेकर अभी भी गहरे सन्देह बने रह जाते हैं। देखा जाए तो यह एक तरह से समाज में धर्म का विकल्प पेश करने की कोशिश थी। इस असर के लिए जिन परिस्थितियों और शर्तों की माँग उन्होंने रखी उनमें भी एक तरह से स्वयं इस रंगमंच की सीमाओं की स्वीकृति व्यक्त होती है। यूजिन बार्बा के एक प्रश्न के उत्तर में उन्होंने कहा भी है : ''हम जो बातें कर रहे हैं वह समझिए कि रंगमंच में एक धर्मनिरपेक्ष पवित्र त्रिकास्थि के निर्माण की सम्भावना की तलाश है। सवाल है कि क्या सभ्यता के विकास की मौजूदा रफ़्तार व्यापक स्तर पर ऐसी कोशिश को सम्भव होने देगी? मेरे पास इसका उत्तर नहीं है। समाज की मनोसामाजिक आवश्यकता है कि इसे सम्भव बनाया जाए, अगर धर्म को इस धर्मनिरपेक्ष चेतना के द्वारा स्थानांतरित किया जाना है तो। यह रूपान्तरण समाज की परम आवश्यकता है पर, इसका यह मतलब नहीं कि ऐसा हो ही जाएगा। अब जैसे कि नैतिक नियम कहता है कि मनुष्य को दूसरे मनुष्य के साथ भेड़िये जैसा बर्ताव नहीं करना चाहिए लेकिन हम सभी जानते हैं इस नियम का पालन हमेशा नहीं होता।''

प्रयोगशील ऊर्जा

सुरेश धींगड़ा

जो बात रंगमंच को दूसरी कलाओं से अलग करती है, वह है इसका अस्थायी होना। लेकिन रंगमंच के अस्थायी होने के बावजूद इस पर स्थायी मानक और सामान्य नियम लागू करना बहुत आसान है। रंगमंच की निहित शक्ति इतनी अधिक है कि उन समाजों में भी उसकी स्वायत्तता और आज़ादी स्वतन्त्रताओं की सीढ़ी में सबसे नीचे होती है, जिनमें लिखित शब्द में अभिव्यक्ति संवैधानिक अधिकार होता है। सत्ताएँ इस तथ्य को समझती हैं कि जीवंत प्रस्तुति का जनता पर चुम्बकीय प्रभाव हो सकता है। यह ज़रूरी नहीं है कि ऐसी घटनाएँ अक्सर घटें ही। लेकिन रंगमंच की शक्ति की यह स्वीकृति उतनी ही आदिम है, जितना रंगमंच स्वयं। यह ऐसा रणक्षेत्र है, जिसमें जीवंत द्वन्द्व जन्म लेता है। दर्शक-समूह का सामूहिक संकेन्द्रण रंगमंच को प्रबल बनाने में उत्प्रेरक का काम कर सकता है। दरअसल, रंगमंच के सन्दर्भ में अनेक शक्तियाँ एकसाथ काम करती दिखाई देती हैं, जिनके कारण व्यक्ति के निजी जीवन को छानकर बारीक़ी से परखने का अवसर मिलता है। यही स्थिति समाज के सन्दर्भ में उत्पन्न होती है, जिससे सामाजिक, राजनीतिक, आर्थिक, सांस्कृतिक धरातलों पर घट रही घटनाओं की पड़ताल भी की जा सकती है, और उन्हें सही परिप्रेक्ष्य में समझने के अवसर भी मिल सकते हैं। इस अर्थ में रंगमंच एक आतिशी शीशे का काम भी करता है, जिससे स्थितियों का आवर्द्धन करके देखा जा सकता है और वह ऐसे शीशे का काम भी करता है, जो चीज़ों को छोटा करके दिखाता है–'दुनिया बहुत छोटी है, और इसीलिए वह ख़ूबसूरत भी हो सकती है।' यह रोज़मर्रा की ज़िन्दगी से अलग भी है और हमें वैश्विक समाजों के सन्निकट भी ले आती है, जहाँ अपेक्षाकृत खुलापन है। लेकिन रंगमंच का समुदाय वैसा ही रहता है। बल्कि एक अर्थ में रंगमंच जीवन का संकुचन करता है। वह जीवन की तरह बहुउद्देशीय नहीं होता, उसका लक्ष्य एक ही होता है–वह जीवन का विमर्श है, इसलिए वह मूल्यनिर्णय (वैल्यू जजमेन्ट) को भी केन्द्र में रखता है। इसके लिए रंगमंच समुदाय एक सामाजिक विधान के अन्तर्गत काम करता है, जिसमें पहले प्रदर्शन का दबाव, रचना में अपेक्षित

ऊर्जा, समर्पण, सामूहिक प्रयास, एक-दूसरे की अपेक्षाओं का ख़याल सभी पक्ष एकसाथ कार्यरत रहते हैं।

यही कारण है कि रंगमंच की स्थितियाँ समाज-अध्ययन का बहुत अच्छा उदाहरण प्रस्तुत करती हैं। आतिशी शीशे में से देखने पर हमें यह रंगमंच-समुदाय एक ऐसी इकाई के रूप में दिखाई देगा जो सुनिश्चित और साझे, लेकिन अनाम मानकों का इस्तेमाल करती है। समुदाय में भी रंगमंच दो छोरों पर दिखाई देता है। एक छोर पर तो उसकी कोई भूमिका होती ही नहीं, दूसरे छोर पर उसकी भूमिका अतिविशिष्ट जान पड़ती है। भूमिका की यह विशिष्टता समाज की अन्य इकाइयों या घटकों में दिखलाई नहीं पड़ती। इन घटकों में घर-परिवार, जनसंस्थाएँ, जनमनोरंजन के साधन, सिनेमा आदि अन्य कलाएँ सभी शामिल हैं। इसका कारण स्पष्ट है। रंगमंच वर्तमान में अपनी सत्ता को स्थापित करने का प्रयास करता है। यह गुण उसे अपेक्षाकृत अधिक वास्तविक, अधिक यथार्थ बनाता है। और यही गुण इसे अपेक्षाकृत अधिक आन्दोलित करनेवाला बनाता है, यही गुण इसे तात्कालिक भी बनाता है और प्रत्यक्ष भी।

इन्हीं गुणों के आलोक में व्यावहारिक स्तर पर पीटर ब्रुक ने रंगमंच को सम्बन्धों के तीन वर्गों में विभाजित किया है : प्रस्तुति के स्तर पर यह सम्बन्ध अभिनेता, विषय और दर्शक के बीच का है, पूर्वाभ्यासों के दौरान यह सम्बन्ध अभिनेता, विषय और निर्देशक के बीच का है, तथा सबसे पहला सम्बन्ध वर्ग—निर्देशक, विषय और अभिकल्पक के बीच का है। व्यवहार की दृष्टि से पीटर ब्रुक सबसे पहले अभिकल्पक और निर्देशक के बीच के सम्बन्ध को स्पष्ट करते हैं। उनकी दृष्टि में दृश्यसज्जा और वेशभूषा प्रस्तुति की तैयारी के साथ-साथ पूर्वाभ्यासों के दौरान ही विकसित होती है, लेकिन निर्माण और वेशभूषा को तैयार करने की विवशता के कारण अभिकल्पक को इसकी तैयारी पहले से करनी पड़ती है। लेकिन अभिकल्पक के साथ काम करते हुए यह महत्त्वपूर्ण हो जाता है कि गति के प्रति सहानुभूति का भाव बना रहे। यदि अभिकल्पक किसी समाधान की ओर बहुत तेज़ी से बढ़ जाता है, जिसके कारण निर्देशक को पाठ के अनुरूप पहले से कल्पित रूपों को स्वीकार या अस्वीकार करना पड़ता है, तो एक प्रकार की कठिनाई उपस्थित हो जाती है। पीटर ब्रुक इसे एक शिकंजे की संज्ञा देते हैं : 'जब-जब मुझे ग़लत रूप सिर्फ़ इसलिए स्वीकार करना पड़ा है क्योंकि मेरे पास अभिकल्पक के विचार का विरोध करने का कोई तर्क नहीं था, तब-तब मैंने ख़ुद को ऐसे शिकंजे में फँसा पाया है कि प्रस्तुति के दौरान उससे निकलने का कोई रास्ता ही नहीं मिला। इसका परिणाम हुआ है ख़राब प्रस्तुति।'

पीटर ब्रुक दृश्यसज्जा को नाटक की ज्यामिति मानते हैं। ग़लत दृश्यसज्जा नाटक के अनेक दृश्यों की प्रस्तुति को असम्भव बना देती है और अभिनेता के सामने प्रस्तुत अनेक सम्भावनाओं को भी समाप्त कर देती है। श्रेष्ठ अभिकल्पक निर्देशक के साथ क़दम-दर-क़दम विकास करता है। वह कई बार अपनी अभिकल्पना को रद्द करता

है, उसमें आवश्यकतानुसार परिवर्तन करता है; इस लचीली दृष्टि से काम लेते हुए ही वह उस अभिकल्पना को पूर्ण करता है, जो नाटक को रंगमंच पर सार्थकता के साथ साकार करने में सहायक होती है।

दूसरी ओर, पीटर ब्रुक स्वयं निर्देशक द्वारा अभिकल्पना को अधिक उपयुक्त मानते हैं, क्योंकि इस स्थिति में नाटक की सैद्धान्तिक समझ और रूपों और रंगों के रूप में उसके प्रसार का एकसाथ विकास होता है। इसका लाभ यह होता है कि जो बिन्दु पूर्वाभ्यासों के दौरान निर्देशक की नज़र से चूक जाते हैं, वे भी कई बार काम के दौरान मंचव्यापार या रंगों की शृंखला के सन्दर्भ में अर्थवान हो जाते हैं। इसलिए यह बात उसके सामने स्पष्ट होती है कि अभिकल्पन अपने आप में अन्तिम लक्ष्य नहीं है, वह केवल विकासचक्र का प्रारम्भिक बिन्दु है।

इसके विपरीत अनेक अभिकल्पक यह मानकर चलते हैं कि दृश्यसज्जा और वेशभूषा के रेखाचित्र प्रदान कर देने के बाद उनके रचनात्मक कार्य का एक बड़ा अंश पूरा हो गया है। यह बात रंगमंच के तंत्र में कार्यरत अच्छे चित्रकारों में ज़्यादा देखने को मिलती है। उनके निकट एक बार तैयार किया गया डिजायन ही पूर्ण डिजायन है। पीटर ब्रुक इसे कलाप्रेमियों की कमज़ोरी मानते हैं और बल देते है कि 'महान' चित्रकार और शिल्पी कभी अच्छे रंगमंच अभिकल्पक नहीं हो सकते। आवश्यकता होती है अधूरे डिजायन की, ऐसे डिजायन की जिसमें स्पष्टता तो हो ही साथ ही लचीलापन भी हो, वह खुला हो, अन्तिम नहीं। यह रंगमंचीय सोच का मूल तत्त्व है : सच्चा रंगमंच अभिकल्पक अपनी अभिकल्पना को हमेशा उसके सापेक्ष गतिशील और कार्यरत मानता है जो दृश्य खुलने के अभिनेता दृश्य को उसके खुलने के साथ-साथ प्रदान करता है। दूसरे शब्दों में कहा जाए तो अभिकल्पक ईज़ल पर दो-आयामी चित्र बनानेवाले चित्रकार और तीन-आयामी मूर्ति बनानेवाले मूर्तिकार से अलग चार आयामों में कल्पना करता है। यह चौथा आयाम समयान्तराल है—मंचचित्र के रूप में नहीं वरन् मंच गतिशील चित्र के रूप में। फ़िल्म का सम्पादक तो घटना के बाद अपनी सामग्री को रूप प्रदान करता है। मंच अभिकल्पक अक्सर फ़िल्म के उस सम्पादक की तरह होता है, जो सामग्री के उत्पादन से भी पहले गतिशील सामग्री को रूप प्रदान कर देता है। जितने विलम्ब से निर्णय लेता है, उतना ही बेहतर होता है।

वेशभूषा से जुड़े प्रश्न हर प्रस्तुति पर काम करते समय ऐसे सामने आते हैं जैसे पहली बार उभर रहे हों : अभिनेता कौन-सी वेशभूषा धारण कर सकते हैं? क्या कार्यव्यापार में कोई काल-विशेष है! कौन-सा 'काल' है? उसकी वास्तविकता क्या है? क्या अभिलेखों द्वारा प्रदत्त सारे पक्ष वास्तविक हैं? या उनमें कल्पना की उड़ान और प्रेरणा अधिक वास्तविकता लिये हुए है? नाटकीय उद्देश्य क्या हैं? क्या कहा जाना है? शारीरिक रूप से अभिनेता की आवश्यकता क्या है? दर्शकों की आँखों की माँग क्या है? क्या दर्शकों की इस माँग को पूरा करना चाहिए या 'नाटकीय रूप'

में उसका विरोध अपेक्षित है? रंग और बुनावट किस चीज़ को उभार सकते हैं? किस चीज़ को वे दबा देंगे?

ग़लत वेशभूषा अभिनेता के प्रदर्शन को बिगाड़ सकती है। प्रश्न उसकी स्वीकृति का नहीं, उपयुक्तता का है। परिधान दीखने में सुन्दर होने पर भी भूमिका के लिए अनुपयुक्त हो सकते हैं। वस्तुतः उनकी अभिकल्पना का आधार पृष्ठभूमि होना चाहिए, केवल अभिकल्पक की अपनी धारणा नहीं।

पीटर ब्रुक के अनुसार निर्देशक भी इसी प्रकार विकास करता है। जो निर्देशक पहले ही दिन निश्चित गतियों और लक्ष्य के साथ पूर्वाभ्यास के लिए पहुँचता है, वह उनकी दृष्टि में निःस्पंद है। इसके विपरीत पहले दिन तो स्थिति ऐसी होती है जैसे कोई दृष्टिहीन दूसरे दृष्टिहीन का नेतृत्व कर रहा हो। पहले दिन तो निर्देशक ज़्यादा-से-ज़्यादा नाटक के मूलभूत विचार की चर्चा कर सकता है या मॉडलों और वेशभूषा के स्केचेज पर बातचीत कर सकता है, इत्यादि। ये कार्य वातावरण-निर्माण की भूमिका निभाते हैं, जिसमें सभी अभिनेताओं को काम करना होता है। यह इसलिए भी अनिवार्य है, क्योंकि पूर्वाभ्यासों के प्रारम्भ में अभिनेता कुछ तनावग्रस्त हो सकते हैं, उनकी कुछ निजी समस्याएँ हो सकती हैं। इसलिए उन्हें तनावयुक्त करना एक अनिवार्यता है। एक बार जब प्रक्रिया की शुरुआत हो जाती है, तो लगता है जैसे सब कुछ बदल चुका है—सम्बन्ध, विश्वास, मित्रता, अनौपचारिकता सभी कुछ। पूर्वाभ्यास विकासशील प्रक्रिया है। इन्हीं के दौरान निर्देशक इस बात को पहचानता है कि किस काम को करने का सही वक़्त क्या है, उसकी कला की सिद्धहस्तता का मान यही है कि उन वर्गों को पहचाने। इसी दौरान उसे पता चल सकता है कि पूर्वाभ्यासों के प्रारम्भिक दिनों में वह जिन निर्देशों का सम्प्रेषण करने में असमर्थ था, अब उन्हीं को सुगमता से पालन करवाना सम्भव हो जाता है, कितना सुगम हो गया है यह पहचानना कि बाहर से शान्त लगने वाला अभिनेता भी भीतर से यह जानने के लिए कितना उत्सुक है कि उससे क्या अपेक्षित है; इसी प्रक्रिया के दौरान निर्देशक को पता चलता है कि आवश्यकता धैर्य और प्रतीक्षा की थी, न कि अपनी बात को मनवाने की। एक बात और। यह स्थिति स्वयं निर्देशक को भी स्थिर नहीं रहने देती। पहले से बनाई गई धारणाएँ विकसित होती हैं या नया स्वरूप धारण करती हैं, अभिनेताओं की संवेदना उसकी अपनी संवेदना को प्रकाशवृत्त में ले आती है, जो नाटक को, नाटक के उद्‌देश्य को, उसके कथ्य को, निर्देशक के उसके प्रति पूर्वनिर्धारित दृष्टिकोण की लगातार पड़ताल का अवसर देती है।

निःसन्देह इस कार्य में विचारणा का महत्त्वपूर्ण स्थान है। इसका अर्थ है—'तुलना, सोचना, ग़लतियाँ करना, लौटना, झिझकना, पुनः शुरू करना।' पीटर ब्रुक इस सम्बन्ध में अन्य कलाक्षेत्रों के उदाहरण प्रस्तुत करके अपनी अवधारणा को स्पष्ट करते हैं, 'चित्रकार स्वाभाविक रूप से इस प्रक्रिया को अपनाता है, लेखक भी यही करता है,

लेकिन गोपनीयता के साथ।' रंगनिर्देशक को अपने अनिश्चय अपने अभिनेताओं के सामने खोलने पड़ते हैं, लेकिन इसका सुखद परिणाम यह होता है कि उसका माध्यम इस प्रक्रिया में विकसित होता है। मूर्तिकार कहता है कि सामग्री का चुनाव उसकी रचना को लगातार बदलता है, अभिनेताओं की जीवंत सामग्री तो अलग बात है, अनुभूति है, और हर क्षण की जाने वाली खोज है—पूर्वाभ्यास है जो सस्वर-विचार है, जो दिखाई देता है।

लेकिन क्या रंगनिर्देशक कोई फालतू चीज़ है? पीटर ब्रुक इस प्रश्न की तलाश एक विरोधाभास के रास्ते से करते हैं : "केवल एक ही व्यक्ति ऐसा है जो बहुत अच्छे निर्देशक की भाँति प्रभावशाली होता है—और वह सड़ाँध भरा है। कभी-कभी ऐसा होता है कि निर्देशक इतना बेकार होता है, इतना दिशाविहीन होता है, अपनी इच्छा का पालन कराने में इतना असमर्थ होता है कि उसकी अयोग्यता एक सकारात्मक गुण बन जाती है। ऐसी स्थिति अभिनेताओं को निराश कर देती है। निर्देशक की अयोग्यता अभिनेताओं के सामने एक खाड़ी बना देती है, और जैसे-जैसे पहला प्रदर्शन नज़दीक आता जाता है, वैसे-वैसे असुरक्षा भय में बदलती जाती है, और यही भय शक्ति का रूप धारण कर लेता है। कई बार ऐसा होता है कि अन्तिम क्षणों में किसी मंडली में शक्ति और एकता का संचार हो जाता है, जैसे कोई जादू हो गया हो और उसका पहला प्रदर्शन ही ऐसा होता है कि निर्देशक को उसके लिए वाहवाही मिल जाती है। कभी यह भी होता है कि निर्देशक को उत्तरदायित्व से मुक्त कर दिए जाने के बाद नए निर्देशक का काम आसान हो गया हो। मैंने एक बार किसी और के काम को एक ही रात में पुनर्नियोजित किया और परिणामस्वरूप मुझे ख्वामखाह उसके लिए प्रशंसा मिल गई। दरअसल, निराशा ने ऐसी भूमिका तैयार कर दी थी कि सिर्फ़ एक उँगली का स्पर्श काफ़ी था।"

"लेकिन, जब निर्देशक ऊपर से देखने पर काफ़ी विश्वसनीय, काफ़ी कठोर, स्पष्टता से अपनी बात रखनेवाला होने के कारण अभिनेताओं का आंशिक विश्वास प्राप्त करनेवाला होता है, तब इस बात की सम्भावना भी अधिक होती है कि ग़लत परिणाम निकले। भले ही कोई अभिनेता अन्ततः असहमत हो, वह कुछ-न-कुछ भार तो निर्देशक पर डालता ही है, क्योंकि वह सोच सकता है कि वह शायद ठीक कह रहा है या यह कि निर्देशक ही 'उत्तरदायी' है--भले ही वह क्षीण उत्तरदायित्व क्यों न हो—और वही कोई 'रास्ता निकालेगा'। इससे अभिनेता तो अन्ततः उत्तरदायित्व से बच निकलता है, लेकिन इससे मंडली एक साथ हरकत में नहीं आ पाती। यह विनम्र, आदरणीय, निरभिमान और अक्सर सबसे भला व्यक्ति निर्देशक ही है, जिस पर सबसे कम विश्वास करना चाहिए।"

पीटर ब्रुक इस बात के प्रति सचेत हैं कि उनकी बात का ग़लत अर्थ न लगा लिया जाए। उन्हें इस बात का अहसास भी है कि जो निर्देशक तानाशाही नहीं चलाना

चाहते, वे ऐसे जाल में उलझ सकते हैं कि जहाँ फँसकर वे कुछ करने योग्य ही न रहें, वे यह भी सोच सकते हैं कि अभिनेता को सम्मान देने का एक ही रास्ता है—अहस्तक्षेप का। लेकिन यह घातक होगा, तर्कहीन होगा, क्योंकि बिना नेतृत्व के कोई भी मंडली किसी संगत परिणाम तक नहीं पहुँच सकती। इसलिए निर्देशक अपने उत्तरदायित्व से मुक्त नहीं हो सकता, वह पूर्णतः उत्तरदायी है। वह प्रक्रिया से अलग नहीं है, उसका अंग है। अनेक अभिनेताओं ने ऐसी घोषणाएँ की हैं कि निर्देशक फालतू की चीज़ है, उसकी कोई आवश्यकता नहीं है; अभिनेता स्वयं नाटक को परवान चढ़ा सकते हैं। लेकिन पीटर ब्रुक प्रतिप्रश्न करते हैं कि 'ये कौन से अभिनेता हैं, जो स्वयं नाटक को परवान चढ़ा सकते हैं? उन्हें अकेले विकास की सीढ़ियाँ चढ़ने के लिए इतना विकसित प्राणी होना पड़ेगा कि उन्हें किसी रिहर्सल की भी ज़रूरत न पड़े; वे आलेख का एक बार पाठ करेंगे और पलक झपकते उसका अदृश्य अर्थ उनके सामने पूर्णतः स्पष्ट हो जाएगा।' लेकिन उनके निकट यह अवास्तविक स्थिति है और यहीं निर्देशक की सार्थक भूमिका दिखाई पड़ती है : वह नाट्यमंडली को आदर्श स्थिति की ओर ले जाता है। वह आक्रामक होता है और फिर दूसरों के आगे झुक जाता है, वह उत्तेजित करता है और पीछे हट जाता है ताकि अपरिभाषेय स्पष्ट हो सके। वह अभिनेता के भीतर से श्रेष्ठ का उद्घाटन करवा लेता है, जो अन्यथा शायद अनुद्घाटित रह जाता।

यह सच है कि अभिनय तो अभिनेता के भीतर एक क्षीण-सी हरकत से शुरू हो जाता है। हो सकता है वह हरकत दिखाई भी न दे। कोई ऐसा संकेत, जो जीवन की दिशा को, स्थिति को, वांछा को परिवर्तित करने की क्षमता से पूर्ण हो, अभिनेता के भीतर भावनाओं का समन्दर लहरा सकता है। ग्रोतोव्स्की जिसे अभिनेता में 'प्रवेश'—स्वयं के द्वारा—करने की संज्ञा देते हैं, वह युवा अभिनेताओं के सन्दर्भ में अधिक कारगर दिखाई पड़ती है क्योंकि उनकी मानसिकता के इर्द-गिर्द कोई अभेद्य दीवार नहीं बनी होती। परिपक्वता के साथ-साथ ऐसी दीवारें भी बन जाती हैं लेकिन पीटर ब्रुक की दृष्टि में केवल भीतर का स्पन्दन पर्याप्त नहीं है, उसे बाहर से भी प्रेरणा मिलना आवश्यक है। इसके लिए उन्होंने अध्ययन और विचार का महत्त्व स्वीकार किया है। उनकी दृष्टि में ये अभिनेता के भीतर उगे उन पूर्वाग्रहों या पूर्व-अवधारणाओं को दूर करने में सहायक होते हैं, जिनके कारण गहरे अर्थ उसकी नज़र से ओझल रहते हैं। इसलिए मुश्किल भूमिका को समझने के लिए यह अनिवार्य होगा कि अभिनेता अपने व्यक्तित्व और विवेक की अन्तिम सीमा तक जाए। फिर भी कुछ कमी रह सकती है। ऐसी स्थिति में पीटर ब्रुक पूर्वाभ्यासों पर बल देते हैं।

रंगमंच के इतिहास में ऐसे अनेक दौर आए हैं, जब अभिनय स्वीकार्य भंगिमाओं और अभिव्यक्तियों के आधार पर होता रहा है—व्यवहारों की कुछ निश्चित परिपाटियाँ

रही हैं, जिन्हें आज हम ख़ारिज कर देते हैं। दूसरी ओर यह बात भी स्पष्ट है कि प्रणालीबद्ध अभिनेता जब वास्तविक जीवन से अपनी भंगिमाएँ ग्रहण करता है, तो उसकी सीमाएँ भी उद्घाटित हो जाती हैं क्योंकि जब अभिनेता अपने निरीक्षण या नैसर्गिक प्रतिक्रिया के आधार पर अपनी मुद्राएँ तय करता है, तो वह किसी विशिष्ट रचनात्मकता का प्रमाण प्रस्तुत नहीं करता। वास्तव में ऐसी स्थिति में वह अपने भीतर उन प्राथमिक अक्षरों की तलाश कर रहा होता है जो जीवाश्म की तरह मृत होती हैं। इन अक्षरों से वह जिस संकेत भाषा की तलाश कर जाता है, वह कोई नई भाषा नहीं होती; मात्र अनुकूलन होता है। इसलिए पर्यवेक्षण के आधार पर भी वह स्वयं उनका प्रक्षेपण करता है। इसी प्रकार उसकी नैसर्गिक प्रतिक्रिया भी अनेक बार बन चुकी होती है।

तात्कालिकता से परिचालित होकर काम करनेवाले इस तल्ख़ सच्चाई को समझ सकते हैं कि तथाकथित स्वतन्त्रता की सीमाएँ कितनी जल्दी सामने आ जाती हैं। दरअसल, पूर्वाभ्यासों के दौरान अभिनेताओं को तात्कालिकता का प्रशिक्षण देने का लक्ष्य और व्यायामों का लक्ष्य एक ही है—डेड्ली थिएटर से मुक्ति, उस रंगमंच से मुक्ति है जो अभिनेता के मानसिक ज़ख़ीरे में पड़ी हुई प्रतिक्रियाओं पर आधारित होती है। पीटर ब्रुक की दृष्टि में यह आत्मशलाघा नहीं है, जैसा कुछ लोग समझते हैं, क्योंकि इसका लक्ष्य अभिनेता को बार-बार उसके अपने अवरोधों के बरअक्स करना है, उन बिन्दुओं के बरअक्स करना है, जहाँ पहुँचकर वह सामान्यतः नव-प्राप्त सत्य के स्थान पर झूठ रख देता है। यह स्थिति उस समय ज़्यादा स्पष्ट होती है जब कोई अभिनेता बड़ा दृश्य करता हुआ दर्शकों को असत्य भाव से असत्य प्रतीत होता है, क्योंकि वह चरित्र के एक दृष्टिकोण से दूसरे की ओर प्रयाण करता हुआ क्षण-प्रति-क्षण वास्तविक ब्यौरों के स्थान पर झूठे ब्योरों को रखता जाता है। यह वस्तुतः अनुकरण व्यवहार के माध्यम से लघु और अस्थायी भावनाओं का प्रतिस्थापन है। परन्तु पूर्वाभ्यासों के दौरान इस पर अधिकार प्राप्त नहीं किया जा सकता, क्योंकि उस समय गतिविधि बहुत विशाल होती है और यह समस्या भी बहुत जटिल है। अभ्यास का उद्देश्य ही संकुचन और लौटना है : क्षेत्र को तब तक सीमित करते चले जाना जब तक कि झूठ प्रकट न हो जाए। यदि अभिनेता इस क्षण को पहचान लेता है, तो शायद वह स्वयं को अधिक गहरी और रचनात्मक प्रेरणा के योग्य बना लेता है।

पीटर ब्रुक के निकट अभिनेता किसी उपवन के समान है, जिसकी खरपतवार एक बार निकाल देने का अर्थ यह नहीं होता कि वह फिर नहीं उगेगी। वह बार-बार निकालनी पड़ती है। इसी प्रकार अभिनेता को बार-बार तराशना पड़ता है और यह तराश अभ्यासों के माध्यम से की जाती है, जिनका उद्देश्य उन्हें उस बिन्दु तक ले जाना होता है, जहाँ पहुँचकर एक अभिनेता दूसरे अभिनेता की अचानक की गई क्रिया को पकड़कर उसी स्तर पर उसकी प्रतिक्रिया दे सके।

पीटर ब्रुक अभिनेता के प्रशिक्षण के लिए अनेक विसंगतियों के प्रयोग के समर्थक हैं। उनके अनुसार अभिनेता का मुख्य कार्य *विलोपन* का है। अभिनेता उनके लिए कोई स्थिर वस्तु नहीं है। एक दीवार की तरह उसका निर्माण नहीं किया जा सकता। इसीलिए वे स्तानिस्लाव्स्की के शीर्षक *बिल्डिंग ए कैरेक्टर (चरित्र का निर्माण)* को भ्रामक मानते हैं। उनका यह स्पष्ट विचार है कि "पूर्वाभ्यास हमें उत्तरोत्तर पहली प्रस्तुति की ओर नहीं ले जाते। इस बात को कुछ अभिनेता मुश्किल से समझ पाते हैं–विशेष रूप से वे अभिनेता जिन्हें अपने कौशल पर गर्व होता है।" मध्यम दर्जे के अभिनेताओं के लिए पीटर ब्रुक ने चरित्र-रचना की निम्न प्रक्रिया सुझाई है : प्रारम्भ से ही उनके भीतर कलात्मक व्यथा होती है–'इस बार क्या होगा?'–'मैं जानता हूँ। मैंने पहले भी कई भूमिकाएँ सफलतापूर्वक निभाई हैं, लेकिन क्या इस बार प्रेरणा मिलेगी?' ऐसा अभिनेता प्रारम्भिक पूर्वाभ्यास के समय तो आतंकित होता है, लेकिन धीरे-धीरे उसका सामान्य व्यवहार उसके भय को दूर कर देता है : जैसे-जैसे वह प्रत्येक अंश को करने का तरीक़ा जान लेता है, वैसे-वैसे वह भय को दबाता चला जाता है और जब एक बार भय समाप्त हो जाता है, उसे अन्त में किसी विनाशक स्थिति की आशंका नहीं रहती। इसीलिए पहले प्रदर्शन के पूर्व थोड़ी घबराहट के बावजूद उसकी स्थिति उस तीरन्दाज की-सी होती है, जिसे इस बात का भरोसा तो है कि वह निशाना बेध सकता है, लेकिन इस बात का अंदेशा भी है कि मित्रों की उपस्थिति के कारण कहीं मछली की आँख चूक न जाए।

जो अभिनेता वास्तव में रचनात्मक होता है, उसके सामने एकदम अलग क़िस्म का और अधिक भयानक आतंक होता है। क्योंकि उसके काम पर सबकी तेज़ नज़रें गड़ी होती हैं इसलिए यदि उसे लगता है कि उसकी रचना में कहीं कोई कमी है, वह कमी वाले अंशों को आख़िरी पूर्वाभ्यास में भी त्यागने को तैयार रहता है। रचनात्मक अभिनेता कभी अपने दर्शकों के सामने अपूर्ण और नंगा पेश नहीं होना चाहता; वह उसे भी नहीं छोड़ना चाहता, जो उसने भूमिका को लेकर पाया है। लेकिन उसे यही सब करना पड़ता है–अपने निष्कर्षों को लेकर भी और भय को लेकर भी।

पीटर ब्रुक की यह स्थापना अभिनेताओं के लिए अधिक कठोर है। उनका मानना है कि इस दृष्टि से फ्रांसीसी अभिनेता अधिक लचीले होते हैं, क्योंकि वे स्वभावतः यह स्वीकार कर लेते हैं कि *कुछ भी अच्छा नहीं है*। पीटर ब्रुक की दृष्टि में यही एक रास्ता है, जिस पर चलकर भूमिका निर्मित होने की बजाय जन्म लेती है। निर्मित भूमिका प्रत्येक प्रदर्शन में एक-सी होती है–धीरे-धीरे उसका क्षरण अवश्य होता चलता है। यदि जन्मी भूमिका को यकसां होना है, तो उसे हर बार जन्म लेना पड़ेगा। यह मुश्किल काम है। लंबी अवधि तक चलनेवाले नाटकों में दैनिक पुनर्रचना असम्भव और बरदाश्त-बाहर हो जाती है। यह वह बिन्दु है, जहाँ अनुभवी रचनाशील कलाकार को तकनीक के धरातल पर उतरकर आगे बढ़ना पड़ता है।

अभिनेता के सामने सबसे मुश्किल काम होता है तटस्थ रहते हुए निष्ठावान होना। निष्ठा उसके दिमाग में पूरी तरह ठुँसी हुई होती है। पीटर ब्रुक ने इस स्थिति की विशद् व्याख्या करते हुए अपना पक्ष रखा है कि किस प्रकार अन्य नाट्यशास्त्रियों के सिद्धान्तों में स्थिति के आगे घटाटोप बना रहा है या उनके सिद्धान्तों को पूर्णता में ग्रहण न करने के कारण रंगकर्मियों की दृष्टि दोषपूर्ण या अपूर्ण रही है। *निष्ठा* के प्रश्न पर विचार करते हुए उन्होंने कहा है कि "नैतिक छायार्थ के कारण इस शब्द से बहुत भ्रांति फैली है। एक तरह से देखा जाए तो ब्रेष्ट–अभिनेता का सबसे शक्तिशाली गुण उसकी *निष्ठाहीनता* ही है। तटस्थ होकर अभिनेता ही अपने *क्लिशे* की पहचान पा सकता है। *निष्ठा* शब्द में एक ख़तरनाक जाल है। सबसे पहली बात तो यह कि युवा अभिनेता को लगता है कि उसका काम बहुत परिश्रम का है और इसलिए एक सीमा तक उससे कुशलता अपेक्षित है। उदाहरण के लिए, उसकी आवाज़ दूसरों तक पहुँचनी चाहिए; उसके शरीर को उसकी इच्छा के अनुसार चलना होगा; उसे टाइमिंग पर काबू रखना होगा; उसे अतार्किक लयों का गुलाम नहीं होना है, इत्यादि। इसलिए वह तकनीक की तलाश करता है और उसे यह जल्दी ही मिल भी जाती है। यह तकनीक आसानी से गर्व का बायस बनकर अपने आप में लक्ष्य बन सकती है। वह मात्र विशेषता-प्रदर्शन के कौशल का रूप धारण कर लेती है; उसमें कोई और उद्‌देश्य नहीं रहता। दूसरे शब्दों में, कला निष्ठाहीन हो जाती है। युवा अभिनेता अनुभवी अभिनेताओं में इस निष्ठाहीनता को लक्षित करके निराश हो जाता है। यह निष्ठा की तलाश करता है। *निष्ठा* एक भारी-भरकम शब्द है : स्वच्छता की तरह उसमें बचपन से चली आ रही अच्छाई, सच बोलना, शालीनता जैसी भावनाएँ जुड़ी हुई हैं। इसके अतिरिक्त अधिकाधिक तकनीक की तलाश से यह बेहतर आदर्श लगती है और क्योंकि *निष्ठा* एक अनुभूति है, कोई भी किसी क्षण बता सकता है कि कौन, कब निष्ठापूर्ण है। इसलिए एक रास्ता खुला है, जिस पर चला जा सकता है : आप भावनात्मक रूप से 'देकर', निष्ठावान रहकर, ईमानदारी से, कुछ भी अनुचित नहीं है जैसा दृष्टिकोण अपनाकर या जैसे फ़्रांसीसी मानते हैं *हम्माम में कूदकर* निष्ठा के रास्ते पर चल सकते हैं। लेकिन, दुर्भाग्य से इसका सीधा-सा परिणाम निकृष्ट कोटि के अभिनय में निकल सकता है। ऐसी किसी भी अन्य कला में, जिसमें आप रचना की क्रिया के दौरान बहुत गहरे उतर जाते हैं, पीछे हटकर एक अन्तराल से परिणाम को आँकने की सम्भावना हमेशा रहती है। कोई चित्रकार जैसे ही अपनी पेंटिंग से दूर हटता है, उसके अन्य संकाय सक्रिय हो जाते हैं, और उसे इस बात से सावधान करने लगते हैं कि उसने कहाँ अति से काम लिया है। एक प्रशिक्षित पियानोवादक का मस्तिष्क भौतिक रूप से उसकी उँगलियों की अपेक्षा कम संलिप्त रहता है, इसलिए वह संगीत से कितना ही *मुग्ध* क्यों न हो जाए उसके कान वांछित सीमा तक तटस्थ रहते हैं और वस्तुगत नियंत्रण भी रखते हैं। अभिनय की

अपनी विशेष कठिनाइयाँ होती हैं, क्योंकि इसमें कलाकार को अविश्वसनीय, परिवर्तनीय और रहस्यपूर्ण सामग्री—अपना शरीर, माध्यम के रूप में इस्तेमाल करना पड़ता है। उससे एक साथ पूर्णतः संलग्नता और दूरी—बिना अलग हुए तटस्थता—की अपेक्षा की जाती है। उसे निष्ठावान भी होना चाहिए और निष्ठाहीन भी : उसे इस बात का अभ्यास करना चाहिए कि निष्ठा के साथ निष्ठाहीन कैसे हुआ जाए; सच के साथ झूठ कैसे बोला जाए। यह लगभग असम्भव है, लेकिन यह अनिवार्य है कि इसकी सुगमता से अवहेलना भी कर दी जाती है। अधिकतर ऐसा होता है कि अभिनेता सिद्धान्तों के आख़िरी सिरों को पकड़कर अपनी रचना का विकास करते हैं। इसमें उनका कोई दोष नहीं है, दोष है विश्वभर में फैले घातक सिद्धान्तों (डेड्ली स्कूल्ज) का। अभिनयकला को सम्पूर्णता के साथ विज्ञान और ज्ञान की दृष्टि से सबसे पहले देखने वाली स्तानिस्लाव्स्की की महान प्रणाली ने भी कई ऐसे युवा अभिनेताओं को जितना फ़ायदा पहुँचाया है उतना उन लोगों को नुक़सान भी पहुँचाया है जिन्होंने उसे ग़लत समझा है। वे अपने भद्दे को दूर करने से परहेज करने लगते हैं। स्तानिस्लाव्स्की के बाद आर्तो की उतनी ही महत्त्वपूर्ण रचनाओं को भी आधा पढ़ा गया और दसवाँ हिस्सा पचाया गया। इसलिए इन रचनाओं के कारण भी यह भ्रमपूर्ण विश्वास पैदा हुआ कि भावनात्मक सरोकार और बेझिझक आत्मोद्घाटन का ही वास्तविक महत्त्व होता है। ग्रोतोव्स्की की स्थापनाओं ने इस स्थिति को और बिगाड़ा है, क्योंकि वे भी अधपची हैं और उन्हें समझा भी ग़लत ढंग से गया है। अब निष्ठावान अभिनय का एक और रूप उभर रहा है, जिसमें सब कुछ शरीर के माध्यम से जीने की हिमायत की जाती है। यह एक प्रकार का प्रकृतवाद है। प्रकृतवाद में अभिनेता दैनिक जीवन की भावनाओं और क्रियाओं का निष्ठापूर्वक अनुकरण करके अपनी भूमिका को जीने की कोशिश करता है। इस दूसरे प्रकृतवाद में अभिनेता अवास्तविक व्यवहार के आगे स्वयं को पूरी तरह समर्पित कर देता है। यहीं वह अपने को धोखा देता है। वह इसलिए यह समझने लगता है कि वह इस पुरानी चाल के प्रकृतवाद से बहुत दूर है क्योंकि जिस रंगमंच से वह जुड़ा हुआ है, वही उस हेय प्रकृतवाद से कोसों दूर है। वास्तव में, वह अपनी भावनाओं के लैंडस्केप के प्रति जो दृष्टि रखता है वह इस धारणा की परिचायक है कि उसका प्रत्येक ब्यौरा फ़ोटोग्राफ़ की मानिन्द उभर आना चाहिए। इसलिए वह हमेशा उछलता है। इसका अक्सर परिणाम होता है—हल्कापन, ढीलापन, अतिरंजिता और अविश्वसनीयता।

इस सन्दर्भ में पीटर ब्रुक ने कुछ अमेरिकी अभिनेता-समूहों का उदाहरण दिया है, जो यह दावा करते हैं कि उन्हें प्रकृतवाद का कोई भी रूप पसन्द नहीं है, लेकिन अनुसरण उसी का करते हैं। और पीटर ब्रुक की दृष्टि में यही उनकी कला की सीमा है। अपने पूरे वजूद को 'कार्य' में लगा देना पूर्ण समर्पण से भी कुछ अधिक की ही माँग करता है, तभी वास्तविक कला की माँग पूरी हो सकती है। इसे स्पष्ट करते

हुए वे कहते हैं, "इसे समझने के लिए हमें इस तथ्य पर नज़र डालनी होगी कि भावना के साथ-साथ विशेष विवेक की भी भूमिका रहती है, जो शुरू में तो दिखाई नहीं देती, लेकिन आगे चलकर *औज़ारों का चुनाव* करते समय उसका विकास करना पड़ता है।"

पीटर ब्रुक अभिनय में सामान्यीकरण की प्रवृत्ति को त्याज्य मानते हैं। उनकी दृष्टि में यह प्रवृत्ति किसी अभिनेता को एक सीमा तक ही शक्ति प्रदान कर सकती है या दर्शकों को अभिभूत करने की क्षमता दे सकती है, लेकिन इसे *गीतात्मक* या *अतीन्द्रीय* समझने की भूल नहीं करनी चाहिए। ऐसा अभिनेता अपनी भावना में बहकर इस प्रवृत्ति का *गुलाम* हो जाता है और यदि पाठ में सूक्ष्म-सा परिवर्तन भी कुछ नए की अपेक्षा करता है, तो भी वह अपनी उस 'भावना का त्याग करने में असमर्थ रहता है।'

इसी सन्दर्भ में पीटर ब्रुक ने रंगमंच को अत्यन्त साधारण से बाहर लाने की जाँ जेने की वांछा का परीक्षण किया है। जेने ने उस समय रोजर ब्लिन को कई पत्र लिखे थे, जब ब्लिन *दि स्क्रीन्स* का निर्देशन कर रहे थे। जेने ने कहा था कि "अभिनेताओं को *प्रगीतात्मकता* की ओर आकृष्ट करना चाहिए।" इसी वांछा को लेकर पीटर ब्रुक ने कुछ सवाल उठाए हैं : यह प्रगीतात्मकता क्या है? *साधारण से अलग* अभिनय किसे कहते हैं? क्या इसका अर्थ कोई विशिष्ट स्वर है, कोई अतिशयोक्तिपूर्ण विधि है? पुराने शास्त्रीय अभिनेता अपने संवादों को गाने लगते हैं, क्या यह उन्हीं की तर्ज़ पर किसी वांछित पुरानी परम्परा का अवशेष है? किस बिन्दु पर रूप की तलाश अस्वाभाविकता की स्वीकृति बन जाती है?

पीटर ब्रुक की दृष्टि में हमारे समय की सबसे बड़ी समस्या यही है कि "जब तक हम इस विश्वास को बनाए रखेंगे कि भोंडे मुखौटे, अतिरंजित रूपसज्जा (मेकअप), याजकीय (हाइरेटिक) वेशभूषा, वक्तृता, नृत्यमुद्राएँ किसी-न-किसी रूप में *आनुष्ठानिक* और परिणामस्वरूप प्रगीतात्मक और गहन होती हैं, तब तक हम पारम्परिक कला-रंगमंच की लीक से बाहर नहीं निकल पाएँगे।

"भाषा कुछ चीज़ों के लिए सब कुछ हो सकती है, लेकिन सभी चीज़ों के लिए सब कुछ हो ऐसा नहीं है। प्रत्येक कार्य का अपना तर्क होता है और प्रत्येक कार्य किसी और चीज़ के अनुरूप होता है। मंच पर जो कुछ होता है वह घटना से कहीं अधिक अर्थपूर्ण लगना चाहिए, वह रूपक हो सकता है। रूपक संकेत होता है, चित्रण होता है इसलिए यह भाषा का अंश है। वाचन की प्रत्येक तान, प्रत्येक स्वर भाषा का अंश है और एक अलग अनुभव के साथ उसका साम्य दिखलाई पड़ता है। अक्सर यह देखा जाता है कि भलीभाँति शिक्षित अभिनेता ही काव्यवाचन में घातक होता है। पिंगल-शिक्षा के बावजूद अभिनेता को अपने विकासक्रम में यह पहचान करनी पड़ती है कि प्रत्येक चरित्र की लय अलग होती है। इसके बाद उसे यह भी पहचानना पड़ता

है कि संगीत के पैमाने पर प्रत्येक स्वर का साम्य कहीं होता है। कहाँ? इसकी पहचान भी उसे करनी होती है।"

पीटर ब्रुक रंगमंच में संगीत को ऐसी भाषा के रूप में स्वीकार करते हैं, जिसका सम्बन्ध उस अदृश्य से होता है जिससे *शून्य* अचानक रूप धारण कर लेता है—लेकिन ऐसा रूप, जिसे देखा नहीं जा सकता, सिर्फ़ महसूस किया जा सकता है। वक्तृता को ब्रुक संगीत नहीं मानते, लेकिन उसे सामान्य वाचन से अलग की संज्ञा अवश्य देते हैं।

पूर्वाभ्यासों के दौरान रूप और विषयवस्तु को कभी एक साथ ग्रहण करना पड़ता और कभी अलग-अलग। कभी-कभी ऐसा भी होता है कि रूप की खोज के दौरान अचानक वह अर्थ उद्घाटित हो जाता है जिसने उस रूप को जन्म दिया था और कभी-कभी विषयवस्तु का निकट से आकलन करते समय लय की नई ध्वनियाँ प्राप्त हो जाती हैं। यहाँ पीटर ब्रुक को निर्देशक की भूमिका महत्त्वपूर्ण लगती है : "निर्देशक को यह अवश्य देखना चाहिए कि अभिनेता अपने भीतर से उठती हुई सही प्रेरणा के साथ कहाँ गड़बड़ कर रहा है और यहाँ उसे अवरोधों को पहचानने और पार करने में अभिनेता की सहायता करना चाहिए।" इस प्रक्रिया को पीटर ब्रुक निर्देशक और अभिनेता के बीच का *संवाद और नृत्य* मानते हैं। फिर अपनी बात को संशोधित करते हुए जोड़ते हैं : "नृत्य बिलकुल सही रूपक है, यह निर्देशक, अभिनेता और पाठ के बीच वाल्ट्ज है। यह अनुक्रम वृत्तात्मक होता है; इसमें नेता कौन है, यह इस बात से तय होगा कि आप कहाँ खड़े हैं। निर्देशक को लगेगा कि हर क्षण नए उपकरणों की आवश्यकता है : उसे लगेगा कि पूर्वाभ्यास की प्रत्येक तकनीक का अपना लाभ होता है कि कोई भी तकनीक अपने आप में पूर्ण नहीं होती। वह फसल चक्र के प्रकृति सिद्धान्त पर चल देगा। उसे महसूस होगा कि व्याख्या, तर्क, इंप्रोवाइजेशन, प्रेरणा सभी विधियाँ बहुत तेज़ी से व्यर्थ होती चली जा रही हैं; वह एक से दूसरी विधि अपनाता चला जाएगा। उसे ज्ञात होगा कि विचार, भाव और शरीर को एक दूसरे से अलग नहीं किया जा सकता, लेकिन वह इस बात को भी सुनिश्चित करेगा कि उसमें एक मिथ्या अलगाव यदाकदा होता रहे। कुछ अभिनेता व्याख्या के प्रति प्रतिक्रिया नहीं करते, जबकि कुछ दूसरे अभिनेता करते हैं। प्रत्येक परिस्थिति में यह स्थिति भिन्न होती है और एक दिन पता चलता है कि जिस अभिनेता को हम गैर-बौद्धिक मान कर चले थे, वही निर्देशक के शब्द का अनुसरण कर रहा है, और बौद्धिक अभिनेता केवल संकेतों से ही बात समझ पा रहा है।"

पूर्वाभ्यासों के दौरान इंप्रोवाइजेशन, सम्बन्धों और स्मृतियों का आदान-प्रदान, लिखित सामग्री का अध्ययन, सम्बद्ध काल पर उपलब्ध सामग्री का अध्ययन, फ़िल्मों और पेंटिंग्ज का अवलोकन इत्यादि प्रत्येक व्यक्ति को नाटक के वस्तुवृत्त से सम्बद्ध सामग्री के प्रति उद्वेलित करता है। लेकिन पीटर ब्रुक की दृष्टि में इनमें से कोई भी

विधि, कोई भी माध्यम अपने आप में विशेष अर्थ नहीं रखता। ये केवल प्रेरक तत्त्वों का काम करते हैं। वास्तव में पूर्वाभ्यास से प्रस्तुति तक की यात्रा इतनी उलझी हुई और विषम मुखी होती है कि कोई एक विधि, कोई एक तकनीक, कोई एक विचार स्थायी रहे, यह आवश्यक नहीं है; कई बार परस्पर विरोधी और विलोम स्थितियों में काम करना पड़ता है। इसलिए "यह मूर्खतापूर्ण बात होगी कि कोई निर्देशक मताग्रही होकर काम करे"—वह गति और परिमाण इत्यादि को लेकर तकनीकी भाषा में बात करे—या किसी मत को सिर्फ़ इसलिए ग्रहण न करे कि वह कलात्मक नहीं है। किसी भी निर्देशक के लिए किसी एक विधि से चिपक जाना बहुत आसान है। एक क्षण ऐसा अवश्य आता है जब गति, सुस्पष्टता, कथन-शैली को लेकर बात करना अनिवार्य हो जाता है।...

"अभिनेता जैसे-जैसे प्रस्तुति के नज़दीक पहुँचता जाता है वैसे-वैसे उससे एकसाथ अलगाने, समझने और पूरा करने की चीज़ों की संख्या बढ़ती चली जाती है। उसे वह स्थिति जीवंत बनानी पड़ती है जो उसके अवचेतन में पड़ी होती है। यह स्थिति सम्पूर्णता और अविभाज्यता की ओर ले जाती है। लेकिन भावना लगातार सहज बुद्धि से आलोकित रहती है ताकि दर्शकों का अनुभव भी सम्पूर्ण और अविभाज्य हो, फिर भले ही उन्हें आकृष्ट किया गया हो, उन पर प्रहार किये गए हों, उन्हें अलग-थलग किया गया हो या पुनर्मूल्यांकन के लिए विवश किया गया हो। विरेचन कभी भी मात्र भावनात्मक परिष्कार नहीं होता, वह सम्पूर्ण व्यक्तित्व को प्रभावित करता है।"

प्रस्तुति के क्षण का स्पर्श करने के लिए अभिनेता को दो रास्तों से होकर गुज़रना पड़ता है—फॉयर और मंचद्वार। प्रतीकात्मक रूप से देखा जाए तो इन दोनों की क्या स्थिति है—संपर्क की या अलगाव की? पीटर ब्रुक इस प्रश्न का उत्तर तलाश करते हुए कहते हैं, "यदि मंच का सम्बन्ध जीवन से है, यदि प्रेक्षागृह का सम्बन्ध जीवन से है, तब ये रास्ते खुले होने चाहिए और खुले रास्तों से बाहर के जीवन की मिलन बिन्दु तक की यात्रा भी मुक्त होनी चाहिए। लेकिन यदि रंगमंच अनिवार्यतः अवास्तविक है, तब मंचद्वार अभिनेता को यह स्मरण कराता है कि वह अब ऐसे विशेष स्थान में प्रवेश कर रहा है जो पोशाकों, मेकअप और पहचान में बदलाव की माँग करता है—और दर्शक भी अपने रोज़मर्रा के जीवन को पीछे छोड़कर तैयार होकर 'लाल कालीन' पर क़दम रखता हुआ उस विशिष्ट स्थान पर पहुँचता है।"

पीटर ब्रुक की दृष्टि में ये दोनों स्थितियाँ सच हैं और इनकी परस्पर तुलना सावधानी की अपेक्षा रखती है। इसका कारण यह है कि दोनों में अलग-अलग क़िस्म की सम्भावनाएँ मौजूद हैं और दोनों का सम्बन्ध अलग-अलग सामाजिक स्थितियों से है। रंगमंच किसी भी प्रकार का हो, उसे दर्शक तो चाहिए ही।

अन्य कलाओं से तुलना करने पर रंगमंच की स्थिति थोड़ी भिन्न लगती है। पीटर ब्रुक ने इस भिन्नता को विशद रूप में प्रस्तुत किया है : "रंगमंच की यह अनिवार्यता स्वयंसिद्धि से आगे की स्थिति है : रंगमंच में दर्शक रचना के सोपानों को पूरा करनेवाला तत्त्व है। दूसरी कलाओं में यह सम्भव है कि कलाकार किसी सिद्धान्त के आधार पर स्वयं ही कलाकृति की रचना कर ले। सामाजिक उत्तरदायित्व की उसकी भावना कितनी ही प्रबल क्यों न हो, वह कह सकता है कि मेरा सबसे बड़ा पथ-प्रदर्शक मेरी सहजवृत्ति ही है और यदि वह अपनी रचना के साथ अकेला खड़ा हुआ सन्तुष्ट है तो सम्भावना इस बात की भी है कि अन्य लोग भी सन्तुष्ट होंगे।"

लेकिन रंगमंच में यह सिद्धान्त थोड़ा बदल जाता है। इसका कारण यह है कि रंगमंच में यह सम्भव ही नहीं होता कि अपनी रचना के पूर्ण होने के बाद उसे स्वयं परखा जा सके, क्योंकि जब तक दर्शक मौजूद नहीं होंगे, तब तक रचना पूर्ण होगी ही नहीं। कोई लेखक, कोई निर्देशक पागलपन की अति की स्थिति में भी नाटक की न तो केवल अपने निमित्त कल्पना करता है और न उसे दर्पण से झाँकने वाले प्रतिबिम्ब का रूप देना चाहता है। इसके विपरीत पीटर ब्रुक का विचार है कि "किसी भी निर्देशक का दर्शकों के सानिध्य में अपनी रचना के प्रति दृष्टिकोण बदल जाता है।"

अपने निर्देशित नाटक की पहली सार्वजनिक प्रस्तुति को देखना हमेशा एक अजीब-सा अनुभव देता है। एक दिन पहले आप अन्तिम रिहर्सल देखते हुए सन्तुष्ट होते हैं कि अमुक अभिनेता ठीक जा रहा है, अमुक दृश्य दिलचस्प है, अमुक गति में लक्ष्य है, अमुक अंश स्पष्ट और वांछित अर्थ दे रहा है। लेकिन दर्शकों के बीच बैठकर आप आंशिक रूप से दर्शक के रूप में प्रतिक्रिया करते हैं—आप स्वयं से कहते हैं—'अरे, मैं बोर हो रहा हूँ', 'यह बात तो वो पहले भी कह चुका है', 'अगर उसने एक बार भी और यही हरकत की तो मैं पागल हो जाऊँगा' या 'आख़िर ये लोग कहना क्या चाहते हैं' इत्यादि। पीटर ब्रुक इस तरह की प्रतिक्रियाओं को देखकर ही प्रश्न करते हैं कि आख़िर वह कारक है क्या जिससे अपनी ही रचना के बारे में निर्देशक का विचार बदल जाता है? उनकी दृष्टि में घटित घटनाओं का क्रम ही वह कारक है, जिससे यह बदलाव उपस्थित होता है। इसे समझने के लिए उन्होंने निम्न उदाहरण दिया है : एक नाटक के पहले दृश्य में एक लड़की अपने प्रेमी से मिलती है। उसने बहुत कोमलता और सच्चाई के साथ दृश्य का पूर्वाभ्यास किया है और सामान्य स्वागत में इतना अपनत्व भर दिया है कि वह सन्दर्भहीन होने पर भी सबके हृदय को छू लेता है। दर्शकों की उपस्थिति में अचानक यह स्पष्ट होता है कि उससे पूर्व की पंक्तियों में और कार्यव्यापार में इसका कोई आभास था ही नहीं : हो सकता है कि दर्शक दूसरे चरित्रों और वस्तुवृत्तों से सम्बन्ध सूत्रों को पकड़ने में व्यस्त हों कि अचानक उनके सामने फुसफुसाहट भरे स्वर में किसी नवयुवक का स्वागत करती

हुई कोई लड़की उपस्थित हुई हो। हो सकता है कि बाद के किसी दृश्य में घटनाक्रम ऐसी निस्तब्धता की ओर ले जाए, जो उस फुसफुसाहट का औचित्य बन जाए—यहाँ हो सकता है यह बिना स्पष्ट उद्देश्य और यहाँ तक कि समझ से परे बेमन की-सी स्थिति हो।

"निर्देशक सम्पूर्ण की दृष्टि को सुरक्षित रखने की कोशिश करता है, लेकिन वह पूर्वाभ्यास तो टुकड़ों में करता है। जब वह अन्तिम रिहर्सल को भी देख रहा होता है, तब भी सम्पूर्ण नाटक के निहितार्थ का पूर्व ज्ञान भुलाया नहीं जा सकता। जब दर्शकों की उपस्थिति उसे एक दर्शक की भाँति प्रतिक्रिया के लिए विवश करती है, उसका पूर्व ज्ञान विलीन हो जाता है और उसे लगने लगता है कि वह पहली बार एक के बाद एक सही समय-क्रम में नाटक के प्रभावों को ग्रहण कर रहा है। तब इसमें आश्चर्य नहीं कि कुछ अलग लगने लगे।

"यही कारण है कि कोई भी प्रयोगकर्ता दर्शकों के साथ सम्बन्ध के सभी पक्षों को लेकर चिंतित होता है। वह दर्शकों को अलग-अलग स्थितियों में रखकर सम्भावनाओं पर विचार करता है।"

इसी सम्बन्ध को पीटर ब्रुक अभिनेता के पक्ष से भी देखते हैं और कहते हैं कि "जब अभिनेता दर्शकों के साथ आन्तरिक सम्बन्ध के परिवर्तन के साथ अपने को बदल लेता है, तो यह अन्तर और स्पष्ट हो जाता है। यदि अभिनेता दर्शकों की रुचि को पहचानकर उसका रक्षा-कवच बेध लेता है और फिर उसे अप्रत्याशित अवस्था ग्रहण करने को प्रेरित करता है या उनमें दो विपरीत विश्वासों, दो ध्रुवीय अन्तर्विरोधों में टकराव की स्थिति के बारे में सचेत करता है, तो दर्शक अधिक सक्रिय हो जाते हैं। यह गतिविधि किसी रूपाकार की अपेक्षा नहीं करती। जो दर्शक प्रत्युत्तर देते हैं, वे सक्रिय लग सकते हैं। लेकिन यह स्थिति सतही भी हो सकती है। वास्तविक गतिविधि तो अदृश्य ही रहेगी, और साथ ही अविभाज्य भी।"

दर्शकों की अपेक्षाओं और दृष्टि में यह अन्तर कैसे उपस्थित होता है, इसका विवेचन पीटर ब्रुक ने *थिएटर ऑफ़ क्रुएल्टी* के सन्दर्भ में किया है। उन्होंने बताया कि उनका पहला सार्वजनिक प्रदर्शन ही बहुत दिलचस्प था। दर्शक एक *प्रयोग* संध्या की अपेक्षा लेकर आए थे, इसलिए उनमें सघनन, खिलवाड़ और अवांगार्द के प्रति हल्की-सी असहमति के मिले-जुले भाव थे। हमने उनके सामने कई अंश प्रस्तुत किए। हमारा प्रयोजन भी नितान्त स्वार्थपूर्ण था। हम अपने कुछ प्रयोगों का प्रस्तुति की स्थितियों में आकलन करना चाहते थे। हमने दर्शकों को कार्यक्रम की रूपरेखा नहीं बताई, नाटककारों की सूची नहीं दी और न ही अपने उद्देश्यों को लेकर कोई स्पष्टीकरण या टिप्पणी दी।

"कार्यक्रम की शुरुआत आर्तो के तीन मिनट की अवधि के नाटक *दि स्पर्ट ऑफ़ ब्लड* से हुई और यह स्वयं आर्तो से भी बड़ा आर्तो सिद्ध हुआ क्योंकि इसमें संवादों

का स्थान चीख़ों ने ले लिया था। कुछ दर्शक विस्मित रह गए, कुछ को आनन्द आया। हम उसे लेकर गम्भीर थे और इसके बाद हमने एक प्रहसन प्रस्तुत किया। हम स्वयं इसे चुटकला समझते थे। लेकिन अब दर्शक असमंजस में पड़े रह गए। जो पहले हँस रहे थे, वे तय नहीं कर पा रहे थे कि हँसे या नहीं, जो गम्भीर थे, अपने पास बैठे दर्शकों की हँसी के साथ सहमत नहीं हुए थे, वे भी नहीं समझ पा रहे थे कि क्या प्रतिक्रिया दें। प्रस्तुति आगे बढ़ने के साथ-साथ तनाव बढ़ता गया। जब स्थिति की माँग पर ग्लेंडा जैक्सन ने मंच पर कपड़े उतार दिए, तो एक अप्रत्याशित तनाव उत्पन्न हो गया क्योंकि अब अनपेक्षित की कोई सीमा नहीं रही थी। हम देख रहे थे कि दर्शक स्वयं को सैकेंड-दर-सैकेंड तुरन्त निर्णय की स्थिति में नहीं पा रहे हैं। दूसरी बार की प्रस्तुति में तनाव उतना नहीं था।''

पीटर ब्रुक की दृष्टि में आज दर्शक का प्रश्न सर्वाधिक महत्त्वपूर्ण है और इसका सामना करना भी मुश्किल है। रंगमंच का नियमित दर्शक अधिक जीवंत नहीं है और वह निष्ठावान तो नहीं ही है। इसलिए हमें नए दर्शक की तलाश करनी पड़ती है। यह स्थिति समझ में आनेवाली तो है, लेकिन साथ ही कुछ अस्वाभाविक भी है। कुल मिलाकर सच यह भी है कि दर्शक जितना युवा होगा, वह अपनी प्रतिक्रिया में उतना ही उन्मुक्त और क्षिप्र होगा। लेकिन रंगमंच में जो ग़लत है, ख़राब है, वह दर्शकों को रंगमंच से विकर्षित करता है। इसलिए रूप-परिवर्तन का अर्थ एक तीर से दो शिकार करना हो सकता है। इस आधार पर यह भी विचारणीय है कि लोकप्रिय मुहावरे के माध्यम से लोकप्रिय दर्शक को आकर्षित किया जाए या नहीं।

लेकिन यह तर्क बहुत जल्दी ध्वस्त होता दीखता है। लोकप्रिय दर्शकों का अस्तित्व है, लेकिन छलावा है।

रंगमंच के नए दर्शकों तक पहुँचने के प्रयासों को पीटर ब्रुक छद्म संरक्षण के रूप में देखते हैं, उसमें झूठ पाते हैं। यह स्थिति, उनकी नज़र में तब तक नहीं बदल सकती, जब तक संस्कृति जीवन का उपांग बनकर रहती है, उससे अलगाई जा सकती है और जब वह अलग हो जाती है, तो फिजूल की चीज़ बन जाती है। ऐसी कला के लिए कलाकार इसलिए नहीं लड़ता कि वह दर्शक की आवश्यकता है; वह इसलिए लड़ता है कि वह उसकी अपनी आवश्यकता होती है, उसका अपना जीवन होती है। रंगमंच में हम उसी बिन्दु पर लौटकर आते हैं। इस विवशतापूर्ण अनिवार्यता को समझना लेखकों और अभिनेताओं के लिए ही काफ़ी नहीं है, दर्शकों को भी यह तथ्य समझना होगा। इसलिए प्रश्न केवल दर्शकों को आकृष्ट करने का नहीं है। इससे कहीं अधिक उलझा हुआ प्रश्न ऐसी रचनाएँ प्रस्तुत करने का है, जो दर्शकों में अमिट भूख-प्यास जगा दें।

अनिवार्य रूप से रंगमंच जाने के सच्चे बिम्ब को पीटर ब्रुक ने पागलख़ाने में मनो-नाटक (साइकोड्रामा) सत्र की संज्ञा दी है। उनके अनुसार, ''रंगमंच की स्थिति

ठीक वैसी होती है जैसी पागलख़ाने की, जहाँ एक समूह एक-सा जीवन व्यतीत करता है और निश्चित दिनों में कुछ 'रोगियों' के लिए नाटक-सत्र के रूप में कुछ असामान्य घटित होता है। जब वे सत्र-कक्ष में पहुँचते हैं, तो उन्हें मालूम होता है कि कुछ अलग घटित होगा। वे गोलबन्द होकर बैठ जाते हैं, शुरू में वे सन्देह से भरे, विरोध-भाव से युक्त और अपने में सिमटे होते हैं, लेकिन धीरे-धीरे खुलने लगते हैं, उनका वार्तालाप जिन बिन्दुओं पर केन्द्रित होता है; चिकित्सक उन्हें नाटक के रूप में प्रस्तुत करने की सलाह देते हैं। वृत्त में बैठे व्यक्ति को कोई-न-कोई भूमिका मिल जाती है भले ही वह नायक की भूमिका हो या मात्र दर्शक की। तब धीरे-धीरे एक द्वन्द्व विकसित होता है। यही है सच्चा नाटक क्योंकि इसमें शामिल सभी लोग उससे किसी-न-किसी रूप में जुड़े होते हैं—उनके 'पागलपन' के पीछे भी एक तर्क दिखाई देता है। उनके पीछे पीड़ा से उबरने की वांछा छिपी होती है।"

पीटर ब्रुक इस सन्दर्भ में चिकित्सा-पद्धति के रूप में मनो-नाटक पर कोई टिप्पणी नहीं करते, लेकिन इस बात को रेखांकित अवश्य करते हैं कि इस घटना के दो घंटे बाद प्रतिभागियों के पारस्परिक सम्बन्धों में बदलाव दिखाई देने लगता है। नाटक-सत्र उनके जीवन में मरुद्यान का काम करता है।

इसकी समानान्तरता में पीटर ब्रुक कहते हैं, "मैं अनिवार्य रंगमंच को इसी रूप में ग्रहण करता हूँ, जिसमें अभिनेता और दर्शक के बीच व्यावहारिक अन्तर तो होता है, लेकिन मूलभूत अन्तर नहीं।"

उनके सामने इससे भी बड़ा प्रश्न यह है कि क्या हम किसी सजातीय रचना के माध्यम से दर्शकों को रंगभवन में आने से पहले ही प्रभावित कर सकते हैं? इसका उत्तर देते हुए पीटर ब्रुक कहते हैं कि "आज कल्पना करना भी मुश्किल लगता है कि कोई महत्त्वपूर्ण रंगमंच और विशेष रूप से अनिवार्य रंगमंच समाज की दिशा के विपरीत न चले या उसको चुनौती न दे। इस पर कलाकार वहाँ अभियोग लगाने के लिए या भाषण देने के लिए, उपदेश देने के लिए उपस्थित नहीं होता। वह 'उनका' हिस्सा होता है। वह दर्शकों को सही मायनों में चुनौती देता है और उनका अपना 'प्रवक्ता' बन जाता है।"

पीटर ब्रुक के विचार से यदि दर्शकों के सामने कोई नया परिदृश्य उपस्थित हो और यदि उस परिदृश्य के प्रति उनमें कोई पूर्वाग्रह नहीं है, तो एक कड़ा द्वन्द्व उत्पन्न होगा। यदि यह द्वन्द्व होता है, तो सामाजिक विचारणा की बिखरी हुई प्रकृति कतिपय आधारभूत मुद्दों पर केन्द्रित हो जाएगी; कतिपय उद्देश्य फिर से उभरेंगे, उन्हें फिर से बल मिलेगा। इस प्रकार सकारात्मक और नकारात्मक अनुभव तथा आशा और निराशा के बीच का अन्तर अर्थहीन होता चला जाएगा।

जब सब कुछ आमूल-चूल बदल रहा हो, तब तलाश अपने आप रूप की तलाश बन जाती है। पुराने रूपों का ध्वंस, नए रूपों के साथ प्रयोग, नए शब्द, नए सम्बन्ध,

नए स्थान, नए भवन—सब एक ही प्रक्रिया के अंग हैं और प्रत्येक प्रस्तुति एक ही अदृश्य लक्ष्य को बेधने का प्रयास बन जाती है। इसलिए यदि आज हम एक ही प्रस्तुति, मंडली, शैली या कार्यविधि से यह अपेक्षा करें कि वह हमारे उद्देश्य का उद्घाटन करेगी, तो यह मूर्खतापूर्ण होगा। जिस दुनिया की गति कभी आगे और कभी दाएँ-बाएँ चलने की होती है, उसमें तो रंगमंच केकड़े की तरह टेढ़ी चाल से ही आगे बढ़ सकता है। यही कारण है कि अभी लम्बे समय तक विश्व-रंगमंच के लिए कोई विश्व-शैली नहीं बन सकती, जैसे उन्नीसवीं शताब्दी में रंगमंडपों और ऑपेरा हाउसेज़ के लिए थी।

लेकिन इस विमर्श का अर्थ यह नहीं है कि परिवर्तन की यह आकांक्षा, यह तलाश कोई आन्दोलन है, ध्वंस है, अशान्ति है, फैशन है। ये केवल संकेत है। दरअसल, उपलब्धियों के कुछ क्षण कहीं भी आ सकते हैं। उन प्रस्तुतियों में उन क्षणों में जब सामूहिक रूप से समूचा अनुभव नाटक और दर्शकों का मिलाजुला समूचा रंगमंच घातक (डेड्ली), ऊबड़-खाबड़ (रफ़) और पवित्र (होली) रंगमंच जैसे विभाजनों का मज़ाक उड़ाता दिखाई देता है। इन विरल क्षणों में पीटर ब्रुक आनन्द (जॉय), विरेचन (कैथार्सिस), उत्सव (सेलेब्रेशन), खोज (एक्स्प्लोरेशन), सांझे अर्थ (शेयर्ड मीनिंग), जीवंत (लिविंग) रंगमंचों को एक पाते हैं। लेकिन क्या इस विरल क्षण को पुनः प्राप्त किया जा सकता है? उनका उत्तर है : 'नहीं', क्योंकि अनुकरण इसका रास्ता नहीं है। इससे तो केवल 'घातक' ही लौटकर आता है और तलाश फिर से शुरू हो जाती है।

जहाँ तक दर्शक का प्रश्न है, यदि वह स्वयं में, अपने जीवन में, अपने समाज में कोई बदलाव नहीं चाहता तो, उसे रंगमंच की ज़रूरत ही नहीं है और यदि वह कोई बदलाव चाहता है, तो उसे न केवल रंगमंच की वरन हर चीज़ की ज़रूरत है, जो उसे रंगमंच से प्राप्त हो सकती है।

इस सन्दर्भ में पीटर ब्रुक ने एक समीकरण प्रस्तुत किया है : Theatre = R r a, जिसमें दाईं ओर के शब्दों का क्रमशः अर्थ है पुनरावृत्ति, पुनर्प्रस्तुति और नाटक देखना, वस्तुतः ये तीनों अक्षर फ्रांसीसी शब्दों—रेपेटीशन, रिप्रेजेन्टेशन और असिस्टेंस का प्रतिनिधित्व करते हैं। पीटर ब्रुक की दृष्टि में पुनरावृत्ति का अर्थ यहाँ अभ्यास से है, पुनर्प्रस्तुति का अर्थ है अतीत की किसी वस्तु की प्रस्तुति—वह अनुकरण या अतीत की घटना का वर्णन नहीं है, जो हर बार कुछ नया लिये हुए होती है, और असिस्ट शब्द उनके लिए कुंजी के समान है, जिससे पहले निर्देशक अभिनेता को, फिर अभिनेता दर्शक को और अन्त में दर्शक अपनी आँखों, अपनी प्रतिक्रियाओं के माध्यम से अभिनेता को सहायता पहुँचाता है। इस अवस्था में पहुँचकर सहायता पुनरावृत्ति को पुनर्प्रस्तुति में बदल देती है। यहाँ पहुँचकर अभिनेता और दर्शक तथा प्रदर्शन और जनता में कोई अन्तर शेष नहीं रहता, सब पुनर्प्रस्तुति से आच्छादित हो जाते हैं, जो

एक के लिए प्रस्तुत होता है, वही सब के लिए प्रस्तुत होता है। यहाँ पहुँचकर दर्शक भी बदल जाता है।

अतः पुनरावृत्ति, पुनर्प्रस्तुति, सहायता उन तत्त्वों का द्योतन करवाते हैं, जो किसी घटना को जीवंत बनाने के लिए अनिवार्य है। लेकिन यह भी तयशुदा बात है कि किसी भी फ़ार्मूले, किसी भी समीकरण का लक्ष्य सत्य को हमेशा के लिए पकड़ना होता है। और रंगमंच में सत्य सदा गतिमान रहता है। पीटर ब्रुक ने इस तथ्य को समझा भी है और स्वीकार भी किया है। उन्होंने अपनी पुस्तक *दि एम्प्टी स्पेस* के अन्त में लिखा है :

"जिस समय आप यह पुस्तक पढ़ रहे हैं, उस समय तक यह पुरानी पड़ चुकी है। मेरे लिए यह एक अभ्यास है, जो पृष्ठों में अंकित हो गया है। लेकिन पुस्तक की प्रकृति के विपरीत रंगमंच की एक निजी विशेषता है। इसमें हमेशा फिर से शुरुआत की गुंजाइश बनी रहती है। जीवन में यह मिथक होती है, हम कभी लौट पाने की स्थिति में नहीं होते। पत्ते दोबारा हरे नहीं होते, घड़ी कभी बीता समय नहीं बताती, हमें कभी दूसरा अवसर नहीं मिलता। रंगमंच में तख़्ती हमेशा पुँछ जाती है।"

"दैनिक जीवन में *यदि* कल्पना है, रंगमंच में *यदि* प्रयोग है।"

"दैनिक जीवन में *यदि* टालमटोल है, रंगमंच में *यदि* सत्य है।"

"जब हम इस सत्य में विश्वास करने के लिए प्रेरित होते हैं, तब रंगमंच और जीवन एक हो जाते हैं।"

"यह लक्ष्य महत्तर है। यह कठिन परिश्रम का द्योतक है।"

"नाटक के लिए काफ़ी परिश्रम की अपेक्षा होती है। लेकिन जब हम काम को नाटक मान लेते हैं, तब वह काम नहीं रहता।"

"नाटक तो नाटक है।"

अभिनय दर्शन

तात्सुरो इशि

ज़ेआमि ने चालीस वर्षों की लम्बी अवधि में कोई इक्कीस निबन्धों में अपनी संकल्पनाओं और विचारों को अभिव्यक्त किया है। इस लम्बी अवधि और विपुल लेखन में बिखरी संकल्पनाओं और विचारों को किसी एक लेख में समेटना बहुत मुश्किल है। लेकिन ज़ेआमि के बाद के वर्षों में लिखे निबन्धों में व्यक्त सर्वाधिक महत्त्वपूर्ण विचारों पर सरसरी निगाह डालना भी रंगमंच में रुचि रखनेवाले व्यक्ति के लिए काफ़ी लाभप्रद होगा। इसका कारण यह है कि उनमें विचारक, अभिनेता, निर्देशक और नाटककार के रूप में ज़ेआमि के अपने अनुभवों पर आधारित अभिनय और प्रस्तुति की संकल्पनाओं का निचोड़ मिलता है। इस सन्दर्भ में इस बात को रेखांकित करना होगा कि ज़ेआमि इन सभी पक्षों में 'जीनियस' थे।

ज़ेआमि (1363-1443) की रचनाओं में से सबसे पहली और सबसे प्रसिद्ध रचना 'कादेंशो' है। इसका अर्थ यह नहीं कि उनकी बाद की रचनाएँ कम महत्त्वपूर्ण हैं। वे भी अपनी गहराई और वैचारिक मौलिकता के कारण उतनी ही महत्त्वपूर्ण हैं। लेकिन इस आलेख में 'कादेंशो' के बाद लिखी गई रचनाओं में प्रस्तुत अभिनय और अभिनेता के प्रशिक्षण पर ही ध्यान केन्द्रित किया गया है। हाँ, 'कादेंशो' में व्यक्त विचारों के साथ उनकी संगति और सम्बन्ध की समीक्षा भी की गई है।

ज़ेआमि ने नोह् रंगमंच की कला पर निरन्तर गहरे और नए बिन्दुओं को हमारे सामने रखा है। उनके अनेक विचार परम्परागत नए रंगमंच के साथ-साथ प्रदर्शनकलाओं के निचोड़ को भी प्रस्तुत करते हैं। इनमें से दो संकल्पनाओं—'हाना' और 'यूगेन' को नोह् की नाटकीय प्रस्तुति का आदर्श माना जाता है। इनकी स्थिति को अरस्तू के 'काव्यशास्त्र' की संकल्पना 'केथार्सिस' (विरेचन) और भरत के 'नाट्यशास्त्र' की संकल्पना 'रस' के समकक्ष माना जा सकता है। 'हाना' और 'यूगेन' प्रस्तुत आलेख में चर्चा के प्रमुखत्म बिन्दु नहीं हैं, फिर भी 'कादेंशो' की संकल्पना 'हाना' से ज़ेआमि की बाद की संकल्पना 'यूगेन' तक संचरण पर एक नज़र डाल लेना अनिवार्य लगता है।

‘कादेंशो’ (पुष्प-सम्प्रेषण का ग्रन्थ) की केन्द्रीय संकल्पना ही ‘हाना’ (‘पुष्प’) है। ग्रन्थ में अनेक अध्यायों में इस बात पर चर्चा मिलती है कि मंच पर ‘हाना’ की प्राप्ति कैसे की जाए। ‘हाना’ प्रथमतः प्रदर्शन के सौन्दर्य या उसकी नवीनता से सम्बद्ध है; दर्शक का ध्यान इसकी ओर अपने अस्तित्व के अहसास के बावजूद जाता है।

यह बात ध्यान देने योग्य है कि इस ग्रन्थ के एक अन्य खंड में ज़ेआमि कहते हैं कि ‘शिओरे’ (‘पुष्प का मुरझाना’) ‘हाना’ से उच्चतर अवस्था है। फिर भी ‘हाना’ का अध्ययन सबसे महत्त्वपूर्ण है। यह आश्चर्य में डालने की बात है कि जब ज़ेआमि पुष्प के मुरझाने या सूखने की बात करते हैं, तो उनके मन में किस तरह के अभिनय की कल्पना है। पुष्प हमेशा खिलने के बाद ही मुरझाता है, इसलिए ‘हाना’ के प्रत्येक पक्ष पर अधिकार प्राप्त करने के बाद ही ‘शिओरे’ की अवस्था तक पहुँचा जा सकता है। पुष्प-रहित पौधे के मुरझाने से कोई प्रयोजन नहीं है। मुरझाने की स्थिति इसीलिए महत्त्वपूर्ण है, क्योंकि वह खिलने के बाद आती है। अतः ‘शिओरे’ की अवस्था तक पहुँचने के लिए यह ज़रूरी है कि अभिनेता पहले सच्चे ‘हाना’ को पहचाने और उसे स्वेच्छा से मंच पर अभिव्यक्त करने में सक्षम हो।

ज़ेआमि ने ‘शिओरे’ की परिभाषा स्पष्ट नहीं की है। लेकिन यह तय है कि उनका प्रयोजन अभिनय के गहन पक्ष-अभिनेता और दर्शक के बीच उदात्त सम्प्रेषण से ही है। ‘शिओरे’ अधिक कोमल, अधिक नाजुक, अधिक गहरे अभिनय की ओर संकेत करता है, जो अभिनेता में उम्र के साथ-साथ प्राप्त परिपक्वता से ही आता है। इसके विपरीत ‘हाना’ बाह्य और दृश्यमान प्रभावों पर ज़्यादा बल देता प्रतीत होता है, जिससे दर्शकों की भागीदारी बढ़ जाती है। ‘शिओरे’ के साथ यह भागीदारी उतनी अधिक नहीं होती।

‘शिओरे’ की संकल्पना जापान में सामान्यतः प्रयुक्त दो अन्य सौन्दर्यशास्त्रीय संकल्पनाओं की ओर ध्यान खींचती है। ये हैं ‘अवारे’ (दुख/वेदना) और ‘साबि’ (अकेलापन)। ‘शिओरे’ इस अर्थ में ‘अवारे’ और ‘साबि’ के निकट है कि दोनों शब्दों में निहित नकारात्मक अर्थ सकारात्मक सौन्दर्यपरक अर्थ ग्रहण कर सकता है। जिस प्रकार ‘शिओरे’ परिपक्वता प्राप्त करने के बाद गहन और प्रशांत अभिनय की ओर संकेत करता है, उसी प्रकार ‘अवारे’ जीवन के दुखों और वेदनाओं की स्वीकृति के बाद सौन्दर्यात्मक आनन्द की ओर संकेत करता है।

‘कोदेंशो’ में व्यक्त ‘शिओरे’ की संकल्पना का ज़ेआमि द्वारा अपने उत्तरकाल में लिखे नोह के प्रदर्शन-सम्बन्धी कुछ सिद्धान्तों के साथ भी साम्य दिखाई देता है—विशेष रूप से ‘यूगेन’ के साथ। ‘यूगेन’ ज़ेआमि की अपनी मौलिकता नहीं है। इसे जापान के मध्ययुगीन काव्यशास्त्र में सामान्यतः एक महत्त्वपूर्ण संकल्पना के रूप में प्रयुक्त किया गया है। ‘कादेंशो’ में ‘हाना’ का सन्दर्भ तो बार-बार आता है, लेकिन ‘यूगेन’ का प्रयोग अक्सर नहीं किया गया। ‘कादेंशो’ में ज़ेआमि कहते हैं कि सात

साल का बच्चा अपने अभिनय में 'यूगेन' की अवस्था को प्राप्त कर सकता है, क्योंकि उसमें यौवन का उत्साह होता है। इस सन्दर्भ में तो ज़ेआमि के लिए 'यूगेन' का अर्थ मंच पर सौन्दर्य और लालित्य से ही है; वह कई अर्थों में 'हाना' के लगभग समानार्थी के रूप में प्रयुक्त हुआ है।

ज़ेआमि की सर्वाधिक महत्त्वपूर्ण रचनाओं में 'काक्यो' ('पुष्प-दर्पण') को परिगणित किया जाता है। इस रचना में ज़ेआमि ने 'यूगेन' पर अपेक्षाकृत अधिक बल दिया है और उसका विश्लेषण भी विस्तार से किया है। यहाँ पहुँच कर 'यूगेन' नोह् रंगमंच की प्राथमिक चिन्ता बन जाता है; वह सभी प्रकार की कलाओं में अन्तिम प्राप्य अवस्था के रूप में उभरता है। इसके विपरीत 'कादेंशो' की रचना के समय 'यूगेन' को प्रदर्शन-विशेष में प्राप्य सौन्दर्य और लालित्य के अर्थ में ग्रहण किया गया था; हाँ, उसकी कुछ व्याख्या अवश्य की गई थी।

'काक्यो' और 'कादेंशो' दोनों में 'यूगेन' सम्पूर्ण अभिनय (अर्थात् नृत्य, संगीत और 'मोनोमाने' अनुकरण के तत्त्वों का समन्वय) के सौन्दर्य और लालित्य के लिए इस्तेमाल हुआ है। यहाँ इस बात को रेखांकित करना होगा कि इस संकल्पना का प्रयोग अभिनयशैली के लिए हीं नहीं किया जाना चाहिए; अभिनेता की मानसिक अवस्था पर भी ध्यान दिया जाना चाहिए। इस मनोवैज्ञानिक आयाम के जुड़ जाने से 'यूगेन' के अन्य अर्थ जैसे 'गहन', 'रहस्यमय' या 'गम्भीर' आदि भी खुलने लगते हैं।

'कादेंशो' में नोह् रंगमंच की केन्द्रीय संकल्पना 'हाना' थी; 'काक्यो' में उसका स्थान 'यूगेन' ने ले लिया। ऐसा लगता है कि यहाँ पहुँचकर ज़ेआमि उस अभिनेता के मनोमस्तिष्क में अभिनय के गहन सौन्दर्य की तलाश करने लगे हैं जो प्रशिक्षण की शैलियों के निरन्तर पार जाने की अपने में क्षमता पैदा कर चुका है। इससे यह भी स्पष्ट होता है कि अपने पिता कानामि से सीखे यथार्थवादी नाटकीय प्रदर्शन से हटकर उन्होंने नोह् के गैर-यथार्थवादी और कल्पनाशील जगत पर बल देना शुरू कर दिया था। इसके अनुरूप युवा अभिनेता के प्रशिक्षण में 'मोनोमाने' का महत्त्व कम हो गया तथा नृत्य और संगीत पर बल बढ़ गया।

'कादेंशो' में 'मोनोमाने' ('अनुकरण') का विस्तार से विवरण किया गया है। इस विवरण में चरित्रों को नौ वर्गों में बाँटा गया है। ये हैं—'महिला', 'वृद्ध पुरुष', 'मुखौटाविहीन चेहरा', 'क्षुब्ध व्यक्ति', 'पुजारी', 'मृत योद्धा', 'देवता', 'राक्षस' और 'चीनी'। इस खंड में कानामि के विचारों से बहुत कुछ ग्रहण किया गया है, लेकिन उन्हें ज़ेआमि ने मौलिकता के साथ प्रयुक्त किया है।

यह स्पष्ट है कि अभिनेता के प्रशिक्षण को लेकर ज़ेआमि के प्रारम्भिक वर्षों के विचारों और बाद में रचित 'शिकादो' (पुष्प-मार्ग) में व्यक्त विचारों में मूलभूत अन्तर

है। इस ग्रन्थ में ज़ेआमि ने बड़े विश्वस्त रूप से प्रस्तावित किया है कि दस वर्ष की आयु से लेकर सत्रह-अठारह वर्ष तक की आयु के बच्चों को केवल नृत्य और संगीत की शिक्षा देनी चाहिए, भूमिकाओं के चरित्रांकन में नहीं जाना चाहिए; जब प्रशिक्षार्थियों के रूप में उनका बचपन बीत जाए, तब उन्हें सीखे गए नृत्य और संगीत के आधार पर केवल 'वृद्ध पुरुष', 'महिला' और 'योद्धा' के चरित्रों की भूमिका का प्रशिक्षण देना चाहिए। ज़ेआमि इस विषय में एकदम स्पष्ट हैं कि नोह्-अभिनेता के प्रशिक्षण का और कोई तरीक़ा नहीं है। वे इस बात पर अत्यधिक बल देते हैं कि नृत्य और संगीत तथा उपर्युक्त तीन चरित्र-वर्गों का प्रशिक्षण नोह्-अभिनेताओं के लिए अनिवार्य है, क्योंकि इसके बाद ही वे अभिनय की शैली और विभिन्न भूमिकाओं को आत्मसात् करने में सफल हो सकते हैं।

'कादेंशो' में वर्णित नौ चरित्र-वर्गों को ज़ेआमि ने बाद में तीन आधारभूत वर्गों में संघनित कर दिया; साथ ही इस ओर भी संकेत किया कि प्रशिक्षण के प्रारम्भिक वर्षों में नृत्य और संगीत पर दिया गया बल 'मोनोमाने' पर दिए गए बल के विपरीत अनुपात में होता है। इस प्रकार नोह् रंगमंच का 'मोनोमाने' पश्चिम की कल्पना के अनुरूप न तो 'इमिटेशन' (अनुसरण) है और न 'रियलिज़्म' (यथार्थ)। इसके विपरीत वह नृत्य और संगीत (अत्यन्त सरलीकृत और अमूर्त्त गतियों) के माध्यम से प्राप्त मानवीय अनुभव के सार की पूर्ण शैलीबद्ध और प्रतीकात्मक अभिव्यक्ति है।

ज़ेआमि इस तथ्य की ओर स्पष्ट संकेत करते हैं कि अभिनेता के प्रशिक्षण के प्रारम्भिक दौर में नृत्य और संगीत का कठोर अनुशासन कालान्तर में भूमिकाएँ करते समय 'यूगेन' की अवस्था तक पहुँचने में सहायक होता है। उन्होंने ऐसे अभिनेताओं की आलोचना भी की है, जो केवल बाहरी यथार्थ के प्रशिक्षण पर ध्यान केन्द्रित करते हैं। ज़ेआमि इस प्रवृत्ति के प्रति सावधान करते हैं क्योंकि उनकी दृष्टि में वह अभिनय को अस्थिर और चंचल बनाती है।

ज़ेआमि ने 'शिकादो' के अन्तिम अंश में 'मोनोमाने' की कला पर उतने विस्तार से चर्चा नहीं की है, जितने विस्तार से 'कादेंशो' में की है, लेकिन इस चर्चा से अभिनय में अनुकरण के सारतत्व पर पर्याप्त प्रकाश अवश्य पड़ता है। यहाँ पहुँचकर 'ताइ' और 'यू' की संकल्पनाओं को प्रस्तुत किया गया है; उनके पारस्परिक सम्बन्ध का उद्घाटन किया गया है, उन्हें पुष्प और उसकी सुगन्ध के समान बताया गया है; चाँद और उसकी छाया के साथ उनकी उपमा दी गई है। ज़ेआमि के अनुसार नोह् से भली-भाँति परिचित व्यक्ति इसे मन की आँखों से देखता है, जबकि कम परिचित दर्शक उसे केवल अपनी आँखों से देखता है; इसका अर्थ यह है कि ज़ेआमि अभिनेता से ही नहीं, दर्शक से भी मानसिक प्रयास की अपेक्षा करते हैं।

मन जो देखता है, वह 'ताइ' है, और जो आँखें देखती हैं, वह 'यू' है। नौसिखिए अभिनेता केवल 'यू' का अनुकरण करते हैं; उनकी क्षमता केवल उसी का अनुकरण करने

की होती है जो उनकी आँखें देख पाती हैं। लेकिन परिपक्व अभिनेता इस तथ्य को समझता है कि 'यू' और 'ताइ' का अकाट्य सम्बन्ध है, वे अलग सत्ताएँ नहीं हैं। अतः 'यू' का अनुकरण करने का कोई कारण नहीं है। 'यू' का अनुकरण किया ही नहीं जा सकता।

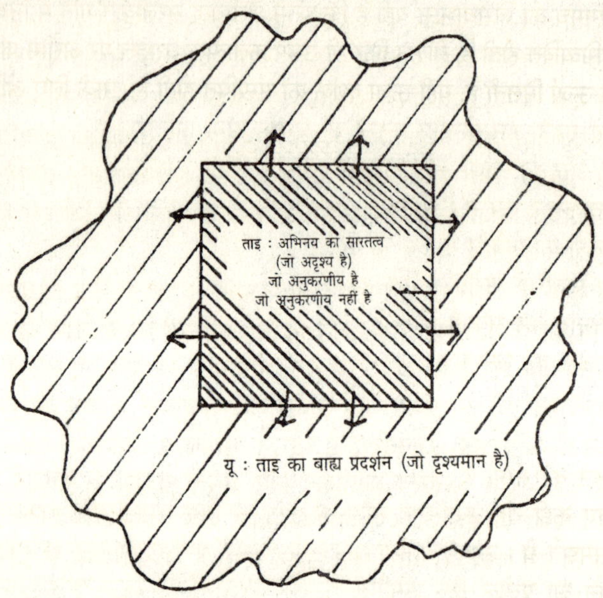

ज़ेआमि 'ताइ' और 'यू' को आधुनिक अर्थों में व्याख्यायित नहीं करते, लेकिन 'ताइ' की व्याख्या अभिनेता के मन में अभिनय की मूलभूत संरचना के रूप में की जा सकती है; और 'यू' उसके बाह्य और दृश्यमान के रूप के तौर पर। अतः कला के सन्दर्भ में 'यू' स्वाभाविक रूप में 'ताइ' से उत्पन्न होता है। 'ताइ' का अनुकरण करें, तो वह 'यू' बन जाएगा। 'यू' का अनुकरण 'झूठे ताइ' की उत्पत्ति करेगा। ऐसी स्थिति में अभिनेता न तो 'ताई' की अवस्था प्राप्त करेगा और न 'यू' की; यह पूरी तरह से अभिनेता की असफलता होगी।

'ताइ' और 'यू' की संकल्पना हमें 'काक्यों' में वर्णित अभिनय के एक और सिद्धान्त की याद दिलाती है : 'अपने मन को सौ प्रतिशत गति दो और शरीर को सत्तर प्रतिशत'। इससे भी ज़्यादा दिलचस्प बात यह है कि जितनी गति आपका मन शरीर को देना चाहता है, उसे उतना गतिशील नहीं होना चाहिए। ज़ेआमि इस सन्दर्भ में यह कहते हैं कि शरीर से अधिक गति करनेवाला मन 'यू' बन जाएगा और मन से कम गति करनेवाला शरीर 'ताइ' बन जाएगा। इस प्रकार यह दर्शक के मन पर गहरा प्रभाव छोड़ेगा। इस तथ्य पर ध्यान देना चाहिए कि यहाँ मन से सम्बन्ध रखनेवाले 'ताइ' और शरीर सम्बद्ध 'यू' (अर्थात् 'ताइ' का चाक्षुष प्रयोजन) को

विलोम अर्थों में प्रयुक्त किया गया है। ज़ेआमि के स्थानान्तरण का यह सिद्धान्त मन की भूमिका पर बल देता है। इस आलेख के प्रारम्भिक अंश में इस ओर संकेत है कि ज़ेआमि ने अपने नाट्यसिद्धान्तों में उस सिद्धान्त पर पर्याप्त बल दिया है।

नोह् रंगमंच का विरोधाभास यही है कि इसमें शैलीबद्ध सरलीकृत गति में नियन्त्रित भाव की अभिव्यक्ति होती है, लेकिन फिर भी उसमें कलात्मक़ धरातल पर असीम परिष्कृत भावनात्मक ऊर्जा मिलती है; यही ऊर्जा दर्शक को सम्प्रेषित होती है; इसके लिए अभिनेता में भावों को गहन और केन्द्रीय बनाने की क्षमता होनी अनिवार्य है।

'ताइ' और 'यू' तथा स्तानिस्लाव्स्की के अभिनय के मनोभौतिक सिद्धान्तों में समानान्तरता स्पष्ट रूप से देखी जा सकती है। वस्तुतः ज़ेआमि के कुछ विचारों और स्तानिस्लाव्स्की की प्रविधि में मंच पर प्रदर्शित वास्तविक जीवन के यथार्थ के विपरीत ज़ेआमि का प्राथमिक सरोकार अभिनय की शुद्ध कलात्मक नाटकीयता है, जिसे वही अभिनेता प्रस्तुत कर सकता है जिसने नोह् रंगमंच को जीवन समर्पित करके अथक साधना के बल पर उसे सीखा हो।

'मानव-जीवन की सीमा है, लेकिन नोह् का प्रशिक्षण सीमातीत है।' ज़ेआमि ने यह बात इसलिए कही थी, क्योंकि वे नोह् अभिनेता के लिए जीवन-पर्यंत प्रशिक्षण को अनिवार्य समझते थे। उनका मानना था कि प्रारम्भिक वर्षों से ही नोह् अभिनेता को अपने जीवन का प्रत्येक क्षण समर्पित करने के लिए तैयार रहना चाहिए; यह तो अन्तहीन अनुशासन की माँग करता है। अब, अगर ऐसा है जो वह जीवन-भर इस पर ध्यान कैसे केन्द्रित कर पाएगा और साथ ही प्रशिक्षण के माध्यम कैसे विकास भी कर पाएगा। इससे भी ज़्यादा महत्त्वपूर्ण बात यह है कि इस मानसिकता की प्रकृति क्या है? ज़ेआमि इन प्रश्नों का उत्तर बहुत सरल, लेकिन अर्थपूर्ण वाक्य में देते हैं : 'शोशिन पर ध्यान दो' जापानियों के लिए यह वाक्य एक नीतिवाक्य बन गया है।

'शोशिन' 'नौसिखुए का मन' या 'प्राथमिक मंशा' है। अर्थात् यह वह अवस्था है, जब नौसिखुआ कोई काम करने का मन बनाता है; लेकिन इसका अर्थ प्रशिक्षण के प्रारम्भ में अपरिपक्व तकनीक और भावना से भी है। 'शोशिन' का यह अर्थ हमेशा मन में रखना चाहिए। नोह् रंगमंच के प्रत्येक वर्ग की तकनीक और शैली का आधार भी यही अवस्था है। 'शोशिन' के कुछ सन्दर्भ हमें 'कादेंशो' में भी मिलते हैं, लेकिन इसका विश्लेषणात्मक और गम्भीर विवेचन पहली बार 'काक्यो' में ही मिलता है।

ज़ेआमि ने 'काक्यो' में 'शोशिन' के तीन सिद्धान्त स्थापित किए हैं :

1. प्रशिक्षण के प्रारम्भ में 'शोशिन' को ध्यान में रखो;
2. अनुशासन के प्रत्येक काल-अंश में 'शोशिन' को ध्यान में रखो;
3. प्रौढ़ावस्था में 'शोशिन' को ध्यान में रखो।

'शोशिन' को ध्यान में रखने से नौसिखुए को अपने अभिनय की वर्तमान कोटि का ठीक से मूल्यांकन करने का अवसर मिल जाता है। यदि वह 'शोशिन' की इस गुणवत्ता—रंगमंच के प्रशिक्षण के अनिवार्य पक्ष के रूप में प्रारम्भिक अनुभवों और टकराहटों—को नहीं बनाए रखता, तो वह अपनी पिछली ग़लतियों से कुछ नहीं सीखेगा; आगे बढ़ना उसके लिए असम्भव नहीं भी होगा, तो भी उसे बहुत कठिनाई का सामना करना पड़ेगा। परिणाम यह होगा कि वह बार-बार नौसिखुए की मानसिक अवस्था की ओर लौटेगा।

ज़ेआमि का दूसरा सिद्धान्त अभिनेता के जीवन की विभिन्न अवस्थाओं और 'शोशिन' की प्रत्येक अवस्था के विभिन्न पक्षों से जुड़ा हुआ है। इन पक्षों में वे सभी नई तकनीकें, युक्तियाँ और अभिव्यंजनाएँ शामिल हैं, जिन्हें अभिनेता अनेक अवस्थाओं से गुज़रकर सीख चुका होता है। 'कादेंशो' में ज़ेआमि ने कहा था कि 'हाना' अनुशासन की प्रत्येक अवधि के अनुरूप होना चाहिए। इस सन्दर्भ में भी इस ओर संकेत करते हैं कि अपने अभिनय को यथासम्भव विविध और बहुपक्षीय बनाने के लिए अभिनेता को अपने प्रशिक्षण के वर्तमान स्तर से जुड़े 'शोशिन' की अवस्था-विशेष के पक्षों को ही नहीं पूर्ण अवस्थाओं से जुड़े पक्षों को भी ध्यान में रखना चाहिए।

अनुशासन के प्रत्येक काल-अंश से जुड़ा 'शोशिन' (0) और 'हाना' (Δ)

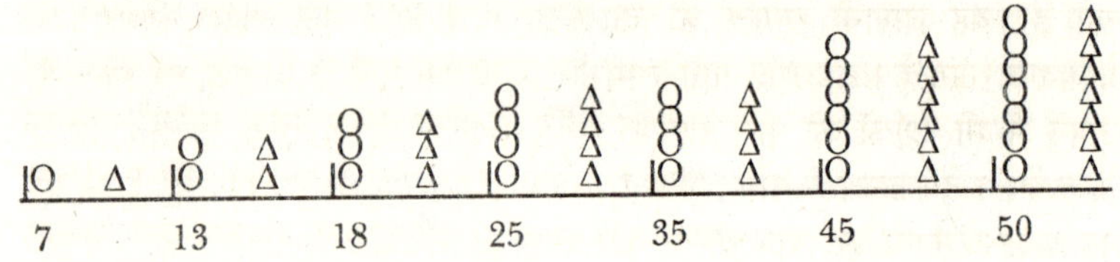

प्रौढ़ावस्था में 'शोशिन' (काक्यो) प्रौढ़ावस्था में 'हाना' (कादेंशो)

ज़ेआमि का तीसरा सिद्धान्त स्वाभाविक रूप से प्रौढ़ अभिनेता द्वारा प्रयुक्त अभिनयशैलियों को सीखने में आने वाली कठिनाइयों और समस्याओं से जुड़ा हुआ है; अभिनेता से इस सन्दर्भ में यह अपेक्षा की जाती है कि वह 'शोशिन' के अतिविशिष्ट गुण—नौसिखुए के मन की अपरिपक्वता और ताज़गी का ध्यान रखे। बाद के वर्षों में जब प्रौढ़ अभिनेता अपनी शैली में कुछ नयापन शामिल करता है, तब भी उसे 'शोशिन' के इस पक्ष पर पूरा ध्यान देना चाहिए। लेकिन प्रौढ़ावस्था में 'शोशिन' की संकल्पना विरोधाभासी सारतत्व के कारण कुछ जटिल हो गई है; वह विरोधाभासी सारतत्व है मंच पर कुछ न करने की क्षमता हासिल करना (इस आलेख में आगे चलकर इस मन्तव्य पर विस्तार से विचार होगा)।

अभिनेता से अपने अभिनय को लगातार विकसित और परिपक्व करने की अपेक्षा की जाती है; उसे हमेशा प्रगति करते रहना चाहिए। यह स्पष्ट है कि 'शोशिन'

का पैमाना इस्तेमाल करके वह अपनी प्रगति और अभिनय-स्तर को आँक सकता है। साथ ही 'शोशिन' अभिनेता के अपने अभिनय के प्रति लापरवाह होने पर पहरुए का काम भी करता है।

इस बात पर ध्यान दिया जाना चाहिए कि ज़ेआमि के निबन्धों में 'शोशिन' का अर्थ कुछ अलग है—वह इस अर्थ में अलग है कि वह दर्शक से निरपेक्ष अभिनेता के रोज़मर्रा के मानसिक आचरण की बात उठाता है। उनके निबन्धों में एक और बात रेखांकित की जा सकती है। वह यह कि दर्शकों की बात नोह् रंगमंच के दर्शन के विवेचन के सन्दर्भ में सामने आती है। ज़ेआमि के लिए यह बात ज़्यादा महत्त्वपूर्ण रही होगी कि नोह् रंगमंच के प्रत्येक प्रदर्शन की सफलता तत्कालीन आर्थिक और सामाजिक सन्दर्भों में ही देखी जाए।

चूँकि उनके समय में अभिनेताओं का सामाजिक रुतबा सामान्यतः निम्न था, उनके सामने अपनी कला के संरक्षण का इसके अलावा कोई उपाय नहीं था कि वे उन शक्तिशाली योद्धाओं और सामन्तों की शरण लें, जो नाटक देखने आते थे। लेकिन ज़ेआमि की अभिनय-संकल्पना के दर्शक-सापेक्ष होने का यह प्राथमिक कारण नहीं है। यह जापानी रंगमंच की चारित्रिक विशेषता है कि दर्शक रंगमंच का अविभाज्य अंग हैं। यह एशियायी रंगमंचों की विशेषता भी है। आधुनिक पश्चिमी रंगमंच में भी दर्शकों को प्रस्तुतीकरण और उस पर निजी प्रतिक्रिया के लिए तैयार किया जाता है। इसके विपरीत एशिया में अनेक ऐसी परम्परागत शैलियाँ हैं जिनमें रंगमंच एक प्रकार से आनुष्ठानिक स्थल है, जहाँ अभिनय और दर्शक मिलकर रंगमंचीय घटना का बराबर का आस्वाद लेते हैं और एक-दूसरे में विकसित होते हैं। अभिनेता-दर्शक के सन्दर्भ में नोह् रंगमंच भी अलग नहीं है, लेकिन अन्य एशियाई रंगमंचों से इस अर्थ में यह अलग भी है कि इसमें अभिनेताओं और दर्शकों के बीच एक विशेष प्रकार का तनाव बना रहता है।

अभिनेता और दर्शक के मध्य ऊर्जा-संचरण का सरल चार्ट

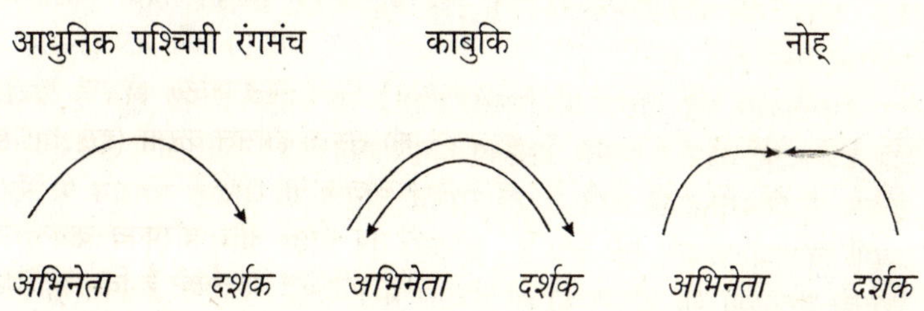

ज़ेआमि ने अपने उत्तरकाल में जिन नाट्य-सिद्धान्तों को प्रतिपादित किया था, उनमें से एक है 'रिकेन नो केन'। 'काक्यो' में विवेचित यह सिद्धान्त सर्वप्रसिद्ध है। वस्तुतः ज़ेआमि के सामने यह प्रश्न था कि अभिनेता और दर्शक के बीच के इस तनाव का उपयोग अभिनेता की चेतना में कैसे उपयोग किया जाए जिसमें मंच पर उसकी भौतिक उपस्थिति की सौन्दर्य और लालित्य की आदर्श अवस्था का रूप दिया जा सके। हम देखते हैं कि 'रिकेन नो केन' का शाब्दिक अर्थ है 'दूरागत दृश्य को देखना'। इसी अर्थ में अभिनेता और दर्शक दोनों एक ही दृष्टिकोण को अपनाते हैं। दूसरी ओर, 'गाकेन नो केन' का शाब्दिक अर्थ है, 'भीतर के दृश्य को देखना' अर्थात् यह दृष्टिकोण जिससे अभिनेता 'रिकेन नो केन' के माध्यम से प्रत्येक कोण से स्वयं को देखने में ठीक उस दृष्टिकोण से जिससे दर्शक उसे देख रहा है, सक्षम हो तो वह मंच पर सौन्दर्यात्मक आदर्श की प्राप्ति कर सकेगा, जो अपने अनुपात और सामंजस्य में परिनिष्ठता की ओर अग्रसर होता है।

'रिकेन नो केन' की संकल्पना एक ख़तरे की ओर भी संकेत करती है : अभिनेता अपने ही विचारों के जाल में फँस सकता है। इस जाल में फँसने पर वह अपने कार्यव्यापार को वस्तुगत दृष्टिकोण से नहीं देख पाता। 'रिकेन नो केन' को ध्यान में रखने से अभिनेता इस विषयगत मूल्यांकन से बच जाता है तथा उसके भीतर का 'स्व' शून्य में बदल जाता है। इसी अवस्था में अभिनेता और दर्शक दोनों एक ही प्रतिभा को देखने में सक्षम होते हैं। स्पष्टतः 'ताइ' और 'यू' की भाँति 'रिकेन नो केन' पर भी बौद्ध दर्शन का प्रभाव है।

'कादेंशो' में हम देखते हैं कि 'हाना' के रहस्य को दर्शकों से छिपाकर रखने की बात कही गई है; उद्घाटित होने पर वह सच्चा 'हाना' नहीं रहता। इसलिए 'हाना' का प्रयोजन पहचान में आने से पहले दर्शकों के मन पर गहरा प्रभाव छोड़ना है।

ज़ेआमि के अनुसार इस छिपे हुए 'हाना' को कोई अभिनेता सायास प्रयासों से प्राप्त नहीं कर सकता। लगता है कि 'रिकेन तो केन' और छिपे हुए 'हाना' का प्रयोजन एक ही है—अभिनेता द्वारा यथासम्भव 'स्व' की चेतना से मुक्ति प्राप्त करने तथा 'शून्य' की आध्यात्मिक अवस्था तक पहुँचने की कोशिश और अधिकाधिक वस्तुगत सम्प्रेषण।

हम अक्सर इस धारणा का शिकार होते हैं कि अभिनेता का काम है 'प्रदर्शन' और दर्शक का काम है देखना, इसलिए दोनों अपने-अपने काम यानी 'प्रदर्शन' और 'देखने' में लापरवाह हो जाते हैं, तो रंगमंच प्रस्तुति के जीवन्त माध्यम के रूप में अपनी विशिष्ट पहचान खो देता है। अन्ततः वह प्रत्येक प्रस्तुति के माध्यम से उन अनोखी घटनाओं को उठाता है, जो दोबारा नहीं घटतीं। लेकिन ज़ेआमि के निकट

रंगमंच जीवन्त स्थल है, जहाँ अभिनेता और दर्शक के बीच बना 'प्रदर्शन' और 'देखने' का 'नाजुक' और तनावपूर्ण सन्तुलन चाहे वह चाक्षुष हो या मनोवैज्ञानिक–शाश्वत सौन्दर्यशास्त्र पर हावी हो जाता है। और फिर काल, देश और सामाजिक पर आधारित इस नाजुक और तनावपूर्ण सन्तुलन को बनाए रखने के लिए ज़ेआमि अभिनेता से यह अपेक्षा करते हैं कि वह अपनी वस्तुगत प्रतिमा बनाए–ऐसी प्रतिमा जो दर्शक के दृष्टिकोण को प्रतिबिम्बित करे।

यह भी स्पष्ट प्रतीत होता है कि 'रिकेन नो केन' इस अर्थ में ब्रेष्ट के 'एलिएनेशन इफेक्ट' (अलगाव का प्रभाव) के समान है कि दोनों अभिनेता की प्रवृत्ति को मन्द करते हैं या बिलकुल समाप्त कर देते हैं और इस प्रकार दोनों अभिनयप्रक्रिया में आत्मप्रक्षेपण को सीमित कर देते हैं। लेकिन 'अ-सहानुभूति' को ब्रेष्टियन सिद्धान्त का प्रयोजन संज्ञान प्रदान करना है, जबकि ज़ेआमि का 'रिकेन नो केन' सौन्दर्यशास्त्रीय प्रयोजन लिये हुए है।

'यूगाकु-शूदो-फूकेन' (नोह् प्रशिक्षण पर निबन्ध) 'काक्यो' के बाद की रचना मानी जाती है; गहन दार्शनिक दृष्टिकोण इस निबन्ध की विशेषता है। इस रचना में ज़ेआमि एक अलग दृष्टिकोण से अभिनेता के मन पर प्रकाश डालते हैं। जेन बौद्धदर्शन के कतिपय मूलभूत सिद्धान्तों को अपनाते हुए वे 'यु' (होना अथवा अस्तित्व) तथा 'मु' (अनस्तित्व अथवा शून्य) की संकल्पनाओं का प्रसंग उठाकर उन्हें अभिनय की आधिभौतिकी पर घटित करते हैं।

यह कहा जाता है कि अभिनय में 'यु' मंच पर चल रहे कार्यव्यापार के प्रभाव को दृष्टिसीमा में बाँध देता है–ठीक वैसे जैसे बौद्धदर्शन का 'यु' व्यक्ति को कार्य और भौतिक अस्तित्व की सीमा में बाँध देता है। दूसरी ओर, बौद्धदर्शन में 'मु' शुद्ध चेतना (चिति) है, जो अनुभव या ज्ञान के परे है, उसमें 'स्व' का कहीं कोई मेल नहीं है। जब कोई सिद्धहस्त प्रौढ़ अभिनेता अपने भीतर 'मु' की इस अवस्था तक पहुँच जाता है, तो सुगमता से विभिन्न मंचप्रभावों को उत्पन्न करने में सक्षम हो जाता है। 'मु' की यह अवस्था सम्पूर्ण दृश्यजगत के केन्द्र में अवस्थित होती है, और यही वह अवस्था है जिसमें प्रत्येक वास्तविकता का जन्म होता है। यदि अभिनेता का मन वास्तविकता की इस बीजभूमि के साथ आत्मसात हो जाता है, तो वह प्रदर्शन कलाओं के गहनतम रहस्यों को पहचान लेगा और अन्ततः उसे 'म्योका' ('रहस्य-पुष्प') की प्राप्ति होगी; 'म्योका' ही अभिनय का उच्चतम स्तर है, जिसकी कलात्मक गुणवत्ता की तुलना स्वयं प्रकृति की अनिंद्य अवस्था से की जा सकती है। यह जानना रुचिपूर्ण होगा कि ज़ेआमि की कालान्तर की रचनाओं में से अभिनय को नौ विभिन्न स्तरों का विवेचन करनेवाली रचना 'क्यूइ' (नौ

अवस्थाएँ) में 'म्योका' की परिगणना शब्दातीत और चेतनातीत अवस्था के रूप में की गई है।

मंच पर 'म्योका' की अवस्था तक पहुँचाने वाली मन में 'मु' की अवस्था दर्शक के लिए वर्जनातीत है, लेकिन हमें इस बात का ध्यान रखना चाहिए कि 'मु' का अर्थ अन्यमनस्क स्थिति का शून्य कदापि नहीं है। जिस प्रकार बौद्धदर्शन एक समयांतराल में मन को अनुशासित करने को महत्त्वपूर्ण मानता है, उसी प्रकार शरीर और मन के पूर्ण समर्पण भाव से वर्षों के प्रशिक्षण के बाद ही 'मु' की अवस्था तक पहुँचा जा सकता है। जैर्जी ग्रोतोव्स्की ने एक बार कहा था कि अभिनेता को गहराई के साथ काम करते हुए भी अनुशासित, ईमानदारी और प्रामाणिकता से जुड़े रहना चाहिए। अभिनेता के प्रशिक्षण को लेकर ज़ेआमि के विचार कुछ-कुछ ग्रोतोव्स्की के विचारों के समान हैं; दोनों अनुशासन पर आधारित रूपान्तरण के प्रति पूर्ण और ईमानदार समर्पण की माँग करते हैं।

यद्यपि प्रदर्शन में 'मु' की अवधारणा का महत्त्व कुछ अटपटा-सा लगता है, फिर भी यह स्पष्ट है कि तेरहवीं शताब्दी के प्रारम्भ से ही जापानी कला और जीवन के अनेक पक्षों में इसकी महत्त्वपूर्ण भूमिका रही है। यह वह समय था जब जापान की संस्कृति में जेन बौद्धमत का प्रवेश होने लगा था। चाय-अनुष्ठान, चित्रकला, उपवन, वास्तुशास्त्र, काव्य, नाटक और समुराई-मानसिकता जैसे अनेक क्षेत्रों में इसका स्पष्ट प्रभाव दिखलाई पड़ता है।

डी. टी. सुजुकि जब यह कहते हैं कि 'हाथ के बने कटोरे में हरे रंग का पेय पीनेवाले व्यक्ति को 'शून्य' भले ही अत्यन्त सूक्ष्म विचार लगे, परन्तु वास्तविकता यह है कि 'शून्य' वास्तविकता का ही ठोस रूप है,' तो वे हमारा ध्यान इस ओर आकर्षित करते हैं कि चाय-अनुष्ठान से 'मु' दर्शन का गहरा सम्बन्ध है।

समुराई की तलवारबाजी से भी जेन बौद्धमत का गहरा सम्बन्ध है। इस मत ने समुराई-योद्धाओं के मनोविज्ञान और नैतिकता को भी बहुत प्रभावित किया है (जैसे 'बुशी-दो' अर्थात् समुराई की जीवन-पद्धति)। समुराई-योद्धाओं का अनुशासन 'मुमेन' (अ-चेतन) और 'मुसिन' (अ-मन) के महत्त्व की ओर संकेत करता है। ये दोनों संज्ञाएँ 'जेन' से निकली हैं और जेन अवधारणा 'मु' से इनका तात्त्विक सम्बन्ध है।

इसी प्रकार 'मु' की अवधारणा ने जेन कलाकारों के मन को इस सीमा तक प्रभावित किया कि वह उनके लिए मूलभूत अभिव्यक्ति सिद्धान्त बन गई। परिणामतः उनकी रचनाओं में अहंकार की भूमिका नगण्य हो गई। इस प्रवृत्ति का आदर्श स्वरूप यह होता है कि चित्रकार की तूलिका से खिंची हर लकीर अहंकार से मुक्त हो और 'सम्पूर्ण' के उद्देश्य की पूर्ति करे।

इसी पुस्तक में ज़ेआमि यह भी कहते हैं कि अभिनेता के शरीर के प्रत्येक अंग में आन्तरिक तनाव होना चाहिए ताकि वह प्रत्येक प्रदर्शन के समय आन्तरिक गुणों को कई तरह से उद्घाटित कर सके। यह स्पष्ट है कि ज़ेआमि के अनुसार शून्य ('मु') और तनाव परस्पर विरोधी संकल्पनाएँ नहीं हैं। मन की वह अवस्था जो शून्य होने के बावजूद तनावपूर्ण है, अवश्यंभावी रूप से उस अवस्था तक ले जाएगी, जो चेतनातीत तो है, लेकिन जहाँ चेतना पूर्ण रूप से तिरोहित नहीं हुई है। इस अवस्था में व्यक्तिगत प्रेरणाओं से अभिनय उतना विकृत नहीं होता, बल्कि अधिक वस्तुगत सौन्दर्य से परिपूर्ण होता है। इससे स्पष्ट है कि ज़ेआमि मानते हैं कि नोह् रंगमंच के अत्यन्त सरल और शैलीबद्ध माध्यम में 'स्व' से परे निकलने पर मूर्त्त भाव की गहनता उभर आती है।

शून्य और आन्तरिक तनाव की समस्या पर 'काक्यो' में एक अन्य दृष्टिकोण से भी विचार किया गया है। इस सन्दर्भ में ज़ेआमि ने 'सेनु-हिमा' का महत्त्वपूर्ण विचार प्रस्तुत किया है। 'सेनु-हिमा' सम्भवतः कुछ लम्बी अवधि की तटस्थता का वह क्षण है, जिसमें नृत्य, गीत और बोले गए शब्द का अभिनय सभी कुछ थम जाता है। 'प्रौढ़ावस्था में शोशिन' के अन्तर्गत 'प्रौढ़ावस्था में मंच पर कुछ न करने' के बारे में पर्याप्त विचार हुआ है।

'सेनु-हिमा' और 'प्रौढ़ावस्था में शोशिन' की अवस्थाएँ हमारे सामने अभिनेता की यह मूलभूत समस्या रखती हैं कि वह न्यूनतम शारीरिक गतिविधि के साथ अपने अभिनय की निरन्तरता कैसे बनाए रखे। ज़ेआमि यह कहते हैं कि 'सेनु-हिमा' की प्रक्रिया के दौरान अभिनेता को सप्रयास चेतन रहना चाहिए और साथ ही उसे अपने मन को आन्तरिक तनाव के प्रति भी चौकस रखना होगा। इस स्थिति में यही आन्तरिक तनाव दर्शकों को अभिनेता के शरीर के इर्द-गिर्द इस सीमा तक प्रकाश-चक्र के समान लगने लगता है कि मंच पर कोई गति न होने पर भी वह रुचिकर प्रभाव छोड़ता है। लेकिन इस सन्दर्भ में ज़ेआमि एक बार फिर सावधान करते हैं कि इस आन्तरिक तनाव को बनाए रखने के लिए अभिनेता के प्रयास बाह्य रूप से प्रदर्शित नहीं होने चाहिए; यदि ये प्रयास दिखाई दे जाते हैं, तो शैली का बाह्य और थोथा प्रदर्शन भर बनकर रह जाएँगे।

ज़ेआमि यह भी कहते हैं कि 'मोनोमाने' ('अनुकरण') की अनेक तकनीकों के कृत्रिम बन जाने का ख़तरा मौजूद रहता है; इससे अभिनेता का मस्तिष्क इतना बन्द हो जाता है कि वह उन्हें सुरक्षित नहीं रख पाता और न उन्हें जीवन प्रदान कर पाता है। यह स्थिति कठपुतली की-सी होती है, जिसे चलाने के लिए कलाकार की उँगलियों की ज़रूरत पड़ती है। कठपुतली कलाकार को कठपुतली के धागे दर्शकों से छिपाने

का प्रयास करना पड़ता है। इसी प्रकार अभिनेता को भीतर के तनाव को अपने मन में दबाए रखने का प्रयास करना पड़ता है; यदि दर्शक इस तनाव को भाँप लें, तो वही स्थिति होगी जो कठपुतली के धागों से दर्शक का ध्यान बँट जाने पर होती है।

इस प्रसंग में सम्भावित भ्रम से बचने के लिए ज़ेआमि के विचार को इस प्रकार समझा जा सकता है : मंच पर क्षणिक गतिहीनता ('सेनु-हिमा') की स्थिति में अभिनेता को मन में कुछ आन्तरिक तनाव बनाए रखना चाहिए; अभिनेता के भीतर का यह आध्यात्मिक तनाव दर्शकों में एक नाटकीय प्रभाव पैदा करता है; लेकिन इस आन्तरिक तनाव को लेकर अभिनेता में अतिरिक्त प्रयास नहीं झलकना चाहिए कि दर्शक उसे भाँपकर सचेत हो जाए। यह बात बौद्धधर्म के शून्यवाद के प्रति ज़ेआमि के रुझान की ओर संकेत करती है। वस्तुतः 'स्व' और आत्म के विलोपन के प्रति बौद्धदर्शन में व्यक्त धारणाएँ ज़ेआमि के स्व-विस्मृति पर आधारित आन्तरिक तनाव की धारणा से मेल खाती हैं।

ज़ेआमि का प्रस्तुत विचार और उत्तरकाल की रचनाओं में व्यक्त अन्य कई विचार 'कादेंशो' की रचना के समय की अवधारणाओं से प्रस्थान की ओर संकेत करते हैं। वे तकनीक पर अधिकार के सन्दर्भ में मन को अतिशय महत्त्व प्रदान करते प्रतीत होते हैं। वे इस बात पर बार-बार बल देते हैं कि अभिनेता द्वारा सिद्ध तकनीकों पर मन का ही अधिकार होना चाहिए।

अभिनेता को आत्मचेतना और मन के तनाव से प्रभावशाली ढंग से निपटने में अधिक सक्षम बनाने के लिए आधुनिक पश्चिमी रंगमंच में (तनाव से मुक्ति के) व्यायाम करवाए जाते हैं। ज़ेआमि भी अभिनेता से इसी प्रकार की माँग करते हैं, लेकिन आत्मचेतन से यह मुक्ति मन में एक नए तनाव को जन्म देती है, यह नया तनाव 'शून्य' के अ-संकल्पनात्मक ढाँचे में पैदा होना चाहिए। इसके विषय में कहा गया है कि यह 'स्व' से परे आध्यात्मिक सन्तुष्टि का मूर्तिकरण है, जो लचीली सहज रचना का मार्ग प्रशस्त करता है।

रंगमंच के पश्चिमी और पूर्वी सिद्धान्तकारों में से ज़ेआमि शायद अकेले ऐसे सिद्धान्तकार हैं जो लगातार इस पर विचार करते हैं कि अभिनेता के जीवन में अपरिहार्य रूप से आनेवाली वृद्धावस्था पर विजय कैसे पाई जाए। व्यक्ति बूढ़ा होता है, और जब वह बूढ़ा होता है, तो यह अनिवार्य स्थिति है कि उसकी तकनीक कुन्द पड़ने लगे और शरीर की शक्ति क्षीण होने लगे। यह स्थिति कलात्मक अभिव्यक्ति को क्षति पहुँचाती है। लेकिन नोह् रंगमंच में प्रशिक्षण और अनुशासन आजीवन चलनेवाले कार्यक्रम हैं। ज़ेआमि का यह कथन 'मानव जीवन की सीमा है, लेकिन नोह् का प्रशिक्षण सीमातीत है', इसी तथ्य की पुष्टि है।

'कादेंशो' में ज़ेआमि ने पचास साल से अधिक आयु के अभिनेताओं के अभिनय के बारे में इन शब्दों में कहा है : 'इस आयु में मंच पर यथासम्भव कम गति करने

के अलावा कोई कारगर और सही रास्ता नहीं है।' हालाँकि उन्होंने यह भी कहा है कि कोई प्रौढ़ अभिनेता अपनी वृद्धावस्था में बाक़ी सब तकनीकों के कारगर न रहने पर 'हाना' से काम ले सकता है, लेकिन 'कादेंशो' की रचना के आसपास उन्होंने इस विषय पर और विचार नहीं किया था। कालांतर में लिखे अपने निबन्धों में भी वृद्ध अभिनेताओं की तकनीकों के बारे में ज़ेआमि ने विशेष रूप से कुछ नहीं कहा, लेकिन यह बात साफ़ दिखाई पड़ती है कि वृद्धावस्था में अभिनेता के अभिनय की उन्हें चिन्ता अवश्य थी।

शारीरिक क्षमता के क्षीण हो जाने पर ज़ेआमि उसका स्थान मन को देते हैं। 'सेनु-हिमा' ज़ेआमि द्वारा प्रस्तुत एक ऐसा ही मार्ग है जो शरीर से इतर सकारात्मक और महत्त्वपूर्ण तकनीकें विकसित करने में प्रौढ़ अभिनेता की सहायता करता है।

इस आलेख में 'जो-हा-क्यू' सिद्धान्त की पड़ताल अभी शेष है; यह सिद्धान्त भी काफ़ी महत्त्वपूर्ण है। यह प्रदर्शनकारी कलाओं में सिद्धहस्तता और उपलब्धियों के विषय में ज़ेआमि के कुछ विचारों को स्पष्ट करता है। 'जो-हा-क्यू' अभिनय तकनीक में लागू होता है। इसका विवेचन इस विषय पर ज़ेआमि के परिपक्व विचारों को हमारे सामने खोलता है। इस विषय पर 'शूग्योकु-तोकुका' शीर्षक निबन्ध का अध्ययन उपयोगी होगा; यह निबन्ध ज़ेआमि ने पैंसठ वर्ष की आयु में लिखा था। ('शूग्योकु-तोकुका' का अनुवाद किया जाए तो इसे यों कहना होगा : 'रतन की खोज और पुष्प की उपलब्धि')

नोह् रंगमंच में उपलब्धियाँ और सिद्धहस्तता 'जो-हा-क्यू' की विकास-प्रक्रिया के रास्ते होती हैं। इसके तीन भाग हैं : 'पहला है 'जो', जिसका अर्थ है बीज; यह प्रक्रिया धीमी होती है और दर्शक को सहज रूप से रचना के वातावरण में ले आती है; 'हा' उसका विकास है, बीज से प्रस्फुटन है; यह भाग जीवन्त होता है और तीनों भागों में सबसे लम्बी अवधि का है; 'क्यू' चरमावस्था है और यह परिणति की ओर तेज़ी से बढ़ती है।

अपनी प्रारम्भिक रचनाओं ('कादेंशो', 'काक्यो' और 'शूदोशो') में ज़ेआमि ने यह सिद्धान्त एक ही दिन में खेले जाने वाले नाटकों और प्रत्येक नाटक की संरचना को क्रम देने के लिए लागू किया था। लेकिन यह आश्चर्य का विषय है कि 'शूग्योकु-तोकुका' में पहुँच कर ज़ेआमि 'जो-हा-क्यू' सिद्धान्त का प्रयोग बड़े पैमाने पर करते हैं और उसे लगभग दार्शनिक (आधिभौतिक) अर्थ प्रदान करते हैं; वे इसके अर्थ और प्रयोग को गहराई और विस्तार देते हुए इस संकल्पना का विकास करते हैं।

'जो-हा-क्यू' का उचित विकास प्रस्तुति में वैसे ही सन्तोष का भाव उत्पन्न करता है, जैसे कोई भी तार्किक परिणति की ओर ले जानेवाली स्वाभाविक प्रक्रिया दर्शक में सन्तुष्टि और परिणति का भाव भरती है। ज़ेआमि इस बात की ओर स्पष्ट संकेत करते हैं कि यदि कोई रचना 'जो' या 'हा' से आगे विकास नहीं कर पाती, अर्थात् यदि वह 'क्यू' के स्तर तक नहीं पहुँचती तो वह दर्शकों में सन्तुष्टि का भाव उत्पन्न नहीं कर सकती। इसका कारण यह है कि स्वयं दर्शकों में भी 'जो-हा-क्यू' का भाव मौजूद होता है और वे जाने-अनजाने प्रस्तुति को इस पर कसते हैं।

'जो-हा-क्यू' का प्रयोग 'बुगाकु' (जापान का प्राचीन दरबारी नृत्य) और 'शान्यो' (बौद्ध मन्त्रोचार) में किया गया है। साथ ही इसका प्रयोग नोह् रंगमंच के पूर्ववर्ती रूप में भी किया गया है। ये प्रयोग ज़ेआमि के काल से पहले के हैं। बाद में चलकर इसका प्रवेश 'नागाउता' जैसी संगीत परम्परा में भी हुआ। यह संगीत पद्धति काबुकि रंगमंच और 'कोतो' खेलने की कुछ शैलियों का प्रमुख संगीत रूप है।

परन्तु, इस संकल्पना के विस्तृत सैद्धान्तिक परिशोधन और संहिता-निर्माण का एकान्तिक श्रेय ज़ेआमि को ही जाता है। नृत्य-संगीत के अंशों में गति और भाव-प्रवाह को नियमित करनेवाले 'जो-हा-क्यू' को नोह् रंगमंच की संरचना से आबद्ध प्रत्येक खंड में सम्मिलित करने का काम ज़ेआमि ने ही किया। यह कहना अतिशयोक्ति न होगा कि नोह् का सम्पूर्ण संसार 'जो-हा-क्यू' से ही संचालित होता है।

इस सिद्धान्त का सबसे पहले प्रयोग एक दिन में प्रस्तुत किए जाने वाले नाटकों का क्रम तय करने और फिर नाटक-विशेष की संरचना में किया जाता है। नोह् नाटकों के क्रम और प्रदर्शन के आदेश की परम्परागत विधि इदो-काल में विकसित हुई थी। उस समय नोह् नाटकों को शोगुनाते का प्रश्रय प्राप्त था। इस विधि में नाटकों के पाँच वर्ग बनाये गए और ये सभी 'जो-हा-क्यू' के प्रभाव का प्रमाण प्रस्तुत करते हैं।

देव नाटक   मृत योद्धा नाटक   नारी नाटक   समाधि नाटक राक्षस नाटक

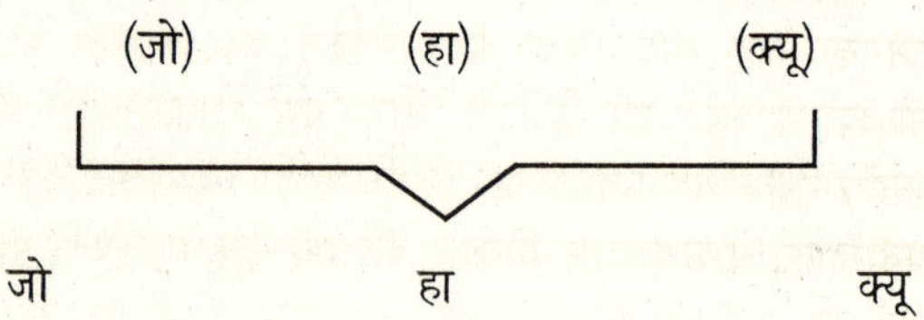

'हा' खंड में भी 'जो-हा-क्यू' की स्थिति बनी रहती है क्योंकि ये तीनों नाटक 'जो-हा-क्यू' के एक-एक पक्ष का प्रतिनिधित्व करते हैं और समानान्तर रूप से शेष दो अंश वृहद् योजना का अंग बने रहते हैं। इसी प्रकार एक नाटक को पाँच खंडों में विभाजित किया जा सकता है, जिनमें से पहला खंड 'जो' होता है, दूसरे से चौथा खंड 'हा' की अवस्था को दर्शाता है तथा पाँचवाँ खंड 'क्यू' की अवस्था को। (इस विभाजन को कालान्तर में जापान के परम्परागत कठपुतली नाटक 'बुम्राकु' में भी प्रयुक्त किया गया है।) अपने लघु रूप में 'जो-हा-क्यू' का प्रभाव नोह् संगीत में स्वरबद्ध काव्य के बारह अक्षरों में भी देखा जा सकता है।

परन्तु, जिस सीमा तक ज़ेआमि ने 'शूग्योकु-तोकुका' में इस सिद्धान्त का विकास किया है; वह सबसे अधिक आश्चर्यजनक काम है। ज़ेआमि इसके उपयोग की सम्भावनाओं की अतल गहराइयों की तलाश करते हुए इसे दार्शनिक अर्थ प्रदान कर देते हैं।

ज़ेआमि 'जो-हा-क्यू' का सम्बन्ध उस समय अभिनेता से भी जोड़ देते हैं, जब वे इस बात पर बल देते हैं कि 'जो-हा-क्यू' का वास्तविक अर्थ पकड़ने के लिए उसे 'स्व' और आत्मचेतना से परे जाकर और इन दबावों से मुक्त होकर अभिनय करना चाहिए।

'जो-हा-क्यू' का सिद्धान्त प्राथमिक रूप से तो एक ही दिन में प्रस्तुत किए जाने वाले नाटकों पर या नाटक के ढाँचे पर लागू किया गया था, लेकिन ज़ेआमि ने बाद में प्रस्तुति विशेष में एक क़दम की प्रतिध्वनि या गीत की किसी एक ध्वनि पर भी इसे लागू करके, इसके अर्थ को अतिशय विस्तार दे दिया। वास्तव में वे प्रकृति की हर परिघटना में 'जो-हा-क्यू' सिद्धान्त की अवस्थिति देखते हैं—चाहे वह असीम ब्रह्मांड हो या पक्षियों की चहचहाहट अथवा कीड़े-मकौड़ों की कुलबुलाहट।

यहाँ पहुँचकर हमें अभिनय के विषय में ज़ेआमि के उच्चादर्श की झलक मिलती है। ऐसा प्रतीत होता है कि ज़ेआमि ऐसे अभिनय की अभिलाषा करते हैं जिसमें मानवीय निहितार्थ और चेतना का समावेश हो, जो मानवीय निहितार्थ और चेतना से हमेशा इतर हो तथा आजीवन प्रशिक्षण और अनुशासन का पालन करते हुए प्राकृतिक व्यवस्था का अभिन्न अंग बन जाए। प्रकृति अपनी ही व्यवस्था के सामंजस्य के अनुरूप काम करती है। यहाँ तक कि पूर्व निश्चित और अनिश्चित भी प्रकृति की इसी व्यवस्था के दायरे में ही रहता है। तब क्या ज़ेआमि अभिनेता से यह अपेक्षा नहीं कर रहे कि वह प्रकृति की इस व्यवस्था के निकट रहे और अन्ततः उसका अंग बन जाए ताकि वह सभी प्रकार के अनुशासन और तकनीकों से इतर कला के परिपूर्ण और उच्चतर रूप को प्राप्त कर सके? अभिनेता और दर्शक दोनों

के लिए अभिनय का सौन्दर्य लगभग आध्यात्मिक अनुभव बनना चाहिए। क्या बीथोवन का भी यही आशय नहीं था, जब उन्होंने अपनी महान रचना 'मीसा सोलेम्नीस' की 'काइरे' (स्वरलिपि) के ऊपर यह वाक्य लिखा था : 'हृदय से...पुनः हृदय तक पहुँचे ये'?

अनुवाद : *सुरेश धींगड़ा*

तोक्यो में अंग्रेजी के प्राध्यापक तात्सुरो इशि के प्रकाशित लेख 'ज़ेआमि' (संगीत नाटक जर्नल, अंक 58) और टंकित प्रति 'एन एक्जामिनेशन इन टू द मैच्योर थॉट ऐंड कॉन्सेप्चुअल फ्रेमवर्क प्रेजेंटेड इन द लेटर ट्रीटाइसिस ऑफ़ ज़ेआमि' पर आधारित

रंगप्रक्रिया और भरत

देवेन्द्र राज अंकुर

आज से दो-ढाई हज़ार वर्ष पूर्व भरत ने जिस नाट्यशास्त्र की रचना की थी वह कम-से-कम तीन मुख्य चीज़ों को लेकर बहुत ही महत्त्वपूर्ण ग्रन्थ माना जाना चाहिए। हम आज तक उसे मात्र एक सैद्धान्तिक ग्रन्थ के रूप में देखते-परखते रहे हैं जो कि वह निश्चित रूप से है, लेकिन उससे भी ज़्यादा वह रंगकर्म का एक व्यावहारिक पक्ष प्रस्तुत करता है। इसमें कोई सन्देह नहीं कि रंगमंच के व्यावहारिक रास्ते से गुज़रकर ही भरत ने इस शास्त्र की रचना की थी। अतः ये नितान्त आवश्यक है कि हम भरत के नाट्य सिद्धान्तों का जो भी विवेचन और विश्लेषण प्रस्तुत करें, उसमें सैद्धान्तिक व्याख्या के साथ-साथ उसकी व्यावहारिकता को भी समाविष्ट करते चलें।

भरत के जिन तीन सिद्धान्तों की आदिकाल से लगातार चर्चा होती रही है वे हैं अभिनय, रस और प्रस्तुति शैली से सम्बन्धित समस्त स्रोत सामग्री, जिसे भरत ने अपने नाट्यशास्त्र में लिपिबद्ध किया है। सबसे पहले हम अभिनय को लेते हैं। अभिनय शब्द की परिकल्पना में ही इस कला का पूरा मर्म समाहित है। यह शब्द 'अभि' उपसर्ग में 'नी' धातु और आख़िर में 'यच' प्रत्यय लगाकर बना है। 'अभि' का अर्थ है सामने अर्थात् सामने बैठे दर्शकों तक ले जानेवाली कला। दूसरे शब्दों में इसे यूँ भी परिभाषित किया जा सकता है कि अभिनय एक ऐसी कला या विधा है जो नाटककार के आलेख को दर्शकों तक सम्प्रेषित करती है। यदि थोड़ा-सा भी गहराई से विचार करें तो इस एक पंक्ति की परिभाषा में ही रंगमंच के सभी तत्त्वों के संकेत मिल जाते हैं और वे हैं आलेख, अभिनेता, रंगभूमि, प्रस्तुति और अन्ततः दर्शक। यह सहज और स्वाभाविक ही था कि भरत के अपने शास्त्र में इन पाँचों तत्त्वों की अपनी-अपनी स्वतन्त्र विवेचना अपेक्षित है, लेकिन वर्तमान अध्ययन में हम पुनः अभिनय की तरफ़ लौटते हैं।

भरत ने अभिनय के चार भेद प्रस्तुत किए हैं—आंगिक, वाचिक, आहार्य और सात्विक। इसके साथ-साथ विवेचन की दृष्टि से भी इन चारों को इसी क्रम में रखा है। अभिनय के इन चार भेदों को लेकर बहुत से सवाल मन में उठते हैं। इनमें सबसे

बड़ा सवाल यही है कि जब हम किसी नाटक की मंच प्रस्तुति को देख रहे होते हैं तो उसे उसकी सम्पूर्णता में देखते हैं, न कि टुकड़ों-टुकड़ों में बाँटते हुए, अर्थात् जब किसी दृश्य में अभिनेता अपनी कला का प्रदर्शन करता है तो हम उसके अभिनय के आंगिक, वाचिक, आहार्य और सात्विक पक्षों को एकसाथ अनुभूत करते हैं। यह तो नितान्त स्वाभाविक है कि अभिनेता विशेष की क्षमता और संवेदना के कारण उसमें अभिनय का कोई एक पक्ष कम या ज़्यादा रेखांकित हो, लेकिन ऐसा होना अपवाद ही माना जाएगा। यदि ऐसा है तो फिर चार-चार भेद क्यों? कहीं ऐसा तो नहीं कि ये चार अभिनय के चार भेद न होकर अभिनय की चार अवस्थाएँ हों जिनके भीतर से गुज़रकर एक नाट्य प्रस्तुति तैयार होती है? सबसे पहले हम किसी आलेख को पढ़ते हैं और उसके वाचिक पक्ष पर काम करते हैं, फिर जब हम नाटक की दृश्य परिकल्पना की तरफ़ बढ़ते हैं तो अभिनय के आंगिक पक्ष पर काम शुरू होता है। ज़ाहिर है कि आंगिक के साथ-साथ मंच पर की गई साज-सज्जा, उपकरण और वेषभूषा के रूप में आहार्य अभिनय की शुरुआत हो चुकी होती है और अन्ततः ये तीनों बाहरी तत्त्व अभिनेता को अपने भीतर के सत्व अथवा सत्य को खोजने के लिए प्रेरित करते हैं। यदि हम आज भी अपने अभिनेताओं के साथ की जानेवाली प्रस्तुति यात्रा पर नज़र डालें तो स्थिति बिलकुल स्पष्ट हो जाएगी। हम अभिनय के इन चारों शीर्षकों को चार भेद मानें अथवा चार अवस्थाएँ लेकिन एक बात साफ़ है कि जहाँ आंगिक, वाचिक और आहार्य प्रस्तुति के बाह्य पक्ष की व्याख्या करते हैं वहाँ सात्विक अपने नाम के अनुरूप ही उसके आंतरिक मर्म की पहचान कराता है और इसीलिए उसका दर्जा सबसे ऊँचा है। इसे हम इस प्रकार भी कह सकते हैं कि यदि पहले तीन भेद अभिनय के रूप और शैली से सम्बद्ध हैं तो सात्विक अभिनय की आन्तरिक संवेदना पर आधारित है। प्रस्तुति अपने बाहरी तामझाम में कितनी भी भव्य क्यों न हो यदि वह अनुभव के स्तर पर हमारे मर्म को नहीं छूती तो उसका कोई महत्त्व नहीं रह जाता। यहाँ एक और रोचक तथ्य की ओर भी ध्यान दिलाना बेहद ज़रूरी है और वह यह है कि भरत ने अभिनय की परिभाषा के बाद सबसे पहले जिस अभिनय को अपने विवेचन के लिए चुना है वह है आंगिक अभिनय। आख़िर ऐसा क्यों? उत्तर बहुत स्पष्ट है कि रंगमंच का सबसे पहला गुण उसका दृश्य होना है। पहले वह दृश्य है और उसके बाद काव्य अर्थात् पहले देखा जाना और उसके बाद शब्दों का सुना जाना। ऐसा कई बार हो सकता है कि किसी नाटक में एक अभिनेता के पास संवाद के रूप में बोलने के लिए एक भी शब्द न हो लेकिन तब भी वह आंगिक और आहार्य के रूप में मंच पर एक पूरा दृश्य प्रस्तुत किए जाने की सम्भावनाओं से भरपूर है। यही वह अन्तर है जो नाटक को साहित्य की दूसरी सभी विधाओं से अलग कर देता है। कविता, कहानी, उपन्यास आदि विधाओं में पहले शब्द हैं और उसके बाद शब्दों से बनते प्रतीक, बिम्ब और दृश्य। लेकिन रंगमंच में ठीक इसके उलट पहले बिम्ब,

प्रतीक अथवा दृश्य है और बाद में शब्द। एक दूसरे अर्थ में रंगमंच पर पहले मूर्त का होना ज़रूरी है फिर चाहे वह बाद में कितना ही अमूर्त क्यों न होता चला जाए जबकि कविता मूलतः अमूर्त है और उस अमूर्तता के भीतर से ही ठोस आकार ग्रहण करने की कोशिश करती है।

भरत ने आंगिक अभिनय के अन्तर्गत शरीर के लगभग सभी अंगों और उपांगों के माध्यम से जितनी भी मुद्राएँ और गतियाँ हो सकती हैं, उनका पूरा विवरण प्रस्तुत किया है। यहाँ उस विस्तार में जाने की ज़रूरत नहीं है क्योंकि वे सभी शरीर की सहज और स्वाभाविक क्रियाएँ हैं। ध्यान देने की बात यह है कि एक शरीर विज्ञानी की तरह से उसने शरीर के सभी अंगों की जितनी भी सम्भावित गतियाँ हो सकती हैं, उनका पूरा एक शास्त्रीय अध्ययन प्रस्तुत किया है। शास्त्रीय इस रूप में कि हर गति या मुद्रा का एक अर्थ भी निश्चित किया है। लेकिन वह स्वयं भी इस बात से भलीभाँति परिचित है कि इस तरह का कोई भी अध्ययन या विश्लेषण अपने आप में अन्तिम अथवा पूर्ण नहीं हो सकता। इसीलिए हर बार वह स्वीकारते हैं कि नाट्य प्रयोक्ता चाहे तो नई-नई गतियों और मुद्राओं का आविष्कार कर सकते हैं।

आंगिक अभिनय को पहले क्रम पर रखने के कारण भरत अभिनेता के प्रशिक्षण की एक महत्त्वपूर्ण दिशा की तरफ़ भी संकेत कर रहे हैं और वह है उसके शरीर पर किया जाने वाला काम। आज भी हम अभिनेता से सबसे पहली अपेक्षा यही करते हैं कि उसका शरीर और मांसपेशियाँ अत्यन्त लचीली, फुर्तीली और स्फूर्ति से भरी हुई हों। इसीलिए उसके प्रशिक्षण में योग, गति, खेल, नृत्य और युद्धकला जैसी ज़्यादा-से-ज़्यादा शारीरिक क्रियाएँ सम्मिलित हैं। यह सोचकर आश्चर्य होता है कि भरत ने अपने युग में ही अभिनेता के व्यावहारिक प्रशिक्षण से जुड़े इन तत्त्वों को आंगिक के अन्तर्गत सबसे पहले जोड़ लिया था। लगभग इसी तरह का अध्ययन भरत ने वाचिक के अन्तर्गत प्रस्तुत किया है अर्थात् स्वर, व्यंजन, भाषा की शक्तियाँ, शरीर के भीतर आवाज़ को अथवा शब्दों को उच्चरित करनेवाले तीन मुख्य स्रोत—नाभि, ग्रीवा (कंठ) और सिर। भाषा के इस्तेमाल में आनेवाले तरह-तरह के बलाघात, उच्चारण, गुण-दोष, अलंकार और लक्षण इन सभी तत्त्वों का जितना साहित्यिक और काव्य की दृष्टि से महत्त्व है उससे कहीं ज़्यादा इनका अभिनय से सम्बन्ध है। सच्चाई भी यही है कि कोई भी बोली अथवा भाषा तभी तक जीवित रहती है जब तक कि वह बोलने अथवा संवाद के स्तर पर व्यवहार में न आती रहे। हमने स्वयं देखा है कि ऐतिहासिक दृष्टि से संस्कृत भाषा का इसीलिए ह्रास होता चला गया क्योंकि वह मात्र लिखने की भाषा होकर ग्रन्थों तक सीमित होकर रह गई और उसका जनमानस से जीवन्त रिश्ता कटता चला गया। भरत ने शब्द अथवा भाषा की इस शक्ति को पहचानकर ही वाचिक को नाटक के शरीर की संज्ञा दी है। इसका

अर्थ यही है कि अन्ततः नाटक के सभी दूसरे पक्ष उसके आलेख पर ही निर्भर करते हैं, अथवा वही बीज है, जिसमें से नाटक और उसकी प्रस्तुति रूपी वृक्ष का जन्म होता है—अपनी समस्त शाखाओं और उपशाखाओं के साथ।

हम नाटक के भीतर से जो भी अर्थ, आशय अथवा सन्देश व्यंजित करना चाहते हैं, वह अन्ततः शब्दों के माध्यम से ही उद्घाटित होता है। इतना ही नहीं, नाटक का सबसे बड़ा यन्त्र संवाद अथवा सम्भाषण भी मुख्यतः शब्दों के माध्यम से ही सम्भव है। अतः इस बारे में कोई दो राय नहीं हो सकती कि अभिनय की दृष्टि से जितना आंगिक का महत्त्व है उतना ही शब्द अथवा ध्वनि का भी। ऐतिहासिक दृष्टि से भी मनुष्य ने सम्प्रेषण के लिए जब भी किसी साकार रूप का आविष्कार किया होगा उसका पहला रूप निश्चित रूप से ध्वनि पर आधारित था। बच्चे के पैदा होने से लेकर उसके आगे के विकास की प्रक्रिया से हम इस बात को बहुत अच्छी तरह से जान सकते हैं, इसीलिए वाचिक के अन्तर्गत भरत ने जितना भी चिन्तन किया है, वह पूरी तरह से वैज्ञानिक दृष्टि से सम्पन्न है।

यही व्यावहारिक अथवा वैज्ञानिक दृष्टि नाट्यशास्त्र के 20वें अध्याय में आहार्य अभिनय की चर्चा में भी है। सबसे पहले तो यह विवेचन नाट्यशास्त्र के बारे में उपलब्ध इस भ्रम को पूरी तरह से तोड़ देता है कि भरत ने नाट्य के प्रयोग पक्ष में प्रमुखता नाट्यधर्मी परम्परा को दी है। इस अध्याय में उन्होंने आहार्य अर्थात् वेशभूषा, प्रसाधन और रंगोपकरण के विषय में विस्तार से चर्चा की है अर्थात् अभिनेता द्वारा इस्तेमाल की जानेवाली वस्तुओं का निर्माण किन-किन विधियों से किया जाए। उसने आहार्य अभिनय को चार महत्त्वपूर्ण भागों में बाँटा है—पुस्त, अलंकार, अंगरचना तथा सजीव। इन चारों के अन्तर्गत रंगमंच और अभिनेता से जुड़ी लगभग हर बाहरी चीज़ का समावेश हो जाता है। पुस्त मंच उपकरणों, अलंकार-शरीर पर पहने जानेवाले आभूषण और वस्त्र, अंगरचना अर्थात् रूपसज्जा और सजीव यानी यदि हम मंच पर किसी जीवित जीव, जन्तु अथवा प्राणी का प्रवेश कराएँ। उदाहरण के लिए 'अभिज्ञानशाकुन्तल' में मृगशावक अथवा सिंह शावक। भले ही भरत ने निश्चित रूप से उपर्युक्त सभी तत्त्वों के बारे में काफ़ी जानकारी दी है लेकिन वह लगातार इस विषय में सचेत है कि रंगमंच कभी भी जीवन की हू-ब-हू अनुकृति नहीं हो सकता। इसीलिए अच्छा यही है कि रंगमंच पर हम जो कुछ भी अभिनेता से अलग प्रयोग में लाएँ वह बहुत हल्का-फुल्का हो लेकिन देखने में उसी प्रभाव को पैदा करे जैसा कि उसी रूप की वास्तविक सामग्री का होता है। आहार्य अभिनय एक तरह से अभिनय का ही आवश्यक हिस्सा है, क्योंकि उसके बिना प्रस्तुति में परिवेश की प्रामाणिकता और विश्वसनीयता कभी पैदा नहीं होगी। एक तरह से भरत की ऐसी सोच आज की यथार्थवादी दृष्टि के बहुत निकट जान पड़ती है और शायद ऐसा होना स्वाभाविक ही था।

आंगिक, वाचिक और आहार्य के संयोग से जिस सामान्य अभिनय का चित्र बनता है, जब वह अपनी पूरी सूक्ष्मता, मार्मिकता और गहराई के साथ मंच पर प्रस्तुत किया जाता है तो वह सात्विक अभिनय कहलाता है। सत्व का अर्थ है सार अथवा सारांश। इस दृष्टि से आंगिक, वाचिक और आहार्य का सार अन्ततः सत्व के अन्तर्गत निहित है। हम पहले भी इस तरफ़ संकेत कर चुके हैं कि जहाँ आंगिक, वाचिक और आहार्य चरित्र के बाहरी व्यक्तित्व का परिचय देते हैं, वहाँ सात्विक अभिनय के माध्यम से अभिनेता चरित्र के आन्तरिक सत्य तक पहुँचने की यात्रा सम्पन्न करता है। इसीलिए यह अकारण नहीं है कि भरत ने सात्विक अभिनय के अन्तर्गत स्तम्भ, स्वेद, रोमांच, स्वरभंग, वेपथ (काँपना), वैवर्ण्य (चेहरे का रंग फीका पड़ना), अश्रु तथा प्रलय (मृत्यु)—इन आठ तरह के सात्विक भावों की परिगणना की है। स्पष्ट है कि किसी भी अभिनेता के लिए यही आठ भाव सूक्ष्म अथवा श्रेष्ठ अभिनय की कसौटी के रूप में देखे जा सकते हैं। इसके विषय में कोई सन्देह की गुंजाइश नहीं है कि शायद यही स्थितियाँ अभिनय की सबसे कठिन, जटिल और गहरी स्थितियाँ होती हैं जिनमें किसी सूक्ष्म अभिनेता की असली पहचान होती है। सुखद संयोग है कि बीसवीं शताब्दी के दो महान रंगचिन्तक और सिद्धान्तकार स्तानिस्लाव्स्की और ब्रेष्ट भी बिलकुल यही बात कहते हैं कि अभिनेता को धीरे-धीरे अपने बाह्य को छोड़ते हुए अपने भीतर तक जाना होता है और पुनः उसे उस भीतरी सच के साथ दृश्यरूप में बाहर लाना होता है। इसके लिए उसके पास मात्र दो उपकरण हैं—पहला उसका शरीर और दूसरा उसकी आवाज़। पहले यन्त्र में आंगिक और आहार्य उसके सहायक तत्त्वों के रूप में आते हैं तो दूसरे यन्त्र के लिए उसके पास वाचिक मौजूद है। इन चारों प्रकार के अभिनयों से युक्त होकर अभिनेता अन्ततः मानो अपना शरीर छोड़कर परकाय प्रवेश करता है। ध्यान रहे, यह बात भरत कह रहे हैं और इस रूप में यह आज के यथार्थवादी दृष्टिकोण से कहाँ अलग है? भरत का चिन्तन तो और भी आधुनिक जान पड़ता है क्योंकि वह यह स्थापना नाट्यधर्मी अथवा लोकधर्मी, दोनों के सन्दर्भ में एकसाथ करते हैं। इस सारे विवेचन का निचोड़ यही है कि प्रस्तुति की शैली नाट्यधर्मी हो अथवा लोकधर्मी अथवा इनकी प्रक्रिया एक-दूसरे से कितनी भी अलग क्यों न हो, कहीं न कहीं दोनों में इस बात पर अवश्य बल दिया जाता है कि हम अपनी प्रस्तुति को कितनी दूर तक विश्वसनीय बना पाएँ।

बात चूँकि अनायास ही नाट्यधर्मी और लोकधर्मी की तरफ़ मुड़ गई है, अतः इन्हीं पर विचार-विमर्श कर लिया जाए। यूँ भी एक स्वाभाविक क्रम में अभिनय चिन्तन के बाद प्रस्तुति शैली पर ही चर्चा होनी चाहिए। रस सिद्धान्त अन्तिम कड़ी है जो अभिनय और प्रस्तुति शैली के बाद ही परिणाम के रूप में सामने आती है। हमारे यहाँ नाट्यधर्मी और लोकधर्मी के निहितार्थ को लेकर सदैव भ्रान्ति अथवा विवाद की स्थिति रही है। भरत ने इसको बहुत ही सरल ढंग से विवेचित किया है।

उनके अनुसार लोकधर्मी वस्तु का स्वभाव है अर्थात् जब हम अपने दिन-प्रतिदिन के हाव-भाव, आचार-व्यवहार और स्वभाव के अनुसार मंच पर अभिनय करते हैं तो वह लोकधर्मी प्रस्तुति शैली कहलाती है। यही स्वभाव जब विभाव बन जाए तो वह नाट्यधर्मी कहलाता है। विभाव का अर्थ यही है कि वह स्वभाव के विरोध में अपना एक अलग स्वरूप तैयार करता है। अर्थात् कहीं-न-कहीं दिन-प्रतिदिन के यथार्थ से अलग अपनी एक विशेष शैली निर्मित करता है तो वह नाट्यधर्मी कहलाता है। इतना ही नहीं भरत तो यहाँ तक कहते हैं कि जब नाट्य प्रयोग लोक स्वभाव के अनुसार प्रवृत्त हो, शुद्ध या विकाररहित हो, स्वाभाविक अभिनय से युक्त हो, अनेक स्त्री पुरुषों से आश्रित हो तो ऐसा नाट्य प्रयोग लोकधर्मी है। इसके विपरीत जब संवाद, क्रियाएँ, पात्रों का स्वभाव या चित्तवृत्ति तथा बोलने का ढंग असामान्य हो, लीला के साथ अंगहारों का प्रयोग हो, जिससे लक्षण युक्त नृत्य प्रदर्शन हो सकें, स्वर और अलंकारों का प्रयोग हो, स्त्री-पुरुष जैसी या पुरुष स्त्री जैसी चेष्टाएँ करें तब इस प्रकार के नाट्य प्रयोग की पद्धति नाट्यधर्मी कहलाती है। जब नाट्य प्रयोग के अन्तर्गत लोक में प्रयुक्त होनेवाली जड़ वस्तुओं को साकार और चैतन्य रूप में दिखाया जाए तो वह भी नाट्यधर्मी है। रंगमंच पर स्थित पात्र निकट खड़े पात्र के स्वगत-संवाद को नहीं सुनते और आकाशभाषित में न बोले गए संवादों को भी सुनते अथवा सुनने का अभिनय करते हैं तो वह भी नाट्यधर्मी है। इसी तरह पर्वत, रथ आदि यान, विमान, ढाल, कचव, शास्त्र और ध्वज इत्यादि को अभिनय के माध्यम से मूर्त रूप प्रदान किया जाए तो उसे भी नाट्यधर्मी कहा जाएगा। क्या, इतने स्पष्ट विवेचन के बाद दोनों धर्मिताओं के भेद को लेकर कोई सन्देह अथवा शंका रह जाती है? इसीलिए लोकधर्मी को लोकनाट्य शैलियों के साथ जोड़ा जाना बिलकुल ग़लत है, क्योंकि वे तो पहले से ही शास्त्रीय नाट्य परम्परावाले प्रस्तुति विधान और पद्धति पर आश्रित हैं। सिर्फ़ हमारे यहाँ ही नहीं, पश्चिम में भी ग्रीक, रोमन, शेक्सपीयर के नाटक और रंगमंच, पूर्व में चीन, जापान और इंडोनेशिया की नाट्य परम्पराएँ और हमारी अपनी शास्त्रीय नाट्य और लोकनाट्य और यहाँ तक कि काफ़ी हद तक पारसी नाट्य परम्परा भी भरत द्वारा निरूपित नाट्यधर्मी शैली पर ही आधारित रही है। यहाँ तक कि बीसवीं शताब्दी में मेयरहोल्ड, ग्रोतोव्स्की, ब्रेष्ट और चीन के बड़े अभिनेता ली फेंग भी अपने पूरे रंगकर्म में नाट्यधर्मी प्रस्तुति शैली का ही अनुसरण करते रहे हैं। इसके दूसरे छोर के रूप में इब्सन, चेख़व और स्ट्रिंडबर्ग जैसे नाटककारों और स्तानिस्लाव्स्की जैसे अभिनेता, निर्देशक पूरी तरह से यथार्थवाद पर निर्भर थे। सच्चाई तो यही है कि बेशक नाटकों में यथार्थवाद का आगमन बहुत पहले हो गया था, लेकिन जब से स्तानिस्लाव्स्की ने इस शैली को अपने रंगकर्म में अपनाया तभी से उसके विरोध में मेयरहोल्ड, ग्रोतोव्स्की, ब्रेष्ट ने अपनी-अपनी नई रंग अवधारणाएँ प्रस्तुत कीं जिनके स्रोत भरत के नाट्यशास्त्र और नाट्यशैली में पहले से उपस्थित

थे। जहाँ तक यथार्थवाद का सम्बन्ध है उसका पूरा आभास हमारी लोकधर्मी नाट्य परम्परा में दिखाई देता है, भले ही हम उसे यथार्थवादी नाम न देना चाहें। यहाँ थोड़ा सा परिचय चित्राभिनय का भी देना होगा, जिसकी भरत ने अलग से चर्चा की है।

भरत द्वारा चित्राभिनय को अलग से लेने का एकमात्र कारण यही है कि जहाँ आंगिक अभिनय के अन्तर्गत उसने शारीरिक गतियों, मुद्राओं और चारियों की एक ऐसी सूची प्रस्तुत की है जिसमें मुद्रा, गति या चारी का रूपाकार भी निश्चित है और उससे ध्वनित अर्थ भी उतना ही निश्चित है, वही भरत ने इस अभिनय के दायरे में उन सम्भावनाओं के लिए भी काफ़ी छूट दी है जिन्हें अभिनेता स्वयं परिकल्पित कर सके। इस तरह से अभिनय में भी भरत ने दो विकल्पों की तरफ़ स्पष्ट संकेत किया है। एक वह जिसमें सब कुछ पहले से रूढ़ है, इसीलिए यह शास्त्रीय कहलाता है और यह शास्त्रीयता केवल नाट्य में नहीं, नृत्य और संगीत में भी मौजूद है। दूसरी तरफ़ चित्राभिनय में किसी व्याकरण, नियम अथवा वर्गीकरण के बिना मात्र अभिनेता अथवा चरित्र की अपनी मौलिक कल्पना से उत्पन्न दृश्यता। उदाहरण के लिए पर्वत, नदियाँ, आग, पानी, मेघ—ये सारी ऐसी वस्तुएँ हैं जिन्हें अभिनेता स्वयं अपनी मुद्राओं से एक दृश्याकार दे सकता है और मंच पर कुछ न होते हुए भी उनका एहसास करा सकता है। इस प्रकार चार प्रकार के अभिनय के साथ-साथ चित्राभिनय को भी मिला लिया जाए तो अभिनय का एक सम्पूर्ण चित्र तैयार हो जाता है। लेकिन भरत ने इस सम्भावना से कभी इनकार नहीं किया कि उन्होंने जो कुछ और जितना कुछ अभिनय शीर्षक के अन्तर्गत विवेचित-विश्लेषित किया है उसे ही अन्तिम सत्य मान लिया जाए। एक तरह से उन्होंने अपने समय में भी और आगे आनेवाले समय में भी रंगकर्मियों के लिए अपने नाट्यशास्त्र के सभी द्वार खुले छोड़ रखे थे। यही कारण है कि उनके हर सिद्धान्त की अलग-अलग युगों में अलग-अलग आचार्यों द्वारा हर बार नई-नई व्याख्याएँ हुईं। यहाँ तक कि 19वीं शताब्दी में भारतेन्दु हरिश्चन्द्र ने भी 'नाट्यशास्त्र' के बारे में यही लिखा कि हमें उसका अन्धानुकरण करने की कोई ज़रूरत नहीं। हमें उसमें से उतना ही ग्रहण करना चाहिए जो हमारे युगानुकूल हो और यदि हम उसमें से कुछ ग्रहण नहीं कर पाते तो भी कोई बात नहीं।

भरत के तीसरे और शायद सबसे महत्त्वपूर्ण रंग सिद्धान्त के रूप में रस का नाम लिया जा सकता है। आज तक जिस तरह से सारी दुनिया में शेक्सपीयर के नाटक 'हेमलेट' के संवाद 'टू बी और नॉट टू बी' पर न जाने कितना कुछ लिखा जा चुका है, उसी तरह से 'नाट्यशास्त्र' की रचना के बाद भरत का रस सिद्धान्त उनके परवर्ती आचार्यों से शुरू होकर आज तक आलोचकों, विचारकों, विद्वानों और प्राध्यापकों के बीच विवाद का विषय बना हुआ है। विवाद इस बात को लेकर इतना नहीं है कि रस क्या है और कैसे उत्पन्न होता है जितना कि इस बात को लेकर है कि अन्ततः रस की प्राप्ति किसे होती है—अभिनेता को अथवा दर्शक को? पहले अभिनेता को

और फिर उसके माध्यम से दर्शक को? अभिनेता और दर्शक को एकसाथ? ये कुछ ऐसी जिज्ञासाएँ हैं जो रस सिद्धान्त के विवेचन और विश्लेषण में बार-बार उठती रही हैं और हरेक विद्वान अध्येता ने अपनी ओर से उनका निराकरण करने की कोशिश की है। इस दृष्टि से भरत के परवर्ती आचार्यों में यदि भट्ट लोलट्ट, भट्टनायक, शंकुक और अभिनवगुप्त का नाम बड़े आदरपूर्वक लिया जाता है तो हमारे अपने समय में डॉ. नगेन्द्र और आनन्दप्रकाश दीक्षित आदि चिन्तक विद्वानों के नाम भी उतने ही आदर के साथ लिये जाते हैं।

हम एक बार फिर से रस और उससे जुड़ी प्रक्रिया को केन्द्र में रखकर उस पर विचार विमर्श करने की कोशिश करते हैं। भरत ने सबसे पहले 'नाट्यशास्त्र' के छठे अध्याय में रस की चर्चा की है। भरत के अनुसार नाट्य में रस के बिना कोई भी वस्तु प्रवृत्त नहीं होती और विभाव, अनुभाव तथा व्यभिचारी भावों के संयोग से रस की निष्पत्ति (उत्पत्ति) होती है। अपनी इस संक्षिप्त-सी परिभाषा को उन्होंने एक उदाहरण देकर स्पष्ट किया है कि जैसे संसार में कई प्रकार के व्यंजनों और मसालों के संयोग से भोज्य पदार्थों में रस अथवा आस्वाद की निष्पत्ति होती है उसी तरह से नाटक में विभिन्न भावों के संयोग से रस की निष्पत्ति होती है। जिस प्रकार गुड़ आदि द्रव्यों, व्यंजनों और औषधियों से षाडव आदि रस बनते हैं, उसी प्रकार भिन्न-भिन्न प्रकार के भावों से युक्त स्थायी भाव रसत्व को प्राप्त करते हैं। यहाँ प्रश्न होता है कि यह रस किस प्रकार का पदार्थ है। इसका उत्तर है—रस आस्वाद्य पदार्थ है। इसका आस्वाद कैसे होता है—अनेक प्रकार के व्यंजनों से सम्पन्न भोजन को खाते हुए सहृदय लोग रस का आस्वादन करते हैं और हर्ष आदि को प्राप्त करते हैं, उसी प्रकार अनेक भावों से अभिव्यंजित तथा वाचिक, आंगिक और सात्विक अभिनय से युक्त स्थायी भावों को सहृदय प्रेक्षक आस्वादित करते हैं तथा हर्ष आदि को प्राप्त करते हैं। इसीलिए (नाट्य में आस्वादित होनेवाले पदार्थ को) नाट्यरस कहते हैं। इस प्रकार यह अपने आप में बिलकुल स्पष्ट है कि रसास्वादन की स्थिति तक पहुँचने के लिए पहले हमारे भीतर स्थायी भाव अर्थात् मूल संवेदना अथवा सम्वेदन करने की क्षमता का होना बहुत आवश्यक है। इसे हम यूँ भी कह सकते हैं कि हमें सबसे पहले स्वयं अनुभूतिशील होना आवश्यक है। क्या इसीलिए भरत ने दर्शक से सहृदय होने की अपेक्षा की है? दूसरा प्रश्न ये है कि भाव तो हम सभी में होते हैं तो फिर हम सभी अभिनेता क्यों नहीं बन जाते? वस्तुतः जीवन और नाटक में क्या भेद है इसका रहस्य इसी प्रश्न में छिपा है। दूसरी तरफ़ इसका उत्तर भी उतना ही सहज और सरल है। यदि हम अपने जीवन को जीवन के रूप में ही मंच पर प्रस्तुत करने लगेंगे तो हम कभी रसास्वादन की स्थिति तक नहीं पहुँच सकते। एक छोटे से उदाहरण द्वारा हम जीवन और रंगमंच के इस भेद को समझ सकते हैं। अपने नित्य प्रति के जीवन में जब हम किसी की मृत्यु पर उसके

परिवारवालों से मिलने जाते हैं तो हम दुख का अनुभव करते हैं लेकिन मृत्यु के उसी से मिलते-जुलते दृश्य को मंच पर देखते हुए हमें अपने भीतर अपार आनन्द की अनुभूति होती है और प्रायः हमारी प्रतिक्रिया कुछ इस प्रकार होती है—वाह! मजा आ गया। आज इन अभिनेताओं ने मृत्यु का ऐसा जीवन्त अभिनय किया मानो मौत में भी जान डाल दी। मेरे विचार में भाव और रस में मूलतः यही अन्तर है। भाव हम सभी के भीतर होते हैं लेकिन उनको रस की स्थिति तक अभिनेता पहुँचाता है। इसीलिए जीवन और अभिनय में भेद होता है। अभिनेता की कला अर्थात् अभिनय जीवन और रसास्वादन के बीच का पुल है।

अब हम इस सिद्धान्त से जुड़ी पहली जिज्ञासा को समझने और उसका समाधान करने की कोशिश करते हैं और वह है विभाव, अनुभाव और व्यभिचारी भावों के संयोग से रस की निष्पत्ति। हमने अभी इस विषय में चर्चा की थी कि रस के लिए भाव की उपस्थिति अनिवार्य है। यदि ऐसा है तो फिर अलग से विभाव, अनुभाव और व्यभिचारी भाव क्या हैं? भरत ने विभाव का अर्थ विज्ञान अथवा विशेष ज्ञान करानेवाले तत्त्व के रूप में किया है। इसी को कारण, निमित्त अथवा हेतु भी कह सकते हैं अर्थात् भाव, वाचिक, आंगिक और सात्त्विक अभिनय के माध्यम से विभाषित होते हैं। इसीलिए इन कारणों को विभाव कहा जाता है। इसके अन्तर्गत नाटक के पात्र और परिवेश आते हैं, क्योंकि आंगिक, वाचिक, आहार्य और सात्त्विक इन चारों तरह के अभिनय की प्रक्रिया से सबसे पहले मंच पर अभिनेता गुज़रते हैं। अतः वे रसों के विभाव, आश्रय और कार्य बनते हैं। इसमें भी दो प्रकार के विभाव होते हैं एक आलम्बन, दूसरा उद्दीपन। आलम्बन विभाव से तात्पर्य उस निमित्त से है जो रस को अपने साथ लेकर चले और उद्दीपन विभाव उसे उद्दीप्त यानी उकसाने, बढ़ाने, भड़काने में सहायक सिद्ध हो। एक बहुत ही स्थूल उदाहरण के माध्यम से इसे यूँ समझा जा सकता है कि युद्धभूमि में उपस्थित योद्धा स्वयं में आलम्बन विभाव हैं और शस्त्रों की टंकार, हाथियों की चिंघाड़, बिगुल का शोर उद्दीपन विभाव का काम करते हैं, क्योंकि ये सारी ध्वनियाँ योद्धाओं में एक नए उत्साह का संचार करती हैं। इसी क्रम में अनुभाव के रूप में वे शारीरिक चेष्टाएँ आती हैं जो मूल भाव के पीछे-पीछे उसे साकार रूप में अभिव्यक्त करने के लिए शारीरिक क्रियाओं के रूप में प्रकट होती हैं, जैसे ऊपर दिए उदाहरण में भुजाओं का फड़कना, चेहरे और आँख का लाल हो जाना, हाथ पैर पटकना इत्यादि अनुभव कहलाएँगे, क्योंकि अन्ततः ये भी भाव को शीघ्रातिशीघ्र रस तक पहुँचाने में महत्त्वपूर्ण भूमिका निभाते हैं। इस पूरी प्रक्रिया की अन्तिम कड़ी के रूप में व्याभिचारी भावों का अपना योगदान है। ये वे भाव हैं जो इस पूरी प्रक्रिया में बीच-बीच में कभी-कभार व्यभिचार अथवा संचरण और हस्तक्षेप करते रहते हैं। यदि हम पहले वाले उदाहरण के क्रम को ही आगे बढ़ाना चाहें तो अचानक योद्धाओं के हृदय में चिन्ता या मोह का जन्म

व्यभिचार का प्रमाण है। लेकिन ये ज़्यादा देर नहीं ठहरते और तुरन्त मुख्य भाव में समाहित हो जाते हैं, इसीलिए इन्हें संचारी भाव भी कहा गया है। भरत ने जहाँ आठ स्थायी भावों—रति, क्रोध, उत्साह, शोक, भय, जुगुप्सा, हास्य, विस्मय की परिकल्पना की है जिनसे क्रमशः शृंगार, रौद्र, वीर, करुण, भयानक, वीभत्स, हास्य और अद्‌भुत रसों की सृष्टि होती है, वहीं 33 व्यभिचारी भावों का भी उल्लेख किया है जो सभी स्थायी भावों और रसों में समान रूप से संचरण करते रहते हैं। यहाँ इस पूरे प्रकरण को दोहराने का एक मात्र उद्‌देश्य यही था कि आज के युवा छात्र और रंगकर्मी को किस तरह से आसान-से-आसान रास्ते से गुज़रकर रस की अवधारणा और उसके उत्पन्न होने और अनुभूत होने की सम्पूर्ण प्रक्रिया से अवगत कराया जाए।

अभी तक हमने रस को लेकर जितनी भी चर्चा की है उसमें दो बातें बहुत साफ़ होकर सामने आती हैं और वे ये कि रस निष्पत्ति की प्रक्रिया जितनी ठोस और साकार दिखाई देती है, उसको अनुभूत करने अर्थात् रसास्वादन करने का अनुभव उतना ही अमूर्त और निराकार है। हम देख ही रहे हैं कि विभाव के रूप में नायक-नायिका और दूसरे पात्रों की अथवा परिवेशगत दृश्यसज्जा और सामग्री की जीवन्त उपस्थिति और शारीरिक चेष्टाओं के रूप में हाव-भाव, आचार, व्यवहार की साकार अभिव्यक्ति—ये सभी चीज़ें हमें मंच पर अपने सामने ठोस रूप में घटित होती हुई दिखाई पड़ती हैं। लेकिन इनको देखने और अनुभूत करने का अनुभव अन्ततः पूरी तरह से अमूर्त होता जाता है। देखा जाए तो रंगमंच की पूरी प्रक्रिया ही साकार से निराकार तक की एक लम्बी यात्रा है जो बार-बार बिम्बों और प्रतीकों की रचना करती रहती है और साथ-साथ उन्हें बदलती और तोड़ती भी चलती है। यदि मंच पर मंचसज्जा के नाम पर किसी दृश्य में कुछ ठोस उपस्थित है तो भी हम उसके विषय में कभी आश्वस्त नहीं हो सकते कि वह अगले दृश्य में भी मौजूद होगा। किसी एक दृश्य की बात तो छोड़ ही दें, बल्कि पूरा नाटक समाप्त होने के बाद खाली मंच पर क्या शेष रह जाता है। इसके बावजूद एक अच्छी प्रस्तुति वर्षों तक हमारे दिलोदिमाग़ पर छायी रहती है। बिलकुल यही स्थिति रस की भी है। एक नाटक के प्रदर्शन के दौरान बहुत-सी नाटकीय स्थितियों के भीतर से बनते मूड, भाव और संवेदना से अनुभव के स्तर पर जो आनन्द और आस्वाद हमें प्राप्त होता है, उसे ही रस कहा जा सकता है। जैसे हमारे अपने जीवन में क्षण-प्रतिक्षण तरह-तरह के भाव आते-जाते रहते हैं, उसी तरह से नाटक में भी तरह-तरह की भाव स्थितियों से गुज़रने के बाद हम अन्ततः एक अन्तिम प्रभाव तक पहुँचते हैं और वही नाटक का मुख्य रस कहलाता है।

अब हम इस पूरे विचार-विमर्श के आख़िरी छोर पर आ पहुँचे हैं और वह यही प्रश्न है कि अन्ततः इस रस का असली भोक्ता कौन है? अभिनेता अथवा प्रेक्षक? यदि अभिनेता स्वयं उसका भोक्ता है तो फिर वह अभिनेता कहाँ रह जाएगा? यह सच है कि यदि शृंगार के दृश्य में अभिनेता प्रेम के अनुभव को वास्तविक रूप से

अनुभूत करने लगेगा तब तो फिर वह दृश्य उस चरित्र विशेष का दृश्य न रहकर उस अभिनेता विशेष का दृश्य हो जाएगा। यदि इस तर्क को और आगे बढ़ाया जाए तो किसी हिंसा के दृश्य में क्या वह सचमुच की हिंसा के अनुभव से गुज़रेगा? अभिनय को आरम्भ से ही, जो एक कला कहा गया है तो फिर उसे हम अलग से कैसे परिभाषित करेंगे क्योंकि उपर्युक्त स्थिति में जीवन और कला आपस में गड्डमड्ड हो जाएँगे। इसका अर्थ यह हुआ कि अन्ततः रस का भोक्ता वास्तव में दर्शक ही है और वह इस अनुभव को अभिनेता के माध्यम से प्राप्त करता है। लेकिन कैसे? अनुभव की इसी प्रक्रिया को भरत ने साधारणीकरण के अन्तर्गत बहुत अच्छी तरह से परिभाषित किया है। इसमें कोई सन्देह नहीं कि नाटक से जुड़ी किसी भी अनुभूति, भाव और रस को दर्शक तक सम्प्रेषित करने का माध्यम अभिनेता है। लेकिन वह इस पूरी प्रक्रिया को न तो अपनी व्यक्तिगत अनुभूति, न ही चरित्रगत अनुभूति वरन् एक साधारणीकृत अनुभूति के रूप में दर्शक तक सम्प्रेषित करता है। वह स्वयं भी निर्वैयक्तिक होता है और उसका चरित्र भी और दर्शक भी उसे इसीलिए एक सामान्य शाश्वत और वृहत्तर स्तर पर अनुभूत करता है। इसीलिए कई बार किसी प्रस्तुति का दर्शक के साथ इस हद तक तादात्मय स्थापित हो जाता है कि दोनों अपनी-अपनी व्यक्तिगत इयत्ता भूलकर एकाकार हो जाते हैं और नाटक का अन्तिम प्रभाव सब पर एक जैसा पड़ता है। यही साधारणीकरण की अवस्था है जो अभिनेता और दर्शक पर एक साथ लागू होती है। जिस नाटक में ऐसे क्षण ज़्यादा-से-ज़्यादा उपलब्ध होंगे वह नाटक अथवा उसकी स्मृति वर्षों तक हमारे भीतर सुरक्षित रहती है। शायद कला का पूरा मर्म और रहस्य इसी सत्य की खोज में छिपा हुआ है कि अन्ततः हम किसी भी कला अथवा नाटक के माध्यम से क्या प्राप्त करने जाते हैं। आधुनिक कहानीकार निर्मल वर्मा ने किसी और सन्दर्भ में इस विषय में लिखा था—“कहानी लिखना बहुत अकेलेपन की चीज़ है। यह सौभाग्य बहुत कम प्राप्त होता है कि ख़ुद अलग रहकर इस अनुभव को दूसरों के साथ बाँटा जा सके। किन्तु जब कभी ऐसा होता है, तो वह अनुभव ख़ुद हल्का-सा हो जाता है; अपने अकेलेपन के बोझ को उतार फेंकता है। वह उस दुख की जगह लेता है, जिसके बारे में 'वीक एंड' की नायिका कहती है, 'बँटने पर वह छोटा नहीं होता, बड़ा भी नहीं होता। सिर्फ़ साफ़ हो जाता है—चमकीला और साफ़।'”

संक्षेप में रस सिद्धान्त के विवेचन को कुछ इस प्रकार समेटा जा सकता है कि उसका वास्तविक भोक्ता दर्शक है और वह उसे अभिनेता की कला के माध्यम से ग्रहण करता है। ठीक उसी तरह से जैसे साहित्य अथवा चित्रकला को पाठक या प्रेक्षक अनुभूत करते हैं और इनके रचनाकार उससे अलग खड़े होते हैं। दूसरी तरफ़ यह भी उतना ही सत्य है कि रचना के पहले अनुभव से रचनाकार स्वयं गुज़रता है। इसी से मिलती-जुलती प्रक्रिया अभिनेता की है। किसी प्रस्तुति की तैयारी के दौरान

वह किसी स्थिति, भाव और संवेदना को अपने भीतर पैदा करता है लेकिन स्वयं उसमें डूब नहीं जाता वरन् अपने दर्शक को उसमें डूब जाने, एकाकार हो जाने और अन्ततः साधारणीकरण की अवस्था तक पहुँच जाने के लिए प्रेरित करता है। इसीलिए कहा भी गया है कि अच्छा अभिनेता वही है जो मंच पर अभिनय करते हुए अपनी तीसरी आँख से स्वयं को लगातार देख रहा होता है और उस क्षण भी यदि वह चाहे तो अपने अभिनय में अतिरिक्त निखार ला सकता है। वास्तव में अभिनय की अपनी मूल प्रकृति ही कुछ ऐसी है कि उसमें एक होते हुए बहुत हो जाने की क्षमता और सम्भावना समाहित है। इसीलिए रसानुभूति की प्रक्रिया में अभिनेता जितना अपने स्व से अलग अथवा दूर होता जाएगा, उतने ही प्रभावशाली ढंग से वह प्रेक्षकों को रसानुभूति की चरम अवस्था तक लेकर जाएगा।

भरतमुनि के बारे में

राधावल्लभ त्रिपाठी

नाट्यशास्त्र छत्तीस (किसी-किसी संस्करण में सैंतीस) अध्यायों का विशाल ग्रंथ है। यह नाटक, रंगमंच, नृत्य, संगीत, अभिनय की प्रशिक्षण प्रविधियों, सिद्धान्तों और प्रयोग की बारीक़ियों का विश्वकोश है। यह पुस्तक ईसा से क़रीब दो साल पहले रची जा चुकी थी। यह क्यों, कैसे और किस तरह रची गई–इसका विवरण भी स्वयं 'नाट्यशास्त्र' ही देता है। इसके पहले अध्याय के आरम्भ में ही बतलाया गया है कि भरत नाम के एक मुनि थे, जो अपनी मंडली को लेकर नाटक कराते रहते थे। वे प्रतिदिन मंडली के अभिनेताओं को नाटक का अभ्यास भी कराते थे। एक दिन रिहर्सल की छुट्टी थी। भरतमुनि अपनी पूजा समाप्त करके फ़ुरसत में बैठे थे। उनके शिष्य भी उनके साथ थे। उस दिन आत्रेय आदि कुछ दूसरे मुनि उनके पास आ पहुँचे। इन मुनियों को नाटक या रंगमंच के बारे में कोई ख़ास जानकारी नहीं थी। ये जिज्ञासावश भरतमुनि के पास पहुँचे थे। आकर इन मुनियों ने भरत से नाट्य को लेकर पाँच सवाल पूछे :

> *"हे ब्रह्मन् नाट्यवेद कैसे उत्पन्न हुआ (1); यह किसके लिए उत्पन्न हुआ (2); इसके कितने अंग हैं (3); इसका प्रमाण क्या है (4); और–इसका प्रयोग कैसे किया जाता है (5)"* *(नाट्यशास्त्र 1/5)*

ऊपर-ऊपर से लगता है कि मुनियों ने कितने भोलेपन से ये सवाल किए हैं, आख़िर वे तो नाट्य के विशेषज्ञ थे नहीं, इसलिए नाट्य को लेकर मोटी-मोटी जिज्ञासाएँ उन्होंने रखी हैं। पर, भरतमुनि समझ रहे थे कि ये लोग हैं तो आख़िर मुनि ही। इनके एक-एक सवाल में कई-कई पेंच हैं। जिस भाषा में ये सवाल किए गए हैं, उसके व्याकरण का थोड़ा-सा ध्यान रखा जाए, तो मुनियों के हर वाक्य के दो-दो अर्थ निकलते प्रतीत होते हैं। पहला सवाल : कैसे उत्पन्न हुआ–के लिए शब्द हैं–*कथम् उत्पन्नः*। संस्कृत में *कथम्* के कैसे और क्यों ये दोनों अर्थ प्रचलित हैं। इसलिए भरतमुनि को लगा कि मुनि लोग नाट्य उत्पत्ति की प्रक्रिया ही नहीं पूछ रहे हैं, वे नाट्य का प्रयोजन भी पूछ रहे हैं। फिर नाट्य उत्पत्ति की प्रक्रिया भी दो तरह से बताई जा सकती है–आदिम काल में सबसे पहले किस तरह नाट्य सामने आया

यह बताया जाए या नाट्य हर देश, हर काल में किस तरह रचा जाता है यह बताते हुए उसकी रचनाप्रक्रिया का निरूपण किया जाए। चौथा प्रश्न : नाट्य का प्रमाण क्या है—में भी प्रमाण के दो अर्थ लिये जा सकते हैं—मानदंड और माप।

इसलिए भरतमुनि ने मुनियों के प्रश्नों में छिपे प्रश्नों और उनके निहितार्थों को समझकर विस्तार से पाँचों प्रश्नों के उत्तर दिए। इन्हीं से *नाट्यशास्त्र* बना।

भरतमुनि के व्याख्याकार अभिनवगुप्त बताते हैं कि मुनि दो तरह के होते हैं। एक स्वभाव से ही रचना से विमुख रहनेवाले निवृत्ति में रमे रहनेवाले मुनि होते हैं। निवृत्ति से तो चमत्कार जन्म नहीं ले सकता। ऐसे मुनि समाधि लगाते हैं, तो अपने में डूबे रह जाते हैं। एक मुनि ऐसे भी होते हैं जिनके मौन से रचना जन्म लेती है। वे समाधि लगाते हैं तो उसमें से सौंदर्य की सृष्टि होती है।

नाट्यशास्त्र में भी दोनों तरह के मुनियों का वर्णन है। एक तो भरतमुनि स्वयं अपने बारे में इस पोथी में शुरू से आख़िर तक बहुत-सी बातें बताते चलते हैं, जिससे हम जान सकते हैं कि वे ख़ुद किस तरह के मुनि थे। भरतमुनि के जैसे ही और भी कई मुनि उस समय थे। इनमें से तण्डु नाम के एक मुनि का उल्लेख तो भरतमुनि ने ही बार-बार किया है, क्योंकि नाट्य में नृत्य के संयोजन के लिए भरतमुनि इनके बड़े ऋणी रहे। तण्डुमुनि ने स्वयं शंकर से नृत्य की शिक्षा ली थी।

रेचका अङ्गहाराश्च पिण्डीबन्धास्तथैव च।
सृष्ट्वा भगवता दत्तास्तण्डवे मुनये तदा ॥

(नाट्यशास्त्र 4। 259-260)

(भगवान शंकर ने रेचक, अंगहार, पिंडीबन्ध इन सबकी रचना की और इन्हें तण्डुमुनि को दे दिया या सिखा दिया।)

अलबत्ता भरतमुनि के ही सौ पुत्रों या सौ शिष्यों की जो नामावली *नाट्यशास्त्र* के पहले अध्याय में दी गई है, (जिन्हें भरतमुनि ने नाट्यवेद सिखाया था,) उनमें भी तण्डु का नाम है। तण्डु नृत्य के विशेषज्ञ थे, पर नाट्य वे भरतमुनि से सीखते थे—यह सम्भव है।

'नाट्यशास्त्र' के रचे जाने की कथा में दोनों तरह के मुनि एक तरह से आमने-सामने हैं। प्रश्न पूछनेवाले मुनि नाट्य की रचना नहीं कर सकते। वे निवृत्ति में रमे रहनेवाले हैं। पर, नाटक देखकर वे उसकी सराहना कर सकते हैं। भरतमुनि नाट्य की रचना भी कर सकते हैं और उसकी व्याख्या भी कर सकते हैं। एक और तीसरी तरह के मुनि भी हो सकते हैं, जो नाटक देखकर उसकी सही-सही सराहना भी नहीं कर सकते। इनकी चर्चा *नाट्यशास्त्र* में अन्त में आई है। हम भी इनके बारे में यहाँ चर्चा अन्त में ही करेंगे।

अस्तु, भरतमुनि ने उक्त पाँचों सवालों के जवाब में जो कुछ कहा, उसी से *नाट्यशास्त्र* की पोथी रची गई। जवाब के सिलसिले में कुछ और सवाल उभरे,

उनका फिर जवाब दिया गया। इस तरह प्रश्न, प्रतिप्रश्न और शंका समाधान करते हुए एक संवाद के रूप में प्लेटो और अरस्तू के ग्रंथों की तरह *नाट्यशास्त्र* की पोथी पूरी हुई।

क्या भरतमुनि सचमुच में हुए थे? 'नाट्यशास्त्र' के आधुनिक विद्वानों में अनेक ऐसे हैं, जो भरतमुनि को एक कपोलकल्पना मानते हैं। सुशील कुमार डे पिछली सदी के संस्कृत के सबसे बड़े पंडितों में एक हैं। उन्होंने 'दि प्रॉब्लम ऑफ़ आदि भरत ऐंड भरत' शीर्षक लेख इसी भारी समस्या को लेकर लिखा था, जो उनकी पुस्तक 'सम प्रॉब्लम्स ऑफ़ संस्कृत पोएटिक्स' (1959) में छपा है। कुछ विद्वानों का कहना है कि भरतमुनि के पहले एक आदिभरत हो गए, कुछ का कहना है कि वृद्ध भरत उनके पहले हो चुके थे। तेरहवीं शताब्दी के आचार्य शारदातनय ने *नाट्यशास्त्र* से एक अंश उद्धृत किया है, जो *नाट्यशास्त्र* के वर्तमान पाठ में भी मिलता है। पर, शारदातनय ने इसे भरतवृद्ध का कथन बताया है। कुछ विद्वान आदिभरत को भरतमुनि के बाद में रखते हैं। जो विद्वान यह मानते हैं कि नाटक या रंगमंच की परम्परा में भरत नाम के कोई मुनि हुए ही नहीं, उनके अनुसार भरत एक जातिवाचक संज्ञा है, इसका अर्थ तो भाव, राग और ताल को जानने वाला नट होता है।

भरतमुनि के अस्तित्व को लेकर ये सवाल आज उठे हों ऐसा नहीं है। भरतमुनि के होने के बाद कुछ सदियाँ ही बीती होंगी कि उनके अस्तित्व को लेकर सवाल खड़े हो गए। *नाट्यशास्त्र* की पोथी ईसा की दूसरी शताब्दी तक अपना वर्तमान रूप ग्रहण कर चुकी थी—यह प्रायः माना जाता है। इसी तरह से इस पुस्तक पर टीकाओं और व्याख्याओं का क्रम आरम्भ हुआ। संगीतरत्नाकर के प्रणेता शार्ङ्गदेव के अनुसार भारतीय *नाट्यशास्त्र* (*भरतमुनि कृत नाट्यशास्त्र*) के व्याख्याकार लोल्लट, उद्भट, शंकुक भट्ट, अभिनवगुप्त तथा श्रीमत्कीर्तिधर हुए। इनमें भट्टनायक का नाम नहीं है। अभिनवगुप्त दसवीं शताब्दी में हुए। उन्होंने *नाट्यशास्त्र* पर 'अभिनव भारती' नाम की टीका लिखी। इस टीका में अभिनवगुप्त ने बताया है कि लोल्लट, उद्भट, शंकुक, कीर्तिधर के अलावा भट्टनायक तथा और भी कई आचार्यों की *नाट्यशास्त्र* पर टीकाएँ उन्होंने देखी थीं। इसके साथ अभिनवगुप्त के उल्लेखों से यह भी पता चलता है कि इन टीकाओं के अतिरिक्त ईसा के बाद की पहली सहस्राब्दी में *नाट्यशास्त्र* पर आधारित स्वतन्त्र ग्रंथ भी बहुत से लिखे जा चुके थे।

अस्तु, *नाट्यशास्त्र* पर प्राचीनकाल में जितनी व्याख्याएँ लिखीं गईं, उनमें से अब तो केवल आचार्य अभिनवगुप्त की व्याख्या ही मिलती है। अभिनवगुप्त ने बताया है कि ऐसे आचार्य थे जो यह कहते आ रहे थे कि *नाट्यशास्त्र* जैसी कोई पुस्तक भरत नाम के किसी मुनि की लिखी हुई नहीं हो सकती। अभिनवगुप्त ने ऐसे आचार्यों को *नास्तिकधुर्योपाध्याय* (नास्तिकों के सरताज) कहा है। नास्तिक का अर्थ है नकारने वाला। जो आचार्य भरतमुनि की ऐतिहासिकता को नकारते थे या उनके द्वारा

नाट्यशास्त्र नाम की किसी पोथी के लिखे जाने की बात को नकारते थे, उन्हें आचार्य अभिनवगुप्त ने नास्तिक कहा। *नाट्यशास्त्र* के क्षेत्र में नास्तिक आचार्यों की एक परम्परा रही। और इसमें एक-से-एक धुरन्धर आचार्य हुए। अभिनवगुप्त इनके मत सिलसिलेवार बताते हैं। कुल मिलाकर नास्तिकधुर्योपाध्याय का कहना था कि *नाट्यशास्त्र* नाम की जो पुस्तक है, वह किसी भरतमुनि की लिखी हुई नहीं हो सकती, क्योंकि–(1) इसी पुस्तक में भरतमुनि का उल्लेख बार-बार एक प्राचीन आदरणीय मुनि के रूप में किया गया है, (2) इसी पुस्तक में जगह-जगह बताया गया है कि इसको कई लोगों ने मिलकर लिखा।

भरतमुनि को नकारनेवाले आचार्यों के प्रमाण अपनी जगह पर सही हैं। यह सही है कि *नाट्यशास्त्र* की पोथी में भरतमुनि का ज़िक्र कई स्थानों पर अन्य पुरुष में है। यह भी *नाट्यशास्त्र* में ही कहा गया है कि कोहल, वत्स, शाण्डिल्य, धूर्तित (सही पाठ दत्तिल हो सकता है) ने मिलकर यह शास्त्र बनाया।

कोहलादिभिरेवं तु वत्सशाण्डिल्यधूर्तितैः।
मर्त्यधर्मक्रियायुक्तैः कञ्चित्कालमवस्थितैः।
एतच्छास्त्रं प्रणीतं हि नराणां बुद्धिवर्धनम् ॥ (नाट्यशास्त्र 37। 24.25)

पर, उतना ही सत्य यह भी है कि *नाट्यशास्त्र* में स्थान-स्थान पर भरतमुनि उत्तम पुरुष में अपना उल्लेख करते हैं, और यह भी घोषित करते हैं कि शास्त्र मैं बना रहा हूँ। रही बात कोहल, वत्स, शांडिल्य आदि के द्वारा इस शास्त्र के रचे जाने के उल्लेख की, तो कोहल, वत्स, शांडिल्य आदि की गिनती भरतमुनि के सौ शिष्यों या सौ पुत्रों की सूची में *नाट्यशास्त्र* में की गई है। और ये लोग भरतमुनि का संवाद जब आत्रेय आदि ऋषियों से हो रहा था, उस समय उनके साथ बैठे हुए थे। भरतमुनि *नाट्यशास्त्र* के अन्त में यह भी कहते हैं कि हमसे जो छूट गया, उसे (हमारा शिष्य) कोहल कहेगा।

"शेषमुत्तरतन्त्रेय कोहलस्तु करिष्यति।" *(नाट्यशास्त्र 37/18)*

नाट्यशास्त्र एक शास्त्र है। शास्त्र के दो अर्थ परम्परा में बताए गए हैं–जो शासन या अनुशासन करता है वह शास्त्र है और जो शंसन (डॉक्युमेंटेशन) करता है वह भी शास्त्र है। *नाट्यशास्त्र* में शासन और शंसन दोनों प्रकार्य पूरे किए गए हैं। यह अभिनेताओं को सीख देता है कि क्या कब कैसे करना चाहिए और जो किया जाता रहा है उसका ब्यौरा भी यह देता है।

यह सत्य है कि *नास्तिकधुर्योपाध्यायों* की संख्या *नाट्यशास्त्र* और काव्यशास्त्र के उन सैकड़ों आचार्यों की कम-से-कम दो हज़ार वर्षों की अवधि में विस्तारित उस लंबी परम्परा के सामने नगण्य ही है, जिसे भरतमुनि के होने पर कभी सन्देह नहीं रहा। ये सैकड़ों आचार्य भरतमुनि के मत सादर उद्धृत करते आए हैं, उन्हीं के कहे हुए की व्याख्या और पुनर्व्याख्या करते आए हैं।

इनके साथ ही संस्कृत के नाटककारों की पूरी परम्परा भी है। यह परम्परा अकम्प्य आस्था के साथ मानती आई कि भरतमुनि हुए थे, उन्होंने ही *नाट्यशास्त्र* लिखा और नाटक के प्रदर्शन भी करवाए। कालिदास को भरतमुनि के बारे में कभी शंका नहीं हुई। उनके सामने तो *नाट्यशास्त्र* की पोथी भी थी और भरतमुनि के बारे में प्रचलित कथाओं पर भी उन्हें पूरा विश्वास था। *नाट्यशास्त्र* की किताब में अभिनय, कथावस्तु नाटक की संरचना की जो बारीक़ बातें हैं उनकी प्रामाणिक जानकारी कालिदास और भवभूति जैसे कवियों को हासिल है, वह मूल पुस्तक का अध्ययन किए बिना सम्भव ही नहीं थी। कालिदास भरतमुनि का नाम लेते हैं, वे मानते हैं कि भरतमुनि ने जिस नाट्यशास्त्र और नाट्यप्रयोग का अवतरण कराया उसमें आठ ही रस स्वीकृत किए गए। भवभूति और राजशेखर अपने नाटकों में नाटक के भीतर नाटक का आयोजन कराते हैं और इस गर्भनाटक का सूत्रधार भरतमुनि को बताते हैं।

भरत के कुछ पहले या बाद में एक पाणिनि मुनि हो चुके थे। पाणिनि ने संस्कृत भाषा, जैसी उस समय लिखी और बोली जाती थी, उसका उद्भुत ब्यौरा तैयार किया और व्याकरण के नियम भी बनाए। पाणिनि ने यह बताया है कि उनके पहले कितने तरह के ग्रंथ रचे जाते रहे हैं। इन ग्रंथों की पाँच कोटियाँ उन्होंने बताईं, जिनमें से एक कोटि है *प्रोक्त। प्रोक्त* का अर्थ है, "कहा हुआ।"

नाट्यशास्त्र के तो पहले ही श्लोक में कहा गया है–अब मैं नाट्यशास्त्र को कहूँगा, जिसे मैंने ब्रह्मा से सुना था।

'नाट्यशास्त्र' एक प्रोक्त ग्रंथ है। भरतमुनि ने काग़ज़ क़लम हाथ में लेकर 'नाट्यशास्त्र' नाम की कोई पोथी नहीं लिखी। जिस तरह व्यास ऋषि ने एक लाख श्लोकों का महाभारत गणेश जी को बोल-बोलकर लिखा दिया था, उस तरह का कोई आशु लेखक भी भरतमुनि के पास नहीं था कि वे *नाट्यशास्त्र* बोलकर ही लिखा देते। पर, यह भी अटल सत्य है कि *नाट्यशास्त्र* के प्रणेता तो केवल भरतमुनि ही हैं। *नाट्यशास्त्र* के एक-एक शब्द पर उनकी छाप है। वे अपनी सौ शिष्यों की मंडली को लेकर नाट्यप्रयोग कराने में लगे रहते थे। उन्हें इतनी फुरसत भी कहाँ थी कि कागज कलम लेकर अपने सारे प्रयोगों की निष्पत्तियाँ लिख डालें, या किसी को लिखा दें। यह तो आत्रेय आदि मुनि पीछे पड़ गए और उन्होंने भरतमुनि से सवाल कर डाले, जिससे एक प्रोक्त ग्रंथ के रूप में *नाट्यशास्त्र* की रचना हुई और रचनाकार भरतमुनि हुए। पूरा *नाट्यशास्त्र* भरतमुनि का रचा हुआ होते हुए भी एक संवाद है, यह एक विराट परिसंवाद भी है। परिसंवाद कई नाट्याचार्यों और उनके शिष्यों के बीच हुआ है, कई परम्पराओं के बीच भी हुआ है। यह एक किताब भर नहीं है। यह एक पूरी परम्परा है, जिसमें अनेक अवांतर और महत् परम्पराएँ सुगुम्फित हैं।

भरतमुनि का जो स्वरूप *नाट्यशास्त्र* में उनके साथ हुई मुनियों की बातचीत या उनके कथनों से सामने आता है, उससे यह स्पष्ट है कि वे एक महान् नाट्याचार्य हैं, जिसका आशय है सूत्रधार, अभिनेता, आयोजक, सिद्धान्तकार, कलाविद् और चिन्तक सब एकसाथ। उनके सौ शिष्यों या सौ पुत्रों की मंडली में भी अच्छे-अच्छे विलक्षण लोग थे। जब भरतमुनि आत्रेय आदि मुनियों के प्रश्नों के उत्तर में नाट्य के विषय में बताने लगे, तो ये सारे शिष्य जो वहाँ बैठे थे, एकदम चुप तो न बैठे रहे होंगे। भरतमुनि ने भी इनमें से जो अधिक प्रतिभाशाली थे, उन्हें बीच-बीच में अपनी बात कहने के लिए प्रेरित किया होगा। भरतमुनि उन्हें अपनी मर्जी से प्रयोग करने की छूट देते रहते थे, तो अपनी बात कहने की छूट और प्रेरणा क्यों न देते? (भरतमुनि के साथ इन शिष्यों या पुत्रों के सम्बन्धों पर हम फिर इस लेख के अन्त में चर्चा करेंगे)। इस तरह भरतमुनि ने जो कुछ इस विराट् परिसंवाद में कहा उसमें उनके शिष्यों के प्रस्ताव, संशोधन और सुझाव भी जुड़ते गए। इन प्रस्तावों, सुझावों या संशोधनों पर भरतमुनि ने स्वीकृति की मोहर लगाई ही होगी। बाद में यह सारा बृहत् परिसंवाद लिखित रूप में रिकार्डेड हुआ। इसके अभिलेखन में भी भरतमुनि के पट्ट शिष्यों की ही अहम् भूमिका रही होगी।

भरतमुनि के इन सौ शिष्यों या सौ पुत्रों में से कुछ तो ऐसे हैं, जिनके मत का उद्धरण *नाट्यशास्त्र* के बाद के आचार्यों ने अपने ग्रंथों में दिया है। इनमें सबसे ज़्यादा उद्धृत होते आए हैं, कोहल। दत्तिल के नाम से *संगीतशास्त्र* का ग्रंथ मिलता है। नखकुट्ट और अश्मकुट्ट—इन दो का भी अनेक बार बाद के आचार्यों ने स्मरण किया है।

पूरे *नाट्यशास्त्र* में अनेक परम्पराओं का संग्रह है। जो कुछ होता आया था, हो सकता था उसका निरूपण है। भरत के पहले भी रंगमंच की कई परम्पराएँ सक्रिय थीं। अभिनवगुप्त बताते हैं कि सदाशिव, ब्रह्मा और भरत—इन तीनों के नाट्यशास्त्रों की परम्पराएँ बहुत पहले से चली आ रही थीं। भरतमुनि ने सिद्धान्त के स्तर पर भी इन परम्पराओं को समेटा और प्रयोग के स्तर पर भी।

यदि *नाट्यशास्त्र* के 36 या 37 अध्यायों की विषयवस्तु पर विचार करें, तो लगता है कि आत्रेय आदि मुनियों ने भरतमुनि से जो पाँच प्रश्न किए थे, उनमें दो का विस्तार से उत्तर पहले पाँच अध्यायों में भरतमुनि ने दिया और छठे अध्याय से अन्तिम अध्याय तक शेष तीन प्रश्नों पर उन्होंने विस्तार से विचार किया। अन्तिम अध्याय में उन्होंने अपना एक संस्मरण सुनाया है, जिसमें एक बार फिर इन पाँचों प्रश्नों के उत्तर सूत्र रूप में समाहित कर दिए हैं। इस तरह अभिनवगुप्त आदि की शब्दावली में कहें, तो *नाट्यशास्त्र* की किताब एक महाकाव्य (डिस्कोर्स) है।

पहले अध्याय में नाट्योत्पत्ति कैसे हुई—यह भरतमुनि ने एक मिथ के द्वारा समझाया है। उन्हीं के शब्दों में :

हे ऋषियो, बहुत पहले की बात है। स्वायंभुव मन्वंतर समाप्त हो गया था। वैवस्वत मन्वंतर में सत्ययुग का भी अन्त हो चुका था। त्रेतायुग आ गया था। लोग ग्राम्य धर्म में प्रवृत्त हो गए थे और मनमानी करने लगे थे। ईर्ष्या और क्रोध में उनकी मति फिर गई थी। वे सुख और दुख के वश में हो गए थे।...इस इन्द्र आदि देवताओं ने पितामह ब्रह्मा के पास जाकर कहा : हम ऐसा खिलौना चाहते हैं, जो देखा भी जा सके और सुना भी जा सके।

('नाट्यशास्त्र' 1/8-11)

देवताओं के अनुरोध पर पितामह ब्रह्मा ने चारों वेदों से विभिन्न तत्त्व लेकर नाट्य नाम के पाँचवें वेद की रचना की। नाट्य तो अनादि काल से धरती पर था। वेद के रूप में वह ब्रह्मा के पास था। उद्भव से आशय है मनुष्यों को इस नाट्यवेद का साक्षात्कार होना या उनके द्वारा इसे हासिल किया जाना। यह साक्षात्कार या उपलब्धि तभी हो सकती थी जब मनुष्य समाज में नाट्य की ज़रूरत महसूस की जाए। यह ज़रूरत एक ऐसे काल में महसूस की गई, जब सुख और दुख गड्डमगड्ड हो गए थे, शुभ और अशुभ की पहचान खो गई थी। तब लगा कि नाट्य के माध्यम से मनुष्य अपना सुख-दुख कह सकते हैं और शुभ तथा अशुभ की पहचान कर सकते हैं।

मनुष्य के भीतर ही देवता हैं और मनुष्य के भीतर ही असुर भी हैं। पर नाट्य को न देवता रच सकते हैं न असुर। जब देवताओं के कहने पर ब्रह्मा ने नाट्यवेद की रचना कर डाली और सवाल आया कि इसका प्रयोग कौन करेगा, तो देवताओं ने हाथ खड़े कर दिए। उन्होंने कहा– *"अशक्ता भगवन् देवा अयोग्या नाट्यकर्मणि"*– *(नाट्यशास्त्र 1/22)* "हे भगवन, हम लोग नाट्य के प्रयोग के मामले में अशक्त और अयोग्य हैं।"

तब भरतमुनि और उनके सौ शिष्यों ने नाट्य को सीखा और उसके प्रयोग के लिए तैयार हुए। भरतमुनि के अनुरोध पर ब्रह्मा ने अप्सराओं की सृष्टि करके उन्हें अप्सराएँ प्रदान कीं, जिससे वे कैशिकी वृत्ति का प्रयोग कर सकें। फिर नारद और गंधर्व भी नाट्य के प्रयोग से जुड़े।

नाट्य को रचता मनुष्य ही है। उसका प्रयोक्ता वही हो सकता है। देवता उसकी सहायता कर सकते हैं, वे ब्रह्मा से कह सकते हैं कि मनुष्यों को नाट्य दे दें। असुर उसमें विघ्न कर सकते हैं। असुरों ने विघ्न किया, तब नाट्य के निर्विघ्न प्रयोग के लिए नाट्यशाला बनाने की आवश्यकता प्रतीत हुई। इसलिए नाट्य की उत्पत्ति की कथा बताकर नाट्यशास्त्र के दूसरे अध्याय में रंगमंडप या नाट्यशाला के निर्माण की विधि और तीसरे में रंगदैवत या नाट्यशाला में विराजमान देवताओं के पूजन की विधि भरतमुनि बताते हैं।

चौथे अध्याय में भरतमुनि ने नाट्य की उत्पत्ति के बाद जो घटनाएँ घटीं उनका ज़िक्र किया है। उन्होंने बताया कि ब्रह्मा ने जो नाट्यवेद मुझे दिया, उसका प्रयोग

करते हुए मैंने दो नाटक (रूपक) तैयार किए : एक तो *अमृतमंथन* समवकार और दूसरा *त्रिपुरदाह* डिम। इनमें से *अमृतमंथन* समवकार को ब्रह्मा ने ही रचा था। इस प्रसंग का वर्णन भरतमुनि ने इस प्रकार किया है :

> *'तब ब्रह्मा ने मुझसे कहा–तुम 'अमृतमंथन' का प्रयोग करो। यह उत्साहजनक भी होगा और देवताओं के लिए प्रीतिकर भी। हे विद्वन्, धर्म, काम और अर्थ का साधक यह जो समवकार पहले कभी मैंने रचा था, उसका प्रयोग करो। उस समवकार का प्रयोग मेरे द्वारा किए जाने पर सारे देव और दानव अपने कर्म और अनुभव का दर्शन करके प्रसन्न हुए। फिर कुछ समय बीत जाने पर ब्रह्मा ने मुझसे कहा–हम यह नाट्य त्रिनेत्रधारी महात्मा शिव के सामने दिखाएँ।'* (नाट्यशास्त्र 4/2-5)

तो भरतमुनि देवताओं और अपने अभिनेताओं की मंडली के साथ कैलाश पर्वत पर पहुँचे, वहाँ उन्होंने शिव के आगे दो प्रयोग प्रस्तुत किए–*अमृतमंथन* समवकार और दूसरा *त्रिपुरदाह* डिम। शिव के गण भी कर्म और भावों के अनुदर्शन से प्रसन्न हुए। शिव ने ब्रह्मा से कहा कि नाट्यवेद का प्रयोग तो बहुत अच्छा हो रहा है, इसमें नृत्य भी जोड़ लिया जाना चाहिए। नृत्य के आचार्य तण्डुमुनि थे। शिव के कहने पर वे भरतमुनि की मंडली से जुड़ गए। उन्होंने रेचकों, करणों, अंगहारों और पिंडीबन्धों से समन्वित जिस नृत्य की साधना की थी, उसे तांडव कहा जाता था। बाद में तांडव को उद्धत और लास्य को सुकुमार नृत्य के रूप में परिभाषित किया जाने लगा, पर शंकर और तण्डुमुनि के द्वारा विकसित तांडव नृत्य समग्र नृत्य था।

पाँचवें अध्याय में पूर्वरंग का विधान बताया गया है। नाट्य के प्रयोग के पहले पूर्वरंग किया जाना चाहिए। पूर्वरंग में मंच पर सारा विश्व उपस्थित है और सारे विश्व का पूजन है। नाट्य मंडप बन जाने के बाद रंगदैवत पूजन होता है। उसमें भी सम्पूर्ण विश्व उपस्थित है।

कवि भवभूति ने अपने *उत्तररामचरित* के अन्तिम अंक में भरतमुनि के संयोजन में वाल्मीकि की *रामायण* के नाट्यरूपांतर का एक अंश प्रस्तुत कराया है–नाटक के भीतर नाटक। इस नाटक के शुरू होने के पहले सूत्रधार मंच पर आकर कहता है : भगवान वाल्मीकि के प्रभाव से आज यहाँ *सदेवासुरतिर्यङ्निकाय, जंगम और स्थावर संचार* उपस्थित है। भवभूति जानते थे कि भरतमुनि यदि नाटक करा रहे हैं, तो उसे देखने के लिए चर ही नहीं अचर तक सामाजिक बनकर उपस्थित होंगे।

इसलिए नाट्य की उत्पत्ति कैसे हुई इसकी कथा बताकर भरतमुनि ने जब रंगदैवत पूजन और पूर्वरंग का विस्तार से निरूपण किया, तो उन्होंने उसके द्वारा मुनियों के इस दूसरे सवाल का जवाब भी दे दिया कि नाट्य किनके लिए है।

नाट्य निखिल विश्व से जुड़ जाने के लिए है। रंगदैवत पूजन और पूर्वरंग उसकी तैयारी की सीढ़ियाँ हैं।

अमृतमंथन समवकार देखकर देव प्रसन्न थे, पर दानव रुष्ट हुए थे। पूर्वरंग के आधे अंग जो निर्गीत थे, उन्हें देखकर देव रुष्ट हुए, दानव प्रसन्न हुए। देवताओं ने निर्गीत या बहिर्गीत के प्रयोक्ता नारद से कहा : "निर्गीत अंग से केवल दानव प्रसन्न होते हैं, इनकी क्या आवश्यकता? इन्हें निकाल दिया जाना चाहिए।" (*नाट्यशास्त्र* 5/37)

नारद मुनि भी *नाट्यशास्त्र* में हैं, बजाय झगड़ा करवाने के वे झगड़ा रोकने में बहुत बड़ी भूमिका निभाते हैं। *नाट्यशास्त्र* नारद को गन्धर्वों में अग्रणी कहता है। ये आरम्भ से ही भरतमुनि के साथी हो गए थे। इन्होंने कहा—धातुवाद्याश्रित निर्गीत को नाट्य से न निकाला जाए। इसके कारण दैत्य, दानव और राक्षस नाट्य जुड़े रहेंगे।

ऊपर दिए गए विवरण से यह कहा जा सकता है कि भरतमुनि एक मिथक हैं। वे ब्रह्मा से नाट्य सीखते हैं, और शिव के सामने पहुँचकर नाट्य की प्रस्तुतियाँ देते हैं। वे स्वाति, नारद, तुम्बुरु आदि गंधर्वों और तमाम दैत्य, दानव, राक्षसों से संवाद करते हैं। वे एक मिथकीय पुरुष हैं।

मिथक तभी बनता है जब वह आधिभौतिक (वस्तुजगत्), आधिदैविक (मानसजगत्) और आध्यात्मिक (रूहानी दुनिया) इन तीनों स्तरों पर खरा उतरे। *नाट्यशास्त्र* के व्याख्याकारों की दो ढाई हज़ार साल की परम्परा, जिसके आख़िरी छोर पर किसी कड़ी में कहीं यह लेखक भी हैं, मानती आई है कि भरतमुनि इन तीनों स्तरों पर खरे हैं। इसलिए भरतमुनि हुए थे या नहीं—इस सवाल और उसे लेकर मचाए गए बावेले को यह लेखक अनावश्यक मानता है।

अस्तु, पुनः विवेचनीय विषय पर लौटें। हम देखते हैं कि मुनियों ने जो प्रश्न पूछे थे उनमें से दो प्रश्नों (नाट्यवेद कैसे उत्पन्न हुआ, और किसके लिए उत्पन्न हुआ) का उत्तर भरतमुनि ने इसी तरह के मिथक बताकर दिया। इसका हम स्वबुद्धि से आधिभौतिक स्तर पर या आज की नृत्यशास्त्रीय भाषा में समझना चाहें, तो कह सकते हैं कि नाट्य में वैदिक परम्पराओं के साथ आदिम जनजातियों, लोकनाट्य परम्पराओं में संग्रहीत प्रदर्शनकारी कला के तत्त्वों का सम्मिश्रण हुआ। उसमें यक्ष, गंधर्वों, किन्नरों, असुरों, राक्षसों, दानवों के गीत, संगीत, नृत्य और नाट्य के तत्त्व समाहित हुए। भरतमुनि इस समन्वय की प्रक्रिया में सेतु बने। उन्होंने भारतीय कला को परम्परा में स्वीकार और फिर अंगीकार के द्वारा सम्पन्न बनाया।

तीसरे प्रश्न—नाट्य कितने अंगवाला है, का उत्तर अनेक प्रकार से *नाट्यशास्त्र* में दिया गया है। छठे अध्याय में नाट्य के ग्यारह तत्त्व बताए गए हैं—रस, भाव, अभिनय, धर्मी, वृत्ति, प्रवृत्ति, सिद्धि, स्वर, आतोद्य, गान और रंगमंच। इन ग्यारह तत्त्वों से नाट्य होता है, अतः ये ग्यारह नाट्य के अंग हैं। अभिनवगुप्त बताते हैं कि भरतमुनि ने तो नाट्य के पाँच ही अंग कहे थे—तीन प्रकार के अभिनय (आंगिक, वाचिक तथा सात्विक), गीत तथा आतोद्य (वाद्य)। *नाट्यशास्त्र* में ग्यारह तत्त्व

बनानेवाली जो कारिका (श्लोक) है, वह कोहल की है। *नाट्यशास्त्र* के एक पाठ में जो केरल संस्करण में है, दो अंग और जोड़ दिए गए हैं–प्रकृति तथा उपचार। इस तरह ग्यारह की जगह तेरह अंग नाट्य के हो जाते हैं। सम्भव है, कोहल ने भरतमुनि के पाँच अंगोंवाले नाट्य की परिकल्पना में संशोधन करते हुए ग्यारह अंगों में समन्वित नाट्य की अवधारणा प्रस्तुत की होगी तथा किसी और शिष्य ने दो तत्त्व और प्रस्तावित किए होंगे। भरतमुनि ने उसे मान लिया होगा। तभी तो छठे अध्याय से लगाकर अन्तिम छत्तीसवें (या सैंतीसवें) अध्याय तक इन्हीं ग्यारह (या तेरह) तत्त्वों या अंगों का विवेचन उन्होंने किया। छठे अध्याय में रस, सातवें में भाव, आठवें से लगा कर पच्चीसवें तक अभिनय, इन्हीं के बीच में धर्मी, वृत्ति और प्रवृत्तियाँ, बीसवें में पुनः वृत्ति, चौबीसवें में उपचार, छब्बीसवें में प्रकृति, सत्ताइसवें में सिद्धि, अट्ठाइसवें से चौंतीसवें तक स्वर, आतोद्य या वाद्य तथा गान (ध्रुवा) का विवेचन है, पैंतीसवें अध्याय में भूमिका (किस प्रकार के अभिनेता को कैसी भूमिका दी जाए) का विवेचन है।

नाट्य के इन तेरह अंगों का ऐसा सांगोपांग विवेचन संसार में और कहीं नहीं किया गया, उनके माध्यम से समग्र रंगमंच की अवधारणा भी इतने बड़े फलक पर और कहीं नहीं रखी गई।

अभिनेता की देह, वाणी और मन–ये तीनों नाट्य के प्रयोग में माध्यम बनते हैं। देह को भी दो तरह से अभिनेता रंगमंच पर व्यापारित करता है–सुकुमार रूप में या उद्धत रूप में। देह की सुकुमार वृत्ति कैशिकी है। उद्धत वृत्ति आरभटी है। वाणी वृत्ति की भारती वृत्ति है और मन की वृत्ति सात्त्वती। इन चारों वृत्तियों से आहार्य, आंगिक, वाचिक और सात्त्विक अभिनय होता है। ये चारों वृत्तियाँ चार प्रवृत्तियों से निर्मित होती हैं। जीवन की ये चार वृत्तियाँ और प्रवृत्तियाँ चार पुरुषार्थों–काम, अर्थ, धर्म और मोक्ष से संबंधित हैं।

जीवन के समग्र विकास में यह चार पुरुषार्थ हैं, जिन्हें प्रत्येक मनुष्य को प्राप्त करना चाहिए। इन चार पुरुषार्थों से जुड़कर रस हासिल होता है। भरतमुनि की कला के विषय में दृष्टि यही है कि यहाँ पुरुषार्थ और रस अलग-अलग करके देखे ही नहीं जा सकते। यदि रस है तो पुरुषार्थ की सिद्धि अवश्य होगी। पुरुषार्थ चार हैं और चारों एक-दूसरे से जुड़े हैं। इन्हें भी एक-दूसरे से अलग करके नहीं देखा जा सकता। इन चार पुरुषार्थों से संबंधित चार ही मूल रस नाट्य में होते हैं–शृंगार, वीर, रौद्र और वीभत्स। फिर इन चार रसों से चार और रस निकल आते हैं–शृंगार से हास्य, वीर से अद्‌भुत, रौद्र से करुण और वीभत्स से भयानक।

इस तरह *नाट्यशास्त्र* इन ग्यारह या तेरह नाट्यतत्त्वों के निरूपण के द्वारा नाट्य का एक समग्र विवेचन प्रस्तुत करता है। अतएव यह एक समन्वित पाठ है। इसी से नाट्य के ये सारे तत्त्व भी एक-दूसरे से समन्वित या संश्लिष्ट हैं। इन्हें नाट्य से

अलग करके नहीं देखा जा सकता। इनमें नाट्य हैं और नाट्य में ये हैं। इनमें से एक को लाएँगे तो दूसरे उसके साथ अपने आप खिंच कर आ जाएँगे। भाव हैं, तो उनसे रस हैं, रस हैं तो उनके भाव हैं। रस और भाव यदि हैं, तो अभिनय हैं। अभिनय यदि हैं, तो भाव और रस होंगे ही। और अभिनय बिना धर्मी, वृत्ति और प्रवृत्ति के नहीं हो सकता। धर्मी, वृत्ति और प्रवृत्तियाँ यदि हैं, तो इनके साथ सिद्धि भी आएगी।

इनमें रंगमंच सबसे पहले है। रंगमंच संगीत से आरम्भ किया जाता है, संगीत के साथ वाद्य का प्रयोग होता है। गायन और वादन में स्वरों का प्रयोग होता है। इनसे नाट्य में सिद्धि किस प्रकार की प्राप्त होगी यह सूचित होता है। तदनुसार प्रवृत्तियों, वृत्तियों, धर्म और अभिनय का उपयोग करते हुए भावों से रस तक पहुँचा जाता है।

अथवा रस से भाव, भाव के अनुसार अभिनय, अभिनय से धर्मी, धर्मी के अनुसार वृत्तियों और प्रवृत्तियों का ग्रहण और तदनुसार सिद्धि, स्वर, आतोद्य, गान और रंगमंच का विधान हो यह भी क्रम हो सकता है।

नाट्य के इन तत्त्वों का परस्पर सम्बन्ध इस प्रकार प्रदर्शित किया जा सकता है :

पुरुषार्थ	काम	धर्म	अर्थ	मोक्ष
अभिनय-माध्यम	सुकुमार स्थिति में देह	वाणी	आविद्धि स्थिति में देह	चेतना
रस	शृंगार	वीर	रौद्र	वीभत्स
अवांतर रस	हास्य	अद्‌भुत	करुण	भयानक
अभिनय	आहार्य	वाचिक	आंगिक	सात्त्विक
वृत्ति	कैशिकी	भारती	आरभटी	सात्त्वती
प्रवृत्ति	दाक्षिणात्या आवन्ती	मागधी आवन्ती	पाञ्चाली मागधी	पाञ्चाली मागधी
नायक	धीरललित	धीरोदात्त	धीरोद्धत	धीरशांत
नाट्य	सुकुमार	सुकुमार-आविद्ध	आविद्ध	सुकुमार-आविद्ध
रूपकप्रकार	नाटक, प्रकरण वीथी, प्रहसन	नाटक, प्रकरण प्रहसन, वीथी	भाव, व्यायोग, डिम समवकार, ईहामृग, अंक	नाटक, प्रकरण प्रहसन

इन सबमें सबसे महत्त्वपूर्ण अंग रस का समझा जाता रहा है। भरतमुनि ने रस को नाट्य में आद्यंत भिदा हुआ अविभाज्य तत्त्व माना। वे कहते हैं—*न रसादृते कश्चिदर्थः प्रवर्तते*—रस के बिना नाट्य में कोई बात आगे बढ़ती ही नहीं। रस से ही आरम्भ होकर रस में समाप्त होता है, उसके भीतर भी रस ही होता है। बाक़ी

सामग्री में कुछ जोड़ा घटाया जा सकता है, कम अधिक किया जा सकता है। रस को इस तरह निकाला नहीं जा सकता। जिस तरह विभिन्न मसालों के द्रव्य का संयोग भोजन में स्वाद ला देता है, उसी तरह विभावों, अनुभावों, व्यभिचारी भावों का संयोग नाट्य में रस ला देता है। मसाले भी हर तरह के खूब डाले जाएँ, चमचमाते सोने-चाँदी के बर्तनों में परोसा जाए, भोजन में स्वाद न हो, तो भोजन किस काम का? नाट्य के प्रदर्शन में भी बढ़िया मंच हो, हर तरह का तामझाम, वेशभूषा भी बेशक़ीमती हो, अभिनय भी अच्छा हो। पर, इस सारी सामग्री का आपस में संयोग ठीक से नहीं हो पाया तो नाट्य नीरस हो जाता है। बेस्वाद भोजन की तरह।

भरतमुनि का रस का यह विवेचन नाट्य की संरचना में रस के तत्त्व को प्रतिष्ठित करता है। रस के साथ नाट्य के शेष तत्त्व भी इसी संरचना में रहते हैं। नाट्य की यह संरचना मंच पर ही साकार होती है।

नाट्य के इस तरह के संरचनागत स्वरूप के अलावा नाट्य के अंगों या प्रकारों का और भी कई दृष्टियों से प्रसंगानुसार भरतुमनि ने अपने संवाद में विवेचन किया है। यदि नाट्य को मंच से अलग करके देखें, तो उसकी वस्तु और पात्रों की बात आती है। वस्तु और पात्रों की दृष्टि से दस प्रकार के रूपकों का विवेचन भरतमुनि ने किया और कहा कि और भी अवांतर प्रकार रूपक के हो सकते हैं। इसी तरह पात्रों या प्रकृति का भी विवेचन उन्होंने किया।

प्रस्तुति की दृष्टि से नाट्य के सुकुमार और आविद्ध (उत्कट या उग्र) ये दो प्रकार हो जाते हैं।

मुनियों के चौथे प्रश्न—नाट्य का प्रमाण क्या है—के उत्तर में भरतमुनि ने नाट्य के तीन मापदंड बताए—लोक, वेद (शास्त्र) और अध्यात्म (अभिनेता की अपनी चेतना)। उन्होंने अभिनेताओं को बार-बार चेताया है कि जो शास्त्र से विदित न हो सके, उसे लोक या अपने आसपास की दुनिया से समझें और जो लोक और शास्त्र दोनों से समझ में न आए, उसके लिए अन्तिम प्रमाण फिर अपनी स्वयं की चेतना ही है।

अंतिम प्रश्न—नाट्य का प्रयोग कैसे होता है—का उत्तर तो पूरे *नाट्यशास्त्र* में ही समाया हुआ है।

इस तरह पाँचों प्रश्नों के समाधान प्रस्तुत करने के पश्चात् अन्त में भरतमुनि ने कहा : "हे मुनियो, अब मैं आप लोगों को बताऊँगा कि नाट्य भूलोक में किस तरह अवतरित हुआ।" नाट्य के भूलोक में अवतरण की कथा में उन्होंने बताया कि उनके सौ पुत्र या शिष्य हिमालय के क्षेत्र में नाटक दिखाया करते थे। धीरे-धीरे देवताओं और असुरों के युद्ध आदि के महान् कथानकों पर आधारित नाटकों के स्थान पर ये शिष्यगण अपने मन से नए प्रयोग करने लगे। (भरतमुनि ने भी कहा ही था कि अभिनेता अपने मन से प्रयोग करते रह सकते हैं।) तो ये शिष्य नाट्य के रूप

में ऐसे प्रहसन दिखाने लगे, जिन्हें देखकर प्रेक्षक उस तरह का रसास्वाद नहीं कर पाते थे, जिस तरह का आस्वाद उन्हें महान् नाटक देखकर मिलता था। कुछ दर्शक इन नाटकों से असुविधा भी अनुभव करते थे। इन प्रयोगों को ग्राम्यधर्म वाले या गँवारू शिल्पक कहा गया है। ग्राम्यधर्म वाले इन शिल्पकों में हिमाचल पर रहनेवाले ऋषियों पर व्यंग्य रहता था। ये प्रयोग अश्राव्य (जिसे सुनना बुरा लगे), दुराचार, निष्ठुर और अप्रस्तुत (अप्रत्यक्ष) रूप से सामने बैठे दर्शकों पर ही प्रहार करनेवाले थे। शिष्यों के इन प्रयोगों को विडंबक (विडम्बना को बताने वाले) तथा गंडसंश्रित (अन्यापदेश के द्वारा खिल्ली उड़ाने वाले) भी कहा गया है।

हिमालय पर कुछ दूसरी तरह के मुनिजन भी रहते थे। ये मुनिजन आत्रेय आदि मुनियों की तरह नाट्य के विषय में जिज्ञासापूर्ण या सहानुभूतिपूर्ण रुख रखने वाले नहीं रहे होंगे। और भरतमुनि के शिष्यों ने अपने शिल्पकों की प्रस्तुति में व्यंग्य प्रहार इन्हीं पर किया। यह देखकर ऋषिगण बिगड़ उठे और उन्होंने कहा : "हे द्विजों, क्या तुम लोगों के लिए हमारी इस तरह विडंबना दिखाना और परिहास करना उचित था? यह तो हमें स्वीकार नहीं है।" भरत के शिष्यों को शाप दे दिया कि तुम लोगों का ज्ञान नष्ट हो जाएगा, तुम लोग व्रत और होम से रहित होकर शूद्राचार हो जाओगे। तुम लोगों का वंश अपवित्र होगा और तुम्हारे वंशज भी नर्तक बनेंगे।

तब भरतमुनि के पुत्र उनके पास जाकर बोले कि आपने तो हमारा नाश करा दिया। इस नाट्य के दोष से हम लोग शूद्राचार हो गए। तब भरतमुनि ने उन्हें सांत्वना देते हुए कहा : "हे निष्पाप पुत्रो, तुम लोग क्रोध मत करो। हम इस नाट्य को शिष्यों तथा अन्य लोगों को सिखाते रहेंगे।"

इस पूरी कथा में सबसे सुन्दर बात यह है कि भरतमुनि ने अपने पुत्रों से यह कहीं नहीं कहा कि अरे मूर्खो, तुम लोगों ने ऐसे नाटक किए ही क्यों जिनसे ऋषिगण क्रुद्ध हो गए और उन्होंने तुम्हें शाप दे डाला! उल्टे उन्होंने अपने पुत्रों को *अनघाः* या निष्पाप कहा। यह तो स्पष्ट है कि भरतमुनि के सौ शिष्य जो ऋषियों पर व्यंग्य करनेवाले विडंबन शैली के रूपक करने लग गए थे, उनमें भरतमुनि का सीधा निर्देशन नहीं था। भरतमुनि तो स्वयं कहते हैं कि मेरे ये शिष्य मुझसे परामर्श लिए बिना कुछ अलग तरह के प्रयोग करने लग गए। इन प्रयोगों के पीछे कोहल या अन्य किसी शिष्य की बुद्धि रही होगी। भरतमुनि की परिकल्पना में महान् और उदात्त रंगमंच था। पर, स्थान-स्थान पर वे यह सूचित अवश्य करते हैं कि अवांतर रूपक हो सकते हैं। उन्होंने अपनी समझ से इस तरह के अवांतर रूपक करने की छूट अपने शिष्यों को दी होगी।

पर इस पूरी कथा में और भी अनोखी बात जो मुझे दिखती है, वह यह कि भरतमुनि ने शाप देनेवाले ऋषियों को लेकर भी एक शब्द तक नहीं कहा। हमारे साहित्य में ऐसी कितनी ही कथाएँ हैं जहाँ ज़रा-सी कुछ त्रुटि क्या हुई कि ऋषि लोग

भयंकर शाप देने के लिए तैयार खड़े हैं। ऋषियों के ऐसे शापों से मनुष्यता कराहती दिखती है। हाथ-पाँव जोड़ने पर ऋषि लोग अपने शाप में कुछ ढील भी दे देते हैं। पर भरतमुनि ने यह भी नहीं कहा कि जाओ उन्हीं ऋषियों के आगे गिड़गिड़ाओ और क्षमा माँग लो, वे अपना शाप वापस ले लेंगे। शाप के बदले में मुनि लोग एक-दूसरे को प्रतिशाप भी देते रहे हैं। यहाँ ऐसा कुछ भी नहीं हुआ। भरतमुनि जानते हैं कि उनकी तपस्या किसी को शाप या प्रतिशाप देने के लिए नहीं है और उनके नटों को तो अभिशप्त होकर अपना काम करते रहना होगा ही।

भरतमुनि ही थे जिन्होंने वीभत्स को भी एक मूल रस कहा था। वीभत्स का स्थायी भाव जुगुप्सा या नफ़रत है। नाट्य में तो जुगुप्सा भी रस को निष्पन्न कर सकती है। पर, जहाँ जुगुप्सा की प्रधानता होगी, वहाँ रंगमंच अलग तरह का होगा। वह विरोध और चुनौती का रंगमंच हो सकता है, वह ऐसा रंगमंच हो सकता है, जो विकार के प्रति चिढ़ जगाकर उससे उबरने के लिए दिशा खोले। भरतमुनि यह समझ रहे थे कि उनके शिष्यों ने नाटक की प्रचलित लीक से हटकर जो प्रयोग किए हैं, उनसे यह दिशा खुल रही है।

कुल मिलाकर भरतमुनि की नाट्यदृष्टि और नाट्यसृष्टि में जीवन की समग्रता के साथ मूल्यबोध अनिवार्यतः संपृक्त है। वे इस मूल्यबोध के साथ रंगमंच का एक समग्र सौंदर्यशास्त्र रचते हैं, यही नाट्यशास्त्र है।

हिन्दी रंगचिन्तन की शुरुआत

देवेन्द्र राज अंकुर

भारतेन्दु हरिश्चंद्र ने यदि मौलिक नाटक, मौलिक अधूरे नाटक, अनुवादित नाटक, अनुवादित अधूरे नाटक, संशोधित नाटक, संवाद, छायाचित्र और विविध लेखन के रूप में 1868 ई. से 1885 ई. के बीच लगभग पच्चीस-तीस नाट्य-रचनाएँ आधुनिक हिन्दी रंगमंच को आधारशिला के रूप में प्रस्तुत की हैं तो उसी के साथ नाट्यकला के सिद्धान्त-विवेचन को लेकर *नाटक अथवा दृश्य-काव्य* शीर्षक से 1883 ई. में लगभग पचास पृष्ठों का एक लम्बा निबन्ध भी लिखा। यह निबन्ध उनके पूरे रचनाकर्म का निचोड़ तो है ही, इसके साथ ही भारतेन्दु से पहले के समस्त भारतीय रंगचिन्तन का भी, आधुनिक हिन्दी रंगमंच की दृष्टि से, पहला गम्भीर आकलन है। यों ऐतिहासिक दृष्टि से भारतेन्दु से पहले बदरीनारायण 'प्रेमघन' का भी *नाटक* शीर्षक से एक छोटा-सा निबन्ध प्रकाशित हो चुका था। लेकिन भारतेन्दु को अपने निबन्ध के लिए मुख्य रूप से *दशरूपक, भारतीय नाट्यशास्त्र, साहित्य दर्पण, काव्य प्रकाश, विल्संस हिंदू थिएटर्स, लाइफ़ ऑफ़ दि एमिनेंट परसंस, ड्रामेटिस्ट्स ऐंड नावेलिस्ट्स, हिस्ट्री ऑफ़ दि इटालिक थिएटर्स* और *आर्य दर्शन* से प्रेरणा मिली जिसका उल्लेख उन्होंने इसकी भूमिका में किया है।

भरत के *नाट्यशास्त्र* का रचनाकाल ई.पू. चौथी शताब्दी से चौथी ईसवी के बीच माना जाता रहा है। यदि हम ईसा की चौथी शताब्दी को भी उसके रचनाकाल की अन्तिम सीमा मान लें तो इसके आगे के पन्द्रह सौ वर्षों में *नाट्यशास्त्र* को आधार बनाकर *अभिनवभारती, दशरूपक, अभिनयदर्पण, साहित्यदर्पण, ध्वन्यालोक* इत्यादि जितने भी शास्त्रीय ग्रंथों की रचना हुई, वे सब मूलतः संस्कृत भाषा के थे। इस बीच संस्कृत से इतर किसी भी लोक, क्षेत्रीय बोली अथवा भाषा में नाटक और रंगमंच विषयक ग्रंथ-रचना की कोई प्रामाणिक जानकारी उपलब्ध नहीं है। इसलिए यह तथ्य काफ़ी महत्त्वपूर्ण हो जाता है कि पहली बार सन् 1883 ई. में भारतेन्दु ने *नाटक अथवा दृश्यकाव्य* शीर्षक से संस्कृत से अलग

हिन्दी भाषा में इतना लम्बा निबन्ध लिखा और उसे स्वतन्त्र रूप से पुस्तकाकार प्रकाशित कराया। इतिहासकारों ने प्रायः इस निबन्ध की चर्चा करके हाशिए पर ही छोड़ दिया और अधिकतर भारतेन्दु के रचनाकारवाले व्यक्तित्व पर ही केन्द्रित रहे। एक दृष्टि से देखा जाए तो यह निबन्ध उनके समस्त रचनात्मक लेखन के बाद लिखी गई सैद्धान्तिक कृति है, अर्थात् कम-से-कम पन्द्रह-बीस वर्ष तक लगातार नाटकों को लिखने, उनमें अभिनय करने, उनका निर्देशन करने, पूरे देश के अलग-अलग भागों में होनेवाली नाट्य गतिविधियों को साक्षात् देखने, भारतीय और विदेशी नाटकों का अनुवाद करने के विशद अनुभव के पश्चात् इस निबन्ध का प्रणयन हुआ है।

यहीं पर थोड़ा रुककर एक और तथ्य का भी उल्लेख कर लिया जाए और वह यह कि भरत के बाद भारतेन्दु ही पहले ऐसे व्यक्ति के रूप में सामने आते हैं जो स्वयं ही सिद्धान्तकार भी हों, रचनाकार भी हों और प्रयोक्ता भी हों। यहाँ तक कि पश्चिम में भी इस तरह के त्रिआयामी व्यक्तित्ववाला व्यक्ति बहुत वर्षों के बाद ब्रेष्ट के रूप में पैदा हुआ। स्तानिस्लाव्स्की भी मात्र प्रयोक्ता और सिद्धान्तकार थे। भारतेन्दु का महत्त्व एक अर्थ में भरत से भी ज़्यादा आँका जा सकता है और वह इस तरह से कि स्वयं भरत ने किसी नाटक की रचना नहीं की; दूसरे, अपने समय में अपने नाटकों का प्रयोग भी किस प्रकार किया होगा इस विषय में भी भरत का *नाट्यशास्त्र* कोई संकेत नहीं देता। इसके विपरीत भारतेन्दु न केवल एक शास्त्र की रचना करते हैं वरन् उस शास्त्र में विवेचित सिद्धान्तों के आधार पर नाटकों के प्रयोग कैसे किए जाएँ, इसकी भी बार-बार चर्चा करते हैं। तीसरी और सम्भवतः सबसे महत्त्वपूर्ण बात यह कही जा सकती है कि आज के भारतीय रंगमंच में प्राचीन और आधुनिक, पूर्वी और पश्चिमी नाट्य-परम्पराओं और रंगशैलियों के आपसी मेलजोल से जिस नए, ताजे भारतीय रंगमंच की खोज का काम पूरे ज़ोर-शोर से किया जा रहा है, उसकी ठोस ज़मीन भारतेन्दु अपने निबन्ध के माध्यम से आज से 118 वर्ष पूर्व ही तैयार कर देते हैं।

इसमें कोई सन्देह नहीं कि इससे पूर्व पश्चिम में चौथी शताब्दी ईसवी पूर्व में अरस्तू का *काव्यशास्त्र* लिखा जा चुका था। सोलहवीं शताब्दी में यूरोप में आए पुनर्जागरण काल के फलस्वरूप रोमन वास्तुकार वित्रुवियस की पुस्तक *द आर्किटेक्चरा* का पुनराविष्कार हो चुका था, कालिदास के नाटक *अभिज्ञानशाकुन्तल* का जर्मन भाषा में अनुवाद किया जा चुका था और जर्मन नाटककार एवं सिद्धान्तकार फेदेतेव द्वारा नाटक की संरचना और शिल्प को लेकर पर्याप्त विचार-विमर्श किया जा चुका था। इब्सन जैसे नाटककार का जन्म और उसके नाटकों का मंचन होने लगा था—और भारत में भी अंग्रेजी नाटकों के प्रभाव में पारसी नाटक और रंगमंच की एक नई शैली, लोकरंगमंच के बाद जन्म ले चुकी

थी और जिन विदेशी भाषाओं की पुस्तकों का ज़िक्र स्वयं भारतेन्दु ने किया है, वे तो उनके सामने मौजूद थीं ही। इतना सब कुछ होते हुए भी एक नया सिद्धान्त और शास्त्र रचने जैसा कार्य भारतेन्दु जैसा बहुमुखी व्यक्तित्व ही सम्पन्न कर सकता था। अतः भारतेन्दु के इस निबन्ध को 'भारतेन्दु का नाट्यशास्त्र' अथवा भारतीय रंगमंच में पहले आधुनिक नाट्यशास्त्र की संज्ञा से अभिहित किया जाना चाहिए।

भारतेन्दु ने मात्र पचास पृष्ठों की मुद्रित सामग्री में जिस संक्षिप्तता के साथ बहुविध सामग्री का विवेचन किया है, वह देखते ही बनता है। उदाहरण के लिए, नाटक अथवा दृश्यकाव्य की परिभाषा, दशरूपक, उपरूपक, पाश्चात्य एवं भारतीय नाटक, नाटकरचना, मंचविधान, अभिनय, रस सिद्धान्त और नाटकों का संक्षिप्त इतिहास, अर्थात् कोई भी विषय ऐसा नहीं है जो नाटक के सिद्धान्त और उसके प्रयोग पक्ष से अछूता रहा हो। नाटक अथवा दृश्यकाव्य की दृष्टि से काव्य के दो भेद, दृश्य और श्रव्य की अवधारणा का जन्म सबसे पहले भारतेन्दु के यहाँ मिलता है। ध्यान रहे, तब तक ध्वनि अथवा रेडियो जैसे श्रव्य माध्यम का जन्म भी नहीं हुआ था। भारतेन्दु दृश्य-श्रव्य, इन दो शब्दों की मात्र स्थापना ही नहीं करते, बल्कि अभिज्ञानशाकुन्तल के एक ही उदाहरण से दोनों भेदों को बखूबी स्पष्ट करते हैं। उदाहरणस्वरूप शाकुन्तल में भ्रमर के आने पर शकुन्तला का सुधिचितवन से कटाक्षों का फेरना आदि जो वर्णन है उसे देखने पर दृश्य काव्य के और यह वर्णन सुनने पर श्रव्य काव्य का आनन्द प्राप्त होता है। इसमें कोई सन्देह नहीं कि कालिदास के नाटक *अभिज्ञानशाकुन्तल* के एक ही प्रसंग की दो प्रस्तुति व्याख्याएँ भारतेन्दु के रंगचिन्तन की मौलिकता को स्थापित करती हैं। एक निर्देशक के तौर पर वह रंगकर्मी के सामने काव्य के दो भेद मात्र ही नहीं कर रहे हैं वरन् प्रकारान्तर से प्रस्तुति परिकल्पना के स्तर पर अपनी ओर से दो विकल्प प्रस्तुत कर रहे हैं, अर्थात् प्रस्तुतकर्ता चाहे तो किसी दृश्य को मात्र दृश्य के स्तर पर और नहीं तो मात्र श्रव्य के स्तर पर भी स्वतन्त्र रूप से प्रस्तुत कर सकता है। यह सही है कि रंगमंच को *दृश्य काव्य* की संज्ञा से अभिहित किया गया है और श्रव्य भी उसमें समाहित है लेकिन भारतेन्दु उन्हें अलग-अलग करके देखने-सुनने की सम्भावना पर भी विचार करते हैं। कौन जानता था कि जिस स्वतन्त्र विकल्प को लेकर भारतेन्दु अपने समय में विचार-विमर्श कर रहे हैं, बीसवीं शताब्दी के पहले पच्चीस-तीस वर्षों में ही सबसे पहले रेडियो और फिर फ़िल्मों में भी ध्वनि के रूप में वह इतना चर्चित हो जाएगा।

इसी तरह से नाटक को साहित्य के रूप में न लेते हुए वे उसकी अर्थग्राहिता को रंगस्थ खेल के अन्तर्गत ही विश्लेषित करते हैं। प्राचीन समय में अभिनय के सन्दर्भ में नाटक, नृत्य, नृत्त, ताण्डव और लास्य इन पाँच शब्दों की व्याख्या करने

के पश्चात् केवल नाट्य को नाटक के साथ जोड़कर देखने की दृष्टि नितान्त आधुनिक और मौलिक सोच-विचार का परिणाम है। प्रायः आज रंगमंच में गीत, संगीत और नृत्य को नाटक और रंगमंच का अनिवार्य अंग मान लिया जाता है। लेकिन यदि हम पहले भरत के 'नाट्यशास्त्र' को और उसके बाद भारतेन्दु की इन स्थापनाओं को साक्ष्य के रूप में उपस्थित करें तो यह अवधारणा स्वयं ही खंडित हो जाती है। नाट्य के अतिरिक्त बाक़ी चार भेदों को भारतेन्दु ने भी नाचनेवाले के लिए छोड़ दिया है। भारतेन्दु से पूर्व भरत ने भी नाटक में इन तत्त्वों का समावेश शिव के कहने पर ही किया था। अतः रंगमंच अपने-आप में एक पूर्ण, मौलिक और शुद्ध कला है, यह निष्कर्ष सहज ही निकाला जा सकता है। गीत, संगीत और नृत्य उसके सहायक तत्त्व भले ही हो जाएँ, वे उसके अनिवार्य तत्त्व नहीं हैं। क्या आज हमारे अपने समय में फ़िल्म को लेकर उसकी अपनी रंगमंच से अलग एक मौलिक भाषा और व्याकरण की दिशा में सोच-विचार नहीं हो रहा है?

उपर्युक्त चिन्तन निश्चय ही भारतेन्दु की दूरगामी दृष्टि का परिचायक है। आज भी यह बहस लगातार चली आ रही है कि रंगमंच एक शुद्ध माध्यम है अथवा एक मिश्रित माध्यम? यदि साहित्य, संगीत, चित्रकला, नृत्य और स्थापत्य अपने आप में शुद्ध माध्यम के रूप में स्वीकार किए जा सकते हैं तो रंगमंच क्यों नहीं? क्या मात्र इसलिए कि नाटक में गीत, संगीत, चित्रकला, नृत्य या स्थापत्य के तत्त्व मिले रहते हैं? लेकिन यही तर्क स्वयं उन माध्यमों के बारे में भी तो दिया जा सकता है कि उनमें भी तो अभिनय के अंश समाहित रहते हैं। इतना ही नहीं, इन सब कलाओं का जन्म अभिनय के बाद ही हुआ था, अतः यह बात अपने आप में प्रमाणित हो जाती है कि रंगमंच को भी एक शुद्ध और स्वतन्त्र कला माना जाना चाहिए न कि बाक़ी सारी कलाओं का संगम। इस पूरे परिप्रेक्ष्य में भारतेन्दु के विचार सचमुच में एक मौलिक चिन्तन का संकेत करते हैं।

भारतेन्दु ने नाटकों को दो श्रेणियों में विभक्त किया है—प्राचीन और नवीन। प्राचीन में भी नाट्य के रूपक और उपरूपक दो भेद किए गए हैं। यह विभाजन भरत के *'नाट्यशास्त्र'* में भी उपलब्ध है।

इसी तरह नवीन भेद के अन्तर्गत उन्होंने यूरोप के नाटकों की छाया पर लिखे जानेवाले नाटकों का उल्लेख किया है, जिनकी शुरुआत उस समय बंगाल में हो चुकी थी।

दशरूपक, उपरूपक, नया नाटक, प्राचीन नाटक, कोई भी विषय-विवेचन क्यों न हो, भारतेन्दु ने हर परिभाषा को उसके उदाहरण से भी पुष्ट किया है। और जहाँ उनके पास संस्कृत अथवा हिन्दी या किसी और भारतीय्र भाषा में कोई उदाहरण उपलब्ध नहीं है तो उन्होंने इस सूचना को भी महत्त्व दिया है। इस पूरे विवेचन में

उनके तीन निष्कर्ष बहुत ही सार्थक दिखाई देते हैं। एक तो यह कि आज न तो यह ज़रूरी है कि किसी नाटक की रचना में प्राचीन रीति का पूरी तरह से परित्याग कर दिया जाए और न ही इस बात की कोई गारंटी है कि जो कुछ आधुनिक है उसे दर्शक पूरी तरह से स्वीकार ही कर लेंगे। इससे मिलता-जुलता मत कालिदास जैसे नाटककार ने भी अपने नाटक *मालविकाग्निमित्र* में व्यक्त किया है। दूसरे, आज के नाटक में अस्वाभाविक लगने वाली सामग्री को बिलकुल भी प्रस्तुत न किया जाए और अलौकिक विषयों को आधार न बनाया जाए तो ज़्यादा अच्छा होगा। तीसरे और सम्भवतः सबसे महत्त्वपूर्ण निष्कर्ष के रूप में यह विचार कि संस्कृत नाटकों में उपलब्ध नाट्यालंकार, पंच-संधि, प्रकरी अथवा ऐसे ही अन्य तत्त्वों की हिन्दी नाटकों की रचना में कोई आवश्यकता नहीं है। भरत मुनि ने संस्कृत नाटकों की रचना के सन्दर्भ में उपर्युक्त तत्त्वों का विवेचन-विश्लेषण किया था। आज उनमें से जो तत्त्व सीधे-सीधे हमारी नाट्यरचना से जुड़ते हैं, उनका उपयोग किया जाए और जिन्हें छोड़ा जा सकता हो उन्हें निःसंकोच छोड़ देना चाहिए। इस प्रकार कुल मिलाकर नए और पुराने के प्रयोग को लेकर भारतेन्दु के समन्वयवादी और सर्वग्राही दृष्टिकोण का पता चलता है।

नाटक की संरचना और शिल्प के बाद भारतेन्दु उसके मंचन और प्रस्तुति से सम्बन्धित तत्त्वों पर नई दृष्टि से चिन्तन करते हैं। यद्यपि उन्होंने बार-बार अपने विश्लेषण में चित्रपट द्वारा नदी, पर्वत, वन या उपवन दिखलाने का प्रावधान किया है, लेकिन लगता है कि यह चित्रपट अथवा अन्तःपटी भरत द्वारा उल्लिखित रंगपटी नहीं है, वह भारतेन्दु के अपने समय में प्रचलित पारसी रंगमंच के पर्दों की याद दिलाती है। यद्यपि वह स्वयं स्वीकार करते हैं कि स्वयं भरत ने भी चित्रपट द्वारा दृश्य और परिवेश दिखाने का कोई संकेत नहीं दिया है, फिर भी उनकी दुविधा यह है कि यह कैसे सम्भव हो सकता था कि एक ही रंगस्थल में एक ही समय में अयोध्या का राजप्रासाद और वाल्मीकि का आश्रम एक साथ दिखाए जा सकते हैं। सम्भवतः भारतेन्दु भरत की कक्षा-विभाग पद्धति से बहुत गहरे में परिचित नहीं थे, अन्यथा वे ऐसी जिज्ञासा न करते। भारतेन्दु मंच पर एक ही समय में अलग-अलग अभिनय क्षेत्रों की सम्भावना की उपस्थिति से तो परिचित जान पड़ते हैं लेकिन उस सम्भावना का जो हल वे चित्रपट द्वारा प्रस्तुत करते हैं, उसे आंशिक रूप में ही स्वीकार किया जा सकता है। हाँ, यवनिका अथवा बाह्य पटी के रूप में जिस ड्रॉप सीन नामक पर्दे का उल्लेख भारतेन्दु कर रहे हैं वह आज के प्रोसीनियम अथवा रंगद्वारी मंच पर प्रस्तुत किया जाने वाला सामने का पर्दा है। स्वयं भारतेन्दु के समय में पारसी नाटक मंडलियाँ इसका खुलकर इस्तेमाल कर रही थीं। नाटक के नेपथ्य से जुड़े एक और बहुत ही आवश्यक तत्त्व की आवश्यकता पर भारतेन्दु ने सबसे ज़्यादा बल दिया है और वह है एक रसज्ञ वेशविधायक। भारतेन्दु के समय में मंच

सज्जा और आलोकसज्जा को लेकर भले ही बहुत गम्भीर सोच-विचार शुरू न हुआ हो, लेकिन यह बात निश्चित जान पड़ती है कि रूपसज्जा और वेशभूषा की दृष्टि से काफ़ी सोच-विचार और व्यवहार की प्रक्रिया आरम्भ हो चुकी थी। भारतेन्दु के अपने नाटक *सत्य हरिश्चन्द्र* में 'दरिद्र वेश में हरिश्चन्द्र का प्रवेश' जैसे रंगसंकेत इस बात के प्रमाण जान पड़ते हैं।

नाट्यशास्त्र पर आधारित मंच प्रस्तुति से जुड़े लगभग सभी तत्त्वों यथा—प्रस्तावना, वृत्ति, उक्षेप, कथावस्तु, अभिनय, पात्र आदि का भी भारतेन्दु ने विस्तृत विवेचन किया है। यहाँ वह इन सभी तत्त्वों की परिभाषा में लगभग *नाट्यशास्त्र* का ही अनुसरण करते दिखाई पड़ते हैं। अतः यहाँ उन्हें अलग से दोहराने की ज़रूरत नहीं है। लेकिन जिस प्रकार भारतेन्दु नाटक के मंचन को लेकर गहन चिन्तन-मनन करते हैं, उससे भी कहीं ज़्यादा वह उसकी रचना को लेकर भी सजग दिखाई पड़ते हैं। इस दिशा में उनके कुछ निष्कर्ष तो निहायत ही उपयोगी और समकालीन जान पड़ते हैं। कुछ उदाहरण यहाँ उद्धृत करना अप्रासंगिक नहीं होगा :

1. नाटक आख्यायिका की भाँति श्रव्यकाव्य नहीं है।
2. पात्र की बात सुनकर उसके स्वभाव का परिचय ही नाटक का प्रधान अंग है।
3. थोड़ी-सी बात में अधिक भाव की अवतारणा ही नाटक जीवन का महौषध है।

इसीलिए उनका यह निष्कर्ष बिलकुल सही जान पड़ता है कि यदि किसी को नाटक लिखने की वासना हो तो नाटक किसको कहते हैं इसका तात्पर्य हृदयंगम करके नाटक रचयिता को सूक्ष्म रूप से ओतप्रोत भाव में मनुष्य प्रकृति की आलोचना करनी चाहिए। यहाँ तक कि नाटकरचना में शैथिल्य दोष कभी न होना चाहिए। वह अपने मन्तव्य को एक उदाहरण द्वारा भी स्पष्ट करते हैं—शकुन्तला के पतिगृह जाने के अवसर पर कण्व ऋषि की चिर-परिचित प्रतिक्रिया—'हाय! हम वनवासी तपस्वी हैं, सो जब हमारे हृदय में ऐसा वैकल्य होता है तो कन्या के वियोग के अभिनव दुख में बिचारे गृहस्थों की क्या दशा होती होगी।' इसके विषय में भारतेन्दु हरिश्चन्द्र की टिप्पणी पर विचार किया जाए—'सहृदय पाठक! आप विवेचना करके देखिए कि इस स्थान में कविश्रेष्ठ कालिदास कुलपति कण्व ऋषि का रूप धारण करके ठीक उनका मानसिक भाव व्यक्त कर सके हैं कि नहीं?'

इसके बदले कालिदास यदि कण्व ऋषि का छाती पीटकर रोना वर्णन करते तो उनके ऋषि-जनोचित धैर्य की क्या दुर्दशा होती अथवा कण्व का शकुन्तला के जाने पर शोक ही न वर्णन करते तो कण्व का स्वभाव मनुष्य स्वभाव से कितना दूर जा

पड़ता है। संक्षेप में, अभिनय एवं भावाभिव्यक्ति के सन्दर्भ में जिस बात पर भारतेन्दु बार-बार आग्रह कर रहे हैं, वह है स्वाभाविकता और विश्वसनीयता। आज तक अभिनय को लेकर जितना भी अध्ययन और विश्लेषण हुआ है, उसका निष्कर्ष यही है कि हम अभिनय को जिस रूप में भी परिभाषित करें, उसकी आधारभूमि सदैव स्वाभाविकता और विश्वसनीयता पर ही अवस्थित रहेगी। आप चाहे यथार्थवादी, नाट्यधर्मी या प्रयोगवादी प्रस्तुति शैली को अपनाएँ, अन्ततः आपको अपने से इन प्रश्नों का सामना करना अनिवार्य है—एक, आपका अभिनय स्वयं अपने लिए कितना विश्वसनीय है और दूसरे, वह देखने वाले के लिए भी उतना ही विश्वसनीय है या नहीं। इस सन्दर्भ में भारतेन्दु द्वारा नाटकों की रचना और मंचन से जुड़ी दो-तीन स्थापनाएँ अनायास ही ध्यान आकृष्ट कर लेती हैं। यथा, वेश और वाणी दोनों ही पात्र की योग्यतानुसार होनी चाहिए। नाटक में विदूषक की अनिवार्यता का कोई अर्थ नहीं है, विशेष रूप से वीर या करुण रस के नाटकों में। अभिनय करते हुए कोई अभिनेता दर्शकों से कैसे सम्बन्ध स्थापित करे, इसको लेकर भी भारतेन्दु की दृष्टि बहुत सजग जान पड़ती है। जब वह स्पष्ट करते हैं कि यद्यपि परस्पर वार्ता करने में पात्रों को दर्शकों की ओर देखकर बोलना पड़ेगा लेकिन अभिनेता का कौशल इस बात में है कि पात्र दर्शकों की ओर देखे ज़रूर, किन्तु यह एहसास कभी न होने दें कि वह दर्शकों से बात कर रहा है। प्राचीन रंगमंच में पात्रों द्वारा दर्शकों को अपनी पीठ न दिखलाने का एक साधारण-सा नियम प्रचलित था। लेकिन भारतेन्दु ने इस नियम के शतशः पालन का विरोध किया है। उनका मानना है कि यदि किसी दृश्य में पात्र को सचमुच में दर्शकों की ओर पीठ करके खड़ा होना है और वह ऐसा न करे तो इससे ज़्यादा हास्यास्पद स्थिति और कोई नहीं हो सकती।

इसी सन्दर्भ में पात्रों के परस्पर कथोपकथन के विषय में भारतेन्दु के विचार दृष्टव्य हैं, अर्थात् पात्रगण आपस में जो वार्ता करें उनको कवि (रचयिता) निरे काव्य की भाँति न ग्रथित करे। यथा, नायिका से नायक साधारण काव्य की भाँति 'तुम्हारे नेत्र कमल हैं, कुच कलश हैं', इत्यादि न कहे। परस्पर वार्ता में हृदय के भावबोधक वाक्य ही कहने योग्य हैं। किसी मनुष्य अथवा स्थानादि के वर्णन में लम्बी-चौड़ी काव्यरचना नाटक के लिए उपयोगी नहीं होती। इन सारी बातों से बार-बार भारतेन्दु की उस सहज और स्वाभाविक दृष्टि का पता चलता है जो नाटक की रचना और उसके प्रदर्शन में कभी भी अतिरंजित होकर अभिव्यक्त न होने पाए। क्या इसे मात्र संयोग मानकर छोड़ दिया जाए कि अभिनय को लेकर जिस आन्तरिक सत्य की तलाश पर बाद में स्तानिस्लाव्स्की, ब्रेष्ट और ग्रोतोव्स्की जैसे रंगचिन्तकों और प्रयोक्ताओं ने बार-बार ज़ोर दिया है, वह भारतेन्दु के यहाँ न जाने कब से उपस्थित है और किसी विद्वान रंगअध्येता का इस ओर ध्यान नहीं गया। इतना ही नहीं, यह

विचार इसलिए भी अवश्य रेखांकित किए जाने चाहिए क्योंकि जिस समय भारतेन्दु इन्हें व्यक्त कर रहे हैं, उस समय मात्र शैलीबद्ध अभिनय का ही प्राधान्य था—चाहे वह पूर्व का रंगमंच हो अथवा पश्चिम का रंगमंच। यों पश्चिम में अलेक्जेंडर ड्यूमा जैसे उपन्यासकार और इब्सन जैसे नाटककारों द्वारा प्रकृतवाद, स्वाभाविकतावाद और अन्ततः यथार्थवाद की चर्चा और रचनाकर्म आरम्भ हो चुका था लेकिन भारतेन्दु उससे बहुत ज़्यादा परिचित होंगे, इसके विषय में निश्चित रूप से कुछ नहीं कहा जा सकता।

नाटक की रचना को लेकर भारतेन्दु की यह धारणा भी अत्यन्त महत्त्वपूर्ण है कि नाटक की कथा की रचना ऐसी विचित्र और पूर्वापरबद्ध होनी चाहिए कि जब तक अन्तिम अंक न पढ़ा जाए, यह बोध कदापि न हो कि नाटक समाप्त कैसे होगा। यह नहीं कि 'सीधा एक को बेटा हुआ, उसने यह किया वह किया।' प्रारम्भ में ही कहानी का मध्यबोध हो। आज नाटक के कथानक को लेकर जिस उत्सुकता, तनाव, संघर्ष और विकास की बात की जाती है, भारतेंदु ने उसी से मिलते-जुलते विचार सहज रूप में ही प्रस्तुत कर दिए हैं। यूँ आज ऐसे मंचसंकेत बहुत ही साधारण जान पड़ते हैं जैसे कि 'शोक, हर्ष, हास, क्रोध आदि के समय में पात्रों का स्वर भी घटाना-बढ़ाना उचित है। जैसे स्वाभाविक स्वर बदलते हैं वैसे ही कृत्रिम भी बदलें। आप-ही-आप ऐसे स्वर में कहना चाहिए कि बोध हो कि धीरे-धीरे कहता है, किन्तु तब भी इतना उच्च हो कि श्रोतागण निष्कंटक सुन लें।' लेकिन फिर भी इनसे यह जानकारी तो अवश्य मिलती है कि भारतेन्दु मात्र नाटक की रचना को लेकर ही नहीं उसके प्रयोग से जुड़े हर पक्ष को लेकर भी कितने जागरूक रहते थे। अपने इस निबन्ध के अन्तिम अध्याय के रूप में भारतेन्दु ने नाटक के जन्म से लेकर अपने समय तक के नाटकों का पूरा इतिहास और उनकी एक विस्तृत तालिका प्रस्तुत की है। उन्होंने ऐतिहासिक और साहित्यिक प्रमाणों के द्वारा इस तथ्य की पुष्टि की है कि सबसे पहले नाट्यकला का जन्म भारत में ही हुआ था। इसी के साथ उनकी दी हुई तालिका से एक तथ्य और उजागर होता है कि हमारे यहाँ संस्कृत नाट्यपरम्परा के बाद मध्यकाल में नाटकों को लिखे जाने की परम्परा समाप्त हो गई, यह स्थापना बिलकुल निर्मूल है। वास्तव में इस तरह के निष्कर्ष पश्चिमी रंगमंच की देन हैं क्योंकि उनके यहाँ रोमन नाट्य परम्परा के बाद लगभग चौदहवीं-पन्द्रहवीं शताब्दी तक कोई लिखित नाटक नहीं मिलता। अतः उन्होंने मान किया कि शायद दूसरे देशों के रंग इतिहास में भी ऐसा ही कुछ हुआ होगा। नाटकों की दी गई सूची में कहीं भी भास जैसे नाटककार का उल्लेख नहीं मिलता। यह बात काफ़ी रोचक और स्वयंसिद्ध है कि तब तक भास के तेरह नाटकों की खोज ही नहीं हुई थी। फिर भी यदि भारतेन्दु कालिदास के *मालविकाग्निमित्र* से परिचित हैं तब वह भास के नाम से कैसे अपरिचित रह गए, इस पर ज़रूर आश्चर्य होता है।

बहरहाल, इससे भी ज़्यादा गहरा और मार्मिक विवेचन इस इतिहास का वह हिस्सा है, जहाँ भारतेन्दु संस्कृत नाटकों के हिन्दी भाषा में किए गए भ्रष्ट अनुवादों की जमकर ख़बर लेते हैं।

शास्त्र के आधार पर नए शास्त्र की रचना करना एक बात है और उस नए शास्त्र की पुष्टि के लिए नाट्यरचना करना इससे भी बड़ी बात है अर्थात् भारतेन्दु ने मात्र नए नाट्यशास्त्र की रचना ही नहीं की वरन् अपने नाटकों की रचना के माध्यम से उन्होंने उसके व्यावहारिक पक्ष को भी स्थापित किया। *दशरूपक* की शायद ही ऐसी कोई विधा बची हो जिसके उदाहरण के रूप में भारतेन्दु ने स्वयं नाट्यरचना न की हो। नाटक, प्रकरण, प्रहसन, भाण, नाटिका और यहाँ तक कि उपरूपकों में परिगणित सट्टक जैसे भेद का भी *कर्पूर मंजरी* जैसी रचना के माध्यम से उदाहरण प्रस्तुत किया। इतना ही नहीं, शास्त्रीय विवेचन से अलग नई नाट्य विधा, नई-नई नाट्यशैली और नए-नए शिल्प खोजने में भी भारतेन्दु की कोई तुलना नहीं। यदि उस समय फ़ोटोग्राफ़ी जैसे माध्यम का आविष्कार हो चुका था, तो भारतेन्दु ने भी छायाचित्र शीर्षक के अन्तर्गत इससे मिलते-जुलते एक नए साहित्यिक एवं रंगमंचीय मुहावरे की तलाश की। आज हम रंगमंच में जिस प्रकार से दूसरी कलाओं और विधाओं के हस्तक्षेप की बात कर रहे हैं, भारतेन्दु ने छायाचित्र, श्रव्य-चित्रण जैसे उदाहरणों से बहुत पहले ही यह सब कुछ प्रस्तुत कर दिया था।

नाटक अथवा रंगमंच के लिए कौन-सी फार्म, कौन-सा शिल्प, कौन-सी संरचना और कौन-से मुहावरे की तलाश की जाए, यह सवाल आज के रंगकर्मी के सामने सबसे ज़्यादा ज्वलंत सवाल है। क्या हम पूरी तरह से अपने शास्त्रीय नाट्य और रंगशैलियों की तरफ़ लौट जाएँ अथवा लोकशैलियों से प्रेरित होकर अपने रंगकर्म को पुष्ट करें? क्या हम अपने समकालीन रंगमंचीय मुहावरे की खोज पश्चिम में प्रचलित विभिन्न शैलियों के भीतर से करें? यह सारे सवाल ठीक इसी रूप में भारतेन्दु के सामने भी उपस्थित थे और उन्होंने इन सबके बीच रहते हुए भी एक अपना सहज-सा रास्ता खोज लिया था। जब उन्होंने अपने रंगकर्म की शुरुआत की उस समय उनके सामने पश्चिम का यथार्थवादी और रोमांटिक रंगमंच था। अपने यहाँ का लोक और पारसी रंगमंच था और कहीं कुछ शास्त्रीय शैलियाँ भी विद्यमान थीं और इन सबके साथ तत्कालीन बंगाल में उपलब्ध *जात्रा* जैसी संगीतमय शैली और भावनाओं से ओतप्रोत अतिरंजित अभिनय शैली भी मौजूद थी जो बाद में द्विजेंद्रलाल राय के नाटकों में दिखाई देती है—इतना सब कुछ अपने सामने होने के बावजूद भारतेन्दु ने किसी भी एक शैली को पूरी तरह से आत्मसात नहीं किया वरन् सभी से थोड़ा-थोड़ा अंश लेकर अपनी एक निजी रंगशैली विकसित की जिसे भारतीय रंगमंच की खोज का पहला पड़ाव कहा जा सकता है। कहना होगा कि

रंगमंच में जिस प्रयोगशीलता का ज़िक्र आज हम बार-बार करते हैं, उसकी पहली नींव भारतेन्दु ने ही रखी थी। इतना ही नहीं, भारतीय और विश्व रंगमंच में जिस सिंथेसिस की बात हो रही है, उसका पूर्वानुमान भारतेन्दु के रंगकर्म में साफ़-साफ़ दिखाई पड़ता है।

अब हम भारतेन्दु की इस रंगशैली और मुहावरे पर विस्तृत चर्चा कर सकते हैं। उसकी पहली और सबसे बड़ी विशेषता तो यही है कि वह मात्र एक साहित्यिक शैली या मुहावरा नहीं है, वरन् पूरी तरह से रंगमंचीयता से सम्बद्ध है। नाटक के आरम्भ में ही एक गीत या प्रार्थना या मंगलाचरण का इस्तेमाल। भले ही यह युक्ति कोई नई नहीं थी और रंगमंच के आरम्भ से ही चली आ रही थी, लेकिन फिर भी उसके इस्तेमाल से कैसे एकदम से दर्शकों को काबू में किया जा सकता था, यह भारतेन्दु ने बहुत अच्छी तरह से जान-समझ लिया था। इसकी प्रेरणा उन्हें संस्कृत नाटकों से मिली हो, लोक नाटकों से मिली हो अथवा पारसी नाटकों से मिली हो, अहम् बात यह है कि उन्होंने इन सभी परम्पराओं को मिलाकर अपने नाटकों का जो मुहावरा तैयार किया वह कई तरह से अपनी ओर ध्यान आकृष्ट करता है। एक तो यही कि उसमें शास्त्रीय रंगमंच जैसी दुरूहता और क्लिष्टता बिलकुल भी नहीं है, न ही पारसी रंगमंच जैसा फूहड़पन है और न ही लोक रंगमंच जैसा खुलापन है। सही मायनों में कहा जाए तो उनकी शैली एक सहजता और स्वाभाविकता लिये हुए है। यह अकारण नहीं है कि परवर्ती नाटककार जयशंकर प्रसाद ने भारतीय रंगमंच में यथार्थवाद को लाने का श्रेय भारतेन्दु हरिश्चन्द्र को दिया है। यहाँ प्रसाद का मक़सद पश्चिम के उस यथार्थवाद से हरगिज नहीं है जहाँ हम जीवन को हू-ब-हू प्रस्तुत करने पर बल देते हैं; इसकी बजाय भारतेन्दु के सन्दर्भ में प्रसाद द्वारा उल्लिखित यथार्थवाद उस लोकधर्मी परम्परा के निकट पड़ता है, जिसमें नाटक की कहानी का ताल्लुक़ कहीं भी करिश्मों, अद्‌भुत कारनामों से नहीं होता और वह पूरी स्वाभाविकता लिये रहती है।

इस प्रकार यह पूरा निबन्ध भारतेन्दु के चिन्तक पक्ष का एक ऐसा चित्र प्रस्तुत करता है जिसे आज के रंगकर्मी के लिए जानना बहुत ही आवश्यक है। जितनी एक नाटककार को इससे नाटक लिखने की दिशा में सहायता मिलती है उससे कहीं ज़्यादा अभिनेता को नाटक की प्रस्तुति से सम्बद्ध जानकारी प्राप्त होती है और वह भी एक ऐसी सहज, सरल और व्यावहारिक भाषा में जो सीधे-सीधे सम्प्रेषित हो सके। क्या इस सम्पूर्ण विश्लेषण से ऐसा स्वयं में प्रमाणित नहीं हो जाता कि भारतेन्दु ने सदैव रंगकर्म में स्वाभाविकता और विश्वसनीयता पर बल दिया है, चाहे वह नाट्यरचना हो अथवा नाट्यमंचन? यही कारण है कि भारतेन्दु के इस निबन्ध *नाटक अथवा दृश्य-काव्य* को आधुनिक भारतीय रंगमंच का पहला नाट्यशास्त्र कहा जाए तो अत्युक्ति न होगी।

अन्ततः भारतेन्दु के इस समस्त रंगचिन्तन के निष्कर्ष के रूप में हम यही कह सकते हैं कि जिस दौर में उन्होंने यह निबन्ध लिखा, प्रस्तुति और अभिनय शैली के स्तर पर पारसी नाटक और रंगमंच का ही बोलबाला था। ऐसे में सहज अभिनय की बात करना और यह कहना कि और दूसरे शास्त्रीय रंग सिद्धान्तों का आँख मूँदकर अनुकरण न किया जाए, वरन् अपना एक नया रास्ता तलाश किया जाए, सचमुच में क्रान्तिकारी था। इस दृष्टि से भारतेन्दु आधुनिक हिन्दी रंगमंच के पहले प्रयोगशील निर्देशक कहे जा सकते हैं।

नाटककार की भूमिका

महेश आनन्द

बीसवीं शताब्दी के प्रारम्भिक दशकों में जयशंकर प्रसाद के नाटकों से हिन्दी नाटकलेखन के एक नए अध्याय की शुरुआत होती है और उनके निबन्धों से एक नई रंगदृष्टि से परिचय मिलता है। नाटकलेखन में उन्होंने ऐतिहासिक शोध के भीतर से जीवंत मानव की संघर्ष-यात्रा के अनेक पड़ावों का अंकन किया है। और अपने निबन्धों में उन्होंने हिन्दी रंगमंच की जातीय पहचान को पाने के लिए प्रेरित किया--ऐसा रंगमंच, जो भारतीय सन्दर्भों में शास्त्रीय, पारम्परिक और पश्चिमी नाट्यों के व्यवहार और तत्त्वों के मेल से भारतीय नाट्यधर्मी शैली के एक नए मुहावरे को रेखांकित करे। इस प्रक्रिया में पारसी थिएटर और शेक्सपीयर के अनेक रंगतत्व मिलते हैं, परन्तु संस्कृत नाटकों और पारम्परिक नाट्यों तथा इनके तत्त्वों में जो समानता है उससे ये तत्त्व आरोपित नहीं हैं, वरन् इस नई रंगशैली को प्रदर्शनात्मक (थिएट्रिकल) आकर्षण के साथ गढ़ते हैं।

प्रसाद ने संस्कृत रंगमंच, पारसी थिएटर, हिन्दी रंगमंच, यथार्थवादी नाटक और सिनेमा को जिस तथ्यात्मकता के साथ विश्लेषित किया, उसमें उन्होंने इनके अंधानुकरण से होनेवाले खतरों को पहचानते हुए एक ही प्रश्न का सामना किया कि नाटक और रंगमंच की क्या पहचान होनी चाहिए। अपने समय के रंगपरिवेश से हटकर उन्होंने जो सोचा और नाटकों की रचना करते हुए जिस रंगानुभव से वे गुज़रे, वह उनके निबन्धों में ढलकर आया है। यह सही है कि वे स्तानिस्लाव्स्की की तरह नाट्य-प्रयोक्ता नहीं थे और तत्कालीन रंगपरिवेश भी पारसी रंगमंच की अतिरंजना में कुछ इस कदर जकड़ा हुआ था कि इस नई कल्पनाशील रंगशैली का व्यावहारिक परीक्षण सम्भव भी नहीं था। ऐसा केवल प्रसाद के साथ नहीं, रवींद्रनाथ ठाकुर के नाटकों के साथ भी हुआ। यह छठे दशक में ही सम्भव हुआ कि उनके नाटकों की एक अलग पहचान बनी, जब शंभु मित्र ने उनका मंचन किया। प्रसाद की बहुधरातलीय ग़ैर-यथार्थवादी शैली के कलात्मक रूप को भी 1984 में ब.व. कारंत ने *स्कन्दगुप्त* के मंचन के साथ ही उद्‌घाटित किया।

प्रसाद ने देखा कि जिस पारसी रंगमंच पर नाटक खेले जा रहे हैं उसमें अच्छे नाटकों की कोई जगह नहीं, सब कुछ पारसी कंपनियों के बाज़ार के हवाले हो चुका है। इस परिवेश में हस्तक्षेप करते हुए उन्होंने कुछ सार्थक सवाल उठाए और नए रंगमंच के रूप-रंग को चिह्नित करने का प्रयास किया। ऐसा करना उनके लिए महज रणनीति नहीं, एक नाटककार की अपना रंगमंच पाने की आकांक्षा थी। जीवन के बहुस्तरीय आयामों की प्रस्तुति के लिए पारसी थिएटर और यथार्थवादी रंगमंच (इब्सेनिज़्म) के स्थूल प्रयोगों में उन्होंने जो संकीर्णता पाई और उन्हें जो सरलीकरण नज़र आए उनसे नाटकों को मुक्त करने के कुछ सूत्र उनके निबन्धों में देखे जा सकते हैं।

उनके कई सवालों से असहमत हुआ जा सकता है या फिर उनके निष्कर्षों अथवा स्वयं उनके नाटकों के अन्त पर प्रश्नचिह्न लगाया जा सकता है। इसके बावजूद उन्होंने जिस ठोस धरातल पर विवेचन-विश्लेषण किया उससे असहमति भी सार्थक बनकर सोच-विचार के लिए विवश करती है।

नए रंगमंच की तलाश के सन्दर्भ में यह नहीं भूलना चाहिए कि मानव समाज में सांस्कृतिक निरन्तरता रहती है। इसमें अतीत संरक्षित रहता है और उससे मुक्ति भी होती है। यही द्वन्द्वात्मक प्रक्रिया विकास का दर्शन है। किसी भी रचना की अन्तर्वस्तु और रूप का परिवर्तन विकासशील समाज की उपज होता है। जब समय नई अन्तर्वस्तुओं की ओर प्रेरित करता है तो वह नए रूपों की तलाश की ओर भी उत्साहित करता है। प्रसाद की तलाश का यही महत्त्वपूर्ण बिन्दु *रंगमंच* शीर्षक निबन्ध के अतिरिक्त *काव्य और कला तथा अन्य निबन्ध* में संकलित कई निबन्धों में विस्तार पाता है।

उन्होंने अपने निबन्धों में उन सब बातों का भी विवेचन किया, जिन्हें वे अपने नाटकलेखन में पूरा नहीं कर सके, तो वहाँ अपने विरोध में भी स्वयं खड़े हो गए। यहीं वे रंगचिन्तन के महत्त्वपूर्ण सूत्र उभारते हैं। यह उनकी सुनिश्चित चिन्तनपरक दृष्टि थी, जिसने नाटककारों, रंगकर्मियों और अध्येताओं को विचारोत्तेजक बहस के लिए आमन्त्रित किया।

उनके पहले निबन्ध—*हिन्दी में नाटक का स्थान* के अतिरिक्त अन्य तीनों निबन्ध—*नाटक का आरम्भ, नाटकों में रस का प्रयोग और रंगमंच* उनके नाटकलेखन के बाद ही लिखे गए। इनमें रंगमंच को लेकर ज़रूरी अवधारणाएँ स्पष्ट हुई हैं।

उन्हें पश्चिमी दुनिया की उन सभी विचारधाराओं की जानकारी थी, जो पहले विश्वयुद्ध से लेकर दूसरे विश्वयुद्ध तक रचनाकारों के चिन्तन को प्रभावित कर रही थी। अपने नाटकों में उन्होंने इसी परिप्रेक्ष्य में पूँजीवादी ह्रासशील सभ्यता के भीतर व्यक्ति के भीतरी विकेन्द्रीकरण का प्रश्न उठाया तथा औपनिवेशिक दबावों से संस्कृति और राजनीति में आ रही विकृतियों का अंकन किया। यहाँ महत्त्वपूर्ण बात यह है

कि प्रसाद ने औपनिवेशिक राजसत्ता और मानसिकता के विरुद्ध जिस संघर्ष का अंकन किया है उसमें जातीय स्मृतियों की अन्तर्ध्वनियों ने मुख्य भूमिका निभाई है। यहीं पश्चिमी दुनिया की सांस्कृतिक और मानसिक गुलामी से स्वतन्त्र होने की प्रक्रिया दिखाई देती है। इसी प्रयास में उन्होंने निश्चित किया कि नाटक सभ्यता को विकसित करनेवाला और समाज का मंगल करनेवाला ही हो सकता है। भारतीय सन्दर्भों में व्यंजित प्रसाद के यथार्थवाद की दृश्य-परिकल्पना पश्चिमी मॉडल से अलग भारतीय और ग़ैर-यथार्थवादी रंगशैली में अपना आकार पाती है। इसी रूप में प्रसाद की रंगदृष्टि के वास्तविक रूप से साक्षात्कार किया जा सकता है। इस विस्तृत संवाद की अनिवार्यता इसलिए है क्योंकि हिन्दी में प्रसाद ही सबसे अधिक विवादास्पद नाटककार रहे हैं। उनके नाटकों पर कठोर प्रहार ही नहीं किए गए, उन्हें हाशिए पर धकेल कर उनके ग़लत पाठों की एक परम्परा ही बना दी गई है।

प्रसाद ने नाटक की जो परिकल्पना की है उसमें "दृश्य और श्रव्य तथा कला की दृष्टि से मूर्त और अमूर्त रूपों" का समायोजन अनिवार्य मानते हुए उन्होंने कहा :

> *"उनमें सब ललित सुकुमार कलाओं का समन्वय है। प्रचलित अर्थ में काव्य से नाटक में कुछ विशेषता है। फिर भी वह काव्य का एक अवांतर भेद है।"*

इसे और अधिक स्पष्ट करते हुए उन्होंने यह भी कहा :

> *"...लोकोत्तर चमत्कार और आदर्श—दृश्य तथा श्रव्य, मूर्त और अमूर्त इत्यादि सब साधनों से वह मानसिक संसार को विकास देता है और उसके पास साधन भी प्रचुर परिमाण में हैं। शिल्प, संगीत, चित्र, कविता, आहार्य, भाव और अगभंगी से अभिनय पूर्ण होता है। एक नाटक में इन सभी पर विलास है, विकास है।"*

यह भारतीय मनीषा की सोच है, जिसने रंगमंच की बुनियाद में संश्लेषण को पहचानते हुए यह माना कि कला का कोई एक रूप जीवन के सभी पहलुओं को पूरी तरह से उद्घाटित नहीं कर सकता। 'नाट्य में आभ्यंतर की प्रधानता' और 'श्रव्य में बाह्य वर्णन की ही मुख्यता' को स्पष्ट करते हुए उन्होंने कहा कि 'आभ्यंतर और बाह्य, दोनों में नाट्य संघटना पूर्ण' होती है। अर्थात् साहित्य और कला के अनेक रूपों की आकृतियों, रंगों और ध्वनियों का कलात्मक संश्लेषण ही सम्पूर्ण दृश्य भाषा रच सकता है। ऐसा यांत्रिक संयोजन द्वारा सम्भव नहीं है, यह एक ही कलात्मक अभिकल्पना का परिणाम होता है। बाह्य और आभ्यंतर रूपों के एकमेक होने तथा नाटक में इन सभी पर विलास है, विकास है, कहकर प्रसाद ने इसी तथ्य को स्वीकार किया है।

आज की शब्दावली में कह सकते हैं कि नाट्यरचना के बाह्य और आन्तरिक रूपों में विभिन्न कलाओं के अनेक घटक कलात्मक सृजन के लिए अनिवार्य बनकर ही नाट्य या प्रस्तुति को सम्पूर्ण बनाते हैं। प्रसाद के नाटकों में वास्तुकला या

चित्रकला का कोई प्रत्यक्ष तत्त्व न होते हुए भी उनके भारतीय स्वरूप की विद्यमानता का अनुभव ज़रूर होता है। यही विशेषता उनके नाटकों के दृश्यबिम्बों के निर्माण के लिए सहायक बनती है।

प्रसाद पहले नाटककार और चिन्तक हैं, जिन्होंने साहित्य और कलाओं के साथ रंगमंच के पारस्परिक सम्बन्धों और उनकी अन्तर्निभरता की ओर संकेत किया है परन्तु उन्होंने वस्तु से हटकर कला की 'विशिष्ट भिन्न सत्ता' को नहीं स्वीकारा। वे मानते थे कि "व्यंजना वस्तुतः अनुभूतिमयी प्रतिभा का स्वयं परिणाम है।" "...रूप के आवरण में जो वस्तु सन्निहित है, वही तो प्रधान होगी।" उन्होंने यह भी कहा कि "अभिव्यक्ति की सभी शैलियाँ समय-समय की मान्यता और धारणाएँ हैं।" प्रसाद का यह कथन उनकी प्राथमिकता को स्पष्ट कर देता है जब वे चाणक्य से कहलाते हैं : "भाषा ठीक करने से पहले मैं मनुष्यों को ठीक करना चाहता हूँ।"

इसी प्रस्थान बिन्दु से उन्होंने नाट्यचिन्तन और भारतीय यथार्थवाद पर संवाद किया है। कह सकते हैं कि उन्होंने पहली बार नाटक में वैचारिकता को प्रतिष्ठित करते हुए उसे सृजनात्मक ऊर्जा से भरा। उन्होंने माना कि भारतेन्दु के नाटकों का आन्तरिक रूप जिस धरातल पर विकसित हुआ है उसी से हिन्दी नाटकों में यथार्थवाद का जन्म हुआ। इसी परम्परा में प्रसाद का यथार्थवाद पाश्चात्य अवधारणाओं से–नाटकों के सन्दर्भ में इब्सेनिज़्म–अलग भारतीय चिन्तन और रंगतत्त्वों के तानेबाने में सम्प्रेषित हुआ है।

प्रसाद के समय में पश्चिमी यथार्थवाद को जिस जल्दबाजी से हिन्दी नाटकलेखन में लाने की कोशिश की जा रही थी, वह अपनी अन्तर्वस्तु और शिल्प, दोनों दृष्टियों से स्थूल प्रयोग ही बनकर रह गया। ऐसे नाटक अव्यावहारिक सुधारवादी उपचारों की ही वकालत कर रहे थे। प्रसाद ने जीवन के यथार्थ को शाश्वत प्रश्नों से जोड़कर भारतीय दर्शन के ठोस धरातल पर विश्लेषित किया। यही आयाम पश्चिम के यथार्थवाद से अलग भारतीय यथार्थवाद की परिकल्पना को साकार करता है। उन्होंने उपनिषदों, बौद्ध दर्शन और शैवागम से आधार लेते हुए जिस प्रकार मनुष्य और समाज के सम्बन्धों की बहुस्तरीय व्याख्या की अथवा बुनियादी समस्याओं में पैठने का प्रयास किया उसमें उनकी संवेदनाएँ सार्वभौमिक और सर्वसंवेद्य में स्वयं रूपान्तरित होती गईं। इसीलिए प्रसाद का दर्शन और नाटक एक दूसरे को विस्तार देते हुए सम्पूरक बन गए।

वास्तव में, प्रसाद द्वारा इनके सह-सम्बन्धों को जीवन्त शैली में यानी दृश्यात्मक रूप में प्रस्तुति निश्चय ही एक मौलिकता है, जो उनमें पहली बार उद्घाटित हुई। इसका सम्बन्ध मनुष्य की प्रकृति और परिवेश–सामाजिक और राजनीतिक–दोनों के प्रश्नों से है। इनकी कलात्मक गंवेषणा में, जो आत्मिक मूल्य उभरते हैं वे काल की

सीमाओं का अतिक्रमण कर जाते हैं। कह सकते हैं कि प्रसाद अपने नाटकों में विचारक के रूप में थे तो सैद्धान्तिक संकल्पनाओं के निर्माण में वे एक रचनाकार थे। इसी रूप में यानी रंगमंच की जातीय पहचान और कालातीत चिन्ताओं तथा प्रश्नों के साथ उनका यथार्थ भारतीय सन्दर्भों में सामने आया है। इसे ही दार्शनिक प्रश्नों और जातीय स्मृति से जूझनेवाला यथार्थ कहा गया है। पश्चिम के यथार्थवाद और पूर्व के यथार्थवाद में यही मुख्य अन्तर है।

पश्चिमी यथार्थवाद से उनके यथार्थ के अन्तर का एक मुख्य कारण यह भी था कि प्रसाद के समय में ही ए.बी. कीथ ने अपनी पुस्तक *संस्कृत ड्रामा* में, ग्रीक नाटकों और अरस्तू के सिद्धान्त को ही सर्वोपरि मानते हुए संस्कृत नाटकों के बारे में न केवल कई असंगत बातें लिखीं, बल्कि सम्पूर्ण संस्कृत नाट्य साहित्य के दृष्टिकोण को ही संकुचित घोषित कर दिया। प्रसाद ने अपने निबन्ध *नाटकों में रस का प्रयोग* में भारतीय रसवादी दृष्टि का जो सूक्ष्म विवेचन किया उससे भारतीय नाटक का सही परिप्रेक्ष्य सामने आता है। इस सन्दर्भ में यह कहना ज़रूरी है कि प्रसाद द्वारा विवेचित रसानुभूति ही रंगानुभूति और जीवनानुभूति है, क्योंकि उन्होंने रस का विवेचन नाट्य और जीवन सन्दर्भों के साथ जोड़ते हुए किया है। एक तरह से प्रसाद ने रस पर विचार करते हुए यथार्थवाद की अपनी परम्परा की तलाश की है।

एक दूसरा कारण यह भी था कि कुछ यथार्थवादी नाटककार '...मनुष्यों के विभिन्न मानसिक आकारों के प्रति कुतूहलपूर्ण...अथवा व्यक्ति-वैचित्र्य पर विश्वास रख पानेवाला...अपनी समझी हुई कुछ विचित्रता-मात्र को स्वाभाविक चित्रण' कहने लगे। इस प्रकार की मान्यता रखनेवाले नाटककारों की रचनाओं का रस अर्थात् काव्यानुभूति के साथ कोई सम्बन्ध नहीं रहा। जबकि भारतीय दृष्टि इस व्यक्ति-वैचित्र्य को रस का साधन मानती रही है, साध्य नहीं। प्रसाद ने कहा है कि "भारतीय दृष्टिकोण रस में चमत्कार ले आने के लिए इनको बीच का माध्यम-सा ही मानता आया है।" उन्होंने स्पष्ट कहा :

> *"इसमें वर्तमान युग की मानवीय मान्यताएँ अधिक प्रभाव डाल चुकी हैं, जिसमें व्यक्ति अपने को विरुद्ध स्थिति में पाता है। फिर उसे साधारणतः अभेदवाली कल्पना, रस का साधारणीकरण कैसे हृदयंगम हो? वर्तमान युग बुद्धिवादी है, आपाततः उसे दुख को प्रत्यक्ष सत्य मान लेना पड़ा है। उसके लिए संघर्ष करना अनिवार्य-सा है।"*

इस जीवनदृष्टि की पृष्ठभूमि का उल्लेख करते हुए उन्होंने कहा :

> *"पश्चिम को उपनिवेश बनाने वाले आर्यों ने देखा कि व्यक्ति के लिए मानवीय भावनाएँ विशेष परिस्थिति उत्पन्न कर देती हैं। उन परिस्थितियों से व्यक्ति अपना सामंजस्य नहीं कर पाता। कदाचित् दुर्गम भू-भागों में, उपनिवेशों की खोज में, उन लोगों ने अपने को विपरीत दशा में ही भाग्य*

से लड़ते हुए पाया। उन लोगों ने जीवन की इस कठिनाई पर अधिक ध्यान देने के कारण इस जीवन को ट्रैजेडी (दुखमय) ही समझ पाया।...इसलिए उनका बुद्धिवाद, उनकी दुख-भावना के द्वारा अनुप्राणित रहा। इसी को साहित्य में लोगों ने प्रधानता दी।'

निश्चित रूप से यह स्थिति आत्माभिव्यक्ति की गीतात्मकता यानी रसानुभूति के ठीक विपरीत है। इसलिए प्रसाद ने पश्चिमी अवधारणाओं से अलग भारतीय यथार्थवाद की अवधारणा को रेखांकित किया। इसी सोच की पृष्ठभूमि में उन्होंने कला को 'अपने काल की सभ्यता-ज्ञापक' मानते हुए कहा :

"सभ्यता को नाटक से बड़ी सहायता मिलती है। वेशभूषा, आचार का समर्थन, दुराचारों का तिरस्कार और शील, विनय इत्यादि का वह स्वतन्त्र कोष है। नाटक अपने अभिनय के द्वारा समाज की मनोवृत्तियों के साँचे का काम देता है।"

इसलिए प्रसाद ने इस स्थिति को अस्वीकार किया है कि जिस कला में "मनुष्य अपने को भूल जाए और तल्लीन हो जाए, वह किसी आदर्श के लिए न हो—केवल अपने लिए अपनी स्थिति रखती हो। तब भी किसी अनुकरणीय वस्तु का ध्यान न होने दे, वह स्वयं हो।" इसे प्रसाद ने *कला केवल कला के लिए* कहा है। इसकी आलोचना करते हुए प्रसाद आज के विचारकों के नजदीक पहुँच गए हैं, जब उन्होंने यह कहा :

"क्या यह हृदय-वृत्ति को (सेंटीमेंट) उत्तेजित करके मोह लेना मात्र ही न होगा? क्या विवेक-शुद्ध, बुद्ध-सत्य (रीजन) से उसका कुछ भी सम्बन्ध होगा?"

यहाँ प्रसाद ने कलात्मक ज़रूरतों में व्यक्ति और समाज, दोनों की कला-चेतना के सृजन के आन्तरिक रूप का प्रश्न उठाया है। उन्होंने दोनों की एकांगिता को स्पष्ट करते हुए अन्तर्वस्तु और रूप की परस्पर सम्बद्धता को रेखांकित किया है। इस रूप में प्रसाद का रचनाकार उनके चिन्तक से साक्षात्कार करते हुए दिखाई देता है। ऐसी मान्यता के कारण ही उनका यथार्थ अमूर्त प्रश्नों से उलझनेवाला न होकर मनुष्य को नष्ट करनेवाले शत्रुओं को पहचानने की दृष्टि भी देता है। उनके पात्र पीड़ित-शोषित का समर्थन करते हुए अन्याय के विरोध में खड़े हो जाते हैं—तटस्थ या उदासीन नहीं रहते। उन्होंने युग की अनिवार्यताओं और अन्तर्विद्रोहों के साथ पात्रों को गढ़ते हुए एक लड़ाई निश्चित की है। इसी परिकल्पना में वस्तु और रूप एक-दूसरे की परिभाषा बनाते हुए एक नई रंगशैली—ग़ैर-यथार्थवादी—की तलाश के लिए उकसाते हैं। उनकी दृष्टि में नाटक और रंगमंच को नया संस्कार देने का अर्थ उसका पश्चिमीकरण करना नहीं, अपनी परम्परा और ज़रूरतों के सन्दर्भ में उसे ढालना है। उन्होंने यथार्थवादी रंगशिल्प के बारे में भी स्पष्ट कहा है :

"समय का दीर्घ अतिक्रमण करके, जैसा पश्चिम ने नाट्यकला में अपनी सब वस्तुओं को स्थान दिया है, वैसा क्रम-विकास कैसे किया जा सकता है, यदि हम पश्चिम के आज को ही सब जगह खोजते रहेंगे।"

इसीलिए उन्होंने अपने रंगपरिवेश और परम्परा की पृष्ठभूमि में 'अपनी वस्तु' की तलाश पर अधिक ज़ोर देते हुए कहा :

"अनुकरण में फैशन की तरह बदलते रहना, साहित्य में ठोस अपनी वस्तु का निमन्त्रण नहीं करता।...कलाओं का अकेले प्रतिनिधित्व करनेवाले नाटक के लिए तो ऐसी 'जल्दबाजी' बहुत ही अवाँछनीय है।"

इन पंक्तियों में प्रसाद बहुत बड़ा सच कह गए हैं। शायद इसी जल्दबाजी के कारण हमारा नाटकलेखन आज भी फैशन की तरह बदलते रहने से कोई ठोस परम्परा नहीं बना सका। वस्तुतः उनका चिन्तन हिन्दी रंगकर्म के व्यक्तित्व को तलाशने और तराशने का है। उनकी निश्चित मान्यता थी कि "अतीत और वर्तमान को देखकर भविष्य का निर्माण होता है; इसलिए हमको साहित्य में एकांगी लक्ष्य नहीं रखना चाहिए।" उन्होंने यथार्थवाद रंगमंच का खंडन भारतीय रंगदृष्टि के आधार पर भी किया है। उनके अनुसार :

"...जिस तरह हम स्वाभाविक या प्राचीन शब्दों में लोकधर्मी अभिनय की आवश्यकता समझते हैं, ठीक उसी प्रकार से नाट्यधर्मी अभिनय को भी देश, काल, पात्र के अनुसार रंगमंच में संगृहित रहना चाहिए। पश्चिम ने भी अपना सब कुछ छोड़कर नए को नहीं पाया है।"

यहाँ प्रसाद ने स्पष्ट रूप से अपनी रंगपरम्परा की प्रासंगिकता को रेखांकित करते हुए ग़ैर-यथार्थवादी रंगशैली को प्रतिष्ठित करने का प्रयास किया है। उन्हीं के अनुसार शेक्सपीयर और इब्सन के "प्रभावों के बीच दक्षिण में भारतीय रंगमंच निजी स्वरूप में अपना अस्तित्व रख सका। कथकलि नृत्य मंदिरों की विशाल संख्याओं में मर नहीं गया था।...दक्षिण में वे सब कलाएँ सजीव थीं, उनका उपयोग भी हो रहा था।"

अभिनय की सृजनात्मक भूमिका पर संवाद करते समय भी प्रसाद ने इसी नाट्यधर्मी शैली की ओर संकेत किया है। इसीलिए उन्होंने अंगहार आदि आंगिक विलास-लीलाओं की चर्चा करते हुए दक्षिण के कथकली नृत्य में 'भावाभिनय का पूर्ण स्वरूप' पाया है। इसे उन्होंने 'आत्माभिनयनं भावों' कहकर स्पष्ट किया है अर्थात् आत्मा के निजी अभिनय में ही भावसृष्टि होती है जिसे अभेद आनन्द के स्वरूप में ग्रहण किया जाता है। इसी दृष्टि से उन्होंने अभिनय को अनुकरणात्मक न मानकर सृजनात्मक माना जिसमें सत्य 'कवि, नट और सामाजिक में...अभेद भाव से एकरस को जाता है।"

प्रसाद ने भरत के *नाट्यशास्त्र* को आधार मानते हुए कहा है कि कवि में जो चैतन्य है, वही नाटक में रचित होकर नाट्यव्यापार यानी अभिनेता द्वारा सामाजिकों तक सम्प्रेषित होता है अर्थात् उन्होंने माना कि 'साधारणीकरण त्रिवृत्' है।

इसमें उन्होंने सात्विक, आंगिक, वाचिक और आहार्य--इन चारों क्रियाओं के द्वारा ही पूर्ण अभिनय माना है यानी स्तानिस्लाव्स्की के शब्दों में पात्रों के साथ अभिनेता के मानसिक तादात्म्य का होना। इस प्रकार प्रसाद ने यथार्थ का अंकन बाहरी रूपाकार में नहीं, नाटक या प्रस्तुति की अन्तरंगता में परिकल्पित करने की बात कही है।

इस प्रयास में उन्होंने नए प्रयोगों को नकारा नहीं, बल्कि इतना तक कहा है कि "केवल नई पश्चिमी प्रेरणाएँ हमारी पथ-प्रदर्शिका न बन जाएँ। हाँ, उन सब साधनों से जो वर्तमान विज्ञान द्वारा उपलब्ध हैं, हमको वंचित भी न होना चाहिए।"

इसी सन्दर्भ में उन्होंने फ़िल्मों के यथार्थ से होनेवाले खतरों को पहचानते हुए भी कई संकेत दिए हैं। प्रसाद जब नाटक लिख रहे थे, उस समय तक पश्चिम का सिनेमा कई मंज़िलें पार कर चुका था। क्लासिक रचनाओं का रूपांतरण फ़िल्माया जा चुका था। एक अजीब स्थिति यह थी कि सिनेमा का विकास उन्हीं केन्द्रों में हुआ, जहाँ रंगमंच विकसित था। महाराष्ट्र और बंगाल ऐसे ही प्रमुख केन्द्र थे। परन्तु जहाँ रंगमंच नहीं था और विश्व सिनेमा से भी अपरिचय की स्थिति थी, वहाँ प्रसाद के नाटकों की सम्भावनाओं को कौन पहचानता अथवा उनके निबन्धों की बारीकियों को रेखांकित करता। स्वयं प्रसाद के नाटकों में चलचित्रों के प्रभाव और अभिव्यक्ति-क्षमता की अनेक छवियाँ देखी जा सकती हैं। उन्होंने कहा है कि "पश्चिम में प्राचीन नाटकों का फिर से सवाक् चित्र बनाने के लिए प्रयत्न होता रहता है।"

प्रसाद के नाटकों के चाक्षुष तत्त्व और साथ ही उनसे उभरनेवाले बिम्ब और अभिप्राय जिस तरलता के साथ एक-दूसरे में लीन होकर अथवा समानांतर चलते हुए बिना शब्दों के पात्रों को उनका आकार देते हैं और कई तरह के परिवेश जिस प्रकार रचते हैं उससे वे नाटक नाट्यालेख और पटकथा के बीच की स्थिति का संकेत देते हैं। यह पक्ष दृश्यात्मक तत्त्वों की कल्पनाशीलता, निपुणता या कसावट के साथ प्रस्तुत नहीं हुआ, फिर भी यही वैशिष्ट्य सम्पूर्ण और एकात्म अनुभव का मुख्य आधार बनता है। अगर प्रसिद्ध निर्देशक ब.व. कारंत ने *स्कन्दगुप्त* की प्रस्तुति परिकल्पना के सन्दर्भ में यह कहा है कि "नाट्य प्रस्तुति के लिए प्रवेश और निर्गम की सीमाएँ रेखांकित नहीं होनी चाहिए...प्रसाद के नाटक के लिए कहीं अँधेरा है ही नहीं, यानी दृश्य निरन्तर होते रहें...जहाँ दिखाई नहीं पड़ता, अथवा जहाँ हमारी दृष्टि नहीं जाती, वही नेपथ्य है।" तो उन्होंने एक तरह उनके नाटकों की इसी विशेषता के आधार पर ही मंचपरिकल्पना की है।

प्रसाद ने हिन्दी सिनेमा की कटु आलोचना इसलिए की क्योंकि जब रंगमंच के पनपने का अवसर था, तभी सस्ती भावुकता लेकर वर्तमान सिनेमा में बोलनेवाले चित्रपटों का अभ्युदय हो गया, फलतः अभिनयों का रंगमंच नहीं-सा हो गया। साहित्यिक सुरुचि पर सिनेमा ने ऐसा धावा बोल दिया है कि कुरुचि को

नेतृत्व करने का सम्पूर्ण अधिकार मिल गया है। उन पर भी पारसी स्टेज की गहरी छाप है।''

वे जानते थे कि पारसी थिएटर के ही अभिनेता, नाटककार और अन्य रंगकर्मी सिनेमा में जाकर अपने रंगमंच को चित्रपट पर पेश कर रहे हैं। दर्शकों में इस नए माध्यम का जबरदस्त आकर्षण था। इसलिए यह स्थिति प्रसाद को पारसी थिएटर से भी अधिक ख़तरनाक लगी। पारसी थिएटर के चर्चित नाटककार आगा 'हश्र' ने भी माना है :

> *''नाटक के मुंशियों पर जिनकी सदहा नागुफता-बेहद मुश्किलात के अलावा (ऐसी कठिनाइयाँ जिनका न कहना ही अच्छा है के अतिरिक्त) एक अदक मुश्किल (दुर्बोध कठिनाई) यह भी दरपेश होती है कि नासमझ पब्लिक को ख़ुश करने के लिए हर संजीदा (गम्भीर) और नतीजाखेज (परिणामजनक) मुआम्ल को ऐसे मज़ाक (रसिकता) से बदल दें कि जिससे ख्वाह तमाशे की सारी खूबियाँ मलयामेट हो जाएँ, मगर तमाशाई थेटर से यही राग गाते निकलें कि पैसे वसूल हो गए।''*

अगर हम उस समय के समाचार-पत्रों को देखें तो पाएँगे कि हिन्दी प्रदेश को बाज़ार बनाने वाले डायरेक्टर या प्रोड्यूसर अपने नौकर-मुंशियों से अपनी मनमर्जी से कहानियाँ लिखवाकर मारपीट के दृश्यों, मोटरों की दौड़ों और नज़रबाजी के दृश्यों की भरमार कर रहे थे। हिन्दी फ़िल्मों की इस सम्पूर्ण निर्माण-प्रक्रिया में सक्रिय लोगों ने हिन्दी भाषा को माध्यम रखते हुए भी इस समाज की संस्कृति या परम्पराओं में कोई रुचि नहीं दिखाई। प्रसाद इस स्थिति से परिचित थे और इससे होनेवाले ख़तरों के प्रति सजग।

प्रसाद ने यथार्थवाद की अपनी परम्परा के सन्दर्भ में ही नाटक की भाषा के बारे में जो प्रश्न उठाए वे तात्कालीन आन्दोलनों से विस्तार पाते हुए राष्ट्रीय चेतना से जुड़े हुए थे। नाटककार लक्ष्मीनारायण मिश्र सरीखे इब्सन भक्तों का कहना था कि 'वर्तमान युग की रंगमंच की प्रवृत्ति के अनुसार भाषा सरल हो और वास्तविकता भी हो।' इसके विपरीत प्रसाद ने कहा :

> *''सरलता और क्लिष्टता पात्रों के भावों और विचारों के अनुसार भाषा में होगी ही, और पात्रों के भावों और विचारों के ही आधार पर भाषा का प्रयोग नाटकों में होना चाहिए।''*

उन्होंने भाषा और भाव के परस्पर सम्बन्धों को रेखांकित ही नहीं किया, बल्कि यह भी कहा कि 'अभिनय तो सुरुचिपूर्ण शब्दों को समझाने का काम रंगमंच से अच्छी तरह करता है।' यहाँ प्रसाद ने फिर से नाट्यधर्मी की ओर संकेत करते हुए यह भी कहा कि 'कथकलि का भावाभिनय भी शब्दों की व्याख्या ही है।' दूसरी ओर उन्होंने भाषा को सांस्कृतिक विकास की प्रक्रिया का हिस्सा मानते हुए यह भी कहा :

"पात्रों की संस्कृति के अनुसार उनके भावों और विचारों में तारतम्य होना भाषाओं के परिवर्तन से अधिक उपयुक्त होगा। देश और काल के अनुसार भी सांस्कृतिक दृष्टि से भाषा में पूर्ण अभिव्यक्ति होनी चाहिए।"

इस प्रकार वे मानते थे कि सांस्कृतिक विरासत से सम्पन्न भाषा यथार्थ के अनेक स्तरों को समेटने और अनुभवों के सीमान्तों को विस्तार देने में समर्थ हो पाती है। इसी स्थिति में *पूर्ण अभिव्यक्ति* सम्भव है। इसका स्पष्टीकरण देते हुए उन्होंने कहा :

"कोई भी भाषा अपने विनय और शील तथा सदिच्छा की अभिव्यक्ति के लिए गौरव पा सकती है और उस शिष्टाचार का प्रथम सोपान भावभंगी और कथोपथन हैं, जिससे नाटक का संगठन होता है। मानव इतिहास में, भाषा में इतिहास जो सहायता देता है, वह कम मूल्य का नहीं है। समाज के कल्याण से यदि भाषा का अविच्छिन्न सम्बन्ध है तो यह मानना होगा कि भाषा में शिष्टाचार का प्रचार करने में नाटक के कथोपकथन बहुत कुछ हाथ बँटाते हैं।"

अर्थात् प्रसाद ने माना कि भाषा का सम्बन्ध जातीयता से है, क्योंकि उसमें मानव-समुदाय की समूची परम्परा तथा उसके अनुभव संचित होते हैं। इसलिए उन्होंने भाषा की सरलता के नाम पर सरल रास्ता न अपनाकर भावों और विचारों के तारतम्य को मुख्य मानते हुए नई भाषा की तलाश की। वास्तव में यह सारे सवाल तब उठे जब उनके समय भाषा की विभिन्नता यानी उपनिवेशवाद में विभिन्न जनपदीय बोलियों, जिन्हें अंग्रेजों ने असभ्य लोगों की बोलियाँ कहा है, को पात्रों की प्रकृति और सामाजिक स्थिति के अनुसार प्रयोग में लाने की हिमायत की जाती थी। प्रसाद पात्र-भेद से भाषा के अन्तर को स्पष्ट करने के पक्षपाती नहीं थे। उनका कथन है :

"प्रसंगवश यदि किसी सीमाप्रांत के मनुष्य का अभिनय करने में भाषा भी पश्तो रही तो उसे हिन्दी का नाटक कौन कहेगा? ऐसे भेदों का प्रदर्शन हमारी दृष्टि में अभिनय ही है। उसमें भावभंगी के द्वारा व्यवहार, आचार के द्वारा भाषांतर का काम अच्छे प्रकार से चल सकता है। इन कथोपकथनों से साहित्य के गूढ़ भावों का, शिष्टाचार की सभ्यता का अर्थ समझाने में, भाषा का जो प्रौढ़ और पुष्टकार्य नाटक करता है, वह क्रम महत्त्व का नहीं है।"

इस टिप्पणी में जब प्रसाद कहते हैं कि विभिन्न बोलियों का प्रयोग व्यवहार और शिष्टाचार को नष्ट करेगा तो वे जनपदीय बोलियों का विरोध नहीं कर रहे और न ही उनकी दृष्टि शुचितावादी है, बल्कि उनकी दृष्टि नाटकीय अर्थ को सह प्रभावी बनाने के साथ सम्प्रेषणीय बनाने की है।

वास्तव में वे अभिनेता को केन्द्र में रखकर निष्कर्ष निकाल रहे थे। यह स्पष्ट है कि वे पश्चिमी तर्ज पर उस यथार्थवाद के हिमायती नहीं थे, जिसमें स्वाभाविकता

के नाम पर एकायामी भाषा को अपनाए जाने का समर्थन किया जा रहा था। उन्होंने नाटकों में 'पूर्ण अभिव्यक्ति' के लिए जिस भाषा को तलाश करने पर अधिक ज़ोर दिया, उसे उन्होंने 'भावों के वाक्य-विन्यास' और 'भावभंगी और कथोपकथन' कहकर फिर से अभिनेता की भूमिका रेखांकित की। उन्होंने माना कि "भाषा की एकतन्त्रता को नष्ट करके कई तरह की खिचड़ी भाषाओं का प्रयोग हिन्दी नाटकों के लिए ठीक नहीं।" उनकी यह मान्यता भी थी कि अगर हिन्दी के नाटक नहीं खेले जाएँगे तो हिन्दी का प्रचार किस प्रकार होगा। उनके अनुसार :

> *"आज दिन साधारण जनता जिस परिमाण में उर्दू की गजलों को हृदयंगम कर रही है, वह (परिमाण) जिन्होंने लिपिरूप में उर्दू का स्वप्न भी नहीं देखा उनकी मुख-गुफा से 'शेरों' को निकलते हुए देखकर समझा जा सकता है...यह रंगमंच से निकलने वाली उर्दू की पुकार है, जो शिक्षित और अशिक्षित, सब जनता को अभिनय-भावभंगी द्वारा कठिन शब्दों का अर्थ बताकर आकर्षित कर रही है।"*

इस प्रकार वे मानते थे कि जिस प्रकार पारसी रंगमंच ने अभिनय द्वारा उर्दू के कठिन शब्दों के अर्थ को स्पष्ट करके उर्दू को प्रचलित किया, उसी प्रकार हिन्दी रंगमंच भी हिन्दी को प्रसारित-प्रचारित कर सकता है। दूसरी ओर, उन्होंने यह भी स्वीकार किया कि "हिन्दी का उद्देश्य ज्यों-ज्यों राष्ट्रीयता की ओर बढ़ रहा है, उसी प्रकार उसका क्षेत्र भी बढ़ रहा है।"

इस सारे चिन्तन की पृष्ठभूमि में प्रसाद ने ऐसे रंगमंच की तलाश का प्रश्न उठाया, जिसमें नाटकलेखन के नए रूपों को मंच पर परिकल्पित करने की सम्भावनाएँ विद्यमान हों। यह एक तरह से नाटककार को प्रतिष्ठित करने का प्रयास था। वे अपने युग में अकेले ऐसे नाटककार थे जिन्होंने रंगमंच के सामाजिक और कलात्मक दायित्व का प्रश्न उठाते हुए रूढ़िबद्ध मंचीय प्रस्तुति का विरोध किया। उन्होंने गहरी समझ के साथ कहा :

> *"काव्यों के अनुसार प्राचीन रंगमंच विकसित हुए और रंगमंचों की नियमानुकूलता मानने के लिए काव्य बाधित नहीं हुए अर्थात् रंगमंचों को ही काव्य के अनुसार अपना विस्तार करना पड़ा और यह प्रत्येक काल में माना जाएगा कि काव्यों को अथवा नाटकों के लिए ही रंगमंच होते हैं। काव्यों की सुविधा जुटाना रंगमंच का काम है, क्योंकि रसानुभूति के अनन्त प्रकार नियमबद्ध उपायों से नहीं प्रदर्शित किए जा सकते और रंगमंच ने सुविधानुसार काव्यों के अनुकूल समय-समय पर अपना स्वरूप परिवर्तन किया है।"*

प्रश्न यहाँ सुविधा सम्पन्न प्रेक्षागृहों के निर्माण का नहीं, नाटक की दृश्यरचना की ज़रूरतों के अनुरूप नई रंगपरिकल्पना की माँग का है। इसलिए प्रसाद ने

तत्कालीन पारसी रंगमंच के एकाधिकार को नकारते हुए अपने समय के राजनीतिक-सामाजिक अन्तर्विरोधों और विडम्बनाओं को व्यापक सन्दर्भों में प्रस्तुत करने के लिए रंगकार्य के सर्जनात्मक रूप की कामना की है। 'स्वरूप परिवर्तन' की बात कहकर उन्होंने रंगचेतना के इसी गतिशील रूप की ओर संकेत किया है। उन्होंने स्पष्ट कहा :

> *"रंगमंच के सम्बन्ध में यह भारी भ्रम है कि नाटक रंगमंच के लिए लिखे जाएँ। प्रयत्न तो यह होना चाहिए कि नाटक के लिए रंगमंच हो, जो व्यावहारिक है। हाँ, रंगमंच पर सुशिक्षित और कुशल अभिनेता तथा मर्मज्ञ सूत्रधार के सहयोग की आवश्यकता है।"*

यहाँ भी प्रसाद ने रंगमंचीय अनुशासन या उसकी सत्ता को नकारते हुए किताबी रंगमंच की वकालत नहीं की। वे तो बस नई रंगपरिकल्पना के लिए 'सुशिक्षित और कुशल अभिनेता तथा मर्मज्ञ सूत्रधार' के अभिलाषी थे। अभिनेता और सूत्रधार यानी निर्देशक के द्वारा रंगमंच की रचनात्मक ऊर्जा को पहचानने की बात उन्होंने की है, कई तरह के साधनों के संपन्न स्थूल प्रेक्षागृह की नहीं। इसीलिए 'कवि, नट और सामाजिक' का अटूट रिश्ता मानते हुए उन्होंने रंगमंच को उसके समग्र रूप में परखने की बात कही है।

एक प्रश्न उठता है कि क्या रंगमंच को नाटक के अनुरूप अपना निर्माण अथवा स्वरूप परिवर्तन नहीं करना चाहिए? क्या यह ज़रूरी है कि नाटक अपने समकालीन रंगमंच के पूर्व निश्चित रूप को ही आदर्श मानकर लिखे जाएँ? या फिर समय को अभिव्यक्ति देने के लिए नए रूपों को तलाश करें? नाटककार के रंगमंच की कामना करने अथवा रंगकर्म में नाटककार को प्रतिष्ठित करने के विवेचन में प्रसाद ने इन सबका जवाब दिया है। इससे यह नहीं समझना चाहिए कि वे नाटक को सिर्फ़ नाटककार का ही क्षेत्र मानते थे, रंगकर्मी का नहीं। वे तो नाटककार को एक औज़ार मात्र मानने का विरोध करते रहे जैसा कि पारसी कम्पनियों के मालिक या मालिक-निर्देशक समझते थे। पारसी नाटककार इन्हीं की इच्छा से कहानियाँ गढ़ते हुए लुभानेवाले दृश्यों को ठूँसते थे। ऐसे नाटककार पैसा बटोरनेवाले मालिकों की दया पर ही जीवित रहे। प्रसाद ने इस बाज़ारवाद का विरोध किया और ऐसे रंगमंच की माँग की जो अर्थगाम्भीर्य और जटिल अनुभूतियों को दृश्य रूप दे सकें। उन्होंने यह माँग ऐसी स्थिति में की थी जब 'हिन्दी का कोई अच्छा रंगमंच...उसको उत्तेजित करने के लिए हिन्दीभाषी समाज की ओर से कोई संस्था...और...उसके उद्देश्य की ओर ध्यान दिलानेवाला कोई पात्र' ही प्रसाद के सामने नहीं था।

इसी परिवेश में वे जीवनदर्शन और नाट्यरूप के बीच सामंजस्य और बदलते रूपों के द्वन्द्वात्मक रिश्तों की पहचान करते रहे। इसी प्रयास में वे उन आशयों और अनुगूँजों तक जा पहुँचे जहाँ उनका समकालीन रंगमंच पहुँचने में असमर्थ हो चुका था। निरन्तर अन्वेषण की इस प्रक्रिया में ही उन्होंने रंगमंच की एक नई ज़मीन का चित्र बनाया।

वस्तुतः, प्रसाद की सभी प्रस्थापनाएँ औपनिवेशिक स्थितियों से उत्पन्न सांस्कृतिक संकटों की चुनौती का सामना करने की प्रक्रिया में अपनी सार्थकता पाती हैं। यही उनकी सबसे बड़ी देन है। दूसरा, यथार्थवाद की अपनी परम्परा, उसकी अनिवार्यताओं तथा उसको रूपायित करनेवाली रंगदृष्टि की तलाश में नाटककार की क्या भूमिका होनी चाहिए—इन सवालों को कई कोणों से पेश करते हुए जो चिन्तन उन्होंने प्रस्तुत किया है, वह आज भी प्रासंगिक है।

तीसरा रंगमंच

अमिताभ श्रीवास्तव

आज के युवा रंगकर्मियों में से अधिकतर के लिए बादल सरकार शायद बंगाल के एक ऐसे 'नाटककार' का नाम है जिनका आधुनिक भारतीय रंगमंच के विकास में एक विशिष्ट योगदान रहा है, ख़ासतौर पर बीसवीं शताब्दी के छठे व सातवें दशक के स्वर्णिम काल में। शायद कुछ इस तथ्य से भी परिचित हों कि नाटककार होने के साथ-साथ बादल दा एक कुशल अभिनेता एवं निर्देशक भी हैं। परन्तु यह बात बहुत कम युवा रंगकर्मी जानते होंगे कि बादल सरकार एक अत्यन्त प्रबुद्ध रंगचिन्तक रहे हैं तथा *तीसरे रंगमंच* का उनका नाट्य सिद्धान्त, सातवें दशक के मध्य से लेकर तक़रीबन दस-पन्द्रह वर्षों तक भारतीय रंगपटल पर अपने सम्पूर्ण प्रभाव के साथ छाया रहा। इस दौरान कई नाट्य टोलियाँ और निर्देशक पूरी तरह से तीसरे रंगमंच को समर्पित हो गए थे और आज भी, बहुत कम संख्या में ही सही, कुछ नाट्य निर्देशक इस दिशा में काम कर रहे हैं।

यह तीसरा रंगमंच क्या है?

बादल बाबू के मुताबिक़ भारतीय शहरों की अपनी अलग सांस्कृतिक धारा है और भारतीय ग्रामों की अपनी अलग। उसका कारण भी उन्होंने बताया है कि भारतीय शहरों का विकास मुख्यतः इसके विदेशी शासकों की उद्देश्यपूर्ति के लिए हुआ। वैसे ग़ौर से देखा जाए तो बादल बाबू के इस कथन में काफ़ी दम है कि हमारी शहरी तथा ग्रामीण कला संस्कृति में एक ख़ास दूरी और अन्तर रहा है। जिसे हम आधुनिक भारतीय रंगमंच कहते हैं, उसका तमाम विकास मूलतः शहरों में हुआ, और विदेशी रंगमंच, रंगप्रणालियों और उसी तरह की सोच के साथ हुआ। जबकि गाँवों और क़स्बों में भारतीय लोक रंगशैलियाँ अपने तरीक़े से, अपनी ज़मीन पर क़ायम थीं और आज भी कई प्रदेशों में जीवित हैं।

बादल बाबू के मुताबिक़ किसी एक धारा का चुनाव करके दूसरे की भर्त्सना करना ग़लत क़दम होगा। दोनों ही धाराओं की अपनी विशिष्टताएँ, ताक़तें, अच्छाइयाँ व कमियाँ हैं। उनका कहना था कि दोनों प्रकार की रंगशैलियों का विश्लेषण करके

उनकी क्षमताओं एवं दुर्बलताओं तथा उनके कारणों को खोजकर, एक ऐसे रंगमंच की नींव रखनी चाहिए जो इन दोनों धाराओं का संश्लेषण हो—यही होगा *तीसरा रंगमंच*।

बादल बाबू के मन में इस तरह के विचार कुछ वर्षों से चल रहे थे, पर इनका क्रियान्वयन सातवें दशक के प्रारम्भिक वर्षों में, उनकी रंगमंडली *शताब्दी* की स्थापना के साथ शुरू हुआ। सबसे पहली चीज़ जिस पर उनका ध्यान गया, वह था मौजूदा रंगमंच का आर्थिक पक्ष। प्रस्तुति का अधिकांश ख़र्चा कुछ उत्साही अभिनेता, समर्थ संरक्षकदाता तथा बड़े उद्योगपतियों-व्यावसायिक घरानों की बदौलत चल रहा था (अभी भी उन्हीं के सहारे चलता है)। टिकट बिक्री से होनेवाली आमदनी इसका एक बहुत ही नगण्य हिस्सा थी। यह कोई बहुत आदर्श स्थिति न है, न थी। सिनेमा का मुक़ाबला करने की कोशिश में रंगमंच अत्यन्त ख़र्चीला और दिखावटी होता जा रहा था। प्रस्तुतियाँ महँगी-से-महँगी हुई जा रही थीं, आम दर्शक की टिकट ख़रीदने की क्षमता कम-से-कम हुई जा रही थी। बादल बाबू के अनुसार रंगमंच का सिनेमा से प्रतिस्पर्धा करना एक आत्मघाती प्रवृत्ति थी। रंगमंच का अपना एक विशेष चरित्र और क्षमता है, उसी के सहारे रंगमंच पनप सकता है, अर्थवान बन सकता है। तो सबसे पहले उन्होंने सैट, कॉस्ट्यूम्स, लाइटिंग आदि की धारणाओं से विदा ली।

हर कला के अपने अलग उपकरण होते हैं, अलग रचना-प्रक्रिया होती है और सम्प्रेषण का अपना अलग तरीक़ा होता है। अगर हम बाक़ी सब कलामाध्यमों को छोड़कर सिर्फ़ सिनेमा व रंगमंच पर ही ध्यान केन्द्रित करें, तो पाएँगे, दोनों में काफ़ी समानताएँ होने के साथ-साथ भिन्नता भी है। सिनेमा के उपकरण होते हैं—मूवी कैमरा, ध्वनि रिकॉर्ड करनेवाले यंत्र, प्रोजेक्टर, स्क्रीन, सेट, लाइट्स इत्यादि और अक्सर अभिनेता भी। जबकि रंगमंच बिना अभिनेता के सम्भव ही नहीं, बाक़ी आवश्यक उपकरणों में स्टेज, सैट व लाइट्स को भी जोड़ा जा सकता है। दूसरा महत्त्वपूर्ण प्रश्न उठता है कम्यूनिकेशन के तरीक़ों का। चित्रकला, मूर्तिकला इत्यादि की तरह ही सिनेमा में भी कलाकार की अनुपस्थिति या उपस्थिति से उसकी कला के प्रदर्शन पर, उसके रसास्वादन पर, उसके सम्प्रेषण पर कोई फ़र्क़ नहीं पड़ता। लेकिन रंगमंच तो उसके कलाकार (अभिनेता) के बिना सम्भव ही नहीं, यही बुनियादी फ़र्क़ है रंगमंच और सिनेमा में। अब बादल बाबू सवाल उठाते हैं कि यह फ़र्क़ है किसके फ़ायदे में—रंगमंच के या सिनेमा के?

सिनेमा में बिम्ब बनते हैं छायांकन के द्वारा। उसके अपने आर्थिक ढाँचे में काफ़ी सम्भावनाएँ भी हैं और लचीलापन भी। आप पहाड़ दिखा सकते हैं, जंगल और समन्दर भी, बारिश और तूफ़ान तो बाढ़ और भूकम्प भी, बाज़ार और सड़कें तो आकाश चूमते हवाई जहाज भी, कोई भी चीज़ कैमरे द्वारा क़ैद करके दर्शकों तक लाई जा सकती है। इतना ही नहीं, सिनेमा में विशाल ख़ूबसूरत दृश्यावली

दिखाई जा सकती है तो साथ ही सिर्फ़ अभिनेता की आँखों का क्लोजअप भी दिखाया जा सकता है। ध्वनि के स्तर पर भी, सिनेमा में धमाकों के अत्यन्त यथार्थवादी प्रभाव के साथ-साथ मद्धम-से-मद्धम फुसफुसाहट भी अपने उसी स्वरूप में सृजित की जा सकती है। लेकिन रंगमंच में ये सब सम्भव नहीं, वहाँ अभिनेता को पिछली कतार में बैठे दर्शकों तक अपने संवाद पहुँचाने के लिए चीख़ना पड़ता है, चाहे इस कोशिश में उसके चेहरे के भाव, चरित्र की गरिमा तथा नाटक के प्रभाव को कितना भी नुकसान क्यों न पहुँचे। पीछे की सीटों पर बैठे दर्शकों के लिए कई सारी भाव-भंगिमाएँ बिलकुल बेमानी और प्रभावहीन हो जाती हैं, क्योंकि वे उस तक पहुँच ही नहीं पातीं। रंगमंच में आप कितने भी यथार्थवादी सैट क्यों न लगा लें वह कभी फ़िल्मी सैटों की भव्यता और यथार्थता की बराबरी नहीं कर सकते। सिनेमा में कई और भी विशेषताएँ हैं, मसलन—ट्रिक फ़ोटोग्राफ़ी, जिसके द्वारा जिन्नात या दैवी कारनामे दिखाए जा सकते हैं, आदमी हवा में उड़ सकता है, पलक झपकते पहाड़ ग़ायब हो सकते हैं, डबल रोल हो सकते हैं, मनुष्य अँगूठे जितना छोटा भी बनाया जा सकता है। रंगमंच ये सब कुछ भी नहीं कर सकता, पर, वह जीवित आदमी का जीवित आदमी से एक संवाद स्थापित कर सकता है, जो सिनेमा नहीं कर सकता। बादल सरकार कहते हैं 'रंगमंच को अपनी इसी विशेषता का भरपूर लाभ उठाना चाहिए, सिनेमा के साथ अपनी प्रतिस्पर्धा में। लेकिन अफ़सोस रंगमंच यह नहीं कर पाया।'

इल्यूजन ऑफ़ रिएल्टी (यथार्थ का भ्रम) के नाम पर स्वाभाविकता से परिपूर्ण नाटक लिखे गए, और उनके लिए उतने ही यथार्थवादी सैट खड़े किए गए। यथार्थ के इस भ्रम के निर्माण का उद्देश्य था दर्शकदीर्घा में बैठे व्यक्ति का मंच पर मौजूद अभिनेता के साथ तादात्म्य स्थापित कराना और भ्रम को बनाए रखना। अब, क्योंकि ज़्यादा नैकट्य भ्रम के लिए घातक होता है इसलिए आवश्यकता पड़ी प्रोसीनियम स्टेज की। अभिनेता, मंचसज्जा आदि को तस्वीर के एक फ्रेम के पीछे इस तरह स्थापित किया जाए कि प्रकाशसंयोजन की सहायता से लकड़ी और कपड़े की बनी चीज़ें वास्तविक लग सकें, यथार्थ का भ्रम बनाए रखने में क़ामयाब हो सकें। कमाल का ख़याल था यह और ख़ूब क़ामयाब भी रहा, जब तक सिनेमा और टेलीविज़न की आमद नहीं हुई। प्रोसीनियम फ्रेम के पीछे रंगमंच को धकेल देने से वह काफ़ी कुछ वैसा ही दिखने लगा था जैसा सिनेमा और टेलीविज़न दीखते हैं क्योंकि यथार्थ का भ्रम ये दोनों माध्यम ज़्यादा कुशलता और सुन्दरता से निर्मित करते हैं, रंगमंच इनसे पिछड़ता गया।

प्रोसीनियम रंगमंच की एक बहुत बड़ी कमी यह भी रही है कि इसमें दर्शक के बैठने की जगह एक ही तरफ़ होती है, इसलिए पिछली कतारों और मंच में एक दूरी रहती है। सिनेमा के साथ की प्रतिस्पर्धा में तथा सैट, कॉस्ट्यूम्स आदि द्वारा

ज़्यादा-से-ज़्यादा वास्तविक बनाने की कोशिश में रंगमंच अधिक ख़र्चीला और महँगा होता चला गया, इन ख़र्चों की आपूर्ति के लिए हॉल और बड़े होते गए, पिछली क़तारें और दूर होती गईं, इन्हीं के साथ अभिनेता और दर्शक के बीच की दूरी भी बढ़ती गई—वह कड़ी, जो रंगमंच को सिनेमा से अलग बनाती है, टूटती गई।

सिनेमा और रंगमंच के फ़र्क़ में एक चीज़ और है—वह है दर्शक की कल्पनाशीलता, उसकी भागीदारी। जहाँ सिनेमा का यथार्थवाद एक तरह से हर चीज़ दर्शक को थाली में परोसकर देता है, रंगमंच की शक्ति उसकी इसी ख़ासियत में निहित है कि अभिनेता या मंचसज्जा का एक संकेत और बाक़ी विवरण दर्शक अपनी कल्पनाशक्ति से भर लेता है। (यह विवरण हर दर्शक के लिए भिन्न-भिन्न भी हो सकते हैं)। काठ के बक्सों के एक ढेर को इंगित करके अभिनेता यह कह सकता है कि यह एक पहाड़ है, दर्शक न सिर्फ़ इसे स्वीकार कर लेंगे, बल्कि ऐसा करने में उन्हें एक आनन्द की, एक सन्तुष्टि की भी अनुभूति होती है। जबकि सिनेमा यथार्थवाद की ऐसी ज़ंजीरों में जकड़ा है कि वह अपने दर्शकों को इस तरह का अनुभव कभी दे ही नहीं सकता। इस मामले में सिनेमा के मुक़ाबले यह रंगमंच की उपलब्धि है। परन्तु रंगमंच इसका भी फ़ायदा नहीं उठा पा रहा है, ख़ासतौर पर दूसरी कोटि का रंगमंच—शहरी रंगमंच। हमारा लोकरंगमंच तो दर्शकों की कल्पनाशीलता का भरपूर उपयोग करता रहा है, और अभी भी कर रहा है।

सिनेमा का एक और बुरा असर जो पड़ा रंगमंच पर, वह था अभिनय शैली। यह बात हर कोई मानता है कि रंगमंच अभिनेता का माध्यम है, लेकिन सिनेमा के प्रभाव में हमने अभिनेता को मुक्त छोड़ने की बजाय, उसे यथार्थवादी शैली में ऐसा बाँध दिया कि उसकी अपनी स्वच्छन्दता, अपना व्यक्तित्व व कृतित्व पूरी तरह समाप्त हो गया। नाटक के अभिनय में से नाटकीयता ग़ायब हो गई।

बादल बाबू मानते हैं कि ऊपर कही गई सारी बातें, सारे विचार, न तो बहुत नए हैं, न ही मौलिक। इन मुद्दों पर पिछले कई वर्षों से कई रंगकर्मी सोच रहे हैं, काम कर रहे हैं। यथार्थवादी रंगमंच की कई धारणाओं को बहुतेरे निर्देशकों रंगकर्मियों ने तोड़ा है, बदला है। लेकिन एक चीज़ जिसे न वह स्वयं बदल पाए, न व्यवस्था ने उन लोगों को बदलने दिया—वह है प्रोसीनियम प्रेक्षागृह। प्रोसीनियम शैली के रंगमंच की स्वीकारोक्ति ने रंगकर्म को सीमित किया है, कमज़ोर किया है। प्रोसीनियम प्रेक्षागृह रंगमंच को किस तरह कमज़ोर करता है, बादल बाबू इसकी भी व्याख्या करते हैं। सबसे पहले तो वह प्रोसीनियम थिएटर के स्थापत्य की बात करते हैं, जिसमें अभिनय करने का स्थान न सिर्फ़ मंच तक सीमित है, बल्कि एक ख़ास ऊँचाई पर भी होता है जिससे दर्शकों और अभिनेताओं के बीच एक अलगाव लगातार बना रहता है, यह अलगाव प्रोसीनियम फ्रेम और सामने के पर्दे की मौजूदगी से और भी ज़्यादा बढ़ जाता है।

दर्शक और अभिनेता के अलगाव को बढ़ानेवाली दूसरी चीज़ है प्रकाशयोजना। अभिनेता तो रोशनी के दायरे में खड़ा होता है जबकि दर्शक अँधेरे में बैठते हैं, मानो अभिनेताओं से छिपकर बैठे हों और अभिनेताओं के भी अभिनय का ढंग कुछ ऐसा ही होता है मानो दर्शक उसके लिए मौजूद नहीं, जबकि उनके सारे कार्यव्यापार का कारण होता दर्शक ही है। श्रेष्ठ यथार्थवादी अभिनेता की तो परिभाषा ही यह है कि दर्शकों की उपस्थिति से पूरी तरह अनभिज्ञ होकर भी जो दर्शकों तक अपनी भावनाओं, अपने संवादों, अपने हाव-भावों को सम्प्रेषित करने में सक्षम हो, वह अभिनेता है।

इस दूरी, इस अलगाव का असर अभिनेता-दर्शक सम्बन्ध पर तो पड़ता ही है, साथ ही दर्शकों के आपसी सम्बन्ध पर भी पड़ता है। यह एक ऐसा तथ्य है, जिस पर शायद ही किसी ने विचार किया हो, जबकि यह किसी भी जीवन्त प्रदर्शन का एक बहुत अहम पक्ष होता है।

इन्हीं सब सवालों, विचारों और बादल सरकार के लोकरंगमंच के अपने साक्षात्कार से फूटा अंकुर तीसरे रंगमंच का। बादल बाबू कुछ विदेशी रंगकर्मियों, उनकी कार्य पद्धतियों से, उनके रंगसिद्धान्तों और रंगकर्म से भी काफ़ी प्रभावित हुए। विशेषकर ग्रोतोव्स्की और रिचर्ड शेखनर के काम का उन पर काफ़ी असर पड़ा।

जैसा कि पहले भी बताया जा चुका है तीसरा रंगमंच आर्थिक दृष्टिकोण से बहुत ही कम ख़र्चीला था, बादल बाबू ख़ुद स्वीकार करते हैं, उनके उस दौर की किसी भी प्रस्तुति पर सौ रुपए से ज़्यादा ख़र्च नहीं आया। उसका कारण भी था, उनकी प्रस्तुतियों में न कोई सैट होता था, न कोई विशेष कॉस्ट्यूम, न कोई प्रॉपर्टी और न ही कोई विशेष प्रकाश संयोजन। तीसरा रंगमंच की दूसरी विशेषता यह थी कि उसने प्रोसीनियम प्रेक्षागृह और उसकी तमाम धारणाओं का पूरी तरह से परित्याग कर दिया। इस प्रयास की पहली प्रस्तुति ऑल बंगाल टीचर्स एसोसिएशन के सभागार में हुई, जिसमें प्रोसीनियमनुमा मंच था, लेकिन उस पर बजाय अभिनेताओं के दर्शक बैठे। अभिनयस्थल हॉल के मध्य और दर्शकों के आगे-पीछे था। बाद में बादल सरकार की नाट्य संस्था *शताब्दी* की अधिकांश प्रस्तुतियाँ बड़े-बड़े कमरों में हुईं और अन्ततः उन्होंने खुले मैदानों में, पार्कों में, दिन की रोशनी में भी प्रस्तुतियों के मंचन किए।

इसकी प्रकाश योजना भी बहुत अलग क़िस्म की थी—एकदम सादी। दर्शक और अभिनेता, दोनों ही रोशनी में बैठे होते थे। एक-दूसरे को पूरी तरह से देख सकते थे, दिखाई दे सकते थे। फेड इन-फेड आउट की भी इस शैली में कोई जगह नहीं थी, और प्रकाश का मुख्य स्रोत थीं फ्लड लाइट्स या हॉल में मौजूद ट्यूब लाइट्स और बल्ब। तीसरे रंगमंच में दर्शक और अभिनेता के बीच एक अत्यन्त सीधा सम्बन्ध स्थापित होता था, बिना किसी लाग-लपेट के, एक ही धरातल पर।

बादल सरकार चूँकि नाटककार भी हैं, और अक्सर अपने ही लिखे नाटक करते हैं तो इस तीसरे रंगमंच के लिए नाटक भी कुछ अलग तरह के चाहिए थे। हमारे ज़्यादातर नाटकों का आधार होती हैं दो चीज़ें—कहानी और चरित्र। अक्सर कोशिश यह होती है कि कुछ ख़ास चरित्रों को, उनकी चरित्रगत विशिष्टताओं के साथ इस तरह प्रस्तुत किया जाए कि उनकी आपसी टकराहट, वार्तालाप से एक कहानी विकसित हो। एक ऐसी कहानी और उसके ऐसे पात्र, जिसमें दर्शक अपने आप को देख सकें, उनकी समस्याओं और भावनाओं से जुड़ सकें। बादल बाबू कई वर्षों से इस कोशिश में लगे थे कि कैसे इस कहानी और चरित्र के चंगुल से निकलें। धीरे-धीरे उनके नाटकों में इनकी जगह लेनी शुरू कर दी थीम (कथावस्तु) और टाइप (विशिष्ट चरित्र समूह को प्रदर्शित करनेवाले पात्र—जैसे छात्र, भिखारी, बेरोजगार, सेठ इत्यादि)। इस तरह के नाट्यलेखन का जायजा, उन्हीं की कृति *जुलूस* (बादल बाबू के इस दौर की सबसे मशहूर और कामयाब नाट्यरचना जो लगभग देश की हर भाषा में अनूदित हुई और खूब खेली गई—पार्कों में, मैदानों में, प्रेक्षागृहों में, चौराहों पर, बड़े कमरों में यहाँ तक कि फैक्ट्रियों के प्रांगण में भी) द्वारा करें तो बात शायद ज़्यादा आसानी से सम्प्रेषित हो। सबसे पहले नाटक के पात्र—बूढ़ा, मुन्ना, कोतवाल, गुरुदेव और एक से लेकर छह की संख्या तक व्यक्ति। प्रतीकात्मक पात्र, कोतवाल—सत्ता का, ताक़त का, अधिकार का प्रतीक। गुरुदेव—धार्मिक संस्थानों का, रूढ़ियों का, अन्धविश्वास का प्रतीक। बूढ़ा और मुन्ना—देश के, विश्वास के, उम्मीद के प्रतीक, और एक से लेकर छह तक आम आदमी के अलग-अलग रूप। कहानी के नाम पर भी हम देखेंगे, *जुलूस* आम नाटकों से बहुत अलग है। रोज़मर्रा की ज़िन्दगी की अलग-अलग घटनाओं से नाटक शुरू होता है—बाज़ार, बस, ट्रेन आदि की झलकियाँ दिखाकर कुछ ऐसे दृश्यों की रचना करता है, जिनमें किसी भी पात्र का किसी अन्य पात्र से कोई सरोकार नहीं है—मसलन वह दृश्य जहाँ कोई सटोरिया है, तो कोई टेलीफोन ऑपरेटर, कोई सिनेमा की टिकट ब्लैक करनेवाला तो कोई होटल का वेटर—और इन सब दृश्यों के बीच बार-बार मुन्ना का ख़ून होता है, गुरुदेव के उपदेश चलते हैं और तरह-तरह के जुलूस निकलते हैं। धार्मिक जुलूस, राजनीतिक जुलूस, शादी-ब्याह के जुलूस, शव यात्रा के जुलूस—इसी एक थीम का ताना-बाना बुनता है *जुलूस*। यही नए तरह के नाट्यालेख आधार बने तीसरे रंगमंच के। बादल बाबू कहते हैं, "तीसरे रंगमंच में काम करते हुए कई नई सम्भावनाओं की खोज हुई, मसलन चरित्रों या टाइप्स की जगह पर समूहों का प्रयोग, मंच पर मौजूद पात्रों के बीच संवाद की बजाय दर्शकों को सीधे सम्बोधित करके बोलना, भाषा की जगह शारीरिक अभिनय का प्रयोग। 'सगीना महतो' का लेखन और फिर पहले प्रोसीनियम और बाद में इस नए ढंग के मंचन ने मेरे लिए एक नई राह खोल दी, साथ ही यह भरोसा भी दिया कि कोई भी कथावस्तु मंच पर खेली जा सकती है—यहाँ तक कि अत्यन्त

जटिल एपिक कथावस्तुएँ भी।'' 'सगीना महतो' के इस प्रयोग के बाद ही बादल सरकार ने हावर्ड फास्ट के उपन्यास *स्पार्टाकस* पर आधारित तीसरे रंगमंच के अपने पहले नाट्यालेख की रचना की।

एक भिन्न तरह के मंच के एक भिन्न नाट्यालेख के लिए अभिनय शैली भी भिन्न होनी चाहिए, इस विचार के साथ बादल सरकार ने अपनी संस्था *शताब्दी* की अभिनेता मंडली के साथ काम शुरू किया। फरवरी, 1972 में बादल बाबू ने स्वयं नाट्यालेख की कतर-ब्योंत करने के बजाय इसे अभिनेताओं को सौंप दिया (जिन्हें वह द ग्रुप कहते हैं)। अभिनेता मंडली भिड़ गई आलेख से, उसकी चीर-फाड़ की। कुछ स्वीकार किया, कुछ अस्वीकार, कुछ नया जोड़ा, कुछ पुराना बदला, और धीरे-धीरे एक ऐसी प्रस्तुति स्वरूप लेने लगी, जो लिखे गए नाट्यालेख से भी बढ़कर थी। धीरे-धीरे यह प्रक्रिया किसी पूर्वाभ्यास की बजाय एक कार्यशाला में तब्दील हो गई। अभिनेताओं ने अपने शरीरों, अपनी आवाज़ों, अपने व्यक्तित्व के ऐसे अनछुए, ढँके-छुपे पक्षों को, आयामों को ढूँढ़ निकाला, जिसकी न उन्होंने कभी कल्पना की थी, न ही ज्ञान था। *शताब्दी* के अभिनेताओं की इस कार्यशाला का मार्गदर्शन, संचालन कुछ अरसे के लिए अमरीकी नाट्यदल *ला मामा* के निर्देशक एन्थनी सर्कियो ने किया, जो उन दिनों कोलकाता आए हुए थे। इस कार्यशाला के परिणामस्वरूप निम्नलिखित परिवर्तन अभिनेता मंडली में परिलक्षित होने शुरू हुए :

1. पहले सिर्फ़ वही अभिनेता नाटक की तैयारी में पूरे उत्साह से हिस्सा लेते थे जिन्हें मुख्य या महत्त्वपूर्ण भूमिकाएँ मिला करती थीं। इस कार्यशाला में हर कलाकार को अपनी अहमियत महसूस हुई और सबने बराबरी से, पूरे उत्साह से हिस्सा लिया।
2. वह अभिनेता जिनको बुरा या कमज़ोर अभिनेता समझा जाता था (स्वयं अपने द्वारा भी और दूसरों के द्वारा भी) शारीरिक अभिनय शैली में बहुत बेहतर साबित हुए। कार्यशाला में यह भी साबित होता जा रहा था कि तीसरे रंगमंच के लिए यही सबसे उपयुक्त अभिनय पद्धति है।
3. अभिनेता की सबसे बड़ी दुश्मन—झिझक, इस दौरान काफ़ी कुछ समाप्त हो चली, मनोवैज्ञानिक गतिरोध भी काफ़ी कुछ टूटे, रंगकर्मियों को न सिर्फ़ कार्य के स्तर पर बहुत लाभ पहुँचा, बल्कि परिवार और व्यक्तिगत स्तर पर भी कई समस्याएँ सुलझीं।
4. रूढ़िवादी अभिनय पद्धतियों/अभिनेताओं की नकल करने की प्रवृत्ति की बजाय, उनके अपने भीतर से एक रचना प्रक्रिया शुरू हुई।
5. सबसे बड़ी उपलब्धि यह थी कि नाटक को तैयार करने की प्रक्रिया में अभिनेता का योगदान काफ़ी बढ़ गया, नहीं तो अक्सर वह बिना सवाल पूछे आँखें मूँदे निर्देशक के निर्देशों का अनुसरण करते रहते हैं।

इस तरीक़े से तीसरे रंगमंच की अभिनय पद्धति विकसित हुई, जिसमें ज़्यादा ज़ोर शारीरिक गतियों (फ़िज़िकल एक्टिंग) और ध्वनियों पर था, अभिनेता अक्सर नंगे बदन रहते थे, और जैसा कि पहले भी ज़िक्र हुआ था रूढ़िवादी चरित्रों की जगह अब वे मंच पर निरूपण करते थे एक वर्ग या समूह विशेष का, चारित्रिक मानसिकता का, सोच का।

कई लोगों ने तीसरे रंगमंच की आलोचना की कि जिस पश्चिमी रंगमंच को नकार कर बादल बाबू ने इसकी रचना की, उसकी भी आधारभूमि पश्चिम का ही रंगमंच था। पर बादल बाबू का कहना था कि एक जीवन्त प्रदर्शन तथा दर्शक-अभिनेता के सीधे संवाद की सीख पश्चिम हमारी लोककलाओं, नृत्यशैलियों से ले रहा है, जबकि हम अपने शहरी रंगमंच के अभिमान में अपने आसपास बिखरी विपुल सम्पदा को नज़रअन्दाज कर रहे हैं।

लेकिन *तीसरा रंगमंच* को लेकर और भी कई सवाल उठते हैं, मसलन—अपने नाम के अनुरूप और बादल बाबू की विचार-प्रक्रिया के अनुसार इसे भारतीय शहरी रंगधारा और ग्रामीण लोकधारा का संश्लेषण होना चाहिए था, परन्तु अपने अन्तिम स्वरूप में *तीसरा रंगमंच* में ऐसा कुछ भी नज़र नहीं आता। दूसरे, अभिनेता-दर्शक का आपसी सम्बन्ध, फ़ासले को समाप्त करके, एक ही जैसी रोशनी में एक-दूसरे को लगातार देखते हुए ज़्यादा कामयाबी से बनता है या फिर तब जब दर्शक अभिनेताओं से कुछ दूरी पर हों, अँधेरे में और अभिनेता रोशनी में। प्रेक्षागृह चाहे प्रोसीनियम शैली का बन्द सभागार हो या एरिना शैली का मुक्ताकाशी मंच। सवाल यह भी उठता है कि इस प्रकार की अभिनयशैली, चरित्र-चित्रण दर्शकों के साथ कितना और कहाँ तक तादात्म्य स्थापित कर पाते हैं? शायद कुछ इसी तरह के कारण थे कि *तीसरा रंगमंच* एक सीमित अवधि के लिए ही रंगकर्मियों और दर्शकों में अत्यन्त लोकप्रिय हुआ और फिर धीरे-धीरे कहीं खो-सा गया। पर, ऐसी किसी चिन्तनधारा और प्रयोग की सम्भावनाएँ सदा के लिए तो समाप्त होती नहीं हैं। सम्भव है कि *तीसरा रंगमंच* किसी बदले हुए रूपाकार में फिर प्रकट हो।

●●●